헬게이트 런던
HELLGATE LONDON

2부 GOETIA(게티아)

HELLGATE: London: Goetia by Mel Odom

Copyright © 2007 by Hanbitsoft Inc. Hanbitsoft and Hellgate are trademarks and/or registered trademarks of Hanbitsoft Inc.

All Rights Reserved.

This Korean edition was published by T3 Entertainment Inc. in 2024 by arrangement with the original publisher, Gallery Books, a Division of Simon & Schuster, Inc.

헬게이트 런던
2부 GOETIA(게티아)

초판 1쇄 발행 2024년 5월 10일

지은이 Mel Odom
펴낸이 장길수
펴낸곳 지식과감성#
출판등록 제2012-000081호

디자인 이현
편집 이현
검수 이주희
교정 정은솔
마케팅 김윤길, 정은혜

주소 서울시 금천구 벚꽃로298 대륭포스트타워6차 1212호
전화 070-4651-3730~4
팩스 070-4325-7006
이메일 ksbookup@naver.com
홈페이지 www.knsbookup.com

ISBN 979-11-392-1801-5(04810)
　　　979-11-392-1799-5 (세트)
값 22,000원

- 이 책의 판권은 지은이에게 있습니다.
- 이 책 내용의 전부 또는 일부를 재사용하려면 반드시 지은이의 서면 동의를 받아야 합니다.
- 잘못된 책은 구입하신 곳에서 바꾸어 드립니다.

지식과감성#
홈페이지 바로가기

부: GOETIA(게티아)

Mel Odom

HELLGATE:LONDON
헬게이트
런던

《헬게이트 런던 2부: GOETIA(게티아)》

"저도 당신들을 구하고 싶어요."
템플러가 말했다.
"하지만 그럴 수 없어요."
그녀는 고통으로 신음하며 눈에 띄게 몸을 떨었다.
"여기서 벗어나세요. 저는 더 못 버팁니다."
헤더가 뒤로 물러났다.
"놈은 이 안에 있어요. 내 정신에."
템플러의 얼굴을 따라 눈물이 흘러내렸다.
"몰랐어요. 맹세하지만, 결코 몰랐어요. 놈을 통제할 수 있을 줄 알았죠."
헤더가 절망적으로 말했다.
"안전한 곳이 어디인지 말해 주세요."
"여기를 벗어나세요."
템플러가 발작을 일으키며 몸을 마구 떨었다.
"안전한 장소가 있대요."
헤더가 말했다.
"들은 적 있어요. 기사들이 그곳을 지키고 있다고."
몸의 떨림이 멈추더니 템플러가 그녀를 올려다보며 미소를 지었다.

"안전한 장소 같은 건 이제 없습니다. 바보 같군요. 그렇게 멍청하게 굴면, 그런 안타까운 희망을 품으면 이렇게 대가를 치르는 겁니다."

헤더가 돌아서서 도망가려 했지만, 세 걸음도 못 가 어깨뼈 사이로 찌르고 들어오는 검이 느껴졌다. 어깨 아래로 모든 감각이 사라졌다. 다리가 구겨지듯 무너지면서 그녀는 무릎을 꿇고 털썩 쓰러졌다. 그녀의 몸을 지탱해 주는 것은 오로지 검뿐이었다.

그녀의 가슴 바로 아래에서 검이 그녀를 버티고 있었다. 헤더는 믿을 수 없는 심정으로 그 검을 바라보았다. 기사들은, 템플러는 정의의 편이어야 했다. 닐이 그녀에게 말했었다. 런던에 남아 있던 사람들을 템플러가 도와주었다고. 그들은 괴물과 맞서 싸웠다고. 사실이 아니야. 몸이 차가워지는 것을 느끼며 헤더가 생각했다. 템플러 전부가 그런 건 아니야.

HELLGATE
LONDON

2부: GOETIA(게티아)

역사가의 노트

이 이야기는 〈헬게이트: 런던〉 비디오 게임으로부터 14년 전에 시작된다.

프롤로그

영국, 런던
2024년 9월 19일

피 냄새에 강하게 이끌린 스토커들이 플리트 거리를 따라 늘어선 고층 빌딩 꼭대기를 잽싸게 뛰어다녔다. 모두 여섯 놈으로, 살생에 능숙하고 피에 목말라 있었다. 놈들은 힘껏 점프해서 빌딩 사이를 질주했다. 놈들의 다리가 빌딩 끝에서 다음 빌딩으로 아무 망설임 없이 쭉쭉 뻗었다.

까만 하늘을 뒤덮은 회색 연기를 뚫고 불붙은 듯한 밝은 달빛이 강렬하게 내리쬐었다. 재미 삼아 죽이거나 먹어 치우려는 악마에게 쫓기는 이들의 살벌하고 위태로운 발자취가 달빛에 드러났다.

놈들은 그들 앞에 놓인 세상, 곧 정복할 이 새로운 세상 같은 것은 상관하지 않았다. 악마들은 평등하지 않았다. 악마의 세계에는 명예나 정치 같은 원칙이 없었다. 악마는 타고난 신체 크기와 능력에 따라 나뉘었다. 더 작거나 더 약해 보이는 놈들은 잡아먹히거나 잔혹하게 변이되었다. 하지만 악마 대부분이 활동을 시작하는 밤이면, 어느 쪽에 속한 놈들이든 생기를 띠었다.

놈들이 가야 하는 방향으로 드리운 달빛을 바라보며 공포에 휩싸였다. 공포는 그날 밤, 그 게임에서 살아남기 위한 하나의 생존 수단이었다. 그들은 두려움을 통해 살아남았고, 두려움을 통해 더욱 위험해졌다.

놈들이 빌딩 꼭대기에서 잠시 멈추었다. 소용돌이치는 회색 연기 위로 빌딩이 우뚝 솟아 있었다. 젖은 지붕이 달빛을 받아 하얗고 투명하게 빛났다. 무리를 이끌던 스토커가 못생긴 주둥이를 치켜들고 깊게 숨을 들이마셨다. 비가 안개로 변하며 공기는 더욱 무거워졌다.

매캐한 연기 내음이 놈의 코 점막을 태웠다. 경험 많은 포식자인 놈은 '화마'가 일으키는 이 연기에 익숙했다. '화마'는 이 세상을 악마의 세상과 유사하게 만들기 위해 퍼져 나가고 있었다.

악마가 한 세상을 침공하여 파괴하는 데 '화마'의 도움을 받는 것이 처음은 아니었다. 다른 악마들과 비교했을 때 이 스토커는 오래 살아남은 편이었다. 악마 모두에게 그런 전술의 개념이 있는 것은 아니었지만, 놈들은 대개 총알받이 노릇을 했다. 살과 피를 쫓아 사냥하여 살생을 반복하는 기계였다.

오늘 밤, 놈들은 이미 포식을 했고 이제는 사냥을 즐기고 있었다.

사냥개 그레이하운드처럼 사지가 늘씬한 스토커는 얼핏 보면 인간과 닮았지만 네 발로 달렸다. 팔뚝에서 뾰족하게 뻗어 나온 갑각질 날들과 상대적으로 짧은 뒷다리 때문에 인간과는 바로 구분되었다.

놈들은 살을 베기에 충분히 날카로운 날들과 몸에 돋은 돌기를 활용하여 싸웠다. 딱딱한 키틴질 거죽이 케블라 방탄조끼만큼이나 몸을 보호해 주었다. 작은 두개골에 이목구비가 꽉 차 있었다.

놈들은 옥상 그늘에 몸을 숨긴 채 회색 연무가 짙어져 다시금 사방이 어둠에 잠기길 기다렸다. 그러고는 곧장 옥상 끝으로 날쌔게 날아가 아래를 응시했다.

거리에서 몇 사람이 조심스럽게 움직이고 있는 것이 보였다. 헬게이트가 처음 열리고 악마들이 이 세상으로 넘어왔을 때 사냥은 쉬웠고 먹잇감도 풍족했지만, 지금은 그렇지 않았다.

도시에 남은 인간도 있었다. 살아남은 이들은 훨씬 조심스러워지고 현명해졌다. 많은 사람들이 침공 초기에 도시 밖으로 탈출했지만 수백만 명이 죽었고 거리에는 몇 주 동안이나 피가 흘렀다.

풍향이 바뀌자 스토커 우두머리가 다시 한번 숨을 깊이 들이쉬었다. 아래의 거리에는 인간들이 모여 있었다. 이런 밤이면 그들은 몸을 숨겼던 어두운 굴에서 기어 나와 생존을 위한 식량과 물을 구하러 다녔다.

우두머리가 또다시 킁킁거리더니 어둠 속에서 웅크린 조그마한 여자를 택했다. 악마의 눈에 이 여자는 한밤중의 차디찬 암흑에 대비되어 희미한 주황색과 노란색 빛을 발하며 펄떡이고 있었다. 만약 스토커가 미소를 지을 수 있었다면 놈은 그랬을 것이다. 그러나 스토커는 미소를 짓지 못했다. 그 대신 부르르 몸을 떨었다. 얼른 죽이고 싶다는 갈망 때문이었다.

놈은 빌딩 옥상 끝에서 활강하여 발톱을 건물 옆 벽돌 틈새에 박아 넣은 후 천천히, 살생을 위해 다가갔다.

헤더 메이가 플리트 거리에서 조금 벗어난 골목의 그늘에 안전하게 몸을 숨긴 채 냉정하게 생각했다. 침착해. 찾을 수 있을 거야. 하지만 이런 때 런던 거리에서 침착함을 유지하기란 힘들었다. 너무 많은 나쁜 일들이 일어난 곳이었고, 그녀는 그 일들을 목격했다. 닐을 찾아낼 거야. 그리고 여기에서 빠져나가는 거야.

헤더는 조심스럽게 주변을 살펴보았다. 불에 탄 흔적이 남은 차량들이 어지러이 뒤집혀 있었다. 눈에 띄는 건물의 유리창은 전부 깨졌다. 어떤 건물 벽에는 금이 가 있었다. 악마와 군대의 전투 때문이었다. 비록 오래 버티지는 못했지만 전쟁은 시내에서 벌어졌고, 헤더가 어린 시절을 보냈던 곳곳이 폐허가 되었다.

먹을 것을 찾아다니는 사람들, 개와 고양이들이 아직 상하지 않은 데다 아무도 찾지 못한 식량을 손에 넣을지도 모른다는 희망을 품고서 여기저기 그림자 속에 몸을 숨기고 다녔다. 식량은 점점 더 구하기 힘들어졌다. 그들은 며칠마다 은신처를 옮겨야만 했다.

헤더가 마지막으로 햇빛을 본 이후로 몇 주가 지났다. 낮에는 거리와 하늘에 악마가 얼마 없었지만 숨을 곳도 없었다. 밤에는 몸을 숨길 수 있는 가능성이 훨씬 높았다.

스무 살인 헤더는 155센티미터가 조금 못 되었고 호리호리했다. 45킬로그램 정도로 악마와 싸우기엔 너무 작았다. 그녀는 지난 4년간 런던에서 머무르는 동안 자신의 두려움을 받아들여 가장 강력한 무기로 여긴 끝에 살아남았다. 공포는 결코 그녀를 떠나지 않았다.

하지만 닐은 그렇지 않았다. 그녀의 동생인 닐은 지난 4년 동안 점점 더 용감해졌다. 혹은 더욱 절망하거나 더욱 무감각해졌다. 생존했다는 죄책감이 그를 그렇게 몰아간 것일 수도 있다. 한 달 전 헤더와 함께 먹을 것을 구하러 나갔던 여자가 그런 이야기를 했다.

닐은 이제 그녀보다 키도 덩치도 더 커졌고, 누나 말을 따르려고도 하지 않았다. 최근에는 좀 더 나이 먹은 남자아이들 무리에

껴서 더 멀리까지 식량과 물을 구하러 가고는 했다.

그는 그 용감함 때문에, 그 바보 같은 자신감 때문에 죽을지도 몰랐다. 한 시간 전쯤 잠에서 깬 헤더는 동생이 사라진 것을 발견했다. 다른 젊은 남자 무리와 함께 나갔음을 곧 알 수 있었다. 잠들지 않고 동생에게서 눈을 떼지 않으려 했지만 실패한 것이다.

침공 직후 두 사람이 지하 기차역에 거처를 마련해 함께 살기 시작했을 때, 닐은 열두 살이었다. 닐은 매일 밤 악몽에 시달렸다. 악마가 아파트를 부수고 들어와 부모를 죽이던 날 닐도 집에 있었다. 그 끔찍한 괴물들이 그저 건물 안에 있던 다른 인간들을 죽이기로 선택한 덕분에 닐은 겨우 살아남았다.

악마 침공 속보가 뜨기 시작할 때, 헤더는 친구네 집에 있었다. 클레어와 함께 바보 같은 로맨스 영화를 보며 낄낄거리고 남자아이들 얘기나 하면서 밤을 새우려던 참이었다.

그날 밤 제트기가 밤하늘을 가르고 탱크가 거리를 울리는 소리가 런던을 가득 채웠지만, 헤더가 기억하는 것은 대부분 부상당하고 죽어 가는 사람들의 비명 소리였다. 초기에는 그 소리가 밤낮으로 끊이지 않았다. 아직도 비명 소리가 들려오긴 하지만 예전처럼 자주는 아니었다. 사실 괴물들에게 발견될 인간이 시내에 그리 많이 남아 있지도 않았다.

헤더는 한때 피부처럼 착 달라붙어 몸에 잘 맞았던 청바지를 입은 후 흘러내리지 않도록 벨트를 찼다. 몸무게가 많이 줄었다. 스케이트를 탈 때 쓰는 팔꿈치와 무릎 보호대도 착용했다. 지금 그녀의 세계에서는 보호가 전부였다. 지상으로 올라갈 때면 하이킹 부츠를 신고 무거운 가죽 장갑도 꼈다. 지하 터널에서조차도 발

딛는 곳을 막고 있는 잔해들은 위험했다. 약국도, 의사도, 병원도 없는 세상에서는 단순한 감염만으로도 목숨이 위험해졌다.

4년 전 학교에 다닐 때였다면 그런 모습으로는 절대 집 밖에 나가지 않았을 것이다. 검은 머리도 짧게 잘랐다. 시야를 가리게 하지 않고, 머리카락을 붙들리는 일도 막기 위해서였다. 두 상황 모두 단숨에 목숨을 위태롭게 할 수 있다는 사실을 그녀는 이제 잘 알았다.

예전에는 그러지 않았지만 최근에는 무기도 챙겼다. 헤더는 긴 사냥용 칼을 오른쪽 허리춤 칼집에 넣었고, 오른손에는 기다랗고 무거운 쇠파이프를 들었다.

불안을 가라앉히기 위해 마지막으로 짧게 숨을 고른 다음, 헤더는 골목 모퉁이를 미끄러지듯 지나 여기저기 갈라진 인도를 따라 걸어 내려가기 시작했다. 곧 아침이었다. 한낮의 거리에서 붙잡히고 싶지는 않았다.

그녀는 쉬지 않고 눈동자를 움직였다. 닐과 몇 주간 머물렀던 대피소에서 영국 공수 특전단 출신 군인에게 배운 기술이었다. 비교적 안전한 곳에서 많은 사람들이 함께 머물 수 있었던 시절이었다. 이제 그 시절은 끝났다.

그 군인은 그곳에 머무는 동안, 원하는 사람 누구에게나 생존 기술을 훈련시켰다. 그 여러 훈련 중 헤더는 이 기술을 제대로 익혔다. 인간의 눈은 원래 야간 활동을 위한 것이 아니기 때문에 밤에 무언가를 보기 위해서는 눈동자를 계속 움직이고 주변시를 활용하여 움직임을 좇거나 어둠 속 형체를 구분해야 했다.

바로 지금 그녀가 그렇게 하고 있었다. 또한 조그마한 소리라도 듣기 위해 귀도 잔뜩 곤두세우고 있었다. 날개가 돋고 신체가 인간 여자 같은 악마, 블러드 엔젤들은 빌딩 꼭대기와 공중을 거의 장악하고 있었다. 놈들은 종종 건물의 가고일과 구분되지 않았다. 헤더는 블러드 엔젤이 하강하며 날개를 퍼덕일 때 내는 소리를 듣기 위한 훈련도 했었다. 그 소리를 듣는 인간은 대개 살아남지 못했기 때문에, 사람들이 듣는 최후의 소리이기도 했다.

헤더가 왼손으로 상점 벽을 훑었다. 그녀는 건물에서 손을 떼지 않았다. 주변을 어렴풋이 보고 소리를 듣는 것만으로는 충분하지 않았다. 공간의 변화를 신체 접촉으로도 감지해야만 했다.

세인트 폴 대성당에 헬게이트가 열리기 전에 엄마 아빠와 함께 쇼핑을 하러 왔던 곳 같았지만, 확신하지는 못했다. 그동안 겪었던 현실보다, 기쁜 일만 더 많이 기억하려는 탓일 수도 있었다.

한 남자가 어둠 속에서 나타나 헤더 앞으로 걸어왔다. 그가 그녀를 보고는 활짝 웃었다.

"혼자야, 아가씨?"

헤더가 그 자리에 얼어붙은 채, 한 손은 벽에 대고 다른 손으로는 쇠파이프를 꽉 쥐었다.

주변시로 남자를 자세히 보려 했지만 어둠 탓에 힘들었다. 가죽만 남은 듯 삐쩍 마른 남자였다. 악마들이 넘어온 후로 이 지구에서 뚱뚱한 사람들은 모두 사라진 것 같았다. 앙상한 늑대 같은 턱에 난 수염은 더러웠고 기다란 외투가 무릎까지 늘어졌다. 검정색 외투이거나, 어쩌면 그렇게 변해 버린 것일 수도 있었다. 남자는 주머니에 손을 넣고 있었다.

지금 하지 않으면 안 돼. 헤더가 생각했다. 마주치면 가장 무서울 거라고 여긴 상대라 생각하고 공격해야 해.
 그 남자가 두렵지는 않았지만, 헤더는 그를 경계했다. 그가 어떤 식으로든 그녀를 다치게 하거나 움직이지 못하게 만든다면 혼자 힘으로 살아남지 못할 것이다.
 닐도 찾지 못하겠지.
 "아무도 가르쳐 주지 않던가? 질문에 대답하지 않는 건 무례한 태도라고?"
 남자가 거칠게 물었다.
 "잡담 상대나 찾으려고 온 건 아니에요."
 헤더는 모욕감이나 두려움을 전혀 내보이지 않고 담담하게 말했다.
 "그렇다면 여긴 왜 왔지, 아가씨?"
 "먹을 걸 찾으려고요. 당신과 마찬가지로."
 "지켜 줄 사람이 있어야 할 텐데. 위험한 시기니까."
 괴물들만 위험한 건 아니지.
 인간이길 포기한 사람들이 어둠 속에 숨어 산다는 이야기를 들은 적이 있었다. 인육을 먹는다고도 했다. 처음에는 죽은 지 얼마 되지 않은 시체를 먹었지만, 곧 맛을 들이고는 최근 들어 직접 사람을 죽여 신선한 고기를 얻는다고도 들었다.
 "내 몸은 내가 지켜요."
 헤더가 남자를 피해 보도의 연석 쪽으로 걸음을 옮겼다.
 "그렇다면 파트너로는 빵점인걸."
 남자가 동요라도 부르는 것 같은 목소리로 말했다.
 벽에서 손을 떼자 헤더는 어지러움을 느꼈다. 몇 달 전부터 이런 증상이 나타났고, 왜 그런지 알 것도 같았다. 탁 트인 공간에서 두려움을 느끼는 광장 공포증이었다. 쥐나 도마뱀, 새, 물고기 같은 작은 동물들은 모두 이런 공포증을 가지고 태어난다. 사냥당하는 쪽이기 때문이다.

오래전 과학 수업 시간에 이런 걸 배울 때는 전혀 흥미 없었는데. 그녀가 무의식적으로 쇠파이프를 반대쪽으로 옮겨 쥐었다. 잠재적인 적에게 무기를 드러내서는 안 된다는 사실을 그녀는 아주 어렵게 배웠다. 이러한 습관 덕분에 그녀는 살아남았다.

남자가 그녀에게 다가와 팔을 움켜잡았다. 길고 가는 손가락이 손목을 감싸 쥐고는 그녀를 휙 잡아당겼다.

"좋아, 그럼. 이제 예절을 배워 볼까. 요즘엔 다들 힘들어. 함께 잘 지내 보자고."

악취 나는 숨결이 얼굴에 훅 닿았다. 죽음의 냄새 같았다. 몇 년 전 가 봤던 시체 안치소 냄새와 비슷했다. 전기가 끊기면서 스테인리스 스틸 냉동고도 작동을 멈추었고, 그 안의 시체들도 부패했다.

쓸 만한 것이 하나라도 있나 싶었던 헤더는 문 하나를 열어 보았다. 손전등이 비춘 내부는 끔찍했다. 헤더는 그 시체가 남자였는지 여자였는지 아직도 말할 수 없었다. 살점을 뜯어 먹으며 꿈틀대는 구더기의 기억만 선명했다.

사실 상황은 더욱 나쁠 수도 있었다. 어딘가에서는 죽은 자들이 소생해, 산 자들의 살을 탐했기 때문이었다.

남자가 헤더의 얼굴을 만졌다. 그의 손이 닿자 피부에 곤충이 기어가는 듯했다. 헤더는 유연하게 엉덩이를 뒤로 빼고 쇠파이프를 머리 위로 쳐들었다. 순간 남자가 팔을 들어 막으려 했지만, 아무 소용 없었다. 쇠파이프가 나뭇가지 때리듯 남자의 팔을 내리쳤다.
　남자가 고통에 찬 비명을 지르며 다친 팔을 가슴께로 끌어당겼다. 아파서 신음하는 와중에도 헤더를 향해 욕을 퍼부었다.
　바로 그때, 골목 벽에 찰싹 달라붙은 기다란 괴물들의 형체가 보였다. 가장 아래까지 내려온 녀석은 이미 2층 높이에 있었다. 놈이 입술을 당기자 이중으로 난 톱니 같은 이빨들이 드러났다.
　놈은 망설이지 않고 펄쩍 뛰어 남자의 등에 올라탔다. 그 무게와 충격에 남자의 무릎이 꺾이며 넘어졌다. 도망갈 기회조차 없었다. 괴물이 크게 입을 벌리고는 남자의 목덜미를 꽉 물었다. 남자가 다시 비명을 질렀지만 이번에는 고통이나 분노가 아니라 공포가 담겨 있었다.
　뼈가 부러지고 부서지며 소름 끼치는 소리가 났다. 헤더는 그 소리를 익히 알고 있었다. 남자의 코트 가슴께로 피가 흘러내렸다.
　헤더가 몸을 돌려 달아났다. 남자가 자신을 공격하려 하지 않았다 하더라도 그를 돕지는 않았을 것이다. 사람들은 최근 두 진영으로 나뉘었다. 헤더는 둘 중 오로지 한 쪽에 속한 사람만을 도왔다. 닐 역시 같은 쪽이었다. 그 외 나머지는, 이 세상에 무엇이 남았든 간에 다른 진영에 속한 자들이다.

　몇 블록 지나자 헤더는 지하철역에 다다랐다. 숨이 턱 끝까지 차올랐다. 호주머니에서 작은 손전등을 꺼내 켜면서 계단을 향해 뛰어들었다. 바닥까지 몇 미터쯤 남았을 때 힘껏 뛰어내렸다. 착지의 충격에 발목이 부러진 것만 같았다. 헤더는 밀려오는 통증은 무시하고 제대로 걸을 수 있는지 확인해 보았다.

"빌어먹을, 손전등 꺼. 바보 같으니라고."

누군가 말했다.

"악마를 여기까지 끌어 들이겠어."

"이미 오고 있어."

헤더가 경고했다. 욕지거리가 더 많이 쏟아졌다.

그녀가 손전등을 들어 비추자 젊은 세 남자와 두 여자가 역 안쪽에 있는 것이 보였다. 통조림으로 채운 베갯잇을 들고 있었다.

주변에는 살점이 깨끗이 떨어져 나간 해골들이 역의 잔해 사이로 어지러이 나뒹굴었다. 역에서는 지린내가 났다. 물론 헬게이트가 열리기 전에도 지하철에서는 간혹 그런 냄새가 났지만, 지금은 역사에서 살고 있는 생존자들 때문이기도 했다.

20대 중반을 넘기지 않은 것 같은 이들은 꾀죄죄했다. 이제 헤더는 그 나이가 될 때까지 산다는 것은 상상도 할 수 없었다.

"왜 놈들을 여기까지 몰고 왔지?"

누군가 물었다.

"어쩔 수 없었어."

헤더가 쏘아붙였다.

"여기 있으면 안 되겠어, 바이런."

여자 중 한 명이 말했다. 183센티미터는 되어 보이는 바이런이라는 남자는 라이플을 위협적으로 치켜들고 있었다. 헤더는 문득, 전사한 군인이 갖고 있었던 총이 분명하다는 생각이 들었다. 그렇다 하더라도 남자는 총을 어떻게 쏘는지 잘 아는 것처럼 보였다.

바이런이 앞으로 나서더니 자기 집인 양 역내로 걸어 들어가며 헤더에게 물었다.

"여기서 뭘 하는 거야?"

"동생을 찾고 있어."

그들은 모퉁이를 돈 후 계단을 내려가 플랫폼에 다다랐다. 바이런이 손전등을 켰다.

"동생이 밖에 있어?"

"몰라."

"동생을 잃어버린 거야?"

한 여자가 물었다. 믿을 수 없을 정도로 무책임한 것 아니냐는 듯한 말투였다.

"잃어버린 거 아냐."

헤더가 반항적으로 말했다.

"일어나 보니 나가고 없었다고."

"직접 먹을 걸 찾으러 나가기는 너무 무서웠던 거야?"

다른 여자가 비아냥거렸다.

"아냐. 닐은 내 동생이라고. 지금까지 먹을 걸 구하러 다닌 건 나였어."

바이런이 지하철 선로를 앞뒤로 비추었다.

"특별히 운이 좋다고 생각해?"

"아니."

"쫓아 버려."

한 남자가 말했다.

"불운을 가져온 거라면 다시 가져가야지."

헤더는 욕을 퍼붓고 싶은 것을 참았다. 어느 정도 안전을 제공해 주는 사람들을 적으로 돌려서는 안 됐다.

"아니."

바이런이 나직하게 말했다.

"내쫓지 않을 거야. 악마들이 우리 냄새를 맡는다면 한 사람이라도 더 있는 게 좋을 테니까. 많을수록 안전해."

그 말에 아무도 토를 달지 않았다.

바이런이 손전등으로 다시 양방향을 비추더니 왼쪽을 택했다. 그들은 몇 미터 정도 뛰었다. 헤더는 달리고 싶지 않았다. 발걸음이 울리는 데다가, 괴물들이 접근하는 소리까지 묻힐 수 있기 때문이었다.

"그놈들을 악마라고 불렀지."

숨을 돌리기 위해 잠시 쉬는 사이 헤더가 바이런에게 물었다.

"응."

"왜?"

"악마니까."

한 여자가 말했다.

"악마가 진짜로 있다고?"

헤더가 잠시 생각해 보았지만 믿고 싶지 않았다. 지난 4년간 그렇게나 많은 일을 겪었는데도, 놈들을 괴물이라고 생각하는 편이 더 쉽고 더 상식적이었다.

"그렇게 멍청해서는 살아남지 못할 거야."

다른 여자가 소리 죽여 말했다.

"4년 동안 살아남았잖아."

바이런이 맞받아쳤다.

"혼자서 말이야, 줄리."

바이런이 끼어든 것이 헤더는 고마웠지만, 아무 말도 하지 않았다. 한편으로는 분했기 때문이었다. 그녀는 도움을 청하지 않았다.
"악마는 진짜로 존재해."
바이런이 말했다.
"그런데 그렇게 부르는 사람들은 별로 없어. 아직도 외계인이라고 여기지."
"해협을 건너온 게 아니라 우주 저편에서 왔다고 믿는 거야."
다른 남자가 말했다. 헤더도 그 사실은 알고 있었다. 그렇게 생각하는 사람들과 이야기한 적도 있었다. 그들은 알루미늄 포일로 모자를 만들어 쓰고는, 외계인들이 뇌파로 우리 생각을 통제하려 한다고 그녀를 설득했었다.
"우리는 먹을 걸 찾으러 왔어."
바이런이 말했다.
"기사들을 찾으러 온 거기도 하지만."
헤더도 기사에 대한 이야기를 기억했다. 친구네 부모님과 거실에서 뉴스를 볼 때였다. 세인트 폴 대성당 근처에서 괴물들과 전투를 벌이는 기사들이 보도되고 있었다.
그들의 수는 많지 않았다. 뉴스에 따르면 기사와 괴물 사이의 대전투는 단 몇 분 만에 끝났지만, 남자인지 여자인지 모를 그 기사들이 빛나는 갑옷을 입고 우뚝 서 있는 모습은 잊을 수 없었다. 닐은 그 모습을 더욱 또렷하게 기억했다.
닐은 그때 겨우 열두 살이었다. 여전히 슈퍼히어로를 믿었고, 선이 악을 무찌를 것을 의심하지 않았다. 숨어 지내던 초기에 닐은 기사들을 찾아야 한다고 했었다. 기사들이 안전하게 지켜 줄 것이라고.

사람들을 런던 밖으로 탈출시킨다는 기사들에 대한 소문이 간간이 들려왔지만 아무 소용 없었다. 그 소문이 진짜인지조차 알 수 없었다. 런던을 가까스로 탈출한 사람들은 아무도 돌아오지 않았기 때문이다.

헤더도 그랬을 테지만, 어디로 가야 할지 몰랐다. 가족은 모두 죽고 없었다. 엄마 아빠도, 삼촌과 고모도 모두 죽었다. 갈 수 있는 곳은 없었다. 게다가 이 세상 어디 다른 곳에 또 다른 헬게이트가 열렸다는 소문까지 떠돌았다.

"기사들은 존재하지 않아."

헤더가 무의식적으로 말했다. 똑같은 말을 닐에게도 여러 번 했었다. 둘 다 그런 식으로 희망을 키울 수는 없었다. 헤더 자신이, 더는 그런 희망을 품을 수 없었다.

"넌 악마도 없다며."

줄리가 말했다.

"기사들은 진짜야."

"한 명이라도 본 적 있어?"

여자가 시선을 피했다.

"그럴 줄 알았어."

하지만 헤더는 말을 뱉은 즉시 후회했다.

그들은 잠시 말없이 걸었다. 헤더는 닐과 함께 머무는 지역에서 너무 멀어지고 싶지 않았다. 그녀는 런던을 잘 모르는 데다가, 한때 멀쩡했던 것들이 너무 많이 망가져 있어 길을 잃기 쉬웠다. 헤

2부: GOETIA(게티아)

더는 다음 역에서 멈추었다.

"난 돌아가야 할 것 같아. 닐이 아직 바깥 어딘가에 있을 거야. 날이 밝기 전에 찾아야 해."

어쩌면 닐은 이미 은신처로 돌아와 누나를 걱정하고 있을지도 몰랐다. 그래야만 했다.

"당연하지."

바이런이 말했다.

"우리랑 같이 올라가자."

두 여자가 그의 결정에 반대하는 것 같았지만 바이런은 무시했다.

헤더는 기뻤다. 혼자 있고 싶지 않았기 때문이지만, 바이런에게 그렇게 말할 수는 없었다.

그들은 손전등을 끄고 천천히 계단을 올라갔다. 달빛에 역내와 출입문이 어렴풋이 보였다.

밖으로 나온 헤더가 길을 죽 살펴보았다. 머리 위에서 무언가가 움직이고 있었다. 겁에 질린 그녀가 돌아서서 올려다보았다.

역 입구 벽 몇 미터 위에 괴물 한 마리가 매달려 있었다. 벌어진 입 속에서 달빛에 비친 어금니가 번뜩였다. 놈은 고개를 좌우로 돌리며 먹잇감을 보았다. 자신에게 맞설 기회조차 없을 거라고 과시하는 듯했다.

나를 쫓아온 거야. 헤더가 절망적으로 생각했다. 그녀가 역내로 물러서서 쇠파이프를 제대로 움켜쥐기 전에 놈이 도약했다.

그 순간 밤의 어둠을 뚫고 새하얀 빛이 번쩍였다. 금속과 금속이 맞부딪치는 소리가 메아리처럼 울렸다. 깜짝 놀란 헤더는 괴물이 중간쯤에서 방향을 바꾸는 모습을 보았다. 둥근 은색 물체가 놈에게 부딪치더니 섬세한 거미줄 같은 그물이 펼쳐졌다. 그물에 감싸인 괴물의 육중한 몸이 땅으로 떨어지자 보도가 박살 났다.

"물러서세요."

그 목소리는 꽉 잠겨 있었다. 헤더가 왼쪽을 돌아보자 갑옷을 입은 한 사람이 어둠 속에서 성큼성큼 걸어 나왔다. 가까워지자 여자임을 알 수 있었다. 키가 185센티미터는 되어 보였고, 어떤 금속 같은 물질이 머리부터 발끝까지 감싸고 있었다. 아무것도 없이 매끈한 투구에 얼굴은 가려져 있었다.

갑옷에서 맥박이 뛰는 것처럼 보였다. 금속 갑옷이 뿜어내는 번쩍이는 빛에 밤의 어둠이 옅어졌다. 기사가 헤더가 있는 곳까지 오자, 갑옷이 은색 빛깔을 드러냈다.

지하철역 입구 벽 위로 더 많은 괴물들이 달라붙어 있었다. 놈들 중 하나가 펄쩍 뛰어 기사에게 달려들었다. 놈이 입을 크게 벌리고 팔뚝에서 딱딱한 키틴질 날들을 세웠다.

기사가 허리춤에서 기다란 검을 꺼내 들었다. 양날에서 룬 문자가 번뜩였다. 검자루에 박힌 어떤 보석 같은 장치가 짙은 초록색으로 빛났다. 기사가 앞으로 나아가 건틀릿을 낀 손으로 검을 휘둘렀다.

검이 박히는 순간 녹색 섬광이 춤추듯 환하게 빛났고, 괴물은 반으로 쪼개지며 인도로 떨어졌다. 불에 탄 살에서 연기가 솟아올랐다.

건물에서 공격 태세를 취하고 있던 또 다른 악마가 점프했다. 제때 검을 빼내지 못한 기사가 다른 한 손으로 괴물에게 백핸드를 날렸다. 건틀릿이 놈에게 닿기 직전에 눈부시게 밝은 녹색으로 빛나더니 손등 부위에서 스파이크들이 튀어나왔다. 괴물의 살점이 덩어리째 숭덩 베여 나갔다.

그 일격에 괴물은 땅으로 떨어졌다. 놈이 제대로 몸을 추스르기도 전에 기사가 머리 위로 다리를 들어 올렸다. 부츠 옆면에서 곧장 스파이크가 하나 튀어나왔다. 기사가 사정없이 스파이크를 괴물의 머리에 박아 넣었다. 날카로운 끝이 놈의 머리를 뚫고 포장도로를 몇 센티미터쯤 더 파고 들어가 박혔다.

기사가 반짝이는 은빛 그물에 사로잡힌 놈에게로 돌아서면서 주먹을 쥐었다. 놈을 포박한 철사 같은 것이 갑자기 팽팽해지더니 비늘과 살을 죄고 가르며 베기 시작했다.

온몸이 옥죄인 괴물은 끔찍한 고통에 울부짖었다. 하지만 그 비명도 금세 멈추더니, 뼈와 고기가 한데 곤죽이 되어 버렸다.

"어서 내려와라."

기사가 여전히 벽에 매달려 있는 괴물들을 도발했다.

"내려와서 죽거라."

헤더는 괴물들이 인간의 말을 이해할 수 있는지도 몰랐다. 어쨌든 놈들이 듣고 말할 수 있을 만큼 영리하다는 사실은 좋을 것이 없었다. 그저 사냥을 하는 짐승이었다 하더라도 충분히 두려운데, 영리한 데다가 악의적이기까지 하다면 어찌할 방법이 없을 것이다.

기사가 검 끝을 인도에 대고 둥그렇게 원을 그렸다. 초록빛 스파크가 튀어 올랐다.

살아남은 녀석들은 모두 분노에 차서 울부짖으며 도망갔다. 잠시 후 놈들은 가로등 기둥 너머로 날아가 모습을 감추었다.

헤더가 눈이 휘둥그레져서 기사를 바라보았다.

"진짜였어."

바이런과 이야기하던 한 여자가 말했다.

"기사들에 대한 이야기 전부 사실이었어."

기사가 양손으로 검을 치켜들었다. 그녀가 돌아서며 가까스로 미소를 지어 보였다.

"기사가 아닙니다. 템플러죠. 우린 템플러입니다."

그 기사는, 그러니까 그 템플러는 매우 힘들어 보였다. 얼굴이 창백했고 눈은 퀭했다.

안에서부터 무언가가 저 사람을 먹어 치우고 있는 것 같아. 헤더는 이 생각을 떨칠 수 없었다.

검의 날밑 바로 아래 장착된 장치가 더 밝은 녹색으로 바뀌었다. 빛은 즉각적으로 주변을 밝히면서 헤더와 다른 이들에게 드리운 그림자를 내쫓았다. 헤더는 속이 메스꺼워지는 것을 느꼈다.

뭔가 잘못됐어.

"우리를 구해 줄 수 있죠?"

줄리가 거의 속삭이듯 말했다. 그런데도 그 소리는 너무 크게 들렸다.

"우리를 런던 밖으로, 안전한 곳으로 보내 줄 수 있죠?"

"저도 당신들을 구하고 싶어요."

템플러가 말했다.

"하지만 그럴 수 없어요."

그녀는 고통으로 신음하며 눈에 띄게 몸을 떨었다.

"여기서 벗어나세요. 저는 더 못 버팁니다."

헤더가 뒤로 물러났다.

"놈은 이 안에 있어요. 내 정신에."

템플러의 얼굴을 따라 눈물이 흘러내렸다.

"몰랐어요. 맹세하지만, 결코 몰랐어요. 놈을 통제할 수 있을 줄 알았죠."

헤더가 절망적으로 말했다.

"안전한 곳이 어디인지 말해 주세요."

"여기를 벗어나세요."

템플러가 발작을 일으키며 몸이 마구 떨렸다.

"안전한 장소가 있대요."

헤더가 말했다.

"들은 적 있어요. 기사들이 그곳을 지키고 있다고."

"아뇨."

헤더는 템플러의 부정이 무엇을 의미하는지 알 수 없었다.

"이해가 안 가요."

몸의 떨림이 멈추더니 템플러가 그녀를 올려다보며 미소를 지었다.

"안전한 장소 같은 건 이제 없습니다, 바보 같군요. 그렇게 멍청하게 굴면, 그런 안타까운 희망을 품으면 이렇게 대가를 치르는 겁니다."

헤더가 돌아서서 도망가려 했지만 세 걸음도 못 가 어깨뼈 사이로 찌르고 들어오는 검이 느껴졌다. 어깨 아래로 모든 감각이 사라졌다. 다리가 구겨지듯 무너지면서 그녀는 무릎을 꿇고 털썩 쓰러졌다. 그녀의 몸을 지탱해 주는 것은 오로지 검뿐이었다.

그녀의 가슴 바로 아래에서 검이 그녀를 버티고 있었다. 헤더는 믿을 수 없는 심정으로 그 검을 바라보았다. 기사들은, 템플러는 정의의 편이어야 했다. 닐이 그녀에게 말했었다. 런던에 남아 있던 사람들을 템플러가 도와주었다고. 그들은 괴물과 맞서 싸웠다고.
 사실이 아니야. 몸이 차가워지는 것을 느끼며 헤더가 생각했다. 템플러 전부가 그런 건 아니야.
 검날이 눈부시게 밝은 녹색으로 빛났다. 헤더는 자신이 점점 줄어든다고, 점점 작아진다고 느꼈다. 그런 후 그녀는 어둠 속으로 빨려들어 갔다.

1장

나의 종이 드디어 놈들을 찾았군. 지금 저들을 죽여라.

워런은 3층 비상구에 서서 내려다보며, 저들은 사람이 아니라고 애써 생각했다. 그렇게 큰 문제가 되지는 않을 것이다. 자신의 목숨과 타인의 목숨을 저울에 달 때마다 그는 언제나 자신의 목숨을 택했다. 그것이 바로 지난 4년간 그가 해 온 일이었다.

망설이지 마라. 그렇지 않으면 너의 목숨을 내놓아야 할 것이다.

깊게 울리는 거친 목소리가 워런의 머릿속에서 들려왔다. 메리힘은 악마가 영국에서 일으킨 전쟁의 병사로 워런을 택했고, 그의 머리를 점령했다. 그의 명령에 거역하는 것은 가장 끔찍한 방법으로 죽는 것을 뜻했다.

워런은 죽음이 두려웠다. 어릴 때 그는 양아버지를 죽음으로 몰아넣었다. 양아버지가 어머니를 죽인 직후였다. 밤이면 여전히 그 총성이 들리곤 했다.

하지만 그 꿈조차도 악마에 비하면 무섭지 않았다.

아래쪽에서 다섯 사람이 조심스럽게 이동하고 있었다. 남자 셋과 여자 하나는 보안 요원이었다. 움직임과 무기를 통해 알 수 있었다. 그들은 케블라 방탄조끼를 입고 방탄 헬멧까지 쓰고 있었다.

다른 한 남자는 중년이었다. 그 역시 방탄조끼를 입고 있었지만 익숙하지 않은지 움직임이 불편해 보였다. 그는 꾸러미 하나를 가슴에 꽉 안고 있었다.

메리힘이 원하는 것이 바로 그 꾸러미였다.

그 안에 무엇이 들었는지 워런은 몰랐다. 그는 메리힘이 시키는 일의 목적을 대부분 제대로 알지 못했다. 지난 4년 동안, 악마는 워런을 지켜보았고, 그가 더 강해지도록 했다. 워런은 종종 자신의 눈을 통해 감시하는 메리힘을 느꼈다. 악마의 손이 메리힘과 그를 한데 묶고 있었다.

자신의 능력이 강해지고 메리힘이 방심한 순간이면 워런은 가끔 악마의 시선을 훔쳐보았지만, 메리힘에게 들키면 결국 며칠 동안 편두통에 시달리며 앓아누워야만 했다. 염탐은 매번 거의 그런 식으로 끝났다.

그럴 때마다 워런은 무력해졌고, 상황은 더욱 나빠졌다. 안전을 남에게 의지해야만 했기 때문이다. 다른 사람에게 의존하는 일이 쉬웠던 적은 단 한 번도 없었다. 최근 들어서는 더욱 싫어졌다.

삶을 통제할 수 있다는 것은 언제나 중요한 문제였다. 지금 그의 얼마 안 되는 통제력은 그저 신기루나 다름없었다. 그를 통제하는 것은 메리힘이었다. 동시에 그를 보호하는 것도 메리힘이었다.

서로 주고받는 거래였다. 지난 4년 동안 워런이 만난 사람들 대부분은 고통 속에 죽었다. 비록 악마의 수하로라도, 살아 있다는 것이 죽는 것보다 나았다.

다른 사람들을 죽이는 삶을 뜻할지라도.

다섯 사람이 골목길로 들어서서 워런의 바로 아래에 다다랐다. 라켓볼 공보다 조금 작은 물체가 신중하게 거리를 두고 그들을 뒤쫓고 있었다.

워런이 손짓을 하자 그 물체가 즉시 방향을 바꾸어 그에게로 왔다. 워런이 오른손으로 그것을 붙잡았다. 사이먼 크로스라는 템플러에게 잃은 손 대신 메리힘이 그에게 준 악마의 손이었다. 그 손이 워런과 메리힘을 그토록 끈끈하게 이어 주었다.

은빛이 도는 녹색 비늘로 뒤덮인 그 손은 그의 손이나 마찬가지였다. 처음 몇 달 동안 손은 계속 변했지만 색깔과 비늘, 검은 손톱만 아니었다면 사람들도 그의 손이 아니라고는 생각 못 했을 것이다. 무슨 일이 있었는지 듣지 않는 이상은 말이다.

그 물체가 워런의 손안에서 꼼지락거렸다.

"그만둬."

그가 아래에 있는 사람들이 듣지 못하도록 나지막하게 말했다. 그러자 탈출 시도는 멈추었다.

워런이 손을 펴 손바닥에 놓인 것을 살펴보았다. 죽은 블러드 엔젤에게서 뽑아 낸 안구였다. 악마의 목숨이 끊어질 때, 메리힘에게서 배운 속박 주문을 외웠던 것이다.

주문이 끝나자 눈은 그의 것이 되었다. 메리힘이 워런의 눈을 통해 보듯 워런도 그 눈을 통해 볼 수 있었다. 몇 년 동안 그는 그런 눈을 몇 개 더 만들었다. 다른 것들 또한 창조해 냈다. 눈들은 가끔 멋대로 움직였고, 한쪽 어깨에 걸쳐 멘 악마 가죽 가방 속에서 거칠게 날아다녔다.

그가 아는 다른 어떤 카발리스트도 이런 건 만들지 못했다. 물론 다른 그 누구도 악마에게 속박되지 않았다.

그가 블러드 엔젤의 눈을 가방에 밀어 넣으며, 안에 든 다른 눈들이 빠져나오려고 애쓰는 것을 저지했다. 어떤 눈도 가방에서 탈출하지 못했다. 그의 능력이 눈들을 가방 안에 묶어 놓았기 때문이다.

"나를 실망시키지 마라."

워런이 자기 안의 힘을 끌어모았다. 스스로가 강하게 느껴졌다. 악마의 명령에 복종할 때면 내재된 능력이 더욱 커졌다. 오늘 밤엔 특별히 강력했다.

그가 악마의 손을 앞으로 내밀고 손가락을 쫙 폈다. 손바닥에서 힘이 아른거렸다. 잔물결처럼 퍼져 나가는 힘이 보였고, 느껴졌다. 손가락을 한 번 튕기자 그 힘이 쏜살같이 튀어나가 후방의 보안 요원을 강타했다.

남자는 소리도 내지 못하고 쓰러졌다. 팔다리가 힘없이 뒤엉키며 축 늘어졌다.

또 다른 후방 요원이 다른 이들에게 소리쳐 경고하며 무기를 들고 반쯤 웅크리고 앉았다. 기관총 같았다. 한때 RPG 게임과 1인칭 슈팅 게임을 하며 수도 없이 보았던 총이었다.

두 요원 중 하나가 웅크린 남자의 어깨를 손바닥으로 치며 잽싸게 잡아당겼다. 남자는 방탄복 무게 때문에 넘어질 뻔했지만 다른 요원이 겨우 일으켜 세워서는 이끌었다.

또 다른 요원이 낮은 자세로 골목길을 둘러보았다. 그가 고개를 든 순간 워런이 있는 곳에 시선이 고정되었다. 숨기에는 너무 늦었다. 워런은 그 남자가 케블라 헬멧에 장착되어 있던 고글을 내려 쓰는 모습을 보았다. 적외선 망원경이나 야간 투시경이 분명한 듯, 남자가 곧장 워런을 발견했다.

워런은 남자의 시선이 자신을 좇는 것을 느끼며 3층 비상구에서 점프했다. 인간이라면 그 정도 높이에서 뛰어내릴 때 심각한 부상을 입거나 목숨을 잃을 것이었지만, 워런은 아무 문제 없이 착지했고, 충격을 흡수하기 위해 무릎을 구부리거나 하지도 않았다. 조금 전까지 그가 있었던 비상구에 붉은 예광탄이 빗발쳤다. 총알이 금속 문에 부딪치는 소리가 비명처럼 울려 퍼졌다.

이 소리를 듣고 악마들이 몰려들 텐데. 워런이 심술궂게 생각했다. 어쩌면 경찰도.

믿을 수 없지만 런던 경찰국은 거의 무너진 상태에서도 잔존해 있었다. 초기에 그들은 거리 질서를 잡으려고 애쓰며, 빠른 시일 내 군대가 상황을 뒤집어 줄 것이라 생각했지만, 그런 일은 일어나지 않았다. 그리고 경찰 대부분은, 도시에서 살아남으려 분투하는 다른 이들과 마찬가지로 용병 비슷한 존재가 되었다.

그러면서도 그들은 여전히 현장에 출동했다. 그들의 본능이었다. 또한 그들은 군용 창고에서 무기를 손에 넣었다. 일반적으로 경찰들은 무장 없이 다녔었지만, 시절은 변했고, 새로운 무기로 무장한 경찰들은 보다 위험해졌다.

워런은 주먹을 쥐었다가 쫙 폈다. 방아쇠 당기듯 손가락을 구부리자 불꽃이 튀어나가 보안 요원을 휘감았다. 남자가 무기를 떨어뜨리더니 불길을 떨쳐 버리려는 듯 펄쩍 뛰어 달아나며 자기 몸을 마구 때렸다.

"제임스!"

중년 남자를 부축한 요원이 외쳤다.

"달리지 마! 불길이 더 거세진다고!"

불길에 휩싸인 남자가 동료의 목소리를 들었는지도 알 수 없었다. 그가 건물 벽을 향해 위태롭게 달려가다가 쓰레기 더미에 걸려 넘어지면서 불이 옮겨붙었다.

바로 그 순간, 다른 요원이 경기관총을 들어 워런을 조준했다. 워런은 불타고 있는 남자에게서 시선을 돌렸다. 워런이 손을 앞으로 내밀고 더 많은 힘을 끌어모으며 주문을 외웠다.

보안 요원이 방아쇠를 당기자 경기관총에서 열두 발의 총알이 금속 벌 떼처럼 날아왔다. 약한 번개가 치는 것처럼 골목 안이 섬광으로 번뜩였다.

자신의 능력에 자신이 있었음에도 워런은 겁이 났다. 그의 감각은 매우 예민해져서 자신을 향해 줄지어 날아드는 총알 하나하나를 똑똑히 볼 수 있었다. 거의 모두 그를 제대로 맞출 것이다.

두려운가?

메리힘이 조롱했다. 워런은 비웃는 듯한 그 목소리를 무시하고 심장 앞으로 손을 펼쳤다. 희미한 빛이 약간의 공간을 남겨 두고 그의 몸을 감싸며 어른거렸다.

그가 불러낸 방어막에 가로막힌 총알들이 그의 코앞에서 그대로 얼어붙었다. 제일 먼저 달려든 탄환은 총열에서 발생한 열과 방어막에 부딪친 충격으로 반쯤 녹아 버렸다. 워런은 공중에 떠 있는 총탄들을 바라보았다.

바로 그때 왼쪽 어깨가 불타는 것 같은 통증이 느껴졌다. 총알 하나가 살을 뚫고 관통한 것 같았다. 등으로 피가 흘러내렸다.

"어째서?"

너에게 상기시키는 것이다.

메리힘이 말했다.

지금에 너무 안주하지 않도록. 내가 너에게 준 것들에 감사하는

마음을 잃지 않도록.

워런은 아무 말도 하지 않았다. 메리힘이 의도적으로 그를 다치게 한 것인지, 아니면 놈의 말만큼 힘이 강하지 않은 것인지 알 수 없었다. 그가 이런 의문을 품었다는 사실을 메리힘이 알아차리지 못하는 것 또한, 자부하는 만큼의 영향력이 놈에게 없다는 증거일 수 있었다.

물론 놈이 이미 알 가능성도 있었다. 워런이 잘못 판단하고 엉뚱한 자신감을 품도록 그냥 놔둔 것일 수도 있었다. 워런은 점점 더 분명해지는 그 생각을 애써 밀어냈다. 지금은 살아남아야 했다.

그는 어깨 통증을 무시하고 자신에게 총을 쏜 보안 요원에게 다시 집중했다.

"날 맞춘 건 저놈이야."

남자가 총을 다시 겨누었다. 워런이 은빛 도는 녹색 에너지 파도를 일으키자 총알들이 밀물 속에서 서로 뒤엉키는 돌멩이들처럼 그 자리에서 더는 나아가지 못했다.

워런이 남자를 향해 손짓했다. 총알들이 즉시 방향을 바꾸어 남자를 향해 날아갔다. 워런의 힘에 의해 변형되고 더욱 많아진 총탄들이 남자의 몸을 사정없이 때렸다. 코르다이트 화약보다 더 큰 힘으로 방탄조끼를 뚫은 탄환들이 남자를 4미터는 족히 뒤로 내팽개치며 벽에 박혔다. 남자는 벽에 세게 부딪히며 땅에 쓰러졌다. 피와 뼛조각, 찢어진 살점, 그리고 산산조각 난 방탄 헬멧만이 얼굴이 있어야 할 자리에 남아 있었다.

워런은 남은 두 사람에게 성큼성큼 걸어가며 말했다.

"쏴 봐, 죽고 싶으면."

남자가 망설이더니 무기를 떨어뜨렸다.

모두 죽여라.

메리힘이 명령했다.

'그럴 필요까진 없잖아요.'

워런이 마음속으로 대답했다.

분명히 말했던 것 같은데. 놈들을 죽이지 않으면… 네놈도 끝이다.

"이제 됐죠?"

남자가 말했다.

"원하는 게 뭡니까?"

워런이 남자 앞에서 걸음을 멈추고 손을 내밀었다. 팔을 움직일 때마다 통증이 밀려왔지만 그는 떨지 않으려 애쓰며 오른손을 내밀고 또 다른 주문을 준비했다.

"그 책."

"안 돼요."

남자가 기어 들어가는 목소리로 애원했다.

"당신, 악마를 위해 이런 짓을 하는 거죠. 악마 숭배자군요."

워런은 남자의 말을 굳이 바로잡지 않았다. 카발리스트는 악마 숭배 집단이 아니었다. 이 지구상에 살아남은 그 어떤 인간도, 악마가 인간에게 도움을 줄 거라고 여길 만큼 바보는 아니었다. 카발리스트는 그저 악마를 통제할 수 있을 거라고 믿는 멍청이들이었다.

남자가 아까부터 들고 있던 꾸러미를 두 팔로 꼭 안았다.

"제발. 어떻게 이런 짓을 하나요? 어떻게 같은 인간을 배신하죠?"

"같은 인간?"

워런이 쓸쓸하게 말했다. 해묵은 분노가 고개를 쳐들었다.

"인간들은 나에게 관심도 없었어. 어머니는 날 낳았지만 아이를 돌보는 것보다 마법 같은 것에나 빠졌지. 아버지는 본 적도 없어. 양아버지는 겨우 여덟 살인 나를 죽이려 했지. 어머니를 죽인 직후에 말이야."

워런의 머릿속에서 그날의 그 총성이 울렸다. 그는 그날 밤 죽었어야 했으나 그러지 못했다. 대신에 그는 양아버지를 조종해 스스로를 쏘게 만들었다. 그가 능력을 사용한 것은 그때가 처음이었다.

"난 보육 시설에 보내졌지. 거기서 나와 같은… 인간들이 나를 어떻게 학대했는지 떠들진 않을 테니까 걱정 마."

워런이 깊이 숨을 들이쉬고는 고개를 저었다.

"지금 여기에는 당신과 나밖에 없어. 당신은 나보다 약하고, 운이 나쁜 거지."

눈물이 남자의 뺨을 타고 흘러내렸다.

"제발, 이해 못 하겠지만 이건 중요한 물건이에요. 악마들도 모르지만 우리 인간들이 반드시 알아야 할 것이란 말입니다."

워런은 즉각 흥미가 생겼다. 지식은 힘이었다. 특히 그 지식이 비밀일 경우에는. 그는 그 사실을 이른 나이에 깨달았다.

"악마는 모르는 것이 없어, 바보 같긴."

워런이 오른손을 그대로 뻗은 채, 왼손으로 꾸러미를 쥐었다. 어깨에서 불타는 듯한 통증이 느껴졌지만 멈추지 않았다. 그리고 거의 무릎을 꿇을 정도로 몸을 젖히며 남자로부터 꾸러미를 뺏었다.

보안 요원이 워런에게 무기를 조준했다. 워런은 욕설을 퍼부으며 오른손을 남자에게로 향한 후 인정사정없이 비틀었다. 그의 손에서 강한 힘이 튀어 나갔다. 메리힘이 일순 그의 능력을 끌어올렸음을 알 수 있었다.

남자가 단말마의 비명을 지르며 무기를 떨어뜨리더니 두 손으로 머리를 감쌌다. 그가 뒤로 넘어지는 순간, 케블라 방탄 헬멧과 함께 머리가 터지며 뒷벽에 산산이 흩뿌려졌다.

워런은 거칠게 숨을 몰아쉬었다. 지난 4년간 온갖 공포를 겪었지만, 메리힘의 이름으로 온갖 일을 자행했지만, 눈앞에 있던 이 남자의 끔찍한 죽음을 지켜보기란 쉽지 않았다.

중년 남자가 머리 위로 두 팔을 올린 채 태아처럼 몸을 웅크렸다.

"제발."

그가 미친 사람처럼 중얼거렸다.

"살려 주세요. 제발. 살려 주세요."

워런은 그가 안타까웠다. 자기 자신을 먼저 생각하겠다고 굳게 결심했지만 혼자라는 느낌이, 무력하다는 느낌이 어떤지 무서울 정도로 잘 알았다. 이 골목길에 있는 이 남자는 혼자였고, 또 무력했다.

이 남자는 날이 밝기 전 악마의 시도로 넘어가지 않고서는 절대로 도시 밖으로 나가지 못할 것이다. 그는 너무나 약했다. 죽여 주는 것이 자비였다.

워런이 무릎을 꿇고 남자의 가슴에 손을 얹었다.

"제발요."

남자가 속삭였다.

"자라."

워런이 말했다. 죽으라는 말이었다. 남자의 심장은 귀와는 달리 그 말을 알아들었다. 남자의 가슴 너머에서 심장이 고요해지더니 다시는 뛰지 못했다.

더 애원하도록 만들었어야 했다.

메리힘이 말했다.

그 소리가 내 귀에는 음악 같았을 텐데.

조용하게, 그리고 차분하게 워런이 몸을 일으켰다.

"책을 손에 넣었어요. 어디로 가져갈까요?"

알려 주겠다. 그때까지 안전하게 지키거라.

악마가 사라지자 워런의 머릿속이 진공 상태가 된 것 같았다. 이대로는 위험하다고 느껴질 정도로 피곤이 몰려왔다. 그는 어깨의 통증을 무시하고 움직이려고 애썼다. 그의 경비병들이 그를 지켜 줄 수 있는 은신처로 돌아가고 싶었다.

그리고 기회가 온다면, 다섯 사람을 죽이고 손에 넣은 이 책에 어떤 내용이 담겼는지 알고 싶었다.

2장

메이페어에 있는 테일러 앤드 로프투스 빌딩 지하 주차장 근처에서 사이먼은 마력으로 강화한 팔라듐 합금 갑옷을 머리부터 발끝까지 입고 있었다. 키가 완전히 자랐을 때 아버지와 함께 만든 갑옷이었다.

"통신회선 확인."

사이먼이 말했다.

"신호 양호."

대니엘 밸런타인이 주파수를 맞추어 즉각 회신했다. 나머지 팀원 열두 명도 질서 정연하게 응답했다.

사이먼은 그들의 목소리를 들으며 두려움을 뒤로 밀어 두려고 애썼다. 갑작스럽게 탈출해야 하는 상황에서 에너지를 마지막 한 방울까지 끌어올릴 때 외에는 공포라는 감정은 정말로 쓸모가 없었다. 그것도 그 감정을 정말 제대로 다룰 수 있을 때에만 가능했다. 그렇지 못할 때 공포심은 그저 인간을 어리석게 행동하도록 몰고 갈 뿐이 있다.

그는 바보 같은 짓을 하기 위해 여기까지 온 것이 아니었다. 전우들을 구하기 위해 온 것이었다. 혹은 전우들의 복수를 하기 위해.

사이먼은 194센티미터 키에 113킬로그램으로 본디 굉장한 체격이었지만 갑옷을 입은 후에는 8센티미터와 68킬로그램이 더해졌다. 갑옷의 나노다인 마이크로프로세서와 '근육'이 그에게 올림픽 선수 같은 움직임과 경주마 같은 스피드를 선사했다.

기본적으로 팔라듐으로 주조된 이 갑옷은 보호 주문으로 축복도 받았다. 여태껏 본 적 없는, 마법과 과학과 신념이 아주 섬세하게 어우러진 갑옷이었다.

이 갑옷은 마이크로퓨전 드라이브를 통해 흐르는 태양 에너지를 주전력으로 사용했다. 혹독한 환경에서도 18시간에서 24시간 동안 작동을 멈추지 않았다. 태양 전지가 바닥나면 아케인 에너지를 끌어 썼다. 운이 좋다면 이러한 예비 시스템으로, 안전을 확보할 때까지 충분히 오래 버틸 수 있었다.

팀원이 모두 회신에 응답한 것을 확인한 사이먼이 작전 건물에 주의를 돌렸다. 건물 주변이나 내부에서는 어떠한 움직임도 포착되지 않았다. 이 빌딩에는 '가고일' 조각 하나 없었다.

시내로 들어갈 때마다 사이먼의 팀은 본능적으로 가고일을 확인했다. 고딕 양식 건물이 너무 많았고 그만큼 가고일도 많았지만, 사실 가고일이라고 믿었던 것들 대부분이 이제는 지옥에서 기어 나온 악마 블러드 엔젤이었다.

"진입한다."

사이먼이 명령하며 검을 빼 들었다. 팔라듐 합금으로 벼린 커다란 검으로 길이가 122센티미터나 되었고 검날에는 번쩍이는 룬 문자를 새겨 넣었다. 갑옷이 끌어올려 주는 힘이면 한 손으로 휘두를 수 있을 만큼 충분히 가벼웠다.

건물 인접 거리를 사이먼이 한 번 더 훑어보았다. 투구에 장착된 HUD가 시야를 350도로 확보해 주었다. 말 그대로, 가고자 하는 곳의 정면과 등 뒤를 동시에 볼 수 있었다. 사이먼이 나지막하게 지시하자 시야가 열화상 야간 투시경으로 전환되었다.

"확대하라."

- 확대.

갑옷의 AI가 듣기 좋은 여성 목소리로 응답했다.

HUD가 즉각적으로 반응했다. 사이먼은 야간 투시경으로 다시 한번 건물을 보았다. 작전을 방해할 만한 것은 여전히 아무것도 없었다. 그가 심호흡을 하고 첫 발걸음을 내디뎠다.

차량들이 장난감처럼 거리를 나뒹굴고 있었다. 사이먼이 불에 타다 남은 차량 잔해를 피해 길을 건넜다. 한때는 런던 전경을 구경하게 해 주었던 빨간 2층 버스가 옆으로 넘어져 있었고 안팎으로 어른과 아이의 해골이 보였다.

여전히 유니폼을 걸친 기사는 운전석에 앉아 있었다. 치아 대부분은 사고 당시 충격으로 부서져 있었다. 대시보드 위에는 플라스틱 부처 모형이 훌라 춤을 추는 하와이 소녀 인형 옆에 놓여 있었다. 셔츠에 '제프리'라는 이름이 박음질되어 있었다.

등 뒤에서는 대니엘이 그의 어깨에 손을 얹어 갑옷 통신회선으로 신호를 주고받았다. 개인 대 개인 통신을 위한 회선으로, 해킹을 효과적으로 방지했다. 갑옷 간의 접촉으로 상대의 활력징후 또한 즉각적으로 읽어 들일 수 있었다.

"사이먼."

대니엘이 차분하게 말했다.

"처음 보는 광경도 아니잖아."

"알아."

그러니 더 잘 봐 둬야 해. 사이먼이 생각했다. 이런 것에 익숙해지면 안 돼. 눈앞에 쓰러져 있는 이 사람들 하나하나에, 악마와 끝까지 싸우겠다는 내 결의는 더욱 확고해질 테니. 그가 계속 나아갔다.

대니엘이 그의 뒤에 바짝 붙어 따랐다. 대니엘이 입고 있는 초록빛 도는 검정색 갑옷도 사이먼과 마찬가지로 위장 기능을 통해 밤의 어둠 속에 잠겨 들어가 있었다.

다른 두 템플러가 두 사람의 측면에서 전진했고, 팀원들이 대칭으로 대열을 이루었다. 모두들 검을 들고 있었다. 성전 기사단은 십자군 원정 이후 악마들과 맞서 싸우는 검술 훈련을 전통적으로 해 왔다. 인간과 악마의 전투는 언제나 인간 세상에서, 인간이 건립한 도시에서 벌어질 것이었기 때문이다. 다른 방법은 없었고, 템플러들은 그에 적응했다. 그 증거로 사이먼은 허리춤에 스파이크 볼터를 차고도 검을 들고 있었다.

- 신호 수신.

갑옷의 AI가 알렸다.

"누구지?"

- 미확인 송신처.

사이먼이 팀에게 대기하라는 지시를 내렸다. 그가 건물 벽에 기대 몸을 웅크린 후 360도 반경으로 거리를 살펴보며 대니엘의 팔뚝을 툭 쳤다.

"신호가 들어왔어. 팀원들에게 전달해 줘. 경계를 늦추지 말라고 하고."

"알았어."

대니엘의 매끈한 면갑에는 사이먼의 면갑이 비칠 뿐 아무런 표정도 드러나지 않았지만, 목소리에서는 긴장이 묻어 나왔다.

두 사람 모두 제보가 아니었더라면 여기 오지 않았을 것이었다. 템플러들이 붙잡혀 있다는 정보를 준 여자의 진짜 역할이 무엇인지, 그들은 여전히 파악하지 못하고 있었다.

- 수신 신호를 확인하시겠습니까?

AI가 물었다. 어쩌다 잡힌 신호가 아니라 의도적으로 보낸 것이었다. 상대방이 갑옷의 통신회선까지는 해킹하지 못한 듯했지만, 어쩌면 성공해 놓고도 그저 예의를 차리는 것일 수도 있었다.

"확인하라."

사이먼이 지시했다.

"사이먼."

여자 목소리가 흘러나왔다. 사이먼은 곧바로 누군지 알아차렸다. 레아 크리시였다. 런던 침공에 대해 처음 알게 되었을 때 남아프리카공화국에서 함께 영국으로 온 젊은 여자였다. 사실 그녀가 케이프타운에서부터 그를 추적했음을 사이먼은 뒤늦게 알았다. 그 이유는 여전히 몰랐다. 누가 그녀를 보냈는지도 몰랐지만, 지난 4년 동안 힘든 전투를 치르면서 두 사람 사이에는 믿음이 생겼다. 그녀가 누구와 일하는지에 대해서 두 사람은 그저 함구하는 쪽을 택했다.

사이먼과 함께 런던으로 돌아왔을 때 그녀는 언더그라운드에서 짧게 스파이 노릇을 한 후 사라져 버렸다. 그는 그 이유 역시 알지 못했다.

얼마 후 템플러 조직을 떠난 사이먼이 도시의 생존자들을 기차로 탈출시키려 했을 때, 그녀가 홀연히 나타나 도왔다. 그의 위치를 그녀가 대체 어떻게 알았는지 역시 알 수 없었지만, 그가 악마의 손을 가진 카발리스트와 싸울 때도 그녀는 그를 도왔다. 그 후로 두 사람은 몇 번밖에 만나지 못했지만, 그럴 때마다 그녀가 누구이며 어떤 조직에서 일하는지, 의문은 더욱 커질 뿐이었다.

하지만 사이먼은 생존 문제에 있어서만큼은 그녀를 믿을 수 있었다. 그녀가 몸담은 곳이 어디이든 그녀는, 그리고 그 조직은 궁극적으로 악마를 쓰러뜨리길 바랐다.

"레아, 지금은 때가 아닙니다."

"더 나빠질 거예요."

사이먼이 멈칫했다.

"어째서죠?"

"왜냐하면 지금 당신, 함정으로 들어가는 중이니까요."

레아 크리시는 테일러 앤드 로프투스 빌딩 거리 맞은편 5층 건물 옥상에 엎드려 있었다. 그녀는 클러스터 라이플을 어깨에 고정하고 적외선 조준경으로 아래 거리를 샅샅이 살폈다.

그녀는 여기 있으면 안 되었다. 발각되면 곤경에 처할 테지만, 온통 악마로 들끓는 이 세상에서, 그 밖의 다른 어떤 문제도 걱정해야 할 만큼 대단해 보이지 않았다.

그래서 그녀는 이곳에 와서, 자신이 던져 준 문제를 사이먼 크로스와 그의 팀이 어떻게 풀어 나갈지 직접 보기로 마음먹었다. 이 문제를 그에게 안긴 것이 마음에 걸리던 참이었다. 그가 감당할 일이 아니었기 때문이다. 적어도 이런 방식으로 해결할 일은 아니었다.

"함정이라는 것을 어떻게 알았죠?"

레아는 적외선 조준경으로 그를 보고 있었다. 갑옷을 입은 그는 마치 인간 탱크처럼 커다랬지만, 위장 기능 때문에 그를 발견하기는 쉽지 않았다.

"방금 입수한 정보에 따르면 저기 붙잡힌 템플러들은 당신을 은신처에서 끌어내기 위한 미끼예요."

"나는 숨어 있지 않았습니다."

지친 목소리네. 레아가 생각했다.

"알아요."

지난 4년 동안 그는 그의 뜻대로 언더그라운드를 건설했다. 수백 년간 쌓아 온 템플러의 자원 없이 해낸 일이었다.

그는 할 수 있는 한 많은 사람들의 목숨을 구했지만, 그러한 노력은 점점 더 헛되어 갔다. 구할 수 있는 사람이 너무 적은 데다가, 있다 하더라도 폐허가 된 도시에서 그들을 찾아내기란 쉽지 않았다. 사이먼은 지난 몇 주 동안 단 한 사람도 구하지 못했지만, 레아는 그가 결코 그 일을 그만두지 않는다는 것을 알았다. 지난 4년 동안 그다지 자주 만나지 못했음에도, 그녀는 그가 어떤 남자인지 잘 알게 되었다.

그는 그런 사람이었다.

바로 그래서 내가 여기 온 거지. 한밤중에 잠복 장소를 이탈해서는 이 빌어먹을 건물 옥상까지 올라왔다고. 들키면 조용히 끝나진 않을 텐데. 안 그래?

레아 크리시가 지켜본바 사이먼 크로스는, 이런 세상에서는 이제 더 이상 만나기 힘든 그런 사람이었다. 그를 돕지 않고 그대로 죽게 내버려 둘 수는 없었다. 돕지 못한다면 경고라도 해 줘야 했다.

"저 안에 템플러들이 있습니까?"

사이먼이 단호하게 물었다.

"네. 하지만 악마들이 당신을 기다리고 있기도 해요."

"어떻게 압니까?"

"왜냐하면 테레스 부스, 로크 가문의 원수라는 그 작자가 템플러들을 미끼로 내버려뒀거든요."

환영받지 못하는 손님으로 언더그라운드에 머물렀을 때, 레아도 부스를 만났었다. 도저히 호감을 느낄 수 없는 남자인 데다가 사이먼의 옛 과오에 엄청난 원한을 품고 있었다.

"저기 템플러들이 있다는 걸 부스도 안다는 말입니까?"

"네."

"그런데 아무것도 하지 않았다고요?"

"템플러들은 아직 거기 있어요, 사이먼. 안타깝지만 거기 들어가면 안 돼요. 놈들이 만반의 준비를 했다고요."

"그런 정보들을 다 어떻게 안 겁니까?"

전부 설명할 수는 없었다. 비밀로 엄수해야 할 것들이 여전히 너무 많았다. 비록 악마를 물리칠 수 없다 하더라도, 그녀의 조직은 이 세상이 복수조차 꿈꾸지 못할 정도로 무너지게 내버려 두지 않을 것이었다.

그녀는 자신의 자리를 지키겠다고 맹세했다. 그 맹세에서 벗어나기 전까지는 그 누구에게도 입을 열 수 없었다.

"날 믿어야 해요, 사이먼."

"언더그라운드를 감시하고 있었던 거죠, 그렇죠?"

레아는 굳이 부정하지 않았다. 그녀의 상관이 그곳에서 어렵사리 입수하는 정보는 중요했다. 템플러는 악마들과 진짜 전투라고 할 만한 싸움을 할 수 있는 유일한 존재였지만, 템플러의 거의 대부분이 침공 첫날 밤에 전사했다. 살아남은 템플러들은 그날 이후 숨어 지냈다. 사이먼과 그의 템프러들만이 예외였다.

"당신은 누구랑 일합니까?"

사이먼이 거칠게 물었다.

"말할 수 없어요. 말한다 하더라도 지금은 적당한 때와 장소가 아니에요."

그녀가 잠시 말을 멈추고 적외선 조준경으로 그를 보았다. 어릴 때 그녀는 국가를 위해 망설임 없이 목숨을 바치는 사람들, 영웅이라 여겼던 사람들과 함께 자랐다.

하지만 그녀가 그 세계에 첫발을 들여놓았을 때, 거의 대부분의 사람들이 그런 길을 가지 않는다는 사실을 깨달았다. 그들 대부분은 몸에 상처 하나 입지 않고 위험에서 빠져나오는 것이 우선이었다. 임무의 성공은 뒷전이었다.

사이먼 크로스나 그를 따르는 템플러 같은 사람도 얼마쯤 있긴 했지만, 대부분은 언더그라운드 요새에 숨은 다른 템플러들과 다를 바 없었다. 그녀가 본 바로는 사이먼 크로스 같은 사람은 드물었다. 그리고 세상은 점점 더 그런 사람들을 필요로 했다. 무엇보다도 지금 이 순간 그러했다. 레아는 침착하게 말했다.

"당신은, 그 안에 들어가면 안 된다는 것만 알면 돼요."

"나를 여기로 이끈 건 당신의 정보였습니다."

사이먼이 대답했다. 그의 목소리는 담담했지만 비난하는 듯 들렸다.

"당신이 내게 알려 주지 않았다면 붙잡힌 템플러에 대해서 전혀 몰랐겠죠."

"알아요."

레아가 숨을 들이쉬고 침착함을 잃지 않으려고 애썼다. 옳은 일을 향한 사이먼의 이런 우직함 때문에 레아는 그와 함께하는 것이 때로 좌절스러울 만큼 답답했다. 누군가의 목숨이 걸린 일이라면 그 역시 매번 자신의 목숨을 걸었다.

"지금은 함정이라고 알려 주고 있잖아요."

"결국은 템플러들이 이 건물 안에 붙잡혀 있다는 것 아닙니까. 악마의 손에 우리 전우가 있습니다. 그거면 충분합니다."

사이먼이 조용하지만 단호하게 말했다.

"사이먼."

딸각 하는 소리와 함께 사이먼이 통신을 끊었다. 레아는 그에게 욕을 퍼부으면서도 사격 위치를 떠나지 않았다. 사이먼 크로스 특유의 그 어리석음은 믿을 수 없을 만큼 전염성이 강한 것이 분명했다.

그녀가 클러스터 라이플을 조준한 자세로 행동을 개시할 순간을 기다렸다.

3장

 함정이라는 새로운 정보가 입수되었지만, 사이먼은 작전을 속행하기로 결정했다. 사이먼과 함께한 템플러 모두가 런던에 있는 비밀스러운 제보자의 존재를 알고 있었다. 누구도 사이먼만큼 레아를 믿지는 않았다. 그러나 그녀가 그들에게 주는 정보는 신뢰했다. 대개는 나쁜 뉴스이거나, 더욱 나쁜 뉴스들이었다.
 사이먼의 말대로 템플러의 목숨이 걸려 있었다. 이 템플러들은 그들의 친구이자 전우였고, 어쩌면 친인척일 수도 있었다. 그들에게 다른 선택은 없었다.
 그러나 전략은 바꿀 필요가 있었다.
 "첫 번째 팀이 진입하여 짧게 정찰한다."
 사이먼이 말했다.
 "발각되지 않는다면 좋겠지만 그렇지 않을 경우 적들을 거리로 몰고 나온다. 그 편이 이길 확률이 높을 것이다."
 그는 한 팀을 지하 주차장으로 내려보내고 다른 두 팀은 급히 퇴각할 경우를 대비하여 대기시켰다.

 사이먼은 주차장의 어둠 속을 성큼성큼 걸어가며 스파이크 볼터를 꺼내 들었다. 그의 갑옷과 암호로 연결되어 있어 그 총은 다른 템플러는 물론 그 누구의 손에서도 작동하지 않았다.
 돼지 코처럼 못생긴 총구에, 총열 여섯 개가 재빠르게 돌아가며 1분에 1,600개의 탄환을 발사했다. 송곳 같은 팔라듐 탄환은 가장 질긴 악마의 거죽도 뚫을 수 있었다.

스파이크 볼터는 휴대용 피스톨 중에서도 정교하지 못했고 너무 많은 탄환이 발사되었기 때문에 기본적으로 근접전에서 사용되었다. 하지만 일제 엄호 사격 시에도 많이 쓰였다.

거리에서 벌어졌던 대학살은 차고까지 밀려 들어왔던 듯했다. 많은 차들이 버려져 있었다. 연쇄 추돌로, 탈출하려던 차 주인이 영원히 갇혀 버린 차량도 많았다.

상층과 지하를 오갔을 엘리베이터들은 오른편에 있었다. 도시 전역의 전기가 끊겼기 때문에 작동하지는 않았다.

사이먼은 HUD의 야간 투시 기능으로 주차장을 둘러보았다.

"주차장 도면 전송."

- 전송 중.

갑옷 AI가 말했다. 그 즉시 주차장의 청사진이 화면에 나타났다. 엘리베이터와 계단이 분명하게 표시되어 있었다.

계단은 주차장 왼편에 있었다. 사이먼이 그쪽으로 향했다. 두려움이 스멀스멀 올라왔다. 최근에는 항상 그랬다. 악마와 맞서야 할 때의 그런 공포와는 달랐다. 언더그라운드에서 템플러들과 함께한 어린 시절에 이어 10대가 되었을 때에도 그는 진짜 공포가 무엇인지 몰랐다.

아직 작은 꼬마였을 땐 템플러 아이들이라면 으레 처음 듣는 악마 이야기에 그는 겁에 질렸고, 악몽을 꾸었었다. 일반적인 일이었다. 템플러 아이들은 피에 굶주린 악마가 세상을 정복하려 한다는 생각과 함께 자랐다. 다른 평범한 영국 아이들이 누렸던 유년기와는 분명 달랐다.

그러나 10대가 되었을 때 그는 더 이상 악마를 믿지 않았다. 무엇보다도 실제로 악마를 본 사람은 아무도 없었던 것이다. 심지어 수백 년도 더 전, 영국과 프랑스에서 콘스탄티노플로 떠났던 사람들이 시작한 이야기였다. 콘스탄티노플이 이스탄불로 불리기도 전이었다. 그들 중에는 위용을 뽐내려던 전사들도 있었을 것이다. 악마를 물리쳤다고 하면 위대한 이야기의 주인공으로 길이길이 남을 터였다.

사춘기에 접어든 사이먼은 템플러의 신념을 그렇게 받아들였다. 그는 하루가 멀다 하고 아버지 토머스 크로스의 마음을 아프게 하고 좌절감을 안겼다. 결국 두 사람 사이는 멀어졌다. 사이먼은 파쿠르와 베이스 점핑에 푹 빠졌고, 그런 익스트림 스포츠와 더불어 스케이트보드에도 열광했다. 그 시절 그는 진짜 공포를 결코 알지 못했다. 스포츠 중 팔다리가 부러졌을 때조차 부상이 낫는 즉시 다시 거리로 나갔다.

그러나 바로 지금, 사이먼은 이곳에 있는 악마들을 느낄 수 있었다. 놈들이 기다리고 있었다.

계단실로 향하는 문에 다다르자 사이먼은 등에 찬 검집에 검을 넣었다. 왼손에는 스파이크 볼터를 들고 오른손으로 손잡이를 쥐고 조심스럽게 당겼다.

문은 거의 아무런 소리도 내지 않고 열렸다. 좋은 징조는 아니었다. 최근 열린 적이 있는 것이다.

그가 멈춰 서서 귀를 기울였다. 좁다란 벽들에서는 오로지 침묵만이 감돌았다. 그가 바닥과 지하로 이어지는 철제 계단을 훑었다.

"이상 무."

대니엘이 말했다. 사이먼은 그녀가 그의 HUD 영상에 접속하고 있음을 알았다. 가까운 거리에 위치한 팀원들은 영상을 공유할 수 있었다. 템플러는 갑옷 능력을 향상하는 데 심혈을 기울였다. 애초에 그들보다 훨씬 우세한 적과의 전투를 염두에 두고 만든 것이었다. 수년에 걸쳐 업그레이드한 어떤 기술은 군대에 전수하기도 했다. 그리고 템플러 병기 담당관들도 그만큼 많은 것을 받았다.

마지막으로 재빨리 살펴본 사이먼이 지하로 내려가기 시작했다. 대니엘이 뒤따르며 주위를 경계하고, 네 번째로 내려오는 월터가 후방을 엄호했다. 사이먼과 케빈이 선두에 섰다.

나선계단의 벽에는 그라피티[1]가 가득했다. 유머러스한 것도 있었고 공격적인 것도 있었다. 슬픈 점은, 이제 그 어떤 그라피티도 헛되다는 것이었다. 거기 그라피티를 그려 넣은 사람도, 그 목적도 이제는 사라져 아무도 관심을 갖지 않았다.

오디오 증폭기를 통해 사이먼은 뒤에서 따라오는 템플러들의 부드러운 파장을 느꼈다. 어떤 인간도 들을 수 없는 파장이었다. 템플러들은 갑옷을 입고도 소리 없이 움직이는 법을 알았다.

층계참을 두 개 내려가자 '관계자 외 출입금지'라고 쓰인 문이 나타났다.

"여기는 무슨 용도지?"

사이먼이 물었다. 대니엘이 사전 조사를 맡았었다.

"낡는 사무용 가구나 청소 도구도 있지만 주로 서류를 보관한

---

1) 길거리 벽면에 스프레이 페인트로 그린 낙서나 그림.

것 같아."

사이먼이 도면을 살펴보았다. 108제곱미터 크기 방이었다. 그가 문을 열려고 해 보았지만, 문은 잠겨 있었다.

"준비 됐나?"

사이먼이 물었다. 그가 여태 남아 있던 두려움을 몰아냈다. 갑옷 AI가 아드레날린 분비를 알렸다. 아드레날린은 좋은 연료였지만 너무 과했다가는 자칫-

- 경고.

AI가 말했다.

- 아드레날린 과다 분비. 일정 분량의 진정제 투여 준비.

"거부한다. 슬랩 패치 투여 중단."

갑옷에는 신체 및 향정신성 의료 장치가 장착되어 있었다. 만약 팔이나 다리에 심각한 부상을 입으면 의료 시스템이 부상 부위를 절단하고 지혈했다. 과호흡이나 패닉이 오면 슬랩 패치가 처방되어 템플러의 상태를 조절했다.

만약 그것도 통하지 않는다면 같은 결과를 유발하는, 마법에 가까운 힘을 발휘하는 갑옷도 있었다.

내가 조절할 수 있어. 사이먼이 생각했다. 그에겐 지금 아드레날린이 필요했다. 항상 그랬다. 그가 익스트림 스포츠에 빠졌던 이유이기도 했다. 아버지는 결코 온전하게 이해하지 못하셨다.

아버지, 신께서 당신 영혼을 보살펴 주시길.

팀원들이 서서 기다리고 있었다. 사이먼이 문을 활짝 연 후 스파이크 볼터를 밀어 넣으며 조심스럽게 진입했다.

사이먼의 키보다도 높이 들어찬 상자와 사무용 가구 탓에 방 안은 미로 같았다. 더 깊숙이 들어가기 전 사이먼은 무의식적으로 천장부터 확인했다. 여태 싸워 왔던 악마들은 어떤 놈들이든 천장에 매달려 있을 수 있었다.

천장에는 아무것도 없었다. 그가 사격 준비 자세로 스파이크 볼터를 든 채 천천히 나아갔다.

"조난 반응 탐색."

사이먼이 AI에 지시를 내렸다.

"수색 실시."

- 확인. 수색 중.

조난 반응이란 템플러에게 연결된 모든 주파수로 탐지되는 저준위 통신 태그였다. 전투에서 망가지거나 오작동으로 갑옷 시스템이 꺼졌을 경우, 수색과 구조를 위해 개발된 기능이었다.

- 조난 반응 2건 발견.

"스크린에 전송하라."

사이먼이 지시했다. 깜빡이는 두 개의 점이 HUD에 곧바로 나타났다. 거의 바로 앞이었다. 두 점의 거리도 가까웠다.

- 인간 체온 추가 확인.

AI가 알렸다.

"스크린에 전송하라."

처음 전송된 두 점 옆에 또 하나의 깜빡임이 나타났다. 이번에는 위험을 알리는 빨간색이었다.

"새로운 신호의 정체는 식별 가능한가?"

- 불가능. 인간일 가능성도 존재합니다.

인간이라고? 사이먼이 곰곰이 생각하면서 계속 전진했다. 벽처럼 높이 쌓인 상자와 사무용품들이 길을 막았다. 그가 어깨로 밀고 나아가려는 순간 무언가가 머리 위에서 움직이는 소리가 들렸다.

4년간 그토록 비참한 런던 거리를 목격했는데도, 어떤 사태에든 대비할 준비를 해 왔는데도, 사이먼은 그를 맞이하는 눈앞의 광경은 예상하지 못했다. 그가 반사적으로 스파이크 볼터를 조준하며 검으로 손을 뻗었지만, 공간이 너무 협소하다는 것을 깨닫고 그대로 멈추었다.

"안녕하신가, 템플러."

그의 앞에 선 그것이 말했다. 한때는 인간이었을지 모르지만 이제는 도저히 인간이라고 할 수 없을 정도로 뒤틀리고 휘어져 있었다. 다리 없이 팔만 여덟 개였는데, 그중 네 팔로 땅을 디디고 있었다. 피부가 있었어야 할 곳에는 붉은 기가 도는 보라색 비늘이 돋았고 아래턱뼈가 30센티미터는 되는 듯 기형적으로 길게 튀어나와 있었다. 날카로운 누런 이빨은 인간이라기에는 너무 많았다. 머리 양 끝에 두 눈이 있기는 했지만 미간이 심하게 넓었다. 둥글고 납작한 안구는 파리처럼 겹눈이었고 중심 눈 두 개에서 위성처럼 뻗어 나가며 두상을 뒤덮은 작은 눈들이 보였다.

"저게 뭐지?"

대니엘이 갑옷 회선으로 소리 죽여 말했다.

"나도 모르겠어."

언더그라운드에서 그들은 악마의 능력과 약점에 대해 배웠지만, 세대에서 세대를 거쳐 전해진 그 정보들은 대체로 조악했다. 침공 이후 여러 전투를 거치면서 템플러들은 악마에 대해 더 잘 알게 되었다. 악마의 종류와 능력에 있어 배웠던 것과 실제가 어떻게 다른지 매 순간 비교할 수 있었다.

"악마에게 지배당한 후 신체가 변형된 것 같군."

비교적 노장인 월터가 말했다. 전문 연구 분야가 마법인 그는 최근 사이먼의 팀과 함께했다.

"인간의 몸을 탈취한 악마라는 건가요?"

케빈이 물었다. 아직 수련 중인 열아홉 살 템플러로, 사이먼이 언더그라운드를 박차고 나온 몇 주 후 합류했다. 사이먼의 아버지와 마찬가지로 케빈의 아버지도 핼러윈 날 밤, 세인트 폴 대성당의 대살육 때 전사했다. 당시 케빈은 복수심에 불탔으나 이제는 스스로를 다스리는 법을 배웠다.

"맞아."

월터의 목소리에서 몹시 놀란 듯한 경탄이 살짝 묻어 나왔다.

"이런 이야기를 들어 보긴 했지만 눈으로 확인하는 건 처음이군."

이제 시작일지도 모르지. 사이먼이 생각했다.

"숙주는 어때요?"

대니엘이 물었다.

"악마에게 잠식되면서 정신도 사라졌어."

월터가 대답했다. 눈앞의 악마가 고개를 갸웃거리며 계속해서 딸가닥거렸다. 인간의 목구멍에서는 나올 법하지 않은 소리였다.

"숙주를 살릴 방법이 없는 게 확실합니까?"

사이먼이 물었다.

"없네. 정신은 이미 소멸했어. 예전에 누구였는지 몰라도, 이미 악마에게 먹혔고 이제 아무것도 남지 않았어."

사이먼도 희망을 버렸다.

"템플러들은 어디 있는 거지?"

대니엘이 물었다. 구조하러 온 템플러들을 잠시 잊고 있었다는 사실을 깨달은 사이먼은 죄책감을 느꼈다. 그만큼 악마의 모습은 너무도 압도적이었다.

사이먼의 오른쪽 바닥에 템플러 두 명이 쓰러져 있었다. 기름처럼 새까만 비단실 같은 것에 고치처럼 싸인 채 조금도 움직이지 않았다. 체온만이 유일한 활력징후였다. 사망했다면 AI의 센서에도 감지되지 않았을 것이다. 사이먼은 그 점에 희망을 걸었다.

한 템플러가 입고 있는 청록색 갑옷은 낯이 익었다. 다른 템플러의 녹색 바탕에 회색빛 도는 갑옷은 처음 보는 것이었다.

"잘 왔다, 템플러."

악마가 고개를 기울이자 피 같은 노란 액체가 턱에서 뚝뚝 떨어졌다.

"남아서 싸우기를 택한 자들이 아직 있다고 듣긴 했는데. 애처롭군. 우린 네놈들을 묻어 버리기 위해 왔다."

놈의 턱이 크게 벌어졌다.

"내게서 자비를 구하진 말아라. 여기 이 두 인간과 마찬가지로, 네놈들의 죽음 또한 비참할 것이다."

사이먼이 스파이크 볼터의 방아쇠를 당기며 말했다.

"오늘은 죽지 않아."

4장

 사이먼이 건틀릿을 찬 손으로 번개처럼 재빠르게 스파이크 볼터를 들어 놈의 몸 한가운데를 조준했다. 향상된 힘과 훈련 없이는 들고 있기조차 힘든 무기였다. 1초에 26발이었다. 놈의 거미 같은 몸에 탄환들이 박혔다. 반동으로 스파이크 볼터가 치켜 올라갔다. 갑옷의 힘으로도 그 반동은 억누를 수 없었다.
 묵직한 총성이 밀폐된 방 안에서 울려 퍼졌다. 곧 악마의 비명 소리가 뒤이었다.
 놈이 가볍게 사이먼에게로 달려들었다. 상처 수백 개에서 녹색 피가 흘러내렸다. 팔 하나가 송곳 탄환에 찢겨 나갔다.
 거미 같은 악마는 사이먼을 붙들더니 투구 면갑에 얼굴을 내리눌렀다. 폴리카보네이트를 기반으로 주조한 액체 금속 투구가 아래턱뼈에 눌리며 덜커덕거리는 소리를 냈다. 자연 상태 그대로는 액체이나 전류나 마력을 주입하면 강철보다 더 단단해지는 합금이었다. AI는 투구 형태를 유지하기 위해 메모리에 형판을 저장하고 있었다.
 아래턱뼈가 내리누르는 힘이 커지자 투구에 실금이 가기 시작했다.
 - 경고.
 AI가 차분한 목소리로 경고했다.
 - 투구가 파손될 가능성이 있습니다.

투구가 점점 빡빡하게 죄어 오면서 사이먼의 시야도 흐릿해졌다. 면갑의 균열도 보이지 않았다. 사이먼이 오른손을 들어 악마의 목을 손가락으로 감쌌다.

"너는 죽는다, 템플러."

악마가 거칠게 말했다.

"절대 살아 나가지 못할 것이다."

사이먼은 대답하지 않았다. 그는 권총을 총집에 넣고, 검을 꺼내 앞으로 휘둘렀다. 검이 악마의 살을 깊숙이 갈랐다. 잠시 후 놈은 사이먼의 손아귀에서 축 늘어졌다. 남은 팔 일곱 개가 힘없이 흔들렸다. 사이먼이 놈의 시체를 방구석에 수십 년 동안 방치된 듯한 낡은 복사기 더미로 집어 던졌다.

사이먼은 성큼성큼 걸어가 고치 속 템플러에게 손을 얹었다.

"활력징후."

- 접속 중.

AI가 응답했다.

- 신분이 확인되었습니다. 엘리자베스 스티븐슨.

사이먼도 아는 사람이었다. 그의 기억이 옳다면 젊은 템플러로, 그보다 여덟 살 어린 21세였다. 사이먼과 마찬가지로 로크 가문의 일원이었다. 지금은 테렌스 부스가 로크 가문의 원수였다.

지하실을 비추고 있는 HUD 화면 왼쪽 구석에 각종 숫자가 나타났다. 심장박동, 혈압, 호흡 모두가 수면 상태일 때보다도 나빴다.

사이먼도 그럴 것이라고 예상하고 있었다. 악마가 인질을 스스로 방어할 수 있는 상태로 두지는 않았을 것이다. 특히 그 인질이 템플러라면.

"갑옷에 해킹 흔적이 있나?"

해킹을 통해 진정제를 투여했을 수도 있었다.

- 가능성이 낮습니다.

AI가 대답했다. 사이먼은 엘리자베스의 갑옷 시스템에 접속할 수 없었다. 갑옷 주인이 사망한 경우를 제외하고는 주인의 허가가 있을 때, 그것도 연구실만큼 보안이 철저하고 안전한 환경에서만 접속이 가능했다.

이 두 템플러에게 무슨 일이 있었는지는 조만간 알 수 있을 것이다. 사이먼은 또 다른 템플러 옆에 무릎을 꿇고 앉아 있는 대니엘에게 물었다.

"누군지 확인했어?"

"저스틴 피츠제럴드."

"알아?"

"아니."

"어느 가문이지?"

템플러 조직은 칙령과 필요에 따라 여덟 가문으로 이루어져 있었다.

"써머라일."

대답에서 숭배하는 듯한 어조가 묻어났다. 써머라일은 템플러 사이에서 존경받고 사랑받는 가문이었다. 마지막 기사단장이었던 패트릭 써머라일은 핼러윈 전투에서 전사했다. 사이먼 또한 그를 알았고, 존경했다.

"그렇다면 왕가의 조카 중 한 명이겠군."

"질손이거나 증질손일 가능성이 더 커. 이제 겨우 열일곱이야."

사이먼이 고개를 저었다.

"이렇게 어린 나이에, 대체 여기에서 뭘 하고 있었던 거지?"

"우리도 이만큼 어렸어."

대니엘이 나직하게 말했다.

"그렇게 오래전도 아니야."

"둘에서 여기 온 게 아니라, 낙오된 건지도 모르지."

월터가 덧붙였다. 그 말에 불길한 생각이 엄습했다. 죽은 템플러들이 길에 줄을 지었을지도 모른다는 생각 같은 것은 하고 싶지 않았다.

"사이먼."

테일러 앤드 로프투스 빌딩 밖에서 대기하던 템플러의 목소리가 회선으로 들려왔다.

"말해."

"건물 안에서 움직임이 포착됐어."

"뭐?"

사이먼이 벌떡 일어섰다.

"좀비다."

템플러가 긴장한 듯 말했다.

"주차장이 놈들 천지야."

그들은 템플러들을 고치째 데려가기로 결정했다. 월터와 케빈이 의식 없는 두 전사를 어깨에 짊어졌고 사이먼과 대니엘이 계단으로 향하는 길을 엄호했다.

두 번째 층계참에 도착한 순간, 뒤에서 좀비 무리가 덮쳤다. 놈들은 흉측하게 일그러진 몰골로 먹잇감을 쫓아 끝없이 밀려들어 왔다.

계단실로 몰려든 좀비들은 피투성이였다. 벌어진 상처나 눈, 코, 입 어디라도 닿았다가는 질병에 감염될 것이 분명했다. 몸에 달라붙은 옷 조각을 통해, 악마의 주문으로 되살아나 온갖 것을 파괴하고 다니기 전에는 어떤 사람이었는지 짐작할 수 있었다.

사이먼이 스파이크 볼터를 조준하고 발사했다. 팔라듐 탄환이 죽은 자들의 살을 찢고 사지와 머리와 몸통을 조각조각 잘랐다. 몽둥이처럼 팔을 휘두르며 길을 막고 선 놈들을 바깥으로 밀쳐 냈지만 계단을 몇 미터 앞에 두고 도무지 앞으로 나아가기가 힘들었다.

"사이먼."

대니엘이 말했다.

"쇼크웨이브를 장전했어."

사이먼이 한쪽 무릎을 꿇고 한 좀비의 허리춤을 움켜쥐었다. 놈의 살은 찢어지고 갈비뼈도 이미 부러져 있었다. 죽어도 죽지 않은 그 괴물이 썩어 문드러진 주먹을 휘두르며 사이먼의 면갑을 향해 덤벼들었다.

"지금이야."

사이먼이 지시했다. 쇼크웨이브는 템플러의 HARP 기술을 응용하여 개발된 휴대 무기였다. 전자와 음속 발전기로 음파를 전도하는 정자장[2]을 방출하는 원리였다. 수색과 구조, 채굴 작업을 돕기 위해 고안된 기술이었다.

---

[2] 靜磁場, 시간이 지나도 변하지 않는 자기장. 정지한 자석이나 정상 전류에 의하여 만들어진다.

HARP 블래스터가 생성하는 음파는 굉장한 속도로 주파수를 바꾸어 무기물질을 산산조각 냈다. 음파 폭발 사거리에 있는 목재나 돌, 강철 같은 물질은 충격으로 파괴되었다. 동굴처럼 넓은 장소가 폭발에 휩쓸려 완전히 무너지는 일은 드물었지만 돌출된 바위 같은 것은 부서졌다.

식물과 동물처럼 살아 있는 것들은 신경계가 교란되었다. 식물도 큰 충격을 받지만, 동물이나 인간은 공격 한 방에 의식을 잃었다.

대니엘이 쇼크웨이브의 방아쇠를 당겼다. 라이플에 적용한 HARP 기술의 축소판이라고 할 수 있었다. 개발자들은 전자기 펄스 수집기와 축전기를 장착할 공간을 줄여 크기를 줄인 대신, 충전 시간을 크게 늘렸다. 효과 범위가 4.5~6미터쯤으로 줄었지만, 작은 목표물을 정확하게 조준하는 것은 불가능해졌다. 발사 후 폭발의 충격은 사방으로 퍼져 나갔다.

쇼크웨이브가 크게 덜컥 하는 소리를 내고 웅웅 울리더니 발사되었다. 발포 소리는 주변 빛까지 영향을 미쳤다. 미립자 파도가 점점 더 밝아지더니 눈이 멀 정도의 청백색 섬광을 번쩍이며 폭발했다.

갑옷 AI에는 쇼크웨이브 방어 프로그램이 설치되어 있었다. HUD가 섬광에 즉각 반응하며 아주 잠깐 화면이 꺼졌다 켜졌을 뿐, 다른 불편함은 없었다. 사이먼은 제때 시야를 확보해 좀비들이 맞닥뜨린 상황을 볼 수 있었다.

생전에 좀비들은 살아 있는 유기물질이었지만, 사망 후 달라졌다. 더 이상 피가 흐르지 않았고, 체내에서는 어떤 변화도 일어나지 않았다. 살아 있지 않은 이 시체들은 HARP의 음파에 무기물질과 같은 운명을 맞았다.

좀비들은 잠깐 동상처럼 그 자리에 얼어붙었다. 뒤쪽에 있어 쇼크웨이브의 영향권에서 벗어난 놈들은 앞으로 계속 나아가기 위해 발버둥 치고 있었다. 잠시 후 놈들이 몸을 마구 뒤틀고 부들부들 떨더니 에너지 파도에 휩쓸려 산산이 부서졌다. 죽은 지 얼마 되지 않은 언데드 몇 놈은 다른 좀비들에게까지 날아가 내팽개쳐졌다.

좀비를 붙들고 있던 사이먼의 오른손은 아무것도 없는 허공을 쥐고 있었다. 그는 즉시 앞으로 튀어 나가 뒤편에 있던 좀비들을 향해 몸을 날렸다. 손에 쥔 스파이크 볼터가 울부짖으며 팔라듐 탄환을 내뿜어 좀비들을 잘게 다졌다. 그가 어깨를 낮추고 돌진하여 언데드 무리를 출입구까지 몰려고 애썼다.

그러다 한데 뒤엉킨 언데드에게 발이 걸려 넘어질 뻔한 사이먼이 밀어붙이던 힘과 가속도를 이용해 몸을 앞으로 굴렸다. 올림픽 체조 선수처럼 노련하지는 못해도 갑옷이 관성에 탄력을 더해 주었다.

사이먼이 반쯤 몸을 일으켰을 때 좀비들이 그를 덮쳤다. 놈들의 무게에 밀려 바닥으로 쓰러질 것 같았다.

재빠른 놈들이구나. 사이먼이 생각했다. 수적으로 열세였고 죽음이 눈앞에 그려졌지만 그의 마음 깊숙이 생을 향한 맹렬한 욕망이 꿈틀거렸다. 무슨 일이 벌어지든, 이 싸움이 어떻게 끝나든, 그는 자신이 있어야 할 바로 그 자리에 있음을 알았다. 평생에 걸쳐 그는 이런 전투를 대비한 훈련을 했었다.

그가 오른손으로 밀면서 몸을 일으켰다. 언데드 무리가 그를 내리누르며 압박했지만 갑옷이 몸을 지탱해 주었다. 사이먼은 얼굴 앞으로 스파이크 볼터를 내밀어 방아쇠를 당겼다.

언데드 무더기 사이로 구멍이 생겼다. 사이먼이 그 구멍으로 힘껏 몸을 밀어 넣으며 HUD를 통해 사방에 좀비들 말고는 아무것도 없음을 확인했다. 완전히 일어선 사이먼이 오른편으로 돌아서 스파이크 볼터를 겨누며 어깨 뒤로 손을 뻗어 검을 꺼내 들었다.

1미터가 넘는 검이 그의 손에서 번쩍이며 자유롭게 움직였다. 그가 걸음마를 떼던 순간부터 아버지는 그에게 검술을 가르쳤었다. 검을 다루는 것은 호흡과도 같았다.

그가 뒤로 물러나며 왼쪽으로 빙글 돌면서 검을 크게 휘둘렀다. 좀비들의 뼈와 살이 숭덩 베여 나갔다. 그가 검을 왼쪽 어깨 위로 들어 올리며 앞에 몰려든 적들을 향해 한 걸음 나아가 스파이크 볼터를 겨누었다.

HUD가 그와 함께 있는 세 템플러 외에도 다른 템플러 넷이 지하 주차장 입구로 막 들어서는 모습을 보여 주었다. 사이먼은 왼편의 적들을 향해서 스파이크 볼터를 쏘았다. 그리고 검을 힘껏 당겨 크게 휘두르며 오른쪽 좀비 무리들을 쓸어버렸다.

"2팀, 3팀, 위치 사수. 지금 퇴각한다."

사이먼이 명령했다. 주차장 안으로 전진하던 네 템플러가 멈추더니 후퇴했다.

"서두르십시오."

드레이크가 조바심 내며 말했다.

"거기서 뜯어 먹히기라도 하는 줄 알았습니다."

5장

 사이먼이 앞장서서 주변을 확인한 후 대니엘과 월터, 케빈이 지하실 문을 빠져나왔다. 월터와 케빈이 각자의 무기를 쉬지 않고 발포했다.

 월터의 스코처에 명중된 좀비들은 마치 불쏘시개처럼 활활 타올랐다. 스코처는 화염방사기의 일종으로, '그리스의 불'이 지닌 마력이 좀비들을 통제하려는 악마의 힘을 저지했다. 좀비들은 비틀거리면서 느릿느릿 사방으로 흩어졌고, 그들을 집어삼키며 붉게 타오르는 주홍빛 혓바닥을 제외하고는 그 어떤 것에도 흥미를 보이지 않았다. 케빈은 사이먼과 같은 스파이크 볼터를 겨누고 백발백중으로 맞히었다.

 어둠 속에서 대니엘의 몰턴 에지(Molten Edge Sword; 템플러 무기)가 번쩍이며 좀비들의 몸을 꿰뚫었다. 기다란 검은 석탄이 타오르듯 노란색과 주황색으로 빛났다. 금속 자루와 검날을 따라 섬뜩한 에너지가 흘렀다. 불타는 검날이 지나간 자리에는 재와 까맣게 탄 살덩어리만이 남았다. 여러 좀비가 불길에 휩싸여 다른 좀비들에게까지 불을 옮겨붙이고 있었다.

 더 많이 쓰러뜨릴수록, 더 많은 좀비들이 몰려들었다. 잘 설계되고 준비된 함정이었다.

 사이먼은 전방에 재규어 XKE-2(재규어 자동차)가 전복되어 있는 것을 보았다. 그는 스파이크 볼터를 총집에 넣은 후 검으로 좀비들을 마구 베어 내며 차량까지 길을 텄다. 범퍼가 손에 닿자 한번 잡아당겨 보았고, 예상했던 대로 활용할 수 있을 것이라는 판단이 들자 즉시 마음을 정했다.

"오른발 고정."

그가 갑옷 AI에게 지시했다. 부츠의 엄지발가락 부위에서 스파이크가 튀어나와 콘크리트 깊숙이 박혔다. 바닥에 몸을 단단히 고정하여 갑옷의 힘을 온전히 사용할 수 있도록 해 주는 장치였다. XKE-2의 무게는 맨몸으로 감당하기에는 무리일 것이다.

그가 갑옷의 힘을 끌어올려 자동차를 잡아당겼다. 항의라도 하듯 자동차가 금속성 비명을 질렀다. 템플러들이 입고 있는 그 어떤 갑옷도 똑같지 않았다. 갑옷은 그 주인의 타고난 능력을 향상하기 위해 디자인되었고, 더 크고 더 강한 템플러는 갑옷을 통해 더욱 크고 더욱 강해졌다.

194센티미터의 키, 떡 벌어진 어깨에 걸맞을 뿐만 아니라 체형에 따라 두껍게 설계된 갑옷을 입은 사이먼은 인간 탱크 또는 거대 파쇄기와 다름없었다. 더 크고 강한 악마들이 존재하지 않았더라면 그 무엇보다 위용이 넘쳤을 것이다.

XKE-2가 바닥을 긁으며 날카로운 소리를 냈다. 사이먼은 스파이크로 고정한 발을 축으로 몸을 빙글 돌리며 자동차를 내던졌다. 자동차는 20미터 남짓 날아가 주차장 입구까지 포진한 좀비들을 거의 모두 쓸어버렸다.

"가자."

사이먼이 외치며 스파이크 볼터를 다시 꺼내 들었다.

"대니엘, 선두에 서."

"알았어."

대니엘이 몰턴 에지를 검집에 넣고 허리춤에 차고 있던 스파이크 볼터 두 자루를 양손으로 꺼내 들고는 XKE-2가 깨끗하게 터 놓은 주차장을 빠르게 달리며 발포했다.

"멈추지 마라. 멈추지 마!"

월터와 케빈이 전우를 어깨에 둘러메고 대니엘을 뒤따르며 역시 쉬지 않고 총을 쏘았다.

"스파이크 회수."

사이먼이 지시했다.

- 스파이크를 회수합니다.

고정되었던 다리가 풀려났다. 사이먼이 앞으로 힘껏 달려 나가며 퇴각하는 팀원들을 엄호 사격 했다. 좀비들이 울부짖으며 쫓아 나왔다. 팔라듐 탄환들이 낫처럼 놈들을 후드득 쓰러뜨렸다. 바짝 뒤쫓은 놈들은 검으로 베어 버렸다.

사이먼이 뒤돌아 그를 덮치려는 놈과 한데 뒤엉켰다. 그러면서도 HUD를 통해 그의 경로나 팀원들의 위치를 놓치지 않았다.

대니엘이 뒤집힌 XKE-2에 다다르자 가뿐하게 점프해 차량 위에 착지했다. 그러고는 포위하듯 다가오는 좀비 떼를 향해 총을 쏘았다. 그녀 주위로 좀비들이 조각나며 우수수 쓰러졌다.

"전열 정비!"

대니엘이 스파이크 볼터 한 자루를 총집에 넣으며 외쳤다.

"쇼크웨이브에 대비해!"

사이먼이 풀쩍 뛰어 월터, 케빈과 함께 XKE-2 뒤로 몸을 숨겼다. 그 직후, 쇼크웨이브가 청백색 섬광을 일으키며 폭발했다. 4.5미터 반경의 좀비들은 물론 XKE-2까지 아주 작은 입자가 되어 사라졌다. 거대 구조물의 일부인 바닥과 천장은 무너지지 않았다.

대니엘이 가볍게 착지해 다시 권총 두 자루를 들고는, 그들을 포위하기 위해 주차장 바깥 길거리에서부터 파도처럼 밀려오는 좀비 떼를 겨누었다. 월터와 케빈은 그녀의 발아래 엎드려 있었다.

사이먼은 이대로 비교적 수월하게 빠져나갈 수 있을지도 모른다고 생각했다. 하지만 그것도 잠시, 거리에서 잠복해 있다가 그들을 향해 날아오는 악마들이 보였다. 사이먼은 레아 크리시가 어디에 있는지 몰랐다. 하지만 그가 아는 그녀라면, 분명 이 근처에 있을 것이다.

"레아!"

거리 건너편 건물 옥상에서 레아는 악마들이 어두운 밤하늘을 미끄러져 내려가는 모습을 보았다. 방금 전까지만 해도 보이지 않던 놈들이었다.

누군가 저놈들을 불러들였군. 불길했다. 그때 통신회선으로 사이먼의 목소리가 들려왔다.

"저도 봤어요."

그녀가 침착하게 말하며 클러스터 라이플을 아래로 향하며, 건물 밖에서 대기 중인 템플러들 근처까지 다가간 악마를 보았다.

날아다니는 저 악마들은 한눈에 보아도 블러드 엔젤이었다. 여러 악마 종족 중에서도 치명적인 놈들이었다.

어렸을 때 자연사 책에서 보았던 익룡 같았다. 소녀 시절 레아는 공룡에 푹 빠졌고, 그것을 스티븐 스필버그의 영화 탓으로 돌렸다. 벨로시랩터는 영화 속에서는 꽤 훌륭했지만 지금 런던을 활개 치는 악마들에 비하면 초라했다.

날아다니는 이 악마들의 머리는 공룡처럼 세모보다는 쐐기 형태로, 거의 전체가 입과 이빨로 이루어진 것처럼 보였다. 이마에서부터 조밀하게 솟은 뿔들이 뒷목까지 이어졌다. 면도날처럼 날카롭고 무자비한 주둥이에는 입술이 없었고 삐뚤빼뚤했다. 길쭉한 안와 가득 들어찬 안구는 포식자답게 한밤중에도 먹잇감을 정확하게 포착했다. 사지와 함께 양옆으로 박쥐 같은 날개가 돋은 몸통은 꼬리 때문에 두 배는 더 길쭉해 보였으며 짙고 얼룩덜룩한 비늘로 뒤덮여 있었다.

모두 네 마리였다. 놈들은 마름모 진형으로 활강해 아무 낌새도 느끼지 못한 템플러 한 명을 막 덮치려 했다.

그 템플러에게 외치듯 경고하는 사이먼의 목소리가 회선을 통해 들려왔다. 레아는 그 남자의 목숨에 대한 걱정과 두려움은 잠시 잊고 사격에 집중했다.

그녀가 메고 있는 자그마한 배낭 안에 탑재된 컴퓨터가 헬멧으로 정보를 전달했다. 조준경이 오른쪽 눈 앞에 세워지자 레아는 타깃을 조준했다.

컴퓨터가 아주 짧은 순간에 악마의 하강 속도와 바람 방향, 빛과 거리를 파악했다. 조준경의 시야가 피처럼 붉게 바뀌어 타깃이 조준점에 정확하게 들어왔음을 알렸다.

레아는 미사일들이 일제사격 될 수 있도록 충분히 신중하게 방아쇠를 눌렀다. 다급한 사이먼의 고함에 템플러는 반사적으로 몸을 피하고 있었다.

악마가 명중당하는 모습을 확인하지도 않고 레아가 신속하게 위치를 바꾸었다. 클러스터 라이플의 3중 총열이 철컥 철컥 돌아가며 새로운 미사일을 장전했다. 첫 번째 악마가 피격되는 순간, 다음 타깃이 조준점에 들어왔고, 레아는 방아쇠를 다시 당겼다.

모든 미사일들이 정확히 목표물을 강타했다. 레아는 다음 급습을 준비했다. 팔라듐으로 제작한 탄저가 동그란 플레셰트탄[3]에는 '그리스의 불'이 들어 있어 침투 후 폭발했다. 그 충격으로 타깃은 산산조각 났다.

플레셰트탄은 하늘을 날던 악마의 박쥐 날개에 커다란 구멍을 내고 골격을 부러뜨렸다. 날개가 다진 고기처럼 찌부러진 놈이 추락하면서 불길이 치솟았다. 놈은 마치 혜성처럼 떨어졌고 땅에 부딪치기 겨우 몇 미터 전 탄환이 폭발하며 등 한가운데 커다란 구멍을 냈다.

악마는 땅에 충돌한 후에도 여전히 살아 있었다. 놈이 몸을 일으키더니 불안하게 휘청거리며 템플러를 노려보았다. 두 발로 선 놈은 템플러보다 60센티미터는 더 컸다. 쐐기 모양 머리를 쳐들고 거대한 입을 쩍 벌리자 뱀 같은 목이 거칠게 뻗어 나왔다.

또 다른 악마가 자유낙하를 하며 땅에 착지했다. 레아는 여전히 하늘을 나는 두 악마에게 주의를 돌렸다. 지상의 블러드 엔젤들은 템플러가 충분히 다룰 수 있을 것이다. 이 악마들은 공중에서 쏜살같이 덮쳐 올 때 무엇보다 위험했다.

운이 나쁘게도 공중의 두 악마가 레아의 위치를 포착했다. 놈들은 하늘 높이 떠 있다가 전투기처럼 노련하고 재빠르게 몸을 홱

---

[3] Flechette, 탄알 속에 작은 화살이 많이 들어 있어 폭발 시 파괴, 살상 범위가 넓어진다. 소형 대인 살상 날개안정식 미사일이라고도 한다.

뒤집더니 괴성을 지르며 그녀에게 달려들었다. 손톱으로 칠판을 할퀴는 것처럼 끔찍한 소음이었다. 레아의 오디오 리셉터가 데시벨을 낮춰 고막의 충격을 줄이기 위해 안간힘을 썼다.

놈들 중 하나가 입을 벌리고 달려들 때, 조준경이 빨갛게 변하며 타깃이 조준점에 들어왔음을 알렸지만, 놈의 입속에서 먼저 불길이 요동치더니 그녀를 덮쳤다. 레아도 미처 예상하지 못한 일이었다.

좀비 무리에게서 벗어난 사이먼이 제일 먼저 보이는 악마에게 달려갔다. 놈은 거리에서 사이먼을 등진 채 템플러를 맹렬하게 공격하고 있었다.

사이먼은 가차 없이 악마에게 덤벼들었다. 스파이크 볼터는 총집에 집어넣고 두 손으로 검을 쥐었다. 악마는 어떤 초자연적인 감각으로 사이먼의 공격을 알아차렸다. 사이먼이 검을 휘두르려는 순간, 놈이 거대한 머리를 홱 돌렸고 두상에서 불꽃이 쉬익 뿜어져 나왔다.

- **경고.**

갑옷 AI가 말했다.

- **치명상이 예상됩니다.**

HUD 센서가 충격을 완화하기 위해 바쁘게 작동하는 동안, 사이먼은 불길에 한 치 앞을 못 보는 상태 그대로 버티고 서서 검을 휘둘렀다. 사이먼이 벤 것은 놈의 머리나 목이 아니었다. 움직임이 너무 많았기 때문에 처음부터 그곳을 노릴 생각은 없었다.

대신에 그는 악마의 척추를 갈랐다. 악마 또는 악마와 유사한 놈들의 해부학적 구조는 기본적으로 유사했다. 비늘 덮인 가죽을 뚫고 들어가 척추를 절단할 수만 있다면 악마의 몸은 마비되었다.

악마는 넘어진 후에도 포기하지 않았다. 앞발로 기어와 사이먼의 왼쪽 다리를 물었다.

- **경고.**

AI가 차분한 여성 목소리로 말했다.

- **방어구 손상.**

갑옷은 신체에 딱 맞게 제작되지만 대개 여유 공간이 있었다. 체격이 커져서 갑옷을 입을 수 없어질 경우를 대비한 것이었지만, 체격이 줄어든 경우 역시 전투에서 문제가 될 수 있었다. 갑옷과 신체 사이의 빈 공간은 약점이 되었다.

그 빈 공간을 메꾸기 위해 템플러 대장장이는 '액상' 단백질을 개발했다. 특히 위생에 중점을 둔 이 화학 물질은 빈 공간 전체를 흘렀다. 갑옷을 입고 며칠 혹은 몇 주나 보낼 경우 이 '액체'가 근육과 피부를 마사지하여 건강하게 유지해 주었다. 위급한 경우 AI가 유동액을 패치로 활용하여 갑옷의 틈새나 구멍을 메꾸기도 했다.

이 액상 단백질은 충격이나 충돌로 망가진 부위를 강화하는 데에도 쓰였다. 전기 자극으로 '단단해진' 유동액이 왼쪽 다리 부위의 손상을 수리하고 더욱 강한 힘을 끌어올리도록 해 주었다.

사이먼은 다리 통증을 무시하고 검을 거꾸로 들어 악마의 눈에 찔러 넣었다. 칼자루 끝까지 박힌 검날이 악마의 머리를 뚫고 튀어 나가자 사이먼은 검을 비틀었다.

악마의 몸이 경련을 일으키듯 떨렸다. 벌린 턱에서 힘이 빠지더니 놈은 고개를 떨구었다.

머리에서는 여전히 불길이 치솟고 있었다. 사이먼이 놈의 머리에 한 발을 올리고 검을 빼냈다. 그가 고개를 들자 악마 한 마리가 추락하고 있는 것이 보였지만, 근처 건물 옥상 가까이에 다른 두 녀석이 더 있음을 HUD가 알렸다. 그중 한 놈이 옥상에 불을 뿜는 순간 일제히 날아온 미사일들에 명중당하더니 하늘에서 떨어졌다.

검정 슈트 차림을 한 사람이 한쪽 무릎을 세우고, 살아남은 마지막 블러드 엔젤을 겨누고 있었다.

"레아!"

사이먼은 레아와 오래 알고 지냈다. 그녀를 즉시 알아볼 수 있었다.

레아는 불길에 휩싸여 있었다.

6장

레아는 화염 속에서도 타깃을 놓치지 않았고, 클러스터 라이플(Cluster Rifle; 템플러 무기)을 두 번 쏘았다. 두 발 모두 레아의 어깨에 걷잡을 수 없는 반동을 주면서 악마의 등에 명중했고, 놈은 땅으로 추락했다.

놈은 더 이상 그녀의 생존을 위협하지 않았다. 그제야 레아는 자신을 집어삼키려는 불길에 주의를 돌렸다. 그녀의 전투복은 템플러의 갑옷과 비교할 것이 못 되었다. 레아의 조직은 카발리스트뿐만 아니라 템플러의 비밀을 수년간 뒤쫓았는데도 템플러의 갑옷 제작 기술은 결코 알아내지 못했다.

그녀의 슈트는 군용으로서는 가장 좋은 등급이었다. 엄밀히 말하면 특수 보급 장비였지만, 템플러 갑옷만큼 견고하지는 못했다. 불길은 슈트의 방어막을 허물어뜨렸다. 제일 먼저 산소가 바닥났다. 템플러 갑옷과는 달리 그녀의 슈트에는 공기 여과나 산소 예비 저장 장치가 없었다.

천연 기름인지 마력으로 창조한 피치 합성 물질인지 알 수 없지만, 악마가 뿜어낸 정체 모를 발화제는 소진되지도 않았다. 레아가 클러스터 라이플을 내려놓고 장갑 낀 손으로 불길을 잡으려 했지만, 불길은 더 번질 뿐이었다.

산소 부족으로 폐가 불타오르는 듯했다. 숨을 들이켜려고 했지만, 산소가 한 줌도 남아 있지 않았다. 열기가 얼굴을 때리고 불꽃이 입과 코 안까지 빨려 들어왔다.

당황하지 마. 레아는 생각했다. 하지만 기껏해야 빙판길을 운전하거나 적지 깊숙이 잠입해 추적을 피할 때에나 통할 말이었다. 질식은 완전히 다른 문제였다.

"레아!"

레아가 사이먼의 목소리에 집중했다. 그녀가 곤경에 처한 것을 알아차렸음이 분명했지만, 열기가 다시금 레아를 덮쳤다. 어쩌면 사이먼이 아직 눈치채지 못했을 수도 있겠다는 생각이 들었다. 물속을 허우적거리는 것 같았다. 그동안의 경험을 통해 이제 곧 의식을 잃을 것임을 알 수 있었다.

레아는 숨을 짜내 사이먼을 불러 보려 했지만 할 수 없었다. 그녀가 비틀거리며 옥상 가장자리로 걸어갔다. 거기엔 악마가 더 없기만을 바랐다.

오른쪽에서 움직임이 느껴졌다. 레아가 총을 겨누려고 애썼으나 손이 말을 듣지 않았다. 사이먼이었다. 그가 그녀 곁에 있었다. 팔로 그녀를 감싸안고 그가 올라왔던 비상구로 내려가고 있었다.

레아는 사이먼이 깨진 창문을 통해 건물 안으로 들어와 커튼을 움켜쥐는 것도 거의 의식하지 못했다. 아직도 커튼이 거기 있다는 사실이 놀라웠다. 특히나 이렇게 두터운 양단 커튼은 전기도 석탄도 없는 혹독한 겨울을 따뜻하게 나게 해 주었기 때문이다.

사이먼이 그녀의 이름을 불렀지만 대답할 수 없었다. 그는 그녀를 커튼으로 둘둘 감아 불꽃을 완전히 진압하려고 애쓰고 있었다. 성공했는지는 알 수 없었다. 레아는 그대로 정신을 잃었다.

"레아."

사이먼이 커튼을 조심스럽게 걷으며 불렀다. 불길은 모두 잡힌 듯했지만 신선한 공기와 접촉하는 순간 또다시 살아날 가능성도 있었다.

대답은 없었지만, 슈트에 엉겼던 기름 같은 물질에서는 더 이상 불길이 일지 않았다. 사이먼은 그녀가 입고 있는 가벼운 슈트를 빠르게 살펴보았다. 몸과 다리까지 하나로 이어져 몸에 꼭 맞는 캣슈트는 팔꿈치, 무릎, 흉골, 샅굴부위(옆구리 측복부)가 단단하게 접합되었고, 불에 탄 것처럼 보이지는 않았다. 좋은 일이었지만, 방화 소재 슈트 안쪽으로는 화상을 입었을 수도 있었다.

"사이먼."

뒤에서 대니엘이 불렀다.

"말해."

"이제 퇴각해야 해."

"알아."

"지금 당장."

대니엘을 탓할 수는 없었지만, 레아는 그들을 위해 목숨을 걸었다. 그런 그녀를 두고 떠나지는 않을 것이다. 상태가 악화될 위험을 감수하고 함부로 옮길 수도 없었다.

"먼저 가. 곧 따라가겠다."

"그런 건 우리 방식이-"

"아니, 그렇지 않아."

사이먼이 고개를 돌려 대니엘을 내려다보았다. 대니엘은 HUD를 통해 그의 위치를 쉽게 추적했을 것이고, 갑옷 AI 덕분에 더욱 쉬웠을 것이다.

"언제나 계획대로 되진 않는 법이야. 알잖아. 다 같이 복귀해. 팀원들의 안전을 부탁한다. 나도 곧 뒤따라갈 테니."

대니엘이 아주 잠깐 망설였으나, 곧 사이먼이 그녀를 믿는 것만큼 좋은 판단을 내렸다.

"약속 지켜."

그녀가 경고했다.

"안 그러면 끝까지 찾아와서 엉덩이를 걷어차 줄 거야."

사이먼이 살짝 웃었다. 대니엘은 그의 스파링 상대였다. 매번 진다며 항상 불만을 토로했다.

"행운을 빌어."

"너도."

사이먼은 레아가 아직 살아 있다는 어떤 징후라도 있는지 살폈다. 그녀의 가슴이 아주 희미하게, 하지만 규칙적으로 오르내리는 것을 보고 그가 안도의 숨을 내쉬었다.

사이먼은 레아의 얼굴을 가린 검은 마스크와 얇은 헬멧에 벗길 수 있는 이음새나 잠금장치가 있는지 살펴보았다. 어떤 것도 보이지 않았다. 헬멧에 장착된 헤드셋과 렌즈로 보아서, 그의 갑옷과 마찬가지로 내장 회로가 있을 듯했다.

그가 한 손을 레아의 머리 한쪽에 대고 말했다.

"접속."

- 접속 중.

AI가 응답했다. 갑자기 사이먼의 HUD로 영상 정보들이 마구 흘러 들어왔다.

- 경고. 충돌 방지 시스템이 발동됩니다. 접속 실패.

절망감이 밀려왔고, 애가 탔다. 레아가 치명적인 부상을 입었는지, 아니면 그저 충격으로 정신을 잃었을 뿐인지 알 수 없었다. 폐에 연기가 가득 차 숨을 쉴 때마다 장기를 망가뜨리고 있다 하더라도 알 방법이 없었다.

또한 그의 이번 작전에 그녀가 개입했음을 아는 사람이 있는지조차 확신할 수 없었다. 누군가 원했던 바인지도.

사이먼이 레아를 부드럽게 감싸안았다. 지금, 여기 있는 이 여자는 그에게 어떤 의미일까. 레아는 아름다웠고, 독립적인 여성이었다. 만약 다른 때 다른 곳에서 만났더라면 두 사람 사이는 달랐을지도 몰랐다.

사이먼은 다시 옥상으로 올라가 레아의 총을 회수한 다음 그녀를 가슴 앞으로 안아 들고 비상계단을 신속하게 내려갔다. 갑옷 덕분에 전혀 무겁게 느껴지지 않았다.

계단 아래 다다르는 순간, HUD를 통해 후방에 좀비 한 마리가 비틀거리며 나타난 것을 확인했다. 놈은 근처에 숨어 있었던 것 같았다. 오른팔은 팔꿈치 아래부터 잘려 나가 없었고 얼굴도 엉망으로 망가져 있었다. 멀쩡한 한 손에는 기다란 칼을 쥐고 등 뒤로 숨기고 있었다.

사이먼은 가볍게 몸을 돌려 발로 놈의 가슴을 강타했다. 으드득 뼈 부러지는 소리를 내며 놈이 땅에 쓰러졌다. 그가 가까이 다가가 한 발을 들어 올렸다. 머리를 짓이겨, 뒤틀린 아케인 에너지로 얻은 껍데기뿐인 삶을 끝내 줄 작정이었다.

놈의 두개골이 부르르 떨리며 녹아내렸다. 그러나 거의 곧바로 새로운 형태를 갖추더니 피를 철철 흘리며 질병 덩어리일 뿐인 죽은 몸을 일으켰다.

새로운 얼굴은 거죽과 피부가 모두 벗겨져 나가 뼈가 앙상했다. 기다란 아래턱뼈에는 골질 비늘(비늘구조물)이 돋았고 입에는 칼에 베인 상처가 있었다. 이마에 돋은 뒤틀린 뿔들 아래로 검은 눈이 아무것도 관심 없다는 듯 차갑게 번뜩였다.

"이것으로 끝이 아니다, 템플러."

좀비가 말했다. 조금 전 지하실에서 쓰러뜨렸던 기괴한 놈의 목소리가 떠올랐다. 그 몸을 탈취하고 좀비 부대를 불러들인 자가 누구였든, 이제 눈앞의 바로 이 몸을 차지한 것이 분명했다.

"다시 너를 찾아올 것이다."

악마가 위협했다.

"어디 있든 말만 해라. 기꺼이 네놈을 맞으러 갈 테니. 진정 나와 마주할 마음이 들기 전까지 이런 협박은 허무맹랑할 뿐이다."

사이먼이 한쪽 발을 내리쳐 좀비의 머리를 짓이겼다. 그는 돌아서 자리를 떠나며 단 한 번도 뒤돌아보지 않았다.

악마가 득실대는 이 도시에, 그를 죽이려는 악마가 또 한 마리 있다고 해서 달라질 것은 없었다.

본드 스트리트 역으로 가는 동안 레아는 계속해서 숨을 쉬고 있었지만, 숨소리가 정상적이지 않다는 것은 사이먼도 알 수 있었다.

본드 스트리트는 한때 메이페어 지역에서도 부유했다. 해마다 무역 박람회가 열리면서 메이페어 마켓데이가 유명해진 이후 런던에서 가장 번창한 동네가 되었다.

사이먼은 아버지와 가끔 이곳을 방문했었다. 템플러들은 자산을 투자하는 정도의 경제 활동을 해 왔는데, 토머스 크로스 역시 마찬가지였다.

어린 사이먼은 올드 본드의 대형 상가 거리를 좋아했었다. 조금 더 자란 후에는 새빌 로(Savile Row)에서 쇼핑하는 예쁜 여자들에게 시선을 뺏기기도 했다. 이제 그는 그때 아버지의 이야기에 좀 더 귀 기울일걸 하고 후회했다. 4년이 지난 지금까지도 아버지를 잃은 고통은 여전히 아팠다. 아버지가 핼러윈 전투에서 전사한 바로 그때, 그는 남아프리카공화국에서 반항적인 젊은 시절을 허비하고 있었다.

지하철 플랫폼으로 내려가면서 그는 이러한 생각들을 몰아냈다. 그리고 레아의 몸이 흔들리다가 그에게 부딪치지 않도록 조심히 움직였다.

지하철은 더 이상 운행되지 않았다. 4년 전 그가 기차로 도시를 빠져나온 이후로 그 어떤 기차도 달리지 않았음을 확신할 수 있었다.

몇몇 지하철 선로는 언더그라운드로 이어졌다. 숨겨진 구역이 많았지만 악마는 추적을 게을리하지 않았다. 만약 템플러가 런던 도시 건설에 참여하지 않았더라면 지상이든 지하든 장벽으로 둘러싸인 요새는 존재하지 못했을 것이다.

비록 악마에게 몇 군데 발각되긴 했지만, 언더그라운드의 대부분은 여전히 은밀하게 남아 있었다. 핼러윈 날 밤, 세인트 폴 대성당에서 스스로를 희생함으로써 템플러는 그들의 자원을 지켰던 것이다. 그토록 많은 이들의 죽음을 대가로 바치며, 템플러가 이 세상에서 영원히 사라져 위협이 되지 않을 것이라고 악마들이 믿길 바랐다.

살아남은 템플러는 더 이상 위협이 아니었지만, 악마의 바람대로 정말 근절된 것은 아니었다. 훗날 또다시 치러야 할 전쟁을 위해 더 깊이 숨었을 뿐이었다.

하지만 사이먼은 템플러의 계획을 그대로 따를 수 없었다. 스스로를 지킬 수 없는 사람들이 런던에 너무 많이 남아 있었다. 그들은 그저 무력하게 죽음만을 기다리고 있었다. 결국 그는 언더그라운드를 떠나는 쪽을 택했다. 그리고 생존자들을 찾아내 해안의 구조선까지 데려가는 일에 온 힘을 쏟았다.

이젠 그것도 지난 일이었다. 다른 나라들에도 헬게이트가 열렸다고 했다. 생존을 위한 투쟁은 이제 더 이상 런던만의 문제가 아니었고, 이 지구의 문제였다.

대니엘과 팀원들이 탄 ATV 두 대가 곧바로 출발할 준비를 해놓고 터널에서 기다리고 있었다. 가솔린 엔진을 전자기 스프링휠 발전기로 특별히 개조하고 몇 번의 업그레이드를 거친 팬서 MLV였다. 개조 결과 ATV는 고사포와 대공포를 장착하고서도 거의 소리 없이, 하지만 더욱 강하게 달렸다. 거의 탱크나 다름없었다.

"살아 있는 거야?"

대니엘이 레아를 향해 손을 뻗으며 물었다.

"응, 조심해."

사이먼이 레아를 건네주고는 대니엘을 따라 차고지로 들어갔다.

"응급 의료 키트에 산소 있지?"

템플러 한 명이 구급함을 열어 산소 탱크와 마스크를 꺼냈다.

"투구 개방."

사이먼이 지시했다. 마치 투구 뒤편 보이지 않는 공간으로 물러나는 것처럼 면갑이 열어지더니 사라졌다. 어둠 속에서 순간적으로 눈앞이 제대로 보이지 않았고, 터널 안 소음도 조금 전과는 전혀 다르게 들렸다. 숨 막히는 공기가 얼굴에 뜨겁고 끈적하게 달라붙었다.

센서를 통해서가 아니라 그의 귀로 직접 듣는 레아의 호흡은 더욱 거칠고 절망적이었다. 힘든 숨소리는 더욱 생생해졌지만, 그만큼 레아의 상태를 좀 더 잘 판단할 수 있었다.

그가 레아의 머리를 조심스럽게 들어 입과 코에 산소마스크를 씌웠다. 그녀와 함께했던 몇 번의 전투를 통해, 레아의 슈트가 그의 갑옷처럼 인공지능으로 작동하지는 않는다는 사실을 잘 알고 있었다. 슈트 마스크가 독성 물질을 걸러 내긴 했겠지만, 함께 들이마신 연기가 충분히 빠져나가길 바라는 수밖에 없었다. 폐가 깨끗해진다면 정상적으로 호흡을 할 수 있을 것이다. 사이먼은 산소탱크를 들고 있는 템플러에게 고개를 한 번 끄덕였다. 마스크에 산소가 채워지는 소리가 들렸다. 혈류에 산소가 공급되었는지, 숨소리가 조금 편안해졌다.

가볍게 액셀을 밟자 ATV가 움직이기 시작했다. 개조한 서스펜션은 굉장히 튼튼해서 터널 바닥을 나뒹구는 잔해를 헤치면서도 부드럽다고 느껴질 정도로 빠르고 안정적으로 나아갔다. 차량 양 옆뿐만 아니라 천장에도 기관총이 탑재되어 있었다.

그는 레아의 얼굴에 산소마스크를 가져다 댄 채, 등을 기대고 긴장을 풀려고 애썼다. 그들의 은거지는 런던에서 몇 킬로미터 떨어진 곳에 있었다. 3년 반 전, 그가 두 손으로 직접 세운 곳이었다. 이제 기차는 달리지 않았지만, 선로는 아직 남아 있었다.

은거지로 향하는 차 안에 앉아 사이먼은 악연으로 얽혀 자신을 노릴 만한, 혹은 그럴 능력이 있을 만한 악마를 떠올리려 애썼다.

이제껏 치른 전투에서 악마와 개인적으로 원한을 품을 만한 일은 없었지만, 한 남자가 떠올랐다. 이름도 제대로 알지 못하는 남자였다.

처음 마주쳤을 때 사이먼은 그 남자의 손을 잘랐다. 다시 만났을 때 그 자리에는 악마의 손이 있었다.

사이먼은 그 남자를 어디서 찾아야 할지 알 수 없었다. 찾는다 해도 어떤 도움이 될지조차 확신할 수 없었다. 그 남자가 누구든, 그는 강했고 위험했다.

7장

 지난 8개월 동안 워런 시머는 런던 웨스트엔드 중심부, 소호의 올드 콤튼 스트리트 사창가에 있는 오래된 건물에 머물 곳을 마련했다. 헬게이트가 열리기 전에 그는 최저임금을 받고 하루 종일 일하면서 시간이 나면 가끔 학교에 수업을 받으러 갔었다. 차이나타운에 물건을 사러 갈 때면 몇 번이고 지나던 곳이었다. 지역 주민들은 언제나 여기가 지옥이나 다름없다고 말하곤 했었다. 하지만 실제 지옥이 얼마나 끔찍한지는 미처 몰랐던 것 같았다. 매춘부와 포주들은 악마가 나타난 것과 동시에 자취를 감추었다.
 워런이 스스로를 지키기 위해 소생시킨 좀비들이 값비싼 가구 위에 앉아 있었다. 그가 집으로 택한 건물은 길쭉한 5층 빌딩이었다.
 처음엔 워런을 따라 인간들도 이곳에 숨어들려고 시도했었지만, 좀비들이 모조리 막았다. 가끔 순찰하는 악마들도 나타났지만 대부분 머리라고는 쓸 줄 모르는 스토커들이었다. 그나마도 좀비들이 있는 것을 보고는 인간은 없을 것이라 여겼다. 좀비들은 이제 런던 곳곳을 되는 대로 떠돌았다. 워런은 그의 힘으로 놈들이 이 건물에 머물도록 만들었고, 덕분에 악마들이 이끌려 들어오지 않았다. 좋은 동거인이라 할 수는 없었지만 적어도 안전한 느낌은 받았다.
 방들은 래커칠을 한 빨간 가구나 검정 오닉스 가구들로 우아하게 채워져 있었다. 중국 영웅과 악마들을 다룬 희한한 초상화와 조각품들이 벽을 장식했다. 이제 그런 것들은 우스워 보였다. 중국 신화나 그림에 등장하는 것보다 훨씬 끔찍한 놈들이 런던 전역을 활개 쳤다.

워런은 4층에 있는 스위트룸을 침실로 택했다. 특별한 손님을 위한 방이었던 것 같았다. 이제는 운영되지 않는 바도 있었는데, 상하지 않은 주류들은 아직 먹을 만했다. 거실과 발코니도 있어서 한동안은 발코니에 나가 있곤 했었지만, 어느 날 악마 한 놈에게 거의 죽을 뻔하고, 그 며칠 후에는 런던 경찰의 총에 맞을 뻔한 이후로 다시는 나가지 않았다.

그는 문을 걸어 잠근 채 악마와 인간, 어느 쪽에도 모습을 드러내지 않았다. 철제 안전바를 내리고 집을 은신처로 만든 후, 밤낮으로 지킬 좀비들을 세워 놓았다. 어딘가에 숨어 지내다 절망에 빠진 채 무언가를 훔치러 올지도 모르는 그 어떤 인간도 들어올 수 없었다.

오로지 워런만이 여기 살았다.

한동안은 켈리도 함께 있었다. 켈리는 악마 침공 전 함께 살았던 공동 세입자 셋 중 한 명이었다. 메리힘이 그에게 심한 화상을 입혀 거의 죽을 뻔했을 때, 그리고 카발리스트가 나타나 그를 이런 세상으로 이끌었을 때, 워런은 자신의 능력으로 켈리를 자신과 함께하도록 만들었다. 켈리는 그의 노예가 되어 오로지 그를 보살피기 위해 살았다.

하지만 1년쯤 전 식량을 구하러 나가던 날 켈리는 워런을 보호하기 위해 목숨을 바쳤다. 임프 한 놈이 그녀의 심장을 쏘았다. 워런은 지금도 그 무기가 대체 무엇이었는지 몰랐다. 켈리는 비명조차 지르지 못하고 쓰러졌고, 워런은 그의 힘으로 그녀를 되살렸다.

그전에도 3년 동안 워런은 켈리를 노예처럼 붙들어 놓았었다. 켈리에겐 자아가 거의 없었다. 워런은 켈리에게 애초부터 인격 같은 것은 없다고 여겼었다. 함께 살 때 켈리는 언제나 시끄러웠고 싸움을 일으켰다. 워런은 공동 세입자들에게 관심도 없었다. 그리고 공동 세입자들은 그들보다 조금 더 많은 돈을 번다는 이유로 워런을 싫어하고 시샘했다.

워런은 켈리의 시체를 일으킨 후 은신처로 데리고 왔다. 켈리는 워런이 소생시킨 다른 좀비들보다 상태가 나빴다. 워런도 그 차이를 알 수 있었다. 매장된 지 오래됐거나 시신에 방부 처리를 하기 전에 매장된 좀비 대부분은 금방 망가졌다. 처음부터 망가질 몸이 있었다면 말이지만.

켈리의 시신은 방부 처리를 하지 못한 탓에 부패되기 시작했다. 워런이 마력으로 진행을 늦춰 보았지만 켈리는 서서히 그리고 소리 없이 허물어져 갔다.

그런 켈리를 보는 것이 이제는 정말로 견디기 힘들었지만, 그렇다고 그녀를 없앨 수도 없었다. 어머니와 양아버지가 그의 눈앞에서 뇌가 터져 죽어 버린 후 그의 어린 시절은 완전히 엉망이었다. 이후 위탁 가정에서 다달이 지원금을 받으며 살았지만, 그 어떤 인간적인 대우도 기대할 수 없었다. 워런은 친숙한 것에 매달렸다.

워런은 책과 영화를 가장 좋아했었다. 그를 보다 즐거운 곳으로 데려가 주는 여권 같은 존재였다. 워런은 이 은신처에 커다란 도서관을 마련했고, 발전기도 찾아냈다. 누군가 돈을 내고 채찍이나 쇠사슬로 얻어맞는 '특별한' 장소였을 것이 분명한 지하실에는 방

음장치도 되어 있어 안심하고 영화를 볼 수 있었지만, 발각되기라도 한다면 도망칠 수 없는 곳이기도 했다.

이러한 관점에서 좀비가 된 켈리 또한 친숙한 존재였다. 그녀를 없앨 수도 없었지만, 한편으로는 이미 그녀가 사라지고 없다는 사실을 워런도 잘 알았다. 켈리는 아래층 방에 조용히 앉아서 매일매일 서서히 시들어 갔다. 워런은 그저 가끔 그녀를 확인하러 들를 뿐이었다.

스위트룸에 놓인 화려한 책상에 앉아서 워런은 남자에게서 빼앗은 나일론 가방을 열어 책 한 권을 꺼냈다.

크고 두꺼운 책이었다. 가로, 세로가 각각 36, 46센티미터였고 두께도 15센티미터는 되어 보였다. 강렬한 보라색 가죽 장정에는 동맥처럼 보이는 선들이 있었다. 사고인지 의도한 디자인인지 알 수 없었다.

순간 워런은 갑자기 책이 그의 손에서 맥동하는 것처럼 느꼈다. 저 깊숙한 어딘가에서 심장이 느리고 강하게 뛰는 것 같았다.

워런은 두려웠다. 어떤 책들은 살아 있었다. 그리고 어떤 책들은 덫이었다. 워런은 그런 책들에 대한 이야기를 읽었고, 카발리스트에게 들은 적도 있었다.

힘을 지닌 모든 책들은 스스로를 보호할 수 있었다.

그는 악마의 손으로 책을 더듬었다. 손이 닿는 곳에서 고요하던 공기가 가르랑거리며 진동했다. 책은 워런의 손길을 기분 좋게 느끼고 있었다.

"살아 있어?"

그가 책에게 속삭였다. 살아 있는 책에 대해 읽거나 들은 적은 있었지만, 실제로 본 적은 단 한 번도 없었다.

책이 눈을 떴다.

워런은 천천히 손을 거두었다. 눈 하나가 책 정중앙에서 툭 튀어나오더니 주변을 바라보았다. 금방이라도 다리나 날개가 돋아 달아날 것 같았다. 정말 그랬다 하더라도 워런은 그다지 놀라지 않았을 것이다.

곧이어 눈 아래에 입이 생겼다. 뾰족한 송곳니와 뱀처럼 끝이 두 갈래로 갈라진 검은 혓바닥이 보였다.

"누구냐?"

깊고 음침하고 느릿한 목소리였다. 워런은 아주 잠깐, 뭐라고 대답해야 할지 생각했다. 진짜 이름은 능력을 동반한다. 그리고 메리힘은 그를 지배하고 있었다.

"친구."

워런이 말했다. 눈이 다시 방을 살펴보았다.

"여기가 어디지?"

"안전한 곳."

의심으로 가늘어진 눈이 워런을 응시했다

"무엇을 원하느냐?"

그 또한 위험한 질문이었다. 이 책에는 분명 보호 주문이 걸려 있을 것이다. 하지만 어떤 주문인지 알 수 없었다.

"그저 알고 싶을 뿐이야."

"무엇을?"

"모든 것을."

눈을 워런에게 고정한 채 입이 미소를 지었다.

"그렇다면 좋다."

책이 펼쳐지면서 커버가 탁자를 쳤다. 그 소리가 동굴 같은 방 안에 울렸다. 첫 번째 페이지에 완벽하게 채색된 일러스트가 있었다. 지옥에서 왔다고밖에 할 수 없는 그림이었다. 바로 그 순간 워런이 그림 속으로 빨려 들어갔다.

눈 깜박할 사이에, 워런은 전장 한가운데 있었다. 악마들의 울부짖음과 죽어 가거나 부상당한 자들의 공포에 질린 날카로운 비명이 돌바닥에서 튀어 오르며 덜컹거리는 철제 바퀴 소리가 휘몰아쳤다.

보기에도 두려운 악마들이 인간 전사와 사방에서 전투를 벌였다. 말 등이나 전차에 올라탄 인간들은 공포에 질려 있었다. 악마 대부분은 인간보다 훨씬 컸다. 몇 놈은 불길을 내뿜어 인간과 말과 전차를 한꺼번에 불태웠다. 날아다니는 악마들이 주문을 외며 무기와 발톱, 이빨로 공격에 가세했다.

워런은 고개를 돌리고 책에서 빠져나가려고 애썼다. 눈앞에 펼쳐진 것은 단순한 전장 그 이상이었다. 어떻게 해서 여기 들어오게 되었는지 알 수 없었고, 분명한 것은 어떻게 해야 나갈 수 있는지도 모른다는 사실이었다.

"악마!"

워런의 등 뒤에서 공기를 가르며 거친 외침이 들려왔다.

"지옥 구덩이에서 기어 나온 역겨운 것! 너를 그곳으로 되돌려 보내 주겠다!"

워런이 고개를 돌리자 그를 향해 똑바로 달려오는 전차가 보였다. 황갈색 피부에 보랏빛 눈동자, 입과 턱 주위로 네모나게 수염을 다듬은 한 남자가 전차 부대를 힘차게 이끌고 있었다. 그가 용감하게 창을 치켜들었다. 전차를 끄는 말 두 마리는 너무 오래도록 온 힘을 다해 달린 탓에 입에는 거품을 물었고 두 눈 가득 패닉에 빠져 있었다.

움직이면 안 돼. 워런이 생각했다. 가만히 서 있으면 나를 지나쳐 갈 거야. 어떤 마법에 걸렸든, 그러면 풀려날 수 있을 거야.

마차가 그를 향해 질주했다. 말발굽이 피로 얼룩진 단단한 땅을 박차는 소리가 천둥처럼 울렸다. 철로 엮은 바퀴가 시체 위를 굴렀다. 전차를 모는 남자가 팔을 가볍게 들어 올려 워런이 있는 곳으로 창을 던졌다.

워런은 움직이지 않으려 했지만 자기방어 본능이 이겼다. 스스로를 지키고자 거의 모든 것을, 거의 모두를 두려워했던 세월이었다. 워런은 뒤로 물러나며 옆으로 살짝 몸을 비틀었다. 창이 아슬아슬하게 그를 비껴갔다. 그 어떤 인간도 그렇게 빨리 움직일 수는 없었다. 이식된 메리힘의 손과, 그가 자신에게 걸어 놓은 주문 덕분에 신체 능력이 향상되어 있었다.

전사는 단념하지 않고 무자비하게 말을 채찍질하며 워런을 향해 정면으로 돌진했다. 번쩍이는 말굽과 몰아치는 전차 바퀴에 스치기만 해도 다치거나 죽을 것 같았다.

워런이 말의 다리를 향해 손짓하자 다리가 뒤엉켜 말들이 쓰러졌다. 마구가 덜커덕거리더니 전차가 미끄러지며 뒤집혔다. 바퀴가 산산이 부서지며 전사가 앞으로 날아가 땅에 곤두박질쳤다. 그가 몸을 일으키기도 전에 전차가 그를 덮쳤고, 부러진 바큇살이 가슴과 배에 박혔다.

한 손에 짤막한 도끼를 든 남자가 말을 타고 워런을 향해 달려왔다. 남자가 워런의 머리에 묵직한 도낏날을 휘두르는 순간, 워런이 오른손으로 남자의 손목을 움켜잡았다. 아주 살짝 비트는 것만으로 남자는 끌려 내려와 멀리 내동댕이쳐졌다.

말이 단신으로 워런 옆을 달렸다. 워런은 왼손으로 가볍게 안장의 돌출부를 잡고 그대로 말 등에 올라탔다.

워런은 자신의 행동에 놀랐다. 영화나 텔레비전에서만 보았을 뿐, 말을 몰아 본 적은 한 번도 없었다.

워런은 몸을 숙여 고삐를 쥐고 뒤로 세게 당기자 말이 앞다리를 들어 올리며 멈추었다. 전장에서의 분투로 폐에 고였던 피가 콧구멍으로 나오며 분홍색 거품을 일으켰다.

그의 명령에 따라 말이 방향을 바꾸어 전투가 벌어진 언덕 아래를 내려다보았다. 3미터가 훌쩍 넘는 페티드 헐크(Fetid Hulk; 악마종족)들이 말이나 전차를 탄 인간들에게 천천히 다가갔다. 그들과 맞서 싸우려 결집한 발리스타[4] 부대를 노리고 있었다. 무시무시하고 흉포한 녹색 야수들이 인간과 말 그리고 전차를 주먹으로 으스러뜨렸다. 그러다가 자리에서 멈춰 서서 입을 크게 벌리고 구강 주머니에 담겼던 치명적인 독을 뿜어냈다.

카나고어들이 전장 아래로 터널을 파서 이동한 후 불쑥 솟아 나오면 적들은 혼비백산했다. 놈들은 우락부락했고 회검정 가죽을

---

[4] ballistae, 고대 전투에 사용된 원거리 공격 무기.

뚫을 수 있는 것은 거의 없었다. 놈들은 땅에서 거대한 머리를 내밀어 미처 도망가지 못한 운 나쁜 사람들을 가격하고 집어 삼킨 후 다시 지하로 들어갔다.

블레이드 미니언(Blade Minion; 악마 종족)들은 팔뚝에 돋은 날로 최전방 수비 부대를 공격했다. 인간의 갑옷은 종잇장처럼 찢겨 나갔다. 놈들은 너덜너덜한 시체들을 뒤로하고 전진했다.

수비 진영에서 가끔씩 바위를 날려 보냈다. 악마 부대 대부분을 차지한 임프들이 바위에 짓이겨졌다. 거대한 석궁이 전장 위를 가로질러 페티드 헐크와 또 다른 거대한 악마들의 몸통을 꿰뚫었다. 하지만 그 정도의 반격은 너무도 보잘것없어서 전세를 뒤집을 수 없었다.

워런은 말에 탄 채 전투를 지켜보았다. 어떻게 끝날지 분명히 알았지만, 남아서 마지막을 보고 싶었다. 하지만 한편으로는 은신처로, 그의 집으로 돌아가고 싶었다.

돌아갈 수 있을지조차 모른다는 점이 가장 두려웠다. 여기에 영원히 갇힐 수도 있었다. 자신이 책 안에 있다는 것만은 확신할 수 있었다.

"이제 알겠는가?"

목소리가 물었다.

"더 알고 싶은가?"

워런은 대답 없이 저 멀리 악마들이 차지한 언덕을 바라보았다. 들쭉날쭉한 봉우리 사이로 성 한 채가 높이 솟아 있었다. 산속으로 좁고 더러운 오솔길이 굽이굽이 이어졌다. 성으로 이어지는 길 같았다. 그곳에 누가 사는지 궁금했다.

"더 알고 싶은가?"

워런은 아무 생각 없이 하마터면 그렇다고 대답할 뻔했다. 마법에 사로잡힌 건가? 책에 대한 단순한 호기심인가? 여기 계속 머문다면 무슨 일이 벌어질까?

"이젠 됐어."

워런이 대답했다.

"다음에 더 알려 줘."

"원한다면."

풍경이 빙글빙글 돌더니 사방이 암흑에 잠겼다. 배 속이 마구 소용돌이쳤다. 위와 목구멍이 연결되어 있다면 잘라 내고 싶을 지경이었지만, 그렇지는 않은 것이 분명했다.

모든 것이 멀어졌다.

깊은 잠에서 깬 것 같았다. 워런은 책상에 놓인 책을 졸린 듯 흐리멍덩하게 바라보았다. 그 순간은 그저 평범한 책처럼 보였다. 모든 것이 상상은 아니었는지 의심스러워진 그가 책에 손을 올렸다.

눈과 입은 다시 나타나지 않았다. 원할 때 불러낼 수 있을지 궁금했다.

"워런?"

워런이 소스라치게 놀라 고개를 획 돌렸다.

8장

워런은 안절부절못하며 책상 의자에서 일어났다. 책을 숨겨야 했지만 그랬다가는 오히려 시선만 끌 것이다. 대신에 그는 은신처에 침입한 여자에게 주의를 돌렸다. 대체 어떻게 들어온 것인지 알 수 없었다.

나오미가 방 한가운데, 정돈되지 않은 침대에 앉아 있었다. 온몸에 문신과 피어싱을 한 이 여자는 워런보다 몇 살 많았다. 부드러운 이마 위로 돋은 구부러진 짧은 두 뿔 때문에 어딘지 사악해 보이기도 했다. 체격이 작고 여린 나오미는 검붉은 가죽 바지와 소매 없는 하이넥 블라우스를 입고 하이킹 부츠를 신고 있었다.

한때 그녀는 워런보다 악마의 힘을 능숙하게 다루었지만, 이제는 그렇지 않았다. 최근에는 워런이 그녀에게 가르쳐 주는 입장이었다. 사실 처음부터 그녀보다는 그가 더 강했다.

"누가 같이 왔어?"

워런은 나오미와 함께 온 사람은 없는지 방을 둘러보았다. 아무도 없었다.

"혼자 왔어."

나오미가 부드러운 저음으로 말했다. 워런이 그녀를 바라보았다. 헬게이트가 열리기 전이었다면 그에게 눈길조차 주지 않았을 그런 여자였다. 그가 그토록 강하지 않았다면, 무엇보다도 그녀보다 더 강하지 않았다면, 그를 위해 단 하루도 내어 주지 않았을 것이다.

"어떻게 들어왔어?"

"현관으로. 잠겨 있지 않던데."

문은 부서져서 잠글 수 없었다. 문을 고쳤다가는 누군가 여기 살고 있다는 사실만 드러날 뿐이었다. 좀비들은 문을 고쳐 쓰지 않으니까.

"좀비들이 못 들어오게 하지 않았어?"

"안 그러던데?"

나오미가 태평스럽게 대답했다. 4년 전 두 사람이 처음 만났을 때, 나오미는 한 카발리스트 분파의 지도자들과 함께했었다. 그들은 워런을 데려가 그의 능력과 메리힘이 전수한 힘을 연구했었다. 지금 그들 대부분은 죽고 없었다. 그중 몇몇은 워런의 손에 죽었다.

"이상하네."

"네가 날 여기 데려왔었잖아."

그랬다. 한때 그녀는 워런의 연인이었다. 처음엔 그 사실이 기뻤지만, 나오미가 그저 그로부터 뭔가 배우기 위해 곁에 머물 뿐이라는 사실을 뒤늦게 깨달았다. 열정은 빠르게 식었다. 자신이 그녀 때문에 상처받았다는 사실을 그녀가 알게 하고 싶지는 않았다.

"날 막아야 한다고 여기는 것 같진 않았어."

"제대로 지시해 놓아야겠네."

나오미가 얼굴을 찌푸렸다.

"내가 위협이 될 거라고 생각하는 거야?"

"아니. 물론 아니지."

워런은 자신이 그 어떤 애정 표현보다도 능력을 더 많이 보여 주지 않았냐는 질책을 하듯 재빨리 대답했다.

"하지만 여긴 내 성소(聖所; 신성한 장소)니까."

그는 만화책에서 보았던 이 단어를 항상 좋아했었다. 그녀가 살짝 웃었다.

"할 수만 있다면 전화라도 했을 거지만, 그런 예의범절 따위는 이젠 옛날 일이라고."

워런은 창가로 가서 시내를 내다보았다. 어둠이 물러나고 이미 새벽도 훨씬 지난 후였다. 얼마나 오래 책의 마법에 빠져 있었는지 알 수 없었다.

"여긴 왜 온 거야, 나오미?"

"널 보러 왔지."

워런이 창에 기대 서서 그녀를 바라보았다.

"드문 일인데. 원하는 거라도 있나 봐."

"난 그렇게 이기적이지 않아."

"이기적이야."

"아직 날 좋아하면서."

"뭐, 어떨 땐."

워런은 이 게임에 짜증이 났다. 처음 만났을 때 나오미는 그를 두려워하는 동시에 그에게 빠졌었다. 이제는 그에게 익숙해졌고 아마도 두려움보다는 질투를 느끼는 쪽일 것이다.

카발리스트는 악마를 관찰했고 때로는 생포했다. 악마의 본성과 힘을 연구하며 놈들을 분류했지만, 대부분은 악마의 힘을 탐냈다.

헬게이트가 열리기 전부터 일부 인간에게는 오랜 옛날 악마가 이 세상과 접촉함으로써 발생했다고 여겨지는 능력이 있었다. 그 역사는 차라리 우화나 이야기에 가까웠지만 힘은 실재했다. 악마의 침공이 가까워질수록 그 힘은 더 강해졌고, 더 널리 퍼져 나갔다.

워런의 어머니도 그 어두운 힘에 이끌렸었고, 그 때문에 삶 전부를 방치했었다. 워런은 그런 힘 같은 것은 결코 원하지 않았다. 언제나 자신의 능력을 애써 모르는 척하려 했었다.

"지금은 어때?"

나오미가 부끄러운 듯 물었다.

"4년 전에 더 좋아했었지. 그때 넌 더 다정했으니까."

찔리기라도 하는 듯 나오미가 가만히 있었다. 그녀의 낯빛이 어두워졌다.

"내가 예전엔 순진했다고 생각해?"

워런은 그렇게 생각했다. 그 역시 알고 싶었다. 그때 그녀는 더 순진했을까? 손에 넣으려 하는 그 힘이 그녀를 타락시키고 있는 것일까?

"내 생각은 중요하지 않아."

무작정 찾아온 그녀에게 화가 났지만, 그렇다 해도 그녀가 화를 내며 돌아가는 모습은 보고 싶지 않았다. 그녀를 완전히 떠나는 것 역시 마찬가지였다.

"지금 너 그대로도 괜찮아. 그래도 넌 여기 오지 말았어야 해."

"난 여기 오는 거, 좋아했었어."

"내가 좀비 말고 다른 걸로 여길 지키고 있었다면 어쩔 뻔했어?"

"모르지."

"죽었을 수도 있어."

나오미가 방을 가로질러 다가와 악마의 손을 두 손으로 잡았다.

그리고 비늘이 돋은 살에 부드럽게 키스했다. 메리힘도 그 키스를 느낄 수 있는지 궁금했다. 나오미도 궁금하지 않을까?

"너는 날 죽이지 않을 거야."

"아니, 그럴 거야. 그래야 한다면."

"그럴 일은 절대 없을 거야."

워런도 그런 건 바라지 않았다. 헬게이트가 열리기 전, 그에게 친구라고는 단 한 명도 없었다. 지금도 마찬가지였고, 그런 그에게 나오미는 아주 가까운 사람이었다.

"왜 왔어?"

"널 보러 왔다니까."

나오미가 그의 손을 놓고 물러섰다. 워런은 말없이 기다렸다. 그녀에게 말려들고 싶지 않았다.

"최고 선견자, 코니시가 너와 이야기하고 싶어 하셔."

"무슨 얘기?"

"몰라."

나오미가 눈살을 찌푸렸다.

"비밀을 좋아하나 봐."

코니시는 새로운 최고 선겨자였다. 카발리스트의 리더가 되고 싶어 하던 사람 중, 그 자리에 남아 있는 이는 많지 않았다. 헬게이트가 열리기 전 코니시는 귀족이었고, 신비주의를 연구했었다. 여전히 엘리트 의식에 빠져 있는 그에게 워런은 크게 관심이 없었다.

"아직 살아 있다니 놀랍네."

"최근에 최고 선견자는 이런저런 시도를 하고 있어. 새로운 사람들도 끌어들였고."

나오미가 경멸하듯 말했다.

"그리고 많은 사람들이 목숨을 잃었어."

"그자가 나도 끌어들이려는 거 같아?"

"그럴지도."

나오미가 미소를 지었다.

"하지만 그럴 능력이 있는지는 모르겠는걸."

"그자가 설득해서 여기 온 거야?"

"날 설득할 필요는 없었어."

나오미가 두 팔로 그를 안았다.

"난 핑계가 필요했을 뿐이야. 며칠 동안이나 못 봤잖아."

그러고는 진하게 키스했다.

"진짜로 물어보고 싶었는데, 목욕할 물은 어디서 나는 거야?"

워런은 욕조에 서서 수건으로 몸을 닦고 있었다.

"좀비들이 지하 우물을 팠어. 거기서 5층 온수 탱크까지 펌프로 끌어 올리는 거야."

"우물을 만들었다고?"

"응. 팠지."

"그런 걸 할 줄 아는 줄은 몰랐네."

"우물 건설법에 대한 책이 있어."

워런이 검정 청바지와 붉은색, 하얀색, 그리고 파란색이 섞인 로치데일 호니츠 럭비팀 셔츠를 입었다. 예전에는 살 엄두도 내지 못했던 공식 유니폼이었다.

"펌프는 가게에서 구할 수 있고."

도시의 생존자들은 찾을 수 있는 것이라면 무엇이든 활용했지만, 그럼에도 생존자보다 남아 있는 물건들이 훨씬 많았다.

"지하수 수위가 낮아지고 있어. 곧 마실 물도 바닥날 거야."

워런도 알고 있었다. 템스강을 보면 누구나 알 수 있었다. '화마' 때문에 강 수위가 낮아졌고 되레 북해에서 바닷물이 흘러 들어올 정도였다. 일단 바닷물과 섞이면 지하수는 마실 수 없을 것이다. 강둑 근처 우물에는 소금을 걸러 내는 기능이 없으니 오염될 수밖에 없었다.

워런은 그런 사실을 잘 알았지만 목욕을 하면서도 죄의식을 느끼지는 않았다. 위탁 가정에서 지낼 때에는 위생 같은 건 바랄 수도 없었다. 목욕은 그에게 꼭 필요한 의식주와 같은 것이었다.

옷을 다 입은 워런이 거울에 비친 모습을 찬찬히 바라보았다. 화상 흉터가 악마 피부와 함께 얼룩덜룩 남아 있었다. 그가 알고 지낸 사람들이었다면 그를 손가락질했겠지만, 카발리스트 사이에서 그는 선망의 대상이었다.

카발리스트들은 가끔 나오미처럼 악마의 뿔을 이식하는 데 성공하기도 했지만, 사지나 장기는 달랐다. 성공 확률도 너무 낮았고, 실패할 경우 끔찍한 고통 속에서 죽음을 맞아야 했다. 그런 시도를 하는 자들은 드물 수밖에 없었다.

그가 거울에서 몸을 돌려 방으로 갔다. 나오미가 책상에 앉아서 책을 자세히 살펴보고 있었다.

"뭐하는 거야?"

그녀는 벌거벗고 앉아서는 일어날 생각도 하지 않았다. 최고 선견자가 기한을 정해 주지 않았기 때문에 조금 늦게 출발해도 된다고 한 것은 나오미였다. 워런은 육체관계는 피하고 싶었다. 일단 그녀에게 굴복한 후에는 항상 약해졌다고 느꼈기 때문이었다. 그녀가 그보다 강하다고 인정하는 것과 같았지만, 그는 거부하지 못했다.

"이 책 어디서 난 거야?"

워런은 대답하지 않고 그녀에게 다가갔다. 나오미가 아직 자리에 그대로 있는 것에 조금 놀랐다.

"뭐가 보여?"

그가 나직하게 물었다.

"형태. 그림자. 책장은 젖었고 잉크로 얼룩졌네. 왜 내다 버리지 않은 거야?"

나오미가 그를 바라보았다.

"뭔가 다른 게 보이는 거지, 그렇지?"

나오미가 펼친 페이지에서는 인간과 악마의 전투가 계속되었다. 전선은 이제 언덕 위까지 후퇴했다. 그림이 파도처럼 흔들리기 시작했다.

워런은 애써 시선을 돌리고 인간의 손으로 책을 덮었다.

"아니."

나오미가 잠깐 그를 바라보더니 말했다.

"넌 참 거짓말을 못해."

"잘하게 될 거야."

9장

레아는 화들짝 놀라 깨어났다. 관자놀이 사이로 두통이 엄습했다. 위에서 강렬하게 내리쬐는 밝은 불빛도 도움이 되진 않았다. 가슴과 배와 무릎까지 무언가에 묶여 있었다.

고개를 살짝 들고 눈을 뜨자, 소독된 하얀 병실 침대에 누워 있음을 깨달았다. 몸은 두꺼운 가죽 밴드로 침대에 고정되어 있었다. 여전히 검정 캣슈트를 입은 채였다.

그녀는 묶인 힘을 지렛대 삼아 끈을 끊어 내거나 몸을 빼내려고 해 보았다. 밴드는 생각보다 쉽게 끊겼다. 방탄을 비롯한 충격 방지 기능이 있는 슈트는 근력과 스피드를 끌어올려 주었다. 템플러 갑옷에 비할 바는 아니었지만 가볍게 움직이고 보다 쉽게 몸을 숨길 수 있었다.

문이 열리고 수술복을 입은 젊은 여자가 걸어 들어왔다. 검은 머리를 짧게 자르고 콧등에는 주근깨가 난 예쁘장한 얼굴에 다소 과묵해 보였다.

"가만히 계세요."

사무적이었지만 위협적인 어조는 아니었다.

"금방 풀어 드릴게요. 내게 맡겨 주신다면요."

레아는 장갑 낀 오른손으로 테이저건 전원을 올렸다. 한 번 살짝 튕기기만 해도 5만 볼트 전기 화살이 여자를 해치울 수 있을 것이다.

"여기가 어디죠?"

마스크 때문에 목소리가 약하게 들렸다.

"사이먼 크로스가 데려왔어요."

여자가 레아의 가슴에 묶인 벨트를 풀었다.

"침대에서 떨어져 다칠까 봐 묶어 뒀을 뿐이에요."

레아는 잠자코 누워서 호흡을 가라앉혔다. 목구멍이 따끔거리고 폐가 아팠다.

"여기가 어딘지 아직 말하지 않았어요."

"런던 외곽에 있는 대피소예요."

여자가 마지막 벨트를 풀었다.

"앉는 걸 도와드릴까요?"

"아뇨. 혼자 할 수 있어요."

레아는 자신이 믿을 수 없을 정도로 약하게 느껴졌다. 슈트가 아니었다면 몸을 일으켜 침대에 앉지도 못할 것이 분명했다.

"고마워요."

"뭘요."

여자는 떠나지 않고 여전히 옆에 있었다. 레아는 침대에서 내려오려고 하다가 비틀거렸다. 슈트 덕분에 강해진 근력과 균형 감각은 아무런 상관이 없었다. 향상된 반사신경으로 재빨리 손을 내밀어 침대를 붙잡으려 했지만, 두 번 다 헛손질을 하고 말았다.

"천천히."

여자는 그녀를 부축하며 조심스럽게 레아의 등을 침대에 기대주었다.

"한동안은 조심하시는 게 좋을 것 같군요."

레아는 침대 끄트머리에 앉아서 어지러움이 가라앉기를 기다렸다. 얼른 일어나 몸을 움직이고 싶어서 조바심이 났다. 너무 오랫동안 정신을 잃고 있었다. 그녀의 상관이 어떤 조치를 취했을지 알 수 없었다. 그렇다 하더라도 그를 비난할 수는 없었다.

"마스크는 벗어도 될 거예요."

여자가 말했다.

"벗길 수가 없더라고요. 마스크를 쓴 상태에서 산소를 공급하느라 애먹었어요."

"아직은요. 사이먼을 만나고 싶어요."

여자가 고개를 끄덕였다.

"알았어요. 안 그래도 의식이 돌아오면 바로 알려 달라고 하더군요."

그녀가 돌아서서 나가려다 말고 말을 이었다.

"마구 움직이기 전에 상태를 확인하게 해 주면 좋겠군요. 그 유니폼 때문에 엑스레이를 찍을 수 없었거든요."

레아가 고개를 끄덕였다. 몸에 다른 문제는 없는지 그녀도 확실히 알고 싶었다.

"사이먼과 이야기하고 난 후에요."

간호사가 방을 나갔다. 그녀가 등을 펴고 똑바로 앉아서 폐 깊숙이 심호흡하려고 해 봤다. 불길에 휩싸여 매캐한 연기를 들이마셨던 것이 기억났다. 정신을 잃은 동안에도 악몽은 계속되었다.

"시간."

그녀가 중얼거렸다. 그녀의 렌즈가 제자리에 장착되며 현재 시각을 불러왔다. 오후 3시 43분이었다. 복귀 시각이 한참 지났다.

근심이 밀려오자 혈압이 높아졌고, 두통과 함께 몸 곳곳의 타박상이 지끈거렸다.

슈트 안쪽으로 겹겹이 덧댄 하드쉘 나노봇은 액체처럼 작동했다. 20년 전 군인들을 위해 개발된 액상 소재 전투복에 비해 크게 진일보한 기술이었다. 완전히 갖춰 입으면 2킬로그램은 거뜬했다. 슈트만으로도 일반 의복보다 몇백 그램은 더 무거웠다.

나노봇은 착용자의 몸을 따라 일정하게 흘렀다. 총에 맞거나 칼에 찔리는 것 같은 갑작스러운 충격도 어느 정도 흡수할 수 있었다.

레아가 천천히 심호흡했다. 폐까지 흡입한 연기를 끄집어내야만 했다.

"GPS 위치 정보 전송."

스크린에 곧바로 불이 들어오며 자그마한 글자들이 출력되었다.

'접속 불가'

훌륭하군. 레아는 짜증이 났다. GPS가 차단됐어. 이곳이 사이먼의 은거지라는 것 말고는 아무것도 몰랐다. 지난 몇 년 동안 그는 몸을 숨기는 것에 더욱 능숙해졌다. 그녀는 지금 자신이 어디에 있는지 전혀 알 수 없었다.

"사이먼."

누군가 가볍게 만지는 손길에 잠에서 깬 사이먼은 순간적으로 침대에 놓인 검으로 손을 뻗었다. 머리 위로 둥그렇게 늘어진 해먹이 보였다.

은거지에서 개인 공간은 귀했다. 이 특별 벙커도 장기적으로 사용하기 위해 마련한 것이 아니었다.

처음 지었을 때부터 막사 대부분을 민간인 여자와 아이들, 안팎의 일을 맡아 하는 사람들이 사용하도록 했다. 언더그라운드는 결코 넓지 않았기 때문에 모두가 협소한 공간에 부대껴 살았다.

템플러들은 수백 년에 걸쳐 확장된 언더그라운드에서 공간을 효과적으로 활용하는 훈련을 받았었다. 사이먼은 피난민과 템플러 사이의 균형을 세심하게 맞춰야만 했다. 이 은거지에서는 스파르타식 훈련을 받은 전사들이 겁에 질린 민간인 바로 곁에서 함께 먹고 잠을 잤다.

"사이먼."

"깼어."

그가 졸음을 몰아내며 몸을 일으켜 해먹에 걸터앉았다. 발에 닿은 콘크리트 바닥이 차가웠다.

'화마'가 런던을 뜨겁게 달구었지만 아직 남아 있는 세상은 더욱 차가워진 것 같았다. 도시의 모습까지 바꾸어 버린 마법 때문에 날씨는 재난에 가까웠다. 그들이 지금 몸을 숨긴 방공호 바깥으로는 서리가 내리고 눈이 쌓여 있었다. 원래는 눈이 오지 않는 계절이었다.

"네가 데려온 여자, 정신을 차렸나 봐. 널 찾아."

네이선 싱이 말했다.

"알았어."

네이선이 플라스크를 내밀었다.

"뜨거운 차야, 친구. 피가 잘 돌게 해 줄 거야."

"크림이랑 설탕도 갖고 왔겠지?"

"아니. 사랑스러운 장미 무늬 찻잔이라면 내 침상에 있어."

네이선이 느물거렸다. 사이먼이 씩 웃으며 플라스크를 받아 들고 단숨에 마셨다. 뜨겁고 진한 차에 코가 뻥 뚫리는 것 같았다.

"고마워."

"천만에."

네이선이 다시 플라스크를 받아 들어 사이먼의 머리 위에 걸린 해먹에 놓았다.

사이먼은 조금이라도 더 자고 싶다는 바람을 떨쳐 냈다. 레아는 궁금한 것이 많을 것이다. 그녀를 어떻게 해야 할지도 결정해야 했다. 여기 그대로 두면 캠프 위치가 노출될 수도 있었다. 그는 레아를 믿을 만하다고 생각했지만 그가 틀렸을 경우 4,000명이 넘는 사람의 목숨이 위험해질 터였다.

틀렸을 리 없어. 그가 생각했다. 이 일을 어떤 식으로 처리하든 잘못될 건 없어.

사이먼이 일어나며 발치로 담요를 치웠다. 그는 벌거벗고 있었다. 신체에 딱 맞게 제작된 갑옷 안에는 옷을 입을 수 없었기 때문에 템플러 모두가 벌거벗고 잠을 잤다.

템플러로서 레아를 만날 것이냐, 사이먼 그 자신으로서 만날 것이냐를 택해야 했다. 규칙에 따르자면 템플러들은 어디에 가든 손 닿는 곳에 갑옷을 둬야만 했다.

"외출복으로 입어."

네이선이 말했다.

"갑옷은 나중에 가져다줄 테니."

사이먼이 고개를 끄덕였다. 지난 3년 동안 네이선은 좋은 친구이자 헌신적인 전사였다. 데리어스 출신으로, 일반적으로 로크와는 맞수인 가문이었다.

　유감스럽게도 템플러의 입장에 대한 거부는 계속해서 이어지고 있었다. 부스는 한동안 잠적하여 모습을 드러내지 않는다는 템플러의 칙령을 지지했다. 언더그라운드를 박차고 나온 많은 템플러들과 마찬가지로, 네이선 역시 매일매일 악마에게 사냥당하는 사람들을 외면하고 안전하게 숨어 지내야 하는 상황을 견디지 못했다.

　키가 183센티미터쯤 되는 네이선은 웨이트로 단련하여 체격이 좋았다. 서부영화 총잡이처럼 검은 콧수염을 길렀고, 매력적인 큰 입에서는 쉬지 않고 농담이 흘러나왔다. 머리카락은 짧게 잘랐고 왼팔 어깨부터 팔꿈치까지 드래곤 문신이 있었다. 네이선은 세인트 조지가 무찌른 바로 그 드래곤[5]이라고 주장했다.

　사이먼은 해먹 아래 보관해 둔 옷 중에서 카고 바지와 남색 티셔츠를 꺼내 입고 테니스 신발을 신었다. 티셔츠는 몸에 착 달라붙듯 잘 맞았다. 허리춤에는 스파이크 볼터를 찼다.

　그 누구도 무장하지 않고는 돌아다니지 않는 것이 은거지의 기본 규칙이었다.

　의료 구역에 다다르자 침대 끄트머리에 앉아 있는 레아가 보였다. 사이먼이 병실로 들어가 그녀를 바라보았다.

　"좀 어떻습니까?"

　"살아 있어요. 꽤 놀랍네요."

　마스크가 얼굴을 가렸지만, 목소리에 미소가 서린 것처럼 느껴

---

[5] St. George, ~303. 로마 황제의 근위 장교로, 리비아의 샘에서 사람들을 해치는 드래곤을 무찌르고 영웅이 되었다. 12세기에 십자군에 의해 더욱 널리 퍼졌다.

졌다.

"저도 놀랐습니다. 이겨 냈군요."

사이먼이 벽에 기대며 팔짱을 꼈다.

"그때 옥상에선 결국 해내지 못할 거라는 생각을 잠깐 했었거든요."

"템플러들은 구출했나요?"

사이먼이 고개를 끄덕였다.

"네."

"그 사람들은 어때요?"

"아직 의식이 없습니다. 의료진이 돌보고 있지만 원인을 알아내진 못했어요. 활력징후는 괜찮지만 뇌 손상이 있을 수도 있나 봐요."

"작전 중 인명 피해는?"

"없었습니다. 운이 좋았어요."

잠시 방 안에 침묵이 맴돌았다. 레아가 무슨 생각을 하고 있는지 가늠하기가 어려웠다. 마스크로 얼굴을 감추지 않았더라도 알아채기는 힘들었을 것이다.

레아에 대해 모르는 것이 너무 많았다. 왜 그를 쫓아 남아프리카공화국까지 왔을까? 심지어 정말로 그를 찾아내기까지 했다. 게다가 무기도 잘 다루었다. 어떻게 그렇게 싸움에 능숙할까? 입고 있는 검은 슈트는 어디서 구한 것일까?

"그 옷은 벗어 두는 게 좋을 겁니다. 의료진이 제대로 검사할 수가 없었거든요. 장기에 손상을 입었거나 뼈가 부러졌을 수도 있습니다. 엑스레이도 투과하지 못하더군요."

"벗기지 못한 게 당연해요. 너무 무리하지 않은 게 다행이군요."

"누구와 일합니까?"

사이먼이 물었다. 표정이 드러나지 않는 마스크가 잠시 그를 바라보았다. 잠시 후 레아가 손을 올려, 꽉 조인 헬멧을 손바닥으로 쓸었다. 마스크가 헬멧에서 분리되더니 목 아래로 흘러내렸다.

알고 지낸 4년 동안 레아는 그다지 변하지 않았다. 사실 그녀를 안다고 말할 수는 없었다. 사람을 사로잡는 듯한 보랏빛 눈동자, 턱에 닿을까 말까 할 정도로 아주 짧게 친 검은 머리, 창백한 피부. 케이프타운을 떠나는 비행기에서 처음 만났을 때는 햇볕에 그을어 있었는데.

"대답할 수 없어요."

"당신을 이대로 보내 준다면, 여기 모두의 목숨이 위험할 수도 있습니다."

사이먼은 편안하고 부드럽게 말하려 했지만, 위협적으로 느껴질 것임을 그 자신도 잘 알았다.

"내가 떠나려는 걸 막는다면 누군가는 다칠 수밖에 없을 거예요."

레아가 차분하지만 단호하게 말했다.

"알아요. 바로 그래서 난감한 겁니다. 당신을 여기로 데려와서는 안 되는 거였지만, 거기 내버려뒀다면 당신은 죽었겠죠."

"그럴 수는 없었겠지요."

사이먼이 망설였다.

"네."

레아가 희미하게 미소를 지었다.

"그런 일에 대비한 규정이 있나요?"

"네."

그가 정직하게 대답했다.

"템플러 헌장에도 있습니다. 우리는 무력하고 약한 사람들을 지킵니다. 길에서 스쳐 가는 사람들도 마찬가지입니다."

"난 무력하지도, 약하지도 않은걸요."

"그렇죠."

사이먼이 인정했다.

"그래도 도움이 필요했습니다."

"모든 템플러가 당신 방식을 따르는 건 아니에요, 사이먼. 나도 알고, 당신도 알아요."

사이먼은 잠시 아무 말도 하지 않았다. 처음 만났을 때 그는 레아를 그저 보호가 필요한 젊은 여자라고 생각했었다. 그녀를 언더그라운드로 데려갔던 가장 큰 이유는, 그래도 상관없다고 여겼기 때문이었다. 언더그라운드에서는, 적어도 로크 가문에서는 쉽게 방어할 수 있을 것이었다. 무엇보다도 악마가 인간과 대화하거나 인간이 템플러를 배신할 거라고 믿을 이유가 전혀 없었다.

"절 찾았다고요."

"여기 데려와 줘서 고맙다고 말하고 싶었어요."

레아가 솔직하게 말했다.

"아마도 당신은 내 목숨을 구했겠죠. 그런데 우선 그 템플러 둘에 대해서 할 얘기가 있어요."

10장

"아치볼드 하비어 머코머라는 사람 들어 본 적 있어요?"

레아가 물었다. 사이먼이 그녀의 보랏빛 눈동자를 바라보며 곰곰이 생각해 보았다. 마음 한편에서 무언가 마음에 걸렸지만 무엇인지 정확히 알 수 없었다.

"아뇨."

"머코머는 언어학 교수예요. 언어에 관한 한 영재였었죠. 전 세계를 여행하면서 옛 두루마리, 삽화가 들어간 필사본 같은 것들을 연구하고 필요하다면 번역도 했어요. 그 작업으로 꽤 명성을 얻었지요."

"'미국 역사 채널'에도 나왔었죠."

그 이름을 어디서 들었는지 기억이 난 사이먼이 말했다.

"무역로를 따라 언어가 퍼졌음을 보여 주는 특집 방송이었습니다."

레아가 고개를 끄덕였다. "실크로드, 솔트로드[6], 노예 무역. 이 지역 전부를 다루었죠."

사이먼도 이제 분명히 기억났다. 토머스 크로스는 유용하진 않더라도 지식 그 자체를 좋아했었다. 어렸을 때 사이먼은 그런 아버지와 함께 여러 다큐멘터리를, 특히 중세 무기를 다룬 방송을 즐겨 봤었다. 사이먼이 말했다.

"머코머가 어느 날 밤 갑자기 사라졌다고 들은 것 같군요."

---

6) Salt Road, 이베리아 반도에서 유럽대륙 아시아까지 이어지는 소금 교역 길.

"사람들은 머코머가 현실 감각을 잃기 시작했다고들 했어요."

"그랬습니까?"

"여기, 우리 세상에 발을 들여놓은 악마들이 있다고 주장했거든요. 밝혀지지 않은 증거를 입수했다고요."

사이먼은 말없이 다음 이야기를 기다렸다. 성전 기사단 역시 오래전 악마의 존재를 알았지만, 그 사실을 증명하는 것은 정말 어려웠다. 결국 기사단은 그들의 자산과 믿음을 맞바꾸어야 했다. 프랑스 왕 필리프 4세는 기사단을 이단으로 고발했고, 그의 강요로 클레멘스 교황까지 그들을 외면했으며, 그 결과 1307년에 성전 기사단은 작위와 특권을 몰수당했다. 끝내 필리프는 기사단장 자크 드 몰레를 화형에 처하고 기사단을 추방했다.

그때부터 템플러는 왕궁과 세상 사람들의 눈을 피해 명맥을 이어 갔다. 그러면서도 귀족 계급과의 관계는 유지했고, 멀고 가까운 각지에서 들려오는 소식들을 가능한 한 모두 입수했다. 악마에 대한 증거나 유물이 나타났다는 이야기가 들리면, 템플러는 그것들을 찾아 나섰다.

"헬게이트가 열리기 전에는 아무도 악마 이야기 같은 건 듣고 싶어 하지 않았죠."

사이먼이 말했다.

"뉴스에서조차 다른 은하계에서 온 우주인이니 전 세계적인 테러니 하는 식이었으니까요."

"맞아요."

레아가 얼굴을 찡그렸다.

"조직은-"

그녀가 말을 멈추었다.

"내가 일하는 쪽 사람들은 여전히 악마라는 존재를 불편하게 여겨요. 테러리스트, 아니, 심지어는 다른 세상에서 온 외계인이라는 편이 훨씬 받아들이기 쉬운 거죠. 머코머가 말한 이야기 역시 당시에는 지어낸 거라고들 믿었지만, 이제 보니 그가 증거라고 보여준 글들이 사실은 정말로 악마를 다룬 것이었고요."

우리는 이 정보를 왜 몰랐을까? 사이먼이 생각했지만 곧 템플러가 사실은 이미 알고 있으며 개입하지 않기로 결정했을지도 모른다는 것을 깨달았다.

"내… 친구들은 머코머와 직접 이야기하려고 했어요. 그동안 계속 그를 찾고 있었거든요."

"찾았습니까?"

"네. 파리 외곽 정신병원에 있었어요."

"왜 프랑스죠?"

"프랑스인 아내가 '도움'이 필요하다며 입원시켰다더군요. 프랑스 법정의 판결에 따라 머코머의 재산을 차지했고요."

"두 사람은 이혼했나요?"

"돈이 전부 떨어지기 전까지는 아니었어요."

레아가 한숨을 쉬었다.

"머코머는 정신병원에 8년을 갇혀 있었어요. 4년 전 헬게이트가 열렸을 때 병원이 개방되고 환자들이 탈출했어요. 그로부터 1년 7개월이 지나서야 우리가 그를 주목했고-"

사이먼은 레아가 말하는 '우리'가 누구인지 묻고 싶은 충동을 억눌렀다.

"추적했어요."

레아가 말을 이었다.

"그리고 지난주에, 찾아냈어요."

"어디에서요?"

"파리에서요. 대학 건물에서 종이 더미에 파묻혀 지내고 있더군요. 우리가 발견했을 땐 번역을 하고 있었어요."

"무엇을?"

레아가 고개를 저었다.

"아무도 몰라요."

"머코머는 어땠습니까?"

"정신이 또렷했어요. 똑똑했고요. 어떤 일을 하는 중이라며 우리를 설득했죠."

"헬게이트에 대해선 알던가요?"

"파리에도 하나 열렸으니까요."

사이먼은 잠시 당황했다. 몇몇 나라에 헬게이트가 열렸다는 소문은 돌았지만 파리의 헬게이트는 처음으로 전해진 정확한 정보였다. 폐허가 된 샹젤리제, 산산조각 나 쓰러진 에펠탑과 트라팔가 광장의 넬슨 제독 동상이 눈앞에 떠올랐다.

"악마에 대해서는 아무 말 없었습니까?"

"단지 그뿐이었어요. 더 이상 아무 말도 안 했어요. '기사들'과 먼저 이야기하기 전까지는 그 누구하고도 말하지 않을 거라더군요."

기사들. 그 뜻을 이해하는 데에는 잠시 시간이 필요했다.

"숙녀분은 어디 갔어, 친구?"

구조대가 돌아오면서 입수한 옛 비디오를 사이먼이 멈추었다. 브리튼 섬 밖으로 탈출하는 작전이 시행되기 전까지 은거지에 머물 아이들을 위해 구해 온 기기였다.

최근에는 바다로 나가는 배나 보트가 거의 없었다. 선박이 모두 파괴되었다고 들었으며, 사람들을 데려갈 만한 안전한 장소도 없을뿐더러 반면에 악마는 어디에나 있었다.

"치료실로 돌아갔어."

사이먼은 은거지 곳곳에 마련한 공공 집회소에 앉아 있었다. 원래는 2차 세계 대전 때 건설한 방공호였다. 그 당시에는 아이들을 모두 시골로 보냈었다. 집에 폭탄이 떨어지는 것을 가장 두려워했기 때문이다. 두 눈으로 직접 보기 전엔, 그 누구도 헬게이트에서 악마들이 쏟아져 나오는 광경은 상상도 못 했을 것이다.

"출출할까 봐 가져왔어."

네이선이 큼직한 오트밀 그릇을 책상에 올려놓았다.

"넌 먹어야 한다는 걸 잘 잊어버리니까."

"고마워."

구수한 오트밀 냄새에 위가 꼬르륵거렸다. 한 숟가락 뜨자 그 위로 반쯤 녹은 버터가 보였다.

"버터? 여기에서 만든 거야?"

"직접 만들었지. 다음엔 크림과 설탕을 넣은 차를 도자기 잔에 대령할게. 비스킷도. 쿠션 가져다줄까?"

"실없긴."

사이먼은 자신이 웃고 있다는 사실이 불편했다. 네이선이 웃음을 터뜨렸다.

"야생 소를 몇 마리 발견했어. 운 좋게도 소젖으로 버터 만드는 법을 아는 사람이 있더라고."

사실이었다. 폐허가 된 도시에서 구해 낸 생존자들도 템플러만큼이나 이곳에 공헌하고 있었다. 어떤 사람들은 템플러 갑옷을 만들고 조작하는 법까지 배웠다.

"그래서 숙녀분은 어때?"

"꽤 좋아진 것 같아."

"어디에서 난 슈트인지는 말해?"

사이먼은 레아의 유니폼을 새삼 떠올렸다. 템플러 기술로도 아직 그 슈트의 방어 시스템을 뚫지 못했던 것이다.

"아니."

"짐작되는 건 없고?"

사이먼이 오트밀을 삼켰다.

"내 생각엔 군대 같아."

"악마랑 싸울 때 군인들이 입고 있던 건 분명 아닌데."

"알아."

"어쨌든 군대 사양인 건 분명해."

네이선이 씩 웃었다. 침공 전 그는 군인이었다. 군인의 길과 템플러의 길 중 하나를 택하고 싶진 않았던 것이 분명했지만, 네이선은 템플러의 길을 택했다. 그리고 숨어 지내라는 명령에 충격을 받고 힘들어했었다.

"어쨌든 그분, 더 흥미로워졌는데. 안 그래? 네 삶에 불쑥 뛰어들어왔다가 사라지더니, 하고 싶은 얘기만 골라서 하고."

"전적으로 믿는 건 아냐."

"그런 뜻은 아니었어."

네이선이 책상에 놓인 컴퓨터 칩을 바라보았다.

"이거, 숙녀분이 준 거지?"

"맞아."

"뭔지 말해 줄 수 있어?"

"아치볼드 하비어 머코머라고 들어 본 적 있어?"

네이선이 잠시 생각하더니 고개를 저었다.

"악마의 언어를 발견했다고 믿은 언어학자야. 일부는 번역까지 했고."

"아니, 그런 사람을 왜 몰랐지?"

"내 말이."

사이먼이 오트밀을 한 입 더 먹었다.

"레아 쪽 사람들이-"

"비밀에 휩싸인 사람들 말이지."

사이먼은 그 말을 무시하고 계속 이야기했다.

"머코머 교수를 프랑스에서 찾아냈어. 지난 8년 동안 정신병원에 있었나 봐."

"멋지네."

"악마 이야길 꺼내자마자 아내가 입원시켰다는군."

"악마 이야기는 많이들 했어, 친구. 그런 사람을 만나면 보통은 피해 다니고 뒤에서 수군대는 데 그치긴 했지만. 게다가 이젠 그런 얘길 안 하는 사람이 없지. 그런데 머코머는 대체 왜 그런 일까지 당한 거야?"

"돈이 엮였나 봐."

"아하, 교수를 가둬 두는 편이 이득이었나 보네."

"맞아."

사이먼이 빈 그릇을 책상에 놓았다.

"머코머와 관련된 템플러 자료들이 있는지 훑어봤어. 우리는, 그러니까 템플러는, 머코머에 대해서 알고 있었어."

"그렇다면 우리 템플러는 대체 왜 아무 언급도 없었던 거지?"

"그 당시 머코머가 너무 유명해서 논란에 휩싸일 여지가 많다고 판단했더군."

"그 당시가 언젠데?"

"12~13년 전쯤."

네이선이 살짝 웃으며 말했다.

"언더그라운드에서 여자애들이랑 키스나 하고 다닐 때였군. 그리고 내 기억으로 넌, 런던에서 유명하다 싶은 빌딩을 찾아다니며 베이스점프를 했고."

"정확히 그때는 아니야."

바로 그 베이스점프 때문에 런던 경찰국이 사이먼을 주목했고, 대대적인 수사까지 했었다. 사이먼은 서류상 존재하지 않는 사람이었다. 출생증명서도 없었다. 하마터면 불법 체류자로 강제 추방당할 뻔했지만 바로 그의 아버지가 나서서 해결해 주었었다.

"너도 나만큼이나 템플러 정보부에 관심이 없었지. 별로 가지도 않았고."

네이선이 말했다.

"그랬지."

"그래서 머코머를 놓쳤군."

사이먼이 고개를 끄덕였다.

"알았다 해도 다른 사람들만큼이나 무시했을지도 모르지."

"아마도."

"그럼 그 숙녀께선 왜-"

"레아. 숙녀가 아니라."

"미안. 레아는 왜 너한테 머코머 얘기를 했대?"

"머코머가 그 사람들 손에 들어갔어. 아직이라면 곧 그럴 거고. 조만간 배편으로 영국에 도착한다는군."

"흥미롭군, 흥미로워. 그 신비주의자들이 너와 정보를 공유하는 이유는?"

"머코머가 악마에 대한 어떤 질문에도 대답을 하지 않아서. '기사'에게만 말하고 싶다는 거야."

네이선이 활짝 웃었다.

"그게 우리라는 거군."

"맞아."

"그래서 어쩔 셈이야?"

"악마와 맞서게 해 줄 무기에 대해 머코머가 아는 것 같아."

"솔깃한데. 그런 이야길 무시할 수 없지."

사이먼도 동의했다.

"언제 출발해?"

"곧."

11장

 런던의 생존자들은 대개 지하로 대피했지만, 카발리스트 분파들은 도시 전역의 버려진 건물을 본거지로 삼았다. 악마와 인간의 눈에서 숨기 위해 주술로 방어벽을 세웠다. 가끔 악마가 방어벽을 뚫고 들어와 공격하기도 했지만 너무 멀리 떨어져 지내서는 악마를 관찰하기 힘들었다.
 정찰팀은 되도록 소수로 꾸려 신속하게 움직이며 최대한 피해를 줄였다.
 워런과 나오미는 피커딜리 노선을 따라 웨스트엔드에서 이즐링턴으로 이동했다. 그곳에 도착한 후에는 지상 선로에서 벗어나 뭔가 나쁜 일이 일어날 듯 고요한 주택가 뒷골목을 따라 걸었다. 이후 다시 폰더스 엔드 선로로 엔필드까지 갔다. 순찰하는 악마들을 피하기 위해 자주 멈추고 쉬면서 이동한 탓에 목적지에 도착했을 때는 밤이 가까웠다. 최근에 그나마 안전하게 시내를 이동하는 방법은 걷는 것밖에 없었다.
 두 사람은 가끔 이야기를 했지만 대개는 주변 경계에 집중했다. 워런이 그의 성소에서 가지고 온 음식을 나눠 먹기도 했다.
 드디어 런던 교외 주택가에 도착했을 때, 한 카발리스트가 두 사람을 발견하고 내부에 알렸다. 뿔이 나고 문신을 한 여러 카발리스트들이 곧 워런과 나오미를 보러 왔다. 그렇게 많은 인원은 아니었다.

나오미가 그들과 잠깐 이야기를 나누었다. 워런은 한 걸음 뒤에 물러서서, 자신을 바라보는 카발리스트들을 훑어보았다. 지난 4년 동안 카발리스트 분파 사이에서 그에 대한 이야기가 많이 돌았음은 알고 있었다. 지금껏 어느 누구도 악마와 직접 대화를 하고도 살아남아서 그 이야기를 전하지 못했던 것이다.

짧은 논의를 마친 후, 그들은 다시 한번 이동했다.

최고 선견자 코니시는 엔필드그린에 둘러싸인 엔필드 지구의 공공 기관에 사람들을 불러 모았다. 건물은 엄숙하고 삭막했다. 창문 대부분은 깨져 있었다. 카발리스트들은 은신처를 보수할 생각이 없었다. 자칫 그들의 위치가 드러날 수도 있기 때문이었다.

기관단총과 권총으로 무장한 경비들이 현관에 나와 워런과 나오미를 맞았다. 카발리스트들은 무기에 주문 거는 것을 좋아했지만, 악마들이 나타남과 동시에 강력해진 그 능력이 모두에게 있는 것은 아니었다. 경비로 선발된 사람들은 따로 무기 사용 훈련을 거쳤다.

대장으로 보이는 사람이 워런을 수색해야 한다고 말했다. 나오미가 항의했지만 소용없었다.

"괜찮아."

워런이 말하고는 남자가 자신을 수색하도록 가만히 있었다.

"아무것도 숨기지 않았어요."

나오미는 몹시 화를 냈다.

"우리 손님으로 여기 온 사람이에요. 최고 선견자께서 데려오라고 하셨다고요."

"전 그냥 제 일을 하는 겁니다."

남자가 워런의 오른발 부츠에서 기다란 단검을 꺼내더니 자기 벨트에 찼다. 워런은 그 칼을 뺏기고 싶지 않았다. 권총 외에 그가 다룰 수 있는 유일한 무기였다. 결코 능숙하다고 할 수는 없었지만, 지난 4년 동안 싸움을 어느 정도 익혔다. 그런데도 그는 여전히 자신을 둘러싼 이들에게 맞설 수 없었다. 무력한 이 느낌은 결코 친숙해지지 않았다.

무기를 압수해 놓고도 경비들은 워런에게 충분히 자유를 주었다고 여기는 것 같았다. 적어도 묶지는 않았으니까. 그러나 그런 응대에 워런은 최고 선견자를 만나러 온 것이 실수라는 생각이 치밀어 올랐다.

"당신 이름이 뭐죠?"

"세드릭."

나오미가 묻자 머리가 희끗희끗한 늙은 전사가 답했다. 이름을 밝히는 것이 내키지 않았는지 모르겠으나 그런 티를 내지는 않았다.

"손님을 위협하는 게 당신 일은 아니에요."

나오미가 날카롭게 말했다.

"물론이죠. 제 일은 최고 선견자를 안전하게 지키는 겁니다."

경비 대장이 석유램프를 벽에서 빼내며 문을 향해 고개를 까닥했다.

"따라오시죠. 최고 선견자께 데려다드릴 테니."

나오미의 표정을 보니 이대로 끝내고 싶지 않은 것이 분명했다. 워런은 인간의 손으로 그녀의 팔을 살짝 건드리며 그녀를 바라보았다. 그러고는 재빨리 고개를 저었다.

나오미는 분노를 감추지 않았다. 그녀가 팔을 빼내 가슴 앞으로 팔짱을 꼈다. 워런은 한숨을 쉬고는 돌아서서 경비 대장을 따라 건물 안으로 들어갔다.

건물 내부는 처참했다. 한때 어떻게 쓰였는지 알려 주는 종이와 명판들이 여기저기 나뒹굴었다. 벽에는 시민에게 수여된 상장과 트로피들이 부서진 유리장 안에 전시되어 있었다. 망가진 책상 너머로 서류철들이 삐뚜름히 보였다. 한쪽 벽 구석진 곳에 쌓아 놓은 물건 더미는 누군가의 잠자리임이 분명했다. 모닥불을 피웠을 자리에는 재가 남아 있었다. 작은 동물들의 뼈와 비어 있는 깡통들이 쓰레기와 뒤섞여 있었다.

세드릭은 장애물들을 피해 지하로 이어지는 계단으로 향했다. 계단 입구에는 경비가 더 많았다.

지하실은 워런의 예상보다 훨씬 넓었다. 흐릿한 석유램프의 빛으로는 복도를 제대로 확인할 수 없었지만 공간을 확장한 것 같았다. 누군가 오래도록 공들여서 지하를 넓힌 것이었다.

워런은 내심 그 작업이 어떤 식으로 진행되었을지 궁금했다. 쉽지 않았을 것이다. 아주 많은 흙을 옮기고, 쓰레기들을 어딘가에 치워야 했을 것이다. 악마에게 들키기 십상이었으리라.

워런은 그들이 걷고 있는 중심 통로로부터 이어져 나가는 많은 복도들을 보고 공사에 큰 품이 들었음을 다시 한번 확인했다. 세드릭은 주저 없이 길을 따라 이리저리 나아갔다. 이미 지나갔던 복도에 또다시 들어섰을 때, 워런은 길을 기억해 두려는 시도를 포기했다.

복도는 다른 건물 지하와도 연결되는 듯했다. 터널 곳곳에는 언제라도 무너뜨려 진입을 막을 수 있는 장치들이 있었다. 그중에는 막다른 곳에 시공해 놓은 치명적인 함정도 있었다.

이 지하 세계는 단순한 성역이 아니라, 세심하게 건설된 전장이기도 했다.

두 사람은 마침내 널찍한 방에 도착했다. 벽마다 석유램프를 달아 놓아서 방 안은 누르스름한 빛으로 밝혀져 있었다. 응접실로 만들려고 했는지 깔끔하게 정돈된 탁자와 의자들이 놓여 있었다.

험상궂은 남녀 여섯의 호위를 받는 한 남자가 중앙 테이블에 앉아서 거기 놓인 둥근 거울을 응시하고 있었다. 한 번도 만난 적은 없지만 그가 최고 선견자, 코니시임을 알 수 있었다.

생각보다 젊었다. 서른이 넘지 않은 듯했다. 그럴 만도 했다. 젊은 카발리스트일수록 더 강력했던 것이다. 그렇게 타고난 데다가, 나이 든 사람들에 비해 더 쉽게 힘을 활용할 수도 있었다.

카발리스트 분파의 리더와 '목소리'들은 대부분 어리고, 그 때문에 권력을 놓고 자주 분쟁이 일어난다는 얘기를 워런도 들은 적이 있었다. 젊은 사람들은 더 강력한 힘을 발휘했지만, 나이 든 사람들은 악마에 대해서 그리고 악마가 휘두르는 마력의 본성에 대해 더 잘 알았다.

최고 선견자 코니시가 워런을 올려다보았다. 갸름하고 누런 얼굴에서 가장 먼저 문신들이 눈에 띄었다. 너무 새까맣고 두껍게 새겨진 문신 때문에 본래 피부색조차 알 수 없을 정도였다. 유리알 같은 두 눈은 움푹 꺼졌고 쇠뿔처럼 생긴 검고 반짝이는 뿔이 머리 양쪽에서 구부러져 있었다. 두피는 악마 피부를 덧씌워 놓았는지 얼룩덜룩했고 고슴도치처럼 가시들이 솟아 있었다. 어두운 빛깔 로브[7]에는 여러 상징들이 수놓여 있었다.

코니시가 탁자에 놓인 동그란 거울에서 몸을 떼고 희미하게 웃어 보였다. 잇몸이 새까맸다. 워런은 그가 악마 송곳니를 이식했음을 바로 알아차렸다. 그런 수술에 대해서는 들어 본 적 없었지만 카발리스트들이 악마와 동일한 능력을 얻기 위해 극단적인 시도까지 한다는 사실은 알고 있었다.

"나오미."

코니시가 로브를 한 손으로 반듯하게 폈다.

"방문을 성사시키는 데 성공했군요."

나오미는 그저 고개를 끄덕일 뿐이었다. 이제 코니시는 오로지 워런에게만 주의를 쏟았다.

"만나고 싶었습니다."

워런은 대답하지 않았다. 이 방으로 들어온 후부터 줄곧 불편함을 느끼던 참이었다. 처음에는 지하이기 때문이라고 생각했지만, 이제는 방 안에 아주 강한 위화감이 감도는 것을 알았다. 조금이라도 빨리 나가고 싶었다.

코니시가 고개를 조금 갸웃하더니 호기심 어린 눈빛으로 워런을 관찰했다.

"괜찮으십니까?"

"괜찮아요."

---

[7] 하나로 된 길고 헐렁한 옷.

워런은 거짓말을 했다. 그러고는 메리힘에게 배운 대로 마음을 열고 그 방에 흐르는 불편한 기운을 느끼려 해 보았다.

그 즉시 돌풍 같은 것에 강하게 얻어맞은 워런은 무릎을 휘청이며 쓰러질 뻔했다. 머리가 빙글빙글 돌면서 정신을 차릴 수 없었다. 눈앞이 흐릿해지더니 두 개로 겹쳐 보였다. 온몸이 뜨거워지면서 비 오듯 땀이 흘렀다. 지난밤 나오미가 남긴 등의 상처가 불타는 듯했다.

"앉으시는 게 좋겠군요."

코니시가 의자를 가리켰다.

"아닙니다."

워런이 대답했다. 그저 방에서 빨리 나가고 싶었다. 그것만은 분명했다.

코니시가 얇은 입술로 미소를 짓자 악마의 이빨들이 드러났다. 모두 한 악마에게서 얻은 송곳니일까? 최근 이 도시에 넘쳐흐르는 마법 에너지를 끌어 쓰는 데 정말로 저 이빨들이 도움이 될까? 궁금하지 않을 수 없었다.

"당신 손을 봐도 될까요?"

코니시가 두 손을 내밀며 물었다. 코니시가 어떤 손을 보고 싶어 하는지는 분명했다. 워런은 움직이지 않았다.

"부탁드립니다."

코니시가 말했다. 워런은 메리힘에게서 받은 그 선물을 가까스로 들어 올렸다. 코니시에게까지 뻗을 힘도 없었다. 워런이 손바닥을 펼치자 램프 불빛에 반사된 비늘이 번쩍였다.

호기심에 가득 찬 코니시가 망설이면서 워런의 손으로 자신의 손을 가져갔다. 최고 선견자의 양손은 손가락까지 문신으로 뒤덮여 있었다. 어떤 문신은 짙은 자줏빛으로 반짝였고, 워런에게 가까워질수록 밝아졌다.

위화감이 더욱 날카롭게 진동하며 밀려왔다. 긁힌 등의 상처도 통증을 더했다. 최고 선견자가 그의 손을 만지기 전, 워런은 주먹을 쥐었다. 손가락 마디를 따라 소름 끼치는 손톱이 튀어나왔다. 손톱들은 휘어져 있었다. 워런도 놀라 이 새로운 징후를 바라보았다.

코니시가 망설이다가 두 손을 거두었다.

"예전에도 이런 적 있습니까?"

분노와 좌절감이 밀려왔다. 손이 제멋대로 움직이기 적절한 때가 아니었다.

"네."

그가 무의식적으로 거짓말을 했다. 사실 그는 거짓말을 한 것이 그 자신인지, 아니면 그에게 깃든 악마의 정신인지도 알 수 없었다.

"당신은 저희에게 영감을 줬습니다."

최고 선견자가 선언했다.

"저희는 종종 성공적으로 악마의 신체를 이식하지만, 당신만큼 인상적인 사례는 없었습니다."

이식한 게 아니라고. 워런이 생각했다. 메리힘은 이 손을 통해 나를 차지했으니까. 하지만 그는 카발리스트도 악마의 사지를 성공적으로 이식하기까지 그리 오래 걸리지 않을 것이라 생각했다. 이 세상에 퍼진 사악한 마법에 그들은 이미 너무 익숙해졌던 것이다.

"많은 이들이 자원했습니다만… 우린 실패작만 만들어 낼 뿐이었습니다."

코니시가 잠시 말을 멈추었다.

"당신이 받았던 치료를 재현하기 위해 모든 노력을 쏟아부었지만, 같은 결과를 얻지는 못했습니다."

눈앞이 흐릿했진 워런이 코니시를 제대로 보기 위해 애썼다. 어느 정도는 성공적이었다. 두 개로 겹쳐 보이던 이미지는 이제 하나가 되었지만, 잔상이 오래도록 남았다. 기이하게도 잔상이 실제보다 더욱 인간처럼 보였다.

"힘과 능력을 끌어올려 주는 이식 수술을 여러 건 진행했습니다."

코니시가 말을 이었다.

"하지만 말씀드렸듯, 당신이 보여 주었던 그런 능력은 여태 나타나지 않았습니다."

"무슨 이야기를 하는지 모르겠군."

워런이 나직하게 말했다. 코니시가 활짝 웃자 악마의 이빨이 또다시 드러났다. 검은 잇몸이 희미하게 빛났다.

"당신은 악마와 직접 대화할 수 있다고 들었습니다. 때론 악마가 당신 몸에 힘을 불어넣고, 당신을 통해 모습을 드러내기도 한다고요."

"아냐. 나는 악마와 대화하지 않아. 그가 나에게 말을 하는 거지. 나를 통해 모습을 드러내다니, 그런 일은 없어."

워런은 자신이 가끔 발휘할 수 있는 힘에 대해서는 이야기하고 싶지 않았다. 이들과는 상관없는 일이었다. 이들이 그를 질투할 이유를 하나 더 제공할 생각도 없었다.

"당신 능력에 대해 너무 겸손하시군요. 왜 그러시는지는 모르겠습니다만."

코니시의 목소리에서 짜증이 묻어났다.

"겸손 따위가 아냐."

워런은 불편한 기운을 더욱 강하게 느꼈다. 눈앞의 코니시가 이제는 거의 완전히 두 개로 나뉘어 보였다.

"그 점에 대해서라면 동의할 수 없습니다. 안타깝게도, 저는 당신 능력이 어디까지인지 알아내야만 하는 위치에 있으니까요."

"실험 쥐나 되려고 여기 온 게 아냐."

워런이 나오미를 바라보았다.

"아, 물론 실험 쥐는 아니십니다. 기증자로 오신 거죠."

코니시가 악마의 손을 가리켰다.

"이 악마의 손을 통해 마음껏 힘을 누릴 수 있었던 것이 수술 때문이 아니라는 사실을 깨달았습니다. 이 손은 악마의 의지로 주어졌고, 당신을 거의 죽음으로 몰고 갈 뻔했을 거라는 생각이 드는군요."

배 속을 뒤집어 놓는 메스꺼움이 갑자기 더 심해졌다. 워런은 자신이 배신당했음을 깨달았다. 그는 방 전체를 둘러보며 탈출구를 찾았다.

방에는 문이 두 개 있었다. 그중 반대쪽 벽에 난 문은 경비들이 막고 있었다. 그가 쳐다보자 경비들은 문에 바짝 붙어 섰다.

"애쓰지 않는 편이 덜 고통스러우실 겁니다."

코니시의 목소리가 워런의 두개골 안에서 크게 울렸다. 발이 휘청거렸지만 워런은 간신히 버텼다.

"당신은 이미 약에 취했습니다. 적절한 동기만 준다면 나오미를 설득하기는 어렵지 않지요."

코니시가 다 알겠다는 듯 활짝 웃었다.

"곧 의식을 잃을 겁니다. 아직도 서 있다는 것이 놀랍군요."

워런이 몸 안을 도는 마취제를 빼내고 싶기라도 한 듯 고개를 흔들었지만 균형만 잃을 뿐이었다. 그가 무릎을 꿇고 허물어지면서도 한 손으로 바닥을 짚어 간신히 쓰러지는 것만은 모면했다. 코니시가 원하는 바로 그 손이었다.

코니시가 명령하자, 경비들이 워런을 둘러쌌다.

12장

레아는 호사스러운 샤워를 즐겼다. 화학제품이 아닌 물로 씻는 것은 몇 개월 만에 처음이었다. 물은 뜨거웠고, 보급품이 부족하니 아껴 쓰라고 말하는 사람도 없었다.

사이먼과 템플러들이 지하수나 강 가까이 우물을 지은 듯했다. 얼마든지 가능한 일이었다. 템플러는 그저 이미 존재하는 수원(물이 흘러나오는 근원)을 활용했을 뿐이었다.

지하 은거지에서는 초기 거주자들의 흔적이 보였다. 창고에는 지난 세기에 있었을 법한 가구와 책들이 보관되어 있었다. 아직은 공간 여유가 있기 때문에 내다 버리지 않은 것이 아닐까 하고 레아는 추측했다. 그런 물건들을 실제로 없애는 것 또한 쉽지 않을 것이다. 주변에 내다 버린다면, 악마를 끌어 들일 수도 있었다.

런던에서 구조한 시민들을 보호하기 위해 도시 바깥쪽에 은거지를 마련한 것이 분명했다. 그것이 바로, 사이먼이 지난 4년 동안 해 온 일이었을 것이다. 도시에 갇힌 무력한 사람들을 구하기 위해 내일 목숨을 걸었던 것이다.

지난 몇 년 동안 실제로 함께 보낸 시간은 짧았지만 레아는 사이먼 크로스가 쉽게 본성이 바뀔 사람이 아님을 알았다. 그의 목표는 오로지 힘없는 사람들을 보호하는 것이었다.

날 보호한다고 여겼을 때처럼.

레아는 자신이 템플러 조직에 침투하려고 그를 속였던 것에 가끔 죄책감을 느꼈지만, 그것이 그녀의 일이었고, 그런 일에 능숙했다. 평소대로였다면 영국에 위협이 되는 조직이 타깃이었을 것이다. 레아 쪽 사람들은 템플러에 대해서는 아무것도 몰랐다. 바로 그 이유 하나만으로 템플러는 목표가 되었다.

핼러윈 날 밤, 한 경찰이 토머스 크로스를 알아보지 못했다면 아무도 사이먼과 템플러의 관계를 알아낼 수 없었을 것이다. 레아도 남아프리공화국에서 사이먼의 흔적을 쫓지 않았을 것이며, 그때 그녀가 이미 그곳에 파견되어 있지 않았더라면 절대 그와 만나지 못했을 터였다.

모든 것이 운이었다. 좋기도 하고 나쁘기도 한 운. 사실상 템플러는 영국에 그 어떠한 위협도 되지 않았다. 오히려 악마에 대항하는 가장 훌륭한 무기가 될 것이다.

살아남은 템플러들이 악마와 맞서기를 거부하지만 않는다면 말이다.

사이먼 크로스와 그의 동료를 제외한 모든 템플러들이 그쪽을 택했다.

내가 넘긴 임무를 받아들인다면 그는 다시 위험해지겠지.

레아는 죄책감을 느끼지는 않겠다며 스스로를 다잡았지만, 본심이 아님을 스스로도 잘 알았다. 자신이 여길 떠난 후에도, 사이먼이 작전을 수행하러 떠난 후에도, 죄의식 같은 것은 품지 않는 편이 가장 좋았다.

하지만 물을 펑펑 쓰고 있다는 죄책감은 외면할 수 없었다. 그녀는 수도꼭지를 잠그고 샤워실에서 나왔다. 사이먼이 방을 배정해 주었다. 그녀를 감시할 경비들도 배치했다.

레아는 수건으로 물기를 닦은 후 거울로 걸어가 자신의 모습을 보고는 조금 우울해졌다.

 초췌하고 피곤해 보이고 게다가 전혀 매력적이지 않게 보였지만, 곧 그런 자신을 바보 같다고 꾸짖었다. 지금 여기에서 매력적일 필요는 없었다. 메시지를 전달하기 위해 왔으니까. 이제 임무를 완수했으니 떠나야만 했다.

 이들이 보내 준다면 말이지. 물론 자신을 보내 줄 생각이 없다 하더라도 곧 떠날 예정이다. 템플러가 얼마나 선하고 정의로운지와는 상관없었다. 레아가 원하지 않는다면, 그녀를 붙들어 둘 수는 없을 것이다.

 레아는 침상에서 옷을 입었다. 상하의가 하나로 붙은 일체형 스판덱스를 입어 스텔스 슈트의 거친 안감으로부터 피부를 보호했다. 템플러 갑옷에는 유동체가 주입되어 있음을 레아는 알고 있었다. 그 유동체는 피부에 활력을 주고 항균 약물로도 활용할 수 있었다. 또한 외부 온도가 급격하게 변할 경우 그 충격을 흡수하기도 할 것이다.

 레아가 슈트에 손을 뻗으려는 찰나 문이 열렸다. 사이먼이 그 자리에서 그대로 굳었다.

 "미안합니다. 노크를 했어야 하는데."

 레아는 아랑곳하지 않고 슈트 바지에 다리를 집어넣고 위로 끌어 올렸다. 반쯤 벗었다는 사실이 부끄럽지는 않았다. 언더그라운드에서 지내는 며칠 동안, 매순간 전투를 각오한 채 함께 부대끼며 살아가는 사람들에게 나체란 아무것도 아니라는 사실을 알았다. 레아는 사이먼이 벌거벗은 것도 본 적 있었다. 사이먼은 전혀 동요하지 않았었다.

  물론 그가 걸어온 인생을 생각하면, 그에게 부끄러운 일이란 없을 것이 분명했다.

  자꾸 이런 생각을 하면 곤란하다고. 레아가 슈트에 팔을 집어넣었다.

"괜찮아요. 거의 다 입었어요."

"더 좋아진 것 같군요."

"아까는 정말 끔찍했나 봐요?"

  말을 마치자마자, 자신이 듣기 좋은 대답을 기대하고 있다는 사실을 의식했다. 그녀는 당황했고, 조금 부끄러웠다. 이런 건 그녀답지 않았다. 그녀는 남자를 모르지 않았지만, 그 누구도 사이먼 크로스 같지 않았다. 템플러들은 레아가 아는 누구보다도 강하고 위험한 존재였지만, 사이먼 크로스에겐 상처받기 쉬운 면모가, 어떤 순수함이 있었다. 행동 그대로의 사람이었다. 그런 건 낯설었다. 레아가 함께 일하는 카멜레온들과는 달랐다.

"그런 의미는 아니었습니다."

  사이먼이 당황한 듯 정중하게 말했다.

"생기를 회복하고 더 건강해 보인다는 뜻이었습니다."

"빚을 졌네요. 여기 데려와 준 것, 고마워요. 그리고 칭찬도."

  그녀가 왼팔 안쪽을 오른손 손가락들로 쿡 찔러서 슈트를 활성화했다. 탑재된 전자기 발전기가 즉시 슈트의 각 부위를 쉽게 분리되지 않도록 접합했다. 슈트는 거의 피부와 같았다. 그녀가 헬멧을 당기면 그 역시 곧장 결합될 것이다.

"그 슈트는 매우 흥미롭군요."

"저도 항상 그렇게 생각해요."

레아가 맞장구를 쳤다.

"어쨌든 전 아무것도 말해 줄 수 없어요."

"말할 수 없다고요?"

"말하지 않을 거예요."

"같은 거 아닙니까?"

레아가 어깨를 으쓱했다. 그녀는 자신이 의문을 제공하고, 그를 걱정시킨다는 것도 알고 있었다. 한편으로는 그것을 즐겼다. 사이먼은 용감하고 충직했으며, 호기심도 많았다.

"머코머는 어떻게 할 거예요?"

"우리가 만나러 가지 않으면 그쪽에서는 어쩔 계획입니까?"

슬쩍 던져 보는 질문임을 레아는 알아차렸다. 악마에 대해 더 많은 정보를 얻을 수 있는 기회를 사이먼은 놓치지 않을 것이다. 템플러가 악마의 역사를 온전히 알고 있지 않다는 사실은 그들 스스로도 인정했다.

"나는 그 정보에는 접근할 수 없어요."

그녀가 대답하고는 침상에 앉아 조용히 기다렸다. 그녀의 클러스터 라이플은 어디에서도 찾을 수 없었지만, 슈트에는 몇 가지 방어와 공격 무기가 장착되어 있었다.

"당신 상관이 머코머와 함께 오는 건가요?"

"그것도 몰라요."

사이먼이 조직의 구조에 대해 캐내려고 한다는 것을 레아는 바로 알아차렸다.

"머코머가 약속 장소에 나온다는 보장은?"

레아는 조금 약이 올랐다. 여기 오래 머물수록 더 많은 질문을 받을 것이다. 문제가 생길 수도 있었다. 그녀의 상관은 템플러와 접촉하는 임무를 맡은 레아를 이미 미심쩍어하고 있었지만, 사이먼 크로스에게 접근할 수 있는 유일한 사람 또한 그녀였다.

"편집증이라도 있는 거예요?"

그가 대답하기 전에 그녀가 한숨을 쉬며 말을 이었다.

"신경 쓰지 마세요. 기분이 좋지 않아서 그래요. 요즘엔 누구에게나 편집증이 있죠."

"살아남고 싶다면, 그렇죠."

사이먼이 동의했다.

"당신은 나를, 머코머가 올 거라는 사실도 믿어야 해요."

그는 잠시 말이 없었다.

"당신은 여기가 어디인지 압니다. 아무 의미 없는 임무를 맡겨서 날 멀리 보내 이곳 방어력을 분산시키려는 것일 수도 있죠."

"내가 왜 그러겠어요?"

"모르죠. 케이프타운에서부터 날 따라온 이유가 뭐죠? 왜 나와 함께 언더그라운드로 갔던 겁니까?"

사이먼이 고개를 저었다.

"묻고 싶은 게 많습니다."

"대개는 당신을 도왔죠."

레아가 일깨웠다. 사이먼이 깊이 숨을 들이쉬고는 고개를 끄덕였다.

"압니다."

"나 여기서 두 발로 걸어 나갈 수 있나요? 아니면 구금되는 건가요?"

사이먼이 잠시 망설였다. 그러지 않았더라면 오히려 의심스러웠을 것이다. 그날 사이먼은 자신을 버리지 않기로 결심했다. 그가 이곳에서 보호하는 사람들이 바로 그 고결함과 명예 때문에 위태로워진 셈이었다. 사이먼은 과거 어느 때보다도 지금, 그녀를 믿어야만 했다. 그것도 머코머에 대한 정보가 거의 없는 상황에서는.

만약 자신이 이곳에서 쓰러지거나 문제에 휩싸인다면, 조직은 간단히 그녀의 머리에 총알을 박아 넣는 쪽을 택할 것이다. 죽음은 절대 배신하지 않았다.

악마가 시체를 찾아 다시 살려 내지 않는 한은 말이지. 레아가 씁쓸하게 생각했지만, 시체 역시 언제나 없앨 수 있었다. 그녀의 조직 사람들은 이미 그 점을 염두에 두고, 시신을 수습할 수 없는 상황이 닥치면 종종 완전히 없애 버렸다. 마력으로 시신을 되살리는 적에게 또 하나의 무기를 제공할 필요는 없었다. 결국 시신은 시체일 뿐이었다. 무엇보다 그 누구도 친구나 가족의 시신이 그런 식으로 악마에게 모욕당하는 모습을 보고 싶어 하지 않았다.

"원한다면 언제라도 갈 수 있습니다."

레아가 일어섰다.

"지금 바로 가야겠어요."

사이먼이 그녀를 응시했다.

"하지만 당신이 우리와 동행하지 않는다면, 머코머를 만나러 가지 않겠습니다."

강력한 최후통첩이었다. 레아도 미처 예상하지 못했다.

"말도 안 되는 소리 말아요. 그 사람이 뭘 알고 있든, 당신에게 도움이 될 거라고요."

사이먼은 아무 말도 하지 않았지만, 그의 시선은 고집스러웠다.

"그렇다면 없었던 일로 하죠."

"그 정보가 필요할 거예요. 다른 누구도 아닌 당신에게만 말한다잖아요."

"그가 입을 다물 수도 있죠. 그저 추측 아니던가요?"

사실이었다. 그녀도, 이 임무를 그녀에게 맡긴 사람도, 그저 그럴 거라 짐작할 뿐이었다.

"그 사람이 한다는 말이 정말로 가치 있는 것인지도 알 수 없죠."

레아도 그 말을 부정할 수는 없었다. 사이먼이 무릎에 양손을 놓으며 말했다.

"그쪽 사람들도 그 정보를 원하겠죠? 필요할 겁니다."

"그래서 뭐요? 날 인질로 삼을 셈이라는 건가요?"

정말 그럴지도 모른다는 생각에 레아는 더욱 화가 났다. 그녀는 무력하다는 느낌을 증오했다. 무슨 권리로 사이먼 크로스가 그녀의 자유를 빼앗는단 말인가?

"인질이 아닙니다. 협상가죠."

"사이먼, 봐요. 난 여기 오고 싶어서 온 게 아니에요. 저 높으신 분들도 이런 상황은 바라지 않았다고요. 이러다가 우리 둘 다 문제에 휘말릴 거예요."

"하지만 내가 당신을 더욱 신뢰할 수 있게 해 줘야 합니다."

사이먼이 부드럽게 말했다.

"나도 당신을 믿고 싶어요. 그저 내 목숨 하나가 걸린 게 아닙니다, 레아. 악마와의 이 전쟁에 수많은 민간인들과 아이들의 목숨까지 걸려 있습니다. 만약 당신 조직이 이곳 위치를 알아내기로 결심한다면요? 그것이 이득일 거라고 판단한다면요? 우리를 협상 수단으로 삼거나 전술에 이용할 수도 있겠죠. 어제 우리가 구해 낸 템플러처럼 미끼가 될 수도 있고요. 그렇다면 그것은 바로 당신을 믿은 나의 잘못인 겁니다."

레아는 그 어떤 시나리오도 일어나지 않을 거라는 확신을 주고 싶었지만, 그럴 수 없었다. 그토록 훈련을 받았는데도, 그 거짓말은 입 밖으로 나오지 않았다. 이 세상 그 누구에게라도 거짓말을 할 수 있었는데.

레아가 깊이 숨을 내쉬고 자신에게 주어진 선택지들을 생각해 보았다. 임무의 목적은 사이먼 크로스가 머코머를 만나도록 하는 것이었다. 머코머는 파리의 정신병원에서 온갖 약물 요법과 쇼크 요법 그 외에도 끔찍한 치료들을 받았다. 그녀의 상관들은 머코머가 똑같은 일들을 다시 한번 견딜 수 있을 거라고 믿을 만큼 멍청하지는 않았다.

그러니까 내 임무는 아직 완수되지 않았어. 레아는 자신이 규정을 아슬아슬하게 비껴가고 있음을 알았다. 마음이 편치는 않았다.

"좋아요."

그녀가 말했다.

"출발이 언제죠?"

"지금. 준비는 끝났습니다."

사이먼이 일어서며 한 손으로 투구를 들었다.

여기 있는 템플러 누구도 레아를 믿지 않았다. 그녀는 온전하게, 그리고 재빠르게 깨달았다. 전후좌우로 네 명이 그녀를 둘러싼 대열을 보면 알 수 있었다. 포위에 가까웠지만 거슬릴 만큼 공격적이지도 않았다.

사실 그들의 반응을 확인해 볼 필요도 없었지만 레아는 부츠를 고쳐 신는 척하며 걸음을 멈추어 보았다. 네 템플러 모두 그 자리에 멈추어 대형을 유지했다. 레아가 올려다보았지만, 그들은 아닌 척하려는 시도조차 하지 않았다. 그들은 들켰다는 사실을 알고 있었다.

좋아. 레아가 생각했다. 우리 모두 이 게임의 역할을 잘 아는 거지.

그건 그것대로 만족스러웠다. 마음도 조금 편안해졌다. 레아는 멍청하지 않았다. 저들 역시 그 사실을 알고 있었다. 게임의 규칙은 바뀌지 않을 테지만 모두의 입장이 평등하다는 사실, 그리고 그 사실을 안다는 점은 나쁘지 않았다.

이리저리 꺾이며 3킬로미터가 넘게 이어지는 터널을 따라 사이먼이 앞장섰다. 레아가 헬멧 렌즈를 통해 슈트가 방출하는 적외선 빔을 포착했다. 그저 걷는 것만으로도 슈트에 내장된 나노다인 콘덴서가 충전되었다. 운동 에너지는 슈트의 주요 자원이었지만, 움직임 없이도 열두 시간은 작동하도록 해 주는 백업 시스템이 있었다.

은거지에서 곧장 연결되는 첫 번째 터널은 길지 않았고 새로 건설한 듯했었지만, 지금 걷고 있는 구획은 아주 오래된 듯했다.

"여긴 탄광이었나요?"

레아가 슈트의 통신회선을 통해 사이먼에게 물었다.

"네. 은거지로 이곳을 택한 이유 중 하나가 바로 이 탄광이었습니다. 은거지로 통하는 터널을 몇 개만 더 지으면 되었거든요. 몇

몇 구역에 아직 남아 있는 석탄을 채굴해서 연료로 쓰고 있습니다. 수경 재배 농장을 만들어서 채소도 기르고요."

"산업혁명 때 석탄이 고갈되어서 탄광이 버려진 줄 알았어요."

"그랬죠. 19세기에 쓰던 구식 도구로는 더 캐낼 수 없었을 겁니다. 채광 회사들은 굉장히 많은 양이 필요했겠지만 우린 아주 조금이면 되고요."

레아는 깊은 인상을 받았다. 템플러와 그들이 보호하는 민간인들의 생활이 궁핍할 것이라 생각했었지만, 가장 어려운 상황에서도 템플러는 길을 찾아냈다. 레아는 자신의 상관들이 어째서 템플러를 두려워하고 불신하는지 이해할 수 있었다.

조금 더 나아가자, 터널이 동굴과 연결되며 넓어졌다. 투광 조명 기구가 동굴을 밝히고 있었다. 광택 없이 검정색으로 매끈하게 마감한 ATV 세 대가 한가운데 주차되어 있었다. 바퀴가 여섯 개였고 레아의 어깨까지 올 만큼 차체가 높았다. 지상고는 거의 60센티미터에 이르렀고 천장은 낮았으며 양쪽 끝이 경사져 매달리거나 접촉할 면이 거의 없었다.

"이 차들은 어디서 났어요?"

"처음 디자인한 사람들 중 한 명이 템플러였습니다. 제조업자 중에는 세 명이 있었고요."

"하지만 이건 군용차인데요."

"템플러가 아니었더라면 군대도 가질 수 없었을 겁니다."

사이먼이 차량 한 대의 앞부분에 덮여 있던 천을 벗겨 냈다.

"템플러가 우리 사회에는 철저하게 손을 뗀 줄 알았어요."

"흔적을 남기지 않으려고 노력하긴 했지만, 최신 기술에 뒤처지지 않으려면 연구 개발 분야에 발을 담가야 한다는 것도 알았습니다. 개입하기로 결정한 후, 템플러 기술자들은 군수 산업과 의료 분야의 주요 프로젝트에 참여했습니다. 이 두 분야가 거의 모든 분야와 통하니까요."

"템플러가 기술을 훔쳤나요?"

"가끔은요. 그래야만 했을 때는."

사이먼이 조금 거북하다는 듯한 표정을 지었다.

"전쟁터에서는 법률조문 같은 건 신경 쓰지 않는 법이죠. 목숨을 내놓는 일이니까요. 템플러에겐 정치, 경제, 기술 분야에서 전수되는 지식이 있었기 때문에 시작은 성공적이었습니다. 여러 아이디어를 내고, 상용화되도록 도왔지요. 기술자와 디자이너도 키워 냈습니다."

그가 ATV를 바라보았다.

"이 차는 템플러 기술자의 디자인입니다. 군대와 공유한 덕분에 템플러 차량도 그다지 눈에 띄지 않을 수 있었죠."

"정말로 내가 그 말을 믿을 거라 생각해요?"

사이먼이 고개를 저으며 살짝 미소를 지어 보였다.

"그런 건 중요하지 않습니다. 믿고 싶은 대로 믿으세요. 하지만 이 ATV가 팔라듐이라는 건 알아주시죠. 강철이나 반응 장갑[8]이 아닙니다."

두 사람은 데크 아래로 이어지는 계단에 다다랐다.

---

8) 두 개의 장갑 사이에 폭발물을 넣어 놓은 것으로 적이 포탄을 쏘면 그 포탄이 폭발하면서 장갑 사이의 폭발물이 터진다.

"도와드릴까요?"

대답 대신 레아는 계단 난간을 잡고 민첩하게 뛰어내렸다. 그녀가 돌아서서 그에게 손을 내밀었다.

"아뇨, 괜찮아요."

사이먼이 쉽게 난간을 뛰어넘었다. 면갑이 닫혔다.

ATV 안은 너무 비좁았다. 여정은 고역스러울 것이 분명했다. 한 명은 운전석에, 다른 사람들은 각자 무기 통제석과 통신석, 사격석에 앉았다. 사이먼은 제일 앞쪽 한가운데 자리 잡았다.

레아는 이 구조에 익숙했다. 고속 강습 차량인 FAV를 타 본 적은 없지만 시뮬레이터로 훈련을 받았었다.

그러면 안 되는데도 그녀는 깊은 인상을 받았다. 사이먼과 템플러의 무장은 훌륭했던 것이다.

사이먼은 다른 차량들의 통신과 무기 등의 준비 상태를 신속하게 확인한 후 모든 것이 만족스럽다고 판단하자 출발 지시를 내렸다.

레아는 팀을 이룬 다른 여섯 템플러와 함께 뒤쪽 간이 좌석에 앉았다. 템플러들은 모두 긴장을 풀고 앉은 자세로 잠을 자거나 이야기를 나눴고, 갑옷 AI에 설치된 게임을 했다. 레아의 슈트에도 비슷한 소프트웨어가 있었다. 지루함은 건강한 전사의 가장 큰 적이었다.

짧은 거리를 이동하는 동안 레아는 사이먼의 머리 위에 설치된 스크린을 뚫어져라 바라보았다. 템플러의 HUD를 지원하는 부가 장비였다. 템플러들은 정규 부대에 제공되었던 일반 시스템이 아니라 갑옷 시스템으로 ATV를 운행했다. 레아가 훈련받았던 FAV

시뮬레이터도 바로 그런 방식이었다.
 ATV 바깥에는 어둠이 깔렸지만 차량에 탑재된 적외선 장비 덕분에 스크린으로 주변 광경을 볼 수 있었다. 어떠한 생명 징후도 보이지 않는 시골 풍경을 센서가 멈추지 않고 읽어 들였다.
 저 멀리, 런던의 고층 빌딩 위로 새까만 구름이 무겁게 드리워 있었다. 레아는 간이 좌석에 앉아서 말없이 그 모습을 바라보았다. 살아서 무사히 해안까지 도착하기만을 바랄 뿐이었다.

13장

 보안 요원들이 가까이 다가오자 워런은 똑바로 서려고 했지만 몸속 약물 때문에 사방이 빙글빙글 돌았다. 공격 대상을 제대로 붙들 만큼도 집중할 수 없었다. 요원들은 워런을 단 몇 초 만에 쓰러뜨리고는 주먹으로 얼굴과 몸을 사정없이 강타했다. 온몸이 마구 흔들리는데도 워런은 타격을 거의 느끼지 못했다. 힘을 빼앗아 간 그 약물이 통증도 느끼지 못하게 하는 것 같았다. 예상하지 못했던 효과였지만 손이 잘려 나가는 것과는 아무 상관 없었다.

 요원들은 워런을 엎드리게 한 후 다리와 등에 앉아 바닥에 내리눌러 움직이지 못하게 했다. 누군가 권총을 뒷목에 들이댔다. 총구는 차갑고 딱딱했다.

 "살아 있는 상태에서 손을 떼 내야 한다고는 안 했거든."

 한 남자가 워런의 귀에 소리쳤다.

 "시체라면 훨씬 쉽겠지."

 카발리스트는 워런을 단 한 번도 진정으로 받아들여 주지 않았다. 처음 만난 카발리스드들이 네리힘을 소환했을 때, 워런은 그들을 거의 몰랐다. 그런데도 카발리스트들은 워런을 용서하지 않았다. 거의 유일하게 나오미만이 그를 존중했고 친절하게 대해 주었다.

 이제 워런은 썩어 가며 그의 성소를 떠돌고 있을 켈리가 차라리 더욱 진실하게 느껴졌다. 암페타민을 주사한 광견병에 걸린 동물처럼 공포가 워런을 휩쓸었다.

"팔을 여기 올려라."

코니시가 명령했다. 적어도 세 남자가 양옆에서 워런의 팔을 끌어당기려고 버둥거렸다. 워런은 온 힘을 다해 버텼다. 악마의 팔이 주어진 이래, 자신이 그 어떤 인간보다 빠르고 강해진 것을 그는 알고 있었다. 적어도 지금까지 만난 인간들보다는 더 빠르고, 더 강했다.

하지만 여러 명에게 붙들리니 별 도리가 없었다. 요원들이 워런의 팔을 앞으로 당겼다.

"꽉 잡아."

누군가 지시했다. 머릿속에서 총알이 마구 날아다니는 것 같은 상태에서도, 워런은 그들의 실수를 깨달았다. 하마터면 웃음을 터트릴 뻔했다. 놈들이 알아채기만 하면 곧장 바로잡을 텐데도 참기가 힘들었다. 하지만 최악의 경우, 돌이킬 수 없는 일이 벌어질지도 몰랐다. 양손을 모두 잃을 수도 있었다.

"이쪽 손이 아니야."

한 남자가 말했다.

"인간 손이잖아. 다른 손 올려."

보안 요원들이 뒤로 빠져 있는 다른 팔을 잡아 빼려고 애썼다. 워런은 그들에게 맞서느라 집중력이 흐트러지는 것을 깨닫고 몸부림을 멈추었다.

공포를 쫓고 당황한 마음을 다스려 에너지를 끌어모으는 데 집중하기란 어려웠다. 워런은 한 팔을 쭉 뻗고 바닥에 엎드린 채 덫에 걸린 듯한 기분을 애써 무시했다. 그러고는 힘을 모으며 원하는 바를 마음속으로 그렸다.

"손만 원하십니까?"

한 남자가 물었다.

"아니면 팔 또한 원하십니까?"

"손만 있으면 된다."

코니시가 마치 동네 정육점에서 고기를 잘라 달라고 주문하는 것처럼 냉정하게 대답했다.

"누가 거기 골절단기 좀 이리 줘."

차갑고 날카로운 톱니가 손목에 느껴지는 순간, 워런은 모아 놓은 힘을 분출했다. 폭발적인 충격이 워런을 붙든 남자들을 때렸다.

에너지가 사방으로 퍼져 나가며 사람들을 바닥과 벽에 내동댕이쳤다. 그들이 비명을 질렀다.

공격이 어찌나 성공적이었는지 워런도 놀라 휘청거리며 일어섰다. 그가 코니시를 바라보며 악마의 손을 들었다.

손가락에서 불길이 뿜어져 나와 코니시를 향해 날아갔다. 최고 선견자가 양손을 교차해 들었다. 불길이 코니시를 휘감으며 방을 열기로 채웠다. 아직도 제대로 서기 위해 애쓰던 워런이 화염 속을 확인하려 했지만, 아무것도 보이지 않았다. 코니시는 완전히 불타서 뼈만 남은 것이 분명했다. 다른 카발리스트들이 이 사실을 어떻게 받아들일지 알 수 없었다.

그러나 다음 순간, 코니시가 불길 속에서 걸어 나왔다. 그슬린 로브와 머리카락에서 연기가 소용돌이치며 피어올랐다. 그가 불씨를 두드려 끈 후 미소 지었다.

"저런, 고작 이 정도라니, 그 손이 정말 쓸모 있을지 의심스럽군요."

약물만 아니었다면 달랐을 거다. 워런이 다시 힘을 끌어올렸지만 손가락 사이로 자꾸 미끄러져 나가 제대로 다루기가 힘들었다.

코니시가 손짓했다. 다음 순간, 워런은 마치 당나귀에 가슴이 차인 것 같은 느낌과 함께 뒤로 붕 날아가 모여 있던 요원들 위로 떨어졌다. 모두가 넘어지며 허우적거렸다.

일어나려는 워런을 요원 몇몇이 붙들려고 했다. 워런은 그들의 얼굴을 마구 때리며 손길을 뿌리치고 일어섰다.

약물 효과를 더 이상 견디기 힘들어진 워런이 전략을 바꾸었다. 그가 약물에 집중했다. 혈관을 타고 흐르는 액체를, 몸 밖으로 빠져나온 독약으로 떠올려 보았다. 해 본 적 없는 일이었지만, 일단 그 이미지가 머릿속에 선명하게 떠오르자, 몸 안에서 흐르던 독이 단 한 번에 소진되었다.

그 즉시 기분이 한결 나아졌다. 머리가 맑아졌고 집중하기도 수월했다.

코니시가 다시 한번 손짓하자 워런은 뒤로 밀려 나는 듯했지만, 이번에는 의지를 끌어모아 두 다리로 버텼다.

하지만 결국엔 한계에 부닥칠 것 같았다. 저들은 원하는 것을 가질 것이다. 코니시가 다시 한번 손짓하자, 워런이 뒤로 날아가 벽과 충돌했다. 거친 숨이 턱까지 차올랐다. 검은 점들이 눈앞에서 빙글빙글 돌며 불타올랐다가 사라졌다. 공포가 밀려왔다. 그 옛날, 양아버지가 그와 어머니를 해치려 했을 때 느꼈던 바로 그 공포였다. 사건은 자살로 종결되었지만 워런은 자신이 양아버지를 죽음에 이르게 했음을 잘 알았다. 그날 이후 만난 의사와 상담사들은 그에게 공포를 몰아내는 법을 가르쳐 주었었지만, 그는 혼자서는 절대 공포를 쫓아낼 수 없었다.

지금 그 공포가 되돌아왔다. 두려운 건 싫었다. 상처받고 싶지도 않았고, 죽고 싶지도 않았다.

그렇다면 살아남아라.

메리힘이 속삭였다.

죽은 너는 가치가 없다.

그 끔찍한 순간에도, 죽음을 앞뒀을 때조차 자신은 악마로부터 자유로울 수 없음을 워런은 깨달았다. 메리힘은 그의 시체를 되살려 더욱 오랫동안 그를 섬기게 할 수도 있었다.

카발리스트들이 한데 뭉쳐서 그에게 다가오는 것이 보였다. 눈앞이 선명했다. 맥박에 맞춰 숨이 돌아왔고, 마음대로 다룰 수 있을 것처럼 심장이 느리게 뛰었다. 메리힘의 힘이 느껴졌다.

너의 적은 나의 적이다.

메리힘이 말했다.

이 만남에는 눈에 보이는 것 이상의 무언가가 있군.

워런은 그런 걱정은 하지 않았다. 그저 이곳에서 살아 나가기만을 바랐다. 그가 정신을 가다듬고 좀 더 꼿꼿하게 몸을 세웠다.

카발리스트들이 그의 변화를 알아차렸다. 주저하는 것이 보였다. 코니시가 말했다.

"포기하십시오, 바보 같군요. 당신의 운명을 받아들이십시오. 가능한 한 고통은 드리지 않겠습니다."

고통 없이? 분노가 치밀어 올랐다. 자기 자신조차 지키지 못한다면 고통은 아무런 의미 없었다. 나약함에는 고통이 따르기 마련이야.

악마의 손이 뻗어 올라갔다. 그것이 자신의 의지인지 메리힘의 힘인지 정직하게 말할 수 없었다. 잠시 동안 둘은 하나가 되었다.

워런의 손에서 번뜩이는 섬광이 파도처럼 밀려 나갔다. 카발리스트들이 방어 자세를 취했지만 선두에 서 있던 네 명이 광파에 휩싸였다. 그들은 놀라 그 자리에 가만히 있었다.

잠시 후 한 명이 웃음을 터뜨렸다.

"이게 다야?"

그러나 다음 순간, 새까맣게 변한 핏줄이 피부 위로 두드러지게 나타났다. 교차로처럼 얽힌 핏줄들이, 창백하거나 까만 살 위로 불뚝불뚝 솟아올랐다. 곧이어 살이 녹색으로 썩어 들어갔고 남자들은 단말마의 고통에 비명을 질러 댔다.

동료들이 전염병에 걸리기라도 한 것처럼 다른 이들도 뒤로 물러섰다. 네 남자가 바닥에 쓰러졌다. 몸을 일으키려 했지만, 극심한 통증에 얼굴이 일그러졌다. 아무리 애써도 피할 수 없는 마지막 순간을 늦추기만 할 뿐이었다. 결국 그들은 뼈가 녹아 없어지는 듯 허물어졌다.

그들의 목숨이 끊어졌음을 워런은 알 수 있었다. 생명이 그들에게서 떠나는 것이 느껴졌다.

카발리스트들이 더욱 멀리 뒷걸음질 쳤다. 그러면서도 코니시의 지시를 기다렸다.

"망설이지 마, 이 바보놈들!"

코니시가 폭발했다. 그가 손짓하자 손바닥에서 불줄기가 분출했다.

제때 피할 수 없을 것 같았다. 이 정도의 힘을 휘두르는 사람은 한 번도 본 적 없었다. 무언가 잘못되었다. 눈에 보이는 것 이상이 있다고 한 메리힘의 말이 떠올랐다.

워런은 본능적으로 앞으로 손을 내밀어 버렸다. 소용돌이치는 불덩어리가 그의 손 바로 앞에서 멈추었다. 그러더니 생일케이크에 꽂힌 초처럼 힘없이 사그라졌다. 그러자 코니시의 얼굴에 두려움이 서렸다.

워런은 죽어 바닥에 쓰러진 네 남자를 보았다. 메리힘이 그에게 전수한 암흑 에너지로 주문을 외자, 네 남자의 사지가 갑자기 홱 뒤틀리더니 이리저리 흔들렸다.

카발리스트들이 방 입구로 물러났다. 죽은 자들이 기우뚱거리며 워런 앞에 섰다. 그들의 살은 끔찍한 초록색으로 썩어 있었다.

무덤과 거리에서 수많은 시체를 일으킨 워런조차도 이런 모습은 보지 못했었다. 그들이 굶주린 늑대 무리처럼 튀어 오르며 코니시에게 달려들었다.

최고 선견자는 돌아서서 도망가려고 했지만, 너무 늦었다. 그는 좀비들보다 느렸다. 좀비들이 그를 붙잡아 바닥으로 내동댕이쳤다.

"멈춰!"

코니시가 외쳤다.

"이놈들 당장 치워!"

보안 요원 중 좀 더 충직한 두 사람이 나섰다. 그들은 경찰봉을 휘둘렀지만 좀비들에게는 어떠한 타격도 입히지 못했다. 그저 주의만 끌 뿐이었다. 좀비들이 일어나 공성 망치처럼 팔을 휘둘렀다.

좀비 하나가 주먹으로 카발리스트의 가슴을 꿰뚫었다. 남자의 숨통이 끊기며 무릎을 꿇는 순간 피부가 똑같이 녹색으로 얼룩지고 핏줄이 새까매졌다. 좀비가 팔을 뒤로 빼자 죽었던 남자가 좀비로 소생했다.

그 옆에선 또 다른 남자가 좀비의 손아귀에서 벗어나려고 발버둥 쳤다. 좀비는 주먹과 발길질을 하는 대신 남자를 바닥으로 내리꽂고 그 위로 몸을 날렸다. 그러고는 비명을 지르는 카발리스트의 목을 짐승처럼 맹렬하게 물어뜯었다.

"워런!"

나오미였다. 숨이 끊어진 남자가 한순간에 좀비로 변하는 모습을 보며 워런은 나오미에게 고개를 돌렸다. 그가 할 수 있는 일은 없었다.

"워런."

나오미가 천천히 다가와 그의 팔을 붙들고 곁으로 잡아당겼다. 공포에 질려 흘린 눈물이 반짝였다.

"이럴 줄 몰랐어."

믿어 주길 간절히 바라는 눈빛으로 그녀가 그를 바라보았다.

새로운 좀비 하나가 재빨리 손을 뻗어 그에게서 나오미를 물려고 들자 나오미가 뒷걸음질했다. 자신을 지킬 힘이 전혀 없어 보였다. 그녀의 능력은 기본적으로 점술에 가까웠다.

"제발."

그녀가 쥐어짜는 목소리로 말했다. 눈물이 얼굴을 타고 흘러내렸다.

"제발 날 해치지 마."

죽게 놔둬라.

메리힘이 속삭였다.

"아니."

워런이 말했다.

"나오미는 내 친구야."

그 여자가 너를 함정으로 이끌었다.

"몰랐다고 했어."

나오미의 죽음을 보고 싶다는 갈망이 솟았지만, 그 자신의 욕망이 아니었다. 메리힘이었다. 그 감정을 억누르는 것 말고는 할 수 있는 일이 없었다.

그 여자를 믿다니, 멍청한 놈.

워런은 나오미를 믿지 않았다. 적어도 완전히 믿지는 않았지만, 그녀가 죽는 것도 싫었다.

"이 여자를 다치게 하지 마."

워런이 좀비에게 명령했다. 언데드가 그 자리에서 얼어붙었다. 나오미는 잠깐 망설이다가, 막으려 들었던 팔을 내렸다.

"고마워."

그녀가 꽉 잠긴 목소리로 속삭였다.

한 카발리스트가 로브에서 권총을 꺼냈다. 그들 전부가 오로지 마법과 주문으로 모든 일을 해결할 수 있다고 믿지는 않는 것이 분명했다.

14장

 남자가 워런에게 총을 겨누었다. 불길이나 음파를 활용한 무기가 아니었다. 심지어 템플러나 어떤 특별한 요원들이 시내에서 교전을 벌일 때 쓰는 특수 무기도 아니었다. 총알을 장전하는 평범한 총이었다.
 워런은 남자 쪽으로 악마의 손가락을 튕겼다. 막 방아쇠를 당기려는 순간 불길이 파도처럼 그를 덮쳤다.
 폐쇄된 방 안에서 총성이 유난히 크게 울렸다. 총알과 만난 불꽃이 화르륵 타올랐다. 남자는 무방비 상태에서 화염에 휩싸였다. 불길이 탐욕스럽게 목구멍을 찌르고 폐까지 몽땅 태워 버리기 전 남자는 겨우 외마디 비명만을 한 번 지른 후 숨통이 끊어진 채 바닥으로 쓰러졌다.
 워런은 공포에 사로잡혀 악마의 힘에 기대었다.
 "계속 맞선다면 모두 죽음을 면치 못할 것이다."
 살아남은 카발리스트들은 활활 타오르거나 독에 물든 시체들을 보고는 재빨리 달아났다. 메리힘의 비웃는 소리가 워런의 머릿속에서 울렸다.
 계속 구타당한 탓에 여기저기 타박상을 입은 듯 온몸이 아팠다. 워런이 최고 선견자 코니시에게 다가갔다. 코니시는 겁에 질린 눈으로 그를 바라보았다.
 "내가 살려 달라 빌기를 바랍니까?"
 그렇다.

메리힘이 워런에게 말했다.

애원하게 만들어라. 네 앞에서 목숨을 구걸하는 사람을 볼 때만큼 강력하다고 느낄 때가 없을 것이다.

워런은 속이 울렁거렸다. 이 남자가 애원하는 소리는 듣고 싶지 않았다.

너는 너무 나약하다.

메리힘이 말했다.

그만한 분노를 품었으면서도, 그토록 공포를 느끼면서도, 그것을 제대로 쓸 줄을 모르는구나.

"원하신다면… 애원해 드리죠."

코니시가 잠긴 목소리로 말했다.

거짓말이다. 오늘 자신의 목숨을 구걸하고, 내일 너의 목숨을 노릴 것이다.

워런도 그 점을 의심하지 않았다. 평생 동안 코니시 같은 사람들을 보아 왔다. 그가 일했던 퀵 마트 매니저도, 세 들어 살았던 공유 아파트 건물 관리인도, 기회만 닿으면 최선을 다해 그를 괴롭혔다.

아주 조금이라도 힘이 있는 사람들은 대개 자만에 빠졌다. 힘은 그들에게 해가 될 뿐이었다.

"제… 발."

코니시가 말했다. 좀비들에게 붙들려 누워 있으면서도, 최고 선견자에게 있어 애원이란 쉽지 않은 듯 보였다. 그는 워런에게 당한 치욕을 절대 잊지 않을 것이다. 끊임없이 부하들을 보내 그를 위협하면서도, 오로지 그 일을 위해 살면서도, 결코 직접 워런 가까이 오는 위험은 감수하지 않을 것이다.

워런은 알 수 있었다. 처지가 뒤바뀐다면 그 역시 그럴 것이기 때문이다.

워런이 손을 거두었다.

바보 같은 놈!

메리힘이 분노했다.

네놈이 호의를 베풀어도 이자는 보답하지 않을 것이다. 복수에 대한 갈망을 숨길 뿐. 이자를 살려 두는 것은 오로지 너의 죽음을 자초하는 일이다.

워런은 완전히 공포에 휩쓸려 악마가 시키는 대로 하기 전에 뒤로 물러섰다. 나오미가 곁에 서서 그를 지켜보고 있었다.

저 여자를 보아라. 여자의 두 눈을 들여다보아라. 마음 약한 남자를 바라는 것처럼 보이느냐? 두려워서 자신의 운명도 움켜쥐지 못하는 남자를 바랄 것 같으냐?

워런은 알 수 없었다. 그런 식으로는 생각하고 싶지 않았고, 그저 이 자리에서 사라지고 싶었다. 다시는 돌아오고 싶지 않았다.

너는 이 여자를 위해 여기 왔다. 그녀가 감명받은 것처럼 보이느냐?

워런은 메리힘을 무시하고 문으로 걸어가려고 했다. 살아서 건물 밖으로 나갈 수 있을지조차 알 수 없었지만, 몸이 움직이지 않았다.

나가지 못할 것이다. 네 생각 이상의 존재가 여기 있다.

코니시가 바라보고 있던 탁자 위 거울이 갑자기 녹아내릴 듯 붉게 변했다. 처음엔 거울에서 연기가 피어오르는 것처럼 보였다.

반사된 빛줄기가 탁자를 태우는 듯했지만, 연기는 거울의 반짝이는 유리에서 치솟고 있었다.

천장으로 뭉게뭉게 피어오르며 자욱해지는 연기 속에서 메리힘이 모습을 드러냈다. 그는 자신이 직접 택한 수하가 창피하기라도 하다는 듯 워런에게서 등을 돌리고 있었다.

네모난 턱은 붉은 비늘로 덮여 있었고 얼굴은 뭉툭했다. 이마에서 앞으로 뻗은 두 뿔 때문에 키가 한층 커 보였다. 2미터가 훨씬 넘는 듯했다. 이마와 볼에는 옛 전투에서 얻은 흉터가 세월과 함께 새까매져 있었다. 근육은 울근불근 솟았고 어깨와 가슴이 떡 벌어져 있었다. 직접 무찌른 괴물에게서 벗겨 낸 도마뱀 같은 비늘로 만든 청록색 갑옷에 허리춤에는 길고 날이 넓으며 묵직한 대검을 차고 있었다.

나오미가 몸을 웅크리며 물러섰다. 환영이 아닌 실체를 보는 것은 처음이었다.

메리힘이 워런을 무시하고 좀비에게 눌려 바닥에 대자로 누워 있는 최고 선견자에게 다가갔다. 메리힘이 가까이 오자 좀비들이 어린 아이들처럼 웅얼거렸다.

워런은 좀비를 직접 다루어 알고 있었다. 놈들은 감정보다는 힘을 감지하여 행동했다. 살아 있을 때의 그 무엇에도 집착하지 않았다. 그들을 소생시킨 자가 누구이든, 그 명령에 자동적으로 복종했다.

메리힘이 코니시 옆에 앉아 유연하게 몸을 숙였.

"하찮은 인간이여, 무엇을 숨기고 있느냐?"

"살려 주세요."

코니시가 간청했다.

"제발 죽이지 마세요. 당신을 섬기겠습니다. 저자보다 잘할 수 있어요."

워런은 어떻게 해야 할지 몰랐다. 코니시가 그러리라고는 전혀 예상하지 못했다. 만약 악마가 최고 선견자를 택한다면, 그에겐 무슨 일이 벌어질까?

그가 고개를 돌려 나오미를 보았다. 나오미도 그를 바라보았다. 만약 그가 여기서 죽는다면, 그녀 또한 목숨을 잃을 거라는 사실을 나오미도 잘 알고 있었다.

"아니."

메리힘이 비웃듯 단조롭게 말했다.

"네놈은 이미 다른 자를 섬기고 있다. 그것이 너의 비밀이었군. 너는 네가 섬기기로 택한 자에게 이미 목숨을 바쳤다."

악마가 두툼한 발톱으로 코니시의 왼쪽 눈두덩이를 훑었다.

"나를 섬기겠다 했는데도 네놈 주인이 너를 살려 둘지 의심스럽구나."

"제발. 저를 보호해 줄 수 있잖아요. 저도 압니다. 당신이 더 강하다는 걸."

코니시는 좀비에게 붙들린 채 풀려날 희망도 없이 격렬하게 몸부림쳤다. 메리힘이 크게 웃음을 터뜨렸다. 연민이라고는 한 점도 찾아볼 수 없었다.

"어떻게 널 믿는단 말이냐? 뜻대로 되지 않자 네놈은 곧장 입장을 바꾸었다."

"이젠 그러지 않을 겁니다. 저를 가지십시오. 저는 당신 것입니다. 언제나 당신을 섬기겠습니다."

워런은 코니시가 측은했다. 악마는 자비를 보이지 않을 터였다. 한편으로는 두려웠다. 코니시의 운명이 언젠가 그의 운명이 될 수도 있었다.

"아니다. 간청은 이것으로 충분하구나."

메리힘이 간단히 손가락을 한 번 튕기자, 손톱이 최고 선견자의 눈으로 파고들었다. 안와에서 피가 솟구쳤다. 코니시가 울부짖는 소리로 방 안이 꽉 차는 듯했다. 나오미가 벽에 기대 앉아 무릎을 끌어당기고는 두 팔로 꼭 감쌌다.

잠시 후 코니시가 온몸을 떨더니 그대로 축 늘어져 숨이 끊겼다.

워런의 위가 뒤틀리며 욕지기가 올라왔다. 정말로 토하는 줄로만 알았다. 씁쓸한 담즙 거품이 올라와 목구멍 안쪽에서 터졌다.

메리힘은 멈추지 않았다. 그가 코니시의 광대에 손가락을 대고 힘을 주자 팔 근육이 잔물결처럼 떨렸다. 마치 애들 놀이라도 하는 것처럼 보였다.

최고 선견자의 안면이 산산이 으스러졌다. 상아색 뼈가 피로 얼룩진 살점을 뚫고 튀어나왔다. 나오미는 더 참지 못하고 고개를 돌려 토했다.

메리힘이 워런을 바라보았다.

"이리 오너라."

그의 명령에 따르지 않기란 불가능했다. 워런은 악마에게로 걸어갔다. 메리힘에게서는 바위가 불타고 무언가 썩는 듯한 냄새가 풍겼다. 열기도 뿜어져 나왔다. 어떤 카발리스트들은 악마의 세상이 이곳보다 훨씬 따뜻하다고 믿었다. 그래서 점령하려는 세상을

'화마'로 테라포밍[9]하는 것이라고.

"이자 안에 숨어 있는 다른 자를 전혀 느끼지 못했느냐?"

"네."

워런은 대답을 하면서도 악마가 무슨 말을 하는 것인지 여전히 알 수 없었다.

"가르칠 것이 아직도 많구나."

워런은 조금 안도했다. 그를 가르칠 생각이 있다는 것은 어쨌든 지금 당장 죽여 버릴 계획은 아니라는 뜻이었다.

거짓말일 수도 있지만.

"너는 이자가 혼자가 아니라는 사실을 알아차렸어야 했다. 너는 내 것이다. 아무리 멍청하다 하더라도, 어떤 인간이 나의 소유물을 공격할 수 있단 말인가."

이미 엉망이 된 남자의 얼굴을 악마가 손바닥으로 훑었다. 그러자 부러진 뼈와 뭉개진 살점들이 움직이기 시작했다. 조직이 부드럽게 미끄러지고 뼈가 가볍게 마찰하는 소리가 방 안에 크게 울렸.

잠시 후 한때 코니시였던 피범벅 얼굴 위로 새로운 얼굴이 형태를 드러냈다. 인간이 아니었다. 악마의 얼굴이었다. 구부러진 코 아래로 뼈처럼 단단한 비늘이 기다란 턱을 따라 이랑처럼 물결쳤다. 마치 길게 팬 상처처럼 보였다. 검은 눈동자가 악의를 번뜩이며 메리힘을 보다가 다시 워런을 바라보았다. 죽은 남자의 찢어진 살점이 가볍게 움직이며 뿔처럼 솟았다.

"풀라가르."

---

[9] 행성을 개조하여 인간의 생존이 가능하게 지구화하는 과정

메리힘이 재미있다는 듯 웃음을 띠었다. 고통과 죽음을 약속하는 듯한 미소였다.

"*나를 아는군.*"

악마가 거칠게 말했다.

"*그렇다. 너의 생각이었나?*"

풀라가르가 히죽 웃었다.

"*성공할 뻔했는데.*"

"*하지만 실패했지. 그리고 이제 나는 네가 나의 적임을 알았다. 꼭 이래야만 했는가?*"

"*그리 되었군. 역병을 퍼뜨리는 자여.*"

풀라가르가 비웃었다.

"*너는 허가 없이 여기 왔다. 이곳에서 네가 할 일은 없다.*"

"*내 일은 내가 정한다.*"

"*아니.*"

풀라가르의 표정에서 화가 드러났다.

"*네가 하는 모든 일이 우리에게도 영향을 끼친다. 아무런 제재도 승인도 없이 행하는 너는 지금 이곳에서 우리에게 위험한 존재다.*"

워런의 생각이 뒤죽박죽 휘몰아쳤다. 메리힘을 이 세상으로 불러들인 것은 카발리스트였다. 다른 악마들처럼 헬게이트로 넘어오지 않은 것이었다. 워런이 여태껏 봐 온 바로는 악마들의 침공은 오래전부터 세심하게 계획된 작전이었다. 같은 세계에서 왔는데도, 한쪽이 다른 한쪽을 침입자로 여긴다는 사실은 놀라웠다.

허가받지 않았다는 것은 무슨 의미일까? 다른 악마들은 기회가 닿는다면 메리힘을 쓰러뜨리려 할 것이 분명했다. 도대체 왜?

메리힘이 웃음을 터뜨렸다.

"내가 원하는 것을 가진 자 그리고 나를 방해하는 자를 제외하면 그 누구도 나를 위험한 존재로 여기지 않을 텐데."

"네가 찾는 것은 이 세계에 없다."

풀라가르가 단언했다. 메리힘의 흉측한 이목구비에 끔찍한 미소가 다시 퍼졌다.

"너는 악마다. 어떻게 너를 믿을 수 있겠는가?"

"믿는다면 바보겠지."

풀라가르가 웃었다.

"나는 너에게 진실을 말했다. 이제 네놈이 헛되이 끝도 없이 그것을 찾아 헤매는 모습을 지켜보면 되겠군."

"이미 카지모그의 책들 중 한 권을 손에 넣었다."

코니시의 얼굴을 빌려 나타난 풀라가르의 입에서 미소가 사라졌다.

"그랬을 리 없다."

"그런가? 그렇다면 거짓말이겠지. 책 같은 건 갖고 있지 않을 수도."

풀라가르가 주저했다. 워런은 피투성이 얼굴에 드러난 공포와 망설임을 보았다.

"어떻게 찾았느냐?"

"내가 무엇을 찾고 있는지 잘 아니까. 몇 년 전에 무엇을 잃어버렸고, 어디에서 찾아야 하는지도 알고 있었다."

워런은 대화에 귀 기울였지만 진실과 거짓을 구분할 수 없었다. 하지만 그의 은신처에 있는 책이 곧장 떠올랐다. 그 책이 그렇게

나 중요한 것이라면, 모든 악마 종족이 찾고 있는 것이라면, 적어도 풀라가르만큼 강한 악마들이 찾고 있는 것이라면, 어째서 메리힘은 그에게 맡겨 둔 것일까?

풀라가르의 목소리가 좀 더 심각해졌다.

"위험한 책들이다. 메리힘, 너에게조차. 그 사실을 잊은 것인가?"

위험하다고? 워런의 심장이 좀 더 빨리 뛰었다. 지난 4년 동안 그는 메리힘에 관한 모든 것을 연구했지만, 카지모그의 책에 대한 언급은 단 한 번도 발견하지 못했었다. 아니, 이 세상에서 악마의 목숨이나 존재에 위협이 될지도 모르는 그 어떤 것에 대한 한 줄 글조차 찾지 못했었다.

"나는 아무것도 잊지 않았다."

메리힘이 거칠게 말했다.

"그 책들은 물론, 배신당했다는 사실도 잊지 않았다."

"배신당할 만하지 않았느냐."

"원한다면 어디든 차지할 권리가 내겐 있었다."

"너에게 진정 그런 권리가 있었다면, 누구도 너에게 도전하지 않았을 것이다. 하지만 지금 너는 여기 와 있다. 네가 속하지 않은 곳에. 너에 대한 처분이 내려질 것이다. 이번에는 유배로 그치지 않을 것이다. 너를 끝장낼 것이다."

"내가 가만히 있을 것 같으냐."

메리힘이 그르렁거렸다.

"감히 그런 짓을 하려는 자들에게 전달하라. 내가 영원한 죽음으로 인도하겠다고."

"공허하군."

풀라가르가 조롱했다.

"네놈은 결코 그만큼 강하지 않-"

메리힘은 한마디 말 없이 커다란 손으로 풀라가르의 얼굴을 한 코니시의 머리를 감싸 쥐었다. 악마의 목소리가 물에 잠긴 듯 들려왔다. 힘을 주자, 이미 피범벅으로 너덜너덜해진 살점과 부서진 뼈가 걸죽하게 으깨졌다. 메리힘이 머리를 목에서 뜯어내 벽으로 내던졌다.

머리가 벽에 튕겨 데굴거리며 굴러오자 나오미가 몸서리를 쳤다. 그녀에게로 피가 마구 튀었다. 나오미가 놀라서 벌벌 떨며 눈물을 쏟았다.

메리힘이 일어서더니 피 묻은 손에 불꽃 숨결을 내뿜었다. 워런에게 준 바로 그 손이었다. 그 손은 단 몇 분 만에 다시 자라났다. 비늘에 묻은 피는 재가 되어 날아갔다.

"떠나라."

악마가 명령했다.

"풀라가르를, 놈의 수하들을 찾아라. 발견 즉시 없애 버려야 할 것이다."

새로운 공포가 엄습했다. 풀라가르만큼 강한 악마와 어떻게 싸워야 할지 상상조차 할 수 없었다. 그게 그렇게 쉬운 일이라면 어째서 메리힘은 방금 놈을 없애지 않았단 말인가?

워런은 아무 말도 하지 않았다. 이제부터 그가 처치해야 할 악마를 어떻게 찾아야 하는지도 묻지 않았다.

메리힘이 말없이 탁자로 걸어가서는 거울에 손을 얹었다. 손이 닿는 즉시 몸이 연기로 변하더니 번쩍이는 유리 너머로 사라졌다. 바닥에 그대로 놓인 머리 없는 시체가 아니었더라면, 메리힘이 여기 있었다는 사실을 믿지 못할 것이다.

워런의 다리가 덜덜 떨렸다. 걸을 수 없을 것 같았다. 서 있는 것이 고작이었다. 공포로 입안이 바짝 말랐다.

나오미가 그를 올려다보았다.

"이제 어떻게 할 거야?"

"몰라."

워런이 어깨너머로 마룻바닥에 늘어진 남자의 시체를 바라보았다.

"저렇게 죽는 것 말고는 뭐든 해 봐야지."

"하지만 악마를 죽이는 건……."

나오미가 말을 삼켰다.

"도망치기엔 너무 늦었어."

나오미에게 한다기보다는 그 자신에게 하는 말이었다. 그가 좀비들을 불러 모았다. 좀비들이 워런에게 다가와 명령을 기다렸다.

"악마도 죽어. 모두가 죽음을 두려워하지. 나는 그저 그놈을 어떻게 죽일지만 알아내면 돼."

워런이 나오미를 바라보았다.

"너는 어떻게 할 거야?"

"무슨 뜻이야?"

나오미가 그를 바라보았다.

"나랑은 상관없는 일이야."

"너라고 여기 있으면 안전할 거 같아?"

워런이 양쪽 문가에 모여 두 사람을 바라보는 카발리스트들을 고갯짓으로 가리켰다. 나오미가 그림자 속에 숨어 있는 이들을 물끄러미 바라보더니 워런에게로 돌아섰다. 얼굴이 딱딱하게 굳어 있었다.

"날 걱정하는 거야?"

매몰차게 대답할 수도 있었지만, 워런은 입을 다무는 쪽을 택했다.

"내가 먼저 물었어."

"너랑 있으면 더 안전하긴 해?"

"최고 선견자가 죽었어. 저자들은 너를 탓할 거야."

"널 여기 데려오라고 한 건 그분이야. 내 잘못이 아니라고."

"알았어."

워런이 돌아서서 발걸음을 뗐다.

"기다려."

워런이 돌아보자 나오미는 기대어 있던 벽으로부터 비틀거리며 걸어 나오고 있었다. 그가 손을 아니, 인간의 손을 내밀었다. 그녀가 잠시 망설이다가 그의 손을 잡았다. 나오미가 걸을 수 있도록 워런이 도와주었다.

좀비들에게 둘러싸인 두 사람은 함께 어둠이 내린 건물 밖으로 나왔다. 워런은 날이 밝을 때까지만 머물게 해 달라고 부탁할 생각조차 하지 않았다. 저들과 함께 있으니 밤 깊은 거리를 어슬렁거리는 괴물들 사이에서 잠드는 편이 나을 듯했다.

무사히 집으로 돌아간다고 해도, 어떻게 해야 풀라가르처럼 강력한 악마의 추적에서 살아남을 수 있을지 알 수 없었다.

15장

사이먼은 AI가 경고를 보내기 직전에 HUD로 악마를 발견했다.
- 경고.
여성의 음성이 알렸다.
- **현재 위치로 다가오는 적이 감지되었습니다.**
사이먼은 앉은 채 몸을 내밀어 ATV 차량끼리의 통신회선을 열었다. 갑옷 대 갑옷 통신도 강력했지만 차량 자체에 탑재된 AI도 실시간으로 데이터를 수신하고 저장했다.
"네이선, 놈들이 보여?"
"보여."
"자율 주행 해제."
갑옷 AI가 알렸다.
- **이 차량은 지금부터 운전자가 제어합니다.**
네이선은 가볍게 ATV를 몰았지만 사이먼은 차량이 좀 더 거칠고 직관적으로 달려가는 것을 느꼈다. 반응 속도는 AI가 더 빨랐지만, 위험과 기회에 대한 판단은 인간이 나았다. 게다가 직접 운전대를 잡으면 예측하기 힘들 정도로 파격적인 움직임도 가능했다.
"무기는?"
"준비 완료."
대니엘이 날카롭게 대답했다. 사이먼도 바짝 긴장했다. 지난 4년 동안 몇 번인가 ATV에 탑승한 채 싸워 보긴 했었다. 차량의 방어 시스템은 뛰어났고 무장 상태도 훌륭했지만, 그래도 트인 공간에서 두 다리로 서서 검과 총을 들고 싸우는 편이 나았다. 템플러에게 가장 익숙한 전투 방식이기도 했다.

ATV 전투 시뮬레이션은 주된 훈련은 아니었지만, 신속하게 전진하거나 재빨리 보급해야 하는 상황을 대비한 훈련은 했었다. ATV를 다룰 수 있는 템플러는 모두 함께 훈련에 임했고 그 당시에는 완벽하게 대응할 수 있다고 믿었었다.

목숨을 걸고 싸워야 할 땐 다르겠지만.

사이먼이 HUD로 뒷좌석을 확인했다. 템플러 모두 현재 상황을 인지하고 있는 것이 분명했다. 모두가 무기를 점검하고, 전투에 대비해 가볍게 몸을 풀고 있었다. 레아 또한 마찬가지였다.

"빌리. 레아에게 라이플을 줘."

사이먼이 말했다. 한 템플러가 뒤로 손을 뻗어 클러스터 라이플을 꺼냈다. 그가 총을 건네자 레아는 감사의 의미로 고개를 끄덕였다.

사이먼이 다시 HUD를 확인했다. 장거리 통신이 가능한 센서 드론이 1.5킬로미터 남짓 떨어진 지점의 악마들을 포착했다.

이 센서 드론은 영국군은 소유하지 못한 장비였다. 템플러가 그들만의 놀라운 기술로 간직하기를 원했던 것이다. 일반적으로 ATV 한 대당 여섯 개가 배정되어 세 대씩 두 그룹으로 나뉘어 삼각측량 방식으로 운용되었다. 저 먼 우주에서 저궤도로 지구를 도는 공간식별 GPS 위성과 연동했다.

팔라듐 장갑을 두른 드론은 파괴하기도 힘들었다. 몸통은 납작한 쐐기꼴로 양옆에는 널찍한 날개가 달렸으며 전파 탐지기에도 잘 걸리지 않았다. 나노스프링 기술로 전력을 공급받아서 네 시간 동안 작동했다. ATV로 돌아와 전력을 완전히 충전하는 데에 30분이면 족했다. 한 대가 돌아오면, 다른 한 대가 교대로 나갔다.

센서는 넓은 지역의 움직임과 소리를 감지했다. 그리고 ATV 데이터베이스에 접속하여 신속하게 정체를 파악하고 적을 분류해 냈다.

그들 앞에 악마가 있다는 사실에 의심의 여지는 없었다.

문제는 놈들의 등장이 우연인지, 계획된 것인지였다. 사이먼은 모두가 그 점을 궁금해하고 있음을 알았다.

하지만 그는 답을 몰랐다.

"피해 갈 수 있을까?"

사이먼이 HUD로 주변 지도를 확인하며 물었다. 바깥에는 나무와 덤불이 무성했다. 악마와 마주칠 확률을 낮추기 위해 일부러 주요 도로에서 벗어나 달리던 참이었다. 입수된 여러 정보를 통해, 악마가 여러 해안과 주요 도로들을 순찰한다는 사실을 알고 있었다.

지난 4년 동안 인구는 줄어든 반면 악마는 꾸준히 증가했다. 다른 나라들은 어떨지 확신하지 못했지만 모두가 똑같이 고통스러운 상황에 놓였음은 분명할 것이다.

"시도해 볼 수는 있어."

네이선이 말했다.

"저쪽 폐허 보이지? 바위랑 쓰러진 나무, 덤불이 있는 곳. 지금 이 길에서 벗어나면 위험 지대로 진입하게 될 거야."

그동안 템플러는 시내에서 구해 낸 생존자를 수송할 구조선을 찾아 해안가로 순찰대를 보냈었다. 그 팀이 보내온 최근 정보에 따르면 지난 4년 동안 위험 지대는 더욱 넓어졌고, 더욱 불안해졌다.

악마뿐만 아니라 기괴한 짐승들도 헬게이트를 통해 넘어왔다. 놈들은 야생에서 사냥하며 번식했고, 지역 생태계를 파괴하고 동식물을 멸종으로 이끌었다. 그들 모두가 악마처럼 사냥을 즐기는 포식자였다.

"되돌아가서 다른 길을 탈 수 있을까?"

사이먼이 물었다. 악마들이 있는 지점까지 700미터 남짓 남아 있었다. HUD 스크린에서 빨간 숫자가 빠르게 줄어들었다.

"시도해 볼 순 있지만, 놈들이 거기까지 쫓아오겠지. 우리가 놈들을 감지했다면, 놈들도 우리를 감지했다고 봐야 해. 피할 수 없는 전투를 미루는 것밖에 안 돼."

"레아, 지금 당신 쪽 사람들과 연락이 되나요?"

사이먼이 물었다. 그녀가 즉각 대답했다.

"아뇨."

"통신 거리 밖이라 그런 겁니까, 아니면 응답이 없는 겁니까?"

머코머를 구류하고 있는 사람들이 모두 죽었다면 머코머 또한 사망했을 가능성이 높았다. 바보처럼 작전을 계속할 수는 없었다.

"무사히 도착했다 하더라도 대답은 하지 않을 거예요."

레아는 사이먼의 생각을 정확하게 간파했음을 숨기지 않고 말했다.

"원래 전 이 유람에 동행하면 안 되는 거였다고요."

악마 부대로 무모하게 돌진하는 유람이라. 사이먼이 크게 심호흡했다.

남은 거리는 이제 300미터도 채 되지 않았다. 되돌아갈 수 없는 지점으로 빠르게 가까워지고 있었다.

"그래, 결정했어, 친구?"

피 흘리며 싸우는 것이 아니라 놀러 나가기라도 하는 것처럼 네이선이 침착하게 물었다.

"놈들이 택한 장소에서 만나 주자고. 빌어먹을 엉덩이를 걷어차 주는 거지."

대니엘이 나직하게 말했다. 대니엘다운 말이었지만, 그런 농담에도 불구하고 사이먼은 웃을 수 없었다.

"좋아, 놈들을 만나러 가자."

사이먼이 말했다.

"잠깐 멈춰서 '실례합니다' 하고 제대로 소개를 할까? 아니면 그냥 치고 들어가 버려?"

네이선이 말했다.

"우린 머코머를 만나러 왔어. 가는 길에 최대한 많은 놈들을 처치한다. 돌아오는 길에 머코머가 살아남길 바란다면."

황폐해진 대지를 굴러가는 바퀴 소리만이 바짝 긴장된 ATV 통제실의 침묵을 깨트렸다. 나노유체 서스펜션 덕분에 흔들림은 거의 없었다. 좌석은 구동장치 및 차체로부터 분리되어 있었고 나노유체를 통해 전류가 흘렀다.

사이먼은 앞좌석에 앉아 팔꿈치를 무릎에 올려놓고 HUD를 지켜보았다. 푸석한 흙과 바위로 뒤덮인 땅을 ATV가 달리며 커다란 타이어로 흙먼지를 일으켰다.

목표 지점에 가까워지자 스크린 위 점들이 깜빡이며 놈들이 수십 무리로 나뉘는 것이 보였다. 센서 드론이 수집한 정보를 갑옷 AI가 수신하여 전투에서 즉각 활용할 수 있는 데이터로 변환했다.

블레이드 미니언과 래비저, 그램린 무리가 모습을 드러냈다. 그램린은 얼굴이 납작했고 땅딸막하며 구부정한 몸통에 눈이 여러 개 나 있었다. 정수리에 솟은 뿔들은 턱까지 길게 내려왔다. 두터운 청백색 비늘은 어지간한 무기로는 뚫을 수 없어 보였다. 무리 지어 행동하는 놈들은 믿을 수 없을 정도로 위험했다.

블레이드 미니언은 키가 2~3미터쯤 되었다. 피와 살로 이루어진 탱크 같았다. 거대한 머리에 비해 목은 짧았고, 안면에 울룩불룩 솟은 살덩어리들이 얼굴을 보호해 주는 것 같았다. 무서운 녀석들이었다. 팔뚝을 따라 솟은 칼날은 웬만한 갑옷도 베어 버릴 수 있었다. 검은 비늘 거죽은 회색빛을 띠었다.

무리 지어 네발로 이동하는 래비저는 지능이 높았다. 리더가 있으면 조직적으로 움직이기도 했다. 몸길이가 최소 2미터에 큰 녀석들은 3미터에 이르렀다. 톱니처럼 돋은 거대한 이빨들을 보면 마치 사자가 무장한 것 같았다.

ATV 뒤쪽 공중에서 선회하는 악마 일곱 마리가 보였다.

- 경고.

갑옷 AI가 정적을 깨뜨렸다.

- 센서 드론이 미확인 생명체 일곱 개를 감지했습니다.

"나도 보인다. 식별을 위해 중앙 스크린에 확대 전송하라."

센서 드론이 포착한 비행물체를 AI가 추적했다. 놈들이 반짝이는 주황색 직사각형 불빛으로 스크린에 표시되었다. 이 불빛은 곧장 일곱 개로 분리되더니 각자의 좌표가 GPS에 나타났다.

불빛 하나가 형태를 드러내며 HUD 스크린을 꽉 채웠다. 언뜻 보면 여성형 휴머노이드 같지만 등 뒤로 돋은 커다란 박쥐 날개를 보면 악마임을 의심할 수 없었다. 가죽에 새겨진 룬 문자들이 어둠 속에서 밝은 진홍색으로 빛났다.

- 전투 예상 범위에서 블러드 엔젤 일곱 마리 확인.

AI가 알렸다.

"네이선."

사이먼이 불렀다.

"괴생명체는 블러드 엔젤이었군. 내가 맡을게, 친구."

"무기 확인."

사이먼이 나직하게 말했다.

"준비 완료, 대기 중."

"명령 즉시 발포 가능하도록 '그리스의 불' 미사일 발사대를 전방에 완전 배치하라."

사격수가 빙글 몸을 돌려 20기통 점화관 미사일을 장전한 후 엄지손가락을 척 들어 보였다.

물론 수신호가 필요하지는 않았다. 사이먼의 HUD는 미사일이 준비되었음을 실시간으로 알려 주었다.

악마와의 거리가 몇 미터 정도로 가까워졌다. 아직 놈들이 공격을 개시하지 않았다는 사실을 사이먼은 믿을 수 없었다. 런던에서 마주쳤던, 인간의 몸을 탈취한 악마가 불현듯 떠올랐다.

잠시 사이먼은 악마의 본성이 어디까지 다다를 수 있을지 생각해 보았다. 놈들에 대한 지식이 충분하지 않다는 사실이, 그 호기심이 종종 문제가 되기도 했다.

"블러드 엔젤들이 공격을 시작했어."

네이선의 목소리에 사이먼이 정신을 차렸다.

사이먼이 HUD 시야를 360도로 전환했다. 블러드 엔젤 일곱 마리가 밤하늘에서 곧장 하강하여 ATV를 공격해 들어왔다. 사이먼은 ATV 천장에 탑재한 비디오 영상을 확인했다.

그의 조작에 따라 카메라가 블러드 엔젤에 고정되며 차량 밖 광경이 선명해졌다. 놈은 아주 크고 흉물스러웠다. 거대하지만 뼈가 앙상한 머리는 공기의 저항을 줄여 빠르게 날 수 있게 해 주었다. 놈이 야만스럽게 날개를 퍼덕이며 가까워지자, 스크린 우측 하단의 빨간 숫자가 0으로 바뀌었다. AI가 알렸다.

- 충돌 임박. 충격 대비.

사이먼이 좌석 안전벨트를 세게 붙들었다.

"타깃은 직사거리에 있다. 무기 발사."

선두에서 날던 블러드 엔젤이 두 번째로 오던 ATV 위로 낙하했다. 놈은 거대한 포식자처럼 몸을 웅크렸다. 거만하고 강해 보였지만, 곧이어 발사된 '그리스의 불' 미사일에 온몸이 갈가리 찢겨 나갔다.

16장

불길이 블러드 엔젤을 휘감으며 격노한 듯 새빨간 '그리스의 불'이 금색과 초록색과 하얀색 섬광을 일으켰다. 악마의 살과 뼈가 새까맣게 타들어 갔다. 놈이 ATV에서 도약하며 차량 약음기도 소용없을 만큼 크게 비명을 질렀다.

다른 ATV 두 대에서도 '그리스의 불'을 발포했다. 일곱 중 다섯 놈이 하늘을 가르며 날아가는 불덩어리에 맞았다. 패배하여 제물이 되지 않으려는 노력도 헛되이 놈들은 혜성처럼 길게 꼬리를 그리며 추락했다. 남은 둘 중 한 놈이 질주하는 ATV 전방의 나무에 착지했다.

"재장전."

대니엘이 휙 돌며 타깃을 추적하고는 침착하게 지시했다.

"재장전 완료."

사격수가 응답했다. 네이선이 불붙은 악마가 앉아 있는 나무로 돌진하며 경고했다.

"꽉 잡아."

- 충돌 임박.

갑옷 AI가 경고했다. 사이먼은 네이선이 너무 공격에 몰두한 것은 아닌지 걱정되었다. ATV의 무게와 속력만으로도 전복되거나 망가질 수 있었다.

아니면 고립되든지. 구체적인 상황에까지 생각이 미치자 소름이 끼쳤다. 악마들은 개미 떼처럼 차량을 뒤덮을 것이다.

곧이어 ATV가 나무를 들이받았고, 나무는 그대로 쓰러졌다. ATV는 쓰러진 나무를 타고 올라가 막 달아나려던 블러드 엔젤을 깔아뭉개며 질주했다. 네이선이 승리의 함성을 질렀다.

사이먼이 ATV 후방에 탑재한 대형 스파이크 볼터를 잡았다. 그러고는 겁에 질려 숲으로 달아나는 블러드 엔젤을 조준하여 발포했다. 팔라듐 스파이크들이 블러드 엔젤을 관통하자 놈은 갈기갈기 찢기며 쓰러졌다.

사이먼이 다른 ATV의 위치를 HUD에 띄웠다. 두 대 모두 선두 차량 뒤에 바짝 붙어 달리고 있었다.

미처 알아차리지 못한 사이, 최후까지 살아남은 블러드 엔젤 한 놈이 ATV 후드 끝에 착지했다. 놈은 한껏 몸을 웅크려 전면 유리 안을 들여다보려 했다.

"사이먼."

네이선이 불렀다.

"저기-"

"내가 처리할게."

블러드 엔젤이 막 전면 유리를 마디 솟은 주먹으로 때리려 하는 순간, 사이먼이 스파이크 볼터를 발포했다. 놈의 주먹에 강화 유리는 크게 충격을 받았지만 그래도 버텼다. 하지만 한 번 더 타격을 입는다면 깨질 것이 분명했다.

팔라듐 스파이크가 공기를 가르며 블러드 엔젤에게로 날아갔다. 놈의 잘린 신체가 ATV 전진 방향을 따라 숲으로 날아갔다. 후드 위에 남아 있던 몸은 옆으로 쓰러지듯 땅으로 떨어졌다.

"위기일발이었어, 친구."

사이먼은 대답하지 않았다. 그들은 여전히 위기일발이었다.

그들은 얼마 못 가 주요 부대가 결집한 지점에 다다랐다. 놈들은 대규모로 무리 지어 ATV 경로 한가운데 모여 있었다. 게다가 나무를 베어 3미터, 아니 4미터는 되는 듯한 바리케이드를 쌓아 놓았다.

"꽉 잡아."

네이선이 경고하며 액셀을 밟고 왼쪽으로 틀었다. 네이선이 무슨 짓을 하려는 것인지 깨달은 사이먼은 피가 차갑게 식었다. 어떻게 해도 위험이 뒤따를 테지만, 놈들의 진지 전방에 그대로 노출된 그들에게 있어 거의 유일한 대응 전략이기도 했다. 바리케이드를 통과할 가능성은 없었고, 멈추면 곧장 공격받을 것이다.

군에서 일반적으로 사용되는 것과는 다른 나노다인 전자기 엔진이 큰 소리로 웅웅거렸다. HUD 속도계는 시속 148킬로를 기록했고, 계속해서 더욱 빨라졌다.

그렘린들이 ATV를 향해 온갖 화학 무기를 발포했다. 산성 물질, 폭발성 유독 물질, 에너지와 화염탄이 마구 쏟아졌다. ATV의 충격 방지 전면 유리는 금방이라도 깨질 것 같았지만 고맙게도 버텨 주었다.

- 경고.

갑옷 AI가 알렸다.

- **지속적인 타격으로 ATV 장갑 내구도 18퍼센트 감소.**

장갑은 사이먼의 예상보다 더욱 튼튼했다. 시간만 있다면 각종 도구와 보급품을 꺼내 장갑을 수리할 수 있었겠지만 전투에서 시간이란 없는 것과 마찬가지였다.

ATV가 순간적인 굉음을 내며 왼편 언덕을 올라가 바리케이드와 거의 수직을 이루며 날아올랐다. 높은 속도로 발생한 원심력 덕분에 차량이 언덕 비탈에 도달했다. ATV 바퀴가 접지력을 잃을 정도로 아슬아슬하게 헛돌았다. 차동 제한 장치[10]가 오른쪽 바퀴에서만 구동하는 것이 느껴졌다.

누군가 욕설을 뱉었지만 사이먼은 누가 그랬는지 알 수 없었다. 그 자신일지도 몰랐다.

ATV가 거북이처럼 뒤집히려는 순간, 네이선이 급격히 핸들을 틀어 바리케이드 너머로 질주했다. 운 나쁘게도 진행 경로에 있던 그렘린들이 탈곡기에 휩쓸리는 밀처럼 힘없이 꺾여 나갔다. 놈들의 시체가 ATV 앞에서 나뒹굴었다.

그중 한 녀석이 약해진 전면 유리를 뚫고 박혔다. 특수 유리 조각들이 소용돌이치며 쏟아졌다. 갑옷을 입고 있지 않았더라면 몇몇은 치명상을 입었을 것이다.

사이먼이 HUD를 통해 재빨리 동료들의 생체 정보를 확인했다. 아무도 다치지 않았다.

전면 유리에 박힌 악마는 믿을 수 없게도 아직 살아 있었다. 머리와 한쪽 팔이 내부로 들어온 상태에서 놈이 조종석에 있는 네이선에게 팔을 뻗었다.

네이선은 침착하게 하지만, 재빠르게 스파이크 볼터를 허리춤 총집에서 꺼내 악마의 얼굴에 겨누었고, 그가 방아쇠를 당기자 그

---

10) 미끄러운 진흙 길 등에서 주행할 때 한쪽 바퀴가 헛돌며 빠져나오지 못할 경우, 쉽게 빠져나올 수 있도록 도와주는 장치

렘린의 머리는 산산조각 났다. 네이선은 운전을 멈추지 않고 무기를 다시 총집에 넣은 후 그렘린을 밖으로 집어 던졌다.

HUD로 재빨리 주변 상황을 확인한 사이먼은 최악은 넘겼다고 판단했다. 그가 스파이크 볼터를 쥐고 차량 근처의 악마들을 겨누었다.

그와 동시에 대니엘이 전방과 후방 데크에 장착한 블레이즈 캐넌(Blaze Cannon; 템플러 무기)을 발포했다. '그리스의 불'이 악마 부대 위로 뿜어져 나가자 놈들은 장작더미처럼 활활 타올랐다.

두 번째 ATV가 오른쪽 언덕을 오르며 바리케이드를 넘는 모습이 보였다. 타이어가 땅을 파고들며 길게 자국을 남겼다. 화염방사기에서 쏟아진 불길이 ATV를 바짝 쫓으며 능선을 따라 자란 나무 몇 그루를 태웠다.

맹렬하고도 정확하게 되갚아 주던 찰나, ATV가 갑자기 높이 튕겨 공중으로 치솟았다. 사이먼은 통제에서 벗어나 허공에서 회전하는 ATV를 겁에 질려 지켜보며 차량 간 통신회선에 접속했다.

"제니퍼."

제니퍼 메이플랜드는 사이먼의 어린 시절 친구였다. 한 살밖에 차이가 나지 않는 그들은 함께 자라고 함께 훈련했다. 최근에 언더그라운드를 떠나 그에게 합류한 이후 시내에서 생존자들을 수색했다. 그녀의 부모는 세인트 폴 대성당에서 전사했다.

"카나고어야."

제니퍼가 응답했다.

"땅속에서 튀어나왔어. 센서 드론도 감지 못 했나 봐."

사이먼도 곧 카나고어를 발견했다. 거대한 그놈은 이미 승리하기라도 한 듯 언덕 비탈에 우뚝 서려 했지만, 그만 균형을 잃더니 운이 나쁘게도 발아래 있던 그렘린들을 뭉개며 넘어졌다.

제니퍼의 ATV가 놈의 옆으로 추락해 전복된 채 미끄러져 크게 원을 그리고 멈추더니 앞뒤로 기우뚱거렸다. 악마들이 즉시 ATV를 향해 돌진했다. 제니퍼가 말했다.

"사이먼, ATV를 버려야겠어."

"안 돼. 거기 그대로 있어."

ATV 밖으로 나온다면 절대로 살아남을 수 없을 것이다.

"지금 그쪽으로 간다."

"신이여, 감사합니다."

네이선이 핸들을 재빨리 틀자 ATV가 급회전했다.

"버리고 간다고 했으면 널 가만 두지 않았을 거라고, 친구."

사이먼이 세 번째 ATV를 호출했다.

"보든."

보든은 영국 기갑 부대에서 ATV 지휘관으로 복무했던 노장이었다.

"엄호 사격이 필요합니다."

세 번째 ATV는 네이선이 택했던 왼쪽 언덕 비탈을 오르고 있었다.

"알겠네. 하지만 뭘 할 작정이든 신속하게 하라고."

보든이 단호하게 말했다. 사이먼이 침묵으로 동의했다.

"대니엘, 카나고어를 추적해."

악마들은 한데 모여 뒤집힌 ATV를 향해 몰려가고 있었다. 속도와 거리로 보았을 때 사이먼보다 먼저 도달할 것 같았다.

"타깃이 잡혔어."

대니엘이 말했다.

"마음껏 쏴."

'그리스의 불'을 품은 미사일들이 차량 전방 발사대에서 즉각 발포되었다. 고작 몇 초만 눈으로 좇을 수 있었을 뿐, 곧 미사일은 타깃에 명중했다. 사이먼이 전복된 ATV에 집중했다.

"보든, 지상에 있는 놈들 발목을 잡아 보시죠."

사이먼이 제안했다.

"좋아."

보든의 ATV에서 총포가 발사되어 선두의 악마들을 우수수 쓰러뜨렸다.

"네이선-"

"제니퍼의 ATV를 들이받아서 세워 보라고? 알았어."

사이먼이 고개를 끄덕이며 하던 말을 삼켰다.

"그래. 기회는 한 번뿐이야."

"나도 안다고, 친구. 문제없어. 그렇지?"

"문제없지."

사이먼이 대답했지만, 확신보다는 희망에 가까웠다. 그는 눈앞의 카나고어를 발견했다. 대니엘의 미사일이 명중해 이미 불길에 휩싸여 있었다. 사이먼도 놈을 향해 발포했다.

놈이 휘청거렸다. 사이먼은 치명상을 입혔는지 확신할 수 없었지만, 곧이어 날아온 대니엘의 일제 사격 미사일이 분명하게 해주었다. 놈은 거대한 화염에 삼켜진 것처럼 순간적으로 모습을 감추더니 비틀거리며 불길 밖으로 걸어 나왔다. 그러나 얼마 못 가, 뒤집힌 ATV 바로 옆에 엎어졌다.

"깔아뭉개는 줄 알았네."

제니퍼가 말했다.

아직 안심하긴 이르다고. 사이먼은 저도 모르게 생각했지만, 곧 그 생각을 몰아내고 눈앞의 일에 집중했다.

"마음 단단히들 먹어."

사이먼이 말했다.

- 충돌 임박.

AI가 청량한 목소리로 알렸다.

- 경로를 변경합니다.

안전 시스템이 있었지. 사이먼은 그 사실을 잊고 있었던 자신에게 욕을 퍼부었다. 매뉴얼대로 운행될 때라 하더라도, 전투 중 운전자가 미처 위기 상황을 인지하지 못했을 경우를 대비한 방어 시스템이었다.

ATV가 방향을 바꾸어 미끄러지며 제니퍼의 차량에서 멀어지려 했다.

"안전 시스템 중단."

사이먼이 지시했다. 그 즉시 네이선이 ATV의 통제권을 되찾아 다시 제니퍼의 차량을 향해 돌진했다. 충돌을 예상하고 대비한 데다 갑옷까지 입었는데도 사이먼은 엄청난 충격을 느꼈다. 안전벨트를 하지 않았더라면 깨진 전면 유리 밖으로 튕겨 나갔을 것이다.

네이선이 제니퍼의 ATV 측면을 비스듬히 들이받자 사이먼의 ATV가 뒤집힐 것처럼 마구 흔들리다가 멈추었다. HUD를 통해 확인하니, 기우뚱거리던 제니퍼의 차량이 어딘가에 걸린 것처럼 주춤거렸다. 순간 사이먼은 작전이 실패하는 줄 알고 두려웠지만, 제니퍼의 ATV 지붕이 휙 솟아오르더니 똑바로 섰다.

통신망을 따라 짧은 함성이 울려 퍼지더니 곧 모든 ATV 전체로 퍼져 나갔다. 환호는 짧았다. 생존이라는 절박한 문제가 또다시 눈앞에 들이닥쳤기 때문이다.

네이선은 악마 무리를 향해 차를 몰았다. 사이먼은 대형 스파이크 볼터에 장전할 포탄을 두 손 가득 들었다. 악마 대부분은 팔라듐 스파이크와 '그리스의 불' 미사일 앞에서 버티지 못했다.

외장 카메라를 통해 ATV에 불길이 옮겨붙은 것이 보였다. 타이어는 꽤 화염에 강했지만, 완전한 방화 재질은 아니었다.

연쇄 폭발이 일어난다면, 아니, 한 번의 폭발로도 제니퍼의 ATV처럼 사이먼의 차량 또한 전복되거나 움직이지 못하게 될 수도 있었다.

ATV가 악마 무리를 헤치고 나아가며 덜컹거렸다. 네이선이 저속 기어로 바꾸며 뒤쪽 빈 공간으로 신속하게 후진하려는 순간 블레이드 미니언들이 공격해 들어왔다. 팔뚝에 솟은 날카로운 칼날이 ATV 팔라듐 장갑을 할퀴었다. 손상이 더 심해진다면 결국 보수 작업을 해야만 할 것이다. 홀로 뒤처져 고립된다면 블레이드 미니언들이 ATV의 지붕을 캔 뚜껑 따듯 쉽게 열어 버릴지도 몰랐다.

"HARP 방어막 준비 완료. 대기 중."

대니얼이 보고했다. HUD로 확인하니 ATV 외부에는 악마들이 득시글거렸다. 런던 시내에서는 맞닥뜨리기 힘든 상황이었다. 탁

트인 이런 전원 지대에서는 이처럼 수적으로 열세에 몰려도 숨을 곳조차 없었다.

HARP 방어막은 ATV 전체를 둘러쌀 수 있었지만 배터리를 아주 많이 소진했다. 충전에도 10분은 소요되었다. 그때쯤이면 모두 살아남지 못할 것이다.

방어막을 사용할지 말지 결정하는 것은 사이먼에게 달려 있었다.

"방어막에 동력 공급."

"동력 공급."

대니엘이 응답했다. 뚜렷한 기계 구동음이 통제실 전체를 울렸다. HARP가 방출되는 순간 사이먼의 HUD가 잠시 새하얘졌다. HUD와 통신 시스템 전부를 일시적으로 꺼트릴 만큼 강력했던 것이지만, AI가 즉시 시스템을 재가동했다.

네이선은 쓰러진 악마들을 뒤로하고 삭막한 대지 위를 계속 전진했다. 잠시 후 그는 전선을 뚫고 나와 다른 ATV들을 향해 달려갔다.

악마들이 멈추지 않고 뒤를 쫓으며 화기로 주변 숲을 불태웠다. ATV를 간간이 맞히기도 했지만 놈들은 결코 따라잡지 못할 것이다.

사이먼은 신속하게 센서 드론을 보내 공중을 정찰했지만 날아다니는 악마들도 더 이상 탐지되지 않았다. 그들은 짧게나마 자유롭고 안전하게 달렸다.

"좀 더 쫓아다니며 괴롭힐 수 있겠는데."

제니퍼가 말했다.

"몇 놈 더 없애자."

전투에서 아주 짧게나마 우위를 점했다는 사실 때문에 그 제안은 충분히 매력적으로 느껴졌다. 사이먼은 고민했다. 지난 몇 달 동안 악마를 상대로 진정한 승리를 쟁취하지 못했던 참이었다.

"바보 같은 소리 말게."

보든이 말했다.

"완수해야 할 임무를 생각하자고."

사이먼도 동의했다. 아쉬운 것은 어쩔 수 없었지만 얼마 안 가서 악마 지원 부대가 들이닥칠 것이라는 사실 또한 잘 알았다. 그러면 전세도 뒤집힐 것이다. 블러드 엔젤을 모두 처치할 수 있었던 것만이라도 다행이었다.

"퇴각. 원래 작전을 속행한다."

사이먼이 말했다.

17장

한 시간 하고도 17분 후에 그들은 도버의 약속 지점에 도달했다. 사이먼은 자신의 ATV를 선두에 세우고 다른 두 대를 후방에 세모꼴로 배치했다. 센서 드론들이 주변 산과 영국 해협까지 날아가 정찰했다.

15미터 아래로 바다가 펼쳐진 절벽이 인근에 있었다. 매복하기에 완벽한 장소였고, 매복한 자들이 있다면 사이먼과 그의 팀은 그대로 노출된 형국이다.

센서 드론에 포착된 적은 없었는데도 사이먼은 뒷목이 가려운 듯 불편했다. 감시당하는 것이 분명했다.

"레아."

"네."

사이먼이 부르자 레아가 나직하게 대답했다.

"그 사람들이 저쪽에 있습니까?"

그녀가 망설였다.

"몰라요."

그들은 잠시 침묵했다.

"이봐, 친구. 확실히 알 수 있는 방법은 하나밖에 없다고."

네이선이 말했다.

"엄호해."

사이먼이 자동차 지붕 해치로 손을 뻗어 안구와 음성 지문으로 잠금을 풀었다. 진공 개폐문이 쉬익 소리를 내자 그가 바깥으로 밀었다. 해치가 덜컹 열렸다.

사이먼은 위로 손을 뻗어 좁은 입구를 빠져나갔다. 흉부가 조금만 더 넓었더라면 ATV에 타겠다는 생각조차 할 수 없었을 것이다.

ATV 밖으로 나온 그는 만일의 경우를 대비해 몸을 숨기기 좋은 후방 데크로 가서 주변을 둘러보며 검자루를 꽉 쥐었다.

"사이먼 크로스다."

갑옷이 그의 목소리를 증폭했다. 정찰 때 감지된 악마는 없었지만, 이쪽이 무방비하게 노출된 것 같은 느낌을 떨칠 수 없었다. 어쩌면 은거지에 무슨 일이 닥쳤을지도 몰랐다. 악마는 지상 송신기뿐만 아니라 위성 네트워크까지 체계적으로 파괴했다. 아무리 애써도 위성과의 연결을 되살리는 것은 어려웠다. 가능성조차 불확실했다.

위성망을 잃은 것은 사이먼이 적응하기 가장 어려웠던 일들 중 하나였다. 그는 전 세계에 접근 가능한 네트워크 속에서 자랐다. 고된 템플러 훈련을 받으면서도 그런 환경을 당연한 것으로 여겼었다. 지금은 어느 세상이든 너무나 멀고 고립된 것처럼 느껴졌다.

사이먼의 오른쪽에서 한 그림자가 움직였다. 갑옷의 고성능 비디오에도 불구하고 사이먼은 그 형체를 거의 알아볼 수 없었다.

"크로스 씨."

한 남자가 사무적인 목소리로 인사했다.

"반갑습니다. 당신이 오실지도 모른다는 얘기는 들었습니다."

사이먼은 데크에서 움직이지 않았다. 그래야만 만일의 경우, 신속하게 ATV 안으로 들어가 탱크 같은 차체로 방어할 수 있을 것이다.

"이리로 내려오실 수 있을까요?"

증폭기를 통해 나오는 목소리임을 알게 해 주는 아주 희미한 흔적이 느껴졌다.

"여기에서도 잘 들립니다."

"이런 상황에서 최소한의 예의라도 지킬 수 있을 거라고 생각했습니다만."

"그림자 속에 숨어 있는 것도 예의가 아니죠."

남자가 망설이더니 머리로 손을 뻗었다. 딱 맞는 헬멧이 뒤통수에서부터 열렸다. 남자가 얼굴 앞으로 헬멧을 당겨 벗었다.

남자는 30대쯤으로 보였다. 검은 머리카락은 군인 스타일로 짧게 다듬어져 있었다. 수십 년 동안 그랬던 것 같았다. 갸름하고 해쓱한 얼굴 왼뺨과 관자놀이에 오래된 흉터가 나 있었다.

"실례했습니다. 이런 시절에 무방비 상태인 건 탐탁지 않아서."

"저도 마찬가지입니다."

사이먼이 사다리 제일 아랫단에서 내려서는 듯 여유롭게 뛰어내렸다. 그가 천천히 면갑을 열었다. 도버 해협에서 불어오는 바닷바람이 시원했다. '화마' 때문에 그런 청량함을 느껴 본 지 오래였다.

"오다가 악마 부대와 마주친 것이 특히 탐탁지 않았지요."

남자가 얼굴을 찌푸렸다.

"그 점에 대해서는 죄송합니다. 개입하지 말라는 명령을 받아서요."

"누구 명령이죠?"

"말씀드릴 수 없습니다."

레아와 그녀 쪽 사람들에게 비밀 엄수는 본능 같았다. 사이먼은 이해할 수 있었다. 템플러도 다르지 않았다. 사이먼은 남자를 향해 다가갔다. 남자가 혼자가 아니라는 것은 분명했지만, 그것도 상관없었다. 그 역시 혼자가 아니었으니까.

"레아 크리시를 데리고 있습니다."

남자가 표정 변화 없이 사이먼을 응시했다.

"그런 사람은 모릅니다."

사이먼은 남자가 거짓말을 하는지 알 수 없었다. 거짓말 탐지 프로그램이 설치된 갑옷 AI도 반응이 없었다. 이런 기술이 개발되기 전부터 템플러는 몸짓으로 거짓말을 식별하는 훈련을 받았었다.

핼러윈의 그 핏빛 전투 이전부터, 템플러의 존재를 믿는 사람들 사이에서는 누구도 템플러에게 거짓말을 할 수 없다는 소문이 돌았다. 과거 성전 기사단이 십자군 원정을 떠날 때 여러 나라의 암시장에서 악마의 유물을 집요하게 쫓는 과정에서 그런 믿음은 더욱 커졌다.

이 남자가 그런 소문을 한 번이라도 들었는지는 알 수 없었지만, 자신의 거짓말이 성공했다는 듯한 태도도 전혀 엿보이지 않았다.

"좋습니다."

사이먼이 조금 거부감을 느끼며 말했다.

"그럼 임무를 진행하시죠. 해야 할 일이 있지 않습니까."

남자가 순간적으로 아주 살짝 미소를 짓더니 어둠 속을 향해 손짓했다.

"원하시는 대로."

그 즉시 똑같은 전투복을 입은 두 남자가 모습을 드러냈다. 그들은 중간에 다른 한 남자를 데리고 있었다. 양쪽에 선 두 남자는 아무 말도 하지 않았다.

그때 가운데 있던 남자가 휘청거리며 앞으로 나섰다.

"기사!"

믿을 수 없다는 듯 목소리가 잠겼다. 그가 두 손을 번쩍 들고 사이먼에게로 다가왔다. 사이먼은 본능적으로 스파이크 볼터를 들어 남자를 겨누었다.

"물러서라."

"쏘지 마십시오."

제일 처음 나타났던 남자가 단호하게 말했다.

"머코머입니다. 저 사람을 만나러 여기까지 오신 것 아닙니까?"

그가 앞으로 나서 노인을 어깨로 막아섰다. 사이먼이 총을 내렸지만 치우지는 않았다. 4년이라는 시간이 흘렀지만, 그는 레아와 그녀의 비밀스러운 조직을 완전히 믿지 않았다.

들릴 듯 말 듯 웅웅거리는 소리를 통해, 뒤에서 네이선과 제니퍼, 혹은 보든이 ATV 무기를 조준하고 있음을 알 수 있었다.

"그다지 우호적인 시작은 아니군요."

남자가 감정을 드러내지 않고 말했다.

"더 이상 우호적이라고 할 수 없는 세상이니까요."

사이먼이 한가운데 있는 남자를 바라보았다.

"당신이 머코머입니까?"

"아치볼드 하비어 머코머 박사지."

남자가 고개를 끄덕이는 것 같았지만, 헬멧을 쓰고 있어서 분명히 알 순 없었다.

"당신은?"

"사이먼 크로스."

"아, 토머스 크로스의 아들. 지금 보니 닮은 것 같네. 눈이 똑같지만, 자네가 좀 더 크군."

사이먼은 놀랐다. 그는 아버지를 언제나 조용하고 고독한 사람이라고 알고 있었고, 적어도 바깥세상과는 전혀 인연이 없다고 믿었다. 또한 사이먼은 아버지보다 10센티미터 정도 더 컸다.

"아버지를 아십니까?"

"알지. 슬프게도 아주 잠시 동안이었지만. 그래도 잊을 수 없는 인상을 남겼다네. 토머스는 대단한 남자지."

"대단한 남자'였'죠."

사이먼이 저도 모르게 고쳐 말했다. 4년이나 흘렀는데도 여전히 가슴이 아파 왔다. 머코머가 주저하며 말했다.

"몰랐군. 정말 안타까운 일이야."

"고맙습니다."

"우리, 얘기 좀 하지."

절벽 아래로 파도 부딪는 소리가 주변 숲에 메아리쳤다. 사이먼은 처음에 만났던 정체 모를 남자와 함께 ATV 측면에 웅크리고 앉아 아치볼드 하비어 머코머 박사를 바라보았다.

교수는 헬멧을 벗어 내려놓고 방탄조끼도 느슨하게 풀었다. 60대인 머코머는 쇠약해 보였다. 정신병원에 감금된 동안 건강을 해친 것이 분명했다.

갸름한 얼굴이 어둠 속에서 창백해 보였다. 하얗게 자란 턱수염이 넝마처럼 들쑥날쑥 자랐고 어깨까지 늘어진 머리카락은 대걸레 같았다.

"왜 우리를 만나고 싶어 하셨습니까?"

사이먼이 물었다. 머코머는 그의 질문에 놀란 듯했다.

"나는 자네 아버지를 만나게 해 달라고 한 거였네."

"왜죠?"

남자가 물었다. 사이먼은 남자가 여기 함께 있다는 사실을 어떻게 받아들이고 다루어야 할지 아직 결정하지 못했다. 머코머와 단둘이서만 이야기하고 싶다 하더라도, 노인을 넘겨 달라고 요구하면 위험한 상황을 초래할 수도 있었다.

사이먼은 무엇보다도 ATV와 갑옷 센서가 접선 지역에 포진했을 사람들을 추적하지 못했기에 더욱 마음을 정할 수 없었다.

"이 사람 아버지가 악마에 대해 알고 있었으니까."

머코머가 말했다.

"세상 사람들이 뒤늦게 알아차리기 전부터 말이지."

"놈들이 올 거라는 사실을 그 사람은 어떻게 알았죠?"

남자가 물었다. 그 질문에서는 의심이 아주 살짝 묻어났지만 사이먼은 뼛속 깊이 자리 잡은 불신을 느꼈다.

"물론 필사본들 때문이지."

늙고 피곤하지만 조금은 순수한 어린아이처럼 머코머가 말했다. 사이먼은 이 남자의 정신이 여전히 온전한지 궁금했다. 충격 요법이나 얼음물 목욕 같은 극단적인 치료가 인간 정신에 어떤 영향을 끼치는지 그는 잘 알았다.

"어떤 필사본들 말입니까?"

남자가 끈질기게 물었다.

"내가 프랑스에 있었을 때 발견한 그 필사본들."

머코머가 눈을 깜박거렸다.

"좀 쉬어야겠네. 정말이야. 지난 며칠 동안 너무 힘들었어."

"조금만 있다가요."

남자가 말했다.

"필사본에 대해 말씀해 주시죠."

"파리 외곽 부동산을 매매할 때였어. 가끔 그런 일을 도왔거든. 그땐 아내와 살았는데, 잔이라고. 아내 소식을 아는 사람 있을까?"

"한번 알아보죠."

남자가 말했다.

"그 필사본들이 중요했었던 이유가 뭐죠?"

"중요했었다니, 그 필사본들은 아직 존재해. 그리고 여전히 중요하지. 그 책만이 이 세상을 다시 안전하게 해 줄지도 모르네."

"어떻게 말입니까?"

머코머가 사이먼을 바라보았다.

"자네는 왜 내게 질문하지 않나?"

"제가 하려는 질문을 이 남자가 하고 있으니까요."

사이먼이 말했다.

"그 필사본들이 어째서 도움이 된다는 겁니까?"

"마법의 책들이니까."

그런 것쯤은 당연히 알고 있어야 하지 않느냐는 듯, 머코머는 불쾌해 보였다.

"마법의 힘을 얻을 수 있는 책들이 꽤 있지만, 자네들도 알다시피 그렇게 많지는 않아."

사이먼은 4년 전, 동료 템플러를 집어삼켰던 책이 떠올랐다. 어쩌면 당신도 이 세상에 있는 그 모든 마법 책들을 알진 못할 테지.

18장

"그저 책일 뿐인데, 왜 그렇게 특별한 거죠?"

사이먼이 노인에게 물었다. 교수는 그를 바라보지 않고, 그저 밤하늘만 올려다보고 있을 뿐이었다.

"교수님?"

머코머는 대답하지 않았다. 그의 두 눈은 어둠 속을 응시했다.

"교수님."

사이먼이 다시 부드럽게 불렀다. 머코머는 동상처럼 꼼짝도 않고 앉아 있었다. 사이먼이 남자를 바라보았다.

"이분은 많은 일들을 겪었습니다."

남자가 말했다.

"이분에 대한 정보를 입수하고, 악마학과 언어학 분야에서 어떤 연구를 했는지 알게 된 후 우리는 이분 행방을 추적했었습니다."

"어디에서 발견했습니까?"

"대학 건물에서 지내고 있더군요."

"정신병원에서는 어떻게 나온 겁니까?"

"전기가 끊겼을 때 화재가 발생했습니다. 안전 시스템이 작동해서 폐쇄병동 문이 열렸죠. 환자들은 대개 병원에 남거나 주변 지역을 떠돌아다녔던 것 같습니다."

남자는 잠시 말을 멈추었다. 안 그래도 과묵한 남자가 더욱 과묵해 보였다. 그의 두 눈에 어린 슬픔이 언뜻 보였다.

"헬게이트가 열리기 전에도, 악마가 넘어오기 전에도, 거긴 최악이었습니다. 환자들은 그저 먹을 것 때문에 거기 남았죠. 식량은 풍부한 듯했습니다."

"이분 존재는 어떻게 알게 되었죠?"

"당신 아버지를 조사했습니다. 그가 머코머를 만나기 위해 병원을 찾아갔었더군요. 그래서 머코머를 찾아 나선 겁니다."

"아버지에 대해선 무엇을 알아냈죠?"

사이먼은 이 질문이 불편했다. 낯선 사람이 그 자신보다 아버지에 대해 더 잘 아는 것처럼 느껴졌기 때문이었다.

"당신 아버지의 시신을 발견하고 곧 신분을 확인할 수 있었습니다. 헬러윈 세인트 폴 대성당 전투 며칠 후에요."

사이먼은 마음이 아팠다. 아버지의 시신이 수습된 사실을 몰랐던 것이다. 알았더라면, 그리고 할 수만 있었더라면 아버지의 유해를 언더그라운드 가족묘에 안치해 편히 쉬시도록 해야 했었다.

"아버진 어디 계십니까?"

남자가 대답하기 전 잠시 머뭇거렸다.

"검시소 시신 냉동 보관실에 있습니다. 아직 검시소가 멀쩡하다면 말이죠."

"거기가 어딘지 알아야겠습니다."

"어디인지 알게 된다면 알려 드리겠습니다."

사이먼이 말을 잇지 못하고 고개만 끄덕였다. 아버지가 악마 손에 좀비로 일어나지 않았기만을 간절히 바랐다. 그가 다시 머코머를 바라보았다. 그리고 건틀릿을 착용한 손을 노인의 어깨에 정중하게 올렸다.

"교수님."

노인이 흠칫 놀라며 방어하듯 두 손을 들어 올렸다.

"때리지 마세요! 제발! 이제 그만 때려요!"

지금 여기 없구나. 사이먼이 깨달았다. 거기 있는 거야, 여전히 과거에 갇혀 있어. 그가 어깨 위의 손에 힘을 주고 다시 한번 노인을 불렀다.

"머코머 교수님. 토머스 크로스와 책에 대해 이야기를 해야 합니다."

노인이 사이먼을 똑바로 바라보았다.

"아, 자네로군, 토머스. 어디 갔었는지 궁금하던 참이었네."

사이먼은 굳이 바로잡으려고 하지 않았다. 그의 착각 덕분에 일이 잘 풀릴 수도 있었다.

"그 책에 대해 말해 주세요, 교수님."

머코머가 미소를 지었다.

"굉장한 책이지, 토머스. 자네 마음에도 들 거야."

"왜죠?"

"거기에 놈들 이름이 적혀 있으니까! 우리가 항상 했던 얘기 아닌가. 만약 놈들 이름을 안다면, 그러니까 악마 이름을 말일세, 놈들을 물리칠 만한 힘을 얻을 거라고. 이제 놈들을 두려워할 필요가 없는 거야, 토머스. 놈들이 우리 세계에 넘어오더라도, 우린 스스로를 구원할 수 있을 걸세."

"책 제목이 뭐죠?"

"바보 취급 말게, 토머스. 무슨 책 얘긴지 분명히 알잖나. 《게티아》 말일세."

바닥에 앉아 있는 머코머는 더욱 힘들어 보였다.

"이제 피곤하군, 토머스. 집에 가고 싶어. 잔이 왜 날 데리러 오지 않는지 혹시 아나? 놈들이 이 끔찍한 곳에 날 집어넣었을 때 분명 곧바로 데리러 오겠다고 했는데."

노인은 ATV 타이어에 파묻히듯 기대 앉아 두 팔로 몸을 감쌌다.

"날 지켜봐 주겠나, 토머스? 잔이 도착하면 깨워 주겠나? 꼭 만나야 해서 말일세."

머코머는 더 아무 말 없이 눈을 감더니 잠이 들었다. 사이먼이 교수에게 손을 뻗었지만 남자가 저지했다.

"지금 깨워서 좋을 건 없을 듯합니다. 이렇게 잠들면 몇 시간 후에나 일어날 겁니다. 깨우더라도 횡설수설할 거예요."

"이분 어디가 안 좋은 겁니까?"

"정신병원에서 받은 치료와 약물 때문에 정신이 오락가락하는 것 같습니다. 제 개인적인 의견이라면, 이분은 입원하기 전부터도 그렇게 강하지 못했던 것 같습니다. 우리와 함께 있는 동안 말도 안 되는 이야기를 잔뜩 늘어놓더군요."

미소 비슷한 것이 그의 입술에 살짝 어렸다.

"지금 이 순간 런던 전역에 악마가 들끓지 않았다면 저도 이분을 미쳤다고 여겼을 겁니다."

"제가 데려가고 싶습니다."

반발하려는 것은 아닐지 사이먼이 남자를 살폈다. 레아가 함께 일하는 사람들이 누구든, 템플러가 머코머를 데려가는 편이 좋겠다는 판단이었다. 무엇보다도 이 노인을 계속 지켜보아야 했다. 정신이 나간 것처럼 연기하고 있는 것일 수도 있었다.

"당신 사람입니다. 저는 기쁘다고 해야겠군요. 함께 있기 힘들었거든요. 특히 그 온갖 악마 이야기를 듣고 있기가요."

남자가 사이먼을 살폈다.

"이분이 말한 책이 뭔지 압니까? 《게티아》?"

"네. 솔로몬 왕에 대해서 들어 보셨습니까?"

"물론이죠. 헨리 라이더 해거드[11]가 쓴 소설에 나오지 않습니까. 앨런 쿼터메인도 함께요. 《솔로몬 왕의 동굴》이던가요?"

"실제 인물이란 건 아십니까?"

"아뇨."

"솔로몬은 다윗의 아들이었습니다."

"다윗과 골리앗 할 때 그 다윗 말입니까?"

"가장 현명하다고 평판이 높은 아들이었죠. 그가 통치 기간 동안 《게티아》라는 책을 썼습니다. 악마의 이름을 빠짐없이 기록했죠."

"하지만 수천 년 전 아닙니까."

남자가 어이없다는 듯 반박했다.

"그보다 더 오래됐죠. 그에겐 악마를 무찌를 수 있는 마력을 지닌 물건이 있었다고들 합니다. 악마를 봉인한 반지였죠."

사이먼은 아스모데우스 이야기는 하지 않기로 했다. 솔로몬을 속여서 잠깐 반지 밖으로 탈출했던 색욕의 악마였다.

"반지요?"

남자가 믿기지 않는다는 듯 되물었다.

"그냥 이야기입니다. 하지만 많은 이야기들이 사실에 뿌리를 두지요."

---

[11] H. Rider Haggard, 1856~1925. 영국의 소설가. 아프리카를 무대로 한 모험 소설로 유명하다.

"악마들을 봉인하는 반지가 정말로 있다고 믿으세요?"

"모릅니다. 악마 그 자체를 믿지 않던 때도 있었으니까요."

"템플러는 결코 의심하지 않는 줄 알았습니다."

"아닙니다."

하지만 사이먼은 진실을 향한 그의 사적인 여정에 대해서 이야기할 생각은 없었다.

"《게티아》는 《솔로몬의 작은 열쇠》라는 제목으로도 알려졌습니다. 일종의 악마 개요서죠. 학자들은 솔로몬이 악마를 일흔두 마리 소환한 후 황동 유골함 같은 것에 가두었다고 추측합니다."

"그 이야기는 어떻습니까? 진짜라고 믿으시나요?"

"모르겠습니다."

남자가 얼굴을 찌푸렸다.

"템플러는 악마에 대해 모르는 게 없는 줄 알았습니다."

"아닙니다. 그저 지금 이 시점에서 당신들보다 더 많이 알 뿐입니다."

이 모든 일이 끝나기 전, 모두가 악마에 대해 똑같은 지식을 갖게 될 것이 분명했다. 혹은 모두가 죽었거나.

"아직 대답하지 않으셨습니다. 제가 머코머를 데려가는 겁니까? 아니면 그저 준비된 면담이 끝난 것뿐인가요?"

남자가 커다란 타이어에 기대 자고 있는 교수를 바라보았다. 노인은 완전히 무해해 보였다.

"지금 당장은, 그렇습니다. 데려가시죠."

사이먼은 그저 예의를 차리기 위해 물어본 것뿐이라고 말하고 싶은 충동을 억눌렀다. 숲속에 얼마나 많은 사람들이 매복했는지와 상관없이, 그에게는 무장한 ATV가 세 대 있었다.

"계속 마취시켜 두는 편이 좋을 겁니다."

남자가 충고했다.

"가는 길이 수월해질 겁니다."

"약을 더 주입하는 것이 정신 상태에 도움이 되진 않을 것 같군요."

"동의합니다만, 그래야 안전할 겁니다. 오늘 밤엔 이분 정신이 꽤 명료했습니다. 항상 그렇진 않았죠. 여기까지 오는 동안 극도로 흥분해서 두 사람을 공격하기도 했습니다. 배로 이동 중이었기 때문에 다행히 악마에게 노출되진 않았지만, 이제부터 당신은 위험 지역을 차량으로 이동해야 합니다. 악마의 청각은 꽤 예민합니다."

남자가 어깨를 으쓱했다.

"물론 알아서 하시겠지만, 그저 참고하시라는 겁니다."

사이먼이 고개를 끄덕였다.

"템플러 의료 시설이 꽤 잘 갖춰졌다고 들었습니다."

남자가 말했다. 그가 심장 부근에 손을 대자 방탄복에 숨겨진 주머니가 열렸다. 그가 작은 칩을 꺼냈다.

"선물입니다. 우리의 호의입니다."

사이먼은 칩을 받았지만 지금 당장 하드웨어에 연결하지는 않았다.

"의심하실 수 있습니다. 그렇다고 비난할 수는 없죠. 머코머의 의료 기록이 전부 담겨 있습니다. 그를 치료하는 데 도움이 될 겁니다."

그가 슬픈 듯 살짝 미소를 지었다.

"이렇게 세상이 엉망이 되기 전에 삼촌이 알츠하이머를 앓으셨죠. 아프기 이전의 삼촌도, 이후의 삼촌도 곁에서 지켜보았습니다. 이런 식으로 아픈 사람을 보는 건 정말 힘든 일입니다."

"감사합니다."

사이먼이 칩을 감싸 쥐었다.

"오는 길에 마주쳤던 악마 무리가 아직 많이 남아 있을 겁니다. 런던으로 돌아가는 길이 괜찮으시겠습니까?"

남자가 웃었다.

"런던으로 간다고 하진 않았는데요. 그렇지 않나요?"

그들은 템플러만큼이나 비밀스러웠다. 또한 가고자 하는 방향이 뚜렷했다. 그 때문에 사이먼은 그들을 조금 더 존경할 수 있었지만, 그들과 엮이는 일을 더욱 경계하기도 했다.

"레아 크리시는?"

사이먼이 물었다. 남자가 고개를 저었다.

"말씀드렸듯이 그런 사람은 모릅니다."

그는 사이먼이 왔던 방향을 돌아보았다.

"가야 할 길이 멀군요. 행운과 함께 신의 가호가 있기를."

남자의 얼굴이 헬멧 속으로 감추어지는 모습을 사이먼은 지켜보았다. 방탄복이 즉시 헬멧과 연결되었다. 그 에너지를 사이먼의 갑옷도 감지할 수 있었다.

남자가 짧게 경례를 하고는 돌아서서 나무 사이로 걸어 들어갔다. 그는 서너 걸음 만에 사이먼의 시야에서 사라졌고, 갑옷 센서에도 더 이상 감지되지 않았다.

유령 같군. 사이먼이 생각했다.

사이먼은 머코머를 ATV로 옮겼다. 네이선과 대니엘이 도왔다. 그들은 아직 잠들어 있는 교수를 간이 좌석에 내려놓았다.

레아는 궁금한 듯했지만 아무것도 묻지 않았다. 네이선이 ATV를 몰기 시작하자 그녀가 다시 헬멧으로 얼굴을 가렸다. 더는 레아의 표정을 볼 수 없었다.

머코머를 마지막으로 한 번 바라본 후, 사이먼은 모든 일을 뒤로 미루고 런던까지 살아 돌아가는 것에 전념했다. 모두에게 충분히 힘든 밤이 될 것이다.

네이선이 사이먼의 개인 회선에 접속했다.

"그래서 저 삐쩍 마른 분은 어때, 친구? 뭔가 있어, 아니면 그냥 짐 하나 떠맡은 셈인가?"

"모르겠어."

사이먼이 솔직하게 대답했다.

"이 남자가 진짜라면, 위험을 감수할 만한 뭔가를 갖고 있는 거겠지?"

"《게티아》가 어디 있는지 안다는군."

"악마들에 관한 책 말이야?"

"그 책들 중 하나."

"그걸 믿어?"

"모르겠어."

"그 말이 사실이라면, 그 책 때문에 상황이 나아질까? 아니면 더 나빠질까?"

바로 그게 문제라고, 사이먼은 생각했다.

19장

"풀라가르에 대해 아는 거 있어?"

목적지까지 얼마 남지 않았지만, 워런은 근처 2층 건물 처마 아래 몸을 숨기고 폭풍우가 지나가길 기다렸다. 시내로 들어온 직후 불어닥치기 시작한 폭풍우였다. 워런은 악마 침공 이전에도 비 같은 건 그다지 신경 쓰지 않았었다. 비는 그저 그를 더욱 우울하고 절망하게 만드는 자연 현상일 뿐이었다.

그러나 지금은 비를 맞으면 위험했다. '화마'에 오염되어 치명적인 산성 물질이 섞여 내리는 비는 피부를 태우거나 뼈를 갉는 발진을 일으켰다. 워런은 그 두 경우를 모두 목격했었다. 사람을 비롯한 동물들은 이제 비를 맞으면 목숨을 잃었다.

굵은 빗방울이 울퉁불퉁 팬 거리의 물웅덩이에 세차게 떨어지며 쉴 새 없이 금속 처마를 두드렸다. 도시에서는 다른 어떤 움직임도 느껴지지 않았다. 심지어 악마들도, 특히 하급 악마들이 산성비와의 접촉을 꺼리는 건 아닌지 의심스러울 정도였다.

"이름은 들어 봤어."

워런이 나오미의 질문에 대답했다.

"하급 악마 중에서도 꽤 강한 것 같아."

나오미가 레인코트를 좀 더 단단히 여몄다. 폰더스 엔드로 걸어 돌아오는 내내 그녀는 그리 많은 말을 하지 않았다. 워런 역시 말하고 싶은 기분이 아니었기 때문에 상관없었다. 몇 시간 동안이나 그는 메리힘이 지시한 일을 이해해 보려고 애썼다.

"그놈은 사악해."

나오미가 빗소리에 묻혀 겨우 들릴 정도로 속삭였다.

"악마는 모두 악해."

하나의 악을 다른 악과 구별하는 카발리스트의 사고방식은 워런을 언제나 혼란스럽게 했다.

"어떤 악마는 다른 악마들보다 훨씬 사악하다고."

워런은 따지고 싶지 않았다. 카발리스트들 사이에서 쟁점이 되었을 때에도 워런은 그것이 시간 낭비이자 지지부진한 논쟁거리라고 여겼다.

"풀라가르는 위험해."

악마는 모두 위험하다고 지적하고 싶은 것을 워런은 참았다. 카발리스트들은 대개, 그들이 어리석으며 그 때문에 꽤 많은 이들을 죽음에 이르게 했음을 인정하지 않았다.

"지각(知覺: 알아서 깨닫는 능력)을 바꾸는 능력 때문에 '그림자를 왜곡하는 자'라고 불려. 사람들의 그림자를 조종해서 본체를 공격한대."

"어둠 속에서 살아야 하는 좋은 이유네."

워런이 지적했다.

"그런 놈을 어떻게 물리칠 거야?"

워런이 한숨을 쉬고는 마침내 잦아드는 비를 바라보았다. 조금 안심이 되었다. 이제는 빗방울만 드문드문 떨어져 내렸다.

"아직 몰라. 알아내야지."

"하지만-"

워런이 돌아서서 그녀를 매섭게 쳐다봤다.

"넌 날 도와야 해. 얼마나 불가능한 일인지 말할 게 아니라. 도울 생각이 없다면 그냥 가는 게 좋겠어."

그녀가 정말로 가 버릴지도 모른다는 생각이 잠깐 들었다. 그라면 그랬을 것이다.

나오미가 손을 뻗어 그의 뺨에 손바닥을 대었다.

"내가 도와줄게. 그저 난… 어떻게 해야 할지 모르겠어. 하나도 모르겠다고."

"하지만 넌 이런 훈련을 받았잖아."

나오미가 고개를 저었다.

"우리에겐 믿음이 있었어. 몇 년 동안이나 악마가 친 덫에 걸려 있었던 셈이지만, 이런 식으로 우리 세상이 파괴될 줄은 정말 몰랐어. 적어도 난 그랬어."

워런이 가까이 다가가 그녀의 두 눈을 바라보았다.

"만약 실패한다면-"

그는 말을 끝낼 수 없었다. 해낼 수 있을 거라는 생각은 도저히 들지 않았다.

"그러면 난 널 버리고 도망가서 살아남을 거야."

예의상 그러는 척하는 것인지는 알 수 없지만, 적어도 나오미는 그렇게 말하며 부끄럽고 슬픈 듯했다.

"그래야만 해. 이해하지?"

워런이 크게 심호흡을 했다. 나오미가 살짝 미소를 짓더니 손을 거두었다.

"달리 대답했다면 안 믿었을걸."

그녀의 말대로였다.

"지금은 네가 걱정되니까 여기 있는 거야. 믿든 믿지 않든 진짜야. 하지만 난 더 큰 능력을 얻을 기회를 노리기도 해. 워런, 이 점은 알아 둬."

사실 워런은 완벽하게 이해할 수 있었다. 그가 고갯짓으로 거리를 가리켰다.

"비가 멈췄어. 이제 가자."

그가 돌아서서 거리로 발걸음을 옮겼다.

워런은 미로 같은 골목을 따라 막다른 길로 들어섰다. 오래전부터 기억하던 곳이었다. 어렸을 때 어머니는 그를 데리고 마법서와 주문에 관한 책들을 찾아 런던 전역을 돌아다녔었다. 신비로운 힘에 관심을 보이는 사람들은 조용히 그러나 꾸준히 증가했었고, 그만큼 그에 영합하는 상점들도 늘어나 수십 개에 이르렀었다.

그의 목적지는 그중 한 서점이었다. 계단을 통해 사진관과 위탁판매점 위 3층까지 걸어 올라가야 하는 가게는 기억보다 훨씬 작았다.

계단 옆 작은 놋쇠 접시 간판에 '호로비츠 기록 보관소'라고 깔끔하게 쓰여 있었다. 워런이 부서진 문을 지나 계단을 올려다보자 기억이 불쑥 머리를 내밀었다.

계단은 어두컴컴했고 지린내가 났다. 그런 세세한 것까지 떠올라 지금 여기 있는 것이 새삼스럽지는 않았다.

어머니와 함께 이 복도를 몇 번이나 서둘러 지나갔었는지 알 수 없었다. 어머니는 언제나 남편을, 워런의 양아버지를 무서워했었다. 몇 푼 안 되는 마법서를 사면서도 아버지에게 들킬까 봐 겁에 질렸었다. 그의 손을 붙든 어머니의 손이 떨리던 느낌이 너무나 강렬해서 워런은 바로 그날로 돌아가 어머니의 손을 꼭 붙들어 걸음을 늦추게 할 수 있을 것만 같았다.

지나간 일이다. 이대로 흘러가게 내버려 둬. 그러지 않으면 어머니처럼 죽을 거야.

계단 끝에 다다르자 왼편에 소박한 반투명 유리문이 보였다. 문틀에 유리 조각이 조금 남았을 뿐, 거의 깨져 있었다. 문을 넘어서자 방 안 가득 책이 있었다.

바로 옆에서 한 남자가 몸을 일으켰다. 그전까지는 그저 누더기 꾸러미인 줄 알았다. 남자는 꾀죄죄하고 수척했으며 황달에 걸린 것처럼 누래서 기괴해 보일 정도였다.

그가 총으로 워런을 겨누었다.

"당장 꺼져. 여긴 내 집이야. 몽땅 내 거라고."

워런이 멈춰 서서 남자를 바라보았다.

"당신 집을 뺏으려고 온 게 아닙니다. 그저 서점을 찾아온 거예요."

"서점은 망했어."

남자는 자기 말에 저 혼자 재밌다며 낄낄거렸다. 그러고는 의미심장하게 총을 휘둘렀다.

"이제 뒤돌아 나가는 게 좋을 거야. 안 그러면 얼굴이나 배에 총알을 박아 줄 테니."

내면의 힘이 어렴풋이 꿈틀거리는 것을 느끼며 워런은 남자를 더 잘 보기 위해 야간 시야로 전환했다.

"노랗군."

남자를 보고 놀란 워런이 말했다. 남자가 방어적으로 대답했다.

"아팠거든."

"아팠던 게 아니지."

워런이 남자를 물끄러미 바라보다가 누더기가 된 담요와 누비이불을 홱 젖혔다.

개나 고양이 것이라기에는 너무 기다란 뼈가 반쯤 드러났다. 무슨 뼈인지 깨닫는 순간 혐오감이 치밀었다.

"인간을 먹는군."

"아니, 아니야."

남자의 목소리가 날카롭고 절망스럽게 울렸다.

"그렇게 말하지 마. 네놈은 그런 말 할 자격 없어."

식인은 아직 그렇게 널리 퍼지진 않았지만 종종 발생하고 있었다. 워런도 가끔 목격했다. 노란 피부는 혈액을 통해 감염되는 간염 증상이었다. 간염에 걸리지 않았던 사람이라도, 악마에게 당하는 순간 감염되곤 했다. 악마는 거의 모든 전염성 병원균을 옮겼다.

남자가 권총을 들어 올렸으나 손을 덜덜 떨었다.

"더 이상 경고는 없어! 당장 꺼지지 않으면 죽여 버리겠다!"

워런이 순간적으로 집중력을 끌어올려 힘을 모은 후 손바닥을 쫙 펴고 남자를 향해 내밀었다.

남자는 2층 버스에 치이기라도 한 듯 튕겨 나갔다. 충격으로 뼈들이 부러졌고, 그 와중에 방아쇠가 당겨져 커다란 총성이 울려 퍼졌다. 벽까지 날아간 남자는 헉하고 짧게 숨을 뱉고 부르르 몸을 떨더니 쓰러졌다.

"너-"

나오미가 무슨 말을 하려 했으나 워런이 손을 들어 막았다. 그는 적막에 귀를 기울였다. 인간의 발걸음 혹은 악마의 발톱이나 발굽 소리가 들리지 않는지 기다렸다.

아무것도 없었다.

그가 긴장으로 멈췄던 숨을 내쉬고 서점 안으로 향했다. 벽에 난 구멍으로 총알이 어디를 맞혔는지 알 수 있었다. 각도로 보아, 워런을 겨우 몇 센티미터 비껴간 듯했다.

메리힘이 그리고 반드시 해야 할 임무가 두렵지 않았다면 워런은 집으로 돌아갔을 것이다. 그저 호로비츠에 온 것이 헛되지 않기만을 바랄 뿐이었다.

"여기서 뭘 찾는 거야?"

나오미의 질문에 워런은 짜증이 났다.

"여긴 서점이야, 안 그래? 책을 찾는 거라고."

나오미가 들고 있는 작은 손전등에서 흘러나온 빛에 그녀의 절망적인 표정이 드러났다.

"그건 알아. 내 말은, 찾고 있는 어떤 특정한 책이라도 있느냐는 거잖아."

워런이 화를 억눌렀다. 지금 당장은 혼자 있고 싶지 않았다. 그는 혼자 있는 것을 좋아하지 않았다. 그리고 혼자 있어야만 하는 동안은 무엇이든 절대로 잘 해낸 적이 없었다. 바로 그런 이유로 켈리가 아직도 그의 은신처에 남아 있는 것이다.

"풀라가르에 대한 거라면 뭐든. 놈에 대한 더 많은 정보가 필요해."

"이런 곳은 어떻게 안 거야?"

나오미가 손전등을 계속 움직이며 책장을 비추었다. 침공 전에도 이 서점은 언제나 제대로 정리되어 있지 않았었다. 서점 주인이자 관리자였던 노인은 아이들을 정말로 좋아해서 워런이 가면 종종 마술을 보여 주기도 했었다. 마력이 아니라 오로지 손재주로만 하는 진짜 마술이었다.

워런은 책장 사이로 걸음을 옮기면서 그 노인을 생각했다. 그에게 무슨 일이 일어났을지 궁금했다. 악마가 오기 전에 침대에서 평온하게 잠들었길 바랐다.

"어머니가 여기 데려오셨었어."

"마력에 관심이 있으셨던 거야?"

"그보다는 집착했다고 할까. 어렸을 때 어머니에 대한 기억은 거의 이런 책들을 읽는 모습이었어. 나는 이 책들이 싫었지. 사진을 본 적 있었는데… 꽤 무서웠거든."

"이런 책들은 아이한테는 너무 강렬하지."

나오미가 제물에 관한 책 한 권을 집어 들고 손전등으로 표지 그림을 비추었다.

검정 대리석 제단 주위에 악마들이 모여 있었다. 한 악마의 등에는 날개가 돋아 있었다. 천사 같기도 한 몸에 초라한 옷을 걸쳤는데, 한 손에는 피가 뚝뚝 떨어지는 돌을, 다른 한 손에는 인간의 머리를 들고 있었다. 이미 죽었음에도 그 사람의 얼굴에는 끔찍한 공포가 서려 있었다.

"물론 어떤 책들은 순전히 허튼소리지만."

나오미가 말했다. 워런은 아무 대답도 하지 않았다. 상자들을 뒤적거리며 한번 훑어보면 좋을 책들은 몇 권 발견했지만 그가 원하는 바로 그 내용을 다룬 책은 어디에도 없었다. 낙담하지 않으려 애썼지만, 실망은 애초에 그가 결코 떨쳐 낼 수 없었던 오래되고 껄그러운 감정이었다. 그 감정이 지금 그의 뼛속 깊이 똬리를 틀고 덩굴처럼 뻗어 나가며 자신감을 멀리 몰아냈다.

20장

 동트기 직전이 되어서야 결국 워런은 포기했다. 서점을 나설 때 여전히 복도 벽에 고꾸라진 남자의 시체가 보였다.

 산성비는 그쳤지만 '화마'가 불러온 하루의 열기가 벌써부터 거리를 후텁지근하게 만들었고, 시내에는 김이 잔뜩 서린 안개가 가득했다.

 단단한 쇠바퀴가 보도를 삐걱거리며 굴러가는 소리에 깜짝 놀란 워런은 나오미의 팔을 잡아당겨 근처 건물 입구로 몸을 숨겼다. 바퀴 소리가 가까워지자 워런은 그녀를 문 쪽으로 더욱 바짝 밀었다.

 거리 아래 자욱한 안개를 뚫고, 마차 한 대가 모습을 드러냈다. 지난 4년 동안 보았던 그 어떤 섬뜩한 광경보다도 놀라웠다.

 말 대신 좀비 여섯 마리가 마차를 끌고 있었다. 놈들은 가로대를 붙들고 거의 동시에 발걸음을 옮겼다. 지붕이 뒤로 젖혀져서 누가 마차를 모는지도 보였다.

 세 마리의 다그스폰이었다. 어깨가 넓고 엉덩이는 좁으며 비정상적으로 긴 다리의 무릎 관절은 바깥쪽으로 꺾여 있었다. 목이랄 것 없이 거의 어깨에서 직접 솟다시피 한 머리에 청록색 눈이 여럿 있었다. 비늘은 노란색과 주황색 그리고 암회색과 빨간색 줄무늬였다. 악마 중에서도 디아볼리스트(Diabolist; 악마 종족) 부류가 그런 색을 띠었다. 디아볼리스트들은 마력뿐만 아니라 온갖 기술을 활용할 수 있었다.

지난 4년 동안 다크스폰은 점령군이었다. 다른 악마들이 사냥을 다닐 때, 놈들은 여러 지역을 정기적으로 정찰했다.

워런은 그동안 놈들을 관찰하면서 만족할 줄 모르는 호기심과 창의성을 보았다. 다른 악마들이 오로지 파괴를 일삼는 동안 다크스폰은 탐험하고 조사하며 주변 지역을 이해하려고 노력했다. 놈들에겐 창조력도 있어서 그들만의 무기를 제작했다.

그 호기심 때문에 다크스폰은 스스로를 더 위험에 빠뜨리기도 했다. 다른 악마들은 외부 자극에 둔감하고 쉽게 싫증을 느끼며 눈앞의 일에만 집착했다. 반면 다크스폰은 새로운 것과 다양한 것에 흥미를 느끼고 즐기는 듯했다.

분명 지금 저 다크스폰과 디아볼리스트 세 마리는 어떤 실험을 하거나 놀고 있는 중일 것이다.

놈들이 사라진 후 워런은 건물 밖으로 나왔다. 그리고 성소로 돌아가는 매 순간 가장 어두운 그늘 깊숙이에서 이동했다.

은신처로 돌아온 워런은 그제야 안전하다고 느낄 수 있었지만, 그것도 오래가지 않았다. 워런은 자신을 메리힘에게 묶어 놓은 마법의 힘을 감지했다. 메리힘은 바로 거기, 손 닿는 곳에 있었다.

"네 방을 준비해 놨어."

나오미가 놀란 듯 워런을 바라보았다.

"네 방에서 같이 지낼 줄 알았는데."

워런은 한 침대에서 함께 잔다는 것은 깨어 있는 동안 침대에 함께 있는 것과는 완전히 다른 문제임을 굳이 설명하고 싶지 않았다. 워런은 아무도 그 정도까지는 믿지 않았다.

"좋은 방이야. 우리 둘 다 밤에는 푹 자 둬야 해."

나오미는 워런을 잠시 바라보더니 고개를 끄덕였다.

"네 말이 맞겠지."

"맞아. 앞으로 좀 더 분명하게 생각할 필요가 있어."

워런은 나오미를 건물에서 가장 고급스러운 방으로 안내했다. 이런 식으로 멀어지는 거라는 생각이 아주 잠깐 스치듯 지나갔다.

워런은 계단에서 어깨에 멘 가방을 열어 구속 마법을 걸어 놓은 블러드 엔젤의 안구 하나를 꺼냈다. 그러고는 악마의 손에 쥐고는 마음속으로 나오미를 떠올렸다.

"보아라."

그가 명령하며 허공으로 눈을 띄웠다. 눈이 잠깐 통통 튀어 오르며 두어 번 깜빡이더니 나오미의 방문이 바라보이는 어두운 복도 구석진 자리로 둥둥 떠갔다.

워런이 눈과 자신을 연결하는 주문을 외웠다. 안구가 보는 장면이 곧바로 워런의 눈앞에 펼쳐졌다. 조금만 집중해도 그는 자신의 시야와 안구의 시야를 오갈 수 있었다. 워런은 나오미에게 내어준 방의 문 앞에 서 있는 자신의 모습을 보았다.

만족한 워런이 계단을 올라 그의 방으로 향했다.

널찍한 스위트룸에서 워런은 옷을 벗고 재빨리 샤워를 했다. 몸을 깨끗이 하면 언제나 그 자신을 더욱 잘 통제하고 있다는 기분이 들었다.

그는 검은색에 가까운 카키색 바지와 럭비 셔츠를 입었다. 허벅지까지 내려오는 가죽 재킷을 침대에 던져 놓아 필요할 경우 재빨리 걸칠 수 있도록 했다.

 9밀리 권총 두 자루와 칼집에 넣은 나이프도 준비했다. 권총은 악마에게는 아무 소용 없을 테지만, 거리를 돌아다니며 사냥을 하고 살생을 하는 것은 악마뿐만이 아니었다.

 피로가 그를 집어삼킬 듯 밀려와 드러눕고 싶었지만, 편히 쉴 수가 없었다. 머릿속에서 온갖 생각들이 휘몰아쳤다. 언제나 그와 함께하는 오랜 공포가 그를 휘감았다.

 워런은 무거운 담요를 젖히고 밖을 내다보았다. 거리에는 아무 움직임도 없었다. 블러드 엔젤의 눈을 재빨리 확인했으나 나오미의 방문은 여전히 닫혀 있었다. 문이 열리면 눈이 알려 줄 것이다.

"워런."

 깜짝 놀란 워런이 방 안을 둘러보았다. 그 말고는 아무도 없었다.

"워런."

 그 목소리는 방 저쪽에서 들려왔다. 그가 침대에 놓여 있던 9밀리 권총을 집어 들고 엄지손가락으로 안전장치를 풀며 천천히 발걸음을 옮겼다.

"누구냐?"

 워런이 조용히 물었다.

"알고 싶은가?"

 워런은 너머로 비밀 공간이 감춰진 벽에 다다랐다. 그가 이 건물에 자리 잡은 며칠 후 발견한 것이었다. 봉인된 비밀 문을 열기 위해서는 벽의 정확한 위치를 올바른 순서로 눌러 줘야 했다. 그렇지 않으면 그것은 그저 벽이었다.

 비밀 공간에는 책이 놓여 있었다.

워런이 바라보자 표지가 눈을 번쩍 뜨더니 그를 내려다보았다.

"알고 싶은가?"

책이 다시 한번 물었다.

"정체를 밝혀라."

위치 때문에 책은 마치 자기 코를 내려다보고 있는 것 같았다.

"너의 친구일 수도. 네가 허락한다면."

"우정의 대가는 너무 큰걸."

게다가 악마는 거짓말을 하지.

"나 같은 친구를 둔 적은 없지 않은가?"

하지만 워런은 설득당하지 않았다.

"풀라가르에 대해서 안다."

책이 말했다. 워런은 곧장 놈에 대해 물어보는 대신 먼저 머릿속으로 질문들을 정리했다. 이 게임에서 그의 조력자는 누구이며, 또 다른 플레이어들은 누구인지 알아내는 것이 더 중요했다.

"내가 놈을 찾는다는 사실은 어떻게 알았지?"

"나는 '지키는 자(Keepers)'다."

목소리에서 자랑스러움이 묻어 나왔다.

"뭘 지키는데?"

"'비밀의 역사를 시키는 자'들 중 하나지."

워런은 기다렸다. 어떤 함정이 있을 것이 분명했다.

"'비밀의 역사'라니?"

"악마들은 알려지길 원하지 않는 역사."

책은 워런에게서 시선을 떼지 않았다.

"어째서 나와 친구가 될 수 없다는 것이냐? 나는 네가 원하는 모든 것을 얻어 줄 수 있다. 너에게 세상을 줄 수 있다."

"메리힘은 '카지모그의 책'이라고 하던걸."

"악마는 우리를 그렇게 부른다. 카지모그는 '비밀의 역사'를 처음으로 기록한 자다."

"들어 본 적 없어."

"악마가 이 세상에 넘어오기 전의 일이라면 알려지지 않은 것이 많다. 알려진 것 또한 많겠지. 무엇보다 카지모그는 이 세계 사람이 아니다. 다른 세상에서 온 자다. 수천 년 전, 신비로운 힘을 연구하는 자들이 나를 비롯한 책들을 이 세상에 가지고 왔다. 악마와 '화마'에 파괴된 또 다른 세상에서 주어진 책들이지."

갑자기 워런은 더욱 두려워졌다. 그가 속삭이듯 말했다.

"속임수야."

"그렇게 믿는다면 그런 것이겠지."

책이 눈을 감았다.

"기다려."

워런은 절망적이었다. 지난 4년 동안 살아남는 일은 갈수록 힘들어졌고, 위험은 더욱 커져만 갔다.

"왜 그러느냐?"

책이 다시 눈을 떴다.

"만일 당신이 정말 그런 존재라면, 메리힘은 어째서 당신을 이대로 여기 두는 거지?"

"너의 주인이라고 모든 것을 알지는 못한다. 그 어떤 악마도 모든 것을 알지 못한다."

"메리힘은 책을 찾으러 나를 보내야 한다는 건 어떻게 알았던 거지?"

"메리힘이 아는 건, 내가 카발리스트에게 중요한 책이라는 것뿐이다."

"난 당신을 믿지 않아."

"그렇다면 내가 어떻게 여기에서 너와 대화를 나누고 있겠느냐. 악마는 책 같은 건 신경 쓰지 않는다. 놈들은 절대로 소유하지 않는다. 그들에게 책이란 언제나 그들을 파괴하는 힘의 표상이다. 나는 그런 책들 중 하나다. 다른 책들도 존재하지. 바로 그 때문에 악마가 종종 괴물로 변신하여 고어[12]를 해석할 수 있는 학자들을 파멸시키는 이유다."

"어떤 고어 말이지?"

"우리가 지금 말하고 있지 않느냐?"

"하지만 당신 지금 우리말을 하고 있는데."

"아니다. 네가 나와 같은 언어로 말하고 있는 것이다. 이것은 나의 언어다. 내가 너에게 그 능력을 주었지만, 악마는 절대 갖지 못하지."

워런은 곰곰이 생각해 보았지만, 불신과 공포는 사라지지 않았다. 그는 언제나 그러한 그림자 속에서만 살아왔었다. 속임수는 그의 삶에 들러붙어, 그가 살아남기 위해 반드시 알아야 하는 진실을 감추었다.

워런이 안전한지 살피며 조심스럽게 손을 뻗어 책을 내렸다.

"풀라가르에 대해 말해 줄 수 있나?"

---

[12] 古語, 오늘날은 쓰지 않는 옛날 말.

"무엇을 알고 싶으냐?"

"놈을 죽여야 해."

책이 웃자 덜덜 떨리는 느낌이 워런의 손으로 전해졌다. 메마르고 텅 빈 웃음소리였다.

"너의 주인은 너의 목숨 같은 건 상관없나 보구나. 그렇지 않은가?"

"풀라가르에 대해 말해 줄 수 있느냐고."

책이 갑자기 진지해졌다.

"그렇다."

워런이 책상에 앉아 책을 펼쳤다. 얼굴은 표지에만 나타나는 것이 아니라 여기저기 자유롭게 돌아다닐 수 있었다. 워런이 여는 페이지마다 눈이 워런을 바라보고 말을 걸었다.

"여기 풀라가르가 있다. 그 자신의 끔찍한 영광 속에. 풀라가르는 '그림자를 왜곡하는 자' 외에도 여러 이름으로 불리었다. 전투에 임할 때는 언제나 잔혹했으며, 여러 악마 종족 사이에서도 공포의 대상이었지."

그 페이지에는 정말로 탑처럼 우뚝 솟은 악마 같은 형체가 있었다. 그에게 맞서 헛되이 싸우는 인간들을 압도하고 있었다. 인간들은 작열하는 빨간 태양 아래 헐벗은 낮은 언덕에 있었다. 풀라가르는 거대한 쌍날 전투 도끼를 휘둘렀다. 날을 따라 흐르는 진홍빛 피에 얼룩진 밧줄이 악마의 발아래 하얀 모래를 물들였다.

몸에는 날개가 돋아 있고 머리 위로 창처럼 30센티미터 정도 곧게 뻗은 뿔은 마치 왕관 같았다. 음울한 얼굴은 최고 선견자 코니시의 두상을 빌려 나타났을 때와는 사뭇 달랐다. 얼룩덜룩한 황록색 비늘이 머리부터 발굽까지 뒤덮였는데 몸 중앙으로 갈수록 더 진한 녹색을, 사지로 뻗어 나가면서는 점점 더 노란색을 띄었다. 지난 전투에서 얻은 흉터가 몸 여기저기 지도를 그렸다. 허리에는 인간 두개골을 엮어 만든 벨트를 차고 있었다.

워런이 바라보는 동안 전투는 점점 더 생명력을 띄었다. 무자비하게 공격해 들어가는 풀라가르를 멈추게 할 수는 없을 것 같았다. 부상당하고 죽어 가는 사람들의 비명 사이로 철제 무기가 서로 거칠게 맞부딪치는 소리가 간간이 끼어들었다.

놈을 죽이는 것은 불가능해 보였다.

"풀라가르도 파괴될 수 있다."

책이 입을 연 순간, 책장 속에서 살아 움직이던 것들이 멈추었다.

"어떻게?"

"네가 알아야 할 전부는 오로지 그의 이름뿐이다."

"이름을 안다고 놈을 죽일 수는 없어."

워런은 그 말을 조금도 믿을 수 없었다. 악마들은 흉악했고 싸워서 이기기도 쉽지 않았다. 시내에서 생존자를 구하려다 하급 악마들에게 목숨을 잃는 기사들을 직접 본 적도 있었다. 그들은 갑옷도 입고 있었다.

"이름을 알면 놈은 약해진다. 악마들에겐 또 다른 약점도 있지만, 내가 너에게 알려 줄 수 있는 것은 여기까지다."

"당신은 풀라가르의 진짜 이름을 알아?"

희망을 품는다는 것은 생각조차 할 수 없었지만, 그럼에도 그의 마음 깊숙이 어딘가에서 희망이 뿌리를 내리고 있었다.

"모른다. 풀라가르의 진짜 이름이 쓰인 또 다른 책이 있다."

"그 책에 메리힘의 진짜 이름도 있을까?"

자신이 무엇을 묻는지 미처 인식하지도 못하는 사이 질문이 불쑥 튀어나왔다. 메리힘이 이제 곧 그를 죽일 거라는 생각에 속이 뒤집히는 듯했다.

여전히 풀라가르가 등장하는 페이지에서 책이 워런을 바라보았다.

"네가 나에게 말하고 있을 때, 너의 주인은 그 이야기를 듣지 못하고, 너의 생각을 읽지 못한다."

하지만 당신에게 말하고 있지 않을 때는? 우리가 무슨 이야기를 했는지 나중에라도 알아차리지 않을까? 워런은 묻고 싶었지만 어떻게 말해야 할지 알 수 없었다.

"나는 메리힘이 너의 생각을 읽는 것을 방어할 수 있다. 내가 지금 너의 생각을 읽을 수 있는 것만큼이나 쉽지. 말하지 않았나. 나는 너의 가장 좋은 친구가 될 수 있다. 단 한 번도 가져 보지 못한 친구가."

"그 우정을 위해 치러야 할 대가는? 내가 이 세상에 태어나 유일하게 배운 게 있다면, 그 무엇도 공짜가 아니라는 거야."

책이 태곳적 그대로의 눈으로 진지하게 워런을 바라보았다.

"워런 시머, 때가 오면 너는 나의 친구가 될 것이다. 그리고 수천 년 동안 여기 속박되어 있는 나를 자유롭게 해 줄 것이다."

책이 아주 희미한, 슬픈 미소를 지었다.

"'비밀의 역사를 간직한 책들'은 큰 희생 없이는 태어나지 않는다. 나는 진정한 죽음을 맞이하기 전에 자유의 몸이 될 것이다."

"하지만 어떻게-"

"지금은 그 이야기를 하기 적당한 때가 아니다. 너무 이르다. 때가 오기 전까지, 우리에겐 할 일이 아주 많다."

책이 그를 물끄러미 바라보았다.

"네가 나를 믿는 만큼 나는 너를 믿는다."

워런은 여전히 그 무엇도 믿지 않았지만, 그 순간만큼은 책이 하는 말의 진실성을 의심하지 않았다. 책이 말하는 그때가 분명히 올 것이다. 그는 알 수 있었다. 그리고 바로 그 순간, 워런은 숨겨진 진실이 무엇인지 알게 될 것이다.

불가능한 임무가 주어진 지금 이 상황에서 유일하게 중요한 것은, 그에게 친구가 필요하다는 사실이었다. 책이 알려 주겠다고 약속한 진실을 그에게 말해 줄 수 있는 친구가.

"알겠어."

워런이 책장 속에서 공격적으로 날뛰는 풀라가르를 찬찬히 살펴보았다.

"그럼 악마의 이름들이 쓰여 있다는 책에 대해서 말해 줘."

"《게티아》.《솔로몬의 작은 열쇠》라고도 불리지. 그 책은 지금 이 도시 어딘가에 있다. 내가 안내해 주겠다."

21장

"사이먼, 노인이 깨어났어."

갑옷 통신회선으로 말했기에 그들의 손님이 화를 내지는 않을 듯했지만, 사이먼은 정정해 주었다.

"이분 성함은 아치볼드 하비어 머코머야. 머코머 교수라고 부르면 돼."

HUD로도 머코머를 온전히 볼 수 있었지만, 사이먼은 머코머를 바라보며 면갑을 열었다. 머코머는 혼란스럽고 겁에 질려 아이처럼 한쪽 귀를 문지르고 있었다.

"머코머 교수님?"

노인이 그를 올려다보았다.

"토머스?"

그러나 곧 고개를 저었다.

"아니, 자네는 토머스가 아니지. 용서하게. 가끔씩 정신을 차리기가 힘이 든다네."

"가끔은 저도 그렇습니다. 뭔가 드시거나 마시겠습니까?"

머코머가 망설였다.

"마실 것이 낫겠네, 아마도. 요즘 내 위가 말을 안 들어서. 안전한 곳에 자리 잡고 상황도 좀 안정되면 나아지겠지."

한 템플러가 ATV에 비치된 플라스틱 물통을 머코머에게 건넸다. 노인은 허둥거리며 뚜껑을 제대로 열지 못했다.

레아가 헬멧을 벗었다.

"제가 도와 드려도 될까요?"

머코머가 잠시 바라보더니 물통을 레아에게 건넸다.

"고맙네, 아가씨."

레아가 뚜껑을 열고 교수에게 다시 물통을 건넸다. 그가 감사의 의미로 고개를 끄덕이고 한 모금 마셨다. 얼굴에서 긴장이 조금 사라졌다.

"지금 어디쯤인 겐가?"

"런던 동쪽 40미터 정도 지점입니다."

사이먼이 대답했다.

"조금만 더 가면 안전한 곳에 도착할 겁니다."

"그 어느 곳도 진정 안전하진 않아."

머코머가 성긴 흰머리를 한 손으로 매만졌다.

"《게티아》에 대해서 얘기했었지, 그렇지? 꿈은 아니겠지?"

"꿈이 아닙니다. 책에 대해서 잠깐 말씀하시긴 했지만 충분하지는 않았습니다."

이 노인이 겪어야만 했던 그 모든 일을 생각하자 사이먼은 마음이 아팠지만, 만약 머코머가 악마에 대해 뭔가 알고 있다면, 그 정보를 손에 넣어야만 했다.

"그 책이 어디에 있는지 아십니까?"

머코머는 꼼지락거렸다.

"실물을 본 적은 없지만 존재한다는 건 잘 알지. 일부분을 읽었거든. 하지만 내가 읽은 데에선 악마의 이름이 나오진 않았어. ……《게티아》는 중요하다네. 악마와의 전쟁에 도움이 될 걸세."

"압니다. 전해 내려오는 이야기가 정말이라면요."

머코머가 다시 물을 한 모금 삼켰지만, 정말 목이 말라서가 아니라 시간을 끄는 것 같았다. 사이먼을 믿어야 할지 망설이는 것이 분명했다.

"교수님은 제 아버지를 아시죠. 아버지는 이 악마들과 싸우는 데 목숨을 바치셨습니다. 그리고 저는 지난 4년간 놈들과 싸우며, 런던에서 탈출하지 못한 사람들을 살리려고 노력했습니다. 제가 미처 구하지 못한 그 모든 사람들, 남자와 여자 그리고 아이들의 시신을 보았습니다. 제 품에서 목숨을 잃은 친구도 있었죠."

목소리가 어찌나 굵게 나왔는지 사이먼은 스스로도 놀라 깊이 숨을 들이마시며 날카로워진 감정을 억눌렀다.

"교수님이 저를 믿으신다면, 저는 그 믿음을 절대 저버리지 않습니다. 아버지의 이름을 걸고 맹세합니다."

"안다네."

머코머가 고개를 끄덕였다.

"자네가 그러리라는 것을 잘 알아. 자네 아버지도 내게 그렇게 맹세했었지."

"템플러의 맹세는 가볍지 않습니다."

사이먼은 자신의 말에 분노가 서렸음을 느끼고 조금 놀랐다. 그 자신이나 기사단의 명예를 변호하는 것이 싫었다. 명예는 신성한 것이었고, 특권이자 의무였으며, 존중받아야 했다.

"그래, 알아. 하지만 자네도 알아줬으면 좋겠군. 나의 맹세 또한 가볍지 않다네. 《게티아》에 대해 내게 알려 준 사람은 그 필사본이 얼마나 중요한지 명심 또 명심시켰어."

머코머가 사이먼을 바라보았다.

"그 책의 역사에 대해 잘 아는가?"

"솔로몬 왕이 썼고, 《솔로몬 왕의 작은 열쇠》라고도 알려졌죠. 그가 악마 일흔두 마리를 항아리에 봉인하는 데에 그 책의 힘을 빌렸다고도 합니다."

"항아리에 봉인한 것이 아니었네. 솔로몬은 악마 일흔두 마리를 이 세상으로부터 격리한 거였어. 성전 기사단은 오랫동안 그 책을 찾아다녔다는군. 첫 번째 십자군 원정을 끝내고 솔로몬의 사원 아래 은거지를 건설하던 중 책에 대해 알게 된 후로 말일세."

"당시 성전 기사단의 역사에 대해서는 들었지만, 책을 찾아다녔다는 건 몰랐습니다."

"《게티아》가 정말 존재한다고 모두가 믿었던 건 아니야. 기사들도 마찬가지였겠지. 그 무렵 필사본의 존재를 두고 기사단 내부에서도 꽤나 아연실색할 만한 일들이 벌어진 모양일세."

"악마를 다룬 책이었는데도 말입니까."

머코머가 고개를 끄덕였다.

"하르빈저스[13], 그러니까 악마 계급 중에서도 언제나 제일 먼저 헬게이트를 넘어오는 놈들이 우리 세상에 발을 들여놓았을 때, 솔로몬은 놈들 이름을 거의 모두 알고 있었지. 그 힘으로 놈들이 건너오는 것을 막고 헬게이트를 닫았던 거야."

"악마는 헬게이트를 통해서만 올 수 있나요?"

레아가 물었다.

"아니."

---

13) Harbingers, 헬게이트를 연 악마 종족.

머코머가 고개를 저었다.

"하르빈저스 말고도 몇몇 하급 악마들이 침공하려는 세상으로 먼저 건너와 헬게이트를 연다네. 일종의 전령인 셈이지. 지독히 어둡고 치명적인."

"그냥도 올 수 있다면 대체 왜 헬게이트를 여는 거죠?"

레아가 물었다.

"헬게이트 없이 넘어올 수 있는 악마는 아주 적으니까. 악마 대부분은 반드시 헬게이트를 통해야만 해. 한꺼번에 들이닥칠 셈이라면 더더욱. 우리가 아는 바로는 그렇다네. 악마는 언제나 우리 세상에 숨어 있어. 어쩌다 발견되기도 하지만 그 수가 너무 적지. 이 세상에 숨어 있는 악마들이 쓰는 위장 중 하나가 바로, 그 누구도 그들의 존재를 믿지 않는다는 것이지.

사이먼도 잘 알았다. 필리프 4세는 그 불신을 이용해 성전 기사단의 명예와 자산을 빼앗았다.

"우리 역사 속에서 성전 기사단 말고 악마들을 믿은 사람은 거의 없었어. 그런데 또 대부분 이단으로 몰려 재판을 받았지. 흔한 일이었어. 유죄를 선고받은 사람들은 화형당하거나 수장되고 정신병원에 갇혔지. 성전 기사단은 부와 존엄성을 강탈당했고. 자네도 알다시피, 악마를 믿는 사람들조차도 사실을 인정하려 하지 않았으니까."

"아직도 악마들을 다른 세계에서 온 외계인이라고 믿는 사람들이 있죠."

레아가 말했다. 머코머가 고개를 저었다.

"악마가 아니고서는 이럴 수 없지. 정말 두려워."

"솔로몬은 악마에 대해 어떻게 배우게 된 겁니까?"

사이먼이 물었다.

"배운 게 아니야. 원래 악마를 알던 자들이 그에게 말해 준 거지. 그들의 믿음이 곧 솔로몬 왕의 믿음이 된 게야. 그는 《게티아》를 직접 쓰지는 않았지만, 필사본을 만들도록 했네. 필사본의 권리가 그에게 있었고 아무도 그 점을 반박하지 않았어."

머코머가 물을 홀짝였다.

"그 후로는 어떻게 되었는지 자네도 물론 잘 알겠지. 이후 그 필사본의 존재를 믿는 사람은 없었다네."

"솔로몬 시대에 쓰인 것이 아니라고 주장하는 사람들도 있습니다."

사이먼이 말했다.

"귀족에 맞서서 정치적으로 공격하기 위한 얄팍한 눈속임이었다고요. 솔로몬 시대에 귀족은 존재하지도 않았는데 말입니다."

"훗날 쓰인 다른 판본들도 있다네. 누가 봐도 가짜였는데. 사적인 목적으로 솔로몬의 이름을 이용했거나, 악마 편에 선 사람들이 만들어 낸 거겠지. 그런 식으로 진짜 필사본은 전설 내지 신화, 어쩌면 환상이 되어 버렸다네. 악마들이 가장 잘하는 짓이지. 의심하게 만드는 것 말이야."

"필사본 일부를 보셨다고 하셨죠."

레아가 말했다. 머코머가 고개를 끄덕였다.

"그랬지. 복사본이었는데도 뒤틀린 악마의 힘이 느껴지더군. 누군가 그 필사본을 베껴 쓰거나 복사하기는커녕 읽을 수 있는지조차 모르겠어. 내가 복사본을 읽고 있을 때 말일세, 자네 아버지와 이야기를 나눈 후에는 더 열심히 읽었지. 그랬는데 그… 증상이 나타난 거야."

사이먼은 이어질 이야기를 빨리 듣고 싶어 조바심이 났지만 노인의 얼굴에 당혹과 좌절이 어리는 것을 보고 참을성 있게 기다렸다.

"다음 부분으로 넘어가려는데……"

머코머가 말을 이었다.

"그전에도 토하거나 악몽을 꾼다거나 가끔씩 기억이 사라지는 일들이 있긴 했었어. 그런데 그 당시는 정말 달랐어. 전혀 기억이 나지 않아. 광기에 사로잡혀 하루하루를 보냈지. 정말로 거의 아무것도 생각해 낼 수 없어. 어떤 페이지에 악마 한 놈이 있었다는 것만은 기억나. 놈이 어떻게 거기 있었는지는 몰라. 정말로 떠올리기가 힘들다네. 그런데 이것 하나만은 생각나. 놈이 내게 약속을 했지. 재산, 생명 연장, 권력, 악마가 아무렇지도 않게 쥐여 주는 그 모든 것들. 내가 저항하자 놈이 아내와 아이들을 죽이겠다고 위협했지."

나노다인 전자기 엔진이 웅웅거리는 소리만이 ATV 안을 가득 채웠다. 사이먼은 악마의 힘이 깃든 책을 맞닥뜨렸던 경험을 떠올리지 않을 수 없었다.

"그때 나는 망가졌다네. 그 복사본을 불태웠지. 불행하게도 집과 건물에까지 불이 옮겨붙었어. 소방서에서는 하마터면 제때 불을 끄지 못할 뻔했다고 하더군."

그가 말을 멈추고 물을 한 모금 마셨다.

"아내는 내가 어떤 일들을 겪는지 전혀 몰랐어. 나를 고발했지. 난 아내를 비난하지 않았네. 지금도 비난하지 않아. 신이 돌봐 주기를 바랄 뿐이네."

노인의 눈에 눈물이 맺혔다.

"뉴스에서는 괴물처럼 다룬 모양이지만 내 아내는 괴물이 아니야. 진짜 괴물을 본 적 있다고, 난."

"정말 힘드셨겠어요."

레아가 부드럽게 말했다. 머코머가 레아를 바라보고는 미소를 지었다.

"자넨 무척 예쁘군."

레아도 같이 미소를 지었다.

"고맙습니다."

"책을 어디에서 찾을 수 있는지 아시나요?"

사이먼이 물었다.

"무신경하게 굴려는 건 아니지만-"

"자네는 무신경하지 않아. 아버지의 죽음에 대해 말할 때, 자네 두 눈에 떠오른 고통을 봤지. 그저 힘든 시절인 것뿐이야. 그 사실을 알고, 앞으로 나아가야 해."

머코머가 깊이 숨을 들이마셨다.

"말했잖나. 진짜 필사본을 본 적은 없지만 어디에 있는지는 안다네."

사이먼이 넓은 모니터 스크린에 띄워진 런던 시내 지도를 뚫어져라 보았다. 머코머가 갑옷 AI 사용법을 알거나 레아가 공용 주파수 대신 템플러 시스템에 접근할 수 있었다면 HUD로 작업할 수 있었을 것이다.

ATV에는 템플러가 아닌 사람이 탑승했을 경우를 대비한 부가 시스템이 있었다.

"정신병원에 있으면 온갖 사람들을 만나지. 상태가 심각한 환자들도 있고. 몇 번이고 말할 수 있어. 정신병원의 치료 프로그램과 약물, 거기서 일하는 사람들의 냉정함이 병증을 더욱 악화한다고 말일세."

그가 스크린 가까이 몸을 숙였다.

"이스트 인디아 부두 근처 어딘가에 정신병원이 하나 있어. '정신이상 범죄자들을 위한 아케허스트 홈' 비슷한 이름이었던 것 같은데."

사이먼이 검색하자 몇 초 후 결과가 나왔다. '정신이상 범죄자들을 위한 아케허스트 홈'은 없었지만, '더 밝은 나날을 위한 아케허스트 요양원'이라는 곳은 있었다.

"환자들에겐 새 이름이 좀 더 희망적이었겠네요. 적어도 환자 가족에게는 분명했을 테고. 다른 것보다 보험회사가 다달이 치료와 재활 비용을 수표 처리할 때 좀 더 마음 편했을 것 같군요."

레아가 말했다. 사이먼은 음성 명령으로 병원의 현재 모습과 지난 기록을 불러들였다. 부동산 정보에 따르면 '더 밝은 나날을 위한 아케허스트 요양원'은 1953년까지 '정신이상 범죄자들을 위한 아케허스트 홈'이라는 이름으로 운영되었었다. 납세 정보를 보니 가족 소유의 부동산과 사업이었다.

철제 울타리를 높게 두른 대지 한가운데에서 네모난 회색 건물은 마치 쪼그리고 앉아 있는 고대의 개 한 마리처럼 보였다. 본관 주변으로 조금 더 작은 건물 세 채가 있었다.

지도상 요양원은 템스강에서 겨우 몇 블록 떨어져 있었다. 강에서 그토록 가깝다면 악마 순찰병이 심각한 문제가 될 것이다. 사이먼이 물었다.

"어떻게 하다 필사본이 여기로 간 거죠?"

"그것도 원본은 아니야. 복사본이지."

"복사본도 제 기능을 하는 건가요?"

레아가 물었다.

"날 미치게 만든 것도 복사본이었네."

머코머가 두 사람을 바라보았다.

"자네들은 앞으로 마주하게 될 그 힘을 좀 더 제대로 이해해야겠군. 복제했다고 해서 약해지거나 둔해질 힘이 아닐세."

그가 잠시 말을 멈추었다.

"그리고 정말로 그 책을 찾을 심산이라면-"

"우리에겐 다른 선택이 없습니다."

사이먼이 말했다.

"목숨을 걸어야 할 걸세."

"이미 그러고 있는걸요."

레아가 말했다. 사이먼이 생각을 정리하여 계획을 세우려는 순간 갑옷 AI가 경고음을 보냈다.

- 경고. 미확인 차량 9대 접근 중. 교신 실패. 주의 요망.

사이먼이 면갑을 닫고 HUD 레이더 스크린을 작동했다. 센서 드론들은 이미 미확인 차량들을 향해 다가가고 있었다. 한 차량의 도식이 스크린에 나타났다. 낯익은 디자인이었다. 네이선이 말했다.

"ATV인데."

"군용? 아니면 템플러?"

대니엘이 물었다. 사이먼이 ATV들을 살펴보았다. 차량과의 거리는 이미 3킬로미터 남짓했으며 빠른 속도로 줄어들고 있었다.

"호출해 봐."

사이먼이 말했다.

"응답하는지 보자고."

호출 신호를 보내자 즉시 응답이 왔다. HUD 우측에 테렌스 부스의 영상이 전송되었다.

부스는 로크 가문의 원수 자리를 물려받은 자였다. 그에게 있어 지난 4년은 사이먼이 생각했던 것보다 훨씬 혹독했던 것이 분명했다. 30대 초반으로 사이먼보다 겨우 네 살 많았지만 검은 머리와 염소수염은 벌써 희끗희끗했다. 얼굴이 둥그레졌고 살짝 모인 검은 눈은 더 표독스러웠으며 그 때문에 더욱 까다로워 보였다.

부러진 코는 여전했다. 사이먼은 자랑스러웠다. 바로 그가 부스의 코를 부러뜨렸던 것이다. 그것도 두 번이나. 한 번은 어렸을 때였고, 다른 한 번은 4년 전 두 사람이 마지막으로 만났을 때였다.

10대였을 때에도 두 사람 사이에 우정 같은 것은 없었지만, 지금이라고 덜하진 않았다. 4년 전 사이먼은 원수에게 항명하고 언더그라운드를 떠났다. 몇몇 템플러가 그를 뒤따랐다.

도대체 무슨 일로 부스가 언더그라운드 밖까지 나왔는지 사이먼은 상상도 할 수 없었다. 게다가 더 이해되지 않는 것은, 부스가 어떻게 지금 여기에서 그를 찾아냈느냐는 것이었다.

사이먼의 일행 중 배신자가 있지 않고서야 부스는 여기 있을 수 없었다.

22장

 부스의 교신 요청에 사이먼은 공용 회선을 열었다. 그는 리더 역할을 수행하면서 모두와 정보를 즉각 공유했다. 충직함에 따른 구분도, 비밀도 없었다.

 그런데 첩자를 여기까지 데려오게 됐군. 사이먼은 이런 생각을 밀어냈다. 나중에 처리해야 할 문제였다. 첩자가 누구인지 알아내기 위해 피를 흘려 가며 마녀사냥을 하진 않을 것이었다.

 "평소 자네 구역에서 벗어난 것 같은데, 부스?"

 비아냥거릴 생각은 없었지만, 말투에 드러나는 것은 어쩔 수 없었다. 부스가 인상을 구겼다.

 "일을 복잡하게 만들고 싶진 않군. 그렇게 고약하게 굴 필요 없지 않나."

 "그래, 그럴 필요는 없지. 그냥 덤이야."

 사이먼이 잠시 마이크를 끄고 네이선에게 말했다.

 "저 차들을 피해서 갈 수 있는지 확인해 봐."

 네이선이 곧장 방향을 틀었다. ATV가 작은 나무만 한 덤불을 헤치고 나아가자 덜컹거리는 진동이 보다 분명하게 느껴졌다.

 사이먼은 후방의 ATV 두 대도 방향을 바꾸어 그들을 따라오는 모습을 HUD로 보았다. ATV 세 대가 한 줄로 나란히 밤을 헤치며 달렸다.

 하지만 부스의 부대 역시 방향을 바꾸더니 또다시 경로를 막았다.

 "그렇게 쉽게 빠져나가진 못할 거야."

부스가 위협했다.

"내가 빠져나가려고 했다고?"

사이먼은 레아와 머코머에게 손짓해 위치로 돌아가도록 지시했다.

"마지막으로 함께했던 날, 나를 다시는 보고 싶어 하지 않는 줄 알았는데."

"할 수만 있다면 절대 보지 않았을 것이다."

"그래서 대체 뭘 원하나?"

"벌써 악마한테 잡아먹힌 줄 알았는데, 아직도 목숨을 부지하고 있을 줄은 몰랐어. 그렇다고 혼자서 제대로 해내는 것 같지도 않으니 내가 굳이 네놈을 만나러 온 것 아니냐."

"내가 만나지 않겠다면?"

"그런 건 선택지에 없어."

HUD는 두 차량 사이의 거리가 이제 761미터 남았음을 보여주었다. 숫자는 빠르게 줄어들었다.

"언더그라운드에 데려왔었던 그 여자랑 무슨 작당을 하고 있지? 아치볼드 하비어 머코머라는 남자를 데리고 있는 걸 안다. 얼마 전까지 파리 정신병원에 있었다는 언어학 교수 말이다."

부스가 머코머를 안다는 사실에 사이먼은 놀랐다. 지금 로크 가문의 원수가 된 이 남자는 젊었을 때 학구적인 편이 아니었다. 그럴 필요도 없었다. 그러지 않아도 직위는 세습되었고, 그의 아버지는 아직 젊었었다. 당시 부스는 자신이 노인이 되기 전에 그 자리에 오를 것이라고는 생각하지 못했었다.

"당신이 상관할 바 아니다."

부스가 좌석에서 앞으로 몸을 숙이자 얼굴이 화면을 가득 채웠다.

"오늘 밤은 내가 상관할 일이지. 이제 내 손에 넘어올 테니까."

갑옷이 신체의 열기와 냉기를 조절해 주는데도 척추를 훑어 내리는 한기가 느껴졌다. 그리고 뱃속에서부터 분노가 치솟아 머리 끝까지 뜨거워졌다.

"원하는 게 뭔가?"

부스가 어깨를 으쓱했다.

"교수."

"어째서?"

"같은 이유지, 물론."

의심스러웠다. 지난 4년 동안 언더그라운드는 들키지 않게 웅크리고 있는 편을 택했었다. 거대한 지하 단지에 몸을 숨긴 채, 폐허가 된 런던의 삶과 죽음으로부터 스스로를 분리했었다.

"내가 그 말을 왜 믿지 못하는지는 당신이 잘 알겠지. 당신은 지난 4년 동안 악마에 맞서지 않고 도망갈 구실만 찾았다. 내가 똑똑히 봤지."

부스의 얼굴이 분노로 울긋불긋해졌다. 그는 무엇보다도 사람들 앞에서 비난당하는 것을 끔찍이 싫어했다. 비난이 사실이면 더욱 상처를 입었다.

"우리에게 교수를 넘길 수밖에 없을 것이다."

부스가 위협적으로 차갑게 말했다.

"머코머를 넘기지 않는다면 무력으로 빼앗겠다."

사이먼이 부스와의 통신회선을 차단했다. 그러고는 팀원들을 바라보았다. 대체 누가 부스의 첩자인지 궁금하지 않을 수 없었다. 네이선이 말했다.

"누군가 우리를 팔았군, 친구."

"지금 당장 해결해야 할 문제는 아니야."

사이먼이 대답하면서 전방에서 다가오는 차량이 두 개의 물결을 일으키는 것을 바라보았다. 37초 후면 도달할 것이다.

"저놈들에게 날 넘기지 말게나."

머코머가 꽉 잠긴 목소리로 말했다. 공포에 질린 두 눈이 커졌다.

"난 모르는 자들이라고."

"놈들보다 더 빨리 달릴 수 있을까, 네이선?"

사이먼이 물으며 방어막을 활성화했다.

"속도가 거의 비슷해. 부스가 정말로 힘으로 밀어붙인다면 우리가 열세야. 3대 1이라고. 게다가 아까 악마 놈들이랑 싸운 덕에 이쪽은 이미 꽤 손상이 큰 상태고."

- 경고. 충돌 임박.

AI의 목소리가 통제실을 울렸다. 긴장으로 꽉 찬 공간에서 그 소리는 기이할 정도로 고요하게 들렸다.

사이먼이 뭐라고 지시하려는 순간, 차간 거리를 알리는 숫자가 0을 가리켰다. 천둥 같은 굉음이 울려 퍼졌다.

센서 드론을 통해 ATV가 측면을 강하게 들이받혀 밀려 났음을 알 수 있었다. 장갑차가 29도 각도로 한쪽이 들렸음을 AI가 알려주었다. 충격이 심했지만 통제실에 앉아 있던 사람들은 나노유체 시스템 덕분에 흔들리지 않고 자세를 유지할 수 있었다.

ATV 방어막이 17퍼센트 손상되었다. 차량에 연결된 영상을 통해, 다른 ATV 두 대 역시 부스의 차량과 충돌한 것이 보였다.

사이먼의 ATV는 상대 차에 밀려 쓰러진 나무들이 있는 곳까지 미끄러졌다. 차와 부딪친 나무 몇 그루가 으스러지며 나무껍질 아래 하얀 속살을 드러냈다. 굳게 버티는 나무도 있었다.

안전벨트가 사이먼의 어깨를 조이며 파고들었다. ATV가 갑자기 멈추었다.

"무기는 준비됐어."

대니엘이 분노한 목소리로 보고했다.

"타깃도 잡혔고. 명령만 내리면 언제든 쏠 수 있어."

- 경고. 다수의 차량 접근 중.

AI가 알렸다. 네이선이 전자기 엔진에 다시 시동을 걸어 후진하기 전에, 뒤쪽으로 미끄러져 들어온 ATV에 후방이 막혔다. 네이선은 포위에서 탈출하려고 애썼지만, 할 수 있는 것이 없었다. 풀밭에서 타이어가 헛돌며 또 다른 ATV의 무게까지 밀어 낼 만한 추진력을 얻지 못했다.

사이먼은 부스와의 회선을 다시 열었다. 부스는 활짝 웃고 있었다.

"머코머를 넘겨. 넌 할 수 있는 일이 없다. 그자만 넘기면 너와 너의 팀원들은 보내 주겠다. 싸우겠다면 모두 쓰러뜨려 주지. 약속한다."

센서 드론들이 HUD에 보내온 영상을 보니 부스의 ATV는 사정거리 훨씬 밖에 있었다. 자신에 대한 혐오감이 사이먼을 무겁게 짓눌렀다. 이런 일을 전혀 예상하지 못했고, 대비하지도 못했던 것이다. 그는 장님이나 다름없었다.

"차 안에서 버틸 수 있어. 힘으로 열기는 어려울걸."

네이선이 말했다.

"저놈들, 애써 힘 빼지도 않을 거야."

대니엘이 거칠게 말했다.

"배고픔과 갈증으로 스스로 걸어 나오길 기다리기만 하면 되니까 말이야."

"계산대로라면 사흘에서 나흘쯤 버틸 수 있어."

네이선이 말했다.

"원한다면 더 오래도 가능하고. 내가 부스라면 말이야, 부스를 잘 알거든? 놈은 그렇게 오래 여기 있으려 하지 않을 거야. 악마한테 들킬까 봐 겁이 나서 말이지."

HUD 때문에 그럴 필요가 없는데도 네이선이 조종석에서 고개를 돌려 사이먼을 바라보았다.

"누가 얼마나 더 버티느냐의 게임이라면, 우리가 이겨."

사이먼이 스크린 속 부스를 보았다.

"버티느냐의 문제가 아니야. 무슨 이유인지는 모르겠지만 부스는 반드시 이기려고 마음먹었어. 이 정도 위험에 자신을 노출시켰다면, 당연히 그렇지."

사이먼이 잠시 말을 멈추었다. 결국 정말로 할 수 있는 일이 없음을 잘 알고 있었다.

"만약 그래야 한다고 판단하면, 부스는 우릴 죽일 거야."

"그런 짓을 용납하지 못하는 템플러는 많아. 우리가 항명하긴 했지만 언더그라운드에는 아직 친구들이 있어. 우리가 런던에서 어떤 일을 하는지, 얼마나 많은 사람들을 구했는지도 알지."

네이선의 말도 옳았지만, 부스는 사이먼 쪽에서 먼저 발포할 수밖에 없도록 상황을 몰고 갈 수도 있었다. 사이먼이 말했다.

"부스가 진작 우리를 죽이지 않은 유일한 이유이기도 하겠지."

"그러면 벼랑 끝 전술을 쓰자."

사이먼이 대니엘을 바라보았다.

"ATV 화기를 포함해서 우리 모두 부스가 탄 차를 조준한 다음, 무슨 짓이든 하려고 한다면 쏘아 버리겠다고 하는 거지. 부스는 자기 목을 도마 위에 올려놓는 건 마다할걸."

"그건 다른 템플러들을 쏜다는 뜻이기도 합니다."

간이 좌석에 앉은 한 전사가 말했다.

"그런 건 조금 불편하군요."

나도 마찬가지야. 사이먼이 생각했다. 상황에서 벗어날 방법을 찾기 위해 머리를 쥐어짰지만 단 하나도 떠오르지 않았다.

"사이먼."

머코머가 떨리는 목소리로 나지막하게 불렀다. 몸이 좋지 않은지 얼굴이 창백했다.

"저놈들도 템플러인가?"

"네."

"그런데 왜 적대적이지?"

"부스와 그의 템플러 대부분이 이미 패배한 척 숨어 있길 원하기 때문입니다."

노인에게는 진실을 말해야 할 것 같았다. 지금 무슨 일이 일어나고 있는지 알 권리가 그에게도 있었다. 머코머가 고개를 끄덕였다.

"잃었던 힘을 되찾고 더 강해지기 위해서 말이지."

"그렇습니다."

"좋은 작전이군."

"악마 역시 계속 강해질 거라는 사실을 외면하면, 그렇죠. 그리고 '화마'는 이 세상을 쉬지 않고 집어삼키는 중입니다. 우리를 색출해 내기에 적합하고, 그들에게 더욱 친숙한 환경을 확장해 가면서 말입니다."

사이먼이 고개를 저었다.

"기다리는 건 좋은 작전이 아닙니다. 그렇게 해서는 도시에 갇힌 사람들을 구해 내지 못하니까요."

"그 점도 이해한다네. 자네가 무슨 일을 하려는지 잘 알아."

머코머가 심호흡을 하더니 몸을 살짝 떨었다.

"저 사람들, 부스라는 자 말일세, 나를 해치려는 건 아니지, 그렇지?"

"그런 것 같지는 않습니다."

"그랬다면 벌써 우리를 공격했을 테니 말일세."

사이먼이 고개를 끄덕였다. 그의 생각이 옳기를 바랐다.

"저들이 내게 뭘 원하는 걸까?"

"모르겠습니다. 아마도 교수님이 알고 있는 정보겠지요. 아니면 그저 그 정보가 제 손에 들어오는 것을 막으려는 걸 수도 있습니다."

"자네가 하는 일을 막고 싶어 하는 겐가?"

"제가 상황을 더 나쁘게 만들까 봐 두려워하니까요."

"어떻게 더 나빠진다는 거지?"

"모르겠습니다."

머코머가 영어와 불어로 욕을 했다.

"저자는 바보군. 악마에 대해서는 뭐든 빨리 알아내는 게 좋아. 자네 아버지와 나는 그 점에 의견이 맞았어. 바로 그래서 자네 아버지가 날 찾아온 거야. 내가 악마의 언어를 번역하기 시작했을 때 말이지. 지식은 가장 큰 힘이고말고."

"손에 쥘 수 있는 가장 날카로운 무기가 지식이라고, 아버지는 말씀하시곤 했죠."

"현명한 남자군, 자네 아버진."

"제가 생각했던 것보다 훨씬요. 그런데도 전 아버지에게 그런 말을 할 기회조차 갖지 못했습니다."

머코머가 벨트를 풀고 사이먼에게로 와 어깨에 손을 올렸다.

"자네 아버지도 분명 알았을 걸세."

사이먼도 그러길 바랐다. 머코머가 심호흡하더니 미소를 지었다.

"그렇다면 지금 이 상황에서, 내가 토머스 크로스만큼 용감한 사람일 수 있게 해 주게나. 날 내보내 줘. 내 발로 부스라는 자에게 가겠네."

"그럴 순 없습니다."

"자네가 선택할 수 있는 일은 없네. 적으로부터도, 나로부터도. 이건 내가 해야만 하는 일이야. 내게 아직 용기가 있을 때 해낼 수 있게 해 주게나."

"사이먼."

레아가 말했다.

"이분 말도 일리가 있어요."

사이먼도 알고는 있었지만, 이런 상황에까지 몰린 것이 화가 나 참을 수 없었다.

"부탁하네."

결국, 그가 선택할 수 있는 것은 아무것도 없었다.

23장

 사이먼은 통제실을 열라고 지시한 후 머코머와 함께 ATV에서 내렸다. 사이먼이 차 후방 데크에 서서 부스의 ATV를 노려보았다. 다른 차량들이 그를 조준하고 있었다. 만약 그의 판단이 틀렸다면, 부스가 미래의 문젯거리를 제거하기로 결정했다면, 첫 탄환이 갑옷을 뚫지 못하고 그를 ATV로부터 내동댕이치는 순간만이 유일한 반격 기회일 것이다.
 만약에 그렇다면 말이지. 그 말의 무게가 문득 그를 짓눌렀다. 악마와 상대하는 것이 차라리 쉬울 듯했다. 적어도 악마는 당연히 그를 공격할 것이고, 그 사실을 궁금해할 필요는 없으니까.
 그가 면갑을 열었다. 위험할 수 있었지만, 얼굴도 드러나지 않는 투구를 쓴 채 머코머를 보내기는 싫었다. 그가 할 수 있는 작은 배려였고, 사이먼에겐 그런 것이 필요했다.
 머코머가 그를 올려다보고 속삭였다.
 "《게티아》 필사본이 어디 있는지까지 말했지. 자네가 찾길 바라네."
 그가 어깨 너머로 제일 가까운 ATV 통제실의 해치가 열리는 것을 보았다. 템플러 두 명이 나와서 ATV 데크에 섰다.
 "할 수 있는 한 입 다물고 버텨 보겠지만, 내가 자네라면, 서두를 게야."
 "잘 알겠습니다, 교수님. 몸조심하십시오."
 "다시 만날 때까지."
 머코머가 손을 내밀었다. 사이먼이 노인의 손을 정중하게 잡았다가 놓았다.

머코머가 ATV에서 다른 ATV로 이동할 것을 제안하자 차량들이 일렬로 서서 한쪽 끝을 맞붙이며 정차했다.

사이먼이 그 모습을 지켜보는 동안 아무도 그에게 말을 걸지 않았다. 매끈한 투구의 면갑에 사이먼의 모습만 어렴풋이 비칠 뿐이었다.

"거기서 뭐하는 거야? 당장 없애 버리라고 부스가 명령하기 전에 이리 돌아와."

네이선이 말했다. 옳은 말이었고, 그 충고를 따라야 한다는 사실을 사이먼도 잘 알았지만, 그럴 수 없었다. 자존심일 수도, 혹은 반항심일 수도 있었다. 어느 쪽이든 상관없었다. 사이먼은 부스의 부대가 멀어질 때까지 그대로 자리를 지키고 있었다.

- 교신 요청.

갑옷 AI가 알렸다. 누가 보낸 것인지는 분명했다. 사이먼은 면갑을 닫고 HUD를 작동했다. 개인 회선으로 들어온 요청이었다. 사이먼이 교신을 수락했다. 고소해하는 부스의 얼굴이 HUD에 나타났다.

"4년 동안 사람들을 구하고 다녔다고? 앞으로도 쭉 그런 일이나 하면서 내 앞에서 걸리적거리지 말았으면 좋겠군."

"그러기도 쉽지 않지. 당신은 아무 데도 가지 않으니까."

불쾌해진 얼굴로 부스가 노려보았다.

"악마한테 당하지 않길 기도하지. 진심이야. 어쩌다 어느 날 너와 마주쳐 끝장을 볼 수 있도록 말이야."

"당신만 좋다면 오늘 어때? 나는 지금 바로 여기 있다고."

부스가 사납게 욕을 내뱉더니 스크린을 끄고 통신을 단절했다. 사이먼이 면갑을 쓴 채 씁쓸하게 웃었다. 좋아, 유치할진 몰라도 기분은 좋군.

하지만 부스의 ATV가 멀어지는 모습을 무력하게 지켜보는 것은 전혀 즐겁지 않았다.

통제실로 돌아온 사이먼은 부스의 부대가 런던을 향해 나아가는 것을 보았다.

"《게티아》 필사본이 어디에 있는진 알잖아."

네이선이 말했다.

"거기로 갈까?"

"오늘 밤은 아냐."

"기다리는 편이 나을 거라 생각하는 거야?"

대니얼이 물었다.

"새벽 4시가 다 됐어. 지금 출발하면 동틀 무렵 도착할 거고. 시내로 진입하기엔 준비가 부족해."

"부스 쪽에서 먼저 움직이지 않는다는 쪽에 거는 건가요?"

레아가 말했다. 사이먼은 피곤했다. 희망과 절망을 연이어 겪은 밤이었다. 희망을 찾는가 했으나 빼앗겨 버렸다. 그 끝에서 기다리는 것이 무엇일지 알 수 없지만, 나쁜 쪽일 것이라는 생각이 들었다.

《게티아》 필사본이 아케허스트에 있어서 정말로 악마에 맞서는 무기가 되어 준다면, 희망은 있겠지.

"아닙니다. 교수님이 최대한 정보를 넘기지 않겠다고 하신 약속을 지키는 쪽에 거는 겁니다. 이렇게 준비도 미흡하고 지친 상태로 런던으로 가는 건 사형선고를 내려 달라는 거나 마찬가지입니다."

사이먼이 숨을 들이쉬었다.

"우린 내일 밤 출발합니다."

그래. 어차피 해야 할 일이라면.

잠에서 깨어났을 때, 워런은 침대 옆에 죽은 여인이 서 있는 것을 알아차렸다. 너무나 소름 끼치는 모습에 워런은 침대에서 벌떡 몸을 일으켜 물러나면서 하마터면 힘을 내지를 뻔했다. 하지만 겨우 그녀를 알아보았다.

켈리였다.

며칠 동안 보지 못한 사이 더 나빠진 것 같았다. 살이 썩어 들어갔고 피부가 녹색과 노란색으로 변해 있었다. 악취도 너무 끔찍했다. 켈리는 장기들을 배 밖으로 내놓은 채 움직였다.

"여기서 뭘 하는 거야?"

켈리는 고개를 돌려 그저 그를 조용히 바라볼 뿐이었다. 언제부터 전혀 말을 하지 않았는지도 기억나지 않았다. 사실 말이 없어진 지 오래였다.

저리 가라고 말하고 싶었지만 그렇게까지 매정하게 굴 수가 없었다. 그 자신이 켈리와 함께 있길 원했기 때문에 지금 그녀가 여기 있는 것이었다. 그리고 켈리는 아무 잘못 없이 죽었다.

켈리가 아무런 말도 하지 않고 침대 끝에 앉았다. 한쪽 다리가 접히면서 살점이 떨어져 나간 안쪽으로 뼈가 보였다. 움직일 때마다 뼈가 삐그덕거리고 가죽이 부대끼는 소리가 났다.

워런은 켈리와 함께 침대에 앉아 있다는 것을 견딜 수 없어 일어나 잠옷 위에 실내 가운을 걸쳤다. 한낮이어서 더웠지만 나체는 부끄러웠다. 심지어 예전보다 더욱 몸을 감추려 했다. 상처투성이인 자신의 몸이 스스로에게도 낯설었기 때문이다.

게다가 그에겐 지금 해야 할 일이 있었다.

마음 한편이 따끔거렸다. 블러드 엔젤의 눈이 보내는 무언의 경고였다. 잠시 그 눈으로 시야를 전환하자 나오미가 방을 나와 계단을 올라 그의 방으로 오고 있었다.

워런은 켈리를 뒤돌아보았다. 일이 잘 풀리지 않을 것 같았다.

나오미는 방에 들어오기 전에 노크를 할 만큼은 예의가 발랐지만 대답은 기다리지 않고 문을 열었다. 그러고는 문간에서 걸음을 멈추고 워런의 침대에 앉아 있는 좀비를 바라보았다.

"이 여자 여기서 뭐 하는 거야?"

"일어나 봤더니 여기 있었어."

당황스럽고 창피했다. 나오미가 제일 먼저 무슨 생각을 했을지 짐작할 수 있을 것만 같았다.

"자꾸 찾아오네."

켈리의 죽은 눈동자가 나오미를 바라보았다. 켈리는 살아 있을 때에도 나오미를 좋아하지 않았다. 나오미가 워런을 뺏어 갈지도 모른다고 불안해했었다. 그 감정은 죽은 후에도 분명 깊숙이 남아 있을 것이다.

"죽은 거야?"

나오미가 호기심 어린 목소리로 묻더니 제대로 보기 위해 가까이 다가섰다.

"몸 안에 있을 거야. 난 분명히 그렇게 생각해."

워런이 벽에 기대 놓은 상자에서 물통을 꺼내 들었다. 차갑게 만들 수는 없었다. 공습 초기에 그나마 가장 좋았던 것은 아직 시원한 맥주였다. 하지만 불행하게도, 시원한 맥주에는 유효기간이 있었다. 켈리와 마찬가지였다.

"네가 죽인 거야?"

"아냐."

워런은 화가 났다. 그런 질문은 수치스러웠다. 나오미가 가까이 다가가자 켈리가 일어나 그녀를 똑바로 바라보았다.

"언제 죽은 거야?"

심지어 더 나쁜 질문이었다. 워런이 고개를 저었다.

"기억 안 나."

나오미가 믿기지 않는다는 듯 그를 바라보았다.

"어떻게 기억을 못 할 수가 있어?"

"너도 켈리를 봤었잖아. 살아 있을 때도 그렇게 말이 많진 않았다고."

"네가 켈리 정신을 휘젓기 전에는 어땠는데?"

"그때도 그렇게 밝은 사람은 아니었어."

"못 믿겠는데."

"켈리는 죽었어. 내가 할 수 있는 일은 아무것도 없어."

"적어도 그녀가 죽었는지 살았는지 알 만큼은 신경 쓸 수 있었잖아! 죽어 간다는 걸 알았다면 더 좋았겠지!"

워런이 욕을 뱉었다.

"그런 관계가 아니었어, 나오미. 나는 켈리를 사랑하지 않았고 켈리도 나를 사랑하지 않았어."

"그래. 그저 혼자 있기 싫어서 이용한 것뿐이지."

"무슨 아침 드라마 같은 소릴 하는 거야? 이건 생존의 문제야. 나는 살아남으려고 노력하는 중이라고. 너도 그렇잖아? 그래서 여기 있는 거잖아."

나오미가 팔짱을 끼며 그를 노려보았다.

"나한테 그럴 능력이 있었다면, 절대 여기에는 안 있지."

켈리가 갑자기 아무런 이유 없이 화를 내며 나오미에게 두 팔을 휘두르고 덤벼들었다. 나오미는 균형을 잃는 바람에 방어는커녕 도망갈 수조차 없었다.

워런이 한 손을 들어 힘껏 밀었다. 반짝이는 힘의 파도가 손가락 끝에서 솟구쳐 켈리를 강타했다.

켈리는 제트 엔진에 얻어맞기라도 한 것처럼 내동댕이쳐졌다. 썩어 가는 살점과 바스라진 뼈들이 방 반대편으로 날아갔다.

잠시 나오미는 그대로 얼어붙었다. 그러더니 몸을 숙여 토했다.

워런은 이제 막 상황이 더욱 나빠졌음을 깨달았다. 누가 봐도 마찬가지였다. 그는 쓰레기봉투와 빗자루, 쓰레받기를 가지러 방을 나갔다. 사방에 흩어진 켈리의 조각들을 보자니 뭐든 청소 도구 하나쯤은 필요할 것 같았다.

24장

사이먼이 아케허스트 요양원의 평면도를 살펴보았다. 건물 관련 데이터베이스를 전부 컴퓨터로부터 다운로드했다. 지난 몇 시간 동안 쉬지 않은 탓에 두 눈이 불타오르는 듯했다.

"당신 좀 자야 해요."

눈앞의 와이드 스크린 모니터에 비친 레아가 보였다. 병원 수술복을 입고 있었는데, 은거지에서 최근 가장 흔하게 볼 수 있는 복장이기도 했다.

사이먼은 회색 운동복 바지와 소매 없는 러닝셔츠를 입고 있었다. 민간인들을 생각해서 갑옷을 입고 다니진 않았다. 최근 은거지에는 아이들이 늘었다. 지난 4년 동안 어떻게 살아남을 수 있었는지 생각하면 놀라운 일이었다. 지난밤 악마와의 전투에서 얻은 타박상은 푸른색과 보라색으로 멋지게 멍들어 있었다. 며칠 지나면 옅어지다가 사라질 것이다.

"당신에게 그 말을 되돌려주고 싶군요."

레아가 책상에 엉덩이를 길치고 앉으며 팔짱을 끼며 그를 내려다보았다.

"난 여섯 시간이나 잤어요. 네이선이 그러는데 당신은 아직 못 잤다면서요."

"네이선은 말이 너무 많군요."

"쉬지 않으면 둔해질 거고, 둔해지면 죽을 거예요."

"격려 고맙군요."

사이먼은 화가 났지만, 레아에게 화낼 일이 아니라는 것은 잘 알았다. 레아는 진실을 말했을 뿐이었다. 사이먼이 한숨을 내쉬었다.

"조금만 더 보다가 자러 갈 겁니다."

그가 고개를 저었다.

"할 일을 남겨 두고 자다니, 시간 낭비일 뿐입니다."

레아가 모니터로 시선을 돌렸다.

"그래서 그 일이 뭔데요?"

사이먼이 그녀를 바라보았다.

"다른 할 일 없습니까?"

레아가 뭔가를 가늠하려는 듯 그를 보며 눈썹을 치켜떴다.

"여길 떠나게 해 줄 건가요? 그보다 필사본이 정말 아케허스트에 있는지 알지도 못한 채 내가 떠날 거라고 생각해요?"

사이먼이 잠시 그녀의 시선을 맞받았다.

"아뇨."

"그렇다면 이건 우리 두 사람의 일인 것 같군요."

레아가 모니터로 시선을 돌렸다.

"이 설계도들은 다 어디서 난 거예요?"

"런던 도시 계획이 수립될 때부터 템플러는 건축에 관계했었어요. 건물과 주택, 철로와 터널 관련 모든 파일이 우리에게 있습니다."

"그건 어디에서 났는데요? 여긴 언더그라운드가 아니잖아요."

"언더그라운드에서 이쪽으로 합류한 사람이 복사본을 가지고 왔습니다. 이런 정보는 도움이 되니까요."

레아가 다시 설계도를 검토하기 시작했다.

"건축가와 건설자들이 건물을 재건축했네요."

"몇 번이나요."

사이먼이 터치스크린에 여러 단계의 설계도를 불러왔다.

"여기, 건물 아래 지하는 미로 같습니다. 후기 공사 계약 때 이곳은 언급도 되지 않았죠."

"왜 그랬을까요?"

"신고를 피하려 했던 것 같습니다. 비용이 상당했을 테니까요."

"이 지하 구역들을 다 어떻게 했을까요?"

"대부분은 벽으로 막아 버렸습니다."

사이먼이 세 구역을 가리켰다.

"지하실 입구입니다. 후기 설계도에서는-"

그가 스크린을 터치하자 도면이 바뀌었다.

"보이지 않죠."

"안을 메꿨을까요? 홍수 문제 때문에 오래된 건물 같은 경우 지하실을 콘크리트로 채워 넣고는 기억에서 지워 버리기도 하니까요."

사이먼이 아까 살펴보고 있었던 초기 설계도를 다시 띄웠다.

"본관 아래로 지하는 네 층이나 됩니다. 메꾸기엔 규모가 엄청나죠. 사람들이 알아챘을 겁니다."

"왜 이렇게 지하층을 많이 만들었을까요?"

"런던은 정신이상자들에게 호의적이었던 적이 한 번도 없습니다. 빅토리아 시대에는 성적인 문제에 억압이 굉장히 심했고요. 그에 분개하는 사람들도 많았죠. 여기 이 파일들을 보면 알 수 있습니다. 누군가 동성애자나 색마, 아니면 그저 단순히 세상을 다른 방식으로 바라보는 사람들을 부끄럽고 위험하게 여긴다면, 그래서 더 이상 엮이길 원하지 않게 되었다면, 아케허스트에 입원시키고 다시는 보지 않을 수 있었죠."

"아름다운 역사를 찾아내셨군요. 어우, 소름 끼쳐요."

"가장 암울한 부분은, 그곳에 그렇게나 많은 사람들이 갇힌 채 그대로 세상에서 사라졌다는 겁니다. 사망 후에는 빈민 묘지에 묘비도 없이 묻혔죠."

"이런 걸 알아보는 게 취미는 아니라고 믿고 싶군요."

"아닙니다. 이 파일들을 보기 전까지는 저도 그 문제가 얼마나 심각했는지 몰랐습니다."

"런던의 빈민, 도둑, 매춘부, 알코올 중독자, 그리고 하층민이 아니었다면 호주도 존재하지 않았겠죠. 그 호주조차 갈 수 없었던 사람들이 아케허스트에 있었을지도요."

"끔찍한 곳이 또 있습니다."

사이먼이 또 다른 설계도를 띄웠다.

"최초로 건설되었을 때의 지하층입니다. 방이 아니에요. 건물 바로 아래 석회암을 파서 만든 동굴이나 다름없죠. 입구에는 철창을 설치해 놓았습니다."

아케허스트의 환자들에게 고통스러웠을 환경을 생각하자 목구멍 깊숙이에서 씁쓸한 담즙이 뜨겁게 치밀어 오르는 것 같았다.

"머코머가 말한 필사본이 거기 있는 거예요?"

"네."

"우린 거기로 가야 하고요?"

"제가 거기 가야 하는 거죠."

사이먼이 정정했다. 레아가 그를 똑바로 바라보았다.

"뭐라고요? 날 여기 남겨 두고 간다고요?"

"그렇습니다. 필사본을 확인하고 입수한 후에 자유롭게 해 드리겠습니다."

"그것 참 관대하시군요."

"맞습니다. 특히 누가 부스에게 머코머에 대한 정보를 흘렸는지 모를 때는요."

그녀가 얼굴을 찌푸렸다.

"나일 거라고 생각할 만큼 바보는 아니겠죠."

"덧붙이자면, 당신이라고 생각하지 않습니다. 지난밤 그 자리에 있었던 당신 쪽 사람이라고 생각하는 편이 일리 있겠죠."

"그 사람들이 뭣 때문에 그러겠어요?"

"템플러를 분열시키려고요."

"당신 혼자서는 해낼 수 없으니까 말이죠."

사이먼은 화가 나서 대꾸하고 싶은 것을 꾹 억눌렀다.

"이봐요, 미안해요. 그런 식으로 말하려던 건 아니었어요."

레아가 정말로 미안한 듯 사이먼을 바라보았다.

"그냥 좀 피곤한가 봐요. 당신이 괜히 고생만 하다가 목숨이 위험해지는 걸 보고 싶지 않기도 하고요."

"목숨을 헛되이 내던지려고 평생 훈련을 한 게 아닙니다. 정말 목숨을 바쳐서라도 얻어야 할 것이 있다면, 싸우기 위해서죠."

"진짜 당신 문제가 뭔지 알아요, 사이먼?"

그녀가 부드럽게 물었다. 위험한 질문이라고 판단한 사이먼은 대답하지 않는 쪽을 택했다.

"이 전쟁에서 승리할 수 있을 거라고 아직도 믿는다는 거예요."

"그러면 질 거라 생각하고 싸운단 말입니까?"

레아가 시선을 피하더니 잠시 후 대답했다.

"당신은 당신만큼이나 다른 사람도 잃게 만들어요. 그건 무승부예요. 아무도 이기지 못해요."

사이먼은 뭐라고 대답해야 할지 알 수 없었다. 세인트 폴 대성당의 전투 이후로도 그는 악마를 무너뜨릴 수 있다는 믿음을 떨치지 못했다.

"정말로 바보 같은 게 뭔지 압니까? 패배할 거라 생각하며 싸우는 겁니다. 악마는 제가 본 것 중 가장 힘든 적이지만, 이 세상에서 쓰러뜨리지 못할 것은 그 누구도, 그 무엇도 없습니다. 우리에게 필요한 일은 그저 유리한 고지를 차지하는 것뿐입니다."

레아는 사이먼을 한참 동안 말없이 바라보았다. 그러다가 마침내 입을 열었다.

"가서 좀 자요. 얼른."

그러고는 돌아서서 방을 나갔다. 사이먼은 멀어지는 레아의 뒷모습을 지켜보았다. 그녀는 아름다웠다. 남아프리카공화국에서 돌아오는 비행기에서 처음 봤을 때부터 알고 있었다.

그리고 레아는 알 수 없는 사람이었다.

그건 위험했다.

워런은 되도록 악취를 들이마시지 않으려고 애쓰며 켈리의 유해를 마지막 한 점까지 치우고 쓰레기봉투를 꽉 묶었다. 그리고 창가로 가서 밖으로 던졌다. 창 아래에는 다른 봉지들이 잔뜩 있었다.

쓰레기봉투가 바닥에 부딪쳐 터지면서 켈리를 골목 여기저기로 흩뿌렸다. 워런은 그녀의 조각들이 다시 벌떡 일어나 돌아오는 건 아닌지 잠깐 지켜보았다. 그러고는 대걸레 양동이와 솔향기 세정제로 계속 닦았다. 청소를 끝냈을 때 살점은 더 이상 보이지 않았지만 솔향기가 감도는 악취는 여전히 남아 있었다.

"네가 한 짓 좀 봐."

나오미가 말했다. 워런은 빗자루와 대걸레를 주워 들고 잠시 바라본 후 다시는 사용하지 않을 것을 깨닫고는 창밖으로 던져 버렸다.

"너는 어떻고. 치우는 걸 돕지도 않다니. 켈리가 공격한 건 너였다고."

나오미가 아무 말 없이 오래도록 그를 바라보았다. 워런은 그녀의 그 시선과 무거운 공기가 점점 더 불편해졌다.

"넌 변했어."

"그래. 손 하나를 잃었고, 흉측해졌지. 이제 알았어?"

워런이 고개를 저었다.

"4년 전 이 일을 겪었을 때만 해도 난 순진했었어. 내가 가장 힘든 시간을 버티고 있을 때 넌 날 떠났지. 최고 선견자가 너를 시켜서 나를 데리고 오라고 했을 때에야 날 떠올렸겠지. 그래. 나는 변해야 했어. 다른 사람이 될 수밖에 없었다고."

"그런 식으로 말하는 건 억울해."

나오미가 항변했다.

"그런 게 아니었어. 우리 모두 배워야만 했어. 우리 모두, 변해야만 했다고."

"너한텐 동료라도 있었지. 난 방금 내 유일한 친구를 쓰레받기에 담아서 창문 밖으로 던져 버렸어. 이제야 후회가 되네. 켈리가 너를 창밖으로 집어 던지게 내버려뒀어야 했는데 말이야."

조금 전 그가 해야만 했던 짓이 끔찍하게 되살아났지만, 자신이 감정에 약해지고 무너지게 놔둘 수는 없었다. 혼자 있을 때가 아니면.

"카발리스트들은 모두 널 두려워했어. 아직도 그렇고. 누구도 악마와 직접 대화하진 않으니까."

"그럴 수 있었다면 날 그렇게 심하게 다루지도 않았을걸."

"아무도 너만큼 몰라. 넌 믿을 수 없는 일들을 겪었으니까."

"메리힘에게 복종하지 않으면 놈이 나를 죽일 거라는 사실을 알긴 하지."

"그렇다고 풀라가르 같은 악마와 싸우겠다고? 정말 그럴 수 있다고 생각해?"

"내겐 다른 선택이 없어."

워런이 나오미를 바라보았다.

"하지만 넌 선택할 수 있지."

나오미가 이해하지 못하겠다는 표정으로 워런을 바라보았다.

"도움 없이는 난 해낼 수 없어. 놈에게 접근해서 싸우는 동안, 내 힘을 거기에 쏟아붓는 동안, 나를 지탱해 줄 사람이 필요해."

"내가 널 돕는다면……."

"지금보다 더 많이 가르쳐 줄게."

"네가 아는 거 전부?"

워런이 나오미를 바라보았다. 그녀에게 거짓말하는 건 쉬웠다. 그녀도 그것을 바라고 있었다. 그래서 그는 거짓말을 했다.

"그래, 전부."

"풀라가르에겐 수하가 셋이 있어. 모두 오래전부터 존재해 온 악마들이야. 풀라가르 같은 '다크윌'은 아니더라도 이름을 얻을 정도의 상급 악마들이지."

워런은 버려진 2층 레스토랑의 탁자에 앉아 있었다. 탁자와 의자들은 모두 금속과 유리 재질이었다. 바를 포함한 바닥과 가구의 목재는 몇 년 전 생존자들이 긴 겨울을 나기 위해 땔감으로 뜯어 간 후였다. 이즈음 겨울은 그때만큼 길지 않았고, '화마' 때문인지 그다지 춥지도 않았다. 다른 무엇보다도 불은 악마를 끌어 들였다.

"풀라가르에게 접근하려면 수하들을 먼저 죽여야 해."

악마를 해치우는 이야기를 하는데도 목소리가 어찌나 차분한지 워런은 스스로도 믿을 수가 없었다.

"그럴 수 있겠어?"

"할 거야. 네가 도와준다면."

나오미는 망설였다. 그 역할은 분명 위험할 것이다.

"알았어."

워런은 꼬여 있던 위가 그제야 조금 풀린 것 같았다. 나오미가 돕지 않는다 해도 강요할 수는 없었다. 나오미의 정신을 통제한다 하더라도, 필요할 때 자율적으로 그를 도울 의지를 기대하는 것은 불가능했다.

"그럼 시작하자."

워런이 탁자에서 일어나 널찍한 공간으로 갔다. 그러고는 가방에서 파란 가루가 담긴 작은 주머니를 꺼냈다. 책이 알려 준 대로 만든 가루였다. 재료는 비교적 간단했지만 그 재료를 결속하게 해 주는 신비로운 힘은 믿을 수 없을 만큼 강했다.

"뭐야?"

"보호 마법. 앉아."

워런이 바닥을 가리켰다. 시키는 대로 앉긴 했지만 나오미는 만족스러워 보이지는 않았다. 워런은 아무 말 없이 두 사람 주위로 둥그렇게 가루를 뿌렸다.

"생각대로라면 우리는 악마들을 볼 수 있지만, 놈들은 우리를 볼 수 없을 거야."

만족할 만큼 두텁게 가루를 뿌린 후 워런은 주머니를 다시 가방에 집어넣고 가방도 옆에 내려놓았다. 그가 나오미 맞은편에 가까이 앉아 양반다리를 하고 두 손을 내밀었다.

잠시 후 나오미가 워런의 손을 맞잡았다. 그녀가 떠는 것이 느껴졌다. 그러자 지난 4년 동안 그토록 끔찍한 일과 공포를 겪고도 말살되지 않은 그 안의 온정이 꿈틀거렸다.

워런은 저도 모르게 말했다.

"다 괜찮을 거야."

나오미가 고개를 끄덕였지만, 정말로 그를 믿는 것 같지는 않았다.

워런이 심호흡을 하며 내면의 힘에 집중했다. 손을 뻗어 확실히 다룰 수 있게 되었을 때, 그 힘을 둥그런 가루로 밀어 보냈다. 가루가 즉시 빛을 발하며 약동했다. 눈부시게 빛나는 사파이어 빛이 두 사람을 감싸자, 콘크리트 바닥까지 돔 형태로 연결된 결계의 에너지가 느껴졌다. 나오미가 속삭였다.

"이제 어쩔 거야?"

"풀라가르의 첫 번째 수하를 찾을 거야."

워런이 눈을 감았다.

"어떻게?"

"찾기 쉽도록 메리힘이 표지를 줬다고 했어. 죽이는 건 완전히 다른 문제지만."

워런은 자신의 몸에서 반투명한 그의 분신이 분리되어 걸어 나가는 모습을 마음의 눈으로 보았다. 동시에 두 장소에 있는 것처럼 흥미로운 감각이었다. 아래를 내려다보니 분신의 손은 텅 비어 있었지만, 분신 옆에 앉은 본체가 잡고 있는 나오미의 손이 분명하게 느껴졌다.

그는 반투명한 분신에 집중하여 눈앞에 있을 통로를 느꼈다. 진홍빛으로 반짝이는 둥글고 길쭉한 틈이 공중에 나타났다. 그 안에서 입술이 생겨나더니 불쑥 튀어나와 말했다.

"가겠느냐?"

책의 목소리였다.

순간적으로 공포가 밀려왔지만 워런은 마음을 다잡은 후 대답했다.

"데려가 줘."

"두려워하지 마라. 내가 너와 함께 있겠다."

목소리가 말했다. 워런은 듣지 못한 척했다. 두려움은 그의 가장 강력한 무기였다. 공포는 감각을 날카롭게 해 주었고, 그를 더 강하게 만들었다. 또한 그가 만용을 부리지 않도록 해 주었다.

입술이 파르르 떨리더니 곧 그가 지나갈 수 있을 만큼 넓어졌다. 그 너머로 발걸음을 옮기자 그를 휩쓰는 아케인 에너지가 느껴졌다.

25장

 1897년 개통 당시, 블랙월 터널은 세계에서 가장 긴 수중 터널이었다. 길이는 1,350미터로 양방향으로 오갈 수 있었으며 본래 템스강 아래로 말과 마차가 지나다니도록 하기 위한 것이었다.
 사이먼은 밀레니엄 돔이 드리운 그늘에 서서 블랙월 터널 남쪽 출입구를 지켜보았다. 아케허스트 요양원은 그 터널의 끝에 있었다. 악마들이 배회하고 있어 강 아래 길로 지나가기 위험해 보였다.
 사이먼은 강을 건너고 싶지가 않았다. '화마'의 영향은 템스강에서 두드러지게 나타났다. 지난 4년 동안 강 수위는 계속해서 낮아졌다. 이제는 템스강 곳곳을 거의 걸어서 건널 수 있을 정도였다. 녹슨 거대 화물 선박이 진흙에 빠진 채 위험하게 기울어 있었다. 어떤 선박들은 삭아서 허물어져 있었다.
 강이 마르자 북해 바닷물이 흘러 들어오기 시작했다. 소금물과 섞이자 사람들은 더 이상 강물을 마실 수 없게 되었다. 동물들도 사라졌다. 한동안 악마들이 거기 모여 목이 말라 은신처에서 나온 먹잇감을 노리기도 했었다. 물이 부족해지자 이제 많은 생존자들이 도시 밖으로 쫓기듯 나가 주변 숲으로 숨어 들어갔다.
 템스강의 아일 오브 독스(The Isle of Dogs)는 이제 예전의 반도가 아니라 염분 섞인 강물 위로 솟은 곳처럼 보였다. 한때 카나리 워프 지역을 비롯해 런던에서 가장 높은 빌딩이 즐비한 지역이었다. 부자와 가난한 사람들이 서로 다른 구역으로 나뉘어 함께 살아가던 곳이기도 했다.

지금은 아무도 살지 않았다. 불길이 주택과 건물 대부분을 파괴했다. 카나리 워프의 오피스 빌딩들은 불에 타 뼈대만 남은 채 악마들의 주거지가 되어 있었다.

사이먼이 뒤에 서 있는 템플러들을 돌아보았다. 마음 한편이 불편하긴 했지만 그는 레아가 이 작전에 합류하는 것을 허락했다. 그에 대해 불만을 표하는 템플러도 있었지만, 사이먼은 그런 이들은 선발하지 않도록 각별히 주의를 기울였다.

"준비됐나?"

모두가 신속하게 응답했다. 사이먼은 언제라도 쓸 수 있도록 검과 스파이크 볼터를 꺼내 든 다음 블랙월 터널 안으로 전진했다.

터널은 곧지 않았다. 이리저리 휘어지는 길 곳곳에 눈에 띄지 않는 공간까지 있어서 나아가는 속도가 더뎠다. 각 지점마다 악마들이 잠복했을 가능성을 잊으면 안 되었다.

발걸음이 닿는 곳곳에 자동차들이 버려져 있었다. 악마들이 건너오던 순간, 많은 운전자들이 이 지하 터널에 갇혔던 것이 분명했다. 바닥에 나뒹구는 해골들로 보아 모두가 도망칠 수 있었던 것은 아니었다. 해골들은 거의 옷이 벗겨져 있었는데, 나중에 생존자들이 가져간 것 같았다.

죽은 자들에겐 그 어떤 존엄성도 남지 않았다. 쥐들이 그늘 속에서 잔해를 헤치며 돌아다녔다. 악마와 비교하면 차라리 쥐들이 인간과 유사한 것처럼 느껴졌다.

사이먼은 속도를 늦추고 조심스럽게 전진했다. HUD 야간 투시 능력으로 전방의 어둠을 꿰뚫어 볼 수 있었다. 오디오 시스템은 터널 안으로 불어 들어오는 산들바람뿐만 아니라 터널 속 쓰레기 더미를 지나다니는 쥐의 움직임까지 들을 수 있게 해 주었다.

18분 정도 더 나아가자 터널 북쪽 출입구가 나타났다. 사이먼은 걸음을 멈추고 북쪽의 이스트 인디아 부두 거리를 응시했다.

어둠도 그곳이 얼마나 파괴되었는지 미처 다 가리지 못했다. 폐허가 된 카나리 워프 주변으로 연립 주택들이 어지러이 있었다.

사이먼은 이렇게나 망가진 도시를 보는 것이 마음 아팠다. 꼭 필요해서일 뿐만 아니라, 정서적인 이유로 많은 것을 보전한 런던은 역사 그 자체였다. 런던 같은 도시는 또 없었다. 그런데 그 런던이 지금 난도질당하고 파괴되었다. 갖은 재난과 고난, 변화를 겪은 런던은 한때 세계에서 가장 큰 도시이기도 했다.

악마들이 사라지고 나면 런던은 다시 일으켜 세워질 거야. 더욱 크게 성장할 거라고. 하지만 사이먼은 자신이 그때까지 살아남아 그 모습을 볼 수 있을지 알 수 없었다.

저 멀리 하늘에서 악마 몇 마리가 조용히 활공했다. 걱정해야 할 만큼 가까이 오고 있지는 않았다. HUD로 지도를 확인한 사이먼은 목적지를 향해 팀을 이끌고 계속 나아갔다.

아케허스트 요양원을 둘러싼 연철 울타리는 아직도 남아 있었다. 그 때문에 건물로 들어가는 길이 더욱 음산하게 느껴졌다. 5층 건물로, 회색 벽돌 외관은 냉랭하고도 우울해 보였다. 절대로 가족을 데리고 오고 싶지 않은 그런 장소라고 사이먼은 생각했다.

창문 유리는 대부분 깨져서 텅 빈 안와처럼 벌어져 있었다. 정문은 화려하게 장식되어 있었지만 경첩 어딘가가 뜯겨 나가 바닥에 떨어져 있었다. 입구 한쪽에 보안대가 있었지만 이제 거기를 지키는 사람은 아무도 없었다.

아치 문 위에 걸린 단순한 황동 명판에는 병원 이름이 고딕 양식으로 쓰여 있었다.

"정문으로 들어가지는 않겠지."

네이선이 말했다.

"그래."

사이먼이 울타리를 올려다보았다. 3미터 높이였고, 기둥 끝마다에 날카로운 갈큇발을 설치해 놓았다. 사이먼은 몸을 웅크렸다가 도약하여 울타리를 쉽게 뛰어넘었다.

왼손에는 스파이크 볼터를 들고 오른손 손목으로 몸을 받치면서 두 발을 벌리고 쭈그리고 앉는 자세로 착지했다. 정확성보다는 기습당할 경우 얼굴과 어깨를 방어하기 위한 자세였다.

네이선, 레아, 대니엘 그리고 다른 템플러들이 신속하게 그의 뒤를 따랐다. 사이먼은 재빨리 달려 건물 뒤편으로 이동했다.

머코머는 몰랐지만, 그가 파리 정신병원에 수감되고 2년이 지난 후 이 요양원은 문을 닫았다. 몇 건의 민사소송으로 파산한 후 환자들은 모두 다른 곳으로 옮겨졌다. 건물은 황폐했고 당시의 온갖 문제 때문에 아무도 부지를 매수하지 않아서 병원은 조건부 날인 증서 상태로 남아 있었다.

희망적이었다. 당시 건물 안에 있던 것이 아직도 거기 있다는 의미이기도 했다.

누군가 건물 후문 자물쇠를 부수었는지 문은 살짝 열려 있었다. 사이먼이 검을 검집에 넣은 후, 문을 열고 안으로 들어갔다. 야간 투시 능력이 어둠을 꿰뚫었다.

출입구는 반지하 창고로 이어졌다. 사이먼은 내려가는 계단을 살펴보았다. 돌벽을 따라 철조망이 이어져 있었고 그럴싸한 어떤 장식도 없는, 아무것도 없는 돌벽 그 자체였다. 반지하였기 때문에 돌벽 안에 단열재를 넣었을 것 같지도 않았다.

바닥에는 강력한 공업용 세정제가 담긴 통과 단지들이 줄줄이 놓여 있었다. 옷가지나 침구, 혹은 다른 필요 물품들은 수년 전에 생존자들이 가져간 듯했다.

사이먼은 창고를 가로질러 열려 있는 보안 문 너머를 들여다보았다. 문의 긁힌 자국들로 볼 때 누군가 이미 침입했었음이 분명했고, 방 역시 한바탕 휩쓸고 간 자취가 그대로 남아 있었다. 네이선이 말했다.

"더 아래로 내려가는 계단은 어디에 숨어 있을까나?"

"건물 다른 쪽 끝에."

사이먼이 대답한 후 보안 문 밖으로 나갔다. 그는 HUD에 띄운 지하 구역 지도를 보며 복도를 소리 없이 걸었다. 서로 다른 색깔의 불빛이 스크린에서 깜빡거리며 그의 위치뿐 아니라 다른 템플러들과 레아의 위치까지 표시했다.

"왜 그냥 곧장 그쪽으로 가지 않는 거야, 친구?"

"그러려면 벽을 뚫고 가야 하니까요. 누군가는 그 소릴 듣겠죠."

레아가 말했다.

"조금 긴장했나 봐요?"

"전혀요. 한밤중에 정신병동 기웃거리는 걸 좋아하거든요. 특히 유머 넘치는 관광객들이랑 같이 악마 소굴로 들어왔다면 더할 나

위 없죠."

네이선이 웃음을 터뜨렸다. 때 아닌 웃음소리가 통신망으로 전해지자 사이먼도 긴장이 조금 풀렸다. 그는 숙련된 전사들과 함께 여기 온 것이다. 만약 일이 잘못된다 하더라도, 이들과 함께할 것이다.

복도 중앙 계단이 위로 이어졌다. 사이먼은 갑옷에 내장된 장비함에서 독립적으로 작동하는 초소형 단추 카메라를 꺼냈다. 그가 카메라를 벽에 누르고 두드려 갑옷에서 방출되는 정전기를 흘려보냈다. 카메라가 벽에 착 달라붙었다.

사이먼은 HUD를 통해 카메라의 영상이 그와 팀원들에게 실시간으로 전송되는 것을 확인한 후 계속 전진했다.

양쪽 벽으로 병실이 쭉 늘어서 있었다. 사이먼에게는 병실이라기보다는 감방처럼 보였다. 먼지가 가득한 몇몇 병실에는 미라가 된 시신이 있었다. 수년 동안 아무도 여기 오지 않은 것이 분명했다. 사이먼은 그 점에 조금이나마 희망을 품었다.

복도 끝 문은 바깥에서 잠겨 있었다. 그동안 함부로 사용된 것이 분명한 듯 여기저기 찌그러졌고 한가운데에 팻말이 걸려 있었다.

> **관계자 외 출입 금지**
> **엄중 처벌함**

"꽤 은밀하게 들리네. 대체 문 너머에 뭐가 있기에?"
네이선이 물었다.
"다른 창고."

사이먼이 열어 보려 했지만 문은 잠겨 있었다.

"잠그려면 열쇠가 필요했겠는데, 친구."

네이선이 문을 물끄러미 바라보았다.

"왜 이렇게 번거롭게 해 놨는지 궁금하지 않아?"

궁금해할 틈도 없이 사이먼이 검지손가락을 자물쇠에 대고 누르며 지시했다.

"열쇠."

갑옷 안을 흐르던 나노유체가 곧장 흘러나와 자물쇠 안으로 들어갔다. 그 흐름에 따라 자물쇠 내부 구조가 HUD에 전송되었다.

- 열쇠 생성 완료.

AI가 말했다. 사이먼이 손가락을 비틀자 열쇠가 자물쇠 안에서 돌아가는 것이 느껴졌다. 그는 방 안으로 들어서면서 누구도 쉽게 뺏을 수 없도록 몸에 바짝 붙인 스파이크 볼터를 먼저 들이밀었다.

그 순간 덩굴손 같은 것이 뻗어 나와 사이먼의 손목을 감싸더니 힘껏 잡아당겼다. AI가 거의 동시에 내보내는 경고를 들으며 사이먼은 버티려고 애썼지만, 너무 늦었다. 그를 붙든 것이 무엇인지는 몰라도 믿을 수 없을 만큼 힘이 셌다. 그는 공중으로 떠올라 깊은 어둠이 기다리고 있는 방 안으로 끌려 들어갔다.

어둠 속에서 무언가 거대한 것이 움직였다.

26장

워런은 암흑 에너지의 물결에 휩쓸리는 와중에도 뜨거운 열기를 느꼈다. 얼마나 시간이 흘렀는지 몰랐다. 공포 때문에 온몸이 감전된 듯 욱신거렸다. 대개는 시야를 전환해 어디서든 볼 수 있었다. 가장 먼저 발견한 능력 중 하나였지만, 지금은 그 힘을 쓸 수가 없었다.

워런이 나오미의 손을 잡으려 했다. 그녀의 손이 느껴지긴 했지만 꽉 쥘 수는 없었다.

"애쓰지 마라."

목소리가 말했다.

"일을 더 어렵게 만들 뿐이다."

"나를 어디로 데려가는 거지?"

"풀라가르의 수하를 만나러 간다. 말하지 않았느냐."

워런이 나오미의 손을 놓치지 않으려고 했지만 실패했다. 나오미를 불러 보았지만 대답이 없었다.

위험한 순간에 날 끌어내 줄 수민 있으면 괜찮아. 워런이 생각했다.

"필요해지면 주문이 힘을 발할 것이다."

목소리가 말했다.

"지금 나를 전혀 두려워할 필요 없다."

"책이 있는 곳으로 가는 건가?"

"그렇다. 얼마 전, 풀라가르가 책이 있는 곳을 알아냈다."

"어떻게?"

"풀라가르에겐 자원이 많다. 악마, 인간 모두와 많은 거래를 했지. 인간을 이용해 목적을 이루는 건 메리힘만이 아니다."

그래, 둘 다 그렇겠지. 워런이 생각했다.

"우리 모두 타인을 이용한다. 너 역시 나오미가 돕도록 했지. 예전에 켈리에게 그랬던 것처럼."

좀비가 된 켈리를 망가뜨렸다는 죄책감이 다시 고개를 들었다. 미처 알아차리기도 전에 그녀는 그의 곁을 떠나 있었지만.

"대비하라."

목소리가 경고했다.

"이곳에선 더 이상 너를 보호해 줄 수 없다. 너 자신을 지켜야 할 것이다."

주변의 암흑이 옅어지자 불안해진 워런이 긴장한 목소리로 물었다.

"당신은 어디에 있을 거야?"

"나는 너와 함께 갈 수 없다. 너 혼자 가야 한다. 풀라가르의 수하, 하르가스토르(악마 계급; 엘디스트)가 주인의 명령에 따라 필사본을 찾기 위해 이곳 지하 미로를 수색했다. 놈과 마주친다면 알아볼 수 있을 것이다."

"어떻게? 한 번도 본 적 없는데."

"풀라가르는 너의 냄새를 안다. 그 순간 그의 수하 모두가 너를 인지했지."

"하르가스토르를 어떻게 죽이지?"

"정면에서 맞서지 마라. 등 뒤에서 쳐라."

"돌아서라고 요청할 순 없잖아."

"여기 또 다른 자들도 있군. 조심하라."

움직임이 멈추었다. 워런은 아무것도 없는 새카만 허공에 잠시 매달려 있었다. 그는 여전히 목소리를 믿을 수 없었다.

"너와 나는 연결되어 이제 끊어 낼 수 없다. 나는 천 년이 넘도록 누군가와 대화할 수 있기를 기다렸다. 너는 내게 소중한 존재다. 네가 무사하길 바란다."

워런은 그 말을 믿고 싶었다. 주위 어둠이 사라져 갈수록 그 믿음에 매달렸다. 이제 목소리는 머릿속에서 사라졌지만, 나오미는 여전히 느낄 수 있었다.

다음 순간, 발아래 견고한 바닥이 나타났다. 중력이 열 배는 증가한 것처럼 그를 무겁게 내리눌러 두 다리로 지탱할 수 없었다. 온 힘을 다해 버티려 했지만, 한쪽 무릎을 꿇고 말았다. 그가 눈을 뜨고 몇 번 깜박거리자, 그를 둘러싼 공포가 보였다.

사이먼을 붙들어 허공에 매단 놈은 너무나 기형적이어서 처음엔 제대로 알아볼 수 없었다. 템플러들은 그 거대하고 흉물스러운 놈의 진짜 이름을 알지 못했다. 놈은 악몽과 같았다. 템플러 역사가들은 놈이 바로, 죽음을 목전에 둔 전사들이 꾸곤 하는 열병이라고 오랫동안 믿어 왔었다.

이름과 실체는 몰랐지만 놈에 대한 이야기는 끊어지지 않고 반복적으로 전해졌다. 결국에는 모두들 놈을 그저 '그로테스크'라고 불렀다. 괴물에 대한 구체적인 설명은 아닐지언정 잘 어울리는 이름이었다.

그로테스크는 어떤 재료로 창조되었느냐에 따라 체격이 달라졌다. 템플러 누구도 이 끔찍한 것들이 어떻게 해서 언데드의 삶으로 인도되었는지 몰랐지만, 놈들은 최근 들어 런던 거리에까지도 나타나곤 했다.

여기 있는 놈은 화물차만큼이나 컸다. 적어도 30~40구의 시신으로 만들어진 것 같았다. 사이먼은 그로테스크가 태어나는 모습은 한 번도 보지 못했지만, 한데 모였던 것이 흩어지는 모습은 본 적 있었다. 팔라듐 갑옷을 입었는데도 시신들을 하나의 거대한 형체로 묶어 놓는 아케인 에너지가 웅웅거리는 진동이 느껴졌다.

악마의 팔과 다리, 머리와 몸통을 이루는 살덩어리가 요동치며 온몸에서 꿀렁거렸다. 놈은 사이먼을 붙든 채 마구 발길질을 했다. 어떤 손에는 무기가 들려 있었다. 몸을 이루는 개체들이 드러나 보이지 않는 이 그로테스크는, 그저 부분이 모인 전체라기보다는 완전한 구조로 이루어진 데다가 지능까지 있는 생명체에 가까웠다. 놈 그 자체로, 각각의 조각들보다 위대했다.

팔 하나가 불타는 도끼를 사이먼의 투구에 휘둘렀다. 그 충격으로 사이먼의 머리가 뒤로 확 젖혀졌지만 면갑은 손상되지 않았다. 부러진 이빨들이 들쭉날쭉 드러나 보이는 기형적인 머리가 사이먼을 쳐다보며 히죽 웃었다. 누더기처럼 망가진 얼굴로 봐서는 원래 성별이 무엇인지도 알 수 없을 정도였다.

사이먼은 놈의 머리를 향해 스파이크 볼터를 휘두르려고 했지만 다리에 걷어차인 팔이 천장 쪽으로 틀어졌다. 손가락이 여덟 개밖에 되지 않는 거친 손이 사이먼의 머리를 붙들더니 투구를 잡아당겼다.

"사이먼!"

네이선이 외치는 소리가 갑옷 회선으로 들렸다. 사이먼은 다른 템플러들이 아직 밖에 있는 것을 HUD로 재빨리 확인했다. 그가 잠시 괴물을 똑바로 응시했다.

"여기 있다."

사이먼이 놈의 다리 사이로 팔을 휘둘렀다. 뼈가 부러지며 죽은 살점들이 뜯겨 나갔다. 그가 스파이크 볼터를 머리와 일직선이 되도록 들자 HUD 스크린에 타깃이 잡혔다. 곧장 조준하여 방아쇠를 당겼다. 팔라듐 스파이크들이 총열에서 튀어나가 그로테스크 깊숙이 박혔다.

"진입한다."

네이선이 어깨로 들이받자 문이 경첩에서 뜯겨 나갔다. 잠깐 균형을 잃고 앞으로 굴렀지만 네이선은 곧장 일어나 블레이즈 피스톨(Blaze pistol; 템플러 무기)을 겨눈 채 다가왔다.

"머리 조심하라고, 친구."

사이먼이 총을 들지 않은 팔로 머리를 감싸 보호했다.

네이선의 총이 발포되자 방 안이 순간적으로 밝아졌다. 화살촉처럼 생긴 탄환이 그로테스크의 몸을 파고들었다. 타깃에 명중하면 해체되면서 넓게 퍼져 나가도록 설계된 탄환이었다. 탄환은 악마의 죽은 살 속으로 파고든 즉시 조각나더니 파편들이 연소되기 시작했다. '그리스의 불'이 속에서부터 놈을 집어삼키며 방 안의 어둠을 몰아냈다.

사이먼의 팔라듐 스파이크에 입은 상처에 폭발 그리고 불길까지 더해지자 그로테스크는 산산이 찢겨 나가기 시작했다. 몸 중앙

덩어리로부터 분리되어 떨어져 나간 머리와 팔다리들이 바닥을 뒤덮었다. 끔찍한 광경이었다. 그것들은 계속 꿈틀거렸지만 통제되어 일제히 움직이지는 못했다. 그럴 능력은 턱없이 부족해 보였다.

하지만 그로테스의 공격 무기는 여러 개의 손발뿐만이 아니었다. 놈은 중심을 잃지 않고 버티고 선 채 어디까지 커지는지 알 수 없을 만큼 입을 벌리더니 살을 먹는 기생충 한 움큼을 뱉었다.

죽음의 구더기로 알려진 손가락만 한 이 기생충들은 그로테스크의 희생자들을 포식하며 살았다. 그로테스크는 위급한 경우 목숨이 위험하다는 판단이 들면 놈들을 무기로 활용했다.

죽음의 구더기들이 사이먼의 갑옷에 끈끈하게 달라붙더니 곧장 열 배 가까이 팽창하며 폭발했다. 갑옷이 아니었더라면, 끈적한 산성 구더기들이 살을 태우고 그를 중독시켰을 것이다. 런던 거리에 숨어 사는 사람들은 이런 작은 악마에 노출되면 거의 즉시 목숨을 잃었다. 죽지 않는다 하더라도 끔찍한 흉터가 남았다.

사이먼은 다시 한번 발포했다. 놈은 피하려고 했지만 탄환은 놈의 둥글납작한 머리를 추적했다. 팔라듐 스파이크들이 커다란 상처를 내며 박혔다. 죽은 살에서는 피조차 흐르지 않았다. 그로테스크는 공격을 늦추지 않았다. 놈은 사이먼을 천장으로 내다 꽂았다. 그 엄청난 소리는 갑옷도 소거하지 못했다. 사이먼은 뼈가 떨리는 것이 느껴질 정도였고 사방이 빙글빙글 돌며 폐에서는 공기가 빠져나갔다.

다른 템플러들도 방 안으로 진입했다. 사이먼은 거꾸로 매달린 채 발로 천장을 밀어 버렸다.

"부츠 고정."

갑옷 AI가 돌 천장 깊숙이 부츠의 팔라듐 스파이크를 박으며 사이먼을 단단히 고정했다.

모든 템플러에겐 견고한 기반이 필요하지.

훈련을 하면서 토머스 크로스는 거의 매일 아들에게 말했다. 어린 사이먼은 그 말을 굳게 믿었다. 아버지는 또한 그에게 여러 각도에서 싸우는 기술도 가르쳐 주었다. 거꾸로 뒤집힌 자세 또한 그중 하나였다.

사이먼이 스파이크 볼터를 총집에 넣고 검을 양손에 쥐었다. 그로테스크는 조금 전의 공격에 아직 괴로워하고 있었다. 힘이 빠지는 것이 보였지만 놈은 여전히 위험했다.

사이먼은 새롭게 차지한 유리한 고지에서 온 힘을 다해 검을 휘둘렀다. 날카로운 검날이 죽은 살을 갈랐다. 팔과 다리들이 한 번에 잘려 나갔다. 거대한 몸을 조종하는 곳으로 여겨지는 머리는 다섯 번 만에 쪼개졌다.

머리가 떨어져 나가자 그로테스크는 쓰러졌다.

"화염 주의!"

네이선이 매끈한 스코처 피스톨(Scorcher Pistol; 템플러 무기, 총기류)을 꺼내 바닥에서 꿈틀거리는 살덩어리를 조준하며 외쳤다.

총 끝에서 불길이 분출되며 번쩍이는 섬광을 사이먼의 HUD가 가까스로 차단했다. 그런데도 눈이 아플 정도로 환한 빛이 느껴졌다. 사이먼이 돌아보자 그로테스크의 조각들은 모두 불타고 있었다.

"세상에, 난 저놈들이 끔찍이 싫어."

갑옷을 입었는데도 역겨운 무언가가 몸에 달라붙기라도 한 듯 몸을 털며 대니엘이 말했다.

"돌아가면 반드시 목욕을 해야겠어."

"스파이크 회수."

사이먼이 지시했다. 사이먼이 공중에서 몸을 휙 돌리며 착지한 후 검을 쥔 채 아직도 불타고 있는 살덩어리 가까이 걸어갔다.

"갑옷 필터가 유독 가스를 몽땅 걸러 줘서 정말 다행이야. 갑옷을 입은 채 토하는 것보다 끔찍한 일은 없지. 아니, 빼낼 수도 없잖아?"

네이선이 말했다.

"화생방 집진기(오염 물질 제거 장치)가 더 좋은 거 아냐?"

다른 템플러가 말했다.

"그렇지. 그런데 그건 제대로 작동하려면 하세월이라고."

네이선이 그로테스크의 불붙은 다리를 걷어찼다.

"말해 두는데, 집진기 냄새도 만만찮게 속을 뒤집어 놓지. 그런 선물이라면 사양하겠어."

"적어도 이젠 왜 문이 잠겨 있었는지는 알았네요."

레아가 말했다.

"그러네요."

네이선이 투덜거렸다.

"누군가 저 빌어먹을 녀석을 여기 가두려 했나 봐요. 몇 주만 더 뒀더라면 자기 구더기들을 먹이려고 제 살도 내어줬을 텐데 아쉽군요."

"어이쿠, 그거 참 볼만하겠네. 그런 건 혼자 생각하면 안 될까?"

대니엘이 역겨워하며 핀잔했다.

"한 가지 확실한 건, 이놈이 여기 있었던 덕분에 아무도 아래층으로 내려가는 길은 찾지 못했을 확률이 높다는 거지."

사이먼이 주변 바닥을 살펴보았다.

"바닥은 멀쩡해 보이네요."

레아가 말하고는 방 북동쪽 구석으로 걸어갔다. 사이먼의 HUD도 그쪽을 뚜렷하게 가리켰다.

"설계도가 맞다면, 여기에 통로가 있을 거예요."

"그렇겠군요. 바닥을 들어내 보죠."

27장

 사방이 철창이었다. 사실 철창이라기보다는 견고한 석회암을 파서 다듬은 동굴에 철판을 댄 것에 가까웠다. 믿을 수 없다는 듯 주변을 둘러보던 워런이 가장 가까운 철창으로 걸음을 옮겼다. 손전등이 없었기 때문에, 야간 시야로 바꾸었다.
 철창 안에는 한 남자가 죽어 바닥에 아무렇게나 널브러져 있었다. 마지막으로 무언가를 쥐려 한 듯, 뼈가 드러난 팔 하나를 뻗고 있었다. 철창 앞 구석에 철제 그릇이 놓여 있었다.
 워런은 여기가 어디인지 알 수 있었다. 영국 정신병원의 역사도 조금은 알고 있었지만, 두 눈으로 직접 보고 싶다는 생각은 결코 하지 않았다.
 이 사람이 이 철창 안에 얼마나 오랫동안, 얼마나 불행하게 머물렀는지는 알 길이 없었다. 죽음을 맞이하기에 충분할 정도로 오랜 세월이었던 것만은 분명했다.
 "워런."
 나오미가 불렀다. 두 사람은 가까스로 연결되어 있었다. 나오미의 목소리가 머릿속 한편에서 아주 작게 속삭이는 것 같았다.
 "워런."
 그녀가 자신을 잡아당기는 것이 느껴졌지만, 넘어지지 않기 위해 애써 버틸 정도는 아니었다. 무슨 일이 닥쳐도 나오미가 자신을 끌어내 줄 정도로 강하지 않다는 생각이 들자 두려움으로 속이 메스꺼워지며 토할 것 같았다.

"여기 있어."

"괜찮아?"

워런은 철창들을 둘러보며, 뭐라고 대답해야 할지 몰랐다.

"아직은."

"하르가스토르는 찾았어?"

"아니."

워런이 악마를 찾기 위해 감각을 곤두세워 보았으나 아무것도 느껴지지 않았다. 자신을 여기로 데려온 책의 목소리를 감지하려 했지만, 역시 아무것도 느껴지지 않았다.

"어디 있는 거야?"

워런은 두 사람 사이를 이어 주는 가느다란 실 한 가닥을 더욱 단단히 쥐었다. 그러고는 눈앞의 동굴들을 마음속에 그려 나오미에게 밀어 보냈다.

그녀가 몸을 떨며 침을 삼키는 걸로 보아 이미지를 전달받았음을 알 수 있었다.

시간을 낭비하는군. 서둘러라.

메리힘이었다. 마치 바로 옆에 있는 것 같았다.

"하르가스토르를 어떻게 찾죠?"

놈은 저기 있다. 풀라가르가 여기 있다고 여기는 전설의 필사본을 찾고 있지.

"그게 여기 있나요?"

그런 건 상관없다. 너는 다른 이유로 여기 온 것이다..

"만약 내가 그 필사본을 찾으면요?"

너는 찾지 못할 것이다.

악마의 목소리에 깃든 확신이 신경 쓰였다. 메리힘은 어떻게 그 책에 대해서 모를 수 있단 말인가? 그 책이 정말로 존재하기는 할까?

"워런?"

나오미가 불렀다.

"지금 바빠. 연결된 상태로 기다리고 있어."

"알았어. 하지만 서둘러. 피곤해지고 있어."

책이 준 정보에 따르면 이 건물 지하는 모두 네 층이었다. 다른 세 층도 마찬가지로 석회암을 파서 지었을 것이다. 책이 지하 도면을 보여 주기는 했지만 제대로 된 기록인지 믿을 수 없었다.

그에겐 가이드가 필요했다.

워런이 철창마다 들여다보며 너머에서 죽은 자들의 오라를 느꼈다. 지난 몇 년 동안 습득한 새로운 기술이었다. 시체에 다가가 해골의 이야기를 들으면 그들이 생전에 어떤 사람이었는지 알 수 있었다.

철창 너머 해골은 대부분 살인자나 성범죄자였다. 빅토리아 시대 런던에서는 받아들여지지 않았던 육욕에 빠졌던 자들이었다. 물론 그런 성향은 지금도 용납되지 않았다. 철창을 둘러보던 워런은 슬퍼졌다.

워런은 마침내 한 철창 앞에서 걸음을 멈추었다. 그곳에서 죽은 남자로부터 뿜어져 나오는 기운은 혼란스러웠다. 상실감과 권위. 어떤 복잡한 이유로 이곳에 수용된 것이 분명했다.

워런이 철창 잠금장치에 한 손을 올리고 주문을 외웠다.

"부서져라."

아케인 에너지가 손에서 일렁였다.

커다란 철제 자물쇠가 조각나더니 돌바닥에 떨어져 땡그랑 소리가 났다. 워런이 당기려고 하자 녹슨 문이 비명을 지르며 적막을 깨뜨렸다.

남자는 한구석에 웅크리고 앉은 채 죽어 있었다. 다른 무언가를 할 만한 공간도 없었다. 남자의 것이 아닌 듯한 팔뼈가 바로 옆 바닥에 놓여 있었다. 옆 병실에 팔뼈 하나가 없는 해골을 본 기억이 났다.

이 남자가 어디에서 이 팔을 가지고 왔는지는 의심의 여지가 없었다.

철 족쇄가 오른쪽 발목뼈에 매여 있었다. 뼈가 마모된 것으로 보아 족쇄 때문에 살이 다 뭉개졌었음을 알 수 있었다. 이 남자를 철창에 집어넣은 사람이 누구인지는 몰라도 철창만으로 완전히 가둘 수 없을 것이라 믿은 듯했다.

워런이 악마 손을 남자의 두개골에 놓고 명령했다.

"깨어나라."

처음에는 아무 일도 일어나지 않았다. 워런이 명령을 반복하자 해골이 덜컥덜컥 떨리기 시작했다. 예전에는 이런 적이 한 번도 없었다. 마치 누군가 두드리는 실로폰 건반들처럼 뼈들이 달가닥거렸다.

머리카락 몇 가닥이 아직도 달라붙어 있는 상아색 두개골이 빙글 돌더니 워런을 올려다보았다. 안구가 있던 자리에서는 악의가 새빨갛게 번뜩거렸다.

이 해골은 워런이 최근에 되살렸던 어떤 좀비들보다 빨랐다. 놈이 워런의 목을 움켜쥐려고 두 팔을 벌리고 달려들었다.

사이먼은 통로가 있을 것이라 예상되는 곳에 한쪽 무릎을 꿇고 앉았다. 네이선이 말했다.
"이 부근에 콘크리트를 몇 센티미터 두께로 들이부었다는 거지? 하지만 정보가 틀렸을 수도 있어."
"곧 알 수 있겠지."
사이먼이 주먹을 들어 콘크리트 바닥을 살짝 내리친 후 곧장 손바닥을 대고는 기다렸다.
HUD가 바닥으로 방출된 음파를 측정했다. 지상에서도 사용하는 음파 탐지기와 비슷한 응용 프로그램이었다. 바닥을 때린 건틀릿을 통해 전송되는 다양한 정보를 갑옷 AI가 해석했다.
- 분석 결과, 해당 물질의 두께는 20센티미터 미만입니다. 오크나무로 추정되는 2.5센티미터 미만의 나무로 덧대어져 있습니다.
사이먼이 빙긋 웃으며 그 정보를 팀원들에게 전송했다.
"근육만 조금 쓰면 되겠군."
"기다려요."
사이먼이 팔을 들어 올리는 순간 레아가 말했다.
"더 쉬운 방법이 있어요. 갑옷이 손상되는 위험을 감수할 필요는 없잖아요."
사이먼이 레아를 올려다보았다.
"이런다고 갑옷이 손상되지는 않습니다. 이쯤은 문제없어요. 그렇지 않았다면 전 이미 몇 년 전에 죽었겠지요."
레아가 무릎을 꿇고 앉아 장갑을 낀 두 손으로 바닥 표면을 몇 번 어루만졌다.

"바닥이 부서지고 콘크리트 조각이 사방으로 튄다면, 갑옷이 손상되지 않는다 하더라도 엄청나게 큰 소리는 나겠죠."

사이먼도 그 점은 부정할 수 없었다.

"이 아래 통로가 있다면 멀리까지 그 소리가 울려 퍼질 거라고요."

레아가 평평한 콘크리트 바닥을 훑던 손을 멈추었다.

"통로 너비가 얼마나 될까요?"

평면도를 재빨리 훑어본 사이먼이 수치를 확인했다.

"119센티미터군요."

레아가 두 손을 넓게 펼치더니 어깨에 몸무게를 실었다.

"조심하세요."

"뭘요?"

"내가 위치를 잘못 짚었거나 수치가 틀렸다면 당신은 특송 택배처럼 이 아래로 날아가 버릴 테니까요."

긴장되는 상황에도 그녀의 목소리에서는 웃음기가 느껴졌다.

사이먼이 미처 이동하기도 전에 바닥이 아래에서 크게 흔들리는 듯하더니 레아의 두 손 아래에서부터 지그재그로 갈라지기 시작했다. 균열이 사이먼의 무릎 사이로 뻗었다. 또 다른 균열이 지켜보며 서 있던 템플러를 향해 달려 나갔다. 네이선과 대니엘이 재빨리 물러섰다.

평면도가 틀린 것이 분명했다. 사이먼의 한쪽 무릎이 바닥 아래로 빠져들었다. 막 떨어지려는 순간 그는 갑옷 스파이크를 벽에 박아 넣고 가까스로 추락을 면했다.

레아는 그렇게 운이 좋지 못했다. 마치 돌덩어리처럼 아래층으로 떨어지려는 레아를 사이먼이 붙잡았다. 레아가 그에게 매달렸다.

"수치가 살짝 틀렸나 봅니다."

사이먼이 멋쩍어하며 말했다.

"그렇게 생각해요?"

레아가 약올리듯 물었다.

어쨌든 발아래 어둠에서 무언가 튀어나와 그들을 죽이려 들지 않는다는 사실은 좋은 징조였다. 사이먼이 가볍게 레아를 끌어 올려 균열이 가지 않은 바닥에 내려놓았다. 네이선이 물었다.

"장갑에 음파 발생기가 있나 봐요?"

"어디든 들어갔다 나오는데 이게 얼마나 편리한지 알면 놀랄걸요."

"이거 엄청난데요."

네이선이 바닥에 난 구멍을 살펴보았다.

"그걸로 벽도 막 지나다닐 수 있겠네요?"

"얇은 콘크리트 벽 정도는요."

"내 갑옷도 좀 업그레이드해야겠어. 직접 음파 발생기를 만들어 달아 볼까?"

"그렇지, 두꺼운 콘크리트 벽도 막 무너뜨리고 말이야. 그런데 철근이라도 박혀 있으면 어쩌니? 감탄과 잡담은 그만하고 이제 사이먼을 따라갈 준비를 하자고."

대니엘이 짜증나는 듯 끼어들었다. 레아가 안전하다는 것을 확인한 사이먼은 벽에서 스파이크를 회수하고 아래로 걸음을 옮기고 있었다. 열화상 기능으로 살펴보았지만 아래 어둠 속에서는 아무것도 도사리고 있지 않았다. 주변 온도보다 낮거나 높은 무언가가 있었다면 바로 감지되었을 것이다.

나선 계단을 내려가는 발길이 딛는 곳마다 콘크리트 잔해가 어지러이 흩어져 있었다. 사이먼은 HUD로 다른 사람들이 그의 뒤를 따라 내려오는 것을 확인했다. 그들은 이미 세워진 침투 전략을 따랐다. 급히 후퇴해야 할 경우를 대비해 언제나처럼 두 명의 템플러가 후방에 대기했다.

그가 다운로드해 온 평면도와 현재 위치 정보가 HUD 스크린에 겹쳐졌다. 정확하지 않았고, 일치하지 않는 정보들도 있었지만 거의 비슷했다.

정신이상자들을 수용했던 병실은 끔찍했다. 유해를 비롯해 많은 것이 거의 그대로 남아 있었다.

"이 사람들 여기 이대로 버려진 걸까?"

대니엘의 목소리에서 우울함이 느껴지는 일은 드물었다.

"그냥 굶어 죽도록 말이야?"

"그보다 먼저 목이 말라 죽었겠지."

다른 템플러가 말했다. 그것으로 대화는 멈추었다. 사이먼은 지하 2층으로 내려가는 계단으로 앞장섰다. 길쭉한 타원형 지하 공간은 둥그런 터널을 기반으로 지어진 것 같았다. 정중앙은 텅 비어 있고 벽을 따라 나란히 둘러선 병실은 동굴이나 마찬가지였다.

그들이 찾는 단 하나의 방은 지하 2층에 있었다. 머코머는 《게티아》 필사본이 틀림없이 거기 있을 거라고 했었다. 사이먼은 계단을 내려갔다.

28장

 해골은 뼈가 드러난 손가락으로 워런의 목을 감싸고 힘껏 죄었다. 검은 점들이 워런의 눈앞에서 춤을 췄다. 워런은 충격과 갑작스러운 고통에 하마터면 기절할 뻔했다. 악마의 손이 거의 자신의 의지로 움직여 두개골을 움켜쥐었다.
 "물러서라!"
 워런이 죄어든 목으로 켁켁거리며 명령했다. 번쩍이는 힘이 해골을 뒤로 내동댕이치자 워런의 목을 잡았던 손아귀도 떨어져 나갔다. 워런이 깊이 숨을 들이쉬었다. 산소가 폐로 들어가는 것이 느껴졌다. 해골이 다시 그에게 덤벼드는 순간 워런은 뒤로 물러났다. 놈은 발목에 감긴 사슬 때문에 더 다가올 수 없었다.
 "워런, 괜찮아?"
 나오미가 물었다. 워런이 대답하기 전에 다시 심호흡을 했다.
 "괜찮아. 내 머리에서 나가. 일 좀 하게. 필요해지면 부를 테니까."
 해골이 단념하지 않고 계속 달려들려고 했다. 이미 죽은 괴물의 뼈가 드러난 손과 손가락이 거센 겨울바람에 흔들리는 헐벗은 나뭇가지처럼 서로 찰싹거렸다.
 "너무 멀군."
 해골이 거칠게 말했다. 폐도 후두도 없이 말하려는 노력이 꽤 인상적이었다.
 "가까이 와라."
 "내가 너를 되살렸다."

워런이 입을 열자 목에서 통증이 느껴졌다.

"내게 복종해라."

해골이 다시 달려들었다. 워런이 손짓하자 다시 한번 번쩍이는 힘이 뿜어져 나갔고, 놈은 자신이 죽어 웅크리고 있던 동굴 속으로 나뒹굴었다. 놈이 몸을 일으키기 전에 워런이 다시 손짓했다. 사슬이 놈의 두 팔과 몸을 한데 칭칭 감았다. 해골이 지독한 욕설을 퍼부었다.

"넌 어떻게 생각하고 말할 수 있는 거지?"

지난 4년 동안 그가 일으켰던 수십 마리 좀비들은 그저 그의 명령을 따랐다. 대개 그를 지키다가 악마나 기사에게 파괴되면서 또 다른 끝을 맞았다.

"언제나 그래 온 것을."

"여기 얼마나 오래 있었지?"

"페더스톤 박사가 나를 여기 처넣은 1923년부터다."

사슬에서 벗어나려는 분투가 멈췄다. 놈이 아무리 애써도 강철 사슬은 꿈쩍도 하지 않았다.

"이름이 있나?"

"물론이다. 아버지의 이름을 땄지."

말투에서 런던 토박이의 억양이 조금 느껴졌다.

"이름이 뭐지?"

생각해 내기가 힘든지 해골이 잠시 머뭇거렸다.

"조너스."

"여기에서 뭘 했지, 조너스?"

"한동안 경비로 일했지."

그 때문에 오라에서 권위가 느껴졌던 것이 분명했다.

"어쩌다가 환자가 되었지?"

"환자? 죄수겠지."

워런은 대답하지 않았다.

"페더스톤 박사는 내가 하던 일을 더 이상 마음에 들어 하지 않게 된 거지. 그가 나를 고발했다. 환자들을… 학대했다고."

"학대했나?"

해골 조너스가 어깨를 으쓱했다. 그러자 사슬도 덜커덕거리며 함께 움직였다.

"어쩌면, 조금은. 여기 수용된 여자들 중 몇 명은 꽤 예뻤지. 생각보다 고분고분하지는 않았지만."

워런은 역겨움이 치솟았다.

"내가 여기 머무는 동안 너는 나를 주인으로 모셔야 한다."

조너스가 뼈들을 달각거리며 보이지 않는 모자를 들어 올리려 했다.

"물론입죠, 주인 나리. 어떻게 모실깝쇼?"

놈이 거센 억양으로 조롱하듯 말했다.

"이곳 구조를 잘 알겠지."

"물론이다. 정말 오랫동안 여기 살았으니까. 죽음보다 길었지."

"날 거스르면 다시 죽는 것으로 끝나지 않을 것이다."

"뭘 더 어쩌기도 힘들 텐데, 주인 나리?"

"여기 그냥 내버려 두겠다. 이 감방에, 산 채로. 사슬에 매인 채."

조너스가 다리를 홱 걷어차며 사슬을 새삼 확인했다.

"이 족쇄가 날 영원히 붙들진 못해."

"네 선택이다. 빨리 결정하는 편이 좋을 거야."

"그렇다면 좋아. 안내자로 함께 가 드리지, 주인 나리. 등 뒤나 신경 쓰시라고."

워런이 족쇄에 손짓을 하자 고리가 부르르 떨리더니 조각났다.

"이거 참, 기가 막힌 기술이네. 어디서 그런 걸 배웠지?"

"널 되살린 게 더 엄청난 기술 아닌가?"

조너스가 고개를 돌려 텅 빈 진홍빛 안와로 워런을 바라보았다.

"제가 그동안 하릴없이 뒹굴고 있었던 게 아니라, 나리가 오길 기다렸던 걸 수도 있지 않을깝쇼, 주인 나리?"

워런은 소름이 끼쳤다. 이 해골이 소생한 것은 예정된 일일 수도 있었다. 켈리는 되살아난 후에는 예전 인격이 거의 남지 않았었다. 단순히 되살아난 것, 그 이상의 언데드에 대한 이야기를 들은 적이 있긴 했다. 그들에겐 자아가 있다고들 했지만, 직접 본 적은 한 번도 없었다.

"가시고 싶은 곳이 어딘가요, 주인 나리?"

"위."

"찾는 건?"

조너스는 뼈가 드러난 발꿈치를 휙 돌려 앞장섰다. 어둠 속에서도 아무 문제 없이 볼 수 있는 것이 분명했다. 워런이 뒤를 따르며 말했다.

"책."

"그거 멋지군. 세상에 책보다 귀한 보물은 없죠."

자기 농담이 우스운 듯 조너스가 낄낄거렸다.

사이먼이 찾는 방은 지하 2층 원형 구역 왼쪽 벽에 있었다. 그들은 아무런 방해 없이 그곳으로 곧장 나아갔다. 사이먼은 벽과 천장에 단추 카메라를 부착했다. 영상이 실시간으로 전달되었다.

그가 알기론 현재까지 이 버려진 요양원에 있는 유일한 인간은 그들뿐이었다. 머코머는 부스에게 필사본에 대해 말하지 않겠다는 약속을 지킨 듯했다. 입구 돌벽에 걸린 놋쇠 명판에 213호라고 새겨져 있었다.

"응? 13? 내가 그다지 미신을 믿는 편은 아닌데. 친구, 너도 그건 알지? 하지만 이 숫자는 별로라는 걸 인정해야겠어. 13에 2? 더블 13? 이건 누가 봐도 불길하다고."

"여기가 3층이나 4층이 아닌 데 만족하라고."

대니엘이 나직하게 핀잔을 주었다.

"그러지 뭐."

네이선이 돌아섰다. 템플러들이 웃음을 터뜨렸다.

문은 잠겨 있었다. 사이먼이 건틀릿으로 잠금장치를 풀자 자물쇠가 조각나 땡그랑 하고 바닥에 떨어졌다. 문이 삐그덕거리며 열렸다.

"여기라고 확신하는 거야, 친구?"

"확실해."

사이먼이 손을 들어 손바닥 전등 프로젝터를 작동시킨 후 빛을 증폭했다.

동굴 같은 병실이 낮처럼 환해졌다. 안쪽 벽에 누더기를 걸친 해골이 기대어 있었다. 벽의 얇은 나무판은 쥐가 갉아 먹은 듯했다. 예전에도 침구에 벌레가 득시글했을 것이 분명했다. 레아가 물었다.

"이 사람은 누구죠?"

"이름은 마르셀 뒤발리에."

사이먼이 무릎을 꿇고 앉아 남자를 살펴보며 대답했다.

살갗은 뼈에 드문드문 붙어 있는 정도였고 얼굴은 흉측했다. 회색으로 바랜 마스크는 잘 맞지 않았고 너무 얇아져서 안쪽이 들여다보이는 듯했다.

이번엔 대니엘이 물었다.

"그게 누군데?"

"학자. 머코머 같은 언어학자."

사이먼이 남자의 한 손을 들어 올렸다.

"이것 봐."

그는 모두가 볼 수 있도록 죽은 자의 손을 펼쳤다.

마르셀 뒤발리에의 오른손 손가락은 여섯 개였다.

"선천적인 걸까?"

네이선이 소리 낮춰 물었다.

"손가락 여섯 개, 발가락 여섯 개. 근친결혼을 했던 귀족 사이에서는 흔한 일이었지. 유전자 다양성이 감소하니까."

"선천적인 게 아니야."

사이먼이 두 번째 검지를 잡아당겨 쉽게 떼어 냈다.

"이 손가락은 접합된 거야."

그가 손가락을 들어 올렸다.

"관절도 두 개가 아니라 세 개군."

레아가 사이먼 옆에 무릎을 꿇고 앉아서 검지를 잡고 살펴보았다.

"인간 손가락이 아니네요."

"머코머 교수가 얘기해 주셨습니다. 한 심리학과 학생이 뒤발리에의 치료 일지를 연구했어요."

늙은 언어학 교수는 ATV를 타고 가는 내내 반복적으로 이 이야기를 했었다.

"머코머 교수가 비슷한 프로젝트를 연구 중이라는 걸 알자 뒤발리에가 그 학생을 통해 연락을 해 왔다더군요. 학생이었기 때문에 머코머와 접촉하는 것이 퍽 쉬웠던 겁니다. 교수님은 그 학생이 넋이 나간 것 같았다고 말했어요."

"넋이 나간 건 나야, 친구."

네이선이 말했다.

"두 사람이 어떻게 만났던 거지? 만나지 못했다면 같은 연구를 하고 있었던 건 어떻게 알았을까?"

"천문학적 확률이지."

사이먼이 레아의 손에 놓인 검지를 보며 말했다.

"뒤발리에와 머코머는 같은 필사본을 갖고 있었어. 둘 다 정신병원에 있으면서도 연구를 멈추지 않았지."

"서로 다른 병동에서 말이지."

네이선이 덧붙였다.

"그 학생이 두 사람 사이에서 연구 자료와 편지들을 계속해서 전달했다는군. 머코머 교수는 분명히 알 수 있었다고 해. 뒤발리에와 연락할 수 있었던 덕분에 미치지 않았다고. 두 사람이 같은 문제를 풀려고 애썼으니까."

"악마의 언어를 해석하는 일 말이죠."

레아가 조용히 말했다.

"맞습니다."

사이먼이 손바닥을 움직여 벽을 비추었다. 글이 뒤죽박죽 쓰여 있었다. 돌 마디마다 손으로 쓴 기호와 글자들이 겹쳐져 있었다. 일정하지는 않았지만 단호해 보였다. 사이먼이 벽을 찍어 이미지를 HUD로 전송했다.

"아무것도 몰랐다면 웬 미친놈이 벽에다 이런 짓을 했다고 생각했을 거야."

네이선의 말에 템플러들은 씁쓸하게 웃을 뿐이었다. 너무나 음울하고 슬픈 곳이었다.

"머코머 교수는 뒤발리에가 어떻게 악마의 언어를 그렇게 많이 번역할 수 있었는지 몰랐어. 학생조차 처음엔 뒤발리에가 지어낸 언어라고 믿었을 정도였지."

"뒤발리에가 의사와 주변 사람들을 속였다고 생각한 걸까?"

네이선이 물었다.

"맞아. 정신병원에 감금되기 전에 머코머 교수가 쓴 논문을 보고서야 그 학생은 뒤발리에의 연구가 진짜라는 걸 깨달은 거야."

"뒤발리에는 악마의 손가락을 이식했군."

사이먼이 벽에 난잡하게 쓰인 문자들을 살펴보았다. 레아가 물었다.

"그래야겠다는 생각은 어떻게 하게 됐을까요?"

"머코머 교수는 뒤발리에가 손가락을 이식했다는 사실은 몰랐을 겁니다. 적어도 그 당시에는요. 정신병원을 탈출한 후 파리에서 카발리스트들을 봤을 수도 있죠. 몸에 악마 신체를 이식한 카발리스트들을요. 그때 의심이 들었을 겁니다. 의료 일지에 뒤발리에의 여섯 번째 손가락이 언급되어 있었으니까요."

"언제부터 그런 짓을 하기 시작했을까요?"

"모르겠습니다."

"이식은 언제나 미스터리한 소재였었죠. 의료 분야에서도 별반 다르지 않고요."

대니엘이 끼어들었다.

"처음엔 이빨, 나중엔 팔과 손처럼 좀 더 큰 신체 부위를 시도할 수 있었겠죠."

"음, 그로테스크와 죽어라 싸운 후에 연쇄살인범과 대량 학살범들이 죽어 있는 동굴에 갇혀서 나누는 이런 멋진 대화라니."

네이선이 투덜거렸다.

"여기 연쇄살인범이나 대량 학살범들만 수용된 건 아니었어."

대니엘이 대답했다.

"그래도 넘칠 만큼 많긴 하지."

레아가 사이먼 옆에 와서 섰다.

"뒤발리에가 번역한 건가요?"

"네."

사이먼이 벽을 살펴보았다.

"뒤발리에는 절대 영어 이름은 아니야."

네이선이 말했다.

"프랑스어지."

"그거 하난 분명해서 기쁘군, 친구."

"뒤발리에는 이 텍스트들을 연구하려고 영국에 온 거야. 왕립도서관에서 문서를 훔치려다가 경비 한 명을 죽이고 말았지. 재판 중에, 악마들이 올 거라고, 인류는 살아남아야 한다고 주장했다는군."

"교수대로 보내지 않은 게 신기하군."

"그가 몸담았던 대학은 뒤발리에가 살인자보다는 정신병자가 되는 편을 택했어. 그 거래는 성사되었지."

"뒤발리에가 정확히 뭘 갖고 있었던 거죠?"

레아가 물었다.

"머코머 교수 말로는, 뒤발리에가 동료를 협박해서 요양원으로 《게티아》 복사본을 가져오게 했다더군요. 연구를 계속할 수 있도록 교도관들도 매수했다고 합니다. 당시 경찰과 교도관에게는 뇌물이 큰 수입원이었죠."

"뒤발리에를 그저 미친 프랑스인이라고 여겼을 테니 아무 거리낌 없었겠죠."

"어쨌든 여기 《게티아》 복사본이 있을 거라고 합니다."

"이 방에 말이야?"

네이선이 벽을 살펴보려고 돌아섰다.

"단서에 따르면 여기라고는 하는데."

"친구, 이 헛소리를 조금이라도 읽을 수 있다면 인정해 주지. 이게 암호라면 심지어 프랑스 암호일 텐데. 오호라, 이건 뭐지?"

사이먼이 보던 문자에서 시선을 떼고 네이선에게로 갔다.

"뭐?"

"필사본 이름이 뭐라고?"

"《게티아》요." 레아가 끼어들었다.

"네, 하지만 다른 제목도 있었잖아요?"

"《솔로몬 왕의 작은 열쇠》."

사이먼이 대답했다.

"그저 내 희망인지도 모르지만 말이야, 여기 이거, 이 요양원 지하 지도 같지 않아?"

네이선이 손가락을 세 개의 동심원이 등축도[14]로 그려진 곳을 가리켰다. 벽을 바라보고 30도 각도로 서면 입체로 보이는 그림이었다. 한가운데 있는 화살표가 위를 가리켰다.

얼핏 보면 뒤발리에가 그려 넣은 것이라고 보아 넘겨 버릴 만했다. 두 번째 동심원에는 손에 책을 든 한 남자가 단순한 선으로 그려져 있었다.

하지만 세 번째 동심원에 작게 그려진 것은 틀림없이 열쇠였다.

"작은 열쇠, 맞지?"

네이선이 물었다. 사이먼이 보기에도 훌륭한 추측이었다. 만약 틀렸더라도 되돌아오면 그만이었다.

"좋아, 가자."

---

14) 등각 투영도에서 직교하는 세 개의 축을 축소하지 않고 원래의 치수대로 그린 그림.

29장

여기서부터는 조심해서 이동해라.

머릿속 메리힘의 경고를 듣자마자 워런은 얼어붙었다. 요양원 지하 3층으로 향하는 계단통이 꺾이는 벽에 납작 붙어 선 워런이 해골에게 멈추라고 지시했다.

"왜 그러시는지?"

끼긱거리며 뭔가를 긁는 소리가 코앞에 드리운 어둠 속에서 들려왔다.

"쥐야. 쥐 말고 귀찮은 건 여기 하나도 없는뎁쇼."

"이곳은 오랫동안 폐쇄되어 있었어."

워런이 소리 죽여 말했다.

"쥐가 먹을 것도 없다고."

"나리는 스스로 생각하는 것만큼 용감하지 않은 거 같군 그래."

워런은 그 말을 무시하고 재빨리 계단을 올라갔다. 복도 구석에 반쯤 잠긴 그림자에서 무언가가 움직였다. 야간 시야를 강화하자 괴기스러운 형체가 복도를 거니는 것이 보였.

천장 높이가 지나온 복도와 같아서 2미터가 조금 넘는다면, 놈의 키는 3.6미터는 족히 되어 보였고 몸통은 넓적하고 두툼했다. 낮은 천장 때문에 하르가스토르는 구부정하게 몸을 숙이고 유인원처럼 손가락을 땅에 대고 걸었지만, 그런 걸음걸이조차 놈에게 잘 어울렸다.

둥그런 머리 양옆으로 돋은 네 개의 뿔은 황소처럼 살짝 앞으로 구부려져 있었다. 보라색과 검은색이 감도는 근육질을 감싼 피부에서는 진홍빛 실 가닥 같은 것이 흘렀다. 한쪽 어깨에는 커다란 전투 망치를 메고 있었다. 다크스폰 몇 마리가 발뒤꿈치를 따라다녔다.

워런은 곧장 돌아서서 달아나고 싶은 충동을 느꼈다. 저런 놈에게 맞서 이길 가망은 없었다. 나오미가 느껴졌다. 그녀가 그의 이름을 부르고 있었지만, 그는 나오미를 조용히 시켰다. 그러면서도 두 사람 사이의 공간을 힘껏 가로질러 달아날 준비를 했다.

도망간다면 내가 너를 먼저 쓰러뜨릴 것이다.

메리힘이 경고했다. 워런은 어쩔 수 없이 그 자리에 꾹 버티고 섰다. 언제든 마음만 먹으면 여기에서 벗어날 수 있어. 그는 이 생각에만 매달렸다.

후회할 기회조차 없을 것이다.

메리힘이 경고했다.

악마 근처의 한 병실에서 고통에 찬 비명 소리가 들려왔다. 다크스폰 두 마리가 경찰봉을 들고 철창 너머로 보이는 창백한 사람들을 거칠게 공격했다.

"제발요."

목소리는 완전히 쉬어 알아듣기도 힘들었다.

"제발, 물 좀 주세요."

"물은 없다."

하르가스토르가 천둥 같은 목소리로 대답했다.

"여기서 죽어 나를 즐겁게 해 줘야 하니까. 네놈들의 고통이 벽 하나하나에 새겨지도록."

워런이 어둠을 뚫고 병실을 들여다보았다. 그림자에 잠긴 인간의 형체들이 보였다. 병실 안 사람들은 코앞도 볼 수 없는 것이 분명했다.

"하르가스토르는 고문하기 위해 살지."

워런의 마음 깊숙이에서 책이 조용히 말했다.

"주인과 다를 바 없다. 풀라가르가 애완동물을 데리고 놀도록 허락한 셈이니까."

아직 살아 있는 14명과 한쪽에 죽어 있는 9명이 걸친 옷으로 볼 때, 모두 런던의 생존자들인 듯했다. 14명 중 5명은 뒤쪽에 앉아 힘을 아끼고 있었다. 워런은 그들이 군인이었음을 느꼈다. 얼마 되지 않았지만 아직 살아남은 경찰과 군인이 있었다. 그들은 복도에서 들려오는 악마들의 소리에 주의를 기울이고 있었다.

"당신 지금 호흡을 낭비하고 있잖아."

한 군인이 나직하게 말했다.

"저 악마 같은 놈들에겐 자비란 없다고."

하르가스토르의 웃음소리가 복도를 가득 메웠다.

"거기 씹어 먹을 고기와 마실 피가 있지 않나."

놈이 거칠게 말했다.

"가장 약한 놈들이 먼저 죽어서 불쌍하게도 식량이 되어 주었으니."

"우리는 식인종이 아니야."

한 여자가 외쳤다.

"그렇다면 조만간 죽겠지. 그리고 그때까지 살아남은 자가 너를 먹을 것이다."

한 군인이 악마에게 욕을 퍼부었지만 다른 사람들 대부분은 감정을 억누르지 못하고 울음을 터뜨렸다.

"비통한 소리가 즐겁게만 들리는구나."

하르가스토르가 굽은 손가락을 디디며 느릿느릿 쇠창살로 가더니 커다란 주먹을 세게 내리쳤다. 문이 뎅뎅 울렸다.

"추악한 짐승."

군인은 움츠러들지 않았다.

"추잡하고 냄새나는 놈. 언젠가 반드시 대가를 치를 것이다. 기사들이 분명 그렇게 해 줄 것이다."

"기사라고? 템플러 말이냐?"

하르가스토르가 저주하듯 말했다.

"놈들은 죽어 사라졌다. 얼마 살아남지 못했지. 놈들 역시 우리가 찾아내 쥐새끼처럼 숨통을 끊어 놓을 것이다."

"죽는 건 네놈이겠지."

남자가 조롱했다.

워런은 남자가 입을 다물지 않는 모습을 보고도 믿을 수 없었다. 악마에게 죽을 수도 있다는 사실을 잘 알 텐데.

"저 남자는 바로 그것을 원한다."

목소리가 말했다.

"그는 전사다. 도살을 기다리며 우리에서 짐승처럼 죽느니 전장에서 피를 쏟는 쪽을 택할 것이다."

워런은 이해할 수 없었다. 그는 언제나 살아남기 위해 몸부림쳤다. 결코 그 누구의 관심도 끌지 않으려 했다.

하지만 지금 그는 여기 있었고 눈앞에 있는 거대한 짐승을 어떻게 해서든 쓰러뜨려야 했다.

하르가스토르의 사악한 웃음소리가 복도를 따라 울렸다. 그러더니 놈이 갑자기 웃음을 멈추고 개처럼 킁킁거리며 냄새를 맡았다. 워런은 그림자 속으로 더욱 깊숙이 몸을 숨겼다.

"주인 나리 냄새를 아는가 보네."

속삭이는 말투에는 즐거움이 깃들어 있었다.

"나리 뼈에는 아직 살이 붙어 있으니까 말입죠. 게다가 공포에 질린 냄새라굽쇼. 코 없는 나도 맡을 정도야."

"닥쳐."

조너스가 덜거덕거리며 턱을 닫았다. 다크스폰이 워런 쪽으로 돌아서며 무기를 들고 공격 태세를 갖추었다.

"대기하라."

하르가스토르가 명령했다. 워런이 돌벽에 바짝 달라붙으려고 애썼다. 창자가 마구 꼬이는 것 같았다.

하르가스토르가 손가락 관절로 땅을 디디며 천천히 다가왔다.

"냄새가 난다, 인간. 숨은 곳에서 나와라. 도망갈 곳은 없다."

워런은 발걸음을 옮기려 했지만 그럴 수 없었다. 두 다리가 마음먹은 대로 움직이지 않았다.

놈이 보는 데서 달아나지 마라. 너는 나다. 적들이 나를 겁쟁이라고 여기게 하진 않을 것이다.

그러면 당신은 왜 지금 여기 없는 거죠?

워런은 묻고 싶었지만, 그 생각이 너무 크게 울리지 않았기만을 바랄 뿐이었다.

"내가 너와 함께 있다. 너는 혼자가 아니다."

목소리가 말했다. 하지만 워런은 머릿속에서 들려오는 그 누구의 말도 믿지 않았다.

"이리 나와라 인간."

하르가스토르가 좀 더 강하게 말했다.

"내가 간다면 더욱 끔찍한 꼴을 당할 것이다."

워런은 멈추지 못하고 복도로 나섰다. 다리를 움직이는 것은 그가 아니었다. 메리힘이었다. 악마의 손이 주먹을 불끈 쥐었다.

"나에게로 오너라."

하르가스토르가 명령했다. 마음과는 달리 워런은 앞으로 나아갔다. 너무 두려운 나머지 금방이라도 토할 것 같았다. 그는 역류하는 담즙을 삼키며 집중하려고 애를 썼다.

이 혐오스러운 놈을 죽여라. 놈의 죽음이 풀라가르에게 전해지도록 하라.

메리힘이 말했다.

"저자를 데려와라."

하르가스토르가 명령했다.

"놈을 죽여 살고자 하는 죄수들에게 만찬으로 던져 줄 것이다."

다크스폰이 다가왔다. 워런은 절망스러웠다. 철창을 덧댄 병실에 갇힌 사람들의 얼굴을 보았다. 이들을 풀어 준다면 함께 싸우진 못하더라도 적어도 악마의 주의를 분산시킬 수는 있을 것이다.

그는 철창에 달린 자물쇠에 집중하여 마음속으로 내부 구조를 떠올렸다. 그러고는 대장장이가 쓰는 망치를 그린 후 밀어 냈다.

자물쇠가 곧바로 망가지더니 금속 조각들이 돌바닥에 떨어지며 짤그랑거렸다.

워런이 악마 손을 앞으로 들어 올려 제일 가까이 다가온 다크스폰 두 마리를 향해 화염구를 던졌다. 놈들이 몸을 휘감은 불길을 끄려고 미친 듯이 돌았다. 비명이 복도를 찢을 듯 울렸다.

"문이 열렸어요!"

감방 같은 병실에 있던 사람들에게 다 들릴 정도로 워런이 외쳤다.

"도망쳐요!"

워런은 그들이 어디로 도망칠지 알 수 없었다. 사람들은 이 아래 한 층이 더 있다는 사실을 알지 못했다.

군인들이 다른 생존자들을 부축하며 병실을 나왔다. 다크스폰이 즉시 그들을 향해 돌아섰다. 군인 셋이 다크스폰 한 마리를 둘러쌌다. 악마가 이상하게 생긴 무기를 발포했다. 회색과 빨간색이 섞인 총에서 금빛이 도는 새빨간 폭발물들이 뿜어져 나왔다. 탄환은 복도 바닥과 벽을 맞히고 튕겨 나갔다. 놈은 몇 발 쏘지 못하고 달려든 군인에게 맞아 무기를 떨어뜨렸다. 그 와중에 한 남자가 가슴에 직격탄을 맞고는 비틀거리며 몇 걸음 나아가다 무릎을 꿇었다. 그가 가슴을 더듬거리며 비명을 지르려고 했다.

하지만 곧 폐와 함께 가슴이 녹아 내렸다. 먼저 몸이 허물어졌고, 이어서 얼굴과 머리가 가슴이 있던 텅 빈 자리로 미끄러져 들어갔다.

목이 찢어질 정도로 고함을 지르며 군인들이 악마를 쓰러뜨린 후 놈이 들고 있던 무기의 방향을 다크스폰들을 향해 돌렸다. 복도를 날아가던 탄환들 중 하나가 달아나던 여자를 맞혔다. 여자의 다리가 접히며 거꾸러졌다. 여자가 의식을 잃을 때까지 끔찍한 비명 소리가 이어졌다. 어쩌면 목숨이 끊어진 것일 수도 있었다.

겁에 질린 워런이 땅에 엎드렸다. 탄환이 아슬아슬하게 비껴 복도 너머로 사라졌다.

"저놈들을 잡아라!"

하르가스토르가 명령했다.

"탈출하게 두지 마라!"

다크스폰 세 마리가 돌격했다.

남아서 다크스폰과 사투를 벌이던 두 남자가 적에게 몇 발을 쏘았다. 다크스폰이 한 남자의 얼굴을 발톱으로 마구 찢었다. 다크스폰이 내지르는 공격적인 괴성과 함께 남자는 피투성이가 되었다.

남자가 비틀거리면서 물러나자 에너지 탄환이 악마의 몸속에서 폭발했다. 죽은 악마의 몸 밖으로 부글거리는 장기들이 뼈와 함께 쓸려 나왔다.

무기를 고쳐 든 남자가 바로 옆에 있던 다크스폰의 머리를 정확히 맞히었다. 놈의 머리가 풍선처럼 터져 목으로 흘러내렸다. 남은 몸뚱어리가 비틀거리더니 바닥에 쓰러졌다.

남자가 다시 한번 쏘기 전에, 다른 다크스폰 두 놈이 근거리에서 남자를 쏘았다. 탄환은 남자의 몸에 구멍을 내었다. 남아 있던 다른 한 남자가 눈에서 피를 흘리며 무기를 조준했지만 이어지는 총알 세례에 단 한 발도 쏘지 못하고 쓰러졌다.

하르가스토르가 워런을 향해 울부짖었다.

"이따위 짓을 한 대가를 치르라 인간. 최대한 고통스럽게, 최대한 오래도록 죽음을 맛보게 해 줄 것이다."

"일어나라."

워런의 마음 깊숙이에서 목소리가 말했다.

"일어나라. 그렇지 않으면 그 자리에서 죽는다."

워런이 막 몸을 일으킬 때 다크스폰 세 마리가 다가왔다.

사이먼은 석회암을 깎아 만든 나선 계단을 앞장서서 내려갔다. 그곳에 깊이 드리운 어둠을 HUD가 쫓아 주었다. 계단 아래에서 복도는 두 방향으로 나뉘었다. 사이먼이 물었다.
"어느 쪽일 거 같아?"
"모르겠는데. 그 남자, 아니, 여자일 수도, 어쨌든 그림을 그린 사람도 몰랐을 것 같지 않아? 헷갈렸을 수도 있고."
네이선이 대답했다.
"찢어질까?"
대니엘이 제안했다.
"아니."
레아와 사이먼이 동시에 말했다.
"뭐, 나도 굉장히 마음에 드는 생각은 아니었어. 그래도 더 많은 구역을 수색할 수 있을 텐데."
"함께 움직인다. 여기 무엇이 있든 오랫동안 기다렸어. 좀 더 기다릴 수 있을 거야."
사이먼은 벽으로 약점을 보호해 방어막으로 삼기 위해 오른쪽으로 향하는 길을 택했다. 바닥 곳곳에 더 많은 해골이 보였다. 철창을 친 병실 너머에 미라가 된 시체들도 더 많았다.
"여기 갇힌 사람들을 구조하려는 시도조차 안 했나 보군."
대니엘이 나직하게 말했다.
"가족들이 그 대가로 돈을 지불했으니까."
네이선이 말했다.

"요양원이 문을 닫았다고 해서 돌아오길 기다리진 않았을 거 아냐. 그렇게 생각하지 않아?"

"여기 직원들이 이 사람들에게 무슨 짓을 했는지 아는 사람 있어?"

"난 몰라."

사이먼이 대답했다.

"내가 찾은 자료 어디에서도 그에 대한 언급은 없었어."

"악마들이 나타기 전에도 이곳은 악으로 가득 찼던 게 분명해."

대니엘이 말했다. 아무도 반박하지 않았다.

앞쪽 복도에서 들려오는 소리는 악마의 목소리가 틀림없었다. 한 인간이 다른 이들에게 도망가라고 외치는 소리가 들렸다. 공포로 가득 찬 울부짖음, 돌바닥을 울리는 발걸음이 무시무시한 동굴 같은 복도를 따라 메아리쳤다.

사이먼은 팀원들에게 방어 태세를 취하라고 손짓했다. 그들은 두 명씩 대열을 이루어 복도에 대기했다. 사이먼과 네이선이 무릎에 검을 가로놓고 앉은 자세로 스파이크 볼터를 들었다. 대니엘과 다른 템플러가 그 뒤에 서서 머리 위로 총을 겨누었다. 정면 공격을 돌파하기 위한 근접전에서의 전술이었다.

"후방을 지켜."

사이먼이 말했다.

"계단까지 후퇴해서 퇴각로를 열어 놓는다. 복도가 원형이라는 점을 잊지 말도록."

두 템플러가 대열에서 벗어나 왔던 방향으로 신속하게 이동했다. 사이먼이 HUD로 모두의 위치를 확인했다.

- 하나의 음성이 식별되었습니다.

AI가 그에게 알렸다. 사이먼은 놀랐다. 그는 누구의 목소리도 알아듣지 못했던 것이다. AI는 사이먼이 그동안 접촉했던 모든 음성을 기록하고 추적할 수 있었다.

"누구지?"

- 워런. 성인지 이름인지는 확인되지 않습니다.

AI가 HUD에 영상을 띄웠다. 사이먼은 젊은 흑인 남자를 알아보지 못했다.

"모르는 자인데."

- 베일코르의 망치를 입수하는 작전에서 마주쳤습니다.

AI가 말했다. 사이먼은 그제야 기억이 났다. 그들을 죽이기 위해 악마를 불러내던 남자의 손을 그가 잘랐었다. 그 일은 아직도 종종 꿈에 나왔다. 사이먼은 그가 아직 살아 있다는 사실에 놀랐다.

그들은 그날 밤 베일코르의 망치를 손에 넣었고, 그곳을 떠났다. 망치는 언더그라운드에 보관되어 있었다. 사이먼이 마지막으로 보았을 때는 적어도 그랬다.

그런데 이자가 지금 여기서 지금 무엇을 하고 있단 말인가? 그를 마지막으로 본 것은 기차에서 목숨을 걸고 싸웠던 4년 전이었다. 사이먼은 그가 그날 밤 강에서 죽었다고 확신했다.

앞쪽 복도 모퉁이에서 여러 생명체가 다가오고 있었다. HUD로도 그것이 악마인지, 인간인지 알 수 없었다.

"대기한다."

그가 침착하게 지시했다. 바로 다음 순간, 사이먼은 그들이 인간임을 알아보았다. 뒤를 바짝 쫓는 다크스폰에게서 도망치고 있었다. 네이선이 욕을 퍼부었다.
"위로 총."
사이먼이 명령했다.
"사람들이 지나가기를 기다린다."
사람들이 가까워지자 그는 스파이크 볼터를 들어 올린 채 몸을 숙이고 앞으로 뛰쳐나갔다.

30장

워런은 깊숙이부터 솟아오르는 어두운 에너지를 끌어모았다. 악마 손을 앞으로 밀어 내며 마음속으로 포식성 곤충 수천 마리를 그렸다. 진짜 곤충이 나타나지는 않았지만, 그가 힘의 실체를 만들어 내는 방법이었다. 번쩍이는 벽이 나타나 다가오는 다크스폰들과 충돌했다.

비늘이 돋은 거죽 사이로 섬광이 번쩍였다. 놈들은 마치 벌에 쏘인 것처럼 그 자리에 멈춰 서더니 자기 살을 마구 때리기 시작했다. 워런은 다시 한번 손을 밀었다.

에너지가 다스크폰의 몸에 옹이 수십 개를 돋아나게 했다. 다음 손짓에 옹이가 터지면서 다크스폰들이 산산조각 났다. 아직 신선한 살점들이 벽과 천장, 바닥에 날아가 부딪쳤다.

단 한 마리가 아주 조금 부상을 입었을 뿐, 살아남았다. 놈이 총을 겨누고 발사했다.

힘을 써서 지친 워런은 어지러웠다. 몇 번 써 보지 않은 능력인 데다가 많은 힘을 소진히는 공격이지만, 파괴력은 엄정났다. 그가 정신을 집중하며 손바닥을 앞으로 쭉 내밀었다.

에너지가 폭발하며 워런 앞에 놓인 보이지 않는 장벽에 부딪쳐 튕겨 나갔다. 힘의 일부가 하르가스토르를 타격했다. 넓적한 가슴과 팔에 깊은 상처를 입은 놈이 분노로 울부짖었다.

깜짝 놀란 다크스폰이 주인의 보복이 두렵기라도 한 듯 그에게로 돌아섰다. 그 기회를 놓치지 않고 워런이 손을 힘껏 비틀었다.

보이지 않는 힘이 워런의 손짓 그대로 다크스폰의 머리를 쥐고 비틀었다. 목뼈가 부러진 악마는 쓰러져 그대로 움직이지 못했다.

하르가스토르가 통증으로 고함을 지르며 마구 저주를 퍼부었다.

"정면에서는 놈을 죽이지 못한다. 두 눈으로 보고 너의 공격을 막아 낼 것이다."

목소리가 머릿속에서 속삭였다.

"놈의 약점은 등이다."

하르가스토르가 손을 흔들며 몸의 상처에 바람을 일으켰다. 상처가 곧바로 아물었다.

"놈은 무적에 가깝다."

그 말만은 완전히 믿을 수 있었다. 눈앞에 쓰러져 있는 악마들이 떨어뜨린 무기를 써 볼까 싶었지만 잘 다룰 수 있을지 의심스러웠다. 무엇보다도 하르가스토르는 단 몇 초 만에 상처를 낫게 하지 않는가.

"무기는 답이 아니다."

목소리가 말했다.

"너에겐 너의 힘이 있다."

워런은 눈앞의 거대한 악마를 바라보았다. 목소리가 틀렸다.

"아니, 못해. 하르가스토르는 너무 강해."

"공격 기회를 노려야 한다. 그때까지는 생존에 집중해라."

말은 쉽지. 워런에겐 아무 도움도 되지 않았다.

하르가스토르가 악의 가득한 눈빛으로 못 박을 듯 워런을 노려보았다. 다크스폰 십수 마리가 아직 주인 곁에 남아 있었다. 놈들이 무기를 들어 발포했다.

워런은 복도 모퉁이에 몸을 숨겼다. 뒤에 조너스가 있었다.

"저것 참 고약하구먼요."

"여기 나가는 길이 있나?"

도망가지 마라.

메리힘이 명령했다.

"그러면 날 도와요."

워런이 간청했다.

"하르가스토르와 맞서 싸울 만큼 난 강하지 않다고요."

다크스폰이 워런이 있는 곳을 향해 복도를 달리기 시작했다.

"저기 있지. 적어도 예전엔 있었는데. 복도 반대쪽 끝에 계단이 있어. 우리가 올라온 것 같은."

"지금 달아난다면 메리힘이 너를 가만두지 않을 것이다."

목소리가 말했다. 어떻게 해야 할지 몰라 워런이 망설였다.

"원한다면 주인 나리는 여기 계속 있으라고. 하지만 난 싫어."

워런이 어쩌기도 전에 조너스는 자리를 떴다. 뼈가 드러난 발이 돌바닥을 달각달각 때렸지만, 스무 걸음도 채 가지 못했다. 생기를 불어넣었던 힘이 떠난 것이었다. 그 주문은 오로지 워런 근처에서만 유지되었다.

워런은 조너스가 쓰러지며 말라비틀어진 인대와 뼈가 한데 뒤엉키는 모습을 보았다. 그 해골을 다시 소생시킬 힘은 이제 없었다. 워런은 탈출할 길이 있다는 생각에 매달렸다. 그리고 나오미에게 손을 뻗어, 그녀가 거기 있음을 느꼈다. 그녀가 말했다.

"나 여기 있어."

"나 혼자 돌아갈 만큼 힘이 남았는지 모르겠어. 어쩌면 네 도움이 필요할지도 몰라."

그녀가 주저했다.

"나도 이젠 너무 지쳤어. 할 수 있을지 잘 모르겠어."

너는 절대로 이 암흑에서 벗어나지 못한다. 암흑이 네 전부를 삼킬 것이고, 내가 그 암흑을 삼킬 것이다. 거기 남아 해야 할 일을 끝내라.

워런은 숨고 싶었다. 양아버지와 살던 때는 언제나 그랬다. 모두 끝날 때까지 그냥 숨어 있는 것이었다. 그에게 얼마나 큰 능력이 있든 상관없었다. 얼마나 많은 신비로운 지식을 익혔든 상관없었다. 그는 자신이 그때의 그 어린 소년에서 한 뼘도 더 자라지 못했음을 잘 알았다.

"너는 힘을 가질 것이다."

목소리가 말했다.

"내가 너에게 줄 것이다."

"그렇다면 지금 주지 그래."

달아나려고 막 발걸음을 떼려는 찰나 다크스폰이 머리 위를 덮쳤다. 그는 마지막까지 남겨 둔 힘을 끌어모아 놈에게 밀어 냈다.

이제 달릴 수가 없었다. 누구에게도 들키지 않고 갈 수 있는 곳은 없었다.

그 순간 하르가스토르가 있는 복도 쪽에서 엄청난 총성이 울렸다. 들어 본 적 있는 소리였다. 템플러였다.

"그렇다."

목소리가 속삭였다.

"이제 준비해라. 살아남고 싶다면 해야 할 일이 아주 많으니까."

마지막 한 사람까지 지나쳐 달아나고 오로지 다크스폰만이 앞으로 다가왔을 때 사이먼이 스파이크 볼터를 쏘았다. 네이선도 거의 동시에 발포했다.

팔라듐 스파이크들이 악마의 살을 찢고 들어가자 놈들이 돌격을 멈추었다. 그러고는 고통으로 울부짖으며 비틀거리다 쓰러졌다. 사이먼이 스파이크 볼터를 총집에 넣고 양손으로 검을 들었다. 아직 살아 있던 다크스폰을 베자 놈의 팔다리가 폭풍우 속 나뭇가지처럼 떨어져 나갔다.

다크스폰 한 놈이 무기를 들어 사이먼이 미처 피하기도 전에 정면에서 쏘았다. HUD로 놈의 위치를 확인했지만, 곧장 밀고 들어오는 공격에 대응할 수가 없었다.

에너지가 폭발하며 사이먼의 머리가 뒤로 휙 젖혀졌다. HUD 스크린이 새하얘졌다.

- **비디오 오프라인.**

AI가 알렸다.

- **시스템 리부팅 중.**

갑옷은 기본 시스템을 스스로를 설정하고 조작할 수 있었다.

"네이선, 아무것도 보이지 않아."

"괜찮아, 친구."

네이선이 침착하게 말했다.

"내가 여기 있어."

사이먼은 불길을 피하기 위해 한쪽 무릎을 꿇었다. 네이선의 검이 살을 가르는 소리에 이어서 스파이크 볼터의 굉음이 들렸다. 시체들이 바닥에 쓰러지는 소리가 복도를 울렸다.

"사이먼, 손 좀."

대니엘이 말했다. 사이먼이 손을 들자 누군가 그 손을 붙들었다. 대니엘이 자신의 어깨에 그의 손을 올렸다.

"감지기 회선을 열어서 내 것에 연결해."

대니엘이 말했다.

"그렇게 하면 에너지가 금방 바닥날 거야."

모든 갑옷은 공생하도록 서로를 연결할 수 있었다. 본래 전장에서 의료 정보를 주고받기 위한 기능이었지만 더 널리 쓰이곤 했다.

"알아. 하지만 여긴 지하니까 센서를 그다지 많이 쓰지는 않을 거야."

대니엘이 열어 놓은 회선에 사이먼이 감지기를 연결했다. 상대편에서 허가하지 않으면 접근할 수 없었다. 사이먼의 시야가 돌아왔다.

하지만 연결은 완벽하지 않았다. 사이먼보다는 대니엘의 위치와 시야를 중심으로 보였고, 처리 속도가 느려진 탓에 두 사람 모두 실시간 정보를 받아들이지 못할 위험도 있었다. 전투에서는 단 1초가 생사를 가를 수도 있었다.

"갑옷끼리 데이터를 공유할 수 있나요?"

레아가 물었다.

"네."

사이먼이 대니엘의 어깨에서 손을 내렸다. 일단 연결이 되자 무선 인터페이스가 원활하게 작동했다. 대니엘과 마흔 걸음 안팎의 거리를 유지하고, 두 사람 사이에 금속 차단물이 없다면 신호는 끊기지 않을 것이다.

"그러면 외부 해킹에 취약해지지 않나요?"

"사방에 악마들이 있는 지금 하기엔 적절하지 않은 대화 같군요."

대니엘이 말했다.

"그리고 갑옷 시스템은 당신이 생각하는 것만큼 그렇게 쉽게 해킹되지 않아요."

사이먼은 레아의 질문이 불편했다. 레아가 외부인이며, 여기 데려온 것이 실수일지도 모른다는 사실이 새삼 떠올랐다.

그들을 지나쳐 달려가던 네 사람이 6미터 정도 더 가다가 멈춰서서 몸을 웅크렸다. 그중 한 사람이 물었다.

"당신들은 누구죠?"

"친구입니다."

사이먼이 대답했다. 그들끼리 있는 모습으로 보아 어둠 속을 한 치 앞도 보지 못한다는 것을 깨달았다. 사이먼이 보급품 가방에서 야광 막대를 하나 꺼냈다. 지하로 갈 작정이었기 때문에 미리 준비해 둔 것이었다.

HUD가 고장 나거나 시스템이 문제를 일으킬 경우를 대비한 것이기도 했다. 어쩔 수 없는 경우가 아니라면 면갑을 절대 열지 않겠지만, 생사가 달렸다면 빛은 필요했던 것이다.

사이먼이 허벅지에 대고 야광 막대를 꺾었다. 푸르스름한 노란빛이 복도를 뻗어 나갔다.

"기사군요."

한 여자가 속삭였다.

"전설인 줄 알았는데."

한 남자가 말했다.

"난 만난 적 있었어요."

또 다른 남자가 말했다.

"딱 한 명. 이렇게 여러 명이 있는 건 처음 봐요."

이제 막 청소년 티를 벗은 듯한 젊은 여자가 고개를 저으며 물러났다.

"불빛은 안 돼요. 악마들을 끌어 들일 거예요."

"악마들이라면 우리가 해치웠어요."

네이선이 주변에 널린 시체들을 가리키며 말했다.

"더 있어요."

다른 여자가 말했다.

"훨씬 많아요. 놈들이 우릴 며칠이나 가뒀어요."

"이유를 아십니까?"

사이먼이 물었다.

"놈들은 그럴 수 있으니까요."

한 남자가 대답했다. 더 이상 질문을 주고받을 시간은 없었다. 더 많은 악마들이 달려와 공격 태세를 취했다.

"사이먼?"

네이선이 불렀다.

"복구 상황은?"

사이먼이 AI에게 말했다.

- 17퍼센트 복구. 6.32초 후 완료 예상.

"놈들을 막는다. 이 사람들이 도망갈 수 있도록 확실히 시간을 벌어 보자고."

네이선이 네 사람을 돌아보고는 말했다.

"달려요. 바로 앞에 계단이 있습니다. 건물이 보이지 않을 때까지 멈추지 마세요."

다크스폰이 발포를 시작하자 사이먼이 스파이크 볼터를 꺼내 악마 진영으로 돌격했다. 대니엘의 시점이었기 때문에 움직임이 조금 불편했다. 대니엘에게서 멀어질수록 감각은 더욱 어색해졌다. 그가 돌바닥을 쿵쿵 울리며 달렸다.

다크스폰이 쏜 에너지가 폭발하며 불꽃 일부가 갑옷과 부딪쳐 그을린 자국을 남겼지만, 대부분은 벽과 천장을 맞혔다. 다크스폰은 대열을 무너뜨리지 않으려고 애썼다.

몇 미터 앞에서 사이먼이 놈들에게 몸을 날리며 두 팔을 휘둘러 다크스폰 세 마리를 넘어뜨렸다. 근접전에서는 시각에 의존할 필요가 없었다. 언더그라운드에서 수년간 완벽에 가깝게 연마한 무술이면 충분했다.

그가 한쪽 무릎을 꿇고 스파이크 볼터를 다크스폰 한 녀석의 얼굴에 밀어 넣었다. 방아쇠를 당기자 얼굴이 조각나며 피가 사방으로 튀었다. 부서진 두개골이 떨어져 내렸다.

사이먼이 왼쪽으로 빙글 돌며 아래에서부터 크게 검을 휘둘러 또 다른 다크스폰의 머리를 베었다. 그다음 한쪽 발을 끌어당겨 놈을 일으키며 왼발을 가슴까지 들어 올려 두개골이 쪼개진 다크스폰을 세게 걷어찼다.

시체가 쏜살같이 날아가 다른 놈에게 부딪히며 튕겨 나가더니 두 녀석 모두 벽에 부딪쳤다. 네이선과 대니엘, 다른 템플러가 공격해 들어왔다. 놈들이 물러났지만 그 뒤로 또 다른 악마들이 나타났다. 겨우 몇 분 만에 복도는 피로 물들어 번들거렸다.

"문제가 생겼어."

네이선이 다급하게 말했다.

"전방을 봐."

사이먼이 집중했지만 대니엘과 거의 6미터 가까이 떨어진 탓에 감각 차이를 좁히기 힘들었다. 부상당한 템플러가 다른 템플러와 함께 전투에 임할 수 있게 하거나 본질적으로 구조를 위한 기능이었기 때문에 두 사람은 가능한 한 가까이 있어야만 했다.

대니엘이 사이먼에게 다가오자 시야가 어느 정도 분명해졌다. 거대한 악마가 복도를 거의 꽉 채우고 있었다.

"나는 하르가스토르다!"

놈이 울부짖었다.

"나를 보아라! 두려워하라!"

놈이 손을 뒤로 뺐다가 앞으로 쭉 뻗었다. 화염구가 마치 혜성처럼 기다란 꼬리를 그리며 템플러들에게로 날아들었다.

워런은 집중해서 끌어모은 힘을 번쩍이는 방어막에 불어넣었다. 다크스폰 세 마리가 뒤로 나뒹굴었다. 이제 워런은 거의 탈진했다. 윗입술로 따뜻한 액체가 흘러내리는 것이 느껴졌다. 닦아보면 손에 빨갛게 묻어 나올 것을 경험으로 잘 알았다.

"너 지금 멀어지고 있어."

나오미의 목소리가 두개골 안에서 귓속말처럼 울렸다.

"나에게 와."

워런도 그러고 싶었다. 오직 거길 벗어나고 싶다는 생각밖에 없었다.

"메리힘이 너를 파괴해도 좋으냐."

목소리가 말했다. 워런이 눈을 깜박이며 초점을 맞추려 애썼다. 하르가스토르 뒤쪽에서 템플러 무기가 또다시 불을 내뿜었다. 악마가 등 뒤로 시선을 던졌다.

어쩌면 하르가스토르가 그를 놔두고 그쪽으로 갈지도 모른다는 생각이 들었다. 워런은 악마가 뒤돌아서서 등을 보이는 순간을 기다렸다. 그가 남은 힘을 마지막 한 방울까지 끌어모았을 때, 하르가스토르가 다시 워런을 바라보며 한 손을 뻗었다.

"죽어라, 인간!"

워런이 지금까지 겪었던 힘은 아무것도 아니었다. 그는 믿을 수 없이 강한 힘에 얻어맞고 뒤로 날아갔다. 갈비뼈가 조각나며 몸이 앞으로 구겨지듯 수그러졌다. 벽에 강하게 부딪치는 순간 숨이 멈추는 듯했고 아무것도 느낄 수 없었다.

31장

"부츠 고정."

사이먼의 부츠에서 스파이크가 돌출해 돌바닥 속으로 파고들었다. 불길이 날아드는 오른쪽으로 몸을 비틀자 더욱 깊숙이 박혔다.

- 경고.

AI가 말했다.

- 가연성 액체 물질 접근 중. 허용 온도 초과. 대비-

AI가 이어서 뭐라고 했는지 들리지 않을 정도의 굉음이 사이먼의 두개골 안에서 천둥처럼 울렸다. 오디오 수신기가 소리를 차단하면서 AI의 음성도 함께 끊겼다. 응집된 열기 덩어리가 코앞까지 밀어닥쳤다. 그대로 갑옷 속에서 익어 버릴 것만 같았다.

제일 먼저 통증이, 곧이어 생존 본능이 되돌아왔다. HUD를 통해 빠른 속도로 달려오는 악마가 보였다. 사이먼이 악마의 무시무시한 얼굴에 스파이크 볼터를 조준하고 방아쇠를 당겼다. 패배는 받아들일 수 없었다. 대니엘과 레아 그리고 다른 템플러는 아직 충격에서 벗어나는 중이었다.

악마가 손을 들어 팔라듐 스파이크를 막아 냈다. 이름이 '하르가스토르'라 했던가. 놈의 걸음을 막는 것은 없었다. 놈이 균형을 잃길 바라면서 사이먼은 몸을 앞으로 내밀고 버텼다. 둘의 가슴이 부딪치는 순간 사이먼이 부츠의 스파이크를 다시 한번 활성화하여 단단히 박아 넣었다.

하르가스토르의 일격은 너무나 강해서 부츠를 고정한 돌바닥까지 깨졌다. 발끝에 매달린 돌덩어리의 무게가 느껴졌다. 스파이크를 회수하자 돌은 산산이 부서지며 떨어져 나갔다.

눈과 귀가 윙윙거리며 흔들리는 탓에 HUD도 상황을 제대로 읽어 들이지 못했다. 사이먼은 스파이크 볼터를 놓쳤음을 깨달았다. 아직 검은 쥐고 있었지만, 놈과 엉겨 있어 사용하기가 힘들었다. 대신 사이먼은 다리를 상대 다리 안쪽에서부터 휘감아 거대한 덩치를 넘어뜨렸다. 둘은 바닥으로 넘어지면서 대니엘이 쓰러져 있는 곳까지 함께 굴렀다.

악마가 몸을 돌리며 일어나 사이먼을 올라타려고 했다. 사이먼은 검을 꽉 쥐고는 검자루로 악마의 팔꿈치 안쪽을 강하게 쳤다. 놈의 무게를 받치던 팔꿈치 관절이 일격에 부러졌다. 하르가스토르의 상체가 무너지는 순간 사이먼이 투구로 턱을 들이받고는 휘어진 놈의 팔을 잡아당겼다.

하르가스토르가 사이먼 곁으로 넘어지자 사이먼은 검자루로 악마의 얼굴을 내리쳤다. 베기에는 너무 가까웠던 것이다.

악마가 분노로 울부짖었지만 그 속에 깃든 고통이 느껴졌다. 놈은 상처를 입는 것으로 그쳤지만 하급 악마였다면 목숨을 잃었을 것이다.

"벼룩이 물었나."

하르가스토르가 거칠게 말하며 주먹으로 사이먼을 때렸다. 그 일격에 사이먼이 뒤로 휙 날아가 막 일어서려던 대니엘에게 부딪쳤다. 둘 모두 나뒹굴었다. 사이먼은 즉시 몸을 일으키려고 했지만 악마가 더 빨랐다.

하르가스토르는 한쪽 무릎을 세워 일어나려던 사이먼을 손등으로 가격했다. 몸이 뒤로 휙 젖혀지면서 순간적으로 숨을 쉴 수가 없었다. 대니엘과 연결된 시야가 어지러이 흔들려 토할 것 같았다. 악마가 곧장 그에게로 다가왔다.

"여기 오지 말았어야지. 감히 책을 탐했느냐. 죽어라, 템플러."

악마가 말하는 책이 바로 그 책일 수 있다는 생각에 사이먼은 깊은 절망을 느꼈다. 그는 바로 그 책을 가지러 목숨을 걸고 여기 온 것이었다. 그가 살아남는다 하더라도 악마의 손에 필사본이 들어간다면 모든 것을 잃는 셈이었다.

미처 피하기도 전에 하르가스토르가 그를 들어 올려 뒤 벽에 박힐 정도로 힘껏 때렸다. 돌조각들이 부서져 내리며 사방으로 균열이 길게 뻗어 나갔다.

순간 클러스터 라이플이 놈을 제대로 명중하자 악마의 머리가 양옆으로 크게 흔들렸다. 뿔들 중 하나가 뚝 부러지며 멀리 날아갔다. 뿌리에서 피와 응혈이 흘러나와 목덜미를 물들였다.

하르가스토르가 분노로 고함을 지르며, 새로운 적을 향해 고개를 돌렸다.

10미터도 되지 않는 위치에서 레아가 침착하게 놈을 겨누고 발포했지만, 이번에는 놈을 비껴 복도 벽을 맞이었다. 하르가스토르가 레아에게 몸을 날렸다.

네이선이 다크스폰 시체 더미를 헤치고 놈을 막으려 했지만 제때 닿지 못했다. 대니엘은 여전히 비틀거렸고, 또 다른 템플러는 쓰러져 있었다. 죽었는지 정신을 잃었는지 알 수 없었다.

사이먼은 벽에 부딪친 강한 충격을 떨치려 애썼다. 그가 두 발로 서자 작은 돌덩어리들이 쏟아져 내리며 먼지가 일었다. 사방을 가득 메운 검은 연기와 소용돌이치는 화염 속에서 악마가 레아를 내리치려는 순간 그가 크게 네 걸음을 뛰어 번개처럼 하르가스토르에게 몸을 던졌다.

놈에게 닿는 즉시 사이먼이 팔로 발목을 감아 세게 당겼다. 악마는 넘어지면서도 레아를 공격하려 했다. 레아가 어깨에 라이플을 걸치고 몸을 일으키려는 적을 겨누어 발포했다.

미사일이 놈의 가슴에 명중했다. 산성 물질이 피부 깊숙이 퍼져 나가며 놈을 녹이기 시작했다. 일부가 사이먼의 갑옷으로 튀어 AI의 경보 장치를 울렸다.

- 경고. 갑옷 보호막 39퍼센트 손상.

사이먼은 경고를 무시했다. 이제 이런 경고는 지겨웠고, 싸움을 포기할 수도 없었다. 손을 놓는다면 하르가스토르는 즉시 레아를 노릴 것이 분명했다. 신체를 보호하는 면에 있어서는 레아가 그들 중 가장 약했고, 악마들은 그런 것을 느낄 수 있었다.

하르가스토르가 이글거리는 눈으로 사이먼을 돌아보았다.

"짜증나게 하는군, 벌레 같은 놈. 그냥 죽어 줄 수 없겠느냐?"

"네놈이 먼저다."

사이먼이 주먹으로 악마의 얼굴을 힘껏 가격했다. 놈의 얼굴은 불에 타고 산성 물질에 녹았지만 언뜻 보기에도 분명 치유되고 있었다. 사이먼이 반복해서 놈을 때리며, 뼈가 부러지거나 살이라도 갈라지길 바랐다.

낮은 천장 때문에 웅크리고 있던 악마가 갑자기 불쑥 몸을 일으켰다. 믿을 수 없을 정도의 힘이었다. 야외였다면 이 싸움은 진작에 끝났을 것이었다.

네이선이 반대편에서 스파이크 볼터와 검으로 공격해 들어왔다. 팔라듐 스파이크들이 코앞에서 달려들어 놈의 검은 가죽을 베었다.

악마가 사이먼의 발을 잡아 올리더니 네이선을 향해 몽둥이처럼 휘둘렀다. 그들 둘 다 바닥에 내팽개쳐졌다. 사이먼은 가까스로 정신을 붙들었다. 미처 중단시킬 사이도 없이 AI가 흘려보내는 진통제와 화학 약품의 온기가 느껴졌다. 의료 시스템이 그의 생체 정보를 분석하고 처치하기 위해 열심히 작동하고 있었다.

사이먼이 악마의 손아귀에서 풀려나는 순간 레아가 한 번 더 발포했다. 폭발이 일어나자 복도는 물론 뼈까지 뒤흔들리는 듯했다. 그 충격으로 천장에서 먼지가 일더니 돌덩이들이 비처럼 쏟아져 내렸다.

하르가스토르는 뒤꿈치에 체중을 실어 잠시 버티더니 똑바로 섰다. 머리와 얼굴이 불길에 휩싸인 채 놈은 사악하게 웃었다. 피가 흐르는 새까매진 근육이 밀려 올라가며 송곳니가 드러났다.

"나약한 것들!"

악마가 으르렁거렸다.

"나를 쓰러뜨릴 순 없다!"

사이먼은 혈관을 흐르는 약물과 통증 탓에 덜덜 떨면서 몸을 일으켜 앞으로 나아갔다. 깊이 숨을 들이마시려고 했지만 그럴 수가 없었다.

- **기도 일부가 폐쇄되었습니다.**

AI가 알렸다.

- **에피네프린을 투여합니다.**

아드레날린 촉진제가 흘러들자 통증이 조금 사라졌다. 심장이 빠르게 쿵쾅거리고 관자놀이가 욱신거렸지만 기도는 확장되었다.

- **심장 및 폐 기능이 정상 범위로 돌아왔습니다. 비디오 센서는 수리 중입니다.**

AI가 알렸다. 사이먼이 심호흡한 후 하르가스토르와 레아 사이를 막아섰다. 갑옷을 입은 그가 그녀보다는 버틸 확률이 높을 것이라고 확신했다. 사이먼이 힘을 모아 검을 쥐었다.

머릿속에서 들려오는 나오미의 목소리에 워런은 정신을 차렸다. 나오미가 계속해서 그를 부르고 있었다.

"나 여기 있어."

워런이 무의식적으로 말했다. 여기가 어디인지 기억하려고 애썼다. 일어서자 온몸이 산산이 부서지는 것 같았다.

지체하지 마라.

메리힘이 명령했다.

하르가스토르를 놓치지 마라.

복도를 따라 걸어가자니 템플러의 무기 소리가 들렸다. 템플러도 아직 죽지 않았다. 그 역시 마찬가지였다. 어느 쪽이 더 밀리지 않는지 알 수 없었다.

나는 지금 죽으러 가는 거야. 하지만 가지 않으면 메리힘이 그를 죽일 것이다. 그는 자기 발에 걸려 비틀거리며 계속 걸었다.

몇 미터 정도 간신히 이동하자 하르가스토르가 템플러 하나를 들고 내리쳐 다른 템플러와 함께 넘어뜨리는 모습이 보였다. 놈이 검은 전신 슈트를 입은 날씬한 여성에게로 돌아섰다. 여자로 보이는 또 다른 템플러는 가까스로 몸을 일으키고 있었다. 바닥에 쓰러져 움직이지 않는 템플러도 있었다. 그 주위로 다크스폰의 시체들이 아무렇게나 널려 있었다.

　놈을 죽여라.

　메리힘이 명령했다.

　놈이 너에게 등을 보인 지금이 기회다. 죽여라.

　그러다간 악마가 또다시 그에게 분노를 돌릴지도 몰랐지만, 워런은 놈으로부터 6미터 남짓 떨어진 지점에 멈춰 서서 에너지를 끌어모았다.

　"내가 지금 데리러 갈게. 너 지금 죽어 가고 있어. 난 알 수 있다고."

　나오미가 말했다. 그녀가 자신을 끌어당기는 것이 느껴졌지만 워런은 그녀를 밀어 냈다.

　"용기를 내라."

　목소리가 워런에게 말했다.

　"너의 주인은 너를 완전히 저버릴 수 없다."

　그 말을 믿을 수 있을까? 지난 4년 동안 메리힘이 마음만 먹으면 언제라도 그를 버릴 것이라 확신하며 살았다.

　무엇인지는 몰라도 그의 비밀스러운 욕망에 워런이 너무 가까워진다고 느끼는 순간 메리힘은 언제라도 그럴 것이었다.

　"메리힘에겐 비밀이 있지."

　목소리가 말했다.

　"악마 모두에게 비밀이 있다. 네가 그 비밀을 알아내는 순간, 그들은 약해질 것이다."

　내가 그때까지 살아남지 못한다면 그런 건 아무 소용없지. 워런은 씁쓸했다.

하르가스토르는 검은 옷을 입은 여자에게 정신이 쏠려 있었다. 놈의 등 뒤에 있는 여자 템플러도 돌아서서 악마에게 주의를 쏟고 있었기 때문에 워런을 눈치채지 못했다.

넘어졌던 템플러 중 한 명이 일어나 하르가스토르와 놈이 선택한 먹잇감 사이에 섰다. 템플러의 푸른빛 도는 은색 갑옷을 보자 워런은 그가 누구인지 알 수 있었다.

4년 전 만났던 바로 그 템플러였다. 그의 손을 자르고 결국 메리힘에게 속박되게 만든 바로 그 남자였다. 다른 누구에게서도 볼 수 없는 유일한 갑옷 색깔 때문만은 아니었다. 워런은 그 안에 있는 남자 또한 느꼈다.

고통과 분노가 두려움을 압도하는 순간, 워런은 집중했고 움직이기 시작했다. 그날 밤 그를 저주받게 내버려둔 바로 그 템플러였다. 그가 손을 자르지만 않았다면 메리힘이 그에게 손을 주고 자신을 섬기도록 하는 일도 없었을 것이다. 그는 여전히 자유로웠을 것이고, 수많은 다른 사람들처럼 런던을 떠날 수 있었을 것이다.

좋다.

메리힘이 말했다.

너의 분노를 이용해라. 분노는 너를 더 강하게 만든다. 그 감정을 이용해라. 어떻게 해서라도 하르가스토르를 무너뜨려라.

워런은 하르가스토르가 템플러에게 최후의 일격을 가할 때를 기다리고 싶었다. 그는 마음의 눈으로 모두 볼 수 있었다. 하르가스토르를 막지 않는다면 그의 손으로 직접 저자를 죽이는 것이나 마찬가지일 것이었다. 그 또한 복수였다.

하지만 자신이 악마를 쓰러뜨릴 만큼 강하지 않았기 때문에 그럴 수 없었다. 아무도 그를 살려 두지 않을 것이었다. 템플러에 대해선 충분히 봐 왔다. 남은 자들은 그가 순순히 떠나도록 두지 않을 것이 분명했다.

어서 죽여라.

메리힘이 사납게 말했다. 갑자기 힘이 넘치는 것이 느껴졌다. 통증도 사라졌다. 단 한 번의 호흡으로 머리가 맑아졌다. 그는 메리힘으로부터 받은 힘에 그의 온 힘을 더해 악마의 손으로 힘을 그러모았다.

워런의 손에서 유성우처럼 번쩍이는 빛이 뿜어져 나가 하르가스토르에게 명중했다. 놈의 등 가득히 자줏빛 물집이 돋아났다. 악마는 충격에 비틀거렸다. 물집 속에서 무언가가 점점 더 커지면서 격렬하게 움직이는 것이 보였다.

하르가스토르가 통증과 공포로 울부짖었다. 한 번도 들어 본 적 없는 그런 소리였다. 놈이 돌아서서 워런을 바라보았다.

"무슨 짓이냐? 무슨 짓을 한 것이냐!"

어떤 일이 벌어질지 알 수 없었다. 워런은 뒷걸음질 쳤다. 메리힘이 그에게 준 힘은 마지막 한 조각까지 다 써 버렸다. 그의 힘도 한 점 남김없이 모두 그러모았다. 이제 그는 두 발로 겨우 서 있을 뿐이었다.

"너는 누구냐?"

하르가스토르가 물었다. 워런은 아무 말도 하지 않으려 했지만 그의 입이 절로 움직였다.

"나는 너의 죽음이다, 파리 같은 녀석. 너는 오늘 진정한 죽음을 맞는다. 너의 최후다. 너의 주인이 비통한 죽음의 비명을 듣게 하라."

하르가스토르가 고통에 겨워 비명을 지르며 두 손을 앞으로 힘껏 뻗었다.

워런이 힘겹게 물러나며 두 손으로 머리를 감쌌지만 아무 일도 일어나지 않았다. 이제 제대로 걸음도 옮길 수 없다는 사실을 깨닫자 그의 목구멍이 꽉 죄어 왔다.

"워런."

나오미가 불렀다.

"기다려라."

목소리가 말했다. 메리힘이 바로 곁에 있었다. 워런은 메리힘의 두 눈을 통해 보고 있었다.

공포에 질린 채 고함을 지르며, 하르가스토르가 복수하려고 다가왔지만, 겨우 두 걸음 옮겼을 때 물집들이 터지기 시작했고 작은 도롱뇽처럼 생긴 것들이 즉시 숙주를 공격했다.

힘이 빠져나간 악마가 무릎을 꿇고는 엄청난 고통으로 얼굴을 일그러뜨리며 믿을 수 없다는 듯 외쳤다.

"안 돼! 이런 일은 있을 수 없다! 풀라가르!"

놈이 탄원하듯 양손을 천장으로 쳐들자 더 많은 물집이 터지면서 더 많은 도롱뇽들이 튀어나와 놈을 씹어 댔다.

"풀라가르! 살려 줘!"

하지만 아무도 나타나지 않았다.

하르가스토르의 얼굴에서 생명이 모두 빠져나간 것처럼 보였다. 애원하던 두 손이 양옆으로 떨어지며 눈이 머리 안으로 꺼져 들어갔다. 놈은 더 이상 저항하지 못하고 앞으로 풀썩 쓰러졌다.

도롱뇽 같은 생명체들이 본격적으로 만찬을 즐기기 시작했다.

이제 가라.

메리힘이 말했다.

남은 두 녀석을 찾아라. 그 후 함께 풀라가르를 처치할 것이다.

"함께라고?"

악마 안에서 태어나 이제는 악마의 시체를 먹어 치우고 있는 도롱뇽 같은 것들을 바라보며 워런이 힘없이 생각했다. 메리힘은 그의 생각을 듣지 못했거나, 들었더라도 반응하지 않기로 한 듯했다. 악마가 멀어지는 것이 느껴졌다.

"이제 끝났다."

목소리가 말했다.

"아직 힘이 남아 있을 때 떠나라."

하지만 워런은 움직일 수 없었다. 아직 알아야 할 것이 너무 많았다. 그는 하르가스토르의 시체 옆에 있는 짙은 푸른 빛깔의 은색 갑옷을 입은 템플러를 바라보았다.

"워런, 너를 데려오게 해 줘."

나오미가 간청했다.

"서둘러. 네가 약해지는 게 느껴진다고."

나오미는 워런의 심장 소리를 듣고 있었다. 그는 죽어 가고 있었다. 지금 당장 나오미가 지켜보고 있는 본체로 돌아가지 않으면 정말로 죽을 수도 있었지만, 워런은 아무것도 없는 매끈한 템플러의 투구를 바라보았다.

"당신, 나한테 빚졌어."

워런이 템플러에게 말했다.

"당신이 내 손을 자르고 나를 악마에게 던져 줬지."

워런은 템플러와 싸울 힘이 조금이라도 남았는지 찾아보려고 애썼다. 갑옷 안에서 그 남자 역시 간신히 서 있음을 알 수 있었다.

"내가 당신을 죽여 버리겠어."

템플러가 말없이 왼손으로 검을 들었다. 매끈한 면갑에서 에너지가 치지직 튀어 올랐다.

"당신은 악마와 한패다."

템플러가 단호하게 말했다. 워런은 믿을 수 없었다.

"방금 당신을 해치우려는 악마를 죽인 게 나인데."

"그건 그냥 당신 말이지."

다른 남자 템플러가 워런에게 총을 겨누었다.

"우리가 막 해치우려는 참이었다고. 그리고 지금 우릴 협박할 처지가 아닐 텐데."

검은 옷을 입은 늘씬한 여자도 그에게 라이플을 겨누었다.

"다음을 기약하지, 템플러."

워런이 말했다. 스스로도 위협적으로 느껴지지 않았다. 마치 옛날에 읽었던 만화책에서나 나올 법한 말 같았지만, 달리 어떻게 할 수 있단 말인가?

분노와 증오가 너무도 강렬했지만, 워런은 그 감정을 더 잘 드러낼 수 없어서 좌절감을 느꼈다. 말로는 표현할 수 없었다. 복수보다 더 복잡한 것은 없었다.

"다음에."

템플러가 제안을 받아들이며 검으로 예의를 갖춰 인사했다. 그런 태도는 처음에는 너무 거창해 보였고 자존심을 내세운 것처럼 느껴졌지만, 금속 투구로 얼굴을 가린 그 남자를 보자 전혀 그런 것이 아님을 느낄 수 있었다. 위선이나 값싼 연극이 아니었다. 의미 있는 몸짓이었고, 설득력이 있었다.

"워런."

나오미의 목소리가 아득하게 들렸다. 워런은 아무 말 없이 방어막을 걷고, 나오미가 자신을 요양원으로부터 끌어내 거대하게 입을 벌린 어둠을 건너 은신처로 당길 수 있도록 했다. 옆으로 한 걸음 내딛자마자 워런은 마치 거꾸로 뒤집어지는 것 같았다.

32장

 사이먼은 악마의 손을 가진 남자가 눈앞에서 서서히 사라지는 모습을 지켜보았다. 몇 초 만에 그는 마치 그 자리에 없었던 것처럼 흔적도 없이 사라졌다.
 바닥에 뻗어 있는 죽은 악마만이 그 남자가 거기 있었음을 증명해 주었다. 도룡뇽 같은 것들이 물고 찢고 게걸스럽게 먹어 치우는 통에 시체가 이리저리 흔들리며 꿈틀거렸다.
 사이먼이 놓쳤던 스파이크 볼터를 찾아 들었다. 그러고는 재빨리 조준하고 발포하여 도룡뇽 같은 놈들을 없애 버렸다. 대니엘과 네이선이 거들었다. 갑옷이 악마의 거죽만큼도 방어하지 못한다면 그들도 저런 꼴이 될 수 있었다. 아무도 그런 건 바라지 않았다.
 사이먼이 쓰러진 템플러에게 다가갔다. 머사이어스 버치는 사이먼보다 한두 살 정도 어렸다.
 "괜찮나, 머사이어스?"
 사이먼이 템플러의 갑옷에 손을 올려 활력징후를 읽어 들였다. 쇼크 상태로 간신히 숨을 쉬고 있었다. 부러진 갈비뼈가 폐를 찌르는 듯했다. 다른 뼈들도 부러졌지만 폐의 상태가 가장 나빴다.
 "괜찮습니다."
 템플러가 힘없이 말했다.
 "통증이 사라지게 안정제를 주입하겠다."
 "버틸 수 있습니다."
 머사이어스가 떨리는 손을 들어 올렸다.

"일어나는 것만 도와주시면 완전히 괜찮아질 겁니다. 두고 보십시오."

사이먼은 언쟁하고 싶지 않았다. 너무 과하게 움직인다면 폐가 완전히 망가지거나 갈비뼈가 더 깊숙이 들어가 심장까지 찌를 수도 있었다. 그가 머사이어스의 손을 잡았다.

"고맙습니다. 절대 뒤처지지 않을 겁니다. 함부로 움직여서 또다시 전사를 잃게 하지도 않을 테니 걱정 마십시오."

"자네 잘못이 아니다, 머사이어스."

사이먼이 그의 갑옷 AI와 머사이어스의 AI를 연결해 그의 갑옷 시스템을 중단시켰다. 사이먼이 안정제를 주입하자 머사이어스가 축 늘어졌다.

사이먼이 그를 바닥에 조심스럽게 눕혔다. 양손을 가슴에 놓고 갑옷으로 고정하여 움직이지 못하게 했다. 그를 옮기는 동안 흔들리지 않도록 잘 붙들어 줄 것이다.

- 안정제 효과로 수면 중입니다. 생명 유지 시스템으로 자율신경계를 제어합니다.

AI가 말했다.

"좋아."

사이먼이 말했다.

"계속 쉬게 해 줘."

- 알겠습니다.

"크리스토퍼."

사이먼이 말했다.

곁에 있던 또 다른 젊은 템플러가 앞으로 나섰다.

"네."

"머사이어스와 함께 후방 대기조로 이동하도록. 어떤 일이 닥칠지 모르니까."

"알겠습니다."

"네이선, 도와줘."

사이먼과 네이선은 함께 의식 없는 템플러를 들어 크리스토퍼의 등에 고정했다. 크리스토퍼가 복도 반대쪽으로 되돌아 내려갔다.

사이먼은 두 사람이 안전하게 도착하기를 바랐다. 그는 스파이크 볼터를 들고 《게티아》 필사본을 찾기 위해 다시 이동하기 시작했다.

"아는 사이야?"

병실들을 확인하며 네이선이 물었다.

"악마 손의 사나이 말이야."

"워런."

사이먼이 대답했다. 갑옷 AI가 정보를 기록하지 않았더라면 기억하지 못했을 것이다. 4년 전의 템플러 작전과 기차에서 마주쳤던 그날 이후 너무 많은 일들을 겪었던 것이다. 사이먼은 정말 많은 생존자들을 런던 밖으로 대피시켰다.

"워런 뭐?"

"몰라."

"어떻게 아는 사인데?"

"마지막으로 만났을 때 그자는 우릴 죽이려고 했었어요."

레아가 말했다. 네이선이 그녀에게로 돌아섰다.

"아니, 당신도 그 남자를 안다고요?"

"네. 하지만 그게 전부예요."

레아의 헬멧은 움찔하지도 않았지만 목소리에서는 뭔가 다른 낌새가 느껴졌다.

"다음에 좀 더 알게 되겠죠."

"다음에요? 모르나 본데 그 남자, 우리 목을 막 꺾어 버리려는 악마를 한 방에 쓰러뜨렸다고요."

"아까랑은 말이 다르네."

대니엘이 말했다.

"그땐 그렇게 말해야 했으니까. 꽤 설득력 있지 않았어? 안 그래?"

사이먼은 멈추지 않고 다음 병실을 확인했다. 필사본은 여기 어딘가에 있어야만 했다. 아직 수색하지 않은 병실이 몇 남지 않았다.

워런은 분노와 무력감을 함께 느끼며 몸으로 되돌아왔다. 두 감정 모두 그에게는 오래도록 친숙한 동반자와 같았다. 어머니, 양아버지와 함께 살 때도 늘상 느꼈고, 이후 위탁 가정에서도 또다시 겪어야 했다. 이런 감정이 그를 어떻게 만드는지 그는 잘 알았다. 하지만 그의 가슴을 짓누르는 무게는 미처 예상하지 못했었다.

약해지고 혼란스러운 채 워런은 눈을 떴다. 나오미가 그의 가슴에 엎어져 있었다. 처음에는 그녀가 죽은 줄 알고 겁에 질렸다. 그의 혈류를 타고 온갖 감정들이 폭발하듯 밀려들었고 죄책감이 그를 덮쳤다. 그가 너무 오래 머무는 바람에 나오미가 죽은 것이라면 그 사실을 어떻게 감당해야 할지 알 수 없었다.

목덜미에서 맥박이 희미하게 뛰는 것이 보였다. 숨결이 그의 뺨을 부드럽게 스쳤다.

워런은 나오미를 옆으로 조금 밀어 일단 자신이 좀 더 숨을 잘 쉴 수 있도록 했다. 그런 다음 나오미를 그의 곁에 눕혔다. 두려움은 여전했다. 숨을 쉰다고 해서 뇌 손상이 일어나지 않았다는 의미는 아니다. 수많은 카발리스트들이 악마의 아케인 에너지에 가까이 다가가려고 하다가 정신적으로 심각한 문제를 일으키고 고통스러워하는 모습을 보았다.

그런 신비로운 힘을 익혀서 자신의 능력을 키우려고 했던 카발리스트들 중에는 완전히 정신이 나간 이도 있었고, 가수면 상태에서 돌아온 이후 식물인간이 되기도 했다. 또 다른 경우, 신체 일부를 통제하는 능력을 잃고 불구가 되어 더 이상 스스로를 돌보지 못했다.

그 수가 많지는 않으나 어떤 이들은 돌아오지 않았다. 대신 그 불가사의한 일들이 벌어졌던 장소에는, 한때 그곳에 살았던 죽은 자들과 악마의 기운이 떠돌았다. 주변에서 이런 일에 휘말려 고통받는 것을 보며 대부분의 카발리스트들도 엄청난 충격을 받았다.

이런 '남아 있는 기운'을 유령이라고 부르는 사람들도 있었다. 반드시 유령을 빚어서가 아니라 달리 어떻게 불러야 할지 몰랐기 때문이다. 이 기운은 주변 세상에는 아무런 관심도 보이지 않고 악의를 내뿜으며 떠돌아다녔다.

어떤 카발리스트들은 그런 불안한 영혼과 영혼의 세계를 믿었고, 더 많은 정보를 얻을 것을 기대하며 그들과 접촉하려고 했지만, 워런은 그렇게 생각하지 않았다. 죽은 자들은 죽어 사라진다.

그뿐이었다.

워런이 몸을 일으켜 무릎을 꿇은 자세로 나오미의 상태를 확인했다. 기도는 막히지 않은 듯 숨을 쉴 때마다 느리지만 규칙적으로 가슴이 오르락내리락했다. 맥박 또한 천천히 꾸준히 뛰었다.

잘못된 것은 전혀 없어 보였다.

"나오미."

그녀는 대답하지 않았지만 한쪽 눈썹이 조금 꿈틀거렸다.

"나오미."

여전히 대답은 없었다.

워런은 한 손으로 그녀의 머리를 받치고 어깨를 살짝 흔들어 보았지만 반응은 없었다. 그는 기진맥진하여 언제라도 기절할 것만 같았다.

"여자는 괜찮다."

목소리가 말했다.

"그저 잠든 것이다."

"당신이 어떻게 알지?"

"알 수 있다."

"당신은 책일 뿐이야. 모든 것을 알진 못해."

목소리는 잠시 말이 없었다.

"나는 책이 아니다, 워런 시머. 그 책은 그저 내가 드나드는 관문에 불과하다."

"거기 오래도록 갇혀 있었다고 했잖아."

"그랬지. 지금도 그렇다."

워런이 나오미를 내려다보며 깨우려고 애썼다. 지금 혼자 있고 싶지는 않았다. 토할 듯 아프고 무서운 진절머리가 나는 순간이면 그러고 싶지 않았다.

"어째서 갇혔다는 거지? 지금 여기 있잖아. 나와 함께."

"아니다. 책은 내가 이 세상에 개입할 수 있게 해 주는 열쇠다."

"대체 무슨 말이야? 그럼 여기 없다는 뜻이야?"

목소리는 조금 주저했다.

"나는 여기 있다, 워런. 이 세상에. 그저 머나먼 곳에 갇혀 있을 뿐이다."

"이해가 안 돼."

"나는… 속박되었다."

"속박? 누가 그런 거야?"

"악마들이."

"왜 그런 짓을 했지?"

"놈들은 이 세상에서 힘을 얻고자 했지만, 내가 그것을 원하지 않았다."

워런이 나오미를 안은 채 잠시 생각했다.

"악마들이 그러지 못하도록 막을 수 있었다는 거야?"

"이 세상으로부터 그들을 완전히 쫓아낼 수도 있었다."

"어떻게?"

"지금은 그런 이야기를 할 때가 아니다."

워런은 끈질기게 매달려서라도 대답을 듣고 싶었지만, 그 욕망을 밀어내고 나오미의 상태에 집중하려고 애썼다.

"적절한 때가 언제라는 거야?"

"나도 모른다. 너는 아직 알아야 할 것이 너무나 많다."

워런은 그 말에 웃음을 터뜨렸지만, 동시에 눈물이 흘렀다.
"나에게 알려 주려는 게 뭔지는 몰라도 내겐 시간이 많지 않다고. 쓰러뜨려야 할 악마가 아직 두 놈이나 남았어. 게다가 풀라가르까지."
"안다."
"메리힘을 없앨 방법을 당신이 알고 있다면 모르지만."
워런 자신도 모르는 사이에 희미한 희망이 마음속에 자리 잡았다.
"인내해야 한다. 메리힘은 이미 스스로 파괴의 씨앗을 뿌렸다. 그것은 나의 일이 아니다. 너의 일도 아니지."
"나는 메리힘에게 묶여 있다고."
얼굴을 타고 흘러내리는 눈물이 느껴졌다.
"언제나 그렇진 않을 것이다."
"어떻게 하면 분리될 수 있지?"
"지금은 때가 아니다."
"내겐 시간이 많지 않다고."
"이 세상도 마찬가지지."
워런이 얼굴을 닦았다.
"뭐라고?"
"나는 이 세상을 구하기 위해 존재한다, 워런. 모든 일이 잘 풀린다면 나는 너 또한 구할 것이다."

사이먼이 앞장서고 대니엘이 옆에서 나란히 복도를 나아갔다. 악마 하르가스토르가 인간들을 억류해 두었던 구역 근처였다. 레아가 물었다.

"놈이 왜 여기 사람들을 잡아 둔 걸까요?"

"여기가 바로 그런 곳이었으니까요."

사이먼이 인간과 다크스폰의 시체들을 내려다보며 대답했다. 작전에 이미 실패한 것처럼 느껴졌다. 전장에는 그 어떤 무고한 자들도 희생되어서는 안 되지만, 이 전쟁에서는 피할 수 없는 일임을 또한 잘 알았다. 무고한 사람들은 바로 악마들이 욕망하는 전리품이었다.

"이해가 안 되네요."

레아가 말했다.

"그놈도 책에 대해서 언급했잖아요. 그 책이 바로 우리가 찾는 필사본이라고 생각했는데."

"도서관처럼 장서를 잘 보관해 두고 그러진 않았을 거 아녜요?"

대니엘이 말했다.

"아뇨, 그 뜻이 아니라, 놈도 책을 찾아야 하는데 굳이 여기 사람들을 가둔 행동 말이에요. 이 층에는 살아 있는 사람이 아무도 없었어요. 일부러 산 사람들을 여기 데려왔다는 거잖아요. 왜 그래야 했는지 이해할 수 없다는 거예요."

"고문하고, 죽이기 위해서죠."

사이먼이 앞으로 나아가면서 말했다.

"그것도 전혀 말이 안 돼요. 다른 임무를 하는 중에 위험을 감수하고 일부러 죄수들을 둔다고요?"

"오락거리죠."

대니엘이 말했다.

"믿고 싶지 않네요."

"이게 바로 악마 놈들이 하는 짓이에요."

네이선이 말했다.

"자기들보다 약하다면 뭐든 고문하고 죽이는 거죠. 지배하고 공포에 떨게 할 인간이 남아 있지 않으면 서로를 사냥하는걸요."

함께 지내던 시절 아버지 역시 비슷한 이야기를 했던 것을 사이먼은 기억했다. 어렸을 때는 아버지의 가르침을 의문 없이 받아들였지만, 조금씩 자라며 모든 것에 의문을 품었다. 악마의 존재를 포함해서.

"4년 동안 이런 난장판에서 살지 않았어요?"

네이선이 말을 이었다.

"그러는 동안 당신도 분명히 꽤 많이 배웠을 것 같은데."

"놈이 여기에서 뭘 하려던 건지 좀 더 잘 알고 싶은 거예요. 적이 무엇을 욕망하고 무엇을 필요로 하는지 이해하는 건 놈들과 싸우는 것에 버금가는 일이라고요."

"선과 악을 믿나요?"

대니엘이 물었다.

"그건 그냥 개념이죠. 행동 양식을 규정하기 위한."

"아니에요."

네이선이 말했다.

"선과 악은 존재해요. 적어도 악은 존재하죠. 그리고 악의 가장 순수한 형태가 바로 악마예요."

예언 같은 그 말이 텅 빈 복도에서 섬뜩하게 울렸다. 사이먼은 갑옷 속에서 한기를 느꼈다. 어쩌면 부상 때문이나 시스템이 주입한 약물 탓일 수도 있었다.

"놈들은 '매슬로의 욕구 단계'[15] 같은 건 몰라요."

네이선이 말을 이었다.

"그저 약한 모든 것들을 죽이기 위해 살 뿐이죠. 우리가 알기론 놈들은 우리 세상에 오기 전에도 이미 수백 개가 넘는 세상을 파괴했습니다."

"하지만 놈들은 도시를 테라포밍하잖아요."

"'화마' 말인가요?"

"네. 놈들이 원하는 세상으로 바꾸잖아요."

"인간이라면 누구도 살 수 없는 장소로 만드는 거죠. 먹잇감들의 집을 빼앗는 거예요. 불이 난 숲을 한 번이라도 본 적 있나요? 화재 그 자체가 아니라, 그 후의 모습을요."

사이먼은 본 적 있었다. 풀이 모두 불타 어떻게 새까만 재가 되었는지, 잎이 모두 떨어진 작은 나뭇가지들이 얼마나 앙상했는지 똑똑히 기억했다. 레아가 대답했다.

"네."

"'화마'가 바로 그런 거예요. 모든 것을 헐벗기죠. 모습을 완전히 바꿔 버려요. 숲에 살던 동물들이 기적적으로 살아남는다 하더라도 화염에 노출된 탓에 병이 들죠. 더 달아날 곳도 없는 곳에서요."

"우리는, 그러니까 저는 '화마'가 이곳을 놈들 세상과 유사하게 바꾸는 과정이라고 생각했어요."

"놈들이 여기에서 살 수 있도록요?"

---

15) Maslow's Hierarchy of Needs, 인간의 욕구는 강도와 중요성에 따라 다섯 단계로 이루어지며, 상위 욕구는 기본 욕구가 충족될 때 동기 요인으로 작용한다는 이론. 기본 욕구에는 생리적 욕구, 안전의 욕구가 있고 상위 욕구에는 사회적 욕구, 존경의 욕구, 자아실현의 욕구가 있다. 미국의 심리학자 매슬로가 주장했다.

"네."

네이선이 웃음을 터뜨렸다.

"당신, 순진하군요."

레아가 네이선을 향해 빙글 돌아서더니 라이플을 겨누었다. HUD를 통해 무슨 일이 일어나는지 전부 볼 수 있었음에도 사이먼은 멈춰서 뒤돌아섰다. 대니엘이 두 사람에게 다가갔다. 사이먼이 대니엘의 어깨에 손을 올리며 개인 회선으로 말했다.

"잠깐."

"네이선을 쏘려고 하잖아."

대니엘이 발끈했다.

"기다려 봐."

사이먼이 레아를 바라보았다. 네이선을 공격하기로 결정했다면 이미 쏘았을 것이 분명했다. 지난 4년 동안 그녀를 봐 온 바로는 그랬다. 그러나 레아가 공격할 가능성은 여전히 염두에 두어야 했다.

33장

 "난 순진하지 않아요."

 목소리가 딱딱하고 차갑게 나왔다. 분노가 뱃속 깊숙이에서 거칠게 솟구쳤다. 눈앞에 있는 이 템플러를 개머리판으로 내려치지 않기 위해 레아는 이를 악물었다.

 이미 악마와 맞닥뜨린 적이 많았는데도 이 요양원 지하에서 목격한 것은 끔찍했다. 레아는 인간이 인간에게 보이는 잔인함을 보면서 자랐다. 그녀의 가족은 엉망이었다. 그런 가족으로부터 멀어지기 위해 조직에 들어가 지금의 자신이 된 것이다.

 "사람들과 아이들이 죽어 가는 모습을 지난 4년 동안 수도 없이 봐 왔어요. 그런데도 아무것도 할 수 없었죠."

 그녀가 탁한 목소리로 말을 이었다.

 "어째서 악이 곧 악마인지는 나도 알아요. 그저… 그저 그놈들을 좀 더 이해하고 싶을 뿐이에요."

 "바로 그게 실수라는 거예요."

 네이선이 부드럽게 말했다.

 "악마를 이해할 수는 없어요."

 "인간의 내면에도 괴물은 있어요."

 레아는 그런 괴물을 알았다. 가장 끔찍했던 괴물은 한 지붕 아래에서 살던 자들이었다.

 "인간은 악마와 달라요."

 네이선이 반박했다.

"최악의 환경에서 살아가는 최악인 인간이라 하더라도요. 인간의 모습을 한 악이라고 불렸던 사람 누구도 악마만큼 악의적이지는 않았어요. 히틀러도, 바토리[16]도, 드라큘라 백작이라고 불리는 블라드 체페슈도요."

레아도 아는 이름들이었지만 하나로 엮어 생각하기에는 잠시 시간이 걸렸다. 하지만 그토록 악의에 가득 찬 짓이라면, 그들 앞에선 악마도 무색할 것 같았다.

"그들 모두, 원하는 것이 있었어요. 우리들이 원하는 것과 다르긴 해도 왜 그렇게까지 했는지 적어도 이해하려고 해 볼 수는 있죠. 지배, 영원한 젊음, 적을 공포에 떨게 하는 것. 그 과정에서 누군가를 죽이는 건, 잔혹한 살인이든 대량 학살이든, 오로지 목적을 위한 수단일 뿐이에요. 하지만 악마에게 살해는 그저 살해일 뿐이죠."

레아는 여전히 이해할 수 없었다.

"당신이 말하는 건 그냥 광견병에 걸린 짐승이에요."

네이선의 목소리에서 연민과 이해가 묻어 나왔다.

"아뇨. 달라요. 광견병은 질병이니까요. 그 병에 걸리면 신체를 완벽하게 제어하지 못하지만, 악마는 질병에 걸린 게 아니죠. 치매 같은 건 더더욱 아니고요. 러브크래프트의 크툴루 이야기는 들어 봤어요?"

"어릴 때요. 읽기가 너무 힘들었고, 이해하지도 못했지만요."

학창 시절 친구들은 그 이야기에 꽤나 빠졌었지만 그녀는 그러

---

16) Báthory Erzsébet, 1560~1614. 젊음을 유지하기 위해 처녀들의 피로 목욕했다는 헝가리 귀족.

지 못했다.

"우리는 러브크래프트가 악마를 가장 잘 이해한 사람 중 한 명이라고 믿어요. 템플러는 러브크래프트에게 아케인 능력이 있었다고 생각해요. 그가 그런 분야에 관심이 많았다는 건 모두가 아는 사실이기도 하고요. 인간이 이해할 수 있는 것 바깥에서 우리 마음을 건드리는 신비로운 힘 말이죠. 그런 이야기를 씀으로써 자신이 악마의 마음속에서 보았던 환영에 살을 입힌 셈이에요."

"무슨 악마요? 백 년 전 사람이잖아요. 그때 이 세상에 악마는 없었어요."

"우리는 악마가 우리 세상에 수백 년 전부터 존재했다고 믿어요. 그동안 놈들은 정보를 수집하고 침공을 준비했죠. 성전 기사단이 그 증거를 찾은 후 세상에 드러내려고 애썼지만, 덕분에 토지와 재산과 작위를 박탈당했죠. 진실이 한 번도 밝혀지지 않은 소문도 있어요. 사실 그런 일들 중 일부는 악마 짓일 수 있죠."

네이선은 잠시 말을 멈췄다.

"그래서 우리가 세상의 눈을 피해 지하로 내려와 숨은 거예요."

"당신이 말한 것 같은 그런 적과 맞서서 어떻게 이길 거라고 생각할 수 있는 거죠?"

복이 꽉 잠긴 레아가 물었다. 이 이야기 전부가 그녀에게는 있을 수 없는 일로 들렸다. 그녀의 상관은 이미 피할 수 없는 패배를 받아들였다. 심지어 사이먼이 빠져나온 템플러 본부에서도 그 사실을 인정하는 것처럼 보였다.

오직 사이먼 크로스와 그의 사람들만이 역경에 맞서기로 단호히 결심한 듯했다.

"우린 그럴 수밖에 없어요. 이길 수 있다고 생각하지 않는다면, 이 세상을 구할 수 있다고 믿지 않는다면, 어째서 놈들과 싸우는 거죠?"

"놈들이 이기는 걸 보고만 있을 수 없으니까요."

레아의 조직 전부가 그 단 하나에 매달려 있었다. 만약 그들이 이길 수 없다면, 그렇다면 그 누구도 이기도록 놔두지 않겠다는 것이다. 승리도 아니지만, 패배도 아니다.

"구해야 할 것이 아무것도 남지 않는다면 그게 의미가 있을까요?"

"우리는 이 세상을 구할 수 없지만, 다음 세상은 구할 수 있겠지요."

"우리 세상을 이미 포기한 건가요?"

레아는 네이선의 목소리에 깔린 가벼운 힐책이 당혹스러웠다. 사이먼이 지켜보고 있었다. 그가 실망할 수도 있었다.

진실을 받아들여. 그녀가 생각했다. 이런 바보스러움에 휘둘리지 마. 능력 밖의 일을 하려다간 그게 무슨 일이든 실패하고 말 거야.

"정말 해낼 수 있다 하더라도, 우리가 아는 세상은 전부 파괴되었을 거예요."

"충분히 많은 사람들이 살아남는다면, 재건할 수 있어요."

"그 세상은 예전 같지 않을 거예요."

"똑같은 건 아무것도 없어요. 세상은 변하고 발전해요. 파괴에 굴하지 않고 매일매일 나아가는 거예요."

"하지만 런던은-"

"여러 번 파괴되었었죠. 흑사병, 대화재, 자원 고갈, 2차 세계 대전 때의 폭격. 런던은 위대한 도시입니다. 우리 세상에 영원히 존재할 도시들 중 하나죠. 런던은 되살아날 겁니다. 우리가 할 일은 그저 침습을 막고 이 도시가 다시 한번 뿌리내릴 수 있도록 하는 거예요."

레아는 아무 말도 하지 않았다.

"저기, 나는 당신이 무슨 훈련을 받는지 몰라요. 어떤 조직에 있는지도 모르지만, 당신이나 그쪽 사람들이나, 당신 생각만큼 악마에 대해 많이 아는 것 같진 않아요."

"그 사람들은 템플러가 바보 집단이라고 생각해요."

네이선이 낄낄거렸다.

"우리에 대해서도 잘 아는 것 같진 않군요."

"맞아요."

레아가 수긍했다. 템플러 같은 전사들은 어디에서도 보지 못했다. 그녀의 조직에도 없었다.

"그런 것 같지는 않네요."

"이제 끝났어?"

대니엘이 물었다.

"아니면 아까 뻗어 버린 놈을 찾아서 다른 악마가 들이닥칠 때까지 계속할 셈이야?"

워런은 방금 목소리가 한 이야기를 생각하다가 웃음을 터뜨렸다.

"이 세상을 구하기 위해 존재한다고? 꼭 빌어먹을 템플러들이 하는 소리 같군."

"템플러는 악마를 쓰러뜨리려고 한다."

목소리가 나직하게 말했다.

2부: GOETIA(게티아)

"같지 않다."

"정말 그런지 놈들에게 물어봐."

"그들이라고 모든 것을 알지는 못한다."

"카발리스트가 템플러 이야기를 하는 걸 들은 적 있어. 카발리스트가 악마의 힘을 연구한 것보다 더 오래 악마를 연구했다던데. 만약 놈들이 모르는 게 있다면-"

"그들은 내가 아는 것을 모른다."

"당신 말은 믿지 못하겠어."

"네가 무엇을 믿는지는 상관없다."

목소리에게 쳐다볼 얼굴이 없다는 사실이 워런은 마음에 들지 않았다. 놈의 눈을 똑바로 바라보며 거짓말하지 말라고 말해 주고 싶었다.

"내가 당신을 믿지 않기로 한다면 어쩔 셈이지?"

"기다릴 것이다."

망설임 없는 대답에 워런은 긴장이 조금 풀렸다. 자신의 협박에 적어도 잠깐이나마 실망했을 것이 분명했다.

"뭘 기다려?"

"믿어 주는 다른 사람을."

"내가 책을 파괴한다면?"

묻긴 했지만 정말 그러지는 못할 것임을 워런도 잘 알았다. 아직 듣지 못한 대답이 너무 많았다.

"너는 그럴 수 없다."

워런이 바닥에 여전히 누워 있는 나오미를 바라보았다. 그녀가 얼른 깨어나기를 바랐다. 혼자 있고 싶지 않았다.

"책은 파괴될 수 있다, 워런. 하지만 책 속에 숨겨진 생각은 파괴될 수 없다. 네 손에서 그 책이 사라진다 해도 또 다른 책이 나타날 것이다. 그 과정은 매우 힘들고 오래 걸릴 것이다. 많은 대가도 치러야겠지만, 나는 또 다른 책으로 나타날 것이다. 반드시 그래야만 하는 일이고, 나는 그렇게 할 것이다."

"속박되었다면서 어떻게 그런 일을 할 수 있는 거지?"

"속박되었다 하여 무력한 것이 아니다. 내게 힘이 없었다면 너를 도울 수도 없었겠지."

"딱히 날 도와준 것 같지는 않은데."

목소리가 잠시 말이 없었다.

"바로 지금 도울 수 있다."

워런은 기다렸다. 목소리가 스스로를 증명하기를 원했다. 아니, 그래야만 했다.

"너는 저 여자가 깨어나길 원한다. 여자를 깨우는 것을 도와주겠다. 너의 통증 또한 쫓아 주겠다."

워런은 아무 말도 하지 않았다.

"여자의 이마에 손을 올려라."

워런이 악마의 손을 나오미의 눈썹 위에 부드럽게 얹었다.

"그 손이 아니다. 다른 손을 올려라. 진정한 너의 손."

악마의 손을 거두자 무력함이 밀려왔다.

"내 손으로는 힘을 쓸 수 없어."

"할 수 있다."

"못해."

워런이 분노에 차서 대답했다.

"해 봤다고."

다른 무엇보다도 그 점에 화가 났다. 그가 언제나 사용하는 능력이 오히려 그를 메리힘에게 묶어 놓는 것 같았기 때문이다.

"메리힘의 손에 의지하도록 내버려둔 것은 바로 너다. 그 편이 더 쉬웠을 테니까."

워런이 고개를 저었다.

"아니, 사실이 아니야. 내 손으로는 힘을 흐르게 할 수 없어."

"4년 전 처음 카발리스트 모임에 갔을 때 너는 어둠을 볼 수 있었다. 그전에도 너는 언제나 위험을 감지했었다. 처음으로 악마와 맞닥뜨린 순간, 놈이 너를 보지 못하게 했다. 메리힘이 이 세상으로 넘어왔을 때 입은 상처가 낫는 동안 켈리가 너를 지키도록 만들었다."

모두 사실이었다. 목소리가 그 일 전부를 안다는 사실에 워런은 경악했다.

"무엇보다 아직 아이였을 때 너는 그 능력으로 너의 생명을 구했다."

양아버지가 어머니를 죽인 후 권총을 그에게 겨누던 모습이 머릿속을 가득 채우자 그는 두 눈을 질끈 감았다. 권총이 자기 관자놀이로 다가와 방아쇠가 당겨지던 순간 양아버지의 얼굴에 나타난 공포가 선명했다.

"어떻게… 어떻게 그런 걸 아는 거지?"

워런이 잠긴 목소리로 물었다.

"나는 너를 안다. 너의 비밀을 안다. 너에 대한 모든 것을, 너 자신에게조차 숨긴 것을 안다. 이제 나오미의 이마에 손을 대라."

워런이 순순히 따랐다.

"너의 힘으로 그녀를 느껴라. 내가 너를 이끌겠다. 지금 함께한 이후로는 언제든 혼자서 할 수 있을 것이다."

손바닥에서 따뜻함이 퍼져 나가며 살결이 떨려 왔다. 어깨까지 모든 피부가 조이며 차가워졌다.

"여자의 심장이 거기 있다. 네가 해야 하는 일은 심장을 찾는 것뿐이다."

워런이 두 눈을 감고 심장을 찾아보았다. 막 포기하려는 찰나 나오미의 심장이 두근, 두근, 두근 하고 뛰는 것이 느껴졌다. 저 멀리, 어딘가에 파묻혀 숨겨져 있는 듯한 느낌이었다.

"느꼈구나."

"맞아."

놀라웠다. 온몸에 가득하던 분노와 의심이 거의 사라졌다.

"이건… 대단한걸."

그의 손은 나오미의 피부에서 살짝 떨어져 있었다. 워런이 그 사실을 깨닫고는 새삼 놀라 바라보았다.

곧 그녀의 심장이 무언가 잘못되었다는 기분이 들었다. 잘은 모르겠지만 무언가 어긋나 있었다.

"뭐지?"

"결함이다."

워런은 그 느낌에 더욱 집중했다. 그러자 마음속에서 어떤 이미지가 형태를 갖추었다. 생물 수업에서 배웠던 것이었다. 심장은 네 부위로 나뉜 근육 조직이었다. 네 부위 모두에 열고 닫히는 판막이 있었다. 그중 하나가 유난히 얇고 약했다. 그의 손길 아래에서 그 판막이 가볍게 떨렸다.

"결함을 치료하지 못한다면 여자는 죽을 것이다."

워런은 더욱 겁에 질렸다. 이제 런던에 의사 같은 것은 없었다. 있다 하더라도 심장 수술을 할 수 있느냐는 다른 문제였다.

"워런. 여자가 죽게 두지 마라."

"나더러 어쩌라고?"

혼자 남는다는 생각에 목소리가 갈라졌다.

"네가 고칠 수 있다. 내가 돕겠다."

"언제?"

나오미가 이런 약한 심장으로 하루라도 더 산다는 생각은 참을 수 없었다.

"지금. 심장의 결함에 집중해서 마음속에 그려라. 능숙해지면 너의 생각을 통해 내가 볼 수 있을 것이다."

"알겠어."

"결함에, 그 결함을 낫게 만든다는 생각에 집중해라."

워런이 시키는 대로 해 보았다. 두근거림과 떨림이 손바닥으로 더 강하게 전해졌다. 동시에 심장의 판막 또한 선명해졌다. 그는 판막 근육이 두꺼워지는 모습을 마음속으로 그렸다.

나오미의 심장이 두근거리는 소리가 갑자기 더욱 일정하고 분명해졌다.

"잘했다. 이제 이상이 느껴지지 않는가?"

나오미의 심장 부위에 손을 올리자 모든 것이 정상임이 느껴졌다.

"이상 없어."

"좋다. 네가 여자의 목숨을 구했군."

워런은 자신이 나오미의 목숨을 구했을지도 모른다는 것이 기뻤지만, 어쩌면 목소리가 그저 그를 속인 것인지도 몰랐다. 암시에 걸린 것일 수도 있었다.

"그렇지 않다."

목소리가 주장했다. 워런도 그러길 바랐다.

"이제 여자의 정신에 손을 뻗어 깨워라."

워런은 나오미의 이마에 인간 손을 올리고 그녀의 의식을 찾았다. 지난 며칠 동안 겪었던 일들이 나오미의 관점에서 그의 마음 속 눈으로 흘러 들어왔다. 그가 부드럽게 나오미를 불렀다.

나오미가 그를 올려다보았다.

"워런?"

"나 여기 있어."

그가 그녀를 안았다.

"널 잃은 줄 알았어."

나오미가 말했다.

"아냐."

"하르가스토르는 죽었어?"

워런이 고개를 끄덕이며 일어서려는 나오미를 부축했다. 그녀가 잠시 자리에 서서 방 안에 깔린 어둠을 둘러보았다.

"왜 심장 얘기 안 했어?"

나오미가 그를 쳐다보았다.

"무슨 소리야?"

"심장에 문제가 있던데."

워런은 모른 척할 수가 없었다. 목소리의 말이 진실인지 거짓인지 알아야 했다.

"어렸을 때, 심장에서 잡음이 들린다고 의사가 부모님한테 말한 게 전부야. 걱정할 건 없다고 했는데."

나오미가 그를 쳐다보며 미간을 찌푸렸다.

"내가 의식 없는 상태에서 그런 얘길 했어? 이상하네."

워런이 고개를 저었다. 자신이 미소를 짓고 있다는 사실이 놀라웠다.

"그런 말 안 했어."

"그럼 어떻게 알았어?"

"새로운 걸 배웠어."

워런이 그녀의 오른손을 잡았다. 손가락과 손바닥에 걸쳐 베인 상처가 반쯤 나아가고 있었다. 언제 난 상처인지도 몰랐지만, 이제는 느낄 수 있었다. 워런이 손을 놓자 흉터조차 없이 매끈해진 살결이 보였다. 나오미가 놀라서 자기 손을 바라보았다.

"어떻게 한 거야?"

"내 능력으로. 메리힘이 아니라."

"너에게 그런 능력이 있었기 때문에 메리힘이 너를 선택한 것이다."

목소리가 말했다.

"너를 그에게 묶어서 두려워하고 의지하게 만들었다. 그리고 네 스스로 할 수 있었을 모든 일들을 처음부터 하지 못하도록 한 것이다. 악마는 절대 호의를 베풀지 않는다. 오로지 그들 자신에게 좋은 일만 좇을 뿐이다."

"당신조차도?"

"그렇다."

"그러면 당신이 원하는 건 뭐지?"

"이미 너에게 말했다."

"세상을 구하는 것?"

"그렇다."

나는 그저 나 자신을 구하고 싶을 뿐인데. 워런이 나오미를 바라보았다. 어쩌면 좀 더 나은 목표를 정할 수 있을지도 몰랐다. 둘 모두를 구하고 싶다는. 하지만 나오미를 구하기 위해 그의 목숨을 내던지고 싶지는 않았다.

"너도 이 세상의 일부다. 나는 너 또한 구할 것이다."

워런은 목소리를 완전히 믿지는 않았다. 사람들이 자신을 해치려 한다는 것 말고는 그 무엇도 온전히 믿지 않았다. 목소리는 여전히 무언가를 숨기고 있었다. 그는 속지 않았다.

손을 바라보던 나오미가 시선을 들어 그의 눈을 바라보았다.

"나한테 이거 가르쳐 줄 수 있어?"

"어쩌면."

워런이 보호 결계 밖으로 성큼성큼 걸어 나가자 나오미가 그를 따라갔다. 워런은 메리힘을 생각했다. 찾아내 죽여야 할 풀라가르의 부하가 여전히 둘이나 남아 있었다.

놈들이 먼저 날 찾아 죽이지 않는다면 말이지.

34장

- 비디오 시스템 정비 완료.
갑옷 AI가 알렸다.
"실행."
사이먼의 HUD가 잠시 깜빡거리더니 대니엘과의 연결이 끊어지고 수리가 완료된 그의 시스템이 활성화되었다. 이제야 그는 모든 것을 제대로 인지할 수 있었다.
시스템이 돌아와서야 사이먼은 그들이 요양원에서 얼마나 오래 머물렀는지 알 수 있었다. 상급 악마들은 가끔 독립적으로 일을 벌이긴 했지만, 그들이 죽였던, 혹은 죽이는 것을 도왔던 그놈은 또 다른 악마에게 속한 듯했다. 다른 악마가 곧 놈을 찾으러 올 것이다.
사이먼은 여기까지 오는 동안 주요 지점 곳곳에 설치한 단추 카메라를 휙휙 넘겨 보았다. 후방에 대기 중인 템플러 외에는 아무도 없었다.
이제 병실은 몇 개밖에 남지 않았다. 요양원 환자들에게 벌어졌던 끔찍한 이야기들을 계속해서 목격해야만 하는 수색이었다. 사이먼은 레아의 의심과 걱정이 얼마나 무거운지 느낄 수 있었다. 그녀가 어떤 훈련을 받았든, 그리고 지난 4년 동안 무엇을 경험했든, 아직 악마와의 전쟁에는 준비되지 않은 듯했다.
레아에게 말을 건네고 싶었지만, 네이션이 이미 누구도 할 수 없을 만큼 충분히 설명해 주었다. 이제부터 무엇을 위해 싸울지 선택하는 것은 개인적인 문제였다.

사이먼은 다음 방을 조사하기 시작했다. 불이 났던 흔적과 함께 한쪽 구석에 태아처럼 둥글게 웅크린 해골이 있었다. 네이선이 물었다.

"불은 언제 났던 걸까?"

"이 사람이 살아 있을 때."

사이먼이 해골 옆에 무릎을 꿇고 습기에 녹슨 얇은 로켓 목걸이를 집어 올렸다. 로켓 겉면에 검은 재가 뒤덮여 있었다.

"그걸 어떻게 알아?"

"몸을 이렇게 웅크리고 있잖아. 화재 현장에서 희생자들은 대개 이런 자세로 발견돼."

"불길을 피하려다 보니 그런 건가?"

"불이 연골 유동체를 태우면 결국 이런 자세가 될 때까지 오그라들지."

사이먼이 로켓에 덮인 부식 물질과 재를 조심스럽게 털었다. 안에 무엇이 들었을지 궁금했다. 사랑하는 사람의 사진? 아이일까, 부모일까? 연인 아니면 남편? 헤어진 누군가의 얼굴일까? 아니면 배신한 사람일까? 골반뼈 넓이로 보아 이 희생자는 여자임이 분명했다.

부식된 로켓을 열자 안에는 재만이 가득했다. 무엇이 들어 있었든 이제 사라지고 없었다. 사이먼은 로켓을 조심스럽게 유골의 가슴 위에 올려놓았다.

"불이 왜 난 걸까?"

대니엘이 물었다.

"모르지."

사이먼이 몸을 일으켜 그슬린 천장과 바닥, 벽을 살펴보았다.

"여기 구석에서 시작되었네요."

레아가 손전등으로 낮은 천장을 가리키며 말했다.

"어떻게 알아요?"

네이선이 도전적으로 물었다.

"이런 훈련을 받았으니까요."

레아가 병실 밖 복도로 나왔다.

"당신들은 악마를 알죠. 나는 현장을 알아요. 렌즈 투시 기능으로 화재 패턴을 볼 수 있어요. 화재는 여기, 옆방에서 시작됐어요."

옆 병실 문은 잠겨 있었다. 불에 탄 해골이 창살 아래 있었고 병실 가구는 온통 그을어 있었다.

"어떤 화학 발화제였군요. 흔적에 따르면 아마도 석유 쪽인 것 같아요."

"그렇다면 방화라는 거군요."

사이먼이 말했다. 발아래 작게 웅크린 해골을 보던 그는 한기가 들었다.

"분명해요. 누군지는 몰라도 엄청 뿌렸네요. 그래서 아마 옆 병실 침구까지 튀었을 거예요."

사이먼이 병실 문 위에 걸린 황동 간판을 바라보았다.

'313'

"우연일까, 친구? 아니면 아까 그 병실 바로 아래인 걸까?"

"모르지."

사이먼이 HUD로 설계도를 불러들였다. 그들이 정신병원에 들어온 후 여기까지 이른 거리를 AI가 즉시 계산했다. 벽에 이상한 기호들이 가득했던 병실 바로 아래에, 지금 그들이 있는 병실을 포함해 네 개 층의 지하 병실이 겹쳐 나타났다.

"그렇군."

"그렇다면 우연이 아닌 거네."

사이먼이 아무 말 없이 동의하며 자물쇠를 부수고 들어갔다.

병실 안은 검은 그을음과 재로 뒤덮여 있었다. 바닥에 쌓인 재는 카펫만큼 두꺼웠고 천장과 벽도 마찬가지였다. 사이먼은 필터 마스크 없이는 방으로 들어가고 싶지 않았다.

해골 하나가 병실 뒤쪽에 웅크리고 누워 있었다. 이번에는 남자였지만 체격이 거의 아이 같았다. 사망 원인이 무엇인지는 분명했다. 머리 반이 함몰되어 있었다. 상앗빛 뼈 위로 두껍게 쌓인 그을음이 딱딱하게 굳어 있었다.

사이먼이 무릎을 꿇고 앉자 검은 재 뭉치가 퍽 하며 사방으로 퍼져 일시적으로 눈앞이 뿌얘졌다. 그가 부러진 두개골에서 그을음을 닦아 냈다.

"몽둥이로 죽을 정도로 세게 내려친 것 같군, 친구."

네이선이 문 입구에 서서 말했다.

"그러고는 그 사실을 감추기 위해 불을 질렀을 수도 있겠네."

"어쩌면."

사이먼이 희생자의 신원을 알아낼 만한 실마리를 찾기 위해 유골을 살펴보았다.

"왜 그런 짓을 했을까?"

"수감된 건지 치료를 받은 건진 몰라도 여기 있던 사람들이 좋은 사람들이라고는 할 수 없어, 친구. 이유 같은 건 절대 알아내지 못할지도 몰라."

"재가 너무 많지 않나?"

사이먼이 검지로 바닥을 찔러 보자 거의 2센티미터 가까이 들어갔다. 대니엘이 무릎을 꿇더니 창살 아래부터 문가까지 반쯤 걸친 무언가를 주워 올렸다.

"침구 같은데. 이 사람에게 불을 지른 놈이 문틈에 세탁물을 밀어 넣었나 봐."

레아가 사이먼 곁으로 왔다.

"두개골 좀 볼게요."

사이먼이 옆으로 비켜서 그녀가 잘 살펴볼 수 있게 해 주었다. 레아가 두개골을 돌리려는 순간 경추가 부러져 버렸다. 레아의 손에는 두개골만 들려 있었다.

"미안해요. 이러려던 건 아니었는데."

"이 사람이 신경 쓸 것 같진 않군요."

네이선이 말했다. 레아가 두개골을 쥐고 눈앞으로 들었다.

"뭘 하는 거죠?"

사이먼이 물었다.

"두개골 모양을 캡처해요. 우린 뼈대로 얼굴을 재건할 수 있거든요. 템플러에게는 비슷한 프로그램이 없나요?"

"없습니다."

템플러에게 그런 기술은 전혀 필요하지 않았을 것임을 사이먼은 잘 알았지만, 레아의 '우리'가 누구이며 그 '우리'가 그런 정보로 무슨 일을 하는지에 대해선 여러 모로 궁금했다.

"어떤 식으로 매치하는 건가요?"

네이선이 물었다.

"데이터베이스 검색으로요."

레아가 조심스럽게 두개골을 조그마한 해골에 되돌려 놓았다.

"그쪽 데이터베이스에는 모든 사람들의 정보가 있나요?"

"일치하는 사람이 있는지 확인해 볼 수 있어요."

레아가 일어서더니 방을 둘러보았다.

"이 사람이 살해당한 이유가 있을 거예요. 이 요양원 지하 구역이 언제 폐쇄되었다고 했죠?"

"그런 말을 한 적은 없지만, 1920년대였습니다."

사이먼이 말했다.

"백여 년 동안 아무도 여기 오지 않았어요. 누군가 이들을 이대로 묻어 버리길 원했던 것 같군요. 어차피 잊히기 위해 수용당한 사람들이었으니, 화재는 좋은 변명이 되어 주었겠죠."

"오늘밤엔 악마와 카발리스트가 여기 있었습니다. 다른 자들도 여기 왔었을 수 있어요."

레아가 작은 해골을 내려다보았다.

"이 사람이 누구든 여기에서 살해당했어요. 그리고 지하를 매립할 때 함께 묻혔고요. 우리에게 중요한 장소에서, 비밀스럽게 살해당했죠."

"당신네 '우리' 말인가요? 여기 있는 우리 말인가요?"

대니엘이 살짝 비꼬듯 물었다.

"데이터베이스 사용은 엄격하게 제한돼요. 무엇을 찾아내든 당신들과 공유할 거예요."

"당신을 의심한다는 건 아니지만, 왜요?"

네이선이 물었다.

"우리보다 당신들이 그 정보를 더 잘 활용할 수 있으니까요. 같은 이유로 머코머도 넘겨주었죠."

"부스에게 빼앗기긴 했지만요."

대니엘이 덧붙였다. 레아가 잠시 말이 없었다.

"나는, 우리는 그 일과는 전혀 관련 없어요."

"당신네들이 양쪽 모두를 이용할 수도 있었겠죠."

"우린 그러지 않아요."

"당신이 누구랑 일하는지는 몰라도, 그 사람이 당신에게 전부 말하지 않았을지도 모른다는 생각 한 번도 해 본 적 없어요?"

네이선이 물었다. 레아는 대답하지 않았다.

"물어야만 하는 게 또 있어요."

네이선이 말했다.

"당신이 조직으로 돌아갈 수 있을 거라고 생각하는 이유가 뭐예요?"

"우린 레아를 보내 줄 거야."

사이먼이 말했다. 굳이 돌아보지 않아도 동료들이 놀라서 자신을 바라보고 있음을 알 수 있었다. HUD로도 보였다. 무엇보다도 그 시선을 느낄 수 있었다.

아무도 말이 없었다.

잠시 후, 사이먼이 HUD로 미세한 균열을 발견했다.

"확대."

HUD 초점을 맞추어 확대하자 그 균열은 바닥 가장자리에서 시작해 거친 네모꼴로 나 있었다.

사이먼이 앞으로 몸을 숙여 건틀릿 끝을 갈고리 형태로 바꾸었다. 아주 가늘어서 틈 사이로 쉽게 미끄러져 들어갔다.

"뭐야?"

네이선이 물었다. 레아가 사이먼 옆에 무릎을 꿇고 앉았다.

"비밀 공간이네요."

사이먼이 뚜껑을 열었다. 돌덩어리는 정교하게 들어맞지 않아서, 구멍 주변 다섯 군데 정도가 긁혀 나갔다.

"구멍을 팠군요."

레아가 장갑을 낀 손가락으로 돌의 표면을 스윽 훑었다.

"그 후에 덮을 만한 걸 만들기 위해 들어낸 돌덩어리를 또 깎았어요."

사이먼도 같은 생각이었다.

"굉장히 오래 걸렸겠어요. 누가 했는지 몰라도 제대로 된 도구를 쓰지 않았어요. 정말로 대단한 의지네요."

"아니면 대단히 절망적이었던지요."

사이먼이 몸을 숙여 구멍 안쪽을 들여다보았다. HUD가 야간 시야로 전환되어 컴컴한 어둠 속을 더욱 잘 볼 수 있게 해 주었다.

그의 손목만 한 굵기에 팔뚝만큼 길고 둥근 튜브가 놓여 있었다. 그을음이 튜브 위에까지 덮여 있었다.

"그을음이 벽 사이 균열을 통해 들어갔네요. 밀폐 공간이 아니군요. 불길이 이 공간 안까지 번졌을 수도 있다는 뜻이죠."

레아가 말했다. 사이먼은 그러지 않았기를 바라며 조심스럽게 안으로 손을 뻗어 튜브를 꺼냈다.

"금속이군."

네이선이 말했다.

"그렇다고 내용물이 안전하다는 뜻은 아니에요."

레아가 말했다.

"종이는 발화점이 낮아요. 자세한 원리는 기억하지 못하지만, 충분한 열기에 노출되면 가연성도 무척 높아지죠. 이 병실 환경으로 볼 때, 열기는 충분했을 것 같네요."

튜브의 재질은 강철이 아니라 쇠였다. 녹을 만큼 뜨거운 온도에 오래도록 노출되었는지 한쪽 끝이 쪼그라들어 있었다. 다른 한쪽 끝에는 나사못이 박혀 있었다.

튜브를 살펴보던 사이먼은 흥분했다. 백 년도 지난 것 같았다. 한쪽 면에 숫자가 있었지만 읽을 수 없었다. 쓸 수 있는 것은 얼마 되지 않아도 듣고 말할 수 있을 만큼 익힌 언어는 꽤 많았지만, 이 튜브의 표기는 완전히 낯설었다.

사이먼이 자신보다 좀 더 언어를 많이 아는 대니엘에게 튜브를 보여 주었다.

"알겠어?"

대니엘이 받아 들지는 않고 눈으로만 잠시 살펴보더니 대답했다.

"아니."

사이먼이 조심스럽게 뚜껑을 쥐고 돌렸다. 긁히는 소리가 병실 안을 울렸다. 갑옷의 오디오 시스템이 자동적으로 소리를 소거해 귀를 보호해 주었다.

"살살해요."

레아가 말했다. 네 번을 완전히 돌린 후에야 뚜껑은 열렸다. 안을 들여다보는 사이먼의 마음속에 필사본의 환영이 저절로 떠오르는 듯했다. 그러나 곧 실망감이 밀려들며 환영이 사라졌고, 그 자리를 분노가 채웠다.

"다 타 버렸군."

그가 중얼거렸다. 얇은 양피지 두루마리가 새카맣게 변해 있었다. 종이는 남아 있었지만 아무것도 읽을 수 없었.

사이먼이 내던지듯 튜브를 비틀어 다시 겉면을 보았다. 그러고는 거기 새겨진 이미지를 캡쳐했다. 템플러 자료에 접속해서 무언가 알아낼 수 있을지도 몰랐다.

"이러지 말아요."

레아가 튜브를 붙잡았다.

"조심히 다뤄요."

"아무 쓸모 없습니다."

사이먼이 거칠게 말했다.

"필사본은 망가졌어요."

그러면서도 그는 레아가 튜브를 가져가게 놔두지 않았다.

"아닐지도 모르죠. 이건 평범한 종이가 아니에요. 그렇지 않았다면 이미 불타 버렸을 거라고요. 우리 쪽에, 소실된 문서를 복구하는 전문가가 있어요."

그녀가 헬멧을 열고 사이먼을 바라보았다.

"제발요. 내가 도울 수 있게 해 줘 봐요."

병실에는 침묵만이 감돌았다.

사이먼은 어떻게 해야 할지 몰랐다. 템플러에게는 문서를 복구하는 기술은 없었지만, 레아가 혹은 레아 쪽 사람들이 먼저 이 문서를 보도록 놔두어도 괜찮을까?

결정하기는 쉽지 않았다.

"사이먼."

대니엘이 불렀다.

"왜?"

"네가 저 여자를 믿느냐 믿지 않느냐, 둘 중 하나야."

대니엘의 목소리는 나직하고 조심스러웠다.

사이먼은 레아의 얼굴에서 시선을 떼지 않았다. 그녀는 아름답고 용감했으며 목숨을 걸고 그를 구했다. 나를 위해 했던 그 모든 일이 그녀 자신의 결정이라고는 할 수 없지만.

"넌 레아를 믿어?"

사이먼이 물었다.

"내가 결정할 일이 아냐. 저 여자를 아는 건 너야."

"네이선?"

"대니엘 말이 맞아. 레아를 조금이라도 믿는다면, 끝까지 믿어야겠지. 그 종이들은 알아볼 수 없을 정도로 탔어. 누구든 거기서 뭔가 찾아낸다면 빌어먹을 기적 아니겠어? 잃을 건 없을 거야."

사이먼이 튜브를 당겨 다시 뚜껑을 닫았다.

"잠시 생각 좀 하겠습니다."

레아는 무표정한 얼굴로 헬멧을 닫았다.

"당신 결정이죠, 사이먼."

목소리에서는 어떤 감정도 드러나지 않았다. 사이먼이 병실 문을 향해 고갯짓을 했다.

"여기서 나간다."

레아는 템플러들과 함께 다시 지상으로 올라갔다. 가는 내내 자신이 외부인임을 자각했다. 내 잘못이야. 그녀가 자신을 책망했다. 어느 한쪽을 선택해야 해. 어느 쪽이든 함께 행동하면서 훌륭하게 이중간첩 노릇을 할 수도 있겠지만, 신의는 오직 한쪽하고만 지킬 수 있는 법이야.

그녀가 스물한 살 때부터 해 온 죽음의 게임에서 배운 가장 중요한 규칙들 중 하나였다. 대학에 돌아가서도 그녀는 사람들과 거리를 두고 지냈다. 가족 역시 그런 식으로 사는 법을 가르쳤다. 홀로 고립된 채 언제나 혼자서 모든 것을 하도록.

사이먼은 그녀에게 아무 말도 하지 않았다. 그녀 또한 그에게 말을 걸지 않았다. 레아는 그 사실을 분명히 의식하고 있었다. 감정을 감추고 드러내지 않는 사이먼에게 화가 났다. 그렇다고 그를 비난하지는 않았다. 그녀 역시 자신의 감정을 이야기하고 싶지는 않았으니까. 사실 레아는 자신의 감정도 정확히 알 수 없었다. 모든 것이 혼란스러웠다. 또한 그런 혼란스러움 자체가 너무도 바보스러웠다. 그들에게 미래는 없어 보였기 때문이다.

얼마 후 그들은 아케허스트 요양원 밖으로 빠져나왔다. 부상당한 템플러는 아직도 다른 템플러의 등에 업혀 있었다. 사이먼이 부상자의 상태를 확인했다. 레아는 그런 사이먼을 보는 것이 좋았지만, 동시에 템플러의 갑옷이 내부로부터의 공격에 얼마나 취약한지도 다시 한번 깨달았다. 템플러의 갑옷들은 서로를 지원했기 때문에 하위 시스템들도 연결이 가능하도록 설계되어 있었다. 레아의 슈트는 그런 식으로 작동하지 않았다.

사이먼이 그녀에게로 돌아서며 면갑을 열었다. 그가 너무도 지쳐 보여서 레아는 놀랐다. 그는 확신이 없어 보였다.

레아는 그가 런던 근교에 쌓아 올린 은거지를 떠올렸다. 너무나 많은 사람들이, 민간인과 템플러들이 그의 판단에 의지하고 있었다. 그리고 그는 너무도 젊었다. 그녀보다 겨우 한 살, 아니면 두 살 위일 것이 분명했다.

만약 나였다면 이 사람처럼 그 모든 생명을 짊어지고 감당할 수 있었을까?

레아는 대답할 수 없었다. 그저 사이먼 크로스가 스스로를 몰아넣은 그 상황에 자신이 놓이지 않기만을 바랄 뿐이었다. 자신의 상황을 고려해 볼 때, 절대로 해낼 수 있을 것 같지 않았다.

"어디쯤에서 보내 드리면 되겠습니까?"

초목이 웃자란 요양원의 뜰에 서서 사이먼이 물었다.

뱃속 깊숙이에서 상실감이 꿈틀거렸다. 템플러에게서 풀려나길 바라긴 했지만, 지금 여기에서 헤어지면 언제 다시 만날지 몰랐다. 만약 사이먼이 그녀에게 다시는 나타나지 말라고 한다면, 혹은 다시는 연락하지 말라고 한다면 뭐라고 대답해야 할지 알 수 없었다. 그가 그런 말은 하지 않기를 바란다는 사실만 알 뿐이었다.

그러나 어디까지인지와 상관없이 그녀가 사이먼과 협력하는 것 자체를 조직에서 문제 삼을 수 있었다. 그녀가 충성을 맹세한 조직이었다. 레아는 상황을 여기까지 흘러오게 한 자신을 저주했다. 모두 그녀의 잘못이었다.

"여기에서부터 혼자 갈 수 있어요."

사이먼이 얼굴을 찡그렸다. 그녀에게 책임감을 느끼는 것이었다. 그것이 그의 성품이었다. 그녀가 길을 벗어나 그를 도운 이유이기도 했다. 무언가를 내어 주고, 그런 후 언젠가는 그것을 돌려받을 수 있는, 사이먼 크로스는 그런 사람이었다.

하지만 바로 그 때문에 그를 대하기 어려웠다.

"제 마음이 편치 않습니다."

"편하든 불편하든, 그래야 할 일이에요."

레아는 자신이 일부러 고집스럽게 군다는 것을 알았다. 조직에 합류할 수 있는 지점 근처까지 함께 갈 수도 있었다. 그래야 하는 척이라도 할 수 있었다.

거짓말을 하면 그가 분명 알아챌 것이라는 확신이 없었다면. 그녀는 마음이 답답해져 한숨을 쉬었다. 그를 상대하는 것은 쉽지 않았다.

"당신에게 무슨 일이 생기는 것은 원치 않아요."

사이먼이 말했다.

"런던에서 난 당신보다 나 자신을 잘 돌봤어요."

레아가 지적했다.

"그리고 팀으로 움직이지도 않고요."

두 사람 모두 그 말이 사실이라는 점은 알고 있었다. 두 사람이 마주칠 때마다 그녀는 언제나 혼자였다.

"내가 할 수 있는 일이라면, 혼자일 때 가장 잘해요."

"알겠습니다."

사이먼이 어깨에 걸친 가방에 손을 뻗어 튜브를 꺼내 그녀에게 건넸다. 그의 행동에는 어떠한 망설임도 없었다.

"뭐라도 알게 되면 알려 주십시오."

"즉시 연락할게요."

레아는 자신이 그저 하나의 임무를 받아들인 것이 아님을 잘 알았다. 모든 것이 한군데 매인 책임이었다. 그녀에 대한 그의 믿음이기도 했다.

레아는 이제 어느 한쪽과 타협해야 하는 날카로운 칼날 위를 걸어야 했다. 그녀는 배낭에 튜브를 집어넣었다.

"가장 먼저 복구되는 그 어떤 정보라도 전달받길 바랍니다."

"알아요."

레아가 말했지만, 그녀가 정말로 그의 조건을 받아들이지 않았음은 모두가 알았다. 그녀도 느낄 수 있었다. 레아는 자신의 책무에서 그렇게까지 자유로울 수 없었다.

"조심히 가십시오."

사이먼의 면갑이 다시 닫혔다. 그가 돌아서서 어둠 속으로 들어갔다.

그녀는 잠시 그가 멀어지는 모습을 지켜보았다. 살아서 그를 다시 볼 수 있을지에 생각이 미치자 불안감이 밀려왔다. 그에게 무슨 일이 생긴다면 그가 그리워질 것이다. 그가 없는 이 세상은 한층 더 차가워질 것이다.

사이먼이 더 이상 보이지 않자 레아도 몸을 돌려 떠났다. 그녀는 슈트의 위장 기능을 최고로 끌어올린 후 어둠에 몸을 맡겼다.

35장

워런은 책 앞에 앉아 책장을 휘리릭 넘겼다. 책장에서 그림들이 둔하고 느리게 꿈지럭거렸지만 그 무엇도 그의 흥미를 끌지는 못했다. 목소리와 이야기하고 싶었지만 책은 침묵했다. 목소리가 그와 말하고 싶지 않아서인지, 여러 일들을 한 탓에 지쳐서인지 알 수 없었다.

나오미가 그의 침대에서 자고 있었다. 그녀는 너무나 지쳐서 계단을 겨우 올라가 눕는 것 외에는 아무것도 할 수 없었다. 나오미가 그렇게 피곤한 것이 그를 돕기 위해 힘을 썼기 때문인지, 그가 심장 판막을 고쳐 주었기 때문인지도 알 수 없었다.

워런은 자신이 한 일에 정말 놀랐다. 그런 힘에 대해서 읽은 적은 있었다. 동양 의학에서는 치유 능력을 여러 이름으로 부르며 그 존재를 주장했다.

워런이 인간 손을 들어 가볍게 풀었다. 그러고는 충동적으로 책을 덮고 자리에서 일어나 욕실로 가 잠시 가만히 서 있었다.

위런은 욕실 한쪽에 커튼으로 가려진 전신 기울을 강화된 야간 시야로 바라보았다. 처음 이곳에 정착했을 때 그는 거울을 곧장 가려 버렸다. 악마 피부를 덕지덕지 이어 붙여 괴물처럼 변해 버린 얼굴을 차마 볼 수 없었기 때문이다. 외계인 같은 그 피부는 4년 전 입었던 끔찍한 화상 부위에서 자란 것이었다.

워런은 거울을 바라보다가 앞으로 다가가 욕조 가장자리에 한 줄로 늘어선 초들에 인간의 손을 휘둘렀다. 심지에서 불꽃이 튀더니 불길이 치솟으며 활활 타올랐다. 그런 다음 거울에서 커튼을 걷고 자신의 끔찍한 모습을, 거의 무감각한 공포를 응시했다.

4년 동안이나 의도하지 않은 순간 때때로 자기 얼굴을 볼 수밖에 없었지만, 여전히 익숙하지는 않았다. 이즈음 카발리스트들은 더욱 흉측해져 갔지만, 의도적으로 바꾼 그 모습에 오히려 흥분했고 기뻐했다. 워런은 결코 그럴 수 없었다.

넌 괴물이야. 워런이 생각했다. 그 어떤 악마보다도 끔찍해 보여.

결과가 어떨지 몰라 두려우면서도 워런은 뺨에 돋은 악마 비늘에 손을 대었다. 그런 다음 치유되길 빌었다.

번뜩이는 힘이 손에서 얼굴로 뻗어 나갔지만, 아무 일도 일어나지 않았다. 다시 시도해 보았지만 결과는 같았다. 워런은 욕설을 퍼부으며 거울로 힘을 내뿜었다. 수없이 많은 유리 조각이 바닥으로 떨어지며 반짝거렸다.

"왜 그러느냐?"

목소리가 물었다.

"아무것도. 나는 바보였어. 바보 같은 짓을 했을 뿐이야."

"말해 보아라."

"아니."

목소리조차 문제가 무엇인지 모른다면 다른 어떤 방법으로도 알 수 없을 것 같았다.

"개인적인 일이야. 그냥 풀라가르나 놈의 수하를 어떻게 찾아낼지 알아봐 주면 더 좋을 것 같은데."

"너의 모습이 마음에 들지 않는구나."

워런은 부정하려 했지만, 자신의 감정이 너무도 강해서 거짓말로도 감추어지지 않을 것임을 알았다.

"그래."

그가 나직하게 말했다.

"내 모습은 끔찍해. 견딜 수 없을 정도로."

"그러한가?"

워런이 씁쓸하게 웃었다.

"날 볼 수 없는 거야?"

"물론 볼 수 있다. 너는 카발리스트들과 비슷하다. 조금 더 무서워 보일 뿐."

"난 카발리스트가 아냐."

"그들과 많은 시간을 보내지 않았는가?"

"그 사람들 말고는 아무도 날 받아 주지 않으니까."

메리힘 때문이기도 하고.

"카발리스트는 너의 외양을 경외한다."

"내가 바라는 모습이 아냐."

"매우 특별하다고 생각하는데?"

"난 특별해 보이고 싶지 않아."

"그렇다면 어떻게 보이고 싶으냐?"

워런이 바닥의 유리 조각에 무수히 비치는 자신의 모습을 내려다보았다.

"나처럼 보이고 싶어. 예전의 나처럼."

"보여 달라."

"사진은 한 장도 없어."

지난 4년 동안 워런은 그가 가지고 있던 것, 개인 물품 같은 것은 모두 잃어버렸다. 그리고 은신처에서 지내면서부터는 물품이랄 것도 거의 두지 않았다.

"마음속에 떠올려 보아라."

목소리가 달래듯 말했다.

워런은 조용히, 깊이 숨을 들이쉬고는 예전 모습을 떠올렸다. 흉터 하나 없이 매끈한 흑단 같은 얼굴이 보였다. 그는 잘생겼고, 그 또한 그 사실을 잘 알았다. 아이나 어른 할 것 없이 여자들이 그렇게 말하곤 했다. 머리는 항상 짧았지만 화상에 두피 3분의 1을 잃은 후로는 머리를 깎지 않았다. 항상 콧수염과 턱수염을 길러 보고 싶었지만 4년 전 스물세 살이었을 때에도 잘 자라지 않았다.

"그 모습이 더 마음에 드는가?"

"그래."

"지금과 그렇게 다르지 않은데?"

"그게 내 얼굴이었다고."

워런이 짜증스럽게 말했다.

"기워 붙인 이런 끔찍한 얼굴이 아니라."

"원한다면 그렇게 보일 수 있다."

"안 돼. 시도해 봤어."

"이미 치유된 곳을 치유하려고 했기 때문이다."

"난 치유되지 않았어. 3도 화상이었다고. 진짜 살갗은 죽어 버리고 대신에 악마 손과 비늘이 있다고."

"네가 바라는 모습이 되도록 내가 도울 수 있다."

워런은 다시 희망을 품고 싶지 않았다.

"악마의 거죽은 이미 내 얼굴과 팔을 차지했어. 상반신과 다리에도 비늘이 더 많이 돋았고."

"악마의 피부를 완전히 없애 버리려고 해 보았는가?"

"해 봤어."

"할 수 없었겠지. 이제 완전히 너의 일부가 되었으니까. 그것을 받아들여야만 한다."

"받아들였어. 남은 인생을 이런 모습으로 살아야 한다는 사실을 받아들였다고."

"네가 원하지 않는다면 그러지 않아도 된다."

워런은 자신의 모습을 바라보았다.

"어떻게 하면 이 모습을 바꿀 수 있지?"

"내가 도울 수 있도록 하라. 거울 조각을 다시 모아라."

워런이 거의 무의식적으로, 부서진 유리 조각들에 손짓을 했다. 바닥에 흩어졌던 유리 조각들이 모여 거울 틀로 되돌아갔다. 순식간에 모든 조각이 제자리를 찾아 들어갔고 깨졌던 흔적만이 남았다. 거울 속 워런의 얼굴에 그려진 가는 선들이 보였다.

잠시 후 거울에 물결이 일면서 살짝 허공에 뜨나 싶더니 다시 제자리로 돌아갔다. 거울은 실금 하나 없이 완벽했다.

그는 두려움을 느끼며 다시 거울 속을 들여다보았다. 거울을 또 한 번 박살 내 버리고 싶었다.

"다시 해 보아라."

목소리가 구슬리듯 말했다.

"이번엔 치료하려고 하지 말고 조각한다고 생각해 보아라."

"조각? 조각가도 아닌데?"

"어릴 때 미술을 좋아하지 않았는가?"

워런의 놀라움이 커졌다. 목소리가 그에 대해 너무 많은 것을 안다는 점이 불안했다. 그는 어렸을 때 그가 읽었던 만화책의 영웅들을 그리곤 했었다. 점토로 만들어 보기도 했었지만, 결과물은 언제나 만족스럽지 못했다.

"어서 해 보아라."

목소리가 재촉했다. 워런은 두려운 마음이 들어 멈칫거렸다. 나오미의 심장 판막을 치료할 수 있었던 것을 생각해 보았다. 정말로 얼굴을 다시 만들어 낼 수 있다면 어떻게 될 것인가? 더 잘 만들 수 있을까? 아니면 더 나빠질까? 되돌릴 수 없는 경우를 생각하면 더욱 무서웠다. 눈이 멀기라도 하면 어쩐단 말인가?

"그런 일들은 일어나지 않을 것이다."

목소리가 진지하게 말했다.

"나를 믿어라."

워런은 누군가를 믿기에는 힘든 시간을 보냈다. 지난 평생 다른 사람 눈에 띄지 않으려고 위축되어 있었고, 보잘것없는 사람처럼 보이려 애썼지만, 양아버지는 아내를 죽인 후 그까지 죽이려고 할 만큼 워런을 증오했다. 정당하게 일해서 번 돈이었는데도 공동 세입자들은 그 때문에 워런을 질투하고 싫어했다. 누군가의 악의 때문에 승진에서 누락되고 해고되었다.

그리고 악마의 노예가 되었고, 말하는 책에게 홀렸다.

"내가 곧 책인 것은 아니다."

목소리가 일깨웠다.

"그 책은 열쇠다."

워런은 이미 그의 몫 이상의 불운을 겪었다.

"나를 믿어라."

워런이 인간 손을 들어 올렸다.

"알았어."

"눈을 감고 네가 원하는 모습을 떠올려라."

그의 얼굴은 먼저 뜨겁게 달아올랐다. 군데군데 떨어져 나가는 것만 같았다. 워런이 눈을 뜨려고 했다.

"눈을 감아라. 지금 눈가를 바꾸는 중이다. 매우 조심스러운 작업이다."

워런은 기다렸다. 그의 손을 움직이는 것은 그 자신이 아니었다. 잠시 후 벌이 쏘는 것처럼 뺨이 따끔거렸다. 살이 불타며 뼈까지 파고드는 것 같았다.

계속 눈을 감고 있을 수 없어서 워런이 살며시 거울을 바라보았다. 놀라움에 통증까지 잊을 정도였다. 손에서 반짝이는 힘의 물결이 흘러나와 얼굴을 어루만지고 있었다. 빛이 닿은 부위에서 새로운 피부가 자라나 악마의 비늘을 덮었다. 그 새로운 피부는 부드러웠고, 그가 떠올렸던 그대로 매끄러운 흑단 같았다.

"너 스스로 악마의 신체 부위를 제거할 수는 없다. 악마의 신체는 지금도 니의 일부고 앞으로도 언제나 그럴 것이지만, 그것을 덮어씌울 수는 있다."

워런이 고통을 꾹 참으며 놀라움과 황홀감에 젖어 작업을 지켜보았다.

"미안하군. 통증까지 어찌할 수는 없다."

"괜찮아. 아픈 걸 참는 건 익숙해. 항상 그래 왔는걸. 계속해."

몇 분이 흘렀을까, 상상했던 바로 그 얼굴이 거울에서 그를 바라보고 있었다. 옛 얼굴과 똑같은지는 기억할 수 없었다. 어쩌면 자신이 이상적으로 여겼던 모습일지도 몰랐지만, 그런 건 중요하지 않았다. 그는 이제 다시 인간처럼 보였다. 통증을 참으려고 안간힘을 쓰느라 얼굴이 땀으로 번들거렸다. 목소리와 함께 만들어 낸 얼굴이 땀에 씻겨 버릴까 봐 두려웠다.

"그런 일은 일어나지 않는다. 이 모습은 영원할 것이다. 상처를 입거나 네가 다시 바꾸길 원하지 않는 한은."

"내 능력은?"

워런이 물었다. 이제야 그 점에 생각이 미쳤다.

"카발리스트는 일부러 흉터와 문신을 만들잖아. 악마가 이 세상에 가져온 아케인 에너지를 이용하기 위해서."

"그건 그들의 생각이자 그들의 바람이다. '한밤중의 샘'과 접촉하여 '어둠'의 길을 택한 자들의 신체에는 드러나지 않는 표지가 생긴다. 너의 능력은 자란다, 워런. 다른 이들이 그 에너지를 빌리는 것이라면 너는 이미 너의 안에 '어둠'을 지니고 있는 것이다."

"무슨 뜻이야?"

"어둠은 네 존재의 일부다."

머릿속이 이리저리 뒤틀리고 마구 도는 것 같았다. 관자놀이가 깨질 것 같았다.

"메리힘 때문이야?"

"메리힘이 불어넣은 힘이 아니다. 언제나 네 안에 있었던 힘이다."

"어째서?"

"나도 모른다. 하지만 아마도 4년 전, 그 힘이 너를 메리힘으로부터 구했겠지."

"메리힘은 자기가 나를 구했다고 했는데."

"거짓말이다."

"메리힘이 그때 나를 죽일 수도 있었을까?"

지금도?

목소리가 망설이더니 대답했다.

"그렇다. 조심해라. 네 안의 '어둠'은 강하지만 악마에 미치지는 못한다. 그러나 네 안의 그 '어둠' 역시 커지고 있다."

워런은 두려워졌다. 만약 그가 '어둠'에 묶여 있다면, 자신 역시 악해질까? 아무도 그를 좋아하지 않았던 것이 그 때문일까? 어떤 식으로든 그의 '어둠'을 느꼈던 것일까?

"어둠은 악하지 않다. 빛과 어둠은 그저 두 개로 나뉜 길일 뿐이다. 서로 다른 길을 걷는 자들이 서로를 받아들이기 어려운 것뿐이다."

워런은 자신의 얼굴을 보며 인간의 손으로 만져 보았다. 상상 그대로 옅은 수염이 구레나룻부터 턱까지 이어져 있었다. 예전에는 이만큼 자라지 않았었다.

워런은 목소리의 말을 이해하려고 했다.

"너는 메리힘을 악이라고 생각하는가?"

목소리가 물었다. 워런은 지난 4년 동안 메리힘의 이름으로 그가 했던 모든 일들을 떠올렸다. 메리힘이 원하는 대로 사람들의 목숨을, 지키려던 것들을 강탈했다. 그 책도 마찬가지였다. 워런 자신의 목숨이 달린 문제였기 때문에 그들의 목숨 같은 것은 개의치 않았다.

"응."

"메리힘을 위시한 모든 악마는 악하다. 그들이 악하길 원하기 때문이다. 빛과 동맹한다 하더라도 여전히 악할 것이다. 물론 악마들은 아주 오래전 빛의 길에서 벗어났기 때문에 그런 일은 결코 일어날 수 없다. 빛과 어둠은 일종의 시작이고 끝이다. 그 사이에 존재하는 힘을 어떻게 사용할지 결정하는 것은 각자의 몫이다. 이해하겠는가?"

"그런 것 같아. 하지만 그게 나하고 무슨 상관이지?"

"너는 너 자신을 악이라고 생각하는가?"

자신의 두 손, 아니, 한 손에서 비롯한 그 모든 죽음이 떠오르더니 소용돌이쳤다. 사람들은 그의 손에 비명을 지르며 죽어 갔다. 그가 일으킨 좀비에게 쓰러졌다.

"아니."

그가 속삭였다. 그의 목숨이 걸려 있었다. 살아남고자 한 그를 그 누구도 탓할 수 없을 것이다. 자연재해에는 언제나 희생이 따랐다. 헬게이트가 이 세상에 닥친 가장 큰 재앙이라는 데는 아무도 반박할 수 없을 것이다.

"나는 악하지 않아."

하지만 다른 사람들은 그를 그렇게 여길 것이다.

"그렇다면 너는 악이 아니다."

워런은 그 말에 위안을 얻으려 해 보았지만 모든 것이 그렇게 간단히 규정될 수 있는지 알 수 없었다. 그가 거울 속 자신의 모습을 물끄러미 바라보았다. 문득 자신이 예전보다 악해 보이지 않았지만, 목덜미에서는 아직 악마의 가죽이 꿀렁이는 어두운 빛을 발하고 있었다.
"계속해도 될까?"
"좋다."

36장

"자네는 좀 쉬어야 해, 사이먼. 자네가 거기 있는다고 머사이어스가 더 빨리 낫지는 않는다고."

사이먼은 은거지의 의무실 유리창 너머에 서 있기조차 힘들다는 사실을 받아들여야만 했다. 머사이어스는 여러 기기에 연결되어 있었다. 전기도 들어오지 않고 제대로 관리할 인력도 없어 런던 각지에 방치된 십수 개의 의료 기기를 구해 왔다. 그중 몇 개는 세인트 폴 대성당에서의 전투 이후 대피한 버려진 언더그라운드에서 가지고 온 것이었다.

"쉴 겁니다. 머사이어스가 괜찮은지 조금만 더 지켜보고 싶을 뿐입니다."

워덤이 사이먼의 곁으로 왔다. 60대에 접어든 워덤은 템스강과 북해에서 어부로 지낸 나날 때문인지 지치고 초췌해 보였다. 언더그라운드 밖에서 생애를 보낸 템플러들 중 하나였다. 모래 같은 금발이 희끗희끗한 머리는 마치 후추 같았다. 네모나게 다듬은 짧은 수염이 입을 거의 가리고 있었다. 다른 템플러들처럼 그 역시 취침 구역 밖에서는 항상 갑옷을 입고 다녔다.

"내가 말한 이후로도 두 시간은 넘게 거기 서 있었던 것 같네만."

사이먼은 미처 몰랐다. 이제 막 아케허스트 요양원에서 돌아왔다. 도중에 그렘린 무리와 마주쳤지만, 재빨리 물리치고 ATV로 신속하게 돌아왔다.

외과의들이 머사이어스의 부러진 갈비뼈를 제자리에 맞추고 나노본드 분자 접착제로 고정했다. 그리고 쪼그라든 폐를 다시 부풀리는 것 외에도 다른 부상도 치료했다. 템플러와 런던 출신으로 이루어진 의사들은 머사이어스가 살 수 있을지 장담하지 못했다.

"지켜보는 동안은 아무 일도 일어나지 않을 것만 같습니다."

워덤이 고개를 끄덕였다.

"어떤 기분인지 안다네. 하지만 우리 둘 다 충분히 많은 전투를 치렀지. 사실이 아닌 걸 잘 알잖나."

"압니다."

그럼에도 사이먼은 자리를 떠날 수 없었다.

"머사이어스를 집으로 데려왔잖나. 그 상황에서 머사이어스가 가장 바랐던 일일 게야. 지난 4년 동안, 함께 싸웠던 전우를 데리고 오지 못하기도 했지."

너무 많았지. 사이먼이 생각했다. 아무 말도 할 수 없었다.

"잠시 자네 곁에 있어도 괜찮겠나?"

"괜찮습니다."

두 사람은 잠시 말없이 있었다.

"네이선과 대니엘하고는 이야기해 보셨습니까?"

"했네."

"제가 레아를 보내 줬다는 얘길 하던가요?"

"그러더군."

사이먼은 잠을 못 자 두 눈이 불타는 듯했고 타박상 때문에 몸 여기저기가 아팠다.

"제가 한 일이 옳다고 생각하십니까?"

노인은 사이먼을 바라보았다.

"난 자네가 그런 질문은 해서는 안 된다고 생각해."

"어쩌면 제가 레아를 너무 믿는 건지도 모르죠."

"사이먼, 내 생각을 이야기해도 되겠나."

사이먼이 고개를 끄덕였다.

"언제든 하실 수 있습니다."

워덤은 4년 전 기차로 그 많은 사람들을 대피시키는 데 중요한 역할을 했었다. 시내에 고립되었던 사람들을 악마의 손아귀에서 벗어나게 해 주는 조용한 전쟁을 위해 템플러들이 모여든 이래, 그는 언제나 사이먼 곁에 있었다.

무엇보다도 사이먼이 테렌스 부스에게 맞서고 언더그라운드를 빠져나오는 과정에서도 워덤은 그의 곁을 지켰다. 부스의 부모는 핼러윈 전투에서 전사했다. 그때 부스보다 높거나 동등한 계급의 템플러 누구도 사이먼의 편에 서지 않았다.

"내가 하고 싶은 건 다른 이야기야. 다른 템플러들이 자네에게 이런저런 의견을 제시하는 것에 자네가 너무 관대한 것 같아."

"그러지 않으면 어떻게 다른 이들의 의견을 듣겠습니까?"

"질서가 있어야 해. 때와 장소를 가려야지. 모두가 자네에게 이러쿵저러쿵해 댄다면, 어떤 일도 제대로 진행되지 않을 걸세."

사이먼이 미소를 지었다.

"그렇지만 우리가 해낸 일들을 보세요."

워덤이 이맛살을 찌푸렸다.

"자네 지위를 좀 더 존중해야 한다는 거야. 내가 하고 싶은 말은 그게 전부네."

사이먼은 그런 것에 크게 신경 쓰지 않았기에 워덤의 말이 불편했다.

"제겐 지위가 없습니다."

자신이 어떤 통치자의 자리에 올랐다고는 한 번도 생각해 본 적 없었다. 그는 안내자일 뿐이다.

"자넨 여기의 리더야. 자네가 우리의 기사단장인 거야."

"아뇨."

사이먼이 즉각 말했다.

"기사단장은 언더그라운드에 있습니다."

써머라일 가문에 세습되어 온 직위였다. 템플러는 언제나 써머라일 가문을 따랐고 앞으로도 그럴 것이다.

"우린 거기서 떨어져 나왔네. 4년 동안 그 사실은 변함없었고, 앞으로도 바뀌지 않을 거야."

"실수였습니다. 바로잡아야 할 일이에요."

사이먼은 그렇게 말하면서도 진심인지 스스로도 알 수 없었다. 언더그라운드에 남아 있는 자들은 그들이 충분히 강해질 때까지 악마로부터 숨어 지내야만 한다고 믿었다. 세인트 폴 대성당에서의 그 모든 죽음을 생각하면, 수 세대가 걸릴지도 모를 일이었다.

그러는 동안 '화마'는 계속해서 이 세상을 집어삼키고, 이 땅에는 악마가 더욱 들끓을 것이다. 사이먼은 그런 세상을 따를 수는 없었다. 워덤을 비롯한 다른 템플러들도 같은 마음인 것은 분명했다.

"우린 우리만의 길을 가고 있지."

"사람들을 구하는 겁니다. 그리고 적에 대한 정보를 모으고 있죠."

"무슨 말인지 알겠네."

워덤이 부드럽게 말했다.

"하지만 템플러는 조직을 위해 태어나고 자랐어. 조직의 일원으로서 말이야. 4년 동안 우린 이곳에서 어느 정도 잘해 오지 않았나."

"그랬죠."

"그랬지만, 앞으론 힘들 걸세. 그때 우린 당장 내일 죽을지도 모른다고 생각하면서 이 길을 나섰지. 앞으로 어떻게 해 나갈지에 대해선 고민하지 않았어. 그때 우리가 바랄 수 있었던 건 오로지 생존이었으니까."

"지금도 그렇습니다."

"기차로 런던을 빠져나온 그날 밤을 생각해 보게나. 지금 우리 규모는 커졌네. 더 많은 템플러가 우리를 따르기 위해 찾아왔지."

따른다. 워덤의 말이 사이먼의 머릿속을 마구 헤집었다. 악마에게 패배하고 맞이하는 죽음은 헛되지만, 승리와 함께 맞이하는 죽음은 고귀한 소명이다. 결국 얼마나 더 많은 목숨을 잃느냐의 문제였다. 지금 이 순간, 악마는 너무 많았다.

"우리 쪽도 이젠 적지 않아. 그리고 절망적이지도 않네."

"그런 건 하루아침에 바뀔 수 있습니다."

사이먼이 잠긴 목소리로 속삭였다. 그가 매일 느끼는 공포이기도 했다.

"악마가 우리를 찾아낸다면, 당장이라도 그날로 돌아갈 수도 있는 일입니다. 런던에서의 그날로요."

"하지만 지금 그런 건 아니잖나. 바로 그 점이 중요한 거야."

사이먼은 워덤의 정직한 두 눈을 보면서 아무 말도 할 수 없었다.

"우린 조직을 제대로 갖춰야 해."

"아닙니다."

워덤이 못마땅한 듯 입술을 오므렸다.

"나만 이런 생각을 하는 것도 아닐세."

"잘못 생각하는 사람들이 많다는 거군요."

"그들은 새로운 가문을 원해. 크로스 가문을."

사이먼이 노인을 똑바로 보며 밀려오는 분노를 억누르려고 애썼다. 그는 이런 일은 바라지 않았다. 그 어떤 것도 요구한 적 없었다.

"우리는 로크 가문입니다."

"자네와 나는 그럴지도 모르지. 몇몇 템플러도. 하지만 온갖 가문의 템플러들이 이곳을 찾아왔다네. 개중엔 써머라일 가문도 있어. 그들은 우리가 하나로 단결하길 원해."

"템플러 조직은 분열되어서는 안 됩니다."

"그렇다면 자네가 직접 그렇게 말하게나."

워덤이 넓은 가슴 앞으로 팔짱을 끼며 말했다.

"그들이 원하는 게 바로 그거니까."

"제 이름으로 가문을 설립하도록 놔두지는 않을 겁니다."

워덤이 고개를 끄덕였다.

"자네 이름이 아니야. 자네 아버지 이름이지. 아는지 모르겠지만, 지금 우리와 함께하는 많은 템플러들이 자네 아버지에게 훈련받았었네. 그들은 토머스 크로스와 함께 살아가길 원하는 거야."

사이먼은 아무 말도 할 수 없었다. 그대로 돌아서서 걸음을 옮겼다.

레아는 라임하우스 지구에서 엘리스 빌딩을 지나는 길을 택했다. 목적지는 아케허스트에서 멀지 않았지만 일부러 둘러 가는 쪽을 택했다. 앞으로 해야 하는 일과 자신을 기다리고 있을 일을 생각하니 마음이 무거웠다.

게다가 그쪽 길은 평소보다 위험했다. 악마들이 맹렬하게 거리를 순찰하고 있었다. 아케허스트 요양원에서 일어났던 일 때문인지는 알 수 없었다. 아마도 그럴 것이라고 짐작만 할 뿐이었다.

라임하우스 지구는 섀드웰과 아일 오브 독스 사이를 흐르는 강의 북쪽에 있었다. 과거에는 영국 해군이 사용하던 주요 항구가 있었다. 여러 도자기 회사에서 사용하던 석회 가마가 많았기 때문에 그곳 사람들은 라이미스[17]라고 불렀고 그 이름은 점차 영국 선원 사이에서 퍼져 나갔다. 이들은 괴혈병을 방지하기 위해 늘상 라임 주스를 마셔야만 했다.

2015년에 건설된 엘리스 빌딩은 유명한 영국 작가의 이름에서 따온 것이었다. 레아가 일하는 조직이 이 건물을 사용했었다.

레아는 8층 건물 꼭대기에 매달려 있는 소울리퍼에 대한 경계를 늦추지 않고, 그림자에 몸을 숨긴 채 계단을 올랐다. 소울리퍼는 그다지 걱정스럽지 않았다. 놈들은 죽은 지 얼마 되지 않은 인간의 시체만을 먹었다. 살아 있는 것에는 흥미가 없었다.

놈들은 이리저리 뒤틀린 살점들로 대충 빚어 만든 것처럼 보였는데, 카발리스트가 유령이라고 부르는 에너지를 느끼면 생동했다. 상체만 보면 마치 고깔모자를 쓴 인간 같았지만 멈추지 않고 잽싸게 움직이는 커다란 뱀 꼬리가 돋아 있었고, 그 주위로 보랏

---

[17] limeys, lime은 석회, limey는 영국인 혹은 영국 선원, 영국 배를 뜻하기도 한다.

빛이 도는 백색 에너지가 덩굴손처럼 뻗었다가 사라지곤 했다.

레아는 망가진 문으로 들어가 로비로 내려갔다. 벽에 걸린 그림 액자들이 황폐해진 주변과는 어울리지 않았다. 쓰레기와 시체들이 바닥에 마구 널브러져 있었다.

헬게이트가 열리기 전 엘리스 빌딩에는 여행사나 독립 영화 스튜디오와 옷가게 같은 소상공인들의 사무실과 가게들이 입점해 있었고 위로 네 층은 주거지였다.

이제 그 모든 것은 사라지고 없었지만, 그 아래로는 비밀이 숨겨져 있었다.

레아는 회전의자와 싱크대, 선반 같은 것들이 가득했던 스타일 숍으로 들어갔다. 침공 이후 거기 있던 물건들은 일찌감치 도둑맞았다.

런던에 악마들이 날뛰는 와중에도 헤어 케어 제품까지 사라졌다는 점은 놀라웠다. 음식과 물은 납득할 수 있었지만 헤어 젤과 스프레이 같은 것은 순전히 절도였다. 물론 레아는 그런 제품들도 무기로 활용하는 훈련을 받았다.

레아는 스타일 숍 뒤편에 놓인 옷장으로 들어가 문에 숨겨진 스위치를 눌렀다. 당시에 이런 장치는 그저 농담 같은 것이었다. 60년 전 방영되었던 유명한 텔레비전 쇼에서 아이디어를 얻은 것이었다.

옷장 뒤에서 비밀 문이 열렸다. 레아는 잠시 망설였다. 이걸로 내 자유는 끝일 수도 있어. 레아가 안으로 발걸음을 옮겼다.

"워런?"

나오미가 부를 때 워런은 지는 해를 바라보며 창가에 서 있었다. 그가 돌아섰다. 4년 동안 그의 얼굴 대부분은 손대기도 싫을 만큼 감촉이 나빴고, 화상 때문에 신경도 망가져 있었다. 이제 그는 다시 온기를 느낄 수 있었다.

"응."

나오미가 깜짝 놀랐다.

"얼굴이……."

워런이 미소를 지었다.

"알아."

"어떻게 한 거야?"

"네가 자는 동안 좀 더 배웠지."

나오미가 그에게 다가와 매혹된 기색을 감추지 않고 그를 살펴보았다.

"정말 너야?"

"맞아."

워런이 인간의 손으로 그녀의 손을 붙잡아 손가락을 얼굴에 가져다 댔다. 피부에 닿는 그녀의 손길이 느껴졌다. 따스했고 보드라웠다.

그녀가 그의 목을 덮은 스웨터를 뒤집어 보려 했다.

"없어. 끝났어."

나오미가 손을 거두었다.

"메리힘이 널 속박하기 전 네 모습이야?"

"거의. 사진이 없어서. 가진 거라곤 기억뿐이야."

워런이 나오미의 손을 잡고 손바닥을 펼쳤다. 거기 흉터가 있음을 알고 있었다. 어쩌다가 생긴 흉터인지는 잘 알지 못했다. 골목에서 쫓겼다던 이야기가 기억이 날 듯 말 듯했다.

그가 잠시 집중해서 매끈한 피부를 떠올렸다. 반짝이는 힘이 손바닥에서 흘러나오더니 흉터가 사라졌다. 나오미가 손을 뺐다.

"놀라워. 기(氣) 치료법으로 자신을 치유할 수 있다고는 배웠지만, 다른 사람까지 고치진 못하는데."

"그 사람들도 잘 몰랐나 보네."

워런이 말하며 나오미의 뿔과 문신을 살펴보았다.

머리에 접합된 뿔은 작은 공생 악마였고, 카발리스트들은 이를 통제하는 법을 익혔다. 봉합이든 공생이든 접합은 대개 아케인 에너지나 불로 이루어졌다. 필사적인 어떤 카발리스트들은 기술과 아케인 에너지를 모두 써 보기도 했다.

"내가 이 뿔들을 없애고 문신도 지울 수 있어. 전혀 없었던 것처럼."

나오미가 재빨리 뒤로 물러나며 한 손을 들어 막았다.

"안 돼."

"그런 건 필요 없어."

"내 능력을 끌어내 줘. 난 내가 배운 것들을 포기하지 않을 거야."

"힘은 그런 것들에서 나오지 않아. 네 안에 있는 거야."

"조금은 그렇겠지. 난 너처럼 강해 본 적이 없어. 나는 힘을 빌려 온다고. 너처럼 만들어 내거나 마음먹은 대로 쓰지 못해."

"지금 네 모습이 마음에 드는 거야?"

나오미가 상처받은 눈빛으로 바라보았다.

"내 모습이 어디 잘못됐다는 식으로 말한 적 없잖아."

"그런 말이 아냐."

하지만 워런은 뿔을 접합하고 문신을 새겨 넣기 전의 나오미가 어땠을지 보고 싶었다. 분명 그녀는 아름다울 것이다.

"그저 예전 모습으로 돌아갈 수 있다는 거야. 내가 그렇게 해 줄 수 있어."

나오미가 팔짱을 꼈다.

"그리고 내 힘까지 가져가겠지. 난 약해질 거고. 그게 네가 원하는 거야?"

워런이 손을 늘어뜨렸다.

"아니."

"난 켈리가 아냐. 혼자서 해낼 수 있어. 나 자신을 돌볼 수 있다고."

그녀가 잠시 말을 멈추었다.

"나는 그 능력을 포기하지 않을 거야. 그 누구를 위해서도."

"내가 널 돌봐 줄 수 있어."

"그런 건 싫어. 나를 돌보는 사람을 믿어야만 하니까."

"어젯밤 네가 날 돌봐 줄 때 난 널 믿었어."

나오미가 그를 매몰차게 바라봤다.

"딱 하룻밤이었어, 워런. 너에겐 다른 선택이 없었고. 메리힘이 널 그 싸움으로 떠밀었으니까. 내가 없었더라도 너는 거기 가야 했을 거야. 그런 건 믿음이 아냐."

사실임을 아는데도 그 말은 그를 아프게 찔렀다. 위탁 가정에서 지내는 동안 그는 다른 아이들과 거래를 했다. 한집에서 혹은 다른 집에서 함께 지내는 동안은 서로의 등을 지켜 주기로. 그럼에도 상대를 믿는다는 것은 여전히 쉽지가 않았다.

"날 못 믿는다면 여긴 왜 온 거야?"

"너한테서 배울 수 있으니까. 네가 나한테 배웠던 것처럼."
"배울 게 하나도 없다면 어떻게 할 건데?"
워런이 그녀의 두 눈을 바라보았다.
"날 가르쳐 주지 않겠다는 거야?"
"그렇다면?"
나오미의 눈이 단호하고 차가워졌다.
"그렇다면 날 가르쳐 줄 수 있는 다른 사람을 찾아야겠지."
워런이 돌아서서 창가로 걸어가 빛 속에 섰다. 차라리 잠들어 있는 그녀가 더 좋았다.
"나 역시 어쩔 수 없어, 워런. 넌 악마를 섬기고, 나는 악마가 날뛰는 이 도시에서 살아남아야만 해. 매일 배워야만 하고. 살아남을 수만 있다면 얼마든지 그럴 수 있어. 난 너처럼 좀비들을 통제하거나 하르가스토르 같은 악마와 싸우지 못하니까."
나오미의 말에 질투가 담긴 것 같아 워런은 놀랐다. 누군가 그를 그 어떤 점에서라도 질투할 수 있으리라고는 한 번도 생각해 보지 못했던 것이다.
"난 널 좋아해."
나오미가 부드러워진 목소리로 말했다.
"내가 널 가르쳐 줄 수 있기 때문이겠지."
워런이 살짝 비꼬듯 말했다.
"그런 이유도 있어. 그렇지 않다면 거짓말이겠지만, 그게 전부는 아냐."
그녀가 다가오는 소리가 들렸다. 저리 가라고 하고 싶었다. 그가 혼자 남는 것을 그토록 싫어하지만 않았다면 그랬을 것이다.

"상처 줬다면 미안해."

"너 때문에 상처받은 게 아냐."

워런이 어린 시절부터 몸에 익은 그 오랜 간절함을 느끼며 말했다.

"그저 내가 바보라서 스스로 상처 입은 것뿐이야."

"원한다면 떠날게."

마음 한편으로는 그녀에게 가라고 말하고 싶었지만, 워런은 그 정도로 강하지 못했다. 나오미가 그의 세계로 들어오도록 한 것은 그 자신이었고, 그 때문에 고통받아야 할 것이다.

"아니야. 안 갔으면 좋겠어."

나오미가 그의 손을 꼭 쥐었다. 그녀가 잡은 것이 인간의 손이 아니라 메리힘이 준 손임을 깨닫는 데에는 조금 시간이 걸렸다.

37장

 레아는 엘리베이터를 타고 내려가고 있었다. 엘리베이터에 탑재된 정교한 장비가 그녀의 옷과 살, 심지어 뼈까지 스캔하며 속속들이 조사하고 있을 것이다. 과연 엘리베이터에서 내릴 수 있을지는 알 수 없었다. 독이 살포되어 쓰러지거나 에너지 빔을 맞고 기화해 버릴지도 몰랐다.
 "레아 크리시."
 기계 음성이 머리 위에서 들려왔다.
 "레아 크리시입니다."
 그녀가 반사적으로 응답했다.
 "대영국의 시민으로 왕과 조국을 위해 목숨을 바칠 것입니다."
 보안 시스템이 음성 지문을 저장된 파일과 비교하기 위해선 필수적인 응답이었다. 레아는 음성 파일을 매주 다시 녹음하여 업데이트해야만 했다.
 "슈트를 벗어라."
 레아는 옷을 벗으면서 깊이 숨을 들이쉰 다음 호흡을 멈추었다. 엘리베이터가 갑자기 가스로 가득 찰 경우를 대비한 것이다. 물론 정말 그런 일이 벌어진다면 통하지 않을 대응이다. 숨을 쉬지 않아도 어차피 죽을 테니.
 게다가 무색 가스여서 알아차릴 수도 없을 것이다.
 "숨을 쉬어도 된다, 레아."
 남성의 기계 목소리가 말했다.

"감사합니다."

바보가 된 것 같았다. 숨을 들이마시면서도 여전히 긴장되었고, 아직 의식이 있다는 사실이 조금은 놀라웠다.

엘리베이터가 떨어지듯 내려갔다. 중력이 잠깐 사라지는 듯하다가 다시 돌아왔다. 레아는 하마터면 넘어질 뻔했다. 90미터 넘게 내려온 것이 분명했다.

템플러에게만 비밀이 있는 것은 아니었다.

"자네 슈트의 전원을 끄겠네."

슈트가 갑자기 무겁게 내려앉는 듯했다. 슈트의 외골격은 템플러 갑옷 디자인과 굉장히 많이 유사하다는 것을 레아는 알고 있었다. 템플러가 개발한 기술을 연구해서 디자인하고, 레아가 사용하기에 적합하도록 보완한 것이다.

외부에서 통제한다 하더라도 레아는 슈트 전원이 차단되는 것을 거부할 수도 있었다. 전적으로 그녀의 결정에 달려 있었지만, 만약에 그런다면 절대로 엘리베이터에서 살아 나가지 못할 것이다.

"자네를 호송할 사람들이 대기하고 있다."

"알겠습니다. 하지만 지휘본부에 보고할 것이 있습니다."

"정식 절차를 따르도록. 자네 상관에게 말하게나."

"알겠습니다."

엘리베이터 문이 열리자 무장한 여섯 남녀가 그녀를 호송하기 위해 기다리고 있었다. 모두들 소형 무기를 드러내 놓고 들고 있었다. 헬멧을 쓰고 똑같은 슈트를 입고 있어 아는 이들인지 아닌지는 알 수 없었다.

"나오십시오."

한 남자가 레아에게 손짓하며 말했다. 그러고는 불타 버린 필사본이 들어 있는 금속 튜브를 압수했다.

"조심하세요. 중요한 물건입니다."

"폭탄이 아닌지 확인부터 해야 합니다."

"누구든 그게 폭탄일 수 있다고 여겼다면 제가 여기까지 내려올 수 있었겠어요?"

감정적으로 받아들이지 않으려 했으나 레아는 자신의 목소리가 분노로 딱딱하게 나오는 것을 느꼈다.

레아는 이곳 지하 본부가 크지 않다는 것은 알고 있었다. 그들은 대개 은밀하게 움직였다. 극소수의 인원이 최대한 모습을 드러내지 않고 임무를 수행했다.

요원들은 그녀를 위해 준비된 방이 있다고 말하며 최단거리를 통해 호송했다.

일종의 농담이었다. 이 지하 단지에서 사는 사람은 없었다. 방이라는 곳은 벙커 침대가 두 개 놓인 좁은 공간이었다. 부상자나 소속이 불명확한 사람들이 잠시 머무는 곳이었다.

"상관과 이야기해야 해요."

레아가 요원들 중 리더로 보이는 이에게 말했다.

악마가 침공한 지 4년이 되었는데도 군인처럼 머리를 짧게 깎은 레아 또래의 젊은 남자였다. 얼굴 오른쪽으로 악마의 발톱에 할퀸 듯한 흉터가 있었다. 굉장히 심한 상처였을 듯했다. 머리가 떨어져 나가지 않은 것이 다행인지도 몰랐다.

"기다리십시오. 누군가 올 겁니다."

"긴급한 사안이에요. 늦어지면 안 됩니다."

남자의 얼굴은 무표정하고 딱딱했다.

"누군가 올 겁니다."

그가 반복하고는 방문을 닫고 그녀를 가두었다.

한쪽 벽에 있는 작은 책장에는 페이퍼백 책과 비디오테이프로 가득 차 있었다. 다양한 주제를 다룬 것들로, 아마도 여기를 거쳐 간 사람들이 지녔던 물품이었을 것이다.

긴장이 죄어들었지만 그런 모습을 드러내고 싶지는 않았다. 감춰진 카메라가 그녀를 감시하고 있었다. 임무를 맡아 현장에 나갔다 돌아온 요원을 맞이하는 기본 절차였다.

연락이 끊겼던 요원이라면 특히나 그렇겠지. 레아가 씁쓸하게 생각했다.

레아는 슈트를 벗어 철제 라커에 걸었다. 재빨리 살펴보았으나, 자신 외에 이 방을 사용하고 있는 사람은 없는 듯했다.

몇 시간 동안이나 슈트를 입고 있었던 그녀가 재빨리 샤워를 했다. 그 후 슈트의 겉과 안을 깨끗하게 정리했다. 항균 나노봇 거품이 순식간에 갑옷을 씻어 내고 통신 장비까지 깨끗하게 해 주었다.

카키 반바지와 소매 없는 올리브색 티셔츠를 입은 레아는 답답함을 쫓으며 시간을 보내는 것에 집중했다. 이런 상황에 놓였을 때 해야 하는 일이다.

책장을 훑어보니 하이테크 스릴러 한 권이 꽂혀 있었다. 작가에게 군대 경험이 없는 것이 분명하다는 정보와 함께 장비나 군사 용어 등이 잘못 쓰인 부분을 누군가 여백에 표시해 두었다. 레아는 헬게이트가 열리기 전 조금 읽다 말았던 판타지 소설을 골라 펼쳐 들고는 한 침대에 자리를 잡았다.

소프와이어가 개발한 X-뇌신경 임플란트로 향상된 기억력으로 그녀는 지난번에 읽다 만 페이지를 정확히 찾았다. 문장은 날카롭고 전개는 영리했으며 주인공에게 끊임없이 혹독한 시련이 닥쳐왔음에도 레아는 잠시 후 책을 가슴에 엎은 채 잠이 들었다.

"템플러는 지금 혼란스러워, 사이먼."

머사이어스의 상태가 나아진 것을 확인한 후 작은 방으로 돌아온 워덤이 사이먼 맞은편에 앉아 말했다.

사이먼은 돼지갈비 구이와 감자 수프, 갓 구운 빵을 내키지 않는 듯 억지로 먹었다. 피곤했고, 자고 싶었지만, 충분히 깊게 잠들지 못한다면 내내 악몽을 꾸고 전혀 쉰 것 같지도 않을 것이 분명했다. 뭔가 먹으면 좀 더 오래 숙면할 수 있을 것이고 체력도 회복해야 했다. 최근에는 몸무게도 줄었다.

"써머라일 기사단장은 핼러윈 전투에서 전사하셨네."

워덤이 말을 이었다.

"압니다. 그분이 공격을 이끄셨죠."

몇 번 되지는 않았지만 사이먼은 패트릭 써머라일 기사단장을 만날 때면 깊은 인상을 받았다. 아버지 토머스 크로스도 언제나 그를 존경했다.

기사단장은 일반 사람들과 섞여 살았다. 영국군에 복무했고, 내무부에서 일했다.

"그보다 훌륭한 분은 이 세상에 없을 걸세. 하지만 그분 동생 맥심은 완전히 다르지."

기사단장의 동생에게는 아무도 그다지 신경 쓰지 않는 것을 사이먼도 잘 알았다.

워덤이 빵 한 조각을 뜯어 수프 그릇에 담갔다.

"맥심이 기사단장 자리를 물려받았다는 얘기는 들었지?"

"네."

사이먼은 굳이 말을 덧붙이지 않았다. 언더그라운드에서 일어나는 일은 그가 상관할 바가 아니다. 그는 사람들을 구하는 데에 집중했다.

"거의 모든 가문에서 그에게 반대표를 던졌네. 그래야만 했거든. 맥심은 미친 자야."

사이먼은 침대로 갈 생각에 먹는 것에만 집중했다. 식사가 끝나면 대화도 끝날 것이기에.

"하지만 투표로도 그가 세니셜[18]이자 써머라일 가문의 영주가 되는 것을 막지 못했지."

"그건 그분의 권리입니다."

사이먼이 지적했다.

"물론, 동의한다네."

워덤이 부드러운 표정을 짓자 깊게 팬 주름이 옅어졌다.

"오해하지 말게나. 비난하려는 게 아니야. 그저 언더그라운드가 직면한 상황을 자네가 알길 바라는 걸세."

"제시카 써머라일도 있잖습니까."

---

18) Seneschal, 가문을 대변하는 자.

아버지는 써머라일 가문의 일원을 모두 알았고 그 영향으로 사이먼도 그랬다.

"영리한 데다 앞으로가 기대된다고들 하더군요."

워덤이 콧방귀를 꼈다.

"그냥 어린애야. 이제 겨우 열두 살쯤 되었을걸."

"헬게이트가 열리던 날 밤, 악마들이 써머라일 가문 템플러들을 쫓았는데도 제시카 써머라일은 간신히 탈출했다고 들었습니다. 많은 이들이 그날 목숨을 잃었죠."

"그 앤 가문을 이끌기에는 너무 어려. 하물며 조직 전체는 어떻겠나."

"다른 써머라일도 있습니다."

사이먼이 겨우 한 소녀를 기억해 냈다.

"애벌론."

워덤이 고개를 끄덕였다.

"지금 열일곱이지."

그가 한숨을 쉬었다.

"템플러를 이끌 만한 경험이 있는 사람들 대부분이 4년 전 전투에서 목숨을 잃었네."

그가 사이먼을 바라보았다.

"바로 그래서 우리를 위해 일어설 누군가가 필요한 걸세. 우리 모두를 위해서 말이야. 그제야 템플러는 다시 하나로 단결해 더 강해질 수 있을 게야."

사이먼이 고개를 저었다.

"그 사람이 저는 아닙니다."

"자네가 될 수도 있지."

"그럴 수 없습니다."

그가 깊이 숨을 들이쉬며 그릇을 멀리 치웠다. 참을 만큼 참았다.

"이 모든 일이 일어나기 2년 전부터 전 템플러에게서 등을 돌렸습니다. 템플러를 버렸단 말입니다. 저는 아버지를 믿지 않았고, 평생 동안 배웠던 것들도 전혀 믿지 않았습니다."

워덤은 잠시 말이 없었다.

"우리 모두에겐 믿음을 잃는 순간이 있다네. 평생에 걸쳐 악마와의 전쟁을 준비했다고는 하지만, 아무도 놈들을 실제로 보지 못했으니까 말이야. 핼러윈 바로 직전까지도. 자네 실수는 용서되었어. 우린 자네가 한 일을 보았으니까."

"제가 다시 한번 등을 돌린 이후로 말입니까? 템플러의 방식을 믿지 않는다는 것을 또 한 번 알게 된 이후로 말이죠?"

워덤이 얼굴을 찌푸렸다.

"그런 게 아니야. 4년일세. 죽음과 슬픔과 비극과 공포로 가득 찬 4년. 사람들은 용서하고 잊는 법이야."

"모두가 절 용서한 건 아니죠."

사이먼이 일어서서 투구로 손을 뻗으며 말했다.

"제가 저를 용서하지 않았습니다. 4년은 그렇게 길지 않습니다."

그가 돌아서서 문을 열었지만 잠시 걸음을 멈추었다.

"저를 지금의 제가 아닌 다른 누군가로 만들려는 사람들에게 포기하라고 전해 주십시오. 아직 악마와 싸울 수 있는 동안, 제가 사람들을 구하고 도울 수 있게 해 달라고요. 그것이 제가 바라는 전부입니다."

사이먼이 방을 나서 병영으로 향했다. 쓰러지기 전에 좀 자 두어야만 했다.

일어나라!

메리힘의 명령이 머릿속에서 폭발하듯 울리며 워런을 더없이 행복한 잠으로부터 깨웠다. 그는 반듯하게 누워 나오미와 나란히 뺨을 맞댄 채 자고 있었다. 나오미의 뿔들이 그의 이마를 누르고 있었다. 악마의 목소리가 일으킨 통증에 워런은 침대에서 끌려 나와 무릎을 꿇었다.

한가하게 뒹굴거리고 있는 것이냐?

메리힘이 물었다.

풀라가르의 수하를 찾아야 할 텐데.

"찾을 거예요."

방 맞은편에서 책이 두 눈을 번쩍 뜨더니 말없이 워런을 바라보았다. 워런도 그 눈을 마주 보자 머릿속의 통증이 조금 사라졌다. 위에서 솟구치던 구토증도 가라앉았다.

너는 시간을 낭비하고 있다.

"어떻게 찾아야 할지 모른다고요."

그렇다면 오너라. 보여 주겠다.

워런이 고통에 이끌려 발코니로 갔다. 그는 발코니로 나가는 것을 아주 싫어했다. 달도 보이지 않는 납빛 하늘에서 내리는 독성 비가 헐벗은 그의 어깨에 부딪치며 흩어졌다. 빗방울이 닿는 곳마다 화학적 화상을 입었다.

아래에서 악마들이 배회했고, 용감한 인간 몇 명이 하루나 이틀쯤 더 버티게 해 줄 음식을 찾아다녔다. 워런은 악마의 주의를 끌까 봐 두려웠다. 머리 위 지붕을 할퀴는 발톱 소리가 들리는 것만 같았다.

블러드 엔젤 한 마리가 워런 바로 앞 거리로 활강했다. 워런이 있는 쪽으로는 고개도 돌리지 않았다.

저것이다. 저놈을 이용해라. 크나알을 찾을 것이다.

워런은 크나알이 풀라가르의 수하 중 한 놈임을 알고 있었다.

"어떻게 이용하죠?"

저것의 눈을 통해서 보아라. 지난번 또 다른 블러드 엔젤을 이용했던 것처럼.

그때는 악마의 눈을 속박해 주문을 거는 방법을 썼었고, 그러느라 며칠이 걸렸음을 지적하고 싶었지만, 그래 봤자 소용없음을 잘 알았다. 실패하더라도 일단 시도하는 편이 나았다.

메리힘이 화가 나서 그를 죽여 버리지만 않는다면 말이다.

"그는 너를 죽이지 않을 것이다."

목소리가 말했다.

"아직은. 너를 굉장히 필요로 하니까."

워런의 두통이 다시 극심해지며 머리가 폭발할 것 같았다. 무릎을 꿇고 쓰러질 것 같았지만 발코니 난간을 잡고 버텼다. 순간 눈앞이 빨갛게 변하더니 곧 선명해졌다. 그는 더 이상 자신의 눈으로 보고 있지 않았다. 두통이 멀어지면서 도시가 저 아래에서 빙글빙글 돌았다. 시각이 믿을 수 없을 정도로 예리해졌다. 힘으로 끌어올린 워런 자신의 시야보다 더욱 날카로웠다. 그는 비를 맞으며 발코니에 서 있는 자신의 모습을 잠시 바라보았다. 세차게 때리는 비를 맞는 피부가 불타올라야 했지만 너무도 아득하여 아프기보다는 짜증스러운 것에 가까웠다.

블러드 엔젤의 눈으로 보는 것은 여태껏 해 보지 못한 경험이었다. 어떤 색이라고 부를 수조차 없을 정도로 세상의 빛깔은 선명했고 모든 것이 생생했다. 먹잇감도 손쉽게 발견할 수 있었다.

워런은 놀라움에 젖은 채, 블러드 엔젤이 지하철역 근처 어둠 속에서 움직이는 한 남자를 포착하는 것을 보았다.

그 남자는 자신이 무엇에 맞았는지 절대 알 수 없을 것이다. 그는 분명 살아 있었지만, 바로 다음 순간 숨이 끊겼다. 블러드 엔젤은 뒷발톱으로 죽은 남자를 낚아채더니 갈기갈기 찢어 근처 건물에 있던 스토커들에게 던졌다.

스토커들은 시체를 차지하기 위해 자기들끼리 으르렁거리며 싸웠다.

워런은 혐오감으로 속을 게워 냈다. 동시에 두 공간에 있음을 자각하는 것은 기이했다. 워런은 발코니에 있는 동시에 블러드 엔젤의 머릿속에 있었다.

크나알.

메리힘이 말했다. 블러드 엔젤이 그 이름을 알아듣는 것이 느껴졌다. 놈이 주변을 유심히 둘러보자 시야가 바뀌었다. 놈이 한 번 더 날갯짓을 했고, 워런은 놈과 함께 날아올랐다.

38장

 워런은 아래로 펼쳐지는 도시를 바라보면서, 메리힘이 왜 악마가 아닌 자신을 부리는 것인지 궁금했다. 악마는 훨씬 많았으며 눈에도 덜 띌 텐데.
 "놈들에겐 너와 같은 잠재 능력이 없기 때문이다."
 목소리가 말했다.
 "그리고 악마들은 때때로 메리힘의 통제에서 벗어나기 때문이다. 이 세상에서는 메리힘에게 그럴 수 있는 권한이 없으니까. 블러드 엔젤은 위험한 악마지만 크나알에게 대적할 정도는 아니다. 또한 하르가스토르를 상대로도 버티지 못했을 것이다."
 "만약 메리힘이 한 번에 하나가 아닌 더 많은 악마를 속박할 수 있다면-"
 "그럴 수 없다. 통제하기 힘들어지기 때문만은 아니다. 지금 너처럼, 심지어 너조차 그로부터 숨기는 것이 있다. 나의 보호 덕분이기도 하지만, 네가 믿는 것처럼 메리힘이 이 세상에서 무적인 것은 아니다."
 워런은 메리힘이 런던에 왔던 날 밤의 파괴를 잊을 수 없었다. 카발리스트 수십 명이 목숨을 잃었다. 무적이든 아니든 메리힘은 죽음과 함께 왔다.
 "무적이 아니라면 왜 당신은 메리힘에게 대적하지 않는 거지?"
 "그를 물리칠 만큼 충분히 강하지 않기 때문이다. 너에게 말했듯이 나는 속박되어 있다. 내가 할 수 있는 것은 그저 속임수 정도

다. 네가 강해지듯, 나도 분명 강해질 것이다. 그저 시간이 걸리는 것뿐이다."

하지만 워런 역시 자신에게 시간이 얼마나 남았을지 확신하지 못했다. 한편으로는 바뀐 겉모습에 대해 메리힘이 아무 말도 하지 않는 것이 놀라웠다. 이렇게나 완전히 변했는데.

"그는 너를 보지 않는다. 네가 그를 위해 발휘하는 힘만을 볼 뿐이다."

잠시 후, 블러드 엔젤이 또 다른 건물로 활강했다. 대영 박물관이 내려다보였다. 악마가 자리를 잡고 건물을 유심히 관찰했다.

크나알은 여기에 있다.

메리힘이 말했다.

주인의 명령을 수행하고 있다.

"왜 여기죠?"

묻는 순간 메리힘의 거센 분노가 느껴졌다. 워런은 뒷걸음질을 쳤고 블러드 엔젤과 연결해 준 메리힘의 힘이 끊어질 것만 같았다.

"놈을 추적하려면 알아야 해요. 크나알이 여기 오래 머물 건지, 그렇지 않다면 다시 올 건지라도요."

그는 메리힘의 화난 공격이 금방이라도 들이닥칠 것이라 확신하고 말없이 기다렸다. 육체와 분리되었지만 악마가 그에게 가하려는 단말마의 고통은 분명히 전해질 것이다.

그러나 메리힘은 분노를 억눌렀다.

하르가스토르와 마찬가지로 크나알도 풀라가르가 원하는 유물을 찾고 있다.

"어떤 유물이죠?"

이빨이다.

"어떤 이빨요?"

그리스의 전설로 전해지는 용의 이빨. 카드모스[19]가 용의 이빨을 밭에 뿌리자 그곳에서 강력한 전사들이 떨쳐 일어났지.

워런은 깜짝 놀랐다. 마음이 잠시 요동쳤다.

"용 같은 건 없어요."

"아니다. 존재했다."

목소리가 말했다.

"인간들이 알아보지 못한 것뿐이다."

그런 건 중요하지 않다. 너는 크나알이 여기에 있고, 용의 이빨을 찾고 있다는 점만 알면 된다. 여기 와서 놈을 죽여라.

순간 워런은 은신처 발코니의 몸으로 되돌아왔다. 산성비를 맞은 어깨가 고통스러웠다. 나오미가 그를 잡아당기고 있었다.

"비 맞지 마."

그녀가 애원했다. 워런이 돌아서서 방으로 들어갔다.

"거기서 뭘 하고 있었던 거야?"

나오미가 욕실에서 수건을 가지고 나와 아직도 지글거리며 살점을 태우는 빗방울들을 털었다.

"메리힘이 날 불렀어. 어쩔 수 없었어."

워런은 수건으로 그를 닦으려 애쓰는 나오미의 손을 붙잡아 멈추게 했다. 살을 태우는 액체를 퍼뜨릴 뿐, 피부에 맺힌 물집은 커

---

19) Cadmus, 그리스 신화에 나오는 영웅으로 페니키아의 왕자였다. 제우스에게 납치된 누이동생 에우로페를 찾아 전국을 헤맸으나 실패했다. 그의 병사들이 샘을 지키는 아레스의 용에게 죽자 분노하여 그 용을 죽였다. 알파벳을 그리스에 전하고 테베를 건설했다고 한다.

지고 있었다.

"중독되기 전에 얼른 샤워해."

나오미의 얼굴이 걱정으로 파리해졌다. 하지만 워런은 몸 안의 에너지를 끌어모으는 데 집중했다. 그러고는 화상 부위를 모두 찾아내 통증이 사라지고 피부가 다시 매끈해질 때까지 재빨리 치료했다.

나오미가 질투와 선망이 뒤섞인 눈빛으로 그를 바라보며 매끈한 피부를 어루만졌다.

"그렇게 쉽게 이런 일을 할 수 있다는 게 믿기지 않아."

하지만 힘이 들지 않는 것은 아니었다. 기진한 워런은 힘을 회복하려면 쉬어야 할 것을 알았다.

"메리힘이 왜 불렀어?"

"수하 한 놈을 찾아냈어. 없애야 해."

"언제?"

"곧."

대영 박물관에 몰래 숨어 들어가는 것은 힘들 것이다. 입구는 단 하나였고, 거기까지 가는 길은 좁고 구불구불했다. 안뜰로 향하는 길목은 매복에 최적이었다.

"길을 찾는 것을 도와주겠다."

목소리가 말했다.

"메리힘도 모르는 비밀로."

워런은 그 말을 의심하지 않았다. 목소리에게도 그만의 비밀이 있을 테니까. 그저 자신의 욕망과 워런의 욕망이 더 이상 나란히 걷지 못할 때 목소리가 어떻게 할지 궁금할 뿐이었다. 메리힘과 함께할 때와 마찬가지로 목소리와 함께할 때도 워런은 상대의 자비에 기대고 있었다. 어느 쪽이 더 큰 위협일지는 그도 알 수 없었다.

사이먼은 체력 단련실에서 훈련을 했다. 그가 걸음마를 떼기 시작했을 때부터 아버지는 훈련을 시작했다. 무장 없이 맨손으로 하는 무술이었다. 장소와 상관없이, 무술 훈련을 할 때면 사이먼은 아버지를 가장 가깝게 느꼈다. 상의는 입지 않았고 트레이닝 바지에 맨발 차림이었다. 몸은 땀으로 흠뻑 젖었고 근육은 열기로 가득 찼다. 머리가 맑아 근래 어느 때보다도 집중이 잘 됐다.

그는 그저 눈을 감고 그의 곁에, 혹은 터치라인에 서 있는 아버지를 떠올리기만 하면 됐다. 두 사람은 자주 함께 훈련했다. 서로의 자세를 살피고 대련을 하거나 둘 다 다리가 후들거려 서 있을 수 없어질 때까지 검술을 연습했다.

아버지가 가장 그리워지는 시간이기도 했다. 대련 중 상대를 얼마나 몰아붙이든, 혹은 얼마나 오래 훈련하든 토머스 크로스는 호흡이 흐트러지는 법이 없었고, 언제나 많은 이야기를 해 줬다.

가끔은 템플러 조직과 여러 가문에 대한 역사를 가르쳐 주었다. 수백 년에 걸친 역사는 전쟁과 속임수로 넘쳤고, 토머스 크로스의 타고난 재담으로 생생하게 살아났다.

사이먼은 어린 소년이었을 때에도, 10대였을 때에도, 그리고 젊은 청년이었을 때조차 아버지의 이야기에 빠져들었다. 아버지만큼 많은 이야기를 아는 사람은 없는 것 같았다. 아버지는 어떤 덕목이나 교훈이 될 만한 것은 반복적으로 이야기했는데 사이먼 역시 매번 집중해서 듣곤 했다.

하지만 그중 가장 소중한 것은 어머니 이야기였다. 사이먼은 어머니 리디아 크로스를 한 번도 보지 못했다. 템플러 의술에도 불구하고 어머니는 그를 낳다가 목숨을 잃었던 것이다. 어머니는 죽음이 떼어 놓기 전 단 몇 분간만 아들을 품에 안을 수 있었다. 아버지가 아내를 사랑했노라 말하며 자신을 바라보는 시선에서 사이먼은 때때로 고통과 상실을 보았다.

마지막 훈련 자세를 취한 후 사이먼은 제자리에 서서 심호흡을 했다. 다른 템플러가, 어린 한 템플러가 자신을 지켜보는 것이 느껴졌다. 아직 10대인 젊은 템플러들을 보고 있자면 사이먼은 마음이 복잡해지곤 했다.

다른 템플러의 도움으로 어린 템플러들이 처음 이곳을 찾아왔을 때 사이먼은 그들을 돌려보내고 싶었다. 그들은 템플러 언더그라운드에서 몰래 빠져나왔을 테고 테렌스 부스를 비롯한 고위 간부들은 당연히 화가 났을 것이다.

하지만 돌려보내는 과정에서 문제가 발생했다. 되돌아갔던 처음 몇 명은 금세 다시 빠져나왔다. 이곳을 다시 찾아오던 길에 악마와 맞닥뜨려 살아남지 못한 아이도 있었다.

사이먼은 그를 찾아오는 젊은 템플러들이 모두 핼러윈 전투의 고아임을 알았다. 언더그라운드에서는 이 섧은 템플러들이 이탈하는 것에 거세게 항의했지만 아이들은 은거지까지 안내해 줄 누군가를 찾으면 곧장 결심을 굳혔다.

안내와 도움 없이 오는 아이들은 없었다. 사이먼은 책임자가 누구인지 알아내고 싶었지만 포기하고 말았다. 워덤이나 다른 템플러들은 절대 입을 열지 않았다. 결국 사이먼은 아이들을 되돌려

보내는 것을 포기하고, 그의 무리에 끼어 살게 하기로 결정했다.

나의 무리.

새로운 가문이 필요하다는 워덤의 말이 떠오르자 마음이 무거워졌다. 쉬운 결정이 아니었다. 아버지에게는 뜻깊은 헌정이 될 것이다. 토머스 크로스는 언제나 진홍빛 십자가를 가슴에 품은 가장 충직한 템플러였다. 모두가 아는 사실이었다. 템플러와 사이먼 사이의 문제가 무엇이든, 그것이 아버지의 명예를 더럽히지는 않았다.

"크로스 경."

10대 아이들 중 한 명인 앤서니가 그를 불렀다. 사이먼은 그렇게 불린 적이 거의 없었다. 로크 가문의 크로스 경은 아버지였고, 토머스 크로스조차도 조직의 한 기사였을 뿐, 그런 경칭으로는 자주 불리지 않았다. 가문과 조직에 대한 변함없는 헌신으로, 크로스 가문의 땅과 자산은 언제나 소박했다.

"앤서니."

사이먼은 은거지에 머무는 모든 사람들에 대해 알아 두려고 애썼다. 소년은 사이먼이 자기 이름을 부르자 순간 자랑스러운 듯했지만 재빨리 그런 감정을 숨겼다. 사이먼이 운동 가방에서 수건을 꺼내 얼굴과 상체를 닦았다. 언제 왔는지, 어린 템플러들이 체력 단련실을 거의 꽉 채운 것에 사이먼은 놀랐다. 적어도 마흔 명은 될 것 같았다.

"부탁드릴 일이 있습니다, 크로스 경."

까만 머리카락에 푸른 눈동자, 고작 열한 살은 되었을까 싶었다. 사이먼은 주위에서 지켜보고 있는 템플러들이 신경 쓰였다.

개중에는 성인 템플러들도 있었다.

"뭐지?"

"'검의 길'로 저희를 이끌어 주시겠습니까?"

사이먼은 젊음으로 빛나는 얼굴을 바라보았다.

"나보다 검에 능한 사람들도 많은데."

"사실이 아니라고 들었습니다, 크로스 경. 누구도 경만큼 검술이 뛰어나지 못하다고 들었습니다."

당혹한 사이먼은 갑자기 얼굴이 뜨거워지는 것을 느꼈다.

"네이선이 이러라고 하더니?"

"아닙니다, 크로스 경."

앤서니의 얼굴에 근심이 어렸다.

"기분 나쁘셨다면 죄송합니다. 사과드립니다."

"사과할 필요 없다."

사이먼은 더욱 어색해졌다. 아플 정도로 뭉친 근육을 풀어 주려고 여기 왔을 뿐이었다. 레아로부터 아직 아무 연락이 없다는 사실을 잊기 위해서기도 했다.

"기분 상하지 않았어."

앤서니가 인사를 하고 단련실을 나가려고 했다. 다른 어린 템플러들도 뒤로 물러섰다.

대니엘이 터치라인 쪽에서 걸어 나왔다.

"저 애들을 저대로 가게 둘 생각은 아니지?"

그녀가 낮게 속삭였다.

"네게 부탁하러 오느라 모두들 긴장했을 텐데, 이젠 무안해하는 것 같고."

"모두?"

"앤서니가 다른 애들을 끌고 왔다고 생각하는 건 아닐 거 아냐. 저 애들이 앤서니를 등 떠민 거야. 너한테 물어보라고."

대니엘이 눈을 깜박거렸다.

"저 애들이 원하는 건 하나뿐이야. 너의 강인함과 용기를 조금이라도 본받고 싶은 거라고."

"바보 같은 일이야."

"저 애들한텐 안 그래. 저 애들한테 너는 사이먼 크로스야. 크로스 경, 가장 용감한 템플러라고. 악마와 맞서 싸우고, 그럴 때마다 승리하는. 자기들도 함께할 수 있는지 알고 싶은 거야."

"난 특별할 게 없어."

사이먼이 반박했다. 대니엘이 그를 뚫어질 듯 바라보았다.

"저 애들한텐 특별해. 영웅처럼 숭배한다고."

"대상을 잘못 찾았군."

"그럼 누구를 믿어야 하는데?"

"자기 자신."

"아직 일러. 저 나이 때 애들이 어떤지 잊어버린 거야?"

사실 잊고 있었다. 대니엘이 사이먼의 어깨 너머로 고갯짓을 했다.

"저렇게 가게 둘 거냐고?"

사이먼이 돌아서서 어린 템플러들을 바라보았다. 누구도 뒤를 돌아보지 않았다. 모두들 한마디 말 없이 멀어지고 있었다.

"앤서니."

사이먼이 불렀다. 그 어린 템플러뿐만 아니라 모두가 동시에 멈춰 서서 돌아보았다. 모든 눈이 사이먼을 향했다.

"네, 크로스 경."

"사과해야겠구나."

사이먼이 예의를 갖춰 말했다.

"내 태도가 적절하지 못했다. 너희 모두에게."

"아닙니다, 크로스 경. 귀찮게 군 저희 잘못입니다."

"어린 형제의 이야기에 좀 더 귀를 기울였어야 했어. 훈련을 원한다고 했지. 나의 '검의 길'이 소박하나 너희를 가르치는 것은 나에게도 명예일 것이다."

앤서니가 함박웃음을 띠었다.

"매트 위에 서라. 모두."

어린 템플러들이 신속하게 여덟 명씩 네 열로 섰다. 마지막 다섯 번째 열은 여섯 명이었다. 그들은 군인처럼 절도 있게, 각자 여유 공간을 두고 움직였다. 모두가 각자 손에 꼭 맞는 팔라듐 검을 쥐고 있었다. 자라면 새로운 검을 벼릴 것이다.

"검을 들어라."

사이먼이 오른손에 검을 들고 아이들 앞에 섰다. 그는 원래 왼손잡이였다. 다른 아버지들은 교정하려 들었지만, 사이먼의 아버지는 그러지 않았다. 대신 양손 모두로 검을 쥐는 법을 가르쳤다. 토머스 크로스 자신 또한 양손을 모두 쓸 수 있도록 훈련했다.

"크로스 경, 왼손잡이가 아니십니까?"

앤서니가 물었다. 사이먼은 아이들이 그런 것까지 안다는 사실에 놀랐지만 그대로 자세를 잡았다. 그는 온갖 운동으로 단련했고, 계속해서 바뀌는 전투 상황에 대응할 수 있었다. 모두가 그런 것은 아니었다.

"나는 양손 모두로 검을 다룰 수 있다."

"그렇다면 저희도 할 수 있습니다."

앤서니가 검을 왼손으로 바꿔 들며 말했다. 다른 어린 템플러들도 그를 따라 했다.

사이먼이 활짝 웃었다. 자신이 지금 그렇게 즐거움을 느낄 수 있다는 사실이 한편으로는 충격적이었다. 눈앞의 이 어린 아이들은 언젠가 전장에서 지금 훈련받은 검술로 싸우다 목숨을 잃을지도 몰랐다. 사이먼이 검을 왼손으로 옮겨 쥐었다.

"좋다, 시작하자."

잠금장치가 작동하는 소리에 레아는 잠에서 깨었다. 그녀는 팔로 뒤통수를 괸 채 등을 대고 누워 침대에서 움직이지 않았다.

레아가 예상한 여섯 요원 대신 한 여자가 서 있었다. 크지도 작지도 않은 키에 금발이 어깨까지 닿았다. 레아를 바라보는 녹색 눈동자는 차분했다. 날씬하고 탄탄했으며 30대 중반으로 보였지만, 자신보다 나이가 많을 거라고 추측했기 때문에 그렇게 보인 것일 수도 있었다. 오른쪽 관자놀이와 뺨에는 희미한 흉터가 한 줄로 나 있었다. 검은 슈트를 입고 벨트에 마스크를 밀어 넣어 놓았다. 슈트에 내장되었을 무기 외에 눈에 띄는 무장은 하지 않았다.

"들어가도 될까?"

레아가 미소 지었다.

"간수가 정중하시군요?"

"난 간수가 아니야."

"그러면 신문을 하러 오셨겠군요."

여자가 정직하고 선해 보이는 미소를 지었다.

"그것도 아니야."

"그리스인인가요? 목마[20]는 보이지 않는데."

여자가 얼굴을 살짝 찌푸렸다.

"당신에 대한 보고서에 비아냥에 대한 언급은 없었는데."

"새로 습득한 기술이거든요."

"그건 좀 의심스럽군. 지금 자네 태도가 항명에 가까운 건 아니나?"

"감금 같은 명령에는 복종하기가 쉽지 않죠."

"맞아. 나도 그런 건 끔찍하게 싫다는 사실을 몇 년 전에 깨달았지."

레아는 여자를 찬찬히 살펴보았다. 게임을 하고 있는 걸까? '좋은 경찰, 나쁜 경찰' 같은 건가? 확신할 수 없었다. 여자는 진심인 것 같았다.

"지금이 좋은 때가 아니라면, 나중에 올 수도 있어."

여자가 문 잠금장치로 손을 뻗었다. 레아는 윗선에서 그녀를 이대로 억류해 둘지 알고 싶었다. 불행하게도 아마 그럴 것이라는 확신이 들었다.

"들어오시죠."

레아가 침대 밖으로 발을 내리며 일어섰다. 여자가 방으로 들어오자 문이 미끄러지며 닫히더니 자동으로 잠겼다.

"리라 데리어스라고 하네."

---

20) 그리스군이 병사들을 숨겨 적진으로 보낸 '트로이의 목마'를 빗댄 표현이다.

들어 본 적 없는 이름이었다. 물론 가명일 수도 있었다. 이곳 사람들은 두 개 이상, 때로는 십수 개의 이름으로 일했다.

"의자가 없어서 죄송하군요."

레아가 자신이 앉아 있는 맞은편 침상을 가리켰다. 리라는 주저하지 않고 앉았다.

"자, 그럼."

그녀가 부드럽게 말했다. 레아는 기다렸다.

"보고를 듣고 싶군."

"난 당신을 몰라요."

"그렇겠지. 만난 적 없으니까."

"그런데 왜 지금 찾아온 거죠?"

"나도 자네처럼 템플러와 접촉했기 때문이지. 핼러윈 전투에서 사망하기 전 내무부에서 일했던 패트릭 써머라일과."

39장

"나는 템플러의 존재를 확신했어."

리라 데리어스가 말을 이었다.

"내가 증거를 발견하기 전까지 템플러는 그저 신화였지. 아서왕 시대부터 전해진 도시 전설 같은 것 말이야."

레아가 이야기에 귀를 기울였다.

"어떻게 알아낸 거죠?"

리라가 미소를 지었다.

"능력보다는 운이었지. 자네도 알다시피 템플러는 은밀하게 움직이는 일이라면 꽤 하니까."

"네, 그렇죠."

"그때 난 MI-6[21]에 있었어."

"MI-6? 그쪽은 국외 위협 세력을 맡지 않았나요? 템플러는 영국 내 조직인데요."

"그때는 몰랐으니까. 그저 묻어 버리고 모른 척할 수 없는 무언가가 있다는 정도만 알았지. 얼마 후 악마가 살인을 시작했고. 기억하나?"

레아가 고개를 끄덕였다. 헬게이트가 열리기 전이었던 2020년 10월 13일, 연쇄 살인이 시작되었다. 경찰이 사건을 제대로 해결하지 못해 여론도 굉장히 부정적이었고, 나흘 후 경찰 한 명이 야

---

21) Military Intelligence, section six. 영국 비밀정보국 중 군사 정보부 제6부.

생 동물로 짐작되는 것에 목숨을 잃었다.

"살인이 계속되었고, 그 무렵 여기저기에서 사건들도 발생했지. 내무부는 그 사건들을 테러로 규정했고."

"악마들이 벌인 짓이라고 하는 것보다 믿기 쉬우니까요."

"그렇지."

리라의 표정엔 변화가 없었다.

"지역 언론이 끊임없이 따라붙었지만 군부대가 동원되어 MI-6로서도 대응이 어렵지는 않았지. 그 무렵 모두들 짐승은 한 마리가 아니라 여러 마리일 거라고 확신했어."

레아도 기억했다. 레아는 그때, 그런 사건들 때문에 뒤로 밀려난 진짜 테러리스트의 위협에 대처하기 위해 남아프리카공화국에 파견되어 있었다. 사이먼 크로스를 찾으라는 명령이 내려왔을 때, 레아는 이미 케이프타운에 있었던 것이다.

"내 역할은 패트릭 써머라일을 감시하는 거였어."

"왜죠?"

"그의 특별한 이해관계에 대한 꼬리가 잡혔거든. 자네도 알다시피, 이중생활은 어렵지 않나. 써머라일의 삶과 삶들은 특히 더 힘들었을 거야. 그는 오랜 군 복무를 마친 후 내무부 국내정세 부서에서 일했지. 훗날 우리가 그를 염탐하려 했던 것처럼, 그들도 우리를 꾸준히 염탐하기 위해서였다는 건 분명하지."

"템플러는 군사 기술 발전에도 도움을 줬어요."

레아는 방금 막 자신이 공개적으로 템플러를 지지했다는 점은 신경 쓰지 않았다. 템플러에게는 그럴 만한 점이 많았다. 비록 이상주의에 빠진 몽상가라 하더라도.

"그 슈트도 템플러의 갑옷을 바탕으로 개발한 거죠."

"알아. 그들이 지난 수백 년 동안 해 온 일에 나 역시 꽤 매료되었으니까. 템플러에 대해 연구도 많이 했고. 자네와 달리 언더그라운드에 가 볼 기회는 없었지만 말이야."

레아는 아무 말도 하지 않았다. 언더그라운드에 대해 그녀가 아는 모든 것은 이미 제출했던 보고서에 쓰여 있었다.

"어쨌든 난 핼러윈 전투 직전에 제시카 써머라일을 구해 낼 기회를 잡았네."

검술 기초 훈련이 끝나자 사이먼은 어린 템플러들에게 예를 갖춰 인사했다. 아이들은 약 5초 정도 진지하더니 하이파이브를 하고 서로를 격려하며 왁자지껄했다.

사이먼이 저도 모르게 활짝 웃었다. 이 순간 이 공간만큼은 악마들이 초래하는 죽음과 파괴로부터 수천 킬로미터는 떨어져 있는 것만 같았다.

"적절한 예법은 아니네, 그렇지?"

대니엘이 물었다.

"아니지."

사이먼이 동의했지만, 그는 홀로 훈련할 때보다 지금 훨씬 기분이 좋다는 사실을 인정해야만 했다. 게다가 많은 구경꾼들이 몰려와 있었다. 훈련을 보러 온 템플러와 민간인들이 단련실에 가득했다. 대체 언제부터 여기 있었는지 사이먼은 짐작조차 못 했다.

워덤 역시 그럼 그렇지 하는 듯한 함박웃음을 띠고 있었다. 노장이 사이먼에게 윙크를 하더니 단련실을 떠났다. 대니엘이 말했다.

"어린 템플러를 위한 훈련을 정기적으로 하는 것도 생각해 봐야 할 것 같은데."

사이먼이 고개를 저었다. 네이선이 옆에서 거들었다.

"대니엘 말이 맞아. 알잖아. 끝내 줬어. 옳은 일이었다고. 아이들에게 희망을 준 거야. 템플러의 정신도."

"저 아이들이 스스로를 무적이라고 여기는 건 원치 않아."

"그렇지. 무슨 말인지 알겠어. 저 아이들이 겁에 질린 채 여기 숨어 살면서 언젠가는 악마들에게 들켜서 죽을 거라는 믿음을 키우는 게 낫다는 거군."

"그런 뜻이 아니야."

네이선이 사이먼의 어깨에 손을 얹으며 그를 똑바로 바라보았다.

"희망과 템플러의 정신은 네가 저 아이들에게 줄 수 있는 최고의 것이야. 저 아이들은 적당한 때라는 것이 오기 전에 죽음과 맞닥뜨릴 거야. 우리도 그래. 이곳을 떠날 때마다 매번 목숨을 걸지. 그런 걸 견딜 수 있는 유일한 길은, 스스로가 충분히 강하다고, 충분히 현명하다고 믿는 거야. 그 유일한 숨구멍을 빼앗으려고 한다면, 저 아이들은 네 말을 더 이상 듣지 않을 거야. 네가 자기들 목숨을 구할 가르침을 준다 해도 말이야."

그가 잠시 말을 멈추었다.

"네 아버지가 너를 위해 하신 것과 같은 일이야, 친구. 나를 위해서, 네가 런던으로 이끌었던 수많은 다른 템플러를 위해서도 마찬가지야."

사이먼이 심호흡을 한 후 대답했다.

"목숨을 잃는 쪽에 있을 때는 차라리 더 쉽겠지. 그러라고 내모는 쪽보다."

그때 워넘이 되돌아왔다. 그의 얼굴은 긴장으로 딱딱하게 굳어 있었다. 사이먼이 그에게로 갔다.

"테렌스 부스가 방금 막 이쪽으로 사람을 보냈네. 공식 성명과 함께."

사이먼도 긴장되기 시작했다. 머코머 때도 그랬지만, 부스가, 아니 어쩌면 언더그라운드 전체가 이 은거지의 위치를 알고 있다는 사실은 이제 놀랍지 않았다.

"뭘 원한답니까?"

워넘이 고개를 저었다.

"자네하고만 얘기하겠다는군."

"알겠습니다."

사이먼이 몸을 숙여 검과 가방을 들었다. 부스가 원하는 것이 무엇이든, 좋은 일은 아닐 것이다.

"헬게이트가 열리자 써머라일이 내게 연락해서 제시카를 돌봐 달라고 부탁했지."

레아는 자기보다 조금 더 나이가 많은 듯한 여자의 긴장한 얼굴을 보았다. 목소리에는 그날의 고통스러운 기억이 묻어 있었다.

"제시카는 평범한 아이였어. 여덟 살이었지. 악마들은 템플러를 괴멸하려고 단단히 벼르고 있었고 써머라일 경이 누구인지도 아는 것이 분명했어. 놈들이 그를 뒤쫓았으니까. 헬게이트가 열리고 써머라일 경이 제시카를 안전한 곳에 피신시키려고 할 때 내가 함께 있었지. 그때는 그가 어쩔 작정인지 몰랐어."

레아는 말없이 앉아 있었다. 리라 데리어스가 그녀와 게임을 하는 것이라면, 여태 해 본 적 없는 최고의 게임일 것이다.

"우리는 템플 교회[22]로 가려고 했지만, 실패했어. 써머라일 경이 준비한 ATV 트레일러가 습격당했거든. 차량은 파괴되고 우리는 가까스로 목숨을 건졌지. 그때가 처음이었어. 템플러가 완전히 무장한 모습을 본 건. 그 갑옷은 우리나 군대의 것에는 비할 수 없다는 것도 깨달았지."

"그들도 모든 걸 내놓을 순 없었어요."

"알아. 그들의 지식을 지켜야만 했겠지."

리라가 깊이 숨을 내쉬었다. 마치 여기, 레아와 같은 방에 없는 것 같았다. 그녀는 4년 전 템플 교회에 있었다.

"써머라일 경은 내게 제시카를 맡겼어. 교회 아래에는 템플러 요새 중심부로 이어지는 지하 터널이 있었지. 키라 스카일러도 우리와 함께였어."

레아가 그 이름을 인지하는 데는 시간이 조금 걸렸다. 연쇄 살인사건이 발생했을 때 처음으로 나섰던 카발리스트였다. 키라는 그 사건이 악마의 소행이라고 사람들에게 밝혔다.

"하지만 아무도 키라를 믿지 않았죠."

레아는 당시 온갖 소문들이 퍼졌던 것을 떠올렸다.

"아무도. 써머라일 경만 믿었지."

"그는 이미 알고 있었으니까요."

"맞아. 그날 공격이 시작되기 전 써머라일 경과 키라 스카일러

---

[22] Temple Church, 영국 런던에 있는 12세기 후반의 교회. 성전 기사단이 건설하여 본부로 사용했다.

는 함께 있었어. 템플러와 카발리스트가 힘을 합쳐 악마에 맞서려는 계획을 세우면서. 두 집단은 서로에 대해 그다지 많이 알고 있지는 않더군."

그리고 두 집단은 서로를 믿지도 않죠. 레아는 아케허스트 요양원에 나타났던 흑인 카발리스트를 떠올렸다. 그의 얼굴은 무언가를 덕지덕지 기워 만든 것 같았다. 사이먼은 예전에 그와 맞서 싸우기도 했었다.

"카발리스트는 악마를 통제하려고 했지."

"템플러는 악마를 괴멸키길 원했고요."

리라가 슬픈 미소를 지었다.

"써머라일 경과 키라 스카일러가 합의해야 할 일이 얼마나 많았는지 자네는 이해할 수 있겠군."

"두 사람이 살아남았다 하더라도 그런 일은 불가능했을 거예요. 카발리스트와 템플러는 이미 너무 멀어졌어요."

"우리는 어떤가?"

레아는 대답하지 않았다. 런던 전역에서 벌어지는 전쟁에서 모두에겐 각자의 자리가 있었다.

"그날 밤, 키라와 나는 제시카를 지키려고 했어. 두 번째 공격이 파도처럼 밀려 들어오자 우리는 묘시를 가로질러 가려고 했지만, 악마가 거기까지 공격해 들어왔어. 난 가까스로 제시카를 교회 안으로 대피시켰지. 아슬아슬했어."

그녀는 숨을 한 번 들이쉬고 잠시 말이 없더니 이야기를 이어나갔다.

"이후론 정말이지 지옥 같았지."

"사이먼 크로스?"

사이먼은 갑옷을 입은 채 통신 배열기 앞쪽에 자리 잡고 앉아 있었다. 면갑을 반쯤 투명하게 해서 반대편 템플러가 그의 얼굴을 볼 수 있도록 했다.

"그렇다."

상대는 아직 어려 보였지만 얼굴에 흉터가 있었고 전투에 임한 자에게서만 볼 수 있는 경계심이 서려 있었다.

"부스 원수께서 보내서 왔습니다."

"직접 왔어야지. 그랬다면 이야기해 볼 생각이 들었을지도 모르겠군."

"그분은 당신이 언더그라운드로 오길 원합니다."

사이먼은 황당함에 뒤로 물러나 앉았다.

"4년 전 마지막으로 보았을 때 부스 원수가 내게 그랬지. 다시는 돌아오지 말라고."

템플러가 당황하는 듯했다.

"상황이 변했습니다."

"어떻게?"

"제겐 그런 이야기를 할 권한이 없습니다."

사이먼이 차갑게 웃었다.

"그렇다면 더 할 말은 없다. 가서 부스에게 전해라. 나와 대면할 준비가 되면 오라고. 나는 여기 있을 것이다."

사이먼이 연결을 끊기 위해 앞으로 다가앉았다.

"잠깐만요."

사이먼이 연결 종료 버튼 위로 가져가던 손을 멈추었다.

"왜 그러지?"

템플러가 재빨리 말했다.

"부스 원수께서는 당신과 《게티아》에 대해서 이야기하고 싶어 하십니다. 아케허스트 요양원의 필사본에 대해서 알고 있으며, 도울 수 있다고 하셨습니다."

만약 부스가 돕는다면 그것은 자신을 위해서이지 다른 누군가를 위해서가 아님을 사이먼은 잘 알았다. 눈앞의 템플러를 런던 밖으로 내보내 드넓은 황야를 가로질러 오게 한 것으로 보아, 필사본이 바싹 타 버렸다는 사실을 아직 모르는 것이다.

하지만 무언가 아는 것이 분명 있었다.

"자네를 어디에서 만날 수 있나?"

"리퍼 한 놈이 교회를 부수고 안으로 들어왔지. 내가 제시카를 데리고 있던 곳으로. 한 손에는 키라를 움켜쥐고 있었어. 어떻게 해 보기도 전에 놈이 키라의 숨통을 끊었어. 바로 거기, 우리 눈앞에서."

리라의 눈에 눈물이 맺혔다.

"할 수 있는 일은 아무것도 없었지."

"끔찍했겠군요."

"친구 같은 건 아니었어. 딱 한 번 본 것뿐이었지만, 키라가 좋은 사람이라는 건 알 수 있었지. 그런 뿔과 문신들을 보고도 말이야. 결국 키라는 써머라일 경의 손녀를 보호하려다 목숨을 잃었어. 자신이 약속했던 대로."

"하지만 놈을 해치울 수 있었던 거죠?"

"거의. 맞서긴 했지만 놈은 너무 강했어. 그래도 제시카는 안전한 곳으로 대피시킬 수 있었어. 리퍼가 날 붙들고 잡아당겼을 땐 곧 키라 뒤를 따라갈 거라 생각했었지."

그녀가 잠시 말을 멈추었다.

"어떻게 해도 죽음뿐이라는 것을 깨닫자 할 수 있는 단 한 가지 일을 했어. 음파 수류탄. 내가 살아남을 거라는 기대는 전혀 하지 않았어."

리라가 왼손 검지로 오른팔 소매를 걷었다. 그러자 매끈한 의수가 드러났다.

"내가 어떻게 살아 나왔는지는 몰라. 다음 기억이라곤 거의 텅 빈 의료 시설에서 정신을 차렸다는 거지. 악마의 공격에 부상당하거나 죽어 가는 사람들조차 거의 없었어. 그 시점에서 이미 영국군은 전멸하고 탱크와 전투기도 파괴되어 그레이터런던에 산산이 흩어져 있었으니까. 그리고 템플러는 세인트 폴 대성당에서 피 흘리며 목숨을 바치고 있었지."

레아가 의수를 바라보았다. 새로이 각광받는 의료 기술에 대해서 읽은 적은 있었지만 현장에서 직접 보는 것은 처음이었다.

"악마 침략이나 점령이 아니었다면 이 부상으로 퇴출되었을 거야."

리라가 미소를 지었다.

"하지만 써머라일 경과 템플러와 가까웠기 때문에, 이렇게 고쳐진 후 다시 현장에 투입되었어."

'고쳐지다'라는 표현이 레아를 날카롭게 찔렀다. 이 여자가 마치 어떤 장비처럼 수리되고 다시 활용되는 모습이 떠올랐지만, 결국에는 그들 모두가 마찬가지였다. 잘 정비된 기계의 부품들.

실제로 그들은 잘 정비된 기계처럼 임무를 수행해야만 했다. 그런데 그녀는 지난 며칠간 그 일을 제대로 해내지 못한 것이다. 지금쯤 본부는 그 기간이 예상보다 더 길었음을 알아냈을 것이다. 그래서 그녀가 지금 여기 있는 것이고.

"이곳 사람들은 대개 템플러를 믿지 않아."

"우리보다 더 많은 것을 아는 집단이 있다는 사실이 불편하겠죠. 특히나 수백 년 동안의 정보라면요."

"템플러만 정보를 가지고 있는 건 아니다. 어떻게 해석해야 할지 몰랐을 뿐, 우리에게도 데이터는 있었으니까. 자네가 가지고 온 튜브도 마찬가지다. 우리도 《게티아》에 대해서 알고 있었어. 그 책이 지금 이 처참한 상황과 관련 있다는 건 몰랐지만."

레아가 여자를 바라보며 깊이 숨을 들이쉬었다. 좋아, 그렇다면… 거기에서부터 시작해 볼까.

40장

워런은 블룸즈버리 역의 축축한 바닥을 터벅터벅 걸었다. 도시 위로 다시 밤이 떨어졌고 악마들은 거칠 것 없이 사냥을 나섰다. 지금까지는 들키지 않고 올 수 있었다.

공포는 여전히 그의 영원한 반려자 같았다. 마음 한편을 떠나지 않고 계속 그를 신경 쓰이게 하는 목소리도 있었다.

"난 여기에 있다. 그렇게 긴장하지 마라. 너와 나, 우리가 함께 세운 계획은 문제없을 것이다. 우리는 이번 전투를 좀 더 잘 통제할 수 있을 것이다."

워런은 자신에게도 목소리만큼 자신감이 있길 바랐다. 조금 전 메리힘은 그를 찾아와 크나알을 쫓도록 몰아붙였다. 워런이 제대로 겁에 질린 것을 확신하고 만족한 그는 사라졌다. 메리힘이 하고자 하는 일이 무엇이든, 절정을 향해 치닫고 있는 것 같았다.

메리힘은 워런이 하는 일에는 그다지 흥미가 없는 것이 분명했다. 워런은 그 점이 신경 쓰였다. 그는 4년 동안 메리힘을 섬겼다. 스스로를 지키고 싶었을 뿐, 놈을 정말로 믿는 것은 아니었다. 워런은 그가 지금 하고 있는 일이, 겉으로 드러나 보이는 것보다 훨씬 중요한 일이라고 믿고 싶었다.

"메리힘에게는 중요한 일이다. 지금 네가 아는 것보다 훨씬."

"어째서? 내가 다 알지 못한다는 거야?"

"어떤 사건들은 아직 일어나지 않았기 때문이다. 네가 알아서는 안 될 모든 것을 안다면, 너는 앞으로 네가 할 일을 하지 않거나 달리할지도 모른다."

워런은 황량한 지하철 플랫폼에서 걸음을 멈추었다. 시스템이 모두 멈추었을 때 불행하게도 목숨을 잃은 이들이 해골이 되어 찌그러진 차량에 그대로 타고 있었다. 마치 죽음의 선로 같았다. 더 많은 시체들이 있었을 자리가 드문드문 비어 있어, 악마의 먹잇감이 되었음을 알 수 있었다. 워런은 아무 생각 없이 그러한 것들을 밟고 걸어가는 것에 익숙해졌다. 전투화 아래에서 뼛조각들이 으스러졌다.

"당신은 미래도 볼 수 있는 건가?"

목소리는 잠시 말이 없었다.

"볼 수는 없지만, 알고 있는 여러 요인을 근거로 예측할 수는 있다."

"오늘 밤도? 지금 해야 할 일이 어떻게 될지도?"

"그렇다. 일이 우리 계획대로만 된다면 너는 성공할 것이다."

"그 예언에 내가 별로 감동하지 않더라도 봐줘."

"우리가 이해할 수 없는 미스터리들은 언제나 있지."

"맞아. 당신도 자신이 속박될 줄은 몰랐을 테니까. 그렇지 않아?"

워런은 제발 입을 다물고 싶었지만 절로 입술이 움직이는 것 같았다.

"그렇다. 그 일은 미지의 요인이었지만, 내가 누군가와 대화할 수 있다는 사실도 마찬가지지. 나를 속박한 자도 확신하지 못했을 것이다."

터널 안의 냉기와 어둠 속에서 워런은 문득, 자신이 진작 알았어야 할 사실을 깨달았다.

"나도 미지의 요인이군. 다른 누구든 이야기할 수 있는 상대가 있었다면 당신도 진작 그렇게 했겠지."

목소리는 아무 말도 하지 않았다.

"인정해."

워런이 화가 나서 말했다.

"다른 사람하고는 이야기할 수 없었던 거지?"

"그렇다."

비난조가 아니었다. 목소리는 처음으로 위협하듯 말했다.

"자유로워지기 위해서 우리에겐 서로가 필요하다. 우리 둘 다 혼자 힘으로는 해낼 수 없다. 나는 이미 수백 년을 기다렸다. 너는 그렇게 오래 기다릴 수 있겠는가?"

자신의 깨달음에 대한 뿌듯함과 새롭게 얻은 자신감이 곧장 날아가 버렸다. 그는 언젠가 반드시 죽을 것이다. 이미 메리힘을 섬기며 3년을 보냈다. 그를 끊임없이 사선으로 내모는 악마와 함께 얼마나 더 버틸 수 있을까? 남은 운이 다하기 전에?

"맞아. 서로가 필요하지."

"그렇다."

하지만 누가 누구에게 먼저 필요 없어질 것인지는 두고 보아야 했다. 홀번 역 터널을 따라 대영 박물관을 향해 걸음을 옮기던 워런은 거기까지 생각이 미치자 소름이 끼쳤다.

한 시간 남짓 후, 워런은 목소리가 일러 준 터널에 다다랐지만, 그 터널은 막혀 있었고 지하철 선로를 막는 콘크리트 벽이 세워져 있었다.

1753년 대영 박물관이 세워졌을 때, 아직 정리되지 않은 물건이나 전시품을 보관하기 위한 거대 지하 창고도 함께 건설되었다. 물품을 운송하기 위한 유지보수 터널도 지어졌지만, 이후 모두 폐쇄되었고 사방은 벽으로 막혔다. 하지만 터널들을 메우지는 않았다.

워런은 인간의 손으로 벽 너머를 감지해 보았다. 빈 공간을 발견하자 다시 한번 집중하여 터널을 막은 콘크리트와 나무의 화학물질과 원자 사이 공간을 파악했다.

그는 마음속으로 원자 지도를 그린 후 벽으로 나아갔다. 워런은 마치 진흙 속에서 움직이는 것처럼 서서히 단단한 벽을 통과해 미끄러져 들어갔다.

반대편으로 나온 워런은 잠시 그 자리에 선 채 몸을 재구성했다. 단단한 물질을 통과하는 주문은 힘들었고, 느낌도 좋지 않았다. 두통이 관자놀이를 파고들었고 위가 쥐어짜며 구역질이 났다.

기분이 좀 나아지자 워런은 계속 걸음을 옮겼다.

터널은 400미터쯤 이어졌고 곡괭이와 삽, 발파용 화약을 사용한 흔적이 벽에 이리저리 나 있었다. 쇠로 엮은 바퀴가 지나간 자국이 돌바닥에 패여 있었으며, 터널 한가운데 깔린 좁다란 선로 덧에 빌을 디니기가 힘들었다.

워런은 마음의 준비를 하기도 전에 터널 끝에 다다랐다. 대영 박물관 지하층으로 통하는 입구였다. 너비 3.7미터에 두께는 거의 1미터쯤 되는 네모난 콘크리트 덩어리로 막혀 있었다. 터널을 폐쇄하라고 명령한 사람이 누구였는지는 몰라도 다시는 이 통로를 이용할 계획이 없었던 것이 분명했다.

워런은 메리힘에게 받은 손을 올리고는 에너지를 끌어모은 후 밀고 비틀었다.

처음엔 천천히 하지만 곧 빠른 속도로 콘크리트 덩어리가 돌아가더니 터널 입구가 열리며 길이 트이기 시작했다. 다행히도 거슬릴 정도로 큰 소리는 나지 않았지만, 워런은 최대한 아무 소리도 내지 않으려고 애썼다.

워런은 몸이 간신히 빠져나갈 정도로만 틈을 남겨 두었다. 크나알은 그보다 덩치가 컸다. 목소리가 보여 준 책장 속 그림을 보고 알았다.

지하실에는 빛 한 줄기 들어오지 않았지만 워런은 향상된 시야로 아무 어려움 없이 볼 수 있었다. 약탈범들이 침입했었는지 값나가지 않은 유물들이 여기저기 나동그라져 있었다. 어떻게 했는지 몰라도 다양한 물품들을 넣어서 잠가 둔 보관실까지 들어간 듯했다. 바닥에는 그림 액자와 깨진 화병과 접시 그리고 세계 여러 나라에서 빚어진 도자기들이 흩어져 있었다.

조금 더 이동하자 엉망이 된 이집트 전시관이 나왔다. 여기 오기 전 대영 박물관에 대해 조사할 때 읽었던 구역이었다. 이집트 미라 23구가 금과 보석이 벗겨진 석관에 누워 있었다. 하워드 카터[23]가 왕가의 계곡을 발견한 이후 언젠가부터 영국은 그 이야기에 특별히 흥미를 보였고, 미라는 하나의 커다란 사업이 되었다.

그리스의 섬과 로마와 에게해에서 가져온 그리스와 로마 유물이 가득한 전시관도 지났다. 깨지고 부서진 조각과 동상들이 망가

---

23) Howard Carter, 영국 고고학자로 투탕카멘 분묘를 발굴하여 미라를 비롯한 수많은 유물을 발견했다.

진 장난감처럼 넘어져 있었다.

"크나알은 여기 없다."

목소리가 말했다.

워런은 아프리카 전시관으로 걸음을 옮겼다. 여러 부족의 무기와 기구들을 전시했을 것이나 이제는 폐허라고 부를 수밖에 없었다. 대영 박물관 설립자들은 이 모든 전시품을 수집하기 위해 고고학자들을 방방곡곡으로 보냈었다.

그는 방 한쪽 계단을 통해 지하 2층으로 내려갔다. 그곳에는 촛불이 켜져 있었다. 부패한 냄새와 매캐한 연기가 코를 찔러 하마터면 재채기를 할 뻔했다.

말린 꽃과 씨앗, 뿌리를 나눠 보관해 놓은 유리 칸막이들이 폐허 속에 놓여 있었다. 전시를 위한 것들이었으나 지금은 그저 쓰레기에 가까웠다.

크나알과 다크스폰 무리가 방에 보관된 물건들을 자세히 살펴보고 있었다. 놈들은 체계적으로 조심스럽게 모든 것들을 분류하고 검토했다. 크나알의 키는 3미터 40센티미터 정도 되어 보였다. 서 있다기보다는 마치 똬리를 틀고 있는 것 같았다. 상체는 인간 형태 로봇과 비슷했고 하체는 마치 뱀 같았으며, 넓은 어깨에 비해 엉덩이는 좁았고 농전만 한 비늘이 덮여 있었다. 붉은 비늘에서는 자줏빛이 돌았다. 얇은 입술 위로 피라미드 같은 검은 눈 세 개가 끔벅였고, 그 위로는 진녹색 뿔이 한 줄로 솟아 있었다. 코는 없었고 곧고 납작한 귀가 물고기 지느러미처럼 펄떡였다. 상체에 비해 하체가 더욱 붉었고 비늘도 더 커다랬다.

입고 있는 칙칙한 초록색 가죽 방탄조끼에는 기이한 표식이 새겨져 있었고, 등에 찬 채 아래로 길게 늘어뜨린 굽은 검의 검집은 붉고 검은 뼛조각으로 조각되어 있었나.

놈이 입을 열었다. 높고 떨리는 목소리였다. 다크스폰은 더 열심히 일했지만, 크나알은 쉬지 않고 채찍을 휘둘러 놈들을 마구 때렸다. 배배 꼬인 채찍이 살점을 찢고 상처를 냈다. 다크스폰 두 마리가 바로 옆 바닥에 쓰러져 움직이지 않았다. 죽은 것이 분명했다.

놈을 찾았구나, 좋다.

메리힘의 목소리가 머릿속에서 울렸다.

이제 놈을 해치워라.

아무 조짐도 없이 갑자기 메리힘이 어둠을 찢고 나타났다. 놈은 야만적이고 끔찍했다.

"크나알."

메리힘이 불렀다. 악마가 즉시 돌아섰다. 놈의 눈 세 개가 모두 메리힘에게 고정되었다. 그러고는 입술이 없다시피 한 입으로 삐뚜름하게 미소를 지었다. 두 줄로 난 송곳니가 드러났다.

"메리힘."

크나알이 외쳤다. 텅 빈 지하 공간을 천둥처럼 쩌렁쩌렁 울리는 소리였다. 돌고래의 높은 울음 같았다.

"*풀라가르가 이 세상에서 너와 마주쳤었다고 하더군.*"

끔찍한 목소리였다. 그 어떤 인간의 귀도 이 악마의 말을 제대로 알아듣지 못할 것이 분명했다. 워런은 자신이 어떻게 그들의 대화를 이해할 수 있는지 알 수 없었다.

"메리힘이다."

목소리가 말했다.

"그에게 묶여 있기 때문에 악마의 혀를 이해할 수 있는 것이다."

"메리힘이 왜 여기 나타난 걸까? 하르가스토르와 싸울 땐 오지 않았었는데."

"메리힘과 크나알 사이엔 길고 추악한 역사가 있다."

"풀라가르가 겁에 질려 내 이야길 하더냐?"

메리힘이 물었다. 크나알은 그저 더 크게 웃을 뿐이었다.

"*짜증을 내긴 했지. 네놈은 성가신 해충. 아니, 그런 해충들의 주인 아니더냐.*"

"때를 위해 지금은 물러나 있어라."

목소리가 워런에게 경고했다.

"아직은 너의 싸움이 아니다."

워런은 기꺼이 몸을 숨겼다.

크나알이 채찍을 휘둘렀다. 다크스폰이 빙글 돌아서며 금방이라도 달려들 듯했다. 크나알이 말했다.

"*네놈은 초대받지 못했다.*"

"그렇지 않다."

메리힘이 반박했다.

"*이 세상을 자시한 다크윌 그 누구도 그렇게 생각하지 않는다.*"

다크윌이란 셀 수 없이 많은 세상을 먹어 치운 악마였다. 워런은 책에서 읽어 알고 있었다. 악마의 세상에서 지위가 올라가려면 그뿐만 아니라 더 많은 것들이 개입되어야 한다는 것도 그는 잘 알았다.

"그들의 초대 같은 건 필요 없다."

메리힘이 거칠게 말했다.

"너는 다크윌이 아니다, 메리힘."

크나알이 단언했다.

"그렇게 되고 싶은 것뿐."

"나는 다크윌이 될 것이다. 그러기 위해 오랜 세월을 보냈다. 내 겐 그럴 자격이 있다."

메리힘의 말에는 분노가 깃들어 있었다.

"다크윌은 너를 받아들이지 않을 것이다. 너를 믿지 않으니까. 너에게 절대 그런 힘을 주지 않을 것이다."

"그들이 주는 힘은 필요 없다."

메리힘이 즉시 반박했다.

"내 힘으로 차지할 수 있다."

"풀라가르는 네놈이 바로 그 탐욕 때문에 이 세상에서 죽음을 자초할 거라고 여긴다. 그와의 동맹을 유지했다면 목숨은 건질 수 있었을 텐데."

"동맹이 아니었고, 굴종의 삶이었을 뿐. 그가 너에게 준 것과 같은 삶이지. 하르가스토르(악마 계급: 엘디스트), 그리고 토크로르크(악마 계급: 엘디스트)도 마찬가지다. 노예로 사는 것이 행복한가?"

크나알은 주위로 모여든 다크스폰 무리에게 손짓했다.

"우리는 모두 더 위대한 악의 노예다. 메리힘, 오직 너만이 그에 불만을 품지. 어쩌면 너와 뜻이 같았을 몇 안 되는 놈들 대부분이 최후의 죽음을 맞이했다."

"나는 노예가 되지 않겠다. 다크스폰, 그렘린, 임프 같은 놈들은 멍청하게 이용당하고 있다는 사실도 깨닫지 못할 만큼 어리석지."

"한낱 짐승으로 전락해도 좋다는 것이냐?"

크나알이 있지도 않은 입술을 핥았다. 메리힘은 아무 말도 하지 않았다.

"네놈은 그 보잘것없는 거울을 통해 여기로 넘어왔겠지? 인간들이 너를 불러들일 수 있도록 이 세상에 보물처럼 소중하게 심어뒀겠지."

"우리는 아직 점령되지 않은 세상에 넘어올 수 있도록 허락받았다."

"네놈이 넘어온 건 헬게이트가 열리고 화마가 시작된 이후였을 텐데."

크나알이 가까이 미끄러져 오며 채찍을 휘둘렀다.

"화마가 드리운 땅은 오로지 엘디스트의 후원이 있을 때에만 나누어 받을 수 있다. 빛을 몰아낼 수 있는 것이다. 너는 이 땅을 차지하도록 호명받지 않았다. 이 세상은 풀라가르의 것이다."

메리힘이 크나알을 노려보았다.

"놈은 이렇게 풍요로운 세상을 가질 자격이 없다."

"독사 같은 혀를 조심해라."

크나알이 경고했다.

"너는 지금 나의 주인에 대해 말하고 있다."

"오래선 너는 수인을 잘못 택했다."

크나알이 터무니없다는 듯 비웃더니 새된 목소리로 비아냥거렸다.

"너를 선택했어야 한다는 것인가, 주인 나리?"

"그렇다."

크나알이 한쪽으로 머리를 곤추세웠다.

"너의 노예들은 때아니게 이른 죽음을 맞이하는 것 같군."

세 개의 검은 눈이 워런을 바라보았다.

"게다가 저런 놈을 택하다니, 현명하지 못하나."

놈은 한순간에 워런을 판단하고 무시했으며 위협까지 했다. 워런은 그렇게 겁에 질려 있지 않았다면 이성을 잃고 분노가 폭발했을지도 몰랐지만, 그는 바로 다음 순간 목숨을 잃을지도 모른다는 사실을 잘 알았다.

"지금까지 네놈이 택한 놈들 누구도 목숨을 부지하지 못했지."

"내 잘못이 아니다."

"나의 무례를 용서하라, 역병을 낳는 자(메리힘의 별칭)여. 하지만 너는 현명하지 못한 장난감을 택하고는 너무 큰 위험에 내놓아 망가뜨리는구나."

메리힘이 입술을 비틀며 미소를 지었다. 무시무시할 정도로 즐거워 보였다.

"최근에 하르가스토르와 이야기한 적 있느냐?"

크나알이 고개를 쳐들었다. 팔이 씰룩거리자 채찍이 살아 있는 것처럼 바닥을 스르르 미끄러졌다. 다크스폰 몇 마리가 겁에 질려 뒤로 물러났다

"하르가스토르는 템플러와의 전투에서 죽었다."

"아니, 놈을 죽인 것은 다른 자다."

"그 자리에 있던 다크스폰이 빠져나와 템플러와 싸운 이야기를 전했다. 물론 하르가스토르를 버리고 도망친 놈들에겐 죽음을 선사했지."

크나알이 입술을 핥았다.

"지금껏 풀라가르에게 복종하지 않은 자들 중 살아남은 것은 네

놈밖에 없다. 이 세상에 오래 머무르길 원한다면-"

"나는 이미 이 세상에 머물고 있다."

"그렇다면 바로잡을 수밖에."

크나알이 채찍을 휘둘렀다.

"나의 주인에게 너의 죽음을 보고하는 일이 기대되는군. 특히 네놈이 하르가스토르의 죽음에 손을 보태었다면."

메리힘은 전혀 두려운 기색 없이 있었다.

"우리의 옛 우정에 대한 존중으로, 목숨을 건질 기회를 주겠다."

크나알이 웃음을 터뜨리자 공기를 찢을 듯 끼긱거리는 높은 소리에 워런은 고막이 터지는 것만 같았다.

"이 세상에서 너는 나를 건드릴 수 없다, 메리힘. 네놈이 나나 풀라가르에게 직접 맞선다면 '퍼스트'의 극심한 분노를 살 것이다."

"위대한 눈은 다크월과 엘디스트의 싸움을 허락하신다. 가장 강한 자만이 그의 발아래 설 수 있을 것이다."

워런은 위대한 눈이라고 불리기도 하는 퍼스트에 대해서 읽은 기억이 났다. 위대한 눈이 빛에 맞서는 그림자를 창조했다. 영원한 존재로, 용서란 없다. 엘디스트와 다크월을 만들어 낸 것도 바로 퍼스트였다.

"이 세상, 이 시간에서는 아니다. '화마'가 먼저 뜻대로 퍼져 나가야만 한다. 그 후에도 네가 나의 주인에게 도전하길 원한다면, 그렇게 너 자신의 파멸을 요청하라."

크나알이 미소를 지었다.

"풀라가르가 관대하시다면, 너를 완전한 파멸로 이끌기 전에 고문까지 하지는 않을 것이다."

"어쩌면 내가 놈에게 직접 맞설 수는 없겠지. 그렇다면 다른 이들이 나 대신 그리할 것이다."

크나알이 메리힘을 바라보았다.

"그럴 자를 선택하였는가?"

"그렇다."

메리힘이 워런을 가리켰다.

"여기 이 자가 너를 죽인다. 풀라가르는 또 한 번 수하를 잃을 것이다."

크나알이 뱀처럼 재빨리 몸을 뒤틀어 워런에게로 시선을 돌렸다.

"인간이?"

크나알이 재밌다는 듯 탄성을 뱉었다.

"너의 선택이 무엇이든 우리는 매일매일 손가락 하나로 저 한심한 놈들을 죽인다."

그가 채찍을 휘둘렀다.

"템플러와 협상하는 편이 나았을 텐데."

"템플러는 절대로 악마와 협상하지 않지. 그리고 네놈 생각과 달리 나의 선택은 현명하다."

"어디 확인해 볼까."

크나알이 아무런 경고도 없이 잽싸게 채찍을 휘둘렀다. 길게 꼬인 채찍이 번개처럼 워런의 얼굴로 날아들었다.

41장

워런의 감각이 점점 예리해지면서 시간이 느리게 흘렀다. 채찍이 가까이 다가오자 길게 꼬인 것이 뱀처럼 생긴 악마들이라는 것을 알 수 있었다. 놈들 모두가 입을 벌려 번쩍이는 이빨을 드러내었다.

메리힘은 움직이지 않았다.

채찍을 피할 수 없다는 것을 깨달은 워런이 악마의 손을 뻗어 올리며 앞으로 나섰다. 그는 가시 돋친 채찍 끝 바로 위를 붙잡았다. 한데 꼬인 악마들이 워런의 손에 이빨을 박아 넣었다. 혈관을 타고 독이 퍼져 나가자 마치 불이 붙는 듯했다.

크나알이 욕설을 퍼부으며 채찍을 챘다. 워런의 손에 쥐였던 배배 꼬인 악마들이 순간 힘을 빼더니, 본격적인 공격을 위해 한껏 몸을 웅크렸다. 그리고 곧장 워런의 팔을 미끄러지듯 타고 올라가 얼굴로 달려들었다. 달아나고 싶다는 본능이 꿈틀거렸다.

"안 된다."

목소리가 말했다.

"놈들에게 붙잡히지 않는다 하더라도, 섣불리 달렸다가는 거세진 심장박동이 너의 몸에 독을 더욱 빨리 퍼뜨릴 뿐이다. 독에 살아남더라도 크나알이나 메리힘이 가만 두지 않을 것이다. 놈들과 싸워라. 너에겐 힘이 있다."

워런은 마음을 단단히 먹고 몸 안에서 끓어오르는 아케인 에너지를 모았다. 몸에서 열기를 밀어 내자 뼈가 차가워지는 것이 느꺼졌다. 그 열기가 피부 바깥 공기와 닿자 고열의 하얀 불꽃으로 변해 미끄러져 올라오는 악마들을 덮쳤다. 놈들은 회색 재가 되었고 워런이 몸을 떨자 눈처럼 흩어졌다.

"잘했다."

목소리가 말했다.

"정말 잘했군."

워런이 다가오는 악마를 발견하고는 다시 한번 집중했다. 크나알이 한 번 더 채찍을 휘두르는 순간 옆으로 비켜섰다. 채찍은 아슬아슬하게 그를 빗나갔다. 워런이 손을 뻗어 다크스폰이 마구 헤집어 놓은 빈 상자를 하나 들어 올렸다.

크나알이 채찍을 거두다가 다시 길게 뻗었다.

"그걸 나한테 집어 던질 셈이냐, 인간?"

워런이 재빨리 상자를 날려 보냈다. 크나알은 그저 옆으로 치워 버리려는 듯이 팔을 느릿느릿 들어 올렸다. 순간 워런은 적의 코앞에서 상자를 뾰족한 칼날처럼 바꾸었다.

날카로운 나무 조각들이 크나알의 두터운 거죽 여기저기에 꽂혔다. 피부를 뚫을 만큼 무겁지 않거나 비스듬히 맞은 파편 대부분은 놈의 몸을 맞고 튕겨 나갔지만, 얼굴과 상체에 수십 개의 조각들이 박혔다. 검은 눈 셋 중 하나에 정통으로 맞았는지 얼굴에서 피가 흘러내렸다.

크나알이 박힌 파편들을 뽑아내며 고통으로 울부짖었다. 워런을 향해 채찍을 더욱 세게 휘두르자 뱀 악마 몇 마리가 쏜살같이 튀어나왔다. 다크스폰 몇 놈이 검과 도끼를 꺼내 들며 워런에게 달려들었다.

워런은 재빨리 다른 상자들을 허공에 띄운 후 다크스폰에게 날렸다. 어떤 것은 비어 있었고, 어떤 것은 가득 차 있었다. 다크스폰에게 부딪친 상자들이 망가지면서 씨앗과 책들이 사방으로 날아갔다. 놈들이 발포한 에너지 빔은 벽 곳곳을 때리며 산성 독 웅덩이를 만들거나 화재를 일으켰다. 몇 놈이 쓰러졌다.

 워런이 위층으로 향하는 계단으로 후퇴했다. 계단 위에 도착해서는 이집트 유물들을 보관해 놓은 공간으로 휙 꺾었다. 그를 뒤쫓는 발소리와 비늘 휘감기는 소리가 들리자 뒤돌아 아케인 에너지를 내뿜었다.

 다크스폰이 방까지 쫓아 들어오는 순간 미라들이 석관에서 일어났다. 워런이 불어넣은 어둠의 힘으로 소생한 음산한 미라들이 제멋대로 포악하게 다크스폰을 갈기갈기 찢었다.

 미라들은 버썩 마른 살점과 뼈, 소금에 절인 리넨 천과 함께 부서지며 바닥으로 무너져 내렸지만, 다크스폰들 역시 미라 손에 쓰러졌다.

 크나알이 방으로 미끄러져 들어와 워런을 찾았다. 남은 두 눈이 맹렬하게 불타올랐다. 놈이 채찍을 뒤로 당기는 순간 워런이 파도처럼 불길을 뿜어내 주변의 다크스폰과 악마를 쓸어 보냈다. 미라늘이 불길 속으로 걸어 들어가 악마를 둘러쌌다.

 불꽃이 거죽을 뚫고 집어삼키려 하자 크나알이 뒤로 물러났다. 뱀 악마들의 꼬임이 풀리더니 바닥으로 떨어졌다. 놈들은 그대로 불길에 휩싸여 살아 나오지 못했다.

 크나알의 등 뒤에서 메리힘이 지켜보고 있었다. 그 얼굴에 떠오른 감정이 무엇인지 워런은 알 수 없었다. 메리힘은 크나알뿐만 아니라 워런도 주의 깊게 보고 있었다.

"너의 힘이 강해진 것을 메리힘이 알게 되었군."

목소리가 말했다.

"그 때문에 동요하고 있다."

"내가 죽길 바랐을 것 같진 않은데."

"그렇지만, 자신을 놀래는 일도 바라진 않았을 것이다."

"그럼 놈이 시키는 그 더러운 일들을 대체 어떻게 하라는 거야?"

"메리힘은 절대 단 하나의 전략에만 의존하지 않는다."

그 말이 대체 무슨 의미인지 알아내려고 애쓰는 사이 크나알이 불길에서 빠져나와 워런에게로 다가왔다. 놈이 휘어진 검을 어깨 위로 뽑아 들었다. 은빛 불길이 날카로운 검날을 따라 번쩍였다. 크나알이 막 앞으로 달려들려고 했다.

"지금이다."

목소리가 재촉했다.

"불길이 놈의 주의를 흩트리는 순간 놈을 쳐라. 나무 파편에 벌어진 상처를 노려라."

워런이 긴 외투 주머니에서 유리구슬을 꺼냈다. 목소리의 지시에 따라 미리 준비해 둔 것이었다. 하얀 거품이 이는 주황색 액체로 채워진 구슬 속에는 짙푸른 화살촉처럼 생긴 어떤 생명체가 떠다녔다. 모두 세 마리였는데 몸길이의 두 배만 한 얇은 꼬리에는 가시가 돋쳤고 눈은 하나밖에 없었다.

목소리는 이 '심장을 파괴하는 자'라면 크나알이 대적하지 못할 것이라고 단언했다. 워런은 그 말이 진실이길 바라며 구슬을 손바닥에 놓은 후 앞으로 밀어냈다.

구슬은 허공을 빙글빙글 돌며 날아갔다. 크나알이 발견했을 땐 너무 늦어서 피할 수도 없었다. 쇄골 바로 아래를 맞은 놈의 몸이 뒤로 홱 젖혔다. 똬리를 튼 하반신 위 몸통이 흔들리면서 순간적으로 벌러덩 넘어지는 듯했으나 놈은 한 손으로 등 뒤를 지탱하여 버텼다.

구슬이 깨지며 내용물이 밖으로 흘러나왔다. 유리 조각들이 악마의 살점에 박혔다. 하얀 거품이 인 주황색 액체가 가슴을 타고 흘러내렸다. 거품 속을 떠다니던 '심장을 파괴하는 자'들이 나무 파편에 벌어진 상처로 들어갔다. 화살촉 같은 몸은 금세 자취를 감추었다.

"안 돼!"

크나알이 울부짖었다. 고통으로 얼굴이 일그러졌다. 놈이 검을 떨어뜨리고 손톱으로 상처를 헤집어 심장 깊숙이 들어가는 놈들을 붙들려 했다.

메리힘이 워런을 바라보았다.

크나알은 간신히 한 놈을 잡아 몸 밖으로 끄집어냈다. 놈은 피 묻은 손가락 사이에서 잠시 펄떡이다 으스러졌다.

다른 두 놈은 크나알의 손톱을 피했다. 워런이 놈들을 소환해서 구슬 속에 잡아넣는 과정에서 알게 된 바에 따르면 '심장을 파괴하는 자'는 혈관을 파고들어 심장까지 흘러간다. 그리고 심장 속에 들어가는 순간, 가시 돋친 꼬리를 휘둘러 심장을 산산조각 내 버린다.

크나알의 숨통이 완전히 끊어지기까지는 오랜 시간이 걸렸다.

폐 역시 피로 가득 찼는지, 놈은 코와 입에서 피를 뿜어내며 고통스럽게 쓰러졌고, 잠시 몸을 떨다가 힘없이 축 늘어졌다.

워런은 여기저기 불이 붙고 훼손된 다크스폰의 시체 사이를 멍하니 걸었다. 미라 세 놈이 아직도 남아 있었다. 다리가 없는 한 미라는 두 팔로 몸을 지탱하고 있었다.

워런이 놈들을 해방해 주었다. 그들은 끈이 잘린 마리오네트처럼 바닥에 스르르 포개졌다.

크나알의 두 눈은 초점을 잃고 허공에 멈추어 있었다. 나머지 한 눈에는 여전히 나뭇조각이 박혀 있었다.

워런은 '심장을 파괴하는 자'들을 피해 놈의 시체로부터 멀찍이 물러섰다.

"*많이 배웠군.*"

메리힘이 말했다. 워런이 악마에게로 돌아섰다. 뭐라고 대답해야 할지 몰랐다.

"이런 임무를 해내야 했으니까요."

"*저것들에 대해서는 어떻게 알았느냐?*"

"카발리스트가 가르쳐 줬습니다."

워런은 메리힘이 거짓말을 알아채고 분노를 터뜨리지 않을까 잠시 두려웠다.

"*그러지 않을 것이다.*"

목소리가 말했다.

"*그에겐 여전히 네가 필요하니까.*"

워런도 그러길 바랐다. 그렇지 않다면 바로 지금 목숨을 잃을지도 몰랐다.

"어쩌면 메리힘에겐 지금 너를 죽일 힘이 없을 수도 있다."

없을 수도 있다고? 워런이 잠시 생각했다. 보장할 순 없다는 거군.

"확실하지는 않지."

워런은 대답하지 않았다. 목소리의 말을 납득했지만 무릎은 계속 떨렸다.

"풀라가르의 수하가 아직 하나 더 남았다."

메리힘이 말했다.

"토크로르크."

워런이 이 이름을 언급하자 몸속에 파도가 이는 것 같았다. 정신을 집중하자 파도가 한쪽 방향으로 그를 당기는 것이 느껴졌다.

"그렇다. 이미 수하 둘이 죽었으니 세 번째는 찾기가 쉬울 것이다."

"찾을 수 있을 것 같아요."

"그럴 것이다."

목소리가 말했다.

"내가 돕겠다."

메리힘이 크나알의 시체를 걷어차 한쪽으로 치웠다. '심장을 파괴하는 자'들이 크나알의 시체에서 나와 메리힘의 발로 다가갔다. 메리힘은 느긋할 정도로 천천히 삼지창을 들어 올려 손잡이 끝으로 작은 악마들을 내리쳤다. 그러고는 바닥에 꽂고 짓눌러 숨통을 끊어 놓았다.

"어떤 방법을 쓰든 토크로르크를 죽이기는 더 힘들 것이다."

메리힘이 말했다.

"놈은 피와 살로 이루어졌다기보다는 용광로에서 태어나 강철로 빚어진 로봇이자 무기와 같다."

"방법을 찾아볼게요."

워런이 약속했다. 메리힘이 그를 바라보았다.

"오늘 너는 유독 놀랍군."

워런이 고개를 끄덕였다. 그토록 두렵지 않았다면 기뻤을지도 몰랐다. 살아오면서 칭찬을 받는 일은 거의 없었다.

"꼭 좋은 일만은 아닐 터."

메리힘이 말했다. 워런이 마지못해 깊이 고개를 숙였다.

"그저 섬기려는 것뿐입니다. 살고 싶으니까요."

"그 말을 의심하지 않는다. 하지만 너희 인간이란 신뢰할 수 없는 족속이지."

크나알의 눈 위 허공에서 창백한 푸른 원이 나타나더니 풀라가르가 그 안에서 형체를 드러냈다.

"너의 또 다른 노예가 죽어 차갑게 식어 간다."

메리힘이 조롱했다.

"지금 그를 애도하겠느냐? 아니면 너에게 닥칠 죽음을 두려워하겠느냐?"

"병충해 같은 놈이로다. 아직 '화마'가 이 세상을 다 장악하지 못했고 해야 할 일도, 위험도 너무나 많다. 그런데도 네놈은 오로지 너의 욕망과 필요만을 생각하는군."

"원하는 것을 이미 이루었다면 다를 수도 있었겠지만, 너로 인해 나는 부당한 일을 당했다. 나는 오로지 그 불의만을 생각한다."

"너에겐 오래도록 고통스러울 죽음만이 주어질 것이다. 지금 바로 네놈에게 그 죽음을 선사할 수 있다면 좋을 것을. 네놈의 만용이 더욱 날뛰기 전에 말이다."

"내가 나와 같은 계급의 악마에 대적했다면 다크윌과 엘더(상급 악마)들은 진작에 나를 막았겠지. 하지만 그들은 그러지 않았다. 바로 그 때문에 너와 내가 각자 수하를 부릴 수 있는 것이다."

"네놈은 나를 공격할 수 있지."

풀라가르가 말했다.

"내가 너보다 계급이 높으니. 다크윌이 되려는 너의 욕망을 짓밟는 것은 나로서도 정당한 게임이다."

"저것이 저들의 방식이다."

목소리가 워런의 마음속에서 속삭였다.

"영리하지만 지능에 한계가 있는 다크스폰이나 그렘린, 영혼이 없는 짐승인 스토커들에게는 해당되지 않는다. 상급 악마는 자신과 지위가 같거나 아래인 다른 악마를 공격할 수 없지만, 자신보다 지위가 높은 악마를 공격해 그 자리를 차지할 수는 있다. 퍼스트가 이렇게 명하여 오로지 강한 악마만이 다스릴 수 있도록 하였다. 하급 악마의 공격이 실패하면 더 이상 상급 악마들로부터 보호받지 못한다. 그들은 한 걸음 물러나 수하로 하여금 대신 싸우도록 한다. 그 편이 그들에겐 안전하니까."

직자생존. 워런이 생각했다. 포식자들의 기본 규칙이지. 어쩌면 이 규칙 때문에 악마들이 완전히 자멸하지 않는 것인지도 몰랐다.

"때가 되면 너를 공격하여 죽일 것이다."

메리힘이 약속했다.

"하지만 너의 수하들을 모두 처치하기 전에는 그럴 수 없다. 놈들이 너를 돕는 일은 없어야 하니까."

"나를 공격할 용기를 한 번이라도 내어 보거라. 도움 따위 없어도 나 혼자 너의 목을 딸 것이니."

"토크로르크에게 조심하라고 전해라. 곧 찾아갈 테니."

메리힘이 손짓하자 잉걸불[24]에 새까맣게 타들어 가던 크나알의 시체가 폭발했다. 워런은 그렇게까지 활활 타오르는 불을 본 적이 없었다. 풀라가르처럼 보이는 형체를 담고 있던 창백한 푸른 원이 사라졌다.

워런은 더욱 두려워졌다. 지금까지는 자신의 수하를 죽인 것이 누구인지 풀라가르가 알고 있다는 확신이 없었다. 메리힘이라고 생각할지도 몰랐지만, 이젠 분명해졌다. 메리힘이 워런을 보았다.

"지금부턴 조심해라. 너의 임무를 완수하기 전에 죽지 않도록."

그럼 그 후에는? 워런은 궁금했다.

"지금은 그런 걸 걱정할 때가 아니다."

목소리가 그에게 말했다.

"때가 되면 너는 너 자신을 지킬 수 있을 것이다."

워런은 그 말을 믿지 않았다. 그저 그 '때'라는 것이 오면 이런 상황에서 벗어날 방법을 찾았길 바랄 뿐이었지만, 지금 당장은 풀라가르가 그를 노리고 있었다.

메리힘이 한 손을 들어 공기를 가르더니 어디론가 통하는 입구를 열었다.

"토크로르크를 찾아라."

워런이 고개를 끄덕였다.

---

[24] 불이 이글이글 핀 숯덩이.

"그를 찾으면 죽여라. 그 후, 내가 풀라가르를 맡겠다."

메리힘은 그가 만들어 낸 허공의 구멍으로 걸어 들어간 후 사라졌다.

"맞은편에 다른 누군가가 있군."

목소리가 말했다. 워런 또한 느낄 수 있었다. 누구인지 알아내려고 해 보았지만 아무것도 볼 수 없었다. 그러나 그가 단련해 온 능력으로 한 인간의 존재를 감지할 수는 있었다.

그 사람은 젊은 여자였다. 능력은 강했지만 어딘지 어색했다. 한편으로는 낯익은 느낌이었다.

곧 입구가 사라졌다.

"여자를 감지했나?"

"응."

"친숙함을 느끼는 것 같던데."

"어쩌면."

워런은 확신할 수 없었다. 메리힘에게 다른 누군가가 있을지 모른다는 생각이 어찌나 불안한지 스스로도 놀라웠다. 기뻤어야 옳았다. 다른 존재가 있다면 워런은 악마의 손아귀에서 놓여날 수도 있을 것이다.

놈에겐 나를 대신할 자가 이미 있는 건지도 몰라.

워런이 돌아서서 발걸음을 옮겼다.

"기다려라."

목소리가 다급하게 말했다.

"메리힘도 알아차리지 못한 무언가가 있다."

"뭐지?"

2부: GOETIA(게티아) 457

"크나알의 검을 보아라. 자루다."

워런이 다가가 검을 주워 들었다. 그 무기는 워런뿐만 아니라 어떤 인간이 쓰기에도 너무 거대했다. 그는 칼자루를 살펴보았다. 헬게이트가 열리기 전이었다면 왕의 몸값은 되었을 만한 보석이 가득 박혀 있었지만, 이제는 캔 음식과 물병 하나가 다이아몬드나 루비보다 값졌다.

칼자루에 감긴 가느다란 금줄 뒤로 숨겨진 공간이 있었다. 워런이 손가락으로 훑다가 비교적 쉽게 발견해 냈다. 위탁 가정에서 지내는 동안 그는 돈이나 다른 물건들을 숨겨 놓을 만한 비밀스러운 공간을 찾아내는 법을 익혔었다. 워런이 세 개의 고리를 비틀어 맞추자 잠금장치가 달칵 열리는 소리가 들렸다. 비밀 공간 안에는 이빨 세 개가 들어 있었다. 커다랗고 납작한 삼각뿔 모양으로 날카로웠으며 칙칙한 녹색이었다. 워런이 검을 간신히 어깨에 걸친 후 이빨들을 손바닥에 쏟았다.

"크나알이 찾아냈군."

목소리가 믿을 수 없다는 듯 나직하게 말했다.

"이게 용의 이빨이야?"

"그렇다."

"어떻게 알지?"

"어떻게 생겼는지 들었으니까. 또한 너를 통해서 그 안에 깃든 아케인 에너지를 느낄 수 있다."

워런 역시 이빨 안의 힘을 느낄 수 있었다. 이빨은 씨앗이었다.

"이 용들은 정체가 뭘까?"

"수천 년 전, 이 세상에 살았던 한 악마의 용이었다. 릴리스라고 불렸지."

"아담의 첫 번째 아내."

어렸을 때 어머니가 공부하던 오컬트 책에서 읽었던 옛 이야기를 떠올린 워런이 속삭였다.

"뱀파이어와 악마, 그리고 사악한 것들의 어머니."

"릴리스는 그 모든 것이다."

목소리가 말했다.

"그 이상의 존재지."

42장

"필사본을 어디에서 발견했지?"

리라 데리어스가 물었다.

"아케허스트 요양원에서요."

레아는 굳이 숨기지 않았다. 숨겨서 얻을 것은 아무것도 없었다. 지휘본부에서는 필사본을 이미 손에 넣었고, 그들이 움직여야만 무언가를 알아낼 가능성이 있었다. 알아볼 수 없을 정도로 불타 버린 필사본에서 아무것도 알아내지 못할 가능성도 있었다.

"위치는 어떻게 알았나?"

"머코머가 사이먼 크로스에게 알려 줬습니다."

"우리에게는 말해 주지 않더니."

"템플러의 손에 들어가는 편이 좋다고 생각했을 테니까요."

"자네 생각은 어떤가?"

"제 생각은 상관없지 않나요? 이미 지휘본부에서 입수했고, 필사본은 불에 타서 거의 재가 되었으니까요."

"기술팀은 종이를 복원할 수 있다고 믿더군."

레아는 득의양양해졌으나 무표정을 유지했다. 심장박동과 호흡도 흐트러지지 않도록 주의했다. 방에 신체 리듬을 읽어 들이는 장비가 설치되어 있음을 알아챘기 때문이다.

"그 필사본이 뭔지 알고 있나?"

"솔로몬 왕이 쓴 책입니다. 소환 후 단지에 봉인한 악마 일흔두 마리에 대해 묘사했다고 하죠. 제목에 오독의 소지가 있습니다.

천사의 기도나 악마의 부름으로도 해석될 수 있어요."

"전설에 따르면 솔로몬은 악마를 봉인할 수는 있었지만, 천사를 소환하지는 못했다지. 카발리스트도 책을 손에 넣으려 애썼고. 악마를 연구해서 그 힘을 이용할 수 있다고 믿었으니까."

"실제 그런 사례는 한 번도 보지 못했어요."

"맞아. 하지만 난 봤지. 키라 스카일러는 자신이 연구한 악마의 힘을 쓸 수 있었어."

리라가 고개를 저었다.

"살아 있었다면 지금쯤 어떤 일을 해냈을지 상상도 할 수 없군."

"카발리스트는 그들이 닫지 못할 문을 열고 있어요. 런던에서 여러 카발리스트를 보았지만, 다들 그 힘 때문에 미쳐 가고 있었습니다. 몸이 망가졌거나요."

"하지만 꽤 강력해진 이들도 있지."

"지금 당장은 그럴지도 모르죠."

레아도 성공적인 사례를 보긴 했었지만, 결코 악마의 힘을 믿지는 않았다. 악마의 손을 가진 그 흑인을 보아도 그 점은 분명했다.

"왜 여기로 필사본을 가지고 왔지?"

"기술팀이 복원해 낼지도 모른다고 생각했습니다. 마법 같은 기술을 익히 아니까요."

레아의 말에 리라가 살짝 웃었다.

"자네가 잠재적인 위협 요소로 분류된 건 알고 있겠지?"

"물론입니다."

"그럴 걸 알면서 왜 연락하지 않았나?"

"템플러에게 억류되어 있었습니다."

"어쩌다가?"

"며칠 전 사이먼 크로스가 저를 살려 주었습니다."

"보고서에 따르면 사이먼 크로스에게 함정에 대해 경고하러 갔다가 위험에 처했다고. 악마가 템플러들을 미끼로 삼았다던가."

"사실입니다."

레아는 되도록 거짓말은 하지 않기로 결정했다.

"엄격하게 금지되었는데도 템플러와 접촉했군."

"그렇습니다."

리라가 어깨를 으쓱했다.

"더 자세히 말해 주겠나?"

"진술 기록을 위해서입니까?"

레아가 미소를 지었지만 조금도 즐겁지 않았다.

"물론이다."

레아가 깊이 숨을 들이쉬었다. 지금 그녀는 자신의 경력을 쌓거나 무너뜨리려고 하는 중이었다.

"앞으로 우리가 활동하는 데에 템플러가 주요 인자라고 믿기 때문입니다."

"'활동'?"

"다른 표현이 있습니까?"

"우리 생존은 위태하다. 활동은 너무 가볍지 않나?"

리라의 말에서 반감 같은 것은 느껴지지 않았다.

"가볍게 여기지 않습니다. 바로 그 때문에 임무 중 변수를 감수하고 템플러와 접촉했던 겁니다."

리라가 눈썹을 치켜올렸다.

"아무 템플러가 아니지. 자네는 사이먼 크로스를 택했다."

"그렇습니다."

"왜지?"

"사이먼 크로스와 그의 사람들이 이 세상의 멸망을 진심으로 막으려 하는 것처럼 보였기 때문입니다."

레아가 잠시 말을 멈추었다.

"사이먼은 악마를 물리칠 수 있다고 믿습니다. 지휘본부의 최근 입장과는 달리."

그 말이 거슬리는 듯 리라가 입술을 앙다물었다. 레아는 자신이 선을 넘었음을 깨달았다.

템플러에 대한 의견만 말했어야지. 그러는 게 안전하다고. 레아가 스스로를 나무랐지만, 레아는 작전팀의 현재 비전과 지휘본부에 대해서 자신이 어떻게 생각하고 있는지 그들이 알기를 바랐다.

"우린 예상하지 못한 상황에 맞서 왔고, 여전히 최선의 결과를 내기 위해 노력하지."

"우리가 웅크리고 있을 때 사이먼 크로스는 런던에서 사람들을 탈출시키려고 애썼습니다."

레아는 신중하게 단어를 골랐다.

"4년이 지나 배 한 척 뜨지 않는 지금도 아직 포기하지 않았어요."

"그와 가까운 사이인가?"

그 질문에 레아는 완전히 무방비해졌다. 잠시 망설이다 입을 열었으나 뭐라고 대답해야 할지 알 수 없었고, 다시 입을 다물었다. 그러고는 가까스로 말했다.

"아닙니다."

"사진은 봤어. 잘생겼더군. 이해할 수 있네."

감정을 드러내지 않는 훈련을 받았고, 그러지 않으려고 충분히 주의를 했는데도 레아의 얼굴이 천천히 달아올랐다. 다른 때였다면, 대상이 다른 사람이었다면 이런 일은 없었을 것을 그녀도 분명히 알았다.

리라가 물러서지 않고 말했다.

"내가 지금보다 젊었다면 나도 끌렸을지 모르겠군. 어쩌면 그가 연상을 좋아할지도 모르고."

"아닙니다."

레아가 재빨리 말했다.

"그럴 일은 없어요."

리라가 레아를 바라보며 미간을 치켜올렸다.

"무례하게 굴려던 건 아닙니다."

"신경 쓰지 않아도 돼. 자네는 사이먼 크로스를 굳게 믿나 보군?"

"아뇨."

"그렇게 보이는데."

"지난 몇 년 동안 그를 알아 왔어요. 사이먼은 아무에게도 관심이 없는 것 같습니다."

"여자 템플러들도 많지 않나? 한 명쯤 상대가 있을지도 모르지."

"모르겠습니다."

레아는 이렇게 대답하면서도 자신이 틀리지 않았다고 확신했다.

"사이먼은 오로지 악마와의 전쟁만 생각하는 것 같았습니다."

리라가 잠시 말없이 레아를 바라보더니 고개를 끄덕였다.

"그런 사람들을 알지. 우리 조직에도 몇 명 있고."

레아가 고개를 끄덕였다.

"사이먼 크로스의 과거는 다른 이야기를 하고 있던데."

"완벽한 사람은 없습니다. 저는 그의 행동을 보고 그를 판단합니다. 오래전 런던을 떠났던 과거가 아니라."

"꽤 단호하군."

"그렇습니다."

"좋아. 그렇다면 해 볼 만하겠군."

리라가 일어섰다. 레아는 이제 이 방에 혼자 남을 것이라 생각했다. 딱히 바라던 바는 아니지만 혼자 있는 것은 얼마든지 견딜 수 있었다. 고립 상황이 임무의 일부일 때도 있었지만, 아무것도 해내지 못했다는 사실을 인정하기만은 싫었다.

"통제팀, 응답하라."

리라가 말했다. 다른 사람들이 이 대화를 듣고 있을지도 모른다는 레아의 의혹은 사실이었다.

"통제팀입니다."

한 남자가 대답했다.

"레아 크리시의 슈트를 가지고 오도록. 감시는 철회한다."

"우리가 이런 식으로 신문을 했던가요?"

리라의 말투는 이제 딱딱하고 단호해져 있었다.

"신문은 이제 시작이다. 내가 지켜볼 것이고, 자네는 제대로 대답해야 할 것이다."

"알겠습니다."

"부수기 전에 이 빌어먹을 문을 열어라."

잠긴 문이 즉각 열렸다.

레아는 리라 데리어스를 따라 이리저리 꺾이는 좁다란 복도를 걸었다. 지하 본부는 크지 않았다. 의도적인 것이었다. 레아의 작전팀을 운용하는 데에도 그렇게 큰 규모는 필요하지 않았다.

"기술팀이 몇 시간이면 충분하다고 했지. 자네가 찾은 그 불타 버린 필사본-"

"사이먼 크로스가 찾은 겁니다."

레아가 말을 끊었다. 한 남자가 재빨리 달려와 그녀에게 슈트를 건넸다.

"불타 버린 《게티아》 필사본의 모든 페이지에 기록된 정보를 완전히 복원할 것으로 기대하고 있다."

레아가 슈트를 입는 동안 리라는 복도에 서서 기다렸다. 심지어 뒤돌아서서 지나가는 사람은 없는지 살펴보며 프라이버시까지 존중해 주었다.

"감사합니다."

사람들 앞에 설 수 있을 만큼 옷을 갖춰 입자 레아가 말했다. 지난 4년 동안 거의 매일같이 입었던 슈트를 걸치자 편안함이 느껴졌다.

리라가 즉시 걸음을 옮겼다.

"악마가 침공하기 전 조직에 봉사했던 시간 덕분에 자네가 여기 남을 수 있는 것이다. 또한 내가 템플러의 중요성을 인지하고 있다는 사실도 한몫하지."

"잘 알겠습니다."

"자네가 《게티아》 필사본을 여기로 가져온 것도 마음에 들고."

"불타 버린 필사본을 보고 사이먼은 어쩔 수 없다고 생각했던 것 같지만, 저는 복구가 가능할 것이라 여겼습니다."

"보고서에는 그렇게 쓰지 말았어야 했다. 그저 우리에게 가져올 기회를 노렸다고 하는 편이 나았을 거야. 그런 식이라면 자네의 동기를 의심할 수밖에 없으니까."

"네, 알겠습니다."

"가끔은 행동으로 보여 줌으로써 동기를 감출 줄도 알아야 한다."

"명심하겠습니다."

기술팀 사무실은 협소했다. 컴퓨터 기기와 주변 장치로 가득했다. 두 남자와 한 여자가 스크린 앞에 앉아 AI에게 지시를 내리고 있었다.

"젠킨스."

리라가 불렀다.

"네."

젊은 남자 한 명이 일어나 리라를 바라보았다. 어딘지 대학 신입생처럼 보였지만, 지난 4년 동안 대학 입학 같은 일은 일어나지 않았으니 그런 일은 당연히 있을 수 없었다.

"자네가 필사본 작업을 하고 있나?"

"네, 그렇습니다."

"알아낸 것이 있나?"

젠킨스가 다시 앉아 의자를 빙글 돌리며 재빨리 명령어를 말했다.

"건네받은 원본은 거의 타 버렸지만, 운이 좋게도 종이 조직이 완전히 손상되지는 않았습니다. 들러붙은 종이들을 떼어 내는 것이 예상보다 힘들었시만 밀입니다. 안정화 물질인 전자기 나노스태빌라이저로 복구하는 과정에 대해 자세히 말씀드리자면-"

리라가 한 손을 들었다.

"궁금하신 점이 있습니까?"

젠킨스가 물었다.

"아니, 그저 지루한 건 싫어서."

"아."

젠킨스는 완전히 당황한 듯했다.

"알겠습니다."

그가 다시 모니터를 보았다.

"결론적으로, 종이에 안정화 물질을 덧바른 후 분자 구텐베르크 임프린트 스캐너로 잉크의 화학 구조를 분석했습니다. 인식 가능한 잉크 종류로는 여섯 가지가 발견되었습니다. 텍스트와 이미지를 따 낸 후 컴퓨터에 업로드했고, 이제 암호 해제 프로그램을 돌리기 시작했습니다."

"이미지도 있다고?"

리라가 물었다.

"네, 그렇습니다. 겨우 렌더링하긴 했지만 얼마나 완전할지는 확신할 수 없습니다."

"왜지?"

젠킨스가 주저하다 말했다.

"그 이미지들이 조금 이상합니다."

그가 몇 가지 명령어를 말하자 모니터에 이미지들이 떠올랐다.

레아가 더 가까이 보기 위해 몸을 숙였다. 매우 정교한 그림들이었다. 동시에 굉장히 끔찍했다.

"악마들이군요."

레아가 말했다. 젠킨스가 고개를 끄덕였다.

"여기 이름도 있습니다. 우리가 아는 《게티아》 책과 일치합니다."

레아가 깜짝 놀랐다.

"우리가 아는 《게티아》라뇨?"

젠킨스가 리라를 바라보자 리라가 고개를 끄덕였다.

"《게티아》는 초자연을 다룬 작품들 중에서도 유명한 입문서입니다. 많은 사람들이 뉴에이지라고 부르죠."

젠킨스가 설명하며 악마 그림을 띄워 놓은 모니터 옆 다른 모니터에 책 표지를 불러들였다.

"솔로몬 왕이 썼다고 추정되는 작품들 중 가장 유명한 것 중 하나가 알레이스터 크롤리[25]가 1904년에 엮은 판본입니다. 《아르스 게티아》라고도 합니다. 크롤리는 심리학 연구를 위해 이 책을 썼다고 주장합니다."

"하지만 그 책이 바로 이 책은 아니지 않나?"

리라가 물었다.

"아닙니다. 그뿐이 아닙니다. 이 책 속에는 숨겨진 또 다른 책이 있습니다."

"무슨 뜻이지?"

"여기 보이는 것 말고도 비밀 텍스트가 있습니다."

---

[25] Aleister Crowley, 1875~1947. 영국의 사타니즘 신봉자이자 오컬티스트, 작가.

젠킨스가 더 많은 종이들을 띄웠다. 레아는 알아볼 수 없는 언어가 가득 쓰여 있었다.

"언어는 잘 모르는데."

리라가 덧붙였다. 레아는 암호를 해독할 수는 있었지만 언어 쪽은 잘 몰랐다. 하지만 영어나 불어, 혹은 일본어로 어떤 정보를 숨겨 놓았다면 수상한 구절들을 찾아낼 수는 있을 것이다.

"여기 보이는 것은 이집트의 콥트문자[26]입니다. 솔로몬 왕이 학문적 연구를 위해 사용했었던 것으로 추정됩니다."

"그 비밀 텍스트라는 건 어디에 있나?"

리라가 좀 더 가까이에서 모니터를 뚫어져라 바라보았다.

"여기입니다."

젠킨스가 명령어를 말하자 어떤 단어와 문장들이 강조되었다.

"마치 다른 언어처럼 보이네요."

레아가 말했다.

"나는 모르겠는데."

리라가 말했다.

"언어학을 조금 공부했어요. 이런 걸 다룰 정도로 제대로는 아니었지만요."

"자네가 나보다 낫군. 난 프랑스어와 이탈리아어는 그럭저럭 말할 수 있지만 문자에는 약해."

"이건 완전히 다른 언어입니다."

젠킨스가 말했다.

---

26) 이집트의 기독교도들이 3세기경부터 쓰기 시작한 음소 문자. 현재도 콥트 교회에서 사용하고 있다.

"어떻게?"

리라가 물었다.

"우리는 모르는 언어입니다."

젠킨스가 젊은이들의 전유물인 듯한 무기력한 태도로 한숨을 쉬었다.

"문서로 만들어 이런저런 전문가들에게 보여 봤지만, 아직 어떤 언어인지 밝히지 못했습니다. 제 나름대로 언어에 실력이 있다고 생각합니다만 저도 마찬가지입니다."

"비밀 텍스트를 어떻게 찾았어요?"

레아가 물었다.

"아무것도 없어 보이는데."

"그렇죠. 동사와 구문만 보면 흠잡을 데가 없지만, 분자 스캔을 해 보면 숨겨진 단어들이 보입니다. 위에다 잉크로 썼어요. 한 텍스트가 다른 텍스트 바로 위에 정확히 겹칩니다."

젠킨스가 명령어를 말하자 단어들이 다른 단어들 위로 덧씌워졌다. 완전히 다른 문자였다. 레아가 말했다.

"이렇게 보면 문자가 서로 들어맞지 않는군요."

"그렇습니다."

레아가 뒤죽박죽 쉬인 문자들을 바라보았다.

"저렇게까지 다른 모양이라면 곧바로 눈에 띄었어야 하지 않나요?"

"두 가지 잉크가 모두 인간 눈에 보인다면 그랬을 겁니다."

"설명해 봐."

리라가 말했다. 젠킨스가 리라를 바라보았다.

"두 번째 잉크는 맨눈으로는 보이지 않습니다. 불탄 양피지에서 추출할 수 있었던 화학 구조로 판별해 보니, 카발리스트가 사용하는 화학물질 중 하나가 매치되었습니다. 열기가 화학 표식을 바꾸었을 가능성도 있긴 합니다만."

"카발리스트가 이걸 썼다는 뜻인가?"

리라가 물었다. 레아는 속이 뒤틀렸다. 그 말이 사실이라면 사이먼과 템플러에게 필사본을 돌려줄 가능성은 희박할 것이다.

"카발리스트가 썼는지까지는 알 수 없습니다. 종이와 잉크의 화학 구조 그리고 필사본이 쓰였을 시대를 바탕으로 유추해 보면, 또 다른 누군가가 그 잉크를 사용했을 가능성도 있습니다."

"뭐라고 쓰였는지는 모르나?"

젠킨스가 고개를 저었다.

"전혀 단서가 없습니다."

43장

 은거지에서 20킬로미터 남짓 동쪽으로 간 사이먼이 ATV를 바람이 부는 쪽을 향해 세웠다. 그가 접선 지역으로 지정한 곳이었다. 사이먼은 HUD로 어둠이 깔린 주변을 훑었다.

 네이선과 대니엘이 경계 태세로 대기했고 다른 템플러 하나가 주변을 순찰했다.

 멀리 런던이 보였다. '화마'에서 피어오르는 검은 연기가 하늘을 가렸다. 4년 동안이나 그 모습을 보았는데도 불 꺼진 도시 풍경은 낯설고 불길했다.

 "사이먼."

 ATV 무전기에서 목소리가 흘러나왔다.

 "적으로 간주되는 두 개의 움직임이 포착됩니다."

 "이쪽으로 전송해 봐."

 미확인 차량 두 대가 HUD에 나타났다.

 "곧장 이곳으로 향합니다."

 무전기에서 침착한 목소리가 들려왔다.

 "시속 60킬로미터."

 "예상 도착 시간은?"

 "최고 속도와 노면 상태를 감안하면 22분에서 26분 사이에 도착할 것으로 예상됩니다."

24분 후, ATV 두 대가 사이먼과 그의 팀이 기다리는 언덕에 모습을 드러냈다. 나무가 빼곡히 자란 언덕이었다.

"사이먼 크로스."

상대 ATV의 무전기에서 목소리가 흘러나왔다.

사이먼이 ATV 통신회선을 연결해 HUD에 나타난 템플러의 얼굴을 보았다. 그 역시 반대편에서 사이먼의 얼굴을 보고 있을 것이다.

"사이먼 크로스다."

수년이나 지났음에도 사이먼은 상대의 얼굴을 알아볼 수 있었다.

도널드 페티본은 40대였다. 깡마르고 초췌한 얼굴에 콧수염은 드문드문 하얗게 새어 있었다. 로크 가문의 병장으로 템플러의 소부대 전술 훈련을 맡았었다. 로크 가문에서 '피스트'라고 부르는 이 전술은 모든 템플러들이 가장 많이 하는 훈련이기도 했다.

"반갑군, 사이먼."

페티본이 살짝 미소를 지었지만 검은 눈동자에는 따스함이 전혀 없었다.

"이렇게 뵈니 기쁩니다, 페티본 병장님. 아직 훈련 교관이십니까?"

"언제나 그렇지."

"여기까지 오실 줄 몰랐습니다."

페티본이 주저하더니 말했다.

"친근한 사람인 편이 낫겠다고 하셔서. 원수께서."

친근한 얼굴이든 아니든, 사이먼은 여전히 부스를 신뢰하지 않았다.

"그가 원하는 게 뭡니까?"

그는 부스의 이름이나 계급을 존중해 호칭할 만큼 너그럽지 않았다.

"자네와 직접 이야기하길 원하시네."

"그쪽에서 올 수도 있었을 텐데요."

페티본이 불만스럽다는 듯 입을 꾹 다물었다. 부스더러 직접 오라고 말했기 때문인지, 부스 스스로도 하고 싶지 않은 일을, 피차 일반인 자신에게 시켰기 때문인지 알 수 없었다.

"자네가 언더그라운드로 오는 것이 더 안전할 거라는 생각이시네."

"교착상태에 빠졌군요. 우리 둘에게도 시간 낭비입니다."

사이먼이 막 돌아서려고 했다.

"크로스 경."

페티본이 자신을 부르는 소리에 사이먼은 그 자리에 얼어붙었다.

"그 칭호는 제 아버지 것입니다. 아버지는 가문 행사 때 외에는 그 호칭을 거부하셨고요. 스스로를 한 사람의 기사로, 세라핌(기사단 지위)으로, 그리고 로크 가문과 조직의 수호자로 여기셨습니다."

"나도 아네, 사이먼. 그저 이제 그 칭호가 자네 것이라는 사실을 일깨운 것뿐이야."

"왜죠?"

"자네가 그런 대우를 받아야 한다고 생각하는 사람들이 있으니까."

사이먼이 페티본의 얼굴을 가만 살펴보았다. 기만하는 것 같지는 않았다. 그 역시 진실하게 한 가문을 섬기는 남자였다.

"4년 전 제가 언더그라운드를 떠날 때 제 직위나 신분에 대한 언급은 없었습니다."

"그때만 해도 우린 불안정했었으니까."

페티본이 눈을 깜빡이자 굳건해 보이던 눈빛에서 고통이 드러났다.

"우리는 너무 많은 것을 잃었고 혼란스러웠어."

"그렇다면 지금은 바뀌었나요?"

"이제는 거의 안정되었네."

"하지만 악마와 싸우는 템플러들은 아직 보이지 않는군요."

"무례하게 굴지는 말지. 자네도 놈들에게 맞설 만한 군대를 집결한 건 아니지 않나."

페티본이 말했다. 상처 입은 자존심 때문인지 턱이 딱딱하게 굳었다.

정곡을 찔렸군. 사이먼이 생각했다.

"자네도 나만큼 잘 알지 않나. 자네를 훈련시킨 것이 나와 자네 아버지였어. 나도 그분이 신의 품에서 편히 쉬시길 바라네. 써머라일 기사단장께서는 순전히 머릿수로 악마를 궤멸하려고 하셨지. 그리고 실패했어. 악마와 맞서기 위해 전장으로 나서는 템플러들이 지금보다도 훨씬 많았는데 말일세. 이제 악마는 더 많아졌고, 매일같이 늘고 있지. 우리는 어떤 전투를 할지 신중하게 선택해야만 해."

"저는 제 전투를 선택했습니다."

사이먼이 거칠게 말했다.

"그리고 저의 전사들이 악마와 맞서 싸우다가, 무고한 사람들을 보호하려다가 쓰러지는 모습을 봅니다. 부스 원수가 악마에게 검과 총을 겨눈 것이 대체 언제란 말입니까?"

사이먼이 입수한 정보에 따르면 부스는 머코머를 데리러 왔을 때를 제외하고는 한 번도 언더그라운드를 떠나지 않았다.

"무례하군."

페티본이 항변했다.

"자네 아버지는 절대 그런 식으로는 행동하지 않을 걸세."

"저를 가르치기 시작하셨던 그날 바로 아시지 않았습니까. 저는 아버지의 아들이지, 아버지가 아닙니다."

어린 나이에도 사이먼은 다른 사람의 가르침을 순순히 받아들이지 않았다. 이런저런 이유로 여러 번 페티본에게 대들어 그의 인내심을 거의 바닥나게 했었다.

"초대를 거절한다고 전해 주십시오. 원하신다면 제가 경의를 표했다고도 하실 수 있겠군요."

"크로스 경……."

"우리는 떠납니다, 페티본 병장님. 안전하게 귀환하시길 바랍니다."

사이먼이 돌아서서 ATV로 돌아가려고 했다.

"부스 원수가 자네에게 '명예의 깃발'을 수여하겠다 하시네."

페티본이 재빨리 말했다. 사이먼이 자리에 멈춰 서서 HUD 속 페티본의 얼굴을 바라보았다.

"그래."

사이먼이 응답하지 않자 페티본이 말을 이었다.

"로크 가문이 '명예의 깃발'을 펼치는 거야."

명예의 깃발은 백 년 넘게 수여되지 않았다. 필리프 4세가 이단 선언을 한 후 성전 기사단은 종적을 감추었다. 이후 몇몇 가문이 서로 경쟁하고 반목했으며 이를 해결하기 위해 '명예의 깃발'을 제정했다. 아주 굳게 단결된 조직이었지만 때때로 개인적인 충돌이나, 명예를 건 다툼이 발생하곤 했던 것이다.

기사단은 조직에 해가 되지 않도록 이러한 가문의 충돌을 신속하게 해결하길 원했다. 백 년 전 세계대전 동안에도 이런 문제로 페럴 가문이 몰락했다. 기록이 모두 봉인되었기 때문에 사이먼도 정확한 정황은 알 수 없었지만, 페럴 경의 어떤 행동 탓에 페럴 가문은 기사단 내에서의 특권과 힘을 모두 박탈당했다.

사이먼은 몰락한 페럴 가문의 후손 중 한 명인 로크 페럴도 알고 있었다. 가문이 존속했더라면 선조의 뒤를 이어 다음 원수가 되었을 것이지만, 아버지와 아들 모두 핼러윈 전투에서 목숨을 잃고 후계도 사라졌다.

"명예의 깃발이 자네의 안전을 보장하네. 그리고 자네가 모든 가문 앞에서 발언할 수 있는 기회를 줄 걸세."

"《게티아》 때문에 그러시는 겁니까?"

페티본이 망설였다.

"원수께서 그 필사본을 보고 싶어 하시네."

"그 책에 대해 어떻게 알았답니까?"

"원수께서 머코머를 설득하셨어."

"어떻게 말입니까?"

"머코머가 언더그라운드를 두 눈으로 직접 본 후, 부스 원수와 함께라면 비밀도 안전할 거라고 여겼네. 원수께서 아케허스트 요양원으로 수색대를 보냈지만 텅 비어 있었지. 악마 시체들의 상태로 보아서 거기 다녀간 것이 템플러임을 알았네."

"어째서 부스가 '명예의 깃발'을 수여하기로 했는지에 대한 설명이 아닙니다. 부스가 우리 거점을 공격할 부대를 조직했을 수도 있습니다."

"그렇게만 해 봐. 전범이 되는 건 그쪽이라고."

네이선이 이를 갈았다.

"원수께서는 그런 상황은 원치 않으시네. 언더그라운드에서 지금 자네는 꽤 많이 알려졌어. 많은 이들의 반대에 부딪힐 걸세. 《게티아》와 《게티아》가 쥐고 있는 비밀이 걸린 중요한 문제라 해도 마찬가지야."

사이먼은 그 말을 믿을 수 없었다.

"자네에게 끌리는 사람들이 많네, 크로스 경. 자네가 하는 일에 동의할 수는 없더라도 말일세. 특히 '소년 십자군'의 일원이었던 젊은 템플러들이 언더그라운드를 빠져나가 자네에게 합류한 일은 결코 받아들일 수 없겠지만, 자네가 변화를 일으키고 있다는 점은 잘 안다네."

사이먼은 그 제안을 받아들이고 싶은 유혹에 휩싸였다. 그가 하고 있는 일에 신념은 있었지만, 그 일이 아버지의 명예로운 이름을 더럽히고 있다는 생각도 떨칠 수 없었다. '명예의 깃발'은 그에게 그 일들을 바로잡을 기회를 줄 것이다.

네이선이 사이먼의 어깨에 손을 놓으며 개인 회선을 연결했다.

"안 돼, 친구."

"'명예의 깃발'이야."

"하지만 부스가 수여하는 거라고. 다른 가문이라면 모를까."

"난 로크 가문에 맹세했어."

"그리고 딱히 그 맹세에 충실하진 않았지, 친구. 우리 모두 마찬가지야. 우린 더 이상 가문에 속하지 않아. 너와 부스 사이의 악연을 생각해. 부스는 그런 일을 잊을 만한 인물이 아니라고."

"'명예의 깃발' 아래에서는 부스도 내게 아무 짓 못 해. 템플러들이 그렇게 두질 않을 거야."

"지금 제 발로 함정에 걸어 들어가는 거라고, 친구. 절대 좋은 일이 아니야. 거기에선 우리가 널 보호해 줄 수도 없을 테고."

"네이선. 말은 고맙지만 난 해야만 해. 우리를 믿고 온 사람들을 위해서도. 템플러뿐만 아니라 저 아이들, 민간인들 모두가 언더그라운드의 자원을 이용할 수 있게 될 거야."

"그들에게 필요한 건 너야, 친구."

HUD로 보이는 네이선의 표정이 어두워졌다.

"너를 잃으면 그 무엇으로도 대체할 수 없어."

"내일이라도 나는 사라질 수 있어."

사이먼이 부드럽게 말했다.

"난 한 인간일 뿐이야, 네이선. 그저 한 명의 템플러라고. 다음 번 전투가 내 마지막 전투일 수도 있어."

"사이먼, 친구, 난 너의 그 용기와 선한 마음을 사랑해. 네가 어떤 전투를 택하든, 아니면 어떤 전투가 너를 택하든, 넌 결코 거기 혼자 있지 않을 거야. 맹세해."

네이선이 사이먼의 눈을 똑바로 들여다보았다.

"하지만 이건 하지 마. 부스는 믿을 수 없어."

"해야만 해."

"그럼 내가 갈게. 너의 대변인으로. 내가 부스를 만나고 올게."

"안 돼."

네이선이 격분했다.

"젠장, 왜 안 된다는 거야! 네가 위험에 빠질 일도 없고, 부스가 진짜로 원하는 게 뭔지 알아낼 수도 있다고!"

사이먼이 친구의 시선을 맞받았다.

"넌 갈 수 없어. 내 대변인으로 간다 해도 나를 대신해 발언할 수는 없을 거야. 아버지를 위해 바로잡아야 할 것이 있어. 내 행동에 대한 책임은 내가 져."

"그럼 함께 가자."

"넌 여기 남아. 내가 돌아올 때까지 모두를 안전하게 돌봐 줘."

네이선의 얼굴이 한층 어두워졌다.

"만약 돌아오지 않으면?"

"사람들을 부탁해."

네이선이 그를 꽉 껴안았다. 목소리는 잠겨 있었다.

"빌어먹을, 꼭 돌아온다고 약속하라고, 친구. 우린 네가 필요해."

사이먼이 큰 키를 꼿꼿하게 세우고 페티본에게로 돌아섰다.

"좋습니다. 내가 '명예의 깃발'을 받아들이기로 했다고 원수에게 전하십시오."

ATV의 해치가 열렸다.

"타게나, 크로스 경."

사이먼이 ATV에 타서 뒤쪽 간이 좌석에 앉자 문이 닫혔다. 아무도 그에게 말을 걸지 않았다.

"편히 앉게나, 크로스 경."

페티본이 조언했다.

"오래 걸리지 않을 걸세."

ATV가 움직이기 시작했다. 사이먼과 다른 ATV와의 접속이 잠시 유지되었다. 사이먼은 네이선과 템플러들이 차에 올라타 은거지로 돌아가는 모습을 보았다. 그러나 곧 주파수가 분리되어 암호화되더니 연결이 끊겼다.

사이먼은 적이 될지도 모르는 이들 한가운데 홀로 앉아 의자에 기댔다. 그를 지켜 주는 것은 오로지 명예라는 얇은 베일뿐이었다. 지금 그를 둘러싼 야만적인 풍경과는 거리가 먼 어느 다른 세상에서 태어나, 천 년 가까이 이어져 온 이상에서 비롯한 명예였다.

세 시간 후, 사이먼은 페티본을 비롯한 템플러들과 함께 엘리펀트 앤드 캐슬 역 주변에 드리운 그림자 속으로 미끄러져 들어갔다. 로크 가의 입구는 버려진 지하철 안 비밀 문 너머에 있었다.

사이먼은 4년 전 처음 런던에 돌아왔을 때 이곳에 왔었을 뿐, 그 후로는 온 적이 없었다.

예전보다 환경은 더욱 나빠져 있었다. 화마는 계속해서 도시를 집어삼켰다. 악마들이 전투를 벌였거나 카나고어가 뚫고 올라왔던 바닥에는 거대한 구멍과 균열이 나 있었다.

페티본이 골목길 한쪽을 가리켰다. 템플러들이 검과 총을 든 채 몸을 웅크렸다.

사이먼은 잠자코 기다렸지만 불길한 예감이 계속 쌓였다. 현재 위치에서 대기할 이유가 없었다. 지하철 역사 입구에서 그들을 막는 것은 아무것도 없었다.

"무엇을 기다리는 겁니까?"

사이먼이 물었다.

"인내하게, 크로스 경."

페티본이 말했다.

"도시는 매일같이 위험해지고 있어. 우리가 자리를 비웠던 몇 시간 동안 상황이 바뀌었을 수도 있다."

사이먼은 곁을 에워싼 템플러들이 자신을 감시하고 있음을 HUD로 확인했다. 처음 있는 일도 아니었다. 포로가 된 것 같았지만 이해할 수 있었다. 같은 상황이었다면 그도 그리했을 것이다.

지하철 역사에서 템플러 무리가 일렬로 길을 건너왔다. 사이먼은 붉은색 위로 검은색을 덧칠한 부스의 갑옷을 알아보았다. 혐오감과 함께 목구멍에서 시큼한 맛이 올라왔다.

다가오는 부스를 바라보며 사이먼은 제자리에 있었다. 템플러가 주변으로 흩어졌지만 부스의 개인 경호원 두 사람만은 필요할 경우 그를 보호할 수 있도록 가까이 머물렀다.

"사이먼."

부스의 면갑이 투명하게 바뀌며 얼굴이 드러났다. 공습은 계속되었는데도 부스는 지난 4년 동안 몸무게가 불어 있었다. 이목구비에서도 드러날 정도였다. 머코머를 데려가기 위해 왔을 땐 ATV에 타고 있어서 미처 몰랐다.

숨어 지내는 것이 체질인가 보군. 입 밖으로 나오기 전에 사이먼이 그 생각을 꿀꺽 삼켰다. 대신 외교적 수완을 택하기로 했다.

"부스 원수."

"'명예의 깃발'을 제안하긴 했지만, 나를 믿을 줄은 정말 몰랐군."

부스가 말했다. 사이먼은 정말 그러고 싶진 않았음을 알려 주고 싶었다.

2부: GOETIA(게티아) **483**

"우리에겐 같은 목표가 있으니까."

"《게티아》 말이군."

부스가 고개를 끄덕였다.

"가져왔나?"

"아니."

사이먼은 필사본이 불에 탔다거나 그의 손에 없다는 사실을 자세히 말하고 싶지 않았다.

"책은 있다. 당신이 내게 뭘 줄 수 있는지 먼저 알아보러 왔다."

"아, 자네가 그 책을 가지고 왔을 거라고 여기다니, 희망이 지나쳤군. 뭐, 중요하진 않아. 협상할 수 있으니까. 전쟁 중 포로 교환은 늘 있는 일이지."

사이먼이 미처 움직이기도 전에 경고음이 귀를 찢었다.

- 경고.

갑옷 AI가 말했다.

- 전자기 신경 차단기 -

페티본이 한 손에 어떤 장치를 움켜쥔 채 앞으로 몸을 날렸다. 이 차단기는 템플러가 전장에서 부상당하여 감각을 제대로 인지하지 못할 경우 갑옷 시스템을 종료하기 위한 장치였다. 또한 악마나 타락한 유물의 손에 갑옷이 들어갈 경우를 대비한 것이기도 했다. 템플러 갑옷은 작은 탱크만큼이나 위험했고, 기동성에 있어서는 분명 우월했다. 차단기는 갑옷의 방어 시스템과 연결되어 있었고, 각 가문의 고유 프로그램을 통해 작동했다.

사이먼이 막으려고 했지만 페티본은 너무 빨랐다. 상대를 피하는 훈련을 제대로 한 듯했다. 게다가 페티본의 부하 두 명이 균형을 잃은 사이먼에게 몸을 날려 땅으로 쓰러뜨렸다.

사이먼이 템플러 한 명의 머리가 뒤로 젖혀질 정도로 강하게 면갑을 때리며 다른 템플러의 턱 아래에 팔뚝을 끼워 밀어 냈다. 그러고는 한 발을 단단히 디디며 자신을 붙잡은 손아귀에서 풀려나기 위해 몸을 굴렸지만, 몸을 일으키기 직전, 페티본이 손에 든 차단기로 그를 강타했다.

"전자기 신호를 차단하라."

사이먼이 지시했다.

- 실행 중.

AI가 응답했다.

- 작동 실패. 비전투 상황입니다. 위협이 감지되지 않습니다.

"그렇지 않아."

사이먼이 절망적으로 중얼거렸다.

"로크 가문 프로토콜을 종료하라."

부스를 믿다니 바보였다. 차단기가 그 자신을 대상으로 쓰일 가능성을 생각하지 못하다니 정말 멍청했다. 하지만 그만큼 필수적인 시스템이기도 했다.

"붙들어라!"

부스가 명령했다.

"눌러 버려!"

- 로크 가문 프로토콜 종료를 위한 암호를 입력하세요.

AI가 말했다. 사이먼이 응답하기 전에 페티본이 투구 아래쪽을 차단기로 강하게 내리쳤다. 그 직후 일련의 전자기 폭발이 사이먼의 신경 회로와 갑옷 전체를 관통하며 일어났다. 사이먼이 멀어지는 의식을 붙들려고 했지만 곧 깊고 어두운 우물 속으로 빠져 들어갔다.

44장

기술팀이 불에 탄 양피지 그림들을 복구하는 작업을 끝낸 후 레아는 작은 방으로 안내받아 회의 탁자 한쪽 곁에 가만있었다. 리라가 레아에게 회의실에서 기다리라고 지시했기 때문이다.

젠킨스는 그림을 업로드한 후 또 다른 파일을 만들어 비밀 텍스트를 딴 이미지를 넣었다. 그러고는 두 파일을 모두 복사하여 리라 데리어스에게 보냈다.

기다리고 있기가 힘든 레아는 방의 네 면에 설치된 모니터에서 끊임없이 송출되는 영상들을 살펴보았다. 이곳에 있는 다른 방들과 엘리스 빌딩 주변 모든 거리와 인근 지역까지 비추는 영상이었다. 버튼 하나만 누르면 모두 꺼질 것이다.

몇 시간 전에 도시는 밤에 잠겼고, 악마는 어디에서나 사냥을 하고 있었다.

레아는 악마들을 보면서 지휘본부가 도시 각지에 무기 배치 지시를 내렸길 희망했다. 한때 악마에 맞서는 계획의 일부였다. 먼 거리에서도 놈들을 살상할 수 있었기 때문이다.

불행하게도 무기들은 발각되었고 즉시 파괴되었다. 지휘본부는 악마가 무선 커뮤니케이션을 쫓아 이곳을 찾아내지는 않을지 걱정이 들었다. 무기를 잃는 것 또한 문제였다. 전투에서 사용할 수 있을 만한 무기들을 그렇게 재빨리 생산하지 못했기 때문이다.

한 화면에서 스토커 무리가 남자와 소년을 쫓고 있었다. 몇 초 후면 잡힐 것이다. 레아는 시선을 돌리지 않았다. 그들의 죽음은 그녀의 마음속에서 활활 타오를 것이고, 악마와 마주한 순간 그녀가 자비로울 수 없도록 할 것이다.

그때 문이 열리고 리라가 들어왔다.

"앉도록."

"앉고 싶지 않습니다. 앉는다는 것은 머문다는 것이고, 머문다는 것은 늦어진다는 뜻입니다. 저는 제가 마땅히 해야 할 일을 할 수 있는 곳에 있어야만 합니다."

"알겠다."

리라가 탁자 구석 자리에 앉았다. 피곤하고 지쳐 보였다.

"《게티아》를 복사하여 템플러에게 건네주자는 자네 의견을 검토했는데-"

레아가 반박하려고 했으나 리라가 정정했다.

"사이먼 크로스에게 말이지. 고문(顧問) 모두가 거부권을 행사했다."

심장이 철렁 내려앉았다. 사이먼의 믿음을 저버리겠군. 절망스러운 와중에도 레아는 컴퓨터에서 파일들을 찾아내 빼낸 다음 본부를 빠져나가는 계획을 즉시 구상하기 시작했다. 그 계획의 어떤 단계도 쉬워 보이지는 않았지만 빈손으로 사이먼에게 갈 수는 없었다.

"나는 필사본이 우리 손에서 떠나는 것이 아니라고 설득했다. 우리 역시 꾸준히 연구할 수 있으니까."

리라가 말을 이었다.

"하지만 템플러가 우리보다 먼저 언어를 해독해 낼 거라는군."

"사이먼에게 필사본을 주어야 하는 분명한 이유이기도 합니다."

"같은 이유를 댔네. 자네를 영원히 억류할 수 없다면 《게티아》

파일의 안전을 보장할 수 없다는 점도 지적했지."

　레아는 아무 말도 할 수 없었다. 두려움이 콕콕 찌르는 듯했다. 고립에 대처하는 훈련을 받았고 임무 중 실제로 그런 일을 겪기는 했지만, 사이먼이 런던에서 사람들을 구해 내기 위해 악마와 맞서 싸우는 순간에 자신은 억류되어 있을 거라는 사실은 상상조차 할 수 없었다.

"자네가 파일에 접근하지 않겠다는 약속을 할 수 없다는 걸 안다."

"조직에 해가 되는 일은 절대 하지 않습니다."

　기회를 놓치지 않고 레아가 즉각 말했다

"저는-"

"그만."

　리라가 한 손을 들었다.

"자네는 거짓말을 꽤 잘하지만, 어쨌든 거짓말은 거짓말이지. 자네는 해야만 한다고 여겨지는 일을 분명 할 거야. 이미 선례도 있고 말이야."

　레아가 입을 다물었다. 구금을 피할 방법을 강구하느라 머릿속은 이미 바빴다. 그 또한 그녀가 받은 훈련이기도 했다.

"자네에겐 다행스럽게도, 고문은 그저 고문일 뿐이지. 보고서에 대한 접근 권한도 없고. 이 자리에서 결정은 내가 내린다. 자네가 동의한다면, 자네가 이 정보를 템플러에게, 사이먼 크로스에게 가지고 가도록 하는 것이 나의 결정이다. 사이먼이 정보를 우리 측에 다시 공유할 거라고 자네가 보장할 수 없다는 점도 이해한다."

　레아는 얼굴에 떠오른 미소를 어찌할 수 없었다.

"멍청하게 웃는 건 그만두도록."

리라가 놀리듯 말했다.

"지금 자네를 다시 위험에 빠뜨리는 임무를 지시하는 것이다."

레아는 다시 미소를 지으며 고개를 끄덕였다.

"알겠습니다. 언제 출발할 수 있습니까?"

"출발하기 전에 자네가 식사라도 하면서 쉬고 싶어 할지도 모른다고 생각-"

"죄송합니다만 저는 충분히 쉬었습니다. 그리고 가는 길에 먹을 수 있습니다."

리라의 미소가 어딘지 쓸쓸해 보였다.

"자네가 그렇게 말할 거라고 생각했지. 손을 이리 주도록."

리라가 손을 내밀며 말했다. 레아가 그녀의 손을 잡았다.

"전송 준비 완료."

"준비."

레아가 헬멧을 쓰고 다운로드 응용 프로그램이 스크린에 나타나는 것을 보았다.

"전송."

파일이 전혀 압축되지 않아서 다운로드에는 몇 분이나 걸렸다. 업로드가 완료되자 삐삐거리는 소리가 들렸다. 레아는 템플러 갑옷의 AI에 대해서도 어느 정도 알고 있었는데, 그녀의 조직과 군용 슈트와는 시스템이 상당히 달랐다.

"이 일을 내가 후회하게 만들지 말게나, 레아. 정보를 숨기지도 말고. 물론 목숨을 잃지도 말도록."

"알겠습니다."

"가도 좋다. 차고에 모터사이클을 준비시켜 놓았다. 가면서 섭

취할 에너지바도."

"감사합니다."

잠시 후 레아는 20년은 된 BMW R 1200 GS 어드벤쳐 엔듀로 모터사이클에 한 발을 올려놓고 시동을 걸었다. 엔진 소리가 창고를 거의 꽉 채웠다.

"지휘본부에서 당신이 이 모델을 사용할 거라고 하더군요."

자그마한 정비공이 휘발유 탱크를 마지막으로 한 번 더 닦으며 말했다.

"그렇죠."

"이놈이 당신을 잘 태우고 다니길 바랍니다."

"분명 그럴 거예요."

"그럼 다시 데려오셔야 해요. 이미 두 녀석을 잃었어요. 다시 볼 희망이 점점 사라진단 말이죠."

레아가 차고를 둘러보았다. 구간마다 탱크, 장갑차, 지프, 모터사이클이 세워져 있었지만 예전보다 차량 수가 현저히 적었다.

"최선을 다할게요."

레아가 스로틀 그립을 돌리고 클러치에서 발을 옮긴 후 앞으로 쏜살같이 달려 나갔다.

레아는 탱크도 지나갈 정도로 넓은 지하 터널을 달렸다. 4킬로미터쯤 가자 그녀와 같은 슈트를 입은 사람들이 십수 명 배치된 초소에 도착했다.

"레아 크리시?"

한 남자가 물었다.

"네."

레아가 모터사이클을 세우고 왼발을 내렸다.

"특별 파견."

남자는 HUD로 전달 사항을 읽고 있었다.

"네."

"경로를 아십니까?"

남자가 물었다. 레아가 주변 지역 지도를 펼쳤다. 지하 주차장으로 터널이 이어졌다.

"네."

"무사 귀환 바랍니다."

"감사합니다."

남자가 신호를 보내자 다른 이들이 가벽 밖에 설치된 모니터를 확인했다. 숨어서 지켜보는 악마가 없다고 판단하자 벽을 열었다. 보안 팀장이 레아에게 재빨리 인사를 건넸다.

레아는 주차장으로 달려 나갔다. 몇 초 후 마치 지옥의 사냥개들이 쫓아올 법한 암울한 런던 거리로 진입했다. 놈들은 정말로 그곳에 출몰하곤 했었다.

몇 시간 후 레아는 숲속 깊숙이 자란 나무 한 그루 아래 모터사이클을 세웠다. 그러고는 바이크 뒤쪽에서 휘발유 탱크 하나를 꺼내 기름을 가득 채워 넣었다. 멈출 때마다 제일 먼저 하는 일이다. 악마에게 쫓겨 달리는 동안 기름이 떨어지는 상황은 결코 달갑지 않았다.

그런 다음 통신 주파수를 사이먼의 은거지로 바꾸어 연결을 시도했다. 대니엘이 거의 즉시 응답했다.

"어디예요?"

대니엘이 물었다.

"몇 킬로 밖이에요. 무작정 걸어 들어가기 전에 연락하는 것이 좋을 듯해서."

슈트가 분석하여 보고하기도 전에 레아는 대니엘의 얼굴과 목소리에 서린 긴장을 알아차렸다.

"그렇죠. 필사본은 복구되었나요?"

"네. 복사본을 가지고 왔어요."

대니엘의 얼굴에 안도감이 떠올랐고 역력했던 피로감도 어느 정도 사라졌다.

"위치를 아니까 거기 가만있어요. 당신을 데려올 사람을 보낼게요."

"혼자 갈 수 있어요."

"당신이 혼자 오지 않았을 경우를 대비하는 겁니다."

레아가 텅 빈 숲을 둘러보았다.

"다른 누가 있겠어요?"

"아무도 없겠죠. 만약의 경우를 위해서예요."

레아는 싸증이 났다. 이 숲이 갑자기 좀 너 위험하게 느껴졌다.

"무슨 일이에요, 대니엘?"

"우리가 당신을 확보하면 얘기해 줄게요."

나를 확보한다고? 레아는 개의치 않고 말했다.

"지금 말해요. 그러지 않으면 지금 당장 여기서 떠날 테니까. 사이먼은 어디 있죠?"

대니엘이 크게 심호흡했다.

"당신이 없는 사이에 언더그라운드의 함정에 빠졌어요. 지금 부스 손에 있어요. 이제 막 몸값을 요구해 왔고요. 《게티아》를 내놓지 않으면 사이먼을 악마에게 넘기겠다는군요."

레아가 다시 모터사이클에 올라탔다.

"날 통과시켜 줘요, 대니엘. 데리러 올 때까지 기다리고 싶지 않아요."

그녀가 시동을 걸었다.

테렌스 부스. 지난번 본 바로는 비열한 인간이었다. 거짓말쟁이에 안하무인이라고 부르는 것도 어렵지는 않았다. 사이먼 크로스를 믿게 된 것만큼이나 빠르게 부스를 혐오할 수 있었다.

두 남자가 같은 환경에서 같은 유산을 물려받고 자랐다는 사실을 받아들이기 힘들었다.

레아는 협소한 방 안 의자에 묶여 미동조차 없는 사이먼의 모습을 응시했다. 머리가 가슴 앞으로 숙여져 있었다. 의식이 없거나 약물에 취한 것 같았다.

모른 척하지 마, 사이먼은 이미 죽었어. 저건 시신이야. 죽은 후에 촬영한 거지. 레아는 그 가능성을 떨치려고 애썼지만, 한번 떠오른 생각은 사라지지 않았다. 아직 살아 있어. 만약 이미······.

레아는 그다음은 차마 생각할 수 없었다. 사이먼이 살아 있지 않다면, 이미 너무 늦었다.

요점만 전하는 부스의 메시지는 짧았다. 레아는 마지막 부분을 다시 되감아 보았다.

부스는 완전무장을 하고 카메라 앞에 있었다. 면갑이 투명해지며 얼굴이 드러났다. 사이먼은 갑옷이 모두 벗겨진 채 쇠사슬에 가슴과 팔다리가 묶여 있었다.

"《게티아》를 가지고 있다는 것을 안다."

부스가 말했다.

"머코머 교수가 일러 준 대로 그 책을 찾기 위해 아케허스트 요양원으로 사람을 보냈었다. 그곳에서 너희 흔적을 발견했다. 내일 해가 뜰 때까지 필사본을 가져와라. 그렇지 않으면 크로스는 악마의 먹이가 될 것이다."

화면이 깜깜해졌다.

레아는 호흡에 집중했다. 관자놀이 사이가 갈라질 듯 아팠다. 자신이 조금이라도 더 오래 억류되어 있었다면 무슨 일이 벌어졌을지 생각하기조차 싫었다.

"부스와 이야기해 봤나요?"

"내가 해 봤어요."

네이선이 맞은편에서 말했다. 근심 때문에 가만히 앉아 있기가 힘들어 보였다.

"부스가 눈앞에 있었다면 빌어먹을 이를 모조리 뽑아서 목구멍에 쑤셔 넣어 줬을 텐데."

"그렇게 해서 사이먼을 돌려받을 수 있다면 그렇게 해요."

레아가 대답했다.

"확실한 보장이 있을 때까지 그런 행동은 안 돼요."

"사이먼이 어디 다치기라도 했어 봐. 죽여 버릴 테다."

"전투에서 이기려면 냉정해야 하네."

방 뒤편에 조용히 앉아 있던 워텀이 말했다.

"젊은 혈기는 넣어 둬. 크로스 경이 살아 있다면 우리는 그를 되찾을 걸세. 그렇지 않다면 그때 복수를 할 것이야."

"부스를 다시 호출할 수 있나요?"

레아가 물었다.

"모르겠어요."

대니엘이 말했다.

"그런 건 큰 의미가 없어 보였거든요. 되도록 말은 적게 하는 게 좋다고 판단했으니까요. 우리에게 필사본이 없다는 사실이 드러나면 안 되니까."

"사이먼을 언제 데려갔죠?"

"오늘 아침 일찍."

워텀이 말했다.

"첫 동이 트기 전에."

"사이먼은 왜 함께 나선 거죠?"

"부스가 '명예의 깃발'을 수여하겠다고 제안했어요."

네이선이 말했다.

"그게 뭔가요?"

네이선이 설명해 주었다.

"사이먼에게 가지 말라고 했어요. 내가 대신 가겠다고도 했지만, 듣지 않더군요."

"왜요?"

레아에게 사이먼의 결정은 너무 바보처럼 느껴졌다.

"부스가 사이먼의 아픈 곳을 찔렀어요."

대니엘이 말했다.

"'명예의 깃발'이 본질적으로 그의 이름을 깨끗이 해 줄 거라고 사이먼은 생각했어요. 그 사실을 부스는 알았던 거예요."

"그의 이름을 깨끗이 한다고요?"

"6년 전에 템플러를 떠났던 일 말이네."

워덤이 말했다.

"남아프리카공화국으로 갔을 때요?"

워덤이 고개를 끄덕였다.

"하지만 어떤 템플러들은 언더그라운드 밖에서 살고 있지 않았나요?"

"몇몇 이들은 그랬지."

워덤이 말했다.

"나도 수년 동안 어부로 살았으니까. 하지만 사이먼은 템플러만 떠난 게 아니었어. 아버지를 떠난 셈이기도 했지."

"바로 그거예요. 부스가 노린 게 그거라고요."

네이선이 말했다.

"부스는 잘 알아요. 템플러 역사는 조직과 가문 그리고 그 둘을 섬기는 기사의 고결함으로 흘러간다는 점을요. 토머스 크로스 경보다 충실한 기사는 없었죠."

"사이먼은 자신이 아버지의 이름을 더럽혔다고 여기네."

워덤이 말했다.

"수년 전 아버지가 아직 살아 있었을 때는 그런 생각을 못 했지. 아버지가 이 세상에서 사라질지도 모른다는 생각 같은 건 할 수도 없었을 거야. 그가 아직도 아버지의 죽음에 죄책감을 느끼고 힘들어한다는 걸 난 잘 안다네."

"좋아요. 사이먼이 그런 일에 굉장히 흔들리고 약해진다는 건 알겠어요."

자신이 자란 환경을 떠올려 볼 때, 레아는 가족의 명예 같은 것은 잘 이해할 수 없었지만, 어떤 면에서는 그 진실함을 알 것도 같았고, 사이먼 크로스가 어떤 사람인지도 잘 알았다.

"내가 알고 싶은 건, 부스가 자신의 제안을 마음대로 철회할 수 있느냐는 거죠. 자기 명예에 오점이 남는데도?"

"템플러 조직에서 사이먼의 입지가 나쁘지 않다면 확실히 그렇죠."

대니엘이 말했다.

"심각한 서약 위반이니까요."

"템플러 가문들은 명예가 걸린 문제라면 진심이지."

워덤이 말했다.

"언더그라운드 쪽 사람들에게 부스가 한 짓을 알린다면요?"

레아가 물었다.

"우리가 알기론 이번 음모를 떠올린 사람도 가문의 영주들일걸요."

네이선이 씁쓸하게 말했다.

45장

"언더그라운드의 다른 가문들은 사이먼이 4년 전에 그런 식으로 나가는 걸 좋아하지 않았어요."

네이선이 말을 이었다.

"템플러들이 계속 여기에 합류하는 건 더욱 싫어하죠."

"필사본을 가져가겠다고 부스에게 말했나요?"

네이선은 조금 찔리는 듯했다.

"네. 어쩔 수 없으니까요. 책이 망가졌다고 하면 무슨 짓을 할지 누가 알겠어요."

"잘했어요. 지금 우리 손에 있으니까요."

"그걸 넘길 거예요?"

대니엘이 믿을 수 없다는 듯 말했다.

"물론이죠. 모두에게 복사본을 만들어 드릴 수도 있어요. 비밀 텍스트만 넘기지 않으면 돼요."

레아는 필사본에서 알아낸 사실을 이미 그들에게 간략하게 일러 주었다. 템플러 학자들은 벌써부터 비밀 텍스트를 연구하기 시작했지만, 아직은 그 언어에 숨겨진 것이 무엇인지 실마리조차 잡지 못하고 있었다.

"잠깐만요."

대니엘이 말했다. 무슨 말이 나올지 이미 아는 레아가 대니엘을 바라보며 기다렸다.

"이건 우리 문제예요."

대니엘이 화가 난 듯 말했다.

"당신이 이런 식으로 나설 일이 아니에요."

레아는 대니엘이 감정적으로 구는 것을 막지 않았다. 그런 행동을 개인적으로 받아들이지도 않았다. 대니엘이 지금 죄책감과 분노에 맞서 싸우고 있으며, 레아 자신이 그 대상은 아니라는 사실을 잘 알았다.

"나서려는 게 아니에요."

"지금 일을 넘겨받으려는 당신 태도를 보면 그렇지 않은데요."

네이선과 워텀은 한쪽으로 빠져 이 논쟁을 흥미진진하게 지켜보는 듯했다.

"당신은 템플러가 아니에요."

"아니죠."

레아가 차분하게 말했다.

"난 템플러가 아니지만, 사이먼을 걱정해요. 무척."

레아는 스스로 입 밖에 낸 이 말에 얼굴이 조금 달아오르는 것을 느꼈다. 이 감정이 어디에서부터 시작되었는지는 알 수 없었다.

"그가 다치는 건 보고 싶지 않아요."

"우리끼리 해결할 수 있어요."

"어떻게요?"

레아가 도전적으로 물었다.

대니엘이 네이선과 워텀을 바라보자 둘 모두 시선을 피했다.

"부스가 우리와 정당하게 거래할 거라고 믿을 근거가 전혀-"

"당신은 우리가 아니예요."

대니엘이 말을 끊었다.

"없다고 봐요. 그자가 사이먼을 어떻게 다뤘는지 볼 때."
"우린 그렇게 생각하지 않아요."
"그럼 당신 계획은 뭐예요?"
레아가 물었다.
"거래는 정답이 아니에요."
대니엘이 한숨을 쉬었다.
"글쎄요."
그녀가 작은 목소리로 말했다.
"부스를 믿지 말자는 당신 말은 옳아요. 그자와 사이먼의 역사는 아이였을 때로 거슬러 가죠."
"은밀한 속임수는 내 전문 분야예요. 우리 모두가 동의할 수 있는 무언가를 내놓기로 하면 부스에게 갈 수 있지만, 당신이 이 일에서 나를 제외하겠다면, 당신들은 꼭 필요한 자산을 잃는 셈이에요. 나를 믿고 맡겨요."
대니엘이 고개를 끄덕였다. 레아가 시각을 확인했다. 밤 11시가 조금 넘었다.
"좋아요. 아직 시간이 있네요. 조금이라도 계획 같은 걸 세울 수 있을지 보죠."
레아가 워덤을 바라보았다.
"언더그라운드의 지도를 볼 수 있을까요?"
"아니. 우린 두 가지 이유에서 지도 같은 건 만들지 않는다네."
워덤이 손가락을 들어 보였다.
"첫째로, 누군가의 손에 들어가서 공격에 쓰이면 안 되기 때문이지."

레아도 당연히 이해할 수 있었다. 지휘본부도 같은 이유로 은신처 지도를 숨겨 놓았다.

"두 번째로, 언더그라운드는 오랜 세월 동안 증축되면서 구조가 달라졌기 때문이야."

그 점은 문제가 될 수도 있었다.

"하지만 지도를 그릴 순 있죠?"

워덤이 고개를 끄덕였다.

"우리 모두 할 수 있지."

"그렇다면 세 분 모두 지금 그려 보세요. 서로의 것을 참고하지 말고요. 그런 후 대조해 보죠."

레아가 워덤을 바라보았다.

"사이먼을 구출하러 가는 팀은 어떻게 꾸릴 수 있을까요?"

"부스가 사이먼을 데리고 있다는 사실이 알려지면 여기 모두가 그를 구하러 간다고 나설 걸세. 대규모 부대가 될 거야. 그래서 일단 우리만 알고 있기로 했지."

"좋아요. 정보를 제한한 건 훌륭하지만, 부스가 다시 접선을 시도할 경우를 대비해서 이 방에는 누군가를 남겨 놓아야 해요."

워덤이 고개를 끄덕였다.

"그 정도는 해결할 수 있지."

"그럼 지금 부탁해요. 준비되는 대로 곧장 출발해야만 합니다. 아무도 눈치채지 못하게 말이죠."

세 명의 템플러가 고개를 끄덕였다.

"하나만 더요. 필사본을 종이에 출력해서 진본처럼 보이게 만들 만한 사람이 있을까요? 부스에게 전자 복사본을 주고 싶진 않거든요. 그럼 우리 손에 복사본이 있다는 사실을 알아챌 거예요. 자료를 손쉽게 다룰 수 있도록 하는 것도 내키지 않고요. 짜증 나는 복구 작업은 직접 하라고 하죠."

눈을 뜨자 사이먼은 두통으로 머리가 터져 나갈 것만 같았다. 턱 아래로 흘러내리는 따뜻한 핏줄기가 느껴지는 순간 누군가가 그를 때렸다. 그는 통증은 무시하고 그를 고문하는 자를 보려고 애썼다. 상체와 다리가 딱딱한 등받이 의자에 쇠사슬로 한데 묶여 있었다. 좁은 방 안에 갇힌 듯했다.
"의식이 돌아온 줄 알았는데."
그의 앞에 서 있는 템플러가 말했다. 두 명이 아니라 한 명이라는 것을 깨닫기까지는 꽤 초점을 모아야 했다.
"깨어났나, 사이먼?"
부스가 물었다. 사이먼이 몸을 죄는 쇠사슬 속에서 뒤척이며 고개를 들어 부스를 바라보았다. 여전히 힘이 없고, 머리도 아직 혼란스러웠다. 부스 원수는 철제 탁자 맞은편에 앉아 있었다.
"깨어났다."
사이먼이 퉁퉁 부은 입술로 중얼거렸다.
"자네 진구늘이랑 거래했다. 《게티아》와 자네를 교환하는 데 동의하더군."
부스가 그릇에 담긴 신선한 체리를 먹으며 말했다.
언더그라운드에는 마력을 이용한 수경재배 정원이 있었다. 어떤 조건이든 맞출 수 있었기 때문에 거의 모든 식물이 자랐다. 사이먼의 은거지가 그 정도로 효율적이고 다양한 변화를 줄 수 있는 시스템을 갖추려면 까마득했다.

몸 구석구석으로 흐르는 약물과 통증 탓에 부스의 말을 제대로 알아듣는 것이 힘들었다.

"나를 구하기 위해 필사본을 넘기겠다고 했다고?"

"그렇다."

부스가 체리 한 알을 더 입에 넣으며 말했다. 사이먼은 과시하는 듯한 그런 행동이 혐오스러웠다. 부스도 그 사실을 아는 것이 분명했다. 은거지에서는 모두가 충분히 먹지 못했지만, 언더그라운드에서는 주요 작물뿐만 아니라 온갖 식량이 넘칠 정도로 생산되었다.

사이먼은 부스가 정확히 누구와 대화했는지 밝히지 않은 점을 볼 때, 진실을 말하지 않았다고 확신했다. 입술을 핥자 피 맛이 났다.

"거짓말이야."

사이먼이 꽉 잠긴 목으로 말했다. 물 한 모금이 간절했다. 얼마나 오래 의식을 잃었는지 알 수 없었다.

부스가 체리 그릇 옆에 놓인 리모컨을 가볍게 집었다. 벽 한 면이 열리더니 스크린이 나타났다. 은거지 통신실에 앉아 있는 네이선이 보였다.

"내일 해가 뜰 때까지 필사본을 가져와라. 그렇지 않으면 크로스는 악마의 먹이가 될 것이다."

부스의 목소리가 흘러나왔다. 부스가 리모컨으로 영상을 정지했다.

"방금 그건 나야. 내 요구는 들었지? 자, 다음은 자네 친구야."

그가 다시 리모컨을 조작했다. 네이선이 잠시 카메라를 응시하더니 말했다.

"필사본을 가져가겠지만, 시간이 더 필요하다."

"시간을 더 줄 수는 없다."

녹음된 부스의 목소리가 말했다.

"내일 해가 뜰 때까지다. 늦으면 사이먼은 죽는다."

부스가 영상을 끄고 밝게 미소를 지었다.

"어쨌든 자넨 죽을 거지만, 저자는 전혀 그렇게 생각하지 않는 것 같군. 아직은."

사이먼이 씩 웃었다. 입술이 제대로 움직이지 않아 힘들었다. 코가 부러졌는지 숨을 제대로 쉴 수가 없었다.

"네이선은 네놈이 거짓말쟁이인 걸 알지. 네놈이 명예를 쓰레기 취급한다는 걸 잘 안다고."

"뭐라고?"

부스가 놀라는 척했다.

"'명예의 깃발'을 내리겠다는 약속을 깨서 그러는 건가?"

사이먼은 미끼를 물지 않았다.

"명예를 아는 사람처럼 제안을 받아들였더군."

부스가 말했다.

"사네는 아냐. 그런 약속은 템플러를 위한 거야. 자네는 추방자다. 그런 인간에게 지킬 명예는 없어."

사이먼은 오래전 아버지가 했던 말을 떠올렸다. 악마의 수중에 떨어진 런던으로 되돌아온 4년 전의 그날 전에는 진실이라 여기지 않았던 말이었다.

"명예는 그런 식으로 주고받는 것이 아니다. 명예는 한 인간의 내면에 존재한다. 그가 어떠한 사람인지 알 수 있게 해 주지. 우리 안에 명예가 있기 때문에, 다른 이를 명예롭게 할 수 있는 것이다."

사이먼이 뚫어질 듯 부스를 바라보았다.

"네놈에겐 명예가 없어."

부스가 노려보았다.

"그런 상투적인 이야기 따윈 지겹군."

"상투적인 이야기가 아니다. 내 아버지께서 그렇게 살라고 해 주신 말씀이다."

사이먼이 방에 있는 다른 템플러를 바라보았다.

"아버지가 자네에게도 같은 말씀을 하셨을 거라 확신한다."

그가 사이먼의 시선을 피해 고개를 숙였다.

부스가 사이먼 앞에 서 있는 덩치 큰 남자에게 고갯짓을 했다. 일격을 예상한 사이먼이 피하려고 했지만 아무 소용 없었다. 남자의 손이 얼굴 정면을 덮쳤다. 정신을 잃고 심연으로 빠질 만큼 어마어마한 통증이었다.

"너의 부끄러움을 감추는 데에 아버지의 훌륭한 이름을 올리지 마라."

부스가 말했다.

"토머스 크로스가 우리에게 어떤 의미였는지 모르는 사람은 여기 없다. 그분은 결코 우리에게 등을 돌리지 않았다."

사이먼이 체리 그릇에 피를 뱉었다. 부스가 욕을 퍼부으며 일어났다. 사이먼을 때린 자는 맨주먹이었지만 부스는 갑옷을 입고 있었다. 부스에게 맞으면 즉사할 것이 분명했다.

하지만 사이먼은 시선을 피하지 않았다.

"저는 살인에는 가담하지 않겠습니다."

한 템플러가 말했다. 부스가 그 남자에게로 돌아섰다.

"그렇다면 이 방을 나가는 게 좋겠군, 화이트홀."

템플러가 몸을 꼿꼿하게 세웠다.

"아뇨. 저는 《게티아》가 우리에게 필요하다고 믿기 때문에 이 일에 참여한 것입니다. 머코머가 말한 방어 노드가 진실이라면 우리도 악마에게 맞설 수 있을 테니까 말입니다. 크로스 쪽 사람들이 그의 죽음을 알게 된다면 필사본을 넘기지 않을 겁니다."

분노로 구겨진 얼굴로 부스가 주먹을 쥐고는 탁자를 내리쳤다. 탁자가 주저앉는 소리가 방 안을 크게 울렸다.

이 방에는 방음 처리가 되었을 것이다. 언더그라운드의 많은 방들이 그랬지만, 그의 정신은 화이트홀이 언급한 머코머의 이야기에 쏠려 있었다.

"자네 지금 항명하는 건가?"

"아닙니다. 필사본을 얻기 위해 여기 있다고 말씀드리는 것입니다. 우리 모두 마찬가지입니다. '명예의 깃발'이 사이먼 크로스에게 수여되면 안 된다는 점에는 동의하지만, 이런 일을 못 본 척할 수는 없습니다. 템플러는 무력한 죄수를 살해하지 않습니다."

"모두늘 바보 아닌가."

사이먼이 말했다.

"발견했을 때 필사본은 이미 파괴되어 있었다. 거기 무슨 정보가 있었는지는 몰라도 이미 오래전에 사라졌다고."

"거짓말하지 마라."

부스가 말했다.

"아버지의 이름으로 맹세하지."

"네이선인가 하는 네놈 친구가 필사본을 가지고 온다고 했다."

"어쩔 수 없었겠지. 나를 죽이겠다고 했으니까."

사이먼이 숨을 들이쉬었다.

"지금 시간 낭비하는 거라고. 네놈에게 있을 것 같지도 않은 명예만 헛되이 더럽히는군."

부스가 사이먼을 바라보았다. 그의 말이 진실일지도 모른다는 두려움이 눈빛에 서렸다.

"아니다. 진실일 리가 없다. 그 말이 사실이라면 나를 만나러 오지 않았을 텐데. 뭘 숨기고 있는 것이냐?"

"나는 아버지의 명예를 위해 여기 온 것이다."

"그 말은 사실이겠지만, 전부는 아니다. 분명 뭔가 숨기고 있다. 그걸 알아야겠군."

사이먼이 부스를 바라보며 결심을 굳혔다.

"필사본은 불에 탔다. 이 세상에 존재하지 않는다."

"밝혀낼 것이다."

부스가 한 템플러에게로 돌아섰다.

"네이선 싱을 연결해라."

템플러가 방 한쪽으로 향하더니 무어라고 나직하게 말하는 것이 보였다.

사이먼은 절망적으로 얼굴과 몸에서 통증을 몰아내려고 애썼지만, 그토록 고된 훈련을 했음에도 그럴 수 있을 거라는 희망조차 느껴지지 않았다.

"사이먼의 은거지에 연결되었습니다."

템플러가 말했다.

"모니터에 띄워라."

부스가 명령했다. 의지와는 달리 사이먼은 모니터를 보았다. 은거지에서 노장에 속하는 템플러인 펠터가 통신실에 앉아 있었다. 네이선과 대니엘은 어디에 있는지 알 수 없었다.

"네이선 싱은 어디에 있나?"

부스가 물었다.

"기다리시오, 부스 원수."

펠터가 말했다.

"조금 후 네이선과 연결될 테니."

그가 앞으로 몸을 숙이더니 영상이 잠시 끊겼다. 그리고 다음 순간 네이선의 모습이 나타났다.

"왜 그러지?"

그가 무뚝뚝하게 물었다. 네이선은 차고의 ATV 데크에 있었다. ATV를 세워 둔 동굴에서는 통신이 되지 않는 것을 아는 사이먼은 혼란스러웠다.

"우리의 친구 사이먼과 흥미로운 이야기를 나눴는데 말이지."

부스가 말했다. 네이선이 엄지를 들어 어깨 너머를 가리켰다.

"우리가 세시산에 도착하기를 원한다면 내 시간을 낭비하지 않는 것이 좋을 텐데."

무례한 태도에 기분이 나빴는지 부스가 인상을 구겼다.

"사이먼은 필사본이 없다고 하는군. 요양원에서 불에 타 버렸다고."

"그래서?"

"그랬나?"

네이선이 욕을 뱉었다.

"사이먼은 당신을 믿지 않아, 부스. 그럴 이유가 분명하지. 우리가 당신을 믿는 것도 원치 않을걸. 그래서 거짓말을 한 거야. 필사본이 없다고 해야 협상이 취소될 테니까. 사이먼이 우리 모두를 위해 자신을 희생하는 걸 모르겠나?"

"그렇다면 필사본을 가지고 있다는 건가?"

"그렇다."

네이선이 지겹다는 듯 말했다.

"보여라."

부스가 명령했다.

"사이먼이 살아 있다는 걸 먼저 보여라."

부스가 저주를 퍼부으며 뒤로 물러나 사이먼을 향해 손짓했다. 템플러 한 명이 가까이 다가가 카메라에 그의 모습을 담았다.

"저렇게 살아 있다."

부스가 말했다.

"홀로그램이면?"

네이선이 반박했다.

"말하는 걸 듣고 싶은데."

부스가 덩치 큰 남자에게 고갯짓을 하자 그가 즉시 사이먼의 얼굴을 때리고 물러섰다.

"요청을 하니 어쩔 수 없군. 피가 흐르는 게 보이나?"

부스가 부드럽게 말했다. 네이선이 부스에게 마구 욕을 퍼부었다.

"나와 게임을 하려는 생각이라면 그만두는 게 좋아. 가지고 있다면 필사본을 보여라. 그러지 않으면 바로 지금 네놈 눈앞에서 사이먼을 죽이겠다."

네이선이 카메라의 각도를 바꾸어 종이 더미를 비추었다. 그 종이들은 낡았고 진짜 귀중한 물건처럼 보였지만 사이먼이 요양원에서 찾은 튜브 안에 있던 불타 버린 양피지 같지는 않았다.

"당신이 정한 시각까지 가려면 빨리 출발해야 해. 뭐 다른 용건은 없나?"

네이선이 말했다. 부스가 연결을 끊도록 지시한 후 사이먼에게로 돌아섰다.

"이제 네놈 입에서 진실이 나오는 일은 없나 보군."

부스가 덩치 큰 남자에게 다시 고갯짓했다. 또 한 번의 냉혹한 일격이 뺨에 가해지며 턱이 어긋났다. 눈앞에서 별이 번쩍였다.

사이먼이 입을 열어 필사본은 정말로 없다고 말하려 했다. 저 영상은 속임수다. 그래야만 했지만, 턱이 제대로 움직이지 않았고, 말을 할 수가 없었다. 말하려고 애쓸수록 통증은 더욱 심해졌고 그를 암흑 속으로 끌어당겼다.

네이선과 대니엘이 목숨을 내던지는구나, 생각하며 사이먼은 정신을 잃었다.

46장

"통신이 끊겼어요."

레아가 말했다. 네이선이 안도의 한숨을 내쉬며 아직도 ATV 차고 풍경을 내보내고 있는 영상 송출기로 몸을 숙였다. 출발하기 몇 시간 전에 레아가 찍은 차고 모습이었다.

"부스가 정말 속았을까요?"

네이선이 물었다.

"확실해요."

레아가 말했다.

"임무를 수행하면서 가끔 가짜 동영상을 송출했었어요."

"무슨 임무였는데요?"

대니엘이 물었다. 레아는 대니엘의 의심 가득한 눈빛은 무시했다. 템플러 누구도 그녀를 완전히 받아들이지 않았음은 잘 알았지만, 지금 그들은 그녀가 할 수 있다고 한 말을 믿어야만 했다.

"여기, 영상 복사본이에요."

대니엘이 주제를 바꾸며 조금 전의 통신 영상을 재생했.

그들은 런던으로 향하는 ATV의 간이 좌석에 앉아 있었다. 레아는 영상을 검토했다. 썩 훌륭했다. 그녀가 은거지의 통신 기기에 업로드한 컴퓨터 응용 프로그램은 흠잡을 데 없었다.

"부스가 영상을 다시 확인하면 어쩌죠?"

네이선이 물었다.

"가짜라는 걸 알아낼 수 있을까요?"

"전문가가 아니고서야 알 수 없어요. 템플러에 그 정도로 전문적인 인력이 있을 것 같진 않군요. 솔직히 여러분이 이런 응용 프로그램에 관심이 있었던 건 아니잖아요. 개인 방어 시스템 같은 거라면 몰라도 다른 수많은 프로그램들이나 그걸 사용하는 일엔 그다지 익숙하지 않죠."

"게다가 부스는 《게티아》가 이제 존재하지 않는다는 걸 믿고 싶지 않을 거야."

대니엘이 덧붙였다.

"진짜로 있길 바랄 거라고."

"이 필사본이 정말로 어떤 식으로든 우리를 악마로부터 영구히 보호해 준다면 부스가 영웅이 되는 빌어먹을 일이 일어날지도 모르지."

네이선이 투덜거렸다.

"그자가 사이먼을 죽이는 것부터 막자고요."

레아가 말했다.

"난 일단은 그걸로 만족하겠어요."

일어나라.

워런은 눈을 떠 침실의 어둠 속을 응시했다. 피곤은 여전히 가시지 않았다. 방 저편에는 그가 크나알의 검에서 발견한 씨앗들이 테라리엄 안 따뜻한 흙 위에 놓여 있었다. 수천 년 만에 처음으로 발아하려는 것 같았다.

"왜 그래?"

나오미가 곁에서 물었다.

"메리힘이야."

겁에 질린 나오미가 침대 시트를 움켜쥐고 가슴께로 끌어올리며 침대 머리에 기대었다.

오너라. 지금 가야 한다. 우리가 찾던 책에 풀라가르와 토크로르크가 접근했다.

워런이 침대에서 내려왔다. 의지와는 달리 워런의 눈이 책상 위에 놓인 책으로 향했다. 책은 아직 거기 있었다.

"놈들은 어디 있죠?"

워런이 발코니 쪽 창문을 바라보았다. 하늘은 분홍빛이었고 몇 분 후 해가 뜰 것 같았다.

런던 타워에 있다.

워런의 뱃속 깊은 곳에서 차가운 공포가 똬리를 틀었다. 예전에 가 본 적 있는 곳이었다. 런던 버로우 오브 타워 햄리스에 위치한 런던 타워는 역사 속에서 언제나 상서로웠다. 실제로는 거대한 복합 단지와 마찬가지인 런던 타워에서는 왕족이 구금되거나 공개 처형되는 일들이 행해졌다. 그래서인지 화이트 타워는 초자연적인 사건과 힘이 자주 목격되는 장소로 여겨졌다. 악마들이 범접할 만한 장소가 아니었다.

"가라."

목소리가 마음 깊은 곳에서 말했다.

"미래를 보았다. 모든 일이 수순대로 될 것이다."

워런도 진심으로 그러길 바랐다.

"풀라가르와 대적하기 전에 토크로르크를 죽여야 하는 줄 알았습니다."

워런이 메리힘에게 말했다. 악마가 희미하게 동이 트는 발코니에 나타났다. 한 손에 삼지창을 꽉 쥔 그는 사납고 냉혹해 보였다.

너무 늦었다. 알려진 대로 풀라가르는 《게티아》를 찾고 있었다. 전혀 바보스러운 짓이 아니었군. 그 책이 존재를 드러냈다. 템플러의 수중에 들어간 그 책을 되찾기 위해 풀라가르가 움직였다.

메리힘이 워런을 바라보았다.

너와 나는 놈을 끝장내러 갈 것이다. 그리하여 나는 '다크윌'의 자리를, 나의 권리를 획득할 것이다.

워런이 악마에게 다가갔다. 메리힘이 삼지창을 미끄러뜨리자 허공이 베이듯 열렸다. 그곳에서 뿜어져 나오는 에너지가 느껴졌다. 메리힘이 워런을 그 틈으로 밀어 넣고 뒤를 따랐다.

한 템플러가 타워 힐 역 밖으로 향하는 계단 위로 사이먼을 끌어당겼다. 그는 휘청거리다가 넘어질 뻔했다. 턱이 끔찍할 정도로 아팠다. 늘 하던 대로 움직여 보려 했으나 제대로 움직이지 않았다. 아마도 부러진 것 같았다. 그냥 다물고 있는 것만이 극심한 통증을 조금이라도 줄이는 방법이었다.

갑옷을 입고 있었지만 부스의 명령으로 전원은 꺼진 상태였다. 생애 처음으로 갑옷이 무겁고 버겁게 느껴졌다. AI가 작동하지 않아 죽어 버린 것처럼 느껴지기도 했다. 두 팔이 등 뒤로 묶여 있었지만 투구는 열려 있었다. 인질의 얼굴을 알아볼 수 있어야 하기 때문이었다.

일이 여기까지 진행되었지만, 사이먼은 네이선이 정신을 차리고 어떻게든 몸값을 치르지 않기로 결심했길 바랐다. 그가 결정을 바꾸지 않았다면 두 사람 모두 목숨을 잃을 것이다. 사이먼은 네이선에게 진짜 필사본이 없다고 확신했다.

"크로스 경."

목에 감긴 사슬을 붙든 템플러의 걸음을 놓치지 않도록 조심하면서 사이먼이 뒤돌아보았다. 머리가 너무 무겁게 느껴져 하마터면 넘어질 뻔했다.

뒤에서는 아치볼드 하비어 머코머 교수가 느릿느릿 걷고 있었다. 부스의 부대는 워프 타워를 따라 일렬종대로 이동하고 있었다. 한때 아름다웠던 풍경을 화마가 몽땅 먹어 치워 버려 나무 한 그루 남아 있지 않았다.

머코머는 상태가 더욱 나빠진 것 같았다. 부스가 예를 갖춰 대하지 않은 것이 분명했다. 얼굴에는 멍이 나 있었다.

"여기에 있다고 들었네."

머코머가 지친 목소리로 말했다.

"자네가 이런 모습은 아니길 바랐는데."

그가 살짝 웃었다.

"마지막에 누군가 나타나 구해 주고 그런 걸 믿는 편은 아니지만 말일세. 그래도 그 기대로 버티고 있었던 건 부정할 수 없겠네."

"실망시켜서 죄송합니다."

부서지고 부어오른 턱 때문에 사이먼이 천천히 웅얼거리듯 말했다.

"세상에. 얼굴이 끔찍하군."

"보이는 것보다 더 아플 겁니다."

사이먼은 확신할 수 있었다. 호송하던 템플러가 사슬을 잡아당기자 사이먼은 무릎을 꿇고 쓰러질 뻔했다.

"부스가 《계티아》를 손에 넣을 거라는 얘길 들었네."

"필사본은 불에 타 버렸습니다. 부스가 손에 넣게 되는 건… 가짜입니다."

머코머는 놀란 것 같았다.

"우리 둘에게 좋은 소식은 아니군."

사이먼은 굳이 교수의 생각을 바꾸려고 애쓰지 않았다.

"부스가 나더러 필사본이 진짜인지 감별하라고 했네."

사이먼이 고개를 끄덕였다. 자신을 호송하는 템플러의 보조를 놓치지 않도록 주의하며 주변을 둘러보았다. 런던 타워에서는 도시의 오랜 역사가 숨 쉬고 있었다.

1078년, 정복왕 윌리엄이 화이트 타워를 건설한 것을 시작으로 곧이어 다른 건물들도 세워져 런던 타워가 되었다. 이 건물들에서는 주로 형벌이 집행되거나 죄인이 투옥되었다.

이후 무기고, 보석 왕관과 각종 귀금속 보관, 천문대, 고문서 보관서, 동물원 등으로 다양하게 사용되었다. 가장 유명한 동물은 탑에 살았던 '탑의 까마귀'들이었다.

수백 년 동안 이 탑에서는 까마귀들이 최소한 여섯 마리 이상 살았다. 까마귀들이 한 번이라도 떠나면 재앙이 닥쳐서 영국이 무너질 것이라는 속담마저 생겨났다.

세인트 폴 대성당 전투 이후 까마귀들이 탑을 떠났다는 소리를 들었다. 블러드 엔젤들이 까마귀들을 끈질기게 쫓아가 모조리 죽여 버렸다는 얘기도 있었다. 어느 쪽을 믿어야 할지 알 수 없었다. 탑의 까마귀들은 날갯깃이 잘려 멀리 날지 못했다. 탑 근위병인

요멘 워더스에서 선출된 까마귀 담당자들이 이들을 안전하게 보살폈다.

강을 따라 걸으며 사이먼은 수위를 관찰했다. 몇 미터 남짓밖에 되지 않는 얕은 강물에선 악취가 풍겼고 진흙 웅덩이에서는 이젠 익숙해진 하얀 거품이 부글부글 끓어올랐다. 머코머가 물었다.

"저것들은 뼈인가?"

"네."

사이먼이 대답했다. 한때는 위대했던 템스강의 수렁에 뼈다귀와 자동차, 보트, 그리고 좀 더 큰 선박들이 빠져 있었다. 아마도 '화마'는 얼마 안 있어 강을 완전히 말려 버려 갈라진 강바닥만 폐허처럼 남을 것이다.

"탑 주위 해자[27]가 마르자 인골 1,830구가 발견되었다는 얘길 들었네."

사이먼은 그 얘기가 진실인지 알 수 없었다. 한 발 한 발 앞으로 내딛으며 넘어지지 않는 것에 집중했다. 앞에는 템플러 넷이 배치되었고 부스는 완전무장을 하고 있었다. 갑옷 덕분에 부스 원수의 걸음걸이는 훨씬 가벼웠다.

"저 돌들을 쌓을 때 사용한 모르타르에 제물로 바쳐진 동물 피가 섞였다는 얘기도 있어. 로마인들의 방식이지."

"저는 모릅니다, 교수님."

사이먼이 통증을 참으며 말했다.

"그 이야기가 사실이라면, 저 탑들은 인간보다 악마에게 더 어

---

27) 물을 채워 넣는 구덩이

울리겠군요."

 잠시 후 그들은 탑으로 건너가는 해자의 바깥쪽에서 걸음을 멈추었다. 사이먼은 간신히 조금 쉴 수 있었다. 머코머의 말처럼 해자는 몇 년에 걸쳐 수위가 줄었고 이제는 완전히 말라 있었다. 그 대신 엉망이 된 시체와 쓰레기들이 해자를 메우고 있었다. 주변의 악마들이 희생자의 잔해를 처리하는 곳으로 사용하는 것이 분명했다.
 "네놈 친구가 늦는 것 같군."
 부스가 짜증스럽게 말했다. 사이먼은 아무 말도 하지 않았다. 그들이 오지 않기만을 바랐다. 분노한 부스가 자신을 죽일지도 몰랐지만 그 자신 때문에 친구들이 목숨을 잃는 것보다는 나았다.
 화마의 악취가 공기에 무겁게 내려앉아 있었다. 오래된 죽음이 풍기는 짙고도 달콤한 냄새였다. 악마들이 하늘을 맴돌았다. 너무 멀어서 그들을 발견하지 못하는 것 같았다.
 하지만 발각되기까진 그리 오래 걸리지 않을 것이다.

 메리힘이 만들어 낸 틈에서 걸어 나온 워런은 자신이 탑에 있는 것을 깨달았다. 조금 더 살펴본 후에야 런던 타워 중에서도 바깥 입구가 내려다보이는 미들 타워임을 알 수 있었다. 템플러 한 무리가 해자를 건너는 철제 다리에 서 있었다. 무언가를 기다리고 있는 것 같았다.
 메리힘이 워런 옆에 서서 고개를 젖히고 공기의 냄새를 맡았다. 워런은 어깨에 멘 가방에서 블러드 엔젤의 안구 하나를 끄집어내어 허공으로 날려 보냈다. 그가 눈을 감자 마법에 걸린 놈의 안구에 연결되었다.

"여기서부터 신중하라."

목소리가 말했다.

"오늘 이곳은 매우 위험하다."

워런도 이미 알고 있었다. 인근 묘지에 웅크리고 있는 힘이 느껴졌다. 그곳에는 가난에 시달렸던 온갖 죄수들이 묻혀 있었지만, 그중 몇몇은 왕의 일족이기도 했다.

거기 누워 있는 것은 워런의 힘으로 소생하길 기다리는 군부대였다. 워런은 내면의 아케인 힘에 집중했다. 단 한 마디면 지체 없이 그들을 일으킬 수 있었다. 4년 전이었다면, 아니, 겨우 나흘 전이었어도 좀 더 힘들었을 것이다.

그의 힘은 계속해서 커지고 있었다. 워런이 악마 손의 긴장을 풀었다. 그쪽 손에 그가 사용했던 암흑 마법의 힘이 더욱 많이 잠들어 있었다.

"하지만 네 내면의 힘도 성장하고 있다."

목소리가 말했다.

"너 스스로도 느끼듯."

그랬다. 워런은 그 자신의 힘이 자라고 있음을 느낄 수 있었다.

"당신이 누군지 언젠가 알 수 있을까?"

"곧."

목소리가 약속했다.

"이제 곧 알게 될 것이다."

메리힘이 아직도 그의 머릿속 목소리를 알아채지 못한다는 사실이 놀라웠다. 마치 머릿속에 두 존재가 함께 있을 공간이 없는 것 같았다.

"나는 그로부터 나를 보호해 왔다."

목소리가 말했다.

"그로부터 너의 생각을 보호하는 것과 마찬가지다."

그 얘기는 곧, 목소리가 메리힘보다 강하다는 뜻이라고 워런은 생각했다. 목소리의 주인이 누구인진 알 수 없었지만.

"언젠가는, 하지만 아직은 아니다. 곧 그럴 수 있을 것이라 희망한다. 먼저 내가 자유로워져야 한다. 너는 너의 손을 앗아간 템플러에게 복수할 것이고, 나는 나를 구속한 자에게 복수할 것이다."

보아라.

메리힘이 날카롭고 뾰족한 손톱을 들어, 해자에 놓인 다리 끝에 선 템플러들을 향해 다가오는 또 다른 템플러를 가리켰다.

"풀라가르는 어디 있죠?"

메리힘이 다시 공기 냄새를 맡았다.

근처에 있다. 곧 나타날 것이다.

워런은 템플러 두 무리를 바라보았다. 투구를 쓰지 않은 한 템플러의 낯이 익었다. 블러드 엔젤의 눈을 살금살금 가까이 보내 아래를 내려다보았다. 사이먼 크로스였다. 분노가 치솟았다.

나도 보았다.

메리힘이 말했다.

저놈은 4년 전 내게 한 짓에 대한 대가를 치러야 할 것이다.

4년 전 메리힘은 템플러가 기차로 생존자들을 탈출시키려 하는 것을 간파했다. 그리고 그 인간들의 목숨을 제물로 삼으려 했지만, 사이먼 크로스에게 지독하게 당했다. 워런은 메리힘이 그자를 끝까지 쫓아가 죽여 버리지 않을까 생각했다. 그러나 메리힘은 그러지 않았다.

"저 템플러를 지켜보아라."

목소리가 말했다.

"곧 믿을 수 없을 만큼 강해질 것이다."

사이먼 크로스는 등 뒤로 손이 묶여 있었다. 지금 그자는 그다지 강해 보이지 않았다.

47장

레아는 해자에 몸을 숨기고 네이선과 대니엘이 다리를 건너 부스와 그의 템플러 부대에게 다가가는 모습을 지켜보았다. 슈트의 위장 능력 덕분에 그녀는 말라붙은 진흙이나 시든 채소처럼 보였고 해자와 거의 구분되지 않았다.

게다가 이만큼 가까웠는데도 부스의 템플러들에게 발각되지 않았다. 덕분에 그녀가 조작해 둔 슈트의 프로그램이 문제없이 돌아가고 있음을 알 수 있었다.

이제 다음 작전만 제대로 실행되길 바랄 뿐이었다.

레아가 HUD로 응용 프로그램을 불러들여 통신회선과의 접속을 시도했다.

"네이선, 대니엘, 위치로 왔어요."

"확인했어요."

네이선이 응답했다. 네이선과 대니엘은 걸음을 늦추지 않았다. 부스 원수와 그의 템플러들은 레아의 목소리를 듣지 못했다.

"워넘."

레아가 불렀다.

"여기 있네."

그가 응답했다.

"그쪽도 방어 시스템을 켜셔야 해요."

"그래."

워넘이 말했다.

"곧 작동될 걸세."

이제 정말 긴장되는 순서군. 레아가 사이먼의 갑옷에 주파수를 맞추고 작게 말했다.

"사이먼, 레아예요. 들려요?"

면갑이 열린 상태에서 자신의 두 귀로 레아의 목소리를 들은 사이먼은 믿을 수가 없었다. 다른 사람들에게도 들렸나 싶어 주위를 둘러보았다. 이렇게 트인 공간에서라면 통신 장비가 없더라도 갑옷에 장착된 오디오 수용기로 감지했어야 했다.

"수상하게 행동하지 마세요. 두리번거리지 말아요."

레아가 말했다. 사이먼이 부스를 바라보았다. 부스 원수가 그 비밀을 쥐고 있을 것이다. 반대쪽에서 대니엘과 네이선이 해자에 놓인 다리를 건너고 있었다.

"부스나 그쪽 부하들은 내 목소리를 못 들어요. 저들 갑옷 AI에서 이 주파수만 차단해 놨어요. 이해했으면 고개를 끄덕여요. 당신 목소리는 들을 수 있을 테니까. 그것까진 어쩌지 못했어요."

사이먼이 고개를 끄덕이고 턱을 움직여 위치를 제대로 잡으려고 해 보았다. 불행하게도 가능할 것 같지 않았다.

"좋아요."

레아가 한시름 놓은 듯 말했다.

"갑옷끼리 연결되도록 해 놓은 시스템이 해킹에 취약할 수 있다고 내가 말했던 거, 기억해요?"

사이먼이 다시 고개를 끄덕였다.

"이게 그 증거죠."

사이먼의 입술에 미소가 아주 살짝 떠올랐다. 이러한 상황에서 살아 돌아간다면 반드시 은거지 템플러들의 갑옷에 조치를 취할 것이다. 가장 먼저 가문 프로토콜부터 삭제할 것이다. 언더그라운드에 맞서지 않을 테지만, 그렇다고 그에 구속되지도 않을 것이다.

"부스가 제일 먼저 당신 갑옷을 무력화했을 거라고 네이선이 그러더군요."

사이먼이 고개를 끄덕였다. 오른쪽에 서 있던 템플러가 그를 쳐다보았다.

"뭔가 잘못됐나?"

사이먼이 귀가 잘 들리지 않는 것처럼 그 남자를 바라보며 쉰 목소리로 말했다.

"턱이 부서져서."

템플러가 잠시 더 바라보다가 대니엘과 네이선을 지켜보기 위해 고개를 돌렸다.

"당신 갑옷 통제권을 부스에게서 당신에게로 되돌려 놓을 거예요."

레아가 말했다.

"그럴 경우 갑옷이 위협으로 인식하고 즉시 당신을 공격할 수도 있다고도 하더군요."

사이먼이 다시 고개를 끄덕였다.

"그 문제를 해결하려면 시간이 필요해요. 조금만 더 버텨 줘요."

미소 때문에 자꾸 씰룩거리는 뺨을 사이먼이 끌어 내렸다. 코와 턱의 통증 때문에 정신을 잃지만 않는다면 괜찮을 것이었다.

"그만하면 충분하군."

부스가 지시했다. 네이선과 대니엘이 3미터 정도 전방에서 멈추었다. 갑옷을 입었다면 그 정도 거리는 아무것도 아니었다.

"필사본을 보자고."

부스가 말했다. 네이선이 어깨 뒤로 손을 뻗어 내용물을 안전하게 보관해 놓았을 법한 금속 튜브를 꺼냈다.

부스가 손을 뻗는 순간 허공에 틈이 열리더니 비늘 덮인 악마의 손이 나타났다. 손은 튜브를 가로채고는 네이선의 얼굴을 강타했다. 네이선이 마치 대포알처럼 뒤로 날아가 난간을 부서뜨리며 해자에 풀썩 떨어졌다.

지금이다!

메리힘이 명령했다.

풀라가르가 보이느냐?

워런은 악마의 손만 보았을 뿐이지만 놈이 어디에 있는지 알 수 있었다.

여기에 놈을 붙들어 둬라.

워런은 온몸에 가득한 힘을 끌어모아 손 밖으로 뿜어냈다. 다리 위의 템플러가 무기를 막 꺼내 들 때 번쩍이는 아케인 에너지가 파도처럼 그 사이를 가로질러 뻗어 나갔다.

파도가 풀라가르를 때리자 놈이 그대로 거기 붙박였다. 풀라가르가 뒤늦게 알아차리고 대응하기 전에 워런은 놈을 낚싯바늘에 꿰어 보이지 않는 철제 우리에 가두는 모습을 마음속으로 그렸다. 그 우리를 부수지 않고는 놈은 어디에도 갈 수 없었다.

풀라가르가 분노로 악을 쓰며 눈에 보이지 않는 장벽을 마구 때렸다. 그럴 때마다 워런은 자신이 얻어맞는 것 같았다. 그는 엄청난 고통을 버텼다.

사이먼 크로스를 제외한 모든 템플러가 무기를 꺼내 들었다. 사이먼은 발을 질질 끌며 길에서 벗어났다.

워런 옆에 열려 있던 허공의 틈에서 메리힘이 불쑥 튀어나왔다. 메리힘이 제정신이 아닌 것 같다고 워런은 잠시 생각했다. 놈은 등에서 은빛 날개를 펼치더니 풀라가르를 향해 날아갔다.

풀라가르를 붙잡고 있어야 한다.

메리힘이 말했다.

도망치게 두지 말아라.

"토크로르크를 조심해라."

목소리가 일깨웠다.

"풀라가르가 그놈 없이 혼자 오지는 않았을 것이다."

악마를 붙들고 있는 워런은 두개골이 산산이 부서질 것만 같았다. 바로 그때 템플러들의 총성이 울려 퍼졌다. '그리스의 불'과 폭발성 탄환들이 풀라가르의 몸을 때리며 깊은 상처들을 입혔다. 메리힘이 삼지창을 앞으로 곧게 뻗으며 곧장 풀라가르에게 달려들었다.

그 순간 누군가가, 혹은 무언가가 워런 옆에 갑자기 나타났다.

"조심하라!"

목소리가 경고했다. 워런의 머릿속 깊이 어딘가에서 나오미의 비명 소리가 들렸다.

레아는 그 순간 악마가 나타난 것을 믿을 수 없었다. 머코머의 말이 정말이라면 《게티아》는 악마에게도 아주 중요할 것이다.

레아는 지체하지 않고 사이먼의 갑옷을 위해 준비해 둔 프로그램을 업로드했다. 그녀의 HUD에 업로드 진행 상황이 나타났다. 이제 해자 위 다리에 열린 지옥의 폭풍우 속에서 사이먼이 살아남길 바라는 것밖에 할 수 있는 일이 없었다.

"워덤."

레아가 불렀다.

"여기 있네."

"기습이에요. 어서 오세요."

"가는 중이야."

노장이 말했다. 몸을 숨겼던 다리 아래에서 빠져나온 레아가 클러스터 라이플을 들어 악마를 겨누었다. 방아쇠에 손가락을 놓자마자, 녹색 삼지창을 움켜쥐고 박쥐 날개를 양옆으로 뻗은 채 쏜살같이 날아오는 두 번째 악마를 발견했다.

레아는 놈을 알아보았다. 4년 전 기차를 공격했던 그 악마였다. 메리힘. 지휘본부는 놈이 어떻게 이 세상에 왔는지 알아내려 했었다. 헬게이트가 열렸을 때 넘어온 것으로는 확인되지 않았다. 수년 동안 놈을 추적하려 애썼지만 불가능했다.

레아가 타깃을 바꾸어 메리힘의 넓은 상체를 조준했다. 등에 돋친 것은 그전에는 보지 못했던 날개였다.

- AI가 실행되었습니다. 방어 모드로 전환합니다.

AI의 여성 음성이 사이먼의 귀에는 음악처럼 들렸다. 엄청난 통증과 그를 둘러싼 부스의 부하들 그리고 다리 위에 나타난 두 악마에도 불구하고 그는 기뻤다.

갑옷 전원이 켜지며 투구가 닫혔다. 힘이 되돌아왔다. 사이먼은 등 뒤로 묶인 팔을 힘껏 당겨 포박을 푼 후 목에 감긴 사슬로 손을 뻗었다.

- 부상 감지. 의료 지원이 필요합니다.

AI가 말했다.

- 진정제 투여 후 응급 치료를 제안합니다.

"거부한다."

부러진 턱의 통증이 극심했지만 견뎌야 했다.

"전투 상황이다. 동작과 판단이 느려지면 안 된다."

그가 사슬을 움켜쥐면서, 호송 대열 가운데로 나아가 자리를 잡았다. 대열이 흐트러지는 순간 팔라듐 스파이크로 발을 고정한 사이먼이 몸을 틀며 사슬을 홱 잡아당겼다.

사슬 한쪽 끝을 쥐고 있던 템플러가 허공으로 몸이 붕 뜬 채 한 바퀴 돌았다. 그가 들고 있던 스파이크 볼터를 떨어뜨리며 사슬을 양손으로 쥐었다. 그때 사이먼이 사슬을 당기던 손의 힘을 풀자 템플러는 템스강으로 내동댕이쳐졌다. 사이먼이 왼손으로 스파이크 볼터를 주워 들고 다리 위 악마에게로 돌아섰다.

근거리의 템플러들이 확인되었습니다. 안전을 맡기고 치료를 시작할 수 있습니다.

AI가 알렸다.

"거부한다."

사이먼이 방아쇠를 당기자 팔라듐 스파이크들이 악마의 살을 찢고 들어갔다.

"뭐든 필요한 의료 처치를 진행하도록. 하지만 정신과 신체 기능이 떨어져서는 안 된다."

- 알겠습니다. 그럼 턱뼈를 바로잡겠습니다.

사이먼이 미처 중단을 지시하기도 전에, 투구 내부의 나노플루이드가 얼굴 주변을 흐르며 압박했다. 턱뼈가 제자리를 찾으며 극심한 통증이 밀려오자 사이먼은 무릎을 꿇었다. 정신을 잃기 직전에 AI가 투여 가능한 약물을 최대한 주입했다.

에피네프린이 신경계로 흘러 들어왔다. 코의 부기가 가라앉자 숨 쉬기가 편해졌다. 목에서 피가 올라오는 것이 느껴졌지만 그대로 삼켰다. 내보낼 곳이 없었다. AI가 이제 메스꺼움을 가라앉히는 약물도 주입할 것이 분명했다.

드디어 통증이 옅어지면서 평화가 찾아왔다.

"놈을 막아라!"

부스가 외쳤다.

"달아나게 하지 마라!"

사이먼은 도망가는 데에는 관심이 없었다. 그는 자신에게 제일 먼저 달려드는 템플러에게 성큼 다가가 몸통 한가운데를 돌려차기로 때려 눕혔다.

사이먼을 막기 위해 난장판으로 뛰어 들어오며 앞을 가로막는 템플러를 대니엘이 가격했다. 대니엘은 템플러 중에서도 마르고 창백한 편이었지만, 그만큼 무기 없이 잘 싸우는 사람도 없었다. 상대를 때리는 대니엘의 주먹은 해머 같았고, 두 다리와 발은 굉장히 날쌨다. 부스의 부하들은 그녀에게 대적할 수 없었다.

대니엘이 한 템플러를 다리 아래로 던져 버리기 직전, 그가 지니고 있던 검을 낚아챘다. 그리고는 빙글 돌아서며 그 검을 사이먼에게로 던졌다.

"받아!"

사이먼의 검이었다. 그는 스파이크 볼터를 다른 손으로 옮겨 들고 날아오는 검의 자루를 잡았다. 사이먼은 다리 위 악마를 향한 사격을 늦추지 않으면서 검을 들고 놈에게 달려갔다.

워런은 풀라가르를 다리 위에 붙들어 두려고 애쓰면서 절망적으로 고개를 돌렸다. 바로 옆 허공에 열린 틈에서 걸어 나오는 악마가 보였다. 토크로르크였다. 2.7미터쯤 되는 강철 같은 몸에는 청동색과 오렌지색 비늘이 돋아 있었다. 팔이 네 개였는데 그중 두 팔은 몸통만큼이나 길었고 머리 앞뒤 양옆에 눈이 하나씩 있었다. 입은 보이지 않았다. 촉수에 더 가까운 팔들이 채찍처럼 워런에게 다가왔다.

워런은 피하려고 했지만, 그럴 수 없었다. 팔들이 그를 칭칭 감더니 숨도 쉴 수 없을 만큼 세게 조였다. 눈앞이 깜깜해지기 시작했지만 풀라가르를 붙든 힘은 거두지 않았다.

"풀라가르를 풀어 줘라."

목소리가 말했다. 메리힘이 두려운 워런은 차마 그럴 수 없었지만, 힘을 유지하기가 힘들었다.

"워런!"

그의 은신처에서 나오미가 외치는 소리가 들렸다. 나오미가 그를 붙들고 허공의 틈을 통해 끌어당기려고 안간힘을 썼다. 하지만 워런은 나오미를 뿌리쳤다.

"그러다 죽는다!"

목소리가 말했다. 그 말은 진실이었다. 워런도 알고 있었다. 그는 옆으로 고꾸라지는 자신의 몸을 느꼈다. 심연으로 떨어지는 그를 그 무엇도 막을 수 없었다.

레아가 방아쇠를 당기자 클러스터 라이플의 반동이 느껴졌다. 탄환은 메리힘의 가슴 정중앙을 향했으나 어떤 육감이었는지 놈은 옆으로 피했다. 탄환이 그대로 놈을 비껴갔다.
메리힘이 삼지창을 레아에게 겨누었다. 슈트가 위장 시스템을 가동 중이었기 때문에 레아는 놀랐다.
삼지창 갈큇발에서 아지랑이 같은 것이 점점 피어오르더니 순식간에 뻗어 나와 레아를 덮쳤다. 레아가 뒤로 넘어지며 그대로 일어나지 못할 것임을 깨달았다.

사이먼은 번쩍이는 힘이 메리힘의 삼지창에서 나와 무언가를 때리는 것을 HUD로 보았다. 레아일 수밖에 없었다. 사이먼이 레아를 불러 보았지만 응답은 없었다.
레아를 찾으러 가고 싶었지만 대체 어디쯤에서 쓰러진 것인지도 알 수 없었다. 그의 눈으로는 레아가 보이지 않았다. 혈흔을 확인해 보았지만, 그 또한 발견되지 않았다. 크게 부상당했거나 목숨을 잃었다 하더라도 슈트를 입고 있어 찾기가 힘들 것이다.
사이먼은 어쩔 수 없이 다리 위 악마에게 주의를 돌렸다. 적어도 놈은 두 눈으로 똑똑히 보였고, 사정거리 안에 있었다.
악마가 한 손을 내던지듯 뻗었다. 불길이 사이먼에게 밀어닥치자 갑옷 외부 온도가 순식간에 치솟았지만, 사이먼은 쏜살같이 메리힘에게로 달려들었다. 스파이크 볼터의 팔라듐 스파이크로는 놈에게 큰 부상을 입히지 못했다. 상처는 너무 빨리 치유되었다.

사이먼이 불길 속에서 악마의 공격을 피해 검을 뒤로 젖히고 반원을 그리며 휘둘렀다. 검날이 악마의 머리를 가르는 듯했지만 삼지창에 가로막혔다.

"어림없다!"

메리힘이 거칠고 쉰 목소리로 사납게 말했다. 놈이 사이먼의 얼굴을 발로 걷어차자 사이먼은 다리 끝까지 내동댕이쳐졌다.

48장

워런은 의식을 잃기 직전에 풀라가르를 붙들었던 힘을 풀고 토크로르크에게 온 정신을 모았다.
"죽어라, 인간!"
토크로르크가 뱀처럼 쉬잇거렸다. 풀라가르의 다른 수하 둘에 비해 지능적이진 않은 듯했지만, 마찬가지로 치명적인 놈이었다.
워런은 마음속으로 검 한 자루를 그리고는 아케인 에너지를 통해 생성해 냈다. 그러고는 검을 재빨리 휘둘러 토크로르크의 머릿속으로 찔러 넣었다. 두개골이 터지면서 눈알이 사방으로 튀어 나갔다. 몇 개는 워런에게 맞고 투두둑 떨어졌다.
목숨이 끊어진 악마가 촉수들을 힘없이 늘어뜨리며 뒤로 넘어갔다.
워런은 폐로 공기를 빨아들이지 못해 씩씩거리면서 미들 타워 꼭대기에서 쓰러졌지만, 곧 풀라가르를 기억해 냈다.
풀라가르가 허공의 메리힘에게 돌진하는 것이 보였다. 두 악마가 공중에서 충돌하며 메리힘을 노리던 템플러들의 조준 범위 안으로 들어왔다.
"어리석은 겁쟁이 인간!"
메리힘의 분노가 폭발했다.
"다 잡은 놈을 풀어 주다니!"
메리힘이 분노를 터뜨리자 워런의 마지막 핏줄 하나에까지 공포가 흘렀다. 그는 풀라가르를 다시 구속하려고 했지만 너무 약해져 힘을 쓸 수 없었다.

그 대신 워런은 해자에서 싸우고 있는 템플러들을 지켜보며, 인근 묘지의 시체들을 불러들였다. 그뿐만 아니라 해자에 죽어 묻힌 자들까지 소생시켰다. 어떤 시체는 아직 썩지 않았지만, 어떤 시체들은 죽은 지 오래된 자들이었다.

모두가 전장으로 모여들었다.

레아가 정신을 차렸다. 바닥에 등을 대고 누워 있었다. 악마의 일격에 당하고도 어떻게 사지가 멀쩡한지 알 수 없었다. 충격 때문인지 폐가 제대로 기능하지 않는 것 같았다. 레아는 충분히 숨을 쉴 수 있을 만큼 힘이 돌아오길 기다리며 잠시 그대로 누워 있었다.

HUD를 확인하자 큰 부상은 입지 않은 듯했다. 일어나 움직일 수 있을 듯했다.

바로 그때 등 아래 말라붙은 진흙에서 뼈밖에 남지 않은 두 팔이 솟아나와 그녀의 머리를 감싸 쥐었다. 레아가 벗어나려고 해 보았지만 뒤이어 다른 손들도 튀어나와 그녀를 더 세게 끌어당겼다.

다음 순간 해골 하나가 땅에서 튀어나와 목을 물어뜯었다. 고맙게도 슈트가 뚫리진 않았다.

"워덤."

레아가 통신으로 호출했다.

"거의 다 왔어."

노장이 응답했다.

"정신 붙들고 있게나."

정신을 붙들고 있는 것은 문제가 아니었다. 몸이 붙들려 있는 것이 문제였다. 레아는 언데드 무리의 손아귀에서 벗어나기 위해 몸부림쳤다.

"세상에."

대니엘의 탄식을 들으면서 사이먼은 애써 몸을 일으켰다. 신경계에 약물이 주입되었음에도 의식이 흐려지기 시작했다. 약물로 끌어올린 에너지가 지속되는 데에는 한계가 있었다.

대니엘이 왜 탄성을 질렀는지 보기 위해 악마 두 놈이 뒤엉킨 하늘을 올려다보았다. 그러나 그 직후 그들 주변을 가득 메우며 언데드들이 몰려들고 있는 것을 발견했다. 심지어 더 많은 놈들이 아직도 해자에서 솟아 나와 기어 올라오고 있었다.

그들은 포위되었다.

레아가 워덤을 부르는 소리가 들렸다. 사이먼은 워덤이 어디에 있는지 궁금했다. 상당히 근접한 위치에 있는 듯했다.

"네이선."

해자에서 빠져나오지 못한 한 템플러를 끌어 올리고 있는 네이선을 사이먼이 불렀다. 부스의 부하를 비롯한 모든 템플러들이 해자에서 올라오려는 언데드들과 싸우고 있었다.

"여기야, 사이먼."

네이선이 응답했다.

"빌어먹을. 사방 천지가 좀비들이야."

"아직 못 봤나 본데, 앤 불린[28]이랑 윌리엄 헤이스팅스[29]도 방금

---

28) 헨리 8세의 두 번째 부인. 불륜과 이단 등의 죄목으로 런던 타워에서 처형당했다.
29) William Hastings, 헤이스팅스 남작이라고도 불린다. 조카를 죽이고 왕이 된 리처드 3세의 명에 의해 반란죄로 런던 타워에서 참수되었다.

막 무덤에서 기어 나온 것 같아. 네 엉덩이를 걷어차 주려고 말이지."

대니엘이 말했다.

"줄 서서 기다리라고 해."

네이선이 검을 휘둘러 한 번에 두 해골의 얼굴을 산산조각 냈지만, 놈들은 끝없이 다가왔다.

"워덤."

레아가 다시 호출했다.

사이먼이 해자를 둘러보자 한쪽에서 마치 자기들끼리 싸우는 것처럼 보이는 해골 무리를 발견했다. 그 사이로 레아의 슈트가 드문드문 보였다. 일단 레아를 발견하자 곧 그녀의 움직임을 곧잘 따라갈 수 있었다. 위장 기술이 움직임을 전부 숨기지는 못하는 듯했다.

"여기야."

사이먼의 머리 위에서 제트 터빈 소리가 들렸다. 고개를 들자 노즈터렛(공격형 헬기)과 양쪽 문에 화기를 준비한 날렵한 공격형 헬리콥터가 보였다. 헬리콥터를 구하기 위해 버려진 공군기지를 뒤지고 다녔을 워덤을 생각하자 사이먼의 얼굴에 미소가 떠올랐다.

눈가에 내기하고 있던 사격수가 즉시 발포했다. 헬리콥터 시스템을 템플러 갑옷과 연결하여 손쉽게 타깃을 포착할 수 있었다. HARP와 '그리스의 불'이 해자 안 언데드를 포격했고 놈들은 순식간에 칼슘 가루가 되어 버렸다. 워덤이 헬리콥터의 무기를 업그레이드한 것이 분명했다.

사이먼은 이제 공중에서 뒤엉켜 싸우고 있는 악마들에게로 주의를 돌렸다. 그가 스파이크 볼터를 들어 두 놈 모두를 한꺼번에 쏘았다. 멈추지 않는 사격에 두 악마는 피를 폭포처럼 쏟았다.
"워뎀."
사이먼이 공격을 계속하며 워뎀을 불렀다.
"사이먼."
워뎀이 신이 난 목소리로 응답했다.
"아직 살아 있다니 정말 기쁘군."
"축하 파티는 나중에 하죠. 지금이 기회예요. 공중에 저 악마 두 놈 보이세요?"
"보이네."
"없애 버려요."
사이먼이 주위를 둘러보며 머코머 교수를 찾았다. 그는 몇 미터 뒤쪽에서 잔뜩 몸을 웅크리고 엎드려 있었다. 아무도 보고 있지 않을 때 기어서 그곳까지 간 것이 분명했다.
"지금 자네에게 가려고 몰려드는 언데드 놈들 보이나?"
"네."
"피해야 해."
"압니다. 저 악마 놈들을 없애는 게 먼저예요."
사이먼이 머코머에게 달려갔다. 더 오래 버티기는 힘들 것 같았다. 갑옷이 지탱해 주는데도 다리가 고무처럼 휘는 것이 느껴졌다.
사이먼이 머코머를 붙들며 그를 보호했다.
"제 곁에 계십시오, 교수님. 곧 여기에서 빠져나갈 겁니다."
"부스와 부하들은 어쩔 셈이야?"
대니엘이 물었다.
"나라면 썩어 버리게 놔둘 거야, 친구."

네이선이 대답했다.

"그럴 순 없어."

사이먼이 말했다.

"워덤, 자리가 있을까요?"

"충분하네."

헬리콥터가 악마들에게 다가가 노즈터렛에서 어마어마한 '그리스의 불'을 발포했다. 메리힘은 가까스로 피했지만 또 다른 악마 한 놈이 정통으로 맞은 듯했다.

놈이 땅으로 떨어져 해자 안에 처박혔고 다시는 일어나지 못했다.

"안 돼애애애애애애!"

메리힘이 분노로 고함을 질렀다. 놈이 날개를 퍼덕이며 날아가는 순간 두 발의 탄환이 공중에서 폭발하며 꽁무니에서 불길을 일으켰다.

헬리콥터가 이리저리 움직이며 달아나는 악마를 다시 조준하려고 했다. 그때 날개 돋친 또 다른 악마 네 마리가 나타났다.

"비행 물체 확인!"

네이선이 외쳤다.

"꼬리 쪽에 네 마리 접근!"

"내가 맡지."

워덤이 응답했다. 특별하게 개조된 헬리콥터가 선체를 빙글 돌리며 장착된 총기를 모두 장전하고 발포했다. 악마 두 마리가 갈가리 찢겼지만 다른 두 마리가 전방으로 부딪쳐 들어오며 헬리콥터에 매달렸다. 놈들이 주먹으로 앞을 때리자 표면이 갈라졌다.

헬리콥터에 타고 있던 한 템플러가 블레이즈 피스톨을 들고 미끄러지듯 빠져나와 앞쪽으로 이동해 방아쇠를 당겼다. 두 악마의 몸이 불길에 휩싸였다. 놈들이 훌쩍 뛰어올라 멀리 달아났다. 하지만 하늘을 맴도는 악마들의 수가 더욱 늘고 있었다.

"지금이 빠져나갈 기회야."

워텀이 말했다.

"헬리콥터가 런던 전역의 악마를 끌어 들이겠어. 이놈은 악마들보다 멀리 날 순 있을 테지만 고장이라도 나서 걸어 돌아가야 한다면 큰일이네."

"헬리콥터를 내려 주세요. 여기 머코머 교수가 계십니다. 이분을 보호해야 합니다."

"알겠네."

워런은 어찌할 바를 모르고 겁에 질린 채, 메리힘이 다가오는 모습을 보았다.

"여기서 빠져나가라."

머릿속에서 목소리가 말했다. 워런은 애썼지만 한 발짝도 움직일 수 없었다.

"나오미."

"최선을 다하고 있어, 워런. 네가 도와줘야 해."

워런은 나오미를 붙들려고 안간힘을 썼지만 그럴 수가 없었다. 그 순간 그의 눈앞에 나타난 메리힘이 탑 전체가 흔들릴 정도로 거칠게 착지했다.

"*네놈 때문에 실패한 것이다.*"

악마는 분노를 숨기지 않았다.

"나는 풀라가르를 죽이지 못했다. 놈을 죽인 것은 템플러다. 그의 죽음은 아무런 의미가 없다."

"그의 자리를 차지할 기회는 아직 남아 있는 것 아닌가요?"

워런이 악마로부터 뒷걸음질 치려고 했다.

"그걸 원했잖아요."

"아니다. 그렇지 않다. 하지만 너의 자리는 그렇게 될 것이다."

메리힘이 손짓하자 허공이 다시 한번 열렸다. 그 틈으로 뿔과 꼬리가 달리고 문신으로 뒤덮인 한 카발리스트가 걸어 나왔다. 그녀가 혐오스럽다는 듯 워런을 바라보았다.

"저자는 당신처럼 보이기 위해 모습을 바꾸지도 않았군요."

여자가 말했다.

"너는 내가 원했고 필요로 했던 그 모든 것이 될 수 있다."

메리힘이 여자에게 말했다.

"내가 저놈에게 준 선물을 원했느냐. 이제 너의 것이다."

"내가 가져가겠어요."

여자가 자신의 오른손을 붙잡았다.

순간 워런은 그들이 무슨 이야기를 하고 있는지 깨달았다. 그는 도망치려 했다. 니오미에게로 가려고 안간힘을 썼지만, 너무 두려워 꼼짝할 수가 없었다.

"도와줘."

워런이 목소리를 불렀다.

"제발."

"겁을 먹었군."

여자가 말했다. 메리힘이 팔을 휘둘러 발톱으로 여자의 팔뚝을 잘랐다. 손이 떨어져 나갔지만 기적처럼 피 한 방울 흐르지 않았다.

자신이 워런에게 주었던 손으로 팔을 뻗은 메리힘이 손목을 움켜잡았다. 한 번 힘껏 비틀자 손이 떨어져 나가며 여자의 절단된 팔뚝에 붙었다. 메리힘이 접합 부위에 손짓하자 상처가 즉시 아물었다.

워런은 질투를 느꼈다. 나오미의 카발리스트 분파가 그를 실험 대상으로 삼았을 때, 손의 접합 부위가 치유되기까지는 정말 오래 걸렸던 것이다. 하지만 곧 잘린 손목에서 시작된 극심한 통증이 어깨와 머리까지 타고 올라갔다. 두개골이 터져 나가는 것 같았다. 메리힘이 워런의 머리로 손톱을 뻗었다.

바로 그 순간 자비롭게도, 나오미가 그를 붙잡아 뒤로 끌어당기는 것이 느껴졌다. 동시에 워런은 정신을 잃었다.

"부스."

워덤이 헬리콥터를 하강하는 모습을 보며 사이먼이 부스를 거칠게 불렀다. 부스가 사이먼에게로 고개를 돌리며 총을 들어 겨누었다.

"지금 당장 네놈을 죽여 버리겠다, 크로스. 네놈에겐 불운이 따라다닌다. 우리를 끊임없이 악마와의 전쟁으로 몰아넣는다."

사이먼은 총을 마주 들고 싶은 충동을 억눌렀다. 두 사람의 거리는 멀지 않았지만, 부스의 권총이 그의 갑옷을 뚫을 수 있을지 의심스러웠다.

"전쟁은 이미 벌어졌다. 숨는다고 끝나는 것이 아니다."

"못 알아듣겠나? 그 둔한 머리로 이해를 못 하는 건가? 전쟁은 이미 끝났다."

언데드들이 점점 더 가까워지고 있었다. 사이먼은 혼란스러웠다.

"무슨 뜻이지?"

"악마와의 전쟁은 끝났다. 우리는 패배했다."

"아니. 이제 막 시작했을 뿐이다. 바로 그래서 써머라일 경과 그 모든 템플러가 핼러윈 전투에서 목숨을 바친 것이다. 우리에게 시간을 벌어 주기 위해서."

"시간? 무엇을 위한 시간이지? 죽음을 기다리는 시간?"

사이먼은 아무 말도 하지 않았다.

"바보 같은 놈."

부스가 분노를 터뜨렸다.

"써머라일 경은 템플러를 마지막 전투로 이끈 것이다. 악마를 궤멸해서 이 세상에서 몰아낼 거라고 믿었단 말이다. 그렇게 처참하게 질 거라고는 단 한 순간도 생각하지 못했던 거야!"

"사실이 아니다."

사이먼이 말했다. 지난 4년 동안 전해진 이야기에서 중요한 것은 단 하나였다. 그날 그 모든 템플러들의 희생은 명예롭고 존경스러운 것이었다.

"헬게이트가 열리기 전에 템플러들은 단 한 번의 전투도 치른 적이 없지."

부스가 말했다.

"모르겠나? 세대를 거쳐 수년 동안 훈련을 해 온 이들이었다. 악마를 물리치기 위한 단 한 번의 전투를 준비한 것이란 말이다. 하지만 실패했지. 템플러는 패배했다."

부스가 팔을 무력하게 휘둘러 포위해 들어오는 언데드들을 가리켰다. 이제 해자를 가득 메운 놈들은 계속해서 다리 위로 기어오르려 하고 있었다.

"우리는 졌다, 사이먼. 한심하지. 온갖 무기를 준비하고 그토록 치열한 훈련을 했는데도 악마에게 격파당하고 이렇게 숨어 살다니. 그 전투에서 죽지 못한 우리야말로 진정 운이 없었던 것이야."

"아니."

사이먼이 반박했다.

"나의 아버지는 현명한 분이셨다. 네놈이 한심하다 말할 수 있는 그런 분이 아니셨다. 토머스 크로스의 전 생애에서 단 하룻밤도, 단 한 순간도."

"하지만 그것이 진실이다. 네놈은 템플러들을 선동하는 것뿐이야. 희망을 준다면서 멍청함을 퍼뜨릴 뿐이지. 그런 식으로 떠났으면 그대로 죽거나 사라져 버리지 그랬느냐. 그러면 네놈이 무슨 짓을 하고 다니는지 다시는 듣지 않아도 되었을 것을. 우리는 이대로 우리만의 비밀로 살아갈 것이다."

"그런 건 우리의 길이 아니다."

"그렇다면 템플러는 어째서 그토록 오래, 세상으로부터 숨어 살았단 말이냐? 우리는 이미 그렇게 살아가고 있었다. 그런데 네놈이 우리를 껍데기 밖으로 유혹한 것이다. 끈질기게. 이제 우리는 언더그라운드를 잃고, 목숨마저 잃을 것이다. 모두 네놈 탓이다."

은거지에서 지내는 그 모든 어린 템플러들이 떠올랐다. 그들 중 몇이나 오래도록 목숨을 부지할 수 있을까? 아니, 단 한 사람이라도 살아남을 수 있을까?

얼마나 오래 살아남느냐의 문제가 아니다, 사이먼.
아버지의 목소리가 들려왔다.
얼마나 가치 있게 사느냐의 문제다.
"사이먼."
워덤이 불렀다.
"더 지체하다간 고립될 거야."
사이먼이 헬리콥터를 향해 고갯짓을 한 후 부스에게 말했다.
"여기에서 데리고 나가 주겠다."
부스가 고개를 저었다.
"나 스스로 기회를 찾을 것이다. 언데드 놈들은 나를 죽이지 못해. 하지만 너와 함께 가면 어떨지 모르지. 사이먼, 너는 많은 사람들을 죽음으로 몰고 갈 것이야."
부스는 그대로 돌아서서 달려갔다. 그러고는 갑옷의 힘으로 언데드 무리 위를 뛰어넘으며 총을 쏘았다.
다른 템플러들은 그의 뒤를 쫓지 않았다. 두 템플러는 이미 언데드들이 가득한 다리 아래로 떨어진 후였다.
"우린 그 제안을 받아들이겠습니다, 크로스 경."
한 템플러가 말했다.
"저들을 태워 줄 필요 없어. 알지?"
네이선이 말했다.
"납치와 고문 같은 짓을 한 놈들이야."
"아니."
사이먼이 말했다.
"저들은 템플러다. 우리의 형제이자 누이다. 우리는 저들을 남겨 두고 떠나지 않는다."
 남은 이들이 헬리콥터에 올라탔다. 조종사가 제트 엔진의 힘을 끌어올려 언데드의 손아귀에 붙들린 채 헬리콥터에 매달린 사람들을 들어 올렸다.
 잠시 후 사이먼은 런던 타워를 뒤로하고 집으로 향하고 있었다. 감기는 눈을 애써 뜨려 했지만 그럴 수 없었다. 그는 쭈그리고 앉아 무릎에 머리를 놓았다. 퇴각하는 헬리콥터의 진동에 마음이 안정되는 것을 느끼며 잠에 빠져들었다.

에필로그

사이먼은 이틀 후에 깨어났다. 의사의 지시를 무시하고 갑옷을 입은 후 시각을 확인하기 전까지는 그 사실을 몰랐다. 시간을 너무 낭비한 것 같아 화가 났다.

나노분자 결합으로 턱뼈를 맞추었는데도 제자리를 찾지 못했는지 두통이 심했다. 하지만 배가 고파 죽을 지경이었고 딱딱한 음식을 씹는 데에는 무리가 없었다. 사이먼은 이동하면서 허기를 채웠다.

사이먼의 부상을 두고 그가 다시 걸을 수 있을지 소문이 무성하다고 네이선이 일러 주었다. 사이먼은 그들에게 자신이 멀쩡하다는 것을 보여 주어야만 했다.

그새 은거지의 인구는 더 늘어 있었다. 더 많은 템플러들이 언더그라운드를 버리고 합류했다.

"축복이면서도 문제야."

워던이 말했다.

"병력이 느는 것은 기쁘지만 모두를 먹이고 재우는 일이 정말 심각해질 걸세."

사이먼은 한숨을 쉬었다. 힘든 상황이 닥칠 테지만 한편으로는 자랑스러웠다.

"확장해야겠군요."

"그러니까 말이야. 규모가 커질수록 악마에게 발각될 위험도 커질 걸세."

그것이야말로 가장 큰 문제였다.

운이 좋게도 머코머 교수는 그 문제를 자신이 해결할 수 있다고 여기는 듯했다. 그는 템플러 언어학자들과 연구를 하고 있었다.
《게티아》에 숨겨진 텍스트가 정말로 인공 언어였음을 알아낸 그들은 판독을 시도했다.
"굉장히 놀라워."
머코머가 사이먼을 보자 대뜸 말했다. 교수는 은거지에 도착한 이후 쉬지 않고 연구를 계속했다.
"우리가 발견한 게 진짜라면, 우리 생각이 맞다면, 장벽 같은 걸 세워서 악마들이 침입하지 못하도록 막을 수 있을지도 몰라."
"그럴 수 있다면 좋겠군요. 여기에 머무는 많은 여자와 아이들이 더 안전하게 지낼 수 있겠어요."
"게다가 어쩌면 악마를 물리친 후에, 잃었던 세상을 되돌릴 방법이 있는 것 같아. 아직 더 연구해 봐야 하지만."
"무슨 뜻입니까?"
"악마는 빛과 어둠 사이에서 끝나지 않는 전쟁을 치르는 중이야. 《게티아》에 따르면 헬게이트는 스스로를 구원할 힘이 없는 세상에서는 절대 열리지 않는다는군."
"그렇다면 이 세상 어딘가에-"
"런던 어딘가지, 실제론."
"악마를 물리칠 길이 있다는 거군요."
머코머가 고개를 끄덕였다.
"난 그게 사실임을 믿네. 빛과 어둠에 대해 연구한 모든 문서가 하나같이 말하는 게 있어. 그 균형이 딱 맞아야 한다고. 패배할 위험이 있다면 반드시 승리할 길도 있다는 거야."
"우린 그 길을 찾기만 하면 되겠군요."
"그리고 확실하게 이용할 방법도 알아내야지."
"그러는 와중에 목숨을 걸고, 또 죽지도 않고 말이죠."
네이선이 덧붙였다.
"맞아."
사이먼이 미소를 지었다.
"알아야 할 건 모두 알았으니 그거면 된 거야."

잠시 후 사이먼은 근거지 외곽에서 레아를 발견했다. 레아는 《게티아》의 복사본을 전해 주기 위해 타고 왔던 모터사이클을 점검하고 있었다.
"떠나는 겁니까?"
레아가 어깨너머로 그를 뒤돌아보았다.
"너무 오래 눌러앉았다가 눈총을 받고 싶진 않아서요."
사이먼은 거기 서서 그녀가 작업하는 모습을 잠시 지켜보았다.
"더 일찍 떠날 수도 있었을 텐데요."
그녀가 몸을 일으켜 그를 똑바로 바라보았다.
"아뇨. 당신이 두 다리로 멀쩡히 걷는 걸 보기 전까진 그럴 수 없었죠."
"이제 내가 멀쩡한 걸 봤으니 하루 이틀쯤 더 머물 수도 있겠군요."
"이젠 내가 결정할 수 있는 거예요?"
투구를 쓴 채 사이먼은 미소를 지었다.

"잠에서 깨어나는 순간, 희망이 느껴지더군요. 그런 느낌은 정말 아주 오랜만이었습니다. 이런 기분을 누군가와 나누고 싶어요."

"그 기분을 나눌 사람이라면 여기 많아요. 이제 더 늘었고요."

"당신이 며칠 더 머무르면 좋겠어요. 정말입니다. 당신을 더 잘 아는 기회가 되면 좋겠군요."

레아는 분명 그의 입에서 이 말이 나오길 기다리고 있었을 것이다. 사이먼은 알 수 있었다.

검은 마스크를 쓰고 있어 레아의 표정이 보이지 않았다.

"우리에게 내일이 있을지조차 알 수 없는데. 이미 알고 있는 것보다 더 잘 알아야 하는 이유가 뭐예요?"

"제가 그러길 바라니까요."

"고마워하는 건가요? 당신 목숨을 구해 줘서?"

사이먼이 크게 미소를 지었다.

"아뇨. 당신이 알기 어려운 여자이기 때문이에요, 레아."

"나는 그렇게 살아왔어요. 우정이나 믿음 같은 건 별로 쓸모가 없었죠."

"그것 말고는 당신에게 줄 수 있는 게 없는걸요."

레아가 머리 뒤로 손을 뻗어 마스크를 벗었다. 고개를 흔들어 머리카락을 늘어뜨리며 그를 올려다보았다.

"누가 알아요? 언젠가 내가 그런 걸 원하게 될지도요."

레아가 사이먼의 투구를 따라 손가락을 미끄러뜨리자 면갑이 열렸다. 사이먼의 놀란 얼굴이 드러났다.

"보안 시스템을 정말로 손봐야겠네요."

레아가 발끝을 세워 사이먼에게 키스했다.

"하지만 이건 괜찮죠?"
"물론이죠."

암흑과 통증에 짓눌린 채 워런은 정신을 차렸다. 열이 심했고 온몸에 힘이 하나도 없었다. 잘린 오른팔 손목이 하얀 거즈로 감싸인 것이 보였다.

처음 의식이 돌아왔을 때 상처는 치유해 두었다. 출혈이 멈추고 새로운 피부가 만들어졌지만 손을 다시 자라게 할 수는 없었다.

그는 다시 불구가 되었다.

그뿐만이 아니었다. 그의 힘이 거의 모두 사라진 것 같았다. 그 모든 능력이 전부 그 자신의 것은 아니었다는 점을 인정해야만 했다. 메리힘에게서 빌려 온 것이다.

이제 힘은 사라졌어. 나오미도 사라졌어.

워런이 이대로 죽지는 않을 테지만 힘이 약해졌다는 사실이 분명해지자마자 나오미는 그를 떠났다.

나오미를 비난할 수는 없었다. 이 세상에서 살아남기 위해서 나오미는 능력을 키워야만 했다. 워런은 그녀에게 더 가르쳐 줄 것이 없었다.

심지어 목소리조차 떠난 것만 같았다.

"나는 여기 있다, 워런."

목소리가 말했다. 워런은 깜짝 놀라 어둠 속을 바라보았다. 그와 한 방에 있는 것처럼 들렸기 때문이다.

"어디 갔었어?"

"준비를 하러."

"무슨 준비?"
"너. 네가 다시 한번 진화하도록 도와주기 위해."
"메리힘이 내 손을 가져갔어."
"알고 있다. 나도 거기 있었으니까."
"놈이 이럴 줄 알았지?"
워런이 비난했다.
"미래를 봤다고 했잖아."
"그렇다."
"막을 수도 있었을 거야."
"막고 싶지 않았다. 너는 메리힘에게 계속 의존했을 것이고 나는 그에게서 너를 떼어 놓을 수 없었을 것이다. 너에겐 더 강한 존재가 필요했지만, 넌 그 사실을 몰랐다."
"당신을 말하는 건가?"
"그렇다."
워런이 씁쓸하게 웃었다.
"당신은 속박되어 있잖아. 어떻게 날 도울 수 있다는 거지?"
"이미 도왔다. 너는 나를 너의 세상으로 끄집어내야만 한다. 네가 할 일은 오로지 그것뿐이다."
"어떻게?"
"책으로 가라."
워런이 책에 다가가서 목소리의 지시에 따라 손을 올렸다. 책에서 작지만 힘센 손이 뻗어 나와 그의 손을 붙잡았다. 워런은 놀랐지만, 조심스럽게 그 손을 당겨 책으로부터 빠져나오게 했다.
머리카락과 눈동자가 새까맣고 피부는 맑은 우윳빛인 젊은 여자가 책 밖으로 걸어 나왔다. 여자가 몸을 숙여 그에게 키스했다. 워런이 처음 느껴 보는 달콤함이었다.

"고맙군."

여자가 정교하게 빚어진 금속 손을 들어 보였다.

"여기에는 엄청난 힘이 담겨 있지. 이 손을 너에게 주겠다. 메리힘은 너를 버린 일을 후회할 것이다. 모두가 그럴 것이다."

여자가 잘린 손목에 금속 손을 가져다 댔다. 손의 손목 부위에서 금속 핀이 여러 개 튀어나오더니 팔에 박혀 들어갔다. 통증은 아주 짧았고, 워런은 며칠 만에 한결 기분이 나아졌다.

"당신은 누구지?"

그가 속삭였다. 여자가 미소를 짓더니 그에게 다시 키스했다.

"나는 네가 아는 그 모든 어둠의 욕망이다. 나를 릴리스라고 불러라."

〈헬게이트: 런던〉의 전설은
《헬게이트 런던 3부: COVENANT(서약)》에서 계속됩니다.